HEYNE BÜCHER

Von Tabitha King sind
als Heyne-Taschenbücher erschienen

Das Puppenhaus · Band 01/6625
Die Seelenwächter · Band 01/6755
Die Entscheidung · Band 01/7773

TABITHA KING

DIE FALLE

Ein unheimlicher Roman

Deutsche Erstausgabe

WILHELM HEYNE VERLAG
MÜNCHEN

HEYNE ALLGEMEINE REIHE
Nr. 01/6805

Titel der amerikanischen Originalausgabe
THE TRAP
Deutsche Übersetzung von Uschi Gnade

6. Auflage

Printed in Germany 1989
Umschlagfoto: Fred Marcellino, New York
Umschlaggestaltung: Atelier Ingrid Schütz, München
Satz: IBV Satz- und Datentechnik GmbH, Berlin
Druck und Bindung: Ebner Ulm

ISBN 3-453-02417-6

für G. W.
»das ist nur einer seiner
vielen Namen ...«

Prolog

Eines Nachmittags, als Travis und Sarah und Pat allesamt nackt unter einer Decke aus Augusthitze schliefen, nahm Liv einen Plastikeimer, der einst ein Kilo Shedd's Erdnußbutter enthalten hatte, und ging zu Fuß die halbe Meile zu der Stelle, an der die Straße an der Zufahrt zu Helen Aldens Haus endete. Bei einem Spaziergang mit ihren Kindern im Juni waren Liv die Brombeersträucher aufgefallen, die so dicht mit weißen Blüten übersät waren, daß sie aus der Ferne aussahen, als sei Schnee darauf gefallen. Von da an hatte sie auf die Früchte gewartet, die die Blumen angekündigt hatten. Als sie Miß Alden zum erstenmal getroffen hatte, hatte sie sie um die Erlaubnis gebeten, dort pflücken zu dürfen. Miß Alden schien sich darüber zu freuen, daß sie überhaupt gefragt wurde. Die meisten Leute hätten das nicht getan, denn es war oft, wenn nicht gar allgemein so, daß wilde Beeren auf irgend jemandes Anwesen als eine Art Allgemeingut betrachtet wurden, die jeder, der genügend Initiative besaß, einsammeln konnte.

Mit einem langärmeligen Baumwollhemd und Jeans als Schutz gegen die Dornen, von der Hitze ganz zu schweigen, und einem breitkrempigen alten Strohhut, der ihr Gesicht und ihren Kopf vor der Hitze schützte, lief sie den staubigen Feldweg entlang und lauschte den Insekten, die außer ihr die einzigen Lebewesen zu sein schienen, die es hier gab.

Sie sah sofort, daß sie nicht die erste war, die hier pflückte; an jeder Beerenstaude gab es viele leere Kelche. Wer es auch sein mochte – vielleicht Helen Alden mit ihrer Begleiterin, Miß Betty Royal? –, er hatte jedenfalls die Beeren schon einige Tage zuvor gepflückt, denn eine ganze Anzahl von Beeren war in der Zwischenzeit an denselben Zweigen herangereift. Nicht etwa, daß das, was die anderen sich geholt hatten oder was sie sich jetzt holen würde, auch nur mehr als ein Klacks gewesen wäre; denn das Dikkicht war gewaltig, es zog sich bis in die Wälder hinein und war mit genügend Beeren für die gesamte Nachbarschaft beladen. Ihres Erachtens stand den Dornen ihr Tribut an Fleisch und Blut zu. Sie spürte kaum, daß sie ihr die Hände und das Gesicht zerkratzten und sich in ihren Kleidern verhakten, als sie tiefer in das Dickicht eindrang, und schnell vergaß Liv fast alles andere – die aufreibende Besorgnis, von der sie während dieses ganzen ersten Sommers in Nodd's Ridge besessen gewesen war, daß Travis oder Sarah aufwachen könnten, ohne von ihr gehört zu werden, oder Travis aus seinem Kinderbettchen klettern, oder Sarah mit ihren sieben Jahren zuviel Selbstvertrauen entwickeln und allein ins Wasser gehen, oder eines der Kinder oder beide auf irgendeine Weise ausgleiten und im See ertrinken könnte, und das vielleicht, während auch Pat einen Mittagsschlaf hielt und sie beim Beerenpflücken war – sogar das vergaß sie beinah alles, bis auf die dichten Beerentrauben mit ihrem fruchtigen Geruch. Der Pfad, den sie sich bahnte, indem sie Zweige sorgsam mit zwei Fingern zwischen den Dornen packte und sie zur Seite zog, sie mit anderen Ästen verhakte, manchmal auf sie trat, insbesondere dann, wenn sie keine Beeren trugen oder alt waren, schloß sich hinter ihr, bis sie im Herzen des Dickichts angelangt war, umschlossen von einem Dornenwall. Doch sie war ganz verzaubert und bemerkte es nicht.

Der Eimer wurde schwer. Sie wünschte, sie hätte zwei davon mitgenommen, und dann lächelte sie über sich selbst. Was um alles in der Welt hätte sie mit einem Siebenlitereimer Beeren anfangen sollen, ganz zu schweigen von den zwei Kilos, die sie bereits gepflückt hatte? Die Beeren würden noch zwei weitere Wochen lang reif sein und nachreifen. Sie würde wiederkommen. Der Strohhut auf ihrem Kopf war heiß. Das Stroh roch sogar heiß und staubig. Sie nahm ihn ab und fächelte sich Wind ins Gesicht; dann setzte sie ihn wieder auf. Sie griff gerade noch einmal in das Brombeergestrüpp, als sie Stimmen hörte.

Sie blieb stehen und lauschte. Sie konnte die einzelnen

Worte nicht verstehen, aber es waren Männerstimmen, und sie klangen ausgelassen. Und sie kamen auf sie zu, vom See herauf, durch den Wald. Machten genug Lärm, um die gesamte Ortschaft auf sich aufmerksam zu machen. Mit einem blödsinnigen Schuldbewußtsein, als sei sie ein Dieb, der auf frischer Tat ertappt wird, aber im selben Maß über diese Störung ihrer genüßlichen Einsamkeit verärgert, bereitete sie sich auf ein Lächeln vor und beschloß, nachbarschaftlich freundlich und umgänglich zu sein. Und die Stimmen erstarben.

Erleichtert wandte sie sich wieder dem Pflücken zu.

»Scheißdreck«, sagte eine Stimme, die direkt neben ihrem Ellbogen zu sprechen schien. »Eine verfluchte Katze ist es.«

Liv erstarrte.

Andere Stimmen fielen in einen Chor von *verdammt* und *Scheiße* und *blöde Katze* ein.

Sie konnte drei Stimmen unterscheiden. Ortsansässige, ihrem Dialekt nach zu urteilen. Die erste Stimme war die tiefste, die autoritärste – die Stimme eines erwachsenen Mannes. Die beiden anderen wirkten jünger. Eine war ein nervöser Yankee-Tenor, hoch und hell, undeutlich durch verschluckte Silben und Luft. Die dritte, die am wenigsten sagte, ähnelte der ersten Stimme sehr, aber sie war pubertärer, dünner und hatte weniger Resonanz. Die Stimmen erklangen nicht wirklich neben ihrem Ellbogen, aber sie waren nur wenige Meter entfernt, kamen vom anderen Ende des Dickichts aus dem Wald. Der Mann, der als erster gesprochen hatte, hatte lautstark geflucht, und auf irgendeine rätselhafte Weise hatte die stille Luft bewirkt, daß die Stimme näher klang, als sie war.

Das naheliegende und vernünftige Vorgehen, ihre Anwesenheit zu bekunden, bestand darin, aus dem Gebüsch zu treten. Erst in diesem Moment merkte sie, daß das nicht so einfach war, wie es aussah; sie würde sich einen neuen Pfad aus dem Dickicht hinaus bahnen müssen. Und im Bann der Brutalität dieser ersten Schimpfworte blieb sie still stehen und hielt den Atem an.

Ein schwaches, klägliches Miauen war zu hören. Die Katze, die sie verfluchten. Der Laut klang verletzt. Allmählich wurde sie wütend.

»He«, sagte der Tenor kichernd. »Die ist noch nicht tot.«

»Echt«, sagten die beiden anderen einstimmig. Die jüngere klang interessiert. Die andere Stimme, die ältere Stimme dessen, der als erster gesprochen hatte, ließ erkennen, daß er es bereits wußte.

»Und was tun wir jetzt?« fragte der Tenor.

»Sie töten, du Arschloch«, sagte die arrogante erste Stimme. »Was dachtest du denn, etwa, daß wir sie gesundpflegen?«

Der Tenor kicherte wieder.

»Legen wir sie doch der alten Lesbe vor die Tür.« Das war die dritte Stimme.

Alle lachten.

Die Grausamkeit dieses geplanten Streiches ließ die Benommenheit von Liv abfallen. Sie begann, sich aus ihrem Gefängnis freizukämpfen, und sie versuchte, es leise zu tun, ohne ihren Eimer fallen zu lassen. Sie ging in die Richtung, aus der die Stimmen kamen, weg von der Straße. Sie war wütend. Niemand würde hier irgendwelche verletzten Katzen töten und ihre Leichen auf der Schwelle von Helen Alden oder irgend jemandem sonst deponieren, wenn sie etwas dagegen tun konnte.

Die Dornen zerrten an ihr, und sie stolperte. »Au«, sagte sie unbeabsichtigt und riß sich los.

Vor ihr setzte plötzlich ein wachsames Schweigen ein, jede Bewegung hörte auf. Sie hatte den Männern ihre Anwesenheit zu erkennen gegeben. Eine Woge von Furcht schwächte ihre Entschlossenheit nur für einen Sekundenbruchteil ab; sie hatte ohnehin vor, klarzustellen, daß sie da war, um sie von ihrem Vorhaben abzuhalten. Alles, was sie eingebüßt hatte, war der Überraschungseffekt. Sie löste sich aus dem Rand des Gestrüpps, das ihr bis über den Kopf reichte, und sie stellte fest, daß sie auf einem Vorsprung über einer schmalen Bresche im Wald stand, einer Stelle, an der der Granit zu nah unter der Oberfläche lag und auf der

Erde keine Pflanzen wachsen konnten, außer besonders zählebigem Moos und Pilzen. Die drei Männer standen direkt unter ihr, nur wenige Meter entfernt, und starrten sie an. Stämmige junge Männer. Einer war barhäuptig, einer trug eine Mütze der Boston Red Sox, die er sich falsch herum aufgesetzt hatte. Der andere trug ein Stirnband, einen Lederstreifen, wie einen Gebetsriemen um den Kopf, und über seinem rechten Ohr war es mit einem Federbüschel befestigt, und Perlen hingen von dem Band herunter.

Vor ihren Füßen hatten sie eine Falle freigelegt, und darin hatte sich eine dicke, alte, graue Katze verfangen, die sich übel verletzt hatte. Die Katze war tatsächlich beinah tot, und ihre Augen waren glasig vor Grauen und Schmerz. Ihr Fell war blutverkrustet. Knochen, Fleischbrocken und zerfetztes Fell klemmten in den Zacken der Falle.

»O mein Gott«, sagte sie, schlitterte in gebückter Haltung den Hang hinunter, und streckte instinktiv ihre freie Hand nach der übel zugerichteten Katze aus.

Aus dem Augenwinkel nahm sie verschwommen die flinke Bewegung wahr, aber sie konnte dem Mann nicht ausweichen, der ihr Handgelenk packte. Sein Fuß stand plötzlich hinter ihrem Absatz, und seine Hand hatte sich um ihr Handgelenk geschlungen, so fest wie eine Handschelle. Er riß sie zurück. Sie verlor das Gleichgewicht, knallte mit dem Rücken auf den felsig-knubbeligen Boden, und die Luft blieb ihr weg. Der Eimer flog ihr aus der Hand, und es regnete Beeren, als er im hohen Bogen über sie schwebte und scheppernd auf den Boden fiel. Was noch von ihrer Geduldsarbeit übriggeblieben war, kullerte aus dem Eimer auf den moosbewachsenen Boden. Einen Moment lang war sie bestürzt und fand sich nicht zurecht. Keuchend holte sie Atem, und es gelang ihr, wieder scharf zu sehen; über ihr war ein zerfetzter Baldachin aus Bäumen unter dem weißglühenden Himmel, und der Mann, der sie hingeschmissen hatte, starrte auf sie herunter. Seine Augen hatten die Farbe von Spucke. Der kurze Haarschnitt seines blonden Haares betonte die breite, eckige Kieferpartie. Er zeigte eine ganze Menge raubtierhaft gesunder weißer

Zähne. Seine Lippen waren schmal, und die Oberlippe hatte direkt neben der Mitte einen Schaden, als hätte dort jemand genäht. Er stellte sich über sie, plazierte seine Füße zu beiden Seiten ihrer Knie, und verschränkte die Arme.

»Wer sind Sie?«

Liv fand mit ihrem Atem auch den alten Zorn wieder. Sie setzte sich auf. Er trat überrascht einen Schritt zurück.

»Wen geht das was an?« fauchte sie. »Und was zum Teufel tun Sie hier?«

Der Mann lachte. Er beugte sich vor und bot ihr eine Hand an.

Sie warf einen Blick auf die Hand und zog sich dann allein auf die Füße.

Die beiden anderen Männer starrten sie an. Der mit dem Stirnband war eine kleinere, schlankere Ausgabe des Mannes mit der schiefen Lippe, hatte das gleiche blonde Haar, aber er trug es lang. Höchstwahrscheinlich sein jüngerer Bruder. Der andere war kleiner, rund, hatte ein dummes Gesicht und einen massigen Körper. Mit der Haut, die auffallend rosa war, den kleinen blauen Augen und der Stupsnase sah er aus wie ein Schwein im Overall, was noch dadurch betont wurde, daß er kein Hemd unter der Latzhose trug. Strähnen rostroten Haares zeigten sich an den Rändern seiner Baseball-Mütze, die er verkehrt herum trug, sprießten hinter seinen Ohren, und bedeckten flächig seinen Nacken; ebenso seine bloßen Arme und die Brust, dort, wo die Latzhose sie nicht bedeckte; und sie kamen büschelweise unter seinen Achselhöhlen hervor, selbst dann, wenn sie zusammengepreßt waren.

»Sehen Sie mal, Gnädigste«, sagte der Mann mit der krummen Lippe. »Diese gottverdammte Katze ist uns in die Falle getappt. Wir müssen sie von ihrem Elend erlösen.«

Sie sah die Katze wieder an. Ihre blutige Brust hob sich bei dem unwillkürlichen Versuch, Atem zu holen. Sie konnte sehen, daß keine Hoffnung für das Tier bestand.

»Okay«, sagte sie, obwohl an dieser ganzen Sache gar nichts okay war. »Wie wollt ihr es anstellen?«

Die Männer tauschten belustigte Blicke aus.

»Zufällig tragen wir keine Waffe bei uns«, sagte der mit dem Stirnband. »Sie vielleicht?« Er schien das sehr komisch zu finden.

Sie sah ihn angewidert an. »Das ist doch alles Ihre Schuld. Sie haben die Falle aufgestellt.«

»Sie können mich mal, Gnädigste«, sagte er.

Der Mann mit der schiefen Lippe mischte sich ein. »Wir haben die Erlaubnis, hier Fallen aufzustellen. Es ist nicht unsere Schuld, wenn ihr Sommergäste eure Katzen rauslaßt.«

Sie funkelte ihn böse an. »Ich kann mir nicht vorstellen, daß Helen Alden Ihnen die Genehmigung gegeben hat, auf ihrem Grund Fallen aufzustellen. Ich habe gehört, wie Sie darüber gesprochen haben, die Katze vor ihre Tür zu legen. Das klingt nicht gerade, als stünden Sie sich allzugut mit ihr.«

Der rosa Junge mit der Latzhose kicherte.

Der Blonde mit dem Stirnband sah ihn an. »Halt den Mund, Gordy«, sagte er.

»Wer, zum Teufel, sind Sie?« fragte der Mann mit der schiefen Lippe herausfordernd.

»Das geht Sie nichts an«, sagte sie. »Aber ich habe die Erlaubnis, hier zu sein. Um Beeren zu pflücken.« Sie warf einen Blick auf den Eimer, auf die Beeren vor ihren Füßen.

»Klar«, sagte er.

In dem Moment ging ihr auf, daß sie als Frau allein mit diesen Männern war, die ihr fremd waren. Plötzlich durchströmte sie eine Woge der Besorgnis, die jede Frau inmitten von Männern empfindet, die sie nicht kennt. Bis jetzt hatte der Adrenalinstoß ihres rechtschaffenen Zornes sie angetrieben. Sie spürte, daß sie blaß wurde, und sie verfluchte sich dafür.

Die Augen des Mannes mit der schiefen Lippe funkelten. Wortlos trat er zur Seite, und, ohne sie aus den Augen zu lassen und die Katze auch nur anzusehen, trampelte er auf den Kopf der Katze.

»Nein!« jammerte sie, und sie spürte, wie ihr das Essen hochkam. Sie wandte sich ab, und seine Arme umklammerten ihre Taille. Sie übergab sich in das Gestrüpp. Während sie den gräßlichen Geschmack ihrer eigenen Galle spuckte, riß sie sich von ihm los. Er hielt sie nur um so fester. Der Druck auf ihr Zwerchfell ließ ihr wieder übel werden. Sie schloß die Augen, kämpfte dagegen an. Dann stieß sie ihre Ellbogen heftig in sein Zwerchfell, und er ließ sie fluchend los.

»Wagen Sie es nicht, mich zu beschimpfen«, zischte sie. »Sie Lump!«

Und die drei Männer lachten.

Sie stand mit Fäusten da, die so fest geballt waren, daß ihre Nägel die Haut ihrer Handflächen durchbohrten, und keuchte.

»Ich weiß, wer Sie sind«, sagte der Mann mit der schiefen Lippe. »Miß O-liv-i-a Russell. Hab' Sie auf der Post gesehen. Sie mich aber nicht. Ich bin ja nur ein Einheimischer. Muß mir im Sommer den Lebensunterhalt verdienen.«

»Bezeichnen Sie das etwa als Arbeit?« fauchte sie und deutete auf die tote Katze.

Er sah die Katze mit gespieltem Erstaunen an. »Das da? Das ist Barmherzigkeit, oder etwa nicht, O-liv-i-a? Was wollten Sie denn?«

»Nehmen Sie Ihre verdammte Falle, und scheren Sie sich zum Teufel!« schrie sie.

Die drei Männer sahen einander an.

»Schreien Sie nicht so, sonst geht Ihnen noch einer ab«, sagte der Mann mit der schiefen Lippe freundlich. »O-liv-i-a.«

»Nimm die Falle, Gordy«, sagte der mit dem Stirnband.

»Muß ich wirklich?« wimmerte Gordy, doch er tat es bereits und befreite die grausigen Überreste der Katze aus den Metallstacheln.

»Paß bloß auf, daß du dir den Pimmel nicht einklemmst«, sagte der Mann mit der schiefen Lippe.

Gordy wieherte vor Lachen.

»Nett, Sie kennengelernt zu haben, O-liv-i-a«, sagte der Mann mit der schiefen Lippe. »Seien Sie vorsichtig.«

Er schlenderte in den Wald, und Gordy, der die blutige

Falle schwang, folgte ihm. Der mit dem Stirnband trödelte hinter ihnen her. Unter seinen nahezu weißen Wimpern, die fast so lang wie die einer Frau waren, warf er ihr einen Blick zu. Er spähte über seine Schulter, um zu sehen, ob die beiden anderen bereits außer Sichtweite waren. Dann zog er den Reißverschluß seiner Jeans auf, griff in den Hosenlatz und zog seinen Penis raus. Zartes blondes Schamhaar legte sich wie ein Netz über den metallenen Reißverschluß.

»Um Himmels willen«, sagte Liv.

Er grinste und winkte ihr mit seinem Penis zu. »Ich hoffe, wir sehen uns mal wieder, Miß Russell«, sagte er.

Er stopfte seinen Penis wieder in die Hose, zog den Reißverschluß zu und verschwand im Wald, um den anderen zu folgen.

Liv zitterte. Sie sah die Katze an und hatte das Gefühl, ihr würde wieder schlecht. Ihr *war* wieder schlecht. Als sie nicht mehr zitterte, suchte sie Stöcke und stieß den Kadaver in ein Gebüsch. Die Erdschicht würde hier nicht tief genug sein, um ein Grab zu graben, selbst wenn sie ein anderes Werkzeug als ihre Hände gehabt hätte, um das zu bewerkstelligen. Mit dem Plastikeimer würde es nie etwas werden. Sie mußte wohl nach Hause gehen und mit einem Müllsack aus Plastik und einem Spaten wiederkommen müssen, wenn sie den Kadaver zu dem Hain von Apfelbäumen hinter Helen Aldens Haus bringen wollte, um ihn dort zu begraben. Sie würde Miß Alden erzählen, was vorgefallen war. Miß Alden mußte es erfahren.

Liv hob ihren Beereneimer vom Boden auf und leerte die allerletzten Beeren aus. Ihre Hose hatte Flecken von den Beeren, in denen sie gekniet hatte, und weitere Beeren klebten zerquetscht an den Sohlen ihrer Schuhe. Ihre Hände hatten an den Stellen Flecken, mit denen sie sich aufgestützt hatte, um wieder auf die Füße zu kommen. Das klebrige Gefühl nasser Flecken auf dem Rücken ihres Hemdes sagte ihr, daß auch ein paar Beeren unter ihr gelegen haben mußten, als sie auf den Boden geprallt war. Die Beeren waren schwarz, aber wenn sie zerdrückt wurden, bluteten sie rot. Ihre Kratzer fingen jetzt an zu brennen. Sie trottete um das Dickicht herum und hatte das Gefühl, eine Niederlage eingesteckt zu haben.

Miß Alden war nicht zu Hause, als Liv die Katze begraben hatte und an ihre Tür klopfte.

Sie entschloß sich, Pat nichts von dem Vorfall zu erzählen. Sie wollte nicht, daß er das als Vorwand benutzte, um etwas gegen Nodd's Ridge zu haben, es dort nicht sicher zu finden. Es war als Zufluchtsort gedacht. Das brauchte sie, Zeit, die sie sich von ihrer Töpferei freinahm; die Töpferei hatte sich zu einem Erfolg entwickelt, seit ihre Schwester Jane sich ihr angeschlossen und den Verkauf übernommen hatte. Pat hatte sich nur deshalb auf das Sommerhaus eingelassen, weil sie es sich so sehr gewünscht hatte, und schließlich hatte sie es von ihrem eigenen, schwer verdienten Geld bezahlt. Doch er war selbst ein Junge vom Land, in bitterster ländlicher Armut aufgewachsen. Er betrachtete die schöne, ländliche Gegend mit zynischem Blick und nahm nur zu bereitwillig die rostzerfressenen Fahrzeuge, die allzu schäbigen Bruchbuden, die räudigen und verdroschenen Köter wahr. Es bereitete ihr Unbehagen, ihm etwas zu verheimlichen, aber sie wollte das Zucken seiner Mundwinkel nicht sehen, das müde, unausgesprochene Habe-ich-es-dir-doch-gesagt-Liebling in seinen Augen. Sie wollte nicht, daß er sich ganz grimmig und männlich gab und losmarschierte, um sich im Namen ihrer und seiner Ehre zusammenschlagen zu lassen. Sie waren neu in Nodd's Ridge, und sie wollte nicht gleich am Anfang Ärger haben.

Eine Woche oder zehn Tage später tauchte ein halb verhungertes, kleines graues Kätzchen auf der Schwelle der Russells auf, und sie stellten ihm Milch vor die Tür. Natürlich wollte das Kätzchen daraufhin nicht mehr weggehen, und sie gaben nach und nahmen es zu sich. Der Tierarzt schüttelte den Kopf, als er sie sah, und murmelte Abfälliges über die Sommergäste, die eine Katze für eine Saison behielten und sie dann, sowie die Saison zu Ende war, mitsamt ihren Jungen aussetzten. Obwohl er, das mußte er zugeben, die Katzen, die streunend überlebten, gewöhnlich nicht vor Ende September zu sehen bekam. Liv sagte ihm nicht, daß sie glaubte zu wissen, was der Mutter dieses Kätzchens zugestoßen war.

Inzwischen war sie den drei Männern im Lebensmittelladen des Ortes im Beisein von einem älteren Mann wiederbegegnet, der den beiden Blonden zu ähnlich sah, mit Halbglatze und zu fett, um jemand anders als ihr Vater zu sein. Sie hatten sie außerordentlich höflich behandelt und wie über einen schmutzigen Witz gelacht, als sie hinausgegangen war. Als sie das nächstemal in den Laden gekommen war, hatte sie den Ladeninhaber gefragt, wer die Kerle waren. Er hatte sie darüber informiert, die Brüder seien Rand und Ricky Nighswander, und der andere Junge mit der Latzhose sei ihr Stiefbruder Gordy Teed. Der ältere Mann mit dem Armeehaarschnitt und dem bärbeißigen Gesichtsausdruck, ihr Vater, war Arden Nighswander.

George Fogg hatte sich vertraulich über die Theke gebeugt, über ihre Milch, ihre Eier und ihren Orangensaft. »Ich sage das nicht gern, Missus Russell«, hatte er mit gesenkter Stimme gesagt und sich dabei nervös umgesehen, »aber von dem Kerl würde ich keinen Scheck annehmen. Und rumliegen lassen würde ich auch nichts.«

TEIL I

Errette mich, Herrr... vor den Gewalttätigen,
die Böses planen in ihrem Herzen
und täglich Streit erregen.

Psalm 140, 2–3

...die dunklen Winkel des Landes
sind voll Frevel.

Psalm 72, 20

1. Kapitel

GEFECHT
ROHSCHNITT #1

In diesem Flecken Dschungel hier, der wie von enormen Maschinen zerfetzt und gesprengt ist, ist eine grauenhafte Schlacht ausgefochten worden. Jetzt gewinnt der Dschungel: Eine kaputte Planierraupe, anscheinend groß genug, um ganz allein eine Rollbahn für einen Jumbo-Jet zu räumen, rostet in der Seitenlage wie eine riesige, häßliche Skulptur; ein Kampfhubschrauber, ausgeschlachtet und mit roher Gewalt zerstört, ist, nur wenige Meter entfernt, in die glatten Stämme von Bäumen gedonnert. Ranken tasten sich über beide Maschinen vor. Bald werden sie nicht mehr sichtbar sein, selbst die eine von der anderen aus nicht, und doch tragen beide ein militärisches Abzeichen, das noch identifizierbar ist. Es ist ein offener Mund voller Eckzähne, umrandet in einem Rot, das zur Farbe getrockneten Blutes ausgeblichen ist. Eine fahle Zunge hängt über die untere Schneidezahnreihe heraus. Blockbuchstaben – US XIII. KAV. – identifizieren das Symbol wie ein Ordensband.

Vor dem Hintergrund des Dschungels, der sich unverwüstlich grün gegen den rostenden Mechanismus absetzt, steht ein Mann in einer Tarnuniform, die dasselbe Abzeichen trägt wie die zerstörte Planierraupe und der Kampfhubschrauber, wie ein Totem auf der Lichtung. Pockennarbig und zerfurcht, das Gesicht eines mongolischen Kriegers. Unter seiner Schirmmütze peitscht sein rauhes, glattes schwarzes Haar brutal in schmale Schlitzaugen, die kein Weiß oder auch nur irgend etwas anderes als ihr eigenes schwarzes Feuer aufweisen. Er starrt den Körper einer Frau an, die an die Rotoren des Huey gebunden ist, ein rasiermesserscharfes Katharinenrad. Die Sprenkel auf dem Rotor können Rost oder Blut sein. Der Körper der Frau ist blaßblau. Ihr Gesicht ist eine No-Maske, aufgeworfene, geöffnete Lippen, die sich schwarz gegen ihre blutleere Haut absetzen. Es ist eine Orientalin, mit ausdruckslosen Mandelaugen. Staubteilchen haben sich wie winzige Schneeflocken auf der silbrig schwarzen Iris abgesetzt. Ihr schwarzes Haar ist an ihren zartgeformten Schädel geklatscht. Die zierlichen Knochen ihres Gesichtes sind am Verschwinden, während ihr Gewebe anschwillt und die Maske ihre Haut strafft. Eine Fliege landet auf ihrer Wange und krabbelt darauf herum. Über einen längeren Zeitraum. Jemand hat ein Symbol auf ihren nackten Bauch geschmiert, mit ihrem Blut. Es ist dasselbe Symbol, das der Mann auf der Schulter seiner Uniform trägt, der Rachen eines heißhungrigen Raubtiers.

Dann ist sie verschwunden. Der Dschungel wird zu einer regnerischen Straße in einer Stadt bei Nacht. Straßenlaternen spiegeln sich auf der nassen Oberfläche des Pflasters wie das Glotzen von toten Augen. Die roten Fänge des Abzeichens der XIII. CAV., die man gerade noch auf dem Bauch der toten Frau gesehen hat, zucken in fahlem Neon über einer Spelunke auf der anderen Straßenseite. Der Mann mit dem barbarischen Äußeren wiegt eine Schrotflinte im Arm. Er behält die Bar im Auge, die Leute, die ein und aus gehen. Vorwiegend Männer, vereinzelt Frauen. Die Frauen sehen schäbig und verhurt aus und sind betrunken. Die Männer tragen Teile von Uniformen zu ihrer Straßenkleidung, als seien sie unfähig, ihre Soldatenidentität aufzugeben. Sie sind jung, wirken roh, sind betrunken oder bekifft oder beides.

Ein mit Tarnfarben bemalter Trans-Am, aufgemotzt, die Auspuffdose mit Glas bestückt, biegt quietschend um die Ecke und bremst brutal vor der Bar runter. Der Kühlergrill und die vordere Stoßstange sind zu einem Mund voller fleischfressender Zähne umgestaltet worden.

Ein schlaksiger blonder Mann, mit den unaufdringlichen und doch ausgeprägt knochigen Gesichtszügen der Appalachengegend, schält sich aus dem Wagen heraus. Er ist betrunken, torkelt, bleibt am Vorderreifen stehen und pißt. Jugendliche in einem vorbeifahrenden Wagen machen sich lauthals über ihn lustig; er zeigt ihnen mit ungeschickten Bewegungen einen Vogel.

Dann, nur einen Moment lang, ist es fast still auf der Straße, und selbst die betrunkene Ausgelassenheit in der Bar kommt einem gedämpft vor. Die beiden Männer haben die Straße für sich allein.

»Jackson«, sagt der Mann mit der Schrotflinte deutlich, mit ausdrucksloser Stimme.

Der schlaksige Mann blickt auf; er ist zu betrunken, um bestürzt zu sein.

»Hm?« Er blinzelt in die Nacht, kann aber im Funkeln der Straßenlaterne und des Neons nur Schatten erkennen.

Keine Antwort. Jackson schüttelt sich ab und zieht seinen Reißverschluß zu.

»Jackson«, sagt der Mann mit der Schrotflinte.

Jetzt sieht Jackson ihn, und ein Ausdruck des Entsetzens zieht über sein Gesicht. Er bemüht sich, seine Panik zu verbergen.

»Hallo, alter Kumpel«, sagt er, und sein Akzent ist jetzt hörbar der eines Südstaatlers. »Lange nich' gesehn.«

»Das ist für May«, sagt der Mann mit der Schrotflinte und hebt sie hoch.

»Ich hab' überhaupt nichts damit zu tun gehabt«, schreit Jackson. Er weicht zurück, streckt ihm zu seiner Verteidigung die Handflächen entgegen.

Der Mann mit der Schrotflinte bleibt stumm.

Jackson lacht ein schrilles, nervöses Lachen. »Du hast das total in die falsche Kehle gekriegt, Kumpel. Ich habe versucht, es zu verhindern«, sagt er.

Der Mann mit der Schrotflinte seufzt. »Du konntest noch nie anständig bluffen«, sagt er und drückt ab.

Der schlaksige Mann schreit auf und wird durch die Wucht des Schusses seitlich gegen den Trans-Am und über seine Kühlerhaube geschleudert.

Der Abspielknopf sprang heraus. Pat Russell streckte seinen Arm aus und drückte auf Zurückspulen.

Er stand auf und zog die Vorhänge auf, die vor der Fensterwand zugezogen waren, und das weiche Licht des Spätnachmittags spiegelte sich im See. Sein Genick war steif vor Anspannung.

Liv verspürte das impulsive Bedürfnis, aufzustehen und ihn in den Arm zu nehmen. Travis saß mehr oder weniger auf ihrem Schoß.

Pat blieb am Fenster stehen und blickte auf das Wasser, aber er sah es nicht. Er klopfte sich müßig auf die Brusttasche und vergewisserte sich, daß seine Zigaretten noch da waren. Dann machte er sich an das nervöse Zeremoniell, das Päckchen aus seiner Tasche zu fischen, eine Kippe herauszuschütteln, sie zwischen seine Lippen zu schieben, sein Feuerzeug ausfindig zu machen, die Zigarette anzuzünden, den Rauch zu inhalieren. All das, um den Moment hinauszuzögern, in dem er sie ansehen und ihre Reaktionen abschätzen mußte.

Wenn sie Travis jetzt von ihrem Schoß beförderte und aufsprang, stellte sie sich zwischen ihn und seine Zigarette. Daher wartete sie einfach ab.

»So«, sagte er. »Was meint ihr dazu?«

Die untergehende Sonne fing sich in ein paar silbrigen Strähnen von Pats Haar und schien auf Travis' zart gesponnenen Wuschelkopf. Liv saß in dunklen Shorts und einem rückenfreien Top, beides jetzt zu groß für sie, auf dem großen, bequemen Sofa, das sie selbst während des ersten Sommers am See mit einem lebhaft gemusterten Stoff überzogen hatte. Travis hatte in den Minuten, die der Rohschnitt von Pats Film gedauert hatte, auf ihrem Schoß gesessen. Jetzt lümmelte er sich an ihren Schenkeln herum und spielte mit seinen GIs, den Miniatursoldaten, die sich im letzten Jahr zu seinem Lieblingsspielzeug entwickelt hatten. Sarah, deren rundes Gesicht vor Spannung gerötet war, saß im Schneidersitz dicht neben den nackten Füßen ihrer Mutter auf dem Fußboden.

»Ganz toll«, sagte Sarah. »Einfach phantastisch. Findest du nicht, Mom?«

Liv lächelte. »Sieht gut aus. Es sieht schon aus wie ein richtiger Film.«

»Was sagst du dazu, Trav?« fragte Pat den Jungen.

»Ist das einer von den Bösen?« fragte er.

»Der, der abgeknallt worden ist? Darauf kannst du wetten«, sagte Pat.

»Nein, der Kung-Fu-Typ«, sagte Travis. »War das ein Böser?«

»Ach so«, sagte Pat. Er sah angewidert seine Zigarette an und drückte sie dann abrupt aus. »Travis ist wie üblich zum Kern des Filmes vorgedrungen.«

»Ich glaube, er will wissen, auf welcher Seite er gestanden hat – ob er ein Vietkong oder ein Amerikaner war«, sagte Liv.

»Oh.« Pat zuckte die Achseln. »Ein Amerikaner natürlich. Hast du denn nicht seine Schulterklappe gesehen, Trav?«

»Doch«, sagte Trav. »Aber er hat ausgesehen wie ein Vietkong.«

Pat biß sich auf die Unterlippe. »Glaubst du, daß Travis vielleicht auf ein ernstliches Problem dieses Filmes gestoßen ist?« fragte er Liv.

»Nein«, sagte sie. »Er kennt Kinsella nur aus diesem Kung-Fu-Streifen, in den du ihn mitgenommen hast. Da war er einer von den Guten, aber er war doch auch ein chinesischer Krieger oder so was, oder nicht? Ich glaube nicht, daß diese Millionen von Kinsella-Fans, die rumlaufen, Schwierigkeiten haben, zu erkennen, daß er einer von unseren ist.«

Pat kaute immer noch auf seiner Unterlippe herum. »Er sieht wirklich schrecklich asiatisch aus. Und dabei ist er in Wirklichkeit ein Ire, nichts weiter. Wie ich.«

»Aber das Mädchen ist eine Vietkong, oder?« fragte Travis.

»Nicht direkt. Sie steht eher auf unserer Seite«, sagte Pat.

»Aber wer hat sie dann umgebracht?«

»Dieser Jackson, den Kinsella weggepustet hat, und noch ein paar andere Kerle. Irgendwelche anderen Amerikaner«, sagte Pat.

»Warum?« fragte Travis beharrlich.

»Weil sie ganz böse sind.«

»Aber das sind doch Amerikaner, und du hast gesagt, sie stehen auf unserer Seite!«

Liv streckte ihre Hände aus und zog Travis, der immer noch seine GIs in der Hand hielt, in ihre Arme. Das harte Plastik kleiner Hände und Stiefel und Köpfe kniff sie in den Busen.

»Manchmal gibt es auch auf unserer Seite Böse«, sagte sie. »Manchmal tun sie ganz schlimme Dinge.«

Pat ging im Zimmer auf und ab. »War es ein Fehler«, sagte er zu Liv, »Travis diesen Film sehen zu lassen?«

Sie zuckte die Achseln. Ihr zumindest hatte sich diese Frage schon vorher gestellt, wenn vielleicht auch nicht ihm. Es war wichtig erschienen, daß er wußte, worin die Arbeit seines Vaters bestand, was Daddy während der langen Phasen seiner Abwesenheit tat. »Irgendwann muß er schließlich feststellen, daß die Welt nicht schwarz und weiß ist.« Aber sie wußte nicht so recht, ob jetzt der richtige Zeitpunkt dafür war. Es war ganz entschieden eine zweifelhafte Angelegenheit.

Travis stieß sich von ihr los. »Ich bin doch kein Baby mehr.«

»Deshalb hast du deiner Mutter wohl die ganze Zeit auf dem Schoß gesessen?« sagte Pat, der gerade die Videokassette aus dem Recorder nahm.

Liv zuckte zusammen und wollte aufstehen. Das Maß an Feindseligkeit, an echter Eifersucht in seinem Tonfall, schockierte sie. »Pat«, sagte sie.

Pat fuhr bei ihrer Berührung zusammen. Er starrte sie an, und plötzlich nahm er bewußt wahr, wie gespannt die Haut über ihren hohen Backenknochen jetzt war. Die Haut wirkte fragil, als könne sie reißen, wenn er es wagen sollte, sie zu berühren.

Travis griff entschlossen zu seiner einzigen Verteidigung – direktes Leugnen der Wahrheit. »Hab' ich doch gar nicht«, sagte Travis. »Hab' ich eben nicht.«

»Hast du doch«, sang Pat. »Hast du doch. Der grooooße Junge.«

»Jesus«, murmelte Liv. Sie schüttelte matt den Kopf und fuhr sich mit einer Hand durch das Haar.

»Hab' ich nicht!« schrie Travis.

Pat stand stocksteif da, und sein Gesicht zeigte offen Erstaunen, als ihm klarwurde, was er ausgelöst hatte, doch dann verschloß es sich schnell unter den einsetzenden Schuldgefühlen.

»Schrei mich nicht an«, sagte Pat mit leiser Stimme. »Schrei mich bloß nicht an, Mister.«

»Ich hasse dich«, schrie Travis. »Und ich hasse deinen doofen Film! Geh weg! Laß mich in Ruhe!«

Travis' Lippen waren blau, seine Haut aschfahl. Seine Fäuste waren geballt wie kleine Knüppel, und Teile der GIs ragten zwischen seinen Fingern heraus.

»Jetzt reicht es«, sagte Liv. Sie hob Travis hoch. »Schluß jetzt«, sagte sie zärtlich zu ihm und trug ihn aus dem Zimmer.

Pat ließ sich auf einen Stuhl sinken und sah Sarah hilflos an.

»Was habe ich getan?« sagte er. »Was habe ich denn gesagt?«

Sarah, deren Gesicht blaß war, schüttelte den Kopf.

»Du hast mich doch noch lieb, oder?« fragte er und streckte seine Arme aus.

Sie kam sofort zu ihm und umarmte ihn; dann riß sie sich errötend aus seiner Umarmung los. Er fühlte sich augenblicklich schlechter, denn er erkannte, daß das Inzesttabu schließlich doch zwischen ihnen durchbrochen worden war. Es konnte Jahre dauern, ehe sie wieder in der Lage waren, einander bedenkenlos zu umarmen. Zusätzlich zu allem anderen schien er in diesem Sommer seine Tochter verloren zu haben.

»Klar, Daddy«, sagte sie. »Der Film wird bestimmt super. Mach dir deswegen keine Sorgen.«

Dann war sie verschwunden, zweifellos in die Sicherheit ihres Schlafzimmers, das mit Springsteen-Postern tapeziert war.

»Der Jetlag«, sagte er laut vor sich hin. Aber er war zu aufgekratzt und nervös, um zu schlafen. Er entschied sich, einen Spaziergang zu machen.

Der See lag plötzlich still da, nachdem alle Wasserskiläufer, Segler und Ruderer nach Hause gegangen waren, um Martinis zu schlürfen und gegrillte Steaks zu mampfen. Der Geruch nach verkohlendem Fleisch in der Luft machte ihn hungrig und ließ ihm leicht übel werden. Er schlenderte auf den Wald zu und dachte dabei, wenn er schon seinen Mageninhalt von sich geben mußte, könnte er das auch diskret tun.

Er stellte fest, daß er den gewundenen Pfad eingeschlagen hatte, den er als den Weg des geringsten Widerstandes ansah, wie etwas aus *Des Pilgers Reise von dieser zur zukünftigen Welt*... – nicht planvoll angelegt, sondern lediglich ein bequemer Weg, den die Menschen von wilderen Wesen übernommen hatten. Er mochte Wälder nicht allzugern. Sie hatten keine Mauern, waren ungepflastert und voll von ungezähmten, unberechenbaren Geschöpfen.

Die Dunkelheit hatte im Wald bereits die Vorherrschaft gewonnen. Die dickstämmigen Bäume mittleren Alters, die über ihm aufragten, bewirkten, daß er sich wieder wie ein kleines Kind in einer Welt von Riesen vorkam. Die dichten Kronen der Nadelbäume breiteten nicht nur ihre buschigen Äste zwischen ihm und der untergehenden Sonne aus, sondern sie schienen das Licht tatsächlich zu absorbieren, von den grünen Spitzen bis zu den palmenartig schwarzen Enden. Die Wurzeln, die sich aus dem Boden streckten, fühlten sich durch die dünnen Sohlen seiner Schuhe so hart und scharfkantig wie Steine an. Und so urplötzlich wie immer tauchte Liz' Studio aus dem Schatten auf.

Dieses Studio war der entscheidendste Grund dafür gewesen, daß sie sich ausgerechnet dieses ganz bestimmte Sommerhaus ausgesucht hatten. In den späten sechziger Jahren, als die Blumenkinder selbst in so obskuren Winkeln der Welt wie Nodd's Ridge aus dem Boden gesprießt waren, hatte sich der jugendliche Sohn des Vorbesitzers dieses Studio als einen Ort erbaut, an dem er malen konnte, und der zugleich als Zufluchtsstätte vor seinen nachsichtigen und doch hoffnungslos beschränkten Eltern diente. Das hatte ihnen der alte Hausmeister, Walter McKenzie, erzählt. Der Junge mußte eine ziemlich ungewöhnliche Begabung besessen haben, denn er hatte aus Bauholzresten und alten Fenstern, die er auf dem Sperrmüll aufgegabelt hatte, ein Lebkuchenhäuschen mit einem einzigen Innenraum gebaut und das Ganze mit dem eigenwilligen Merkmal eines Glasdaches gekrönt. Die billigen Farben des ursprünglichen Anstrichs waren verblaßt, und daher schien es, als stünde das kleine Häuschen schon sehr lange dort, länger als das Haus am anderen Ende des Pfades. Es fehlte wirklich nur noch eine alte Hexe, um die Sache vollständig zu machen.

Das Haus war, wie üblich, unverschlossen. Pat trat ein und dachte dabei immer noch über den Jungen nach, der das Haus gebaut hatte. Das Blumenkind. Inzwischen dürfte er etwa in ihrem Alter sein, Anfang Dreißig, und vielleicht focht er Kämpfe mit seinen eigenen Kindern im Teenageralter aus, falls er überhaupt Kinder hatte.

Wie eine Kulisse bestand dieses Lebkuchenhaus nur aus Außenwänden. Das Innere war unfertig, unisoliert, unverputzt, und das blanke Skelett der Gerüstbalken lag so frei wie im Innern einer Scheune. Die mit der Zeit ergrauten Bretter, die die Wände bildeten, waren mit Familienfotos in Plastikhüllen geschmückt, mit Bildern, die Liv aus Zeitschriften ausgeschnitten oder zwischen dem Ramsch von Trödelläden aufgestöbert hatte; es standen auch seltsame Gegenstände herum, die Liv wegen ihrer Form, ihrer Struktur oder ihrer Farbe mochte – Federn, Blätter, Girlanden aus Tannenzapfen und Tannennadeln, Vogelnester. Und dazwischen feinmaschige Metallsiebe, Pinsel, Untersetzer und Werkzeug, alles griffbereit. Steinchen und Kiesel und glattgeschliffene Glasscherben waren auf den Fensterbrettern aufgereiht. Der unbehandelte Holzfußboden, der inzwischen stark abgetreten war, war staubig und mit den Schatten alter Farbe befleckt, mit Livs Ton und mit ihren Glasuren. Die gesamte kärgliche Einrichtung – Vorratsregale, ein alter, häufig angestrichener und abblätternder Küchentisch, ein hoher, dreibeiniger Hocker, die Schränke – war aus Holz und stammte, ebenso wie das abgenutzte Spülbecken aus Schiefer mit der Schieferablage, die Liv als Werkbank benutzte, um ihren Ton aufzubereiten, von Trödlern wie Linscott in Greenspark oder vom Sperrmüll. Abgesehen von dem Brennofen, der mit Holz angeheizt wurde und den sie selbst gebaut hatte. Sie regeneriere sich, sagte sie, wenn sie jeden Sommer auf die primitivsten Techniken zurückgriff. Der Ort wirkte entschieden heruntergekommen, aber in der Luft hingen die chemischen und irdenen Gerüche, die er mit einer Liv assoziierte, die gerade besonders glücklich war.

Er ging durch das Studio, lugte in offene Kisten, öffnete die Schränke, in denen Liv sorgsam etikettierte Einmachgläser mit vorbereiteten Glasuren lagerte, zog andere Schachteln aus Ecken, in die sie gezwängt worden waren. Aus dem Regal, das abseits von den anderen für Travis angebracht worden war, nahm Pat die Frischhaltedose und roch an dem verschwitzten Klumpen aus vielfarbigem Ton, mit dem Travis wahrscheinlich den ganzen Sommer über gespielt hatte. Eine flache Plastikdose enthielt kleine Tonfigürchen, die er geformt hatte – säuberliche kleine Soldaten in Kampfstellungen. Sie alle hatten klar erkennbare Gesichter, Augen und Nasen und Ohren und Münder und Bärte, aus winzigen Tonklümpchen geformt, die Travis anschließend hinzugefügt und mit seinen eigenen kleinen Plastikwerkzeugen herausgebildet hatte. Überhaupt nicht schlecht für einen kleinen Jungen. Diese fetten kleinen Finger waren erstaunlich geschickt.

In seiner Kindheit hatte Pats Mutter die wenigen Weihnachtsgeschenke, die sie sich leisten konnte – hauptsächlich Pullover und Socken und Fäustlinge, die sie selbst strickte und die er ohnehin brauchte, aber immer auch ein paar Spielsachen, benutztes Zeug, das sie in Hinterhofsverkäufen und in Trödelläden auskramte – ganz hinten in ihrem Schrank versteckt. Spät nachts reparierte sie ihre neuesten Funde und malte sie frisch an, wie die Heinzelmännchen des Schusters, ein verschwenderischer Einsatz von

Zeit und Energie, den sich Ellen Russell, die sich selbst und Pat als Pflegerin ernährte, ebensowenig leisten konnte, wie sie sich neues Spielzeug hätte leisten können. Er war etwa sieben gewesen, als er ihr Versteck entdeckt hatte, und eines Nachmittags, als die Schule wegen des Schnees eher aufgehört hatte und er allein zu Hause war, schlüpfte er ganz tief in den Schrank hinein und sah sich jedes einzelne der sorgsam eingewickelten Geschenke an. Er erfuhr nie, ob sie bemerkt hatte, daß sich jemand an den Päckchen zu schaffen gemacht hatte, aber sie verlor kein Wort darüber. Sie war eine kluge Frau; vielleicht wußte sie, daß nach der wilden Spannung seines Schnüffelns eine Enttäuschung einsetzte, die er niemals vergessen sollte. An diesem Weihnachten gab es keine Überraschungen, und das war mehr als genug Strafe. Und er hatte nie mehr in ihrem Schrank herumgewühlt. Wie an jenem Weihnachtstag, gab es auch in Livs Werkstatt schockierend wenig Neues zu entdecken, ein Ort, an dem er in vergangenen Jahren Dutzende von erfreulichen kleinen Überraschungen gefunden hätte. Die Enttäuschung und die Schuldgefühle, die er empfand, waren dieselben, die er damals kennengelernt hatte, als er sich mit glühenden Wangen, Übelkeit im Magen und zugeschnürter Kehle aus dem Schrank seiner Mutter geschlichen und am Weihnachtstag die Geschenke ausgewickelt hatte, die er schon einmal ausgepackt hatte. Wie bei einer Unterlassungssünde zählte das, was nicht da war. Nicht einmal eine Tonne mit mißlungenen Stücken, denn Liv war katzenhaft in ihrer Reinlichkeit. Was nichts wurde, wurde in Stücke zertrümmert und entweder vergraben oder wieder verwendet.

Er sah sogar in den elektrifizierten Brotkasten aus Blech, den Liv benutzte, um die Sachen zu trocknen und ihnen die Feuchtigkeit zu entziehen. Natürlich war er leer. Zu dieser späten Jahreszeit war es klar, daß nichts Halbfertiges herumstand. Und dann sah er beiläufig, eher automatisch, in einen letzten Schrank. Sein Herz überschlug sich im ersten Moment regelrecht vor Erleichterung und Freude. Drei oder vier Stücke kauerten im Schatten, als hätten sie ihn erwartet. Eine kleine, bernsteinfarben glasierte Schale, in die ein strudelndes Muster eingeritzt war, das deutlich in Zusammenhang mit ihrem derzeitigen Stil stand. Ein Krug mit einer geschmeidigen Eisenglasur, wie die Haut einer Frau. Er nahm ihn heraus und fuhr die gerundeten weiblichen Umrisse nach und lächelte. Dahinter, fast unsichtbar im dunklen Schrankinnern, stand eine große Vase, doppelt so groß, und wie ein Schild geformt. Die Glasur war unregelmäßig über die Oberfläche getröpfelt worden, und in dieser Unregelmäßigkeit wiederholte sich die Form des Stückes. An manchen Stellen war die Glasur so dünn, daß sie fast wie Kupfer wirkte, und an anderen war sie so erhaben, daß sie den Schimmer des Kruges mit seinem Firnis aus silbrigem Eisen wiedergab. Die ungleichmäßige Farbe, ein glänzendes und ein mattes Schwarz, war rußig und glitzerte rot und purpurn, als er das Gefäß zwischen seinen Händen drehte. Das war etwas ganz Neues. Und als Allerletztes, im hintersten Winkel des Schrankes, fand er eine Fußballform von der Größe eines menschlichen Kopfes mit dem klaffenden Spalt eines Mundes zwischen den Halbkugeln. Außen war es gelblich und unglasiert, innen ein dick und unregelmäßig aufgetragenes Purpurrot. Er stellte den Gegenstand eilig zurück. Dieses Stück hatte etwas beunruhigend Organisches an sich.

Gewiß war es ein gutes Zeichen, daß sie sich an solche schwierigen Dinge gewagt hatte, und in seinen Augen, wenn auch nicht in ihren eigenen oder gar in denen ihrer Schwester Jane, soviel stand fest, und schließlich waren seine Augen durch den Umgang mit Liv und ihrer Töpferei in bescheidenem Maß geübt, hatte sie ihre Sache ausgezeichnet gemacht. Nur die Schale und der Krug wiesen entfernt kommerziell verwertbare Merkmale auf, aber das spielte nicht annähernd eine so große Rolle wie der Umstand, daß sie wieder arbeitete, und das anscheinend äußerst kreativ.

Er setzte sich auf ihren Schemel und nahm die sauberen, fast chirurgischen Instrumente in die Hand, die sie auf dem Tablett liegen hatte. Müßig setzte er ihre Töpferscheibe in

Bewegung. Dieser Ort hatte immer den Eindruck einer ganz außergewöhnlichen Leere vermittelt – vielleicht, weil nie jemand wirklich hier gelebt hatte. Und wenn Liv nicht hier war, wurde die Leere durch die zahlreichen Hinweise auf ihre zeitweilige Anwesenheit unterstrichen. Doch er fühlte sich wohl, wenn er saß, wo sie saß, wenn er berührte, was sie berührt hatte, das ganz besonders, weil ihr taktiles Empfinden so ausgeprägt war. Er nahm an, daß sie im wörtlichen Sinne eine sehr dünne Haut hatte, und wenn das auch häufig das Zusammenleben mit ihr erschwerte, so machte es sie doch zu einer astreinen Töpferin.

Es war sehr dunkel im Raum geworden, fast dunkler als draußen in der Welt. Wenn er nicht bald ging, mußte er das Licht einschalten. Daher schloß er alles, was er geöffnet hatte, und trat ins Freie.

Er setzte sich auf die Stufen vor dem Studio, um eine Zigarette zu rauchen. Es stimmte wirklich, entschied er, daß sie genügend Empfindsamkeit für sie beide besaß. Er wußte nicht, wie sie den ständigen Ansturm des Lebens auf ihre geschärften, empfindsamen Sinne aushielt. Sie rauchte nicht, sie kiffte nicht, und sie trank so selten etwas, daß sie ebensogut überhaupt nicht hätte trinken können. Bei einem derart jungfräulichen und reinen Organismus konnte es durchaus sein, daß das Aspirin, das sie den ganzen Sommer über genommen hatte, wie eine echte Droge wirkte. Vielleicht wirkte es bei ihr wirklich wie ein Hammer. Er hoffte es.

Als er das vorletzte Mal nach Hause zurückgekommen war, war er dahintergekommen. Er war ins Haus gestürzt, und trotz seiner besten Absichten hatte er sich, zweifellos aufgrund seiner Erschöpfung, des Jetlags und der psychischen Ermattung, augenblicklich über seinen ganzen Kummer und alle seine Sorgen mit dem Film ausgelassen.

Liv saß am Küchentisch, während die Zeiger der Uhr auf die Mitternacht eines Tages zurückten, der für sie so lang gewesen sein mußte, wie er für ihn gewesen war, und, mit wenig Aussichten auf Schlaf in der kommenden Nacht, nippte sie an einem Kräutertee, der wie nasses Unkraut von der anderen Straßenseite roch, und hörte ihm geduldig zu. Oder so erschien es zumindest. Sie legte ihren Kopf auf eine Seite, und ihr Blick ruhte unablässig auf ihm, sie nickte ab und zu, aber sie sagte kein Wort. Sie wirkte ermattet, aber schließlich war es schon spät. Er bemerkte, daß sie auf die Uhr sah, und wenige Minuten später warf sie wieder einen Blick auf die Uhr.

Ich langweile sie, dachte er, ich langweile sie bodenlos. Doch sie versetzte ihn in Erstaunen.

Sie stand abrupt auf und ging zum Wasserhahn, drehte ihn auf und klopfte zwei Aspirin aus dem Röhrchen, das sie auf dem Fensterbrett aufbewahrte; dann stürzte sie die Tabletten mit dem Wasser hinunter.

Es wurde ihm schlagartig klar, daß sie darauf gewartet hatte, bis es an der Zeit war; daß sie dagesessen, durchgehalten und gewartet hatte. Wenn auf dem Röhrchen stand, sie solle diese Medizin alle vier Stunden schlucken, dann nahm die Tochter des Apothekers sie nicht ein, ehe jede einzelne Minute dieser vier Stunden abgelaufen war.

Er sah, als nähme er es zum erstenmal wahr, wie tief die dunklen Ringe unter ihren Augen waren, so dunkel wie der Wald, in dem dieses Lebkuchenhaus von einem Studio stand, das Ausgemergelte, die Anspannung um ihren Mund herum, und er wußte, daß alles, was er gesagt hatte, wie ein kalter Regenschauer auf sie heruntergeströmt war. Vielleicht war ein Teil durch ihre Poren gesickert, gerade genug, um sie unangenehm frösteln zu lassen, aber bewußt gehört hatte sie kein Wort. Sie hatte es einfach über sich ergehen lassen. Sie hatte gewartet. Das war alles, was sie in diesem Moment tun konnte.

Daraufhin hatte er den Mund gehalten und seine Arme um sie gelegt, und sie hatte geweint, seine Frau, die niemals weinte. Und er hatte aus ihr herausgeholt, daß dieser verfluchte Zahn ständig so weh tat, daß sie nicht mehr schlafen oder essen oder auch nur noch irgend etwas tun konnte, und die Wurzel war jetzt schon ein halbes Dutzend Mal behandelt und auf Teufel komm raus betäubt worden, und es tat immer noch *weh,* ihr ganzes Gesicht und ihr Kopf taten so weh, daß man es einfach nicht ignorieren und an nichts anderes mehr denken konnte. Aus seinen eigenen, unsäglichen Schuldgefühlen heraus schrie er sie an, und da hatte sie aufgehört zu weinen, woraufhin er sich noch schlechter gefühlt hatte. Und am nächsten Tag hatte er sich von ihr versprechen lassen, daß sie sich den verdammten Zahn ziehen lassen würde, und er war wieder zu den Dreharbeiten abgereist, weil es sein mußte, gleichzeitig aber auch mit einer schuldbewußten Erleichterung, weil er sie nicht anschauen konnte, ohne sich wie der letzte Dreck vorzukommen.

Und als er dann hätte arbeiten sollen, konnte er an nichts anderes als an Liv denken, und jeden Abend hatte er zu Hause angerufen, und dann hatte er die Fluggesellschaft angerufen, um einen Flug nach Hause zu buchen, und dann hatte er diesen Flug nicht genommen, und als er schließlich wieder nach Hause gekommen war, war sie schon dabei, sich sichtlich zu erholen, und er war derart erleichtert gewesen, daß er einen Tag länger geblieben war, und als er zu den Dreharbeiten zurückkehrte, war er halbwegs davon überzeugt, daß es nie so ernst gewesen war, wie es den Anschein erweckt hatte.

Die Hitze eines Spätsommertages ist so vergänglich wie der Sommer selbst. Urplötzlich wurde es nicht nur immer dunkler, sondern auch kälter, und er empfand eine gewaltige Leere. Pat drückte die Zigarette mit dem Absatz aus und machte sich auf den Rückweg zum Haus.

Jetzt kam deutlich raus, daß sie zu oft voneinander getrennt gewesen waren. Er würde versuchen müssen, das wiedergutzumachen. Liv fand ihre Kraft wieder, sie arbeitete wieder, mit ihr würde alles in Ordnung gehen, aber es würde eine gewaltige Erleichterung sein, sie wieder in Portland zu haben, wo ihre Familie ihr Gesellschaft leisten und sie im Auge behalten konnte. Es würde jetzt nicht mehr lange dauern, und der Film würde fertig sein, würde sich von allein zu einem durchschlagenden Erfolg oder zu einem Fehlschlag entwickeln, und sie würden alle wieder zusammensein. Es war lediglich eine Frage von viel mehr Umarmungen und Küssen, damit Liv und Travis wieder wußten, woran sie mit ihm waren.

Als er den Lichtschein des Hauses durch die Bäume sah, beschleunigte er seine Schritte, soweit er das auf diesem unsicheren Untergrund wagte, und er dachte daran, wie sehr ihn jetzt ein eisgekühlter kleiner Gin aufbauen würde. Mit gegrilltem rotem Fleisch und Livs Cäsar-Salat und einer gebackenen Kartoffel im Bauch würden sie sich alle wohler fühlen. Ein Rezept, das sowohl seine verstorbene Mutter, die stets liebevolle Ellen Russell, als auch Livs Eltern, Doe, der Apotheker, und Marguerite, der lächelnde Drache, für gut befunden hätten.

»›Und damit war es aus mit ihm‹«, las Liv und schloß das Buch.

Travis stieß einen langen, zufriedenen Seufzer aus. Er hatte sich das Bettzeug bis unter das Kinn gezogen und preßte seinen Kopf auf das Kissen.

Liv küßte mehrfach schnell hintereinander seine von Tränen angeschwollenen Augenlider. Kichernd rollte sich Travis gegen diesen unvermittelten Ansturm von Zärtlichkeit zusammen.

Die Schlafzimmertür wurde geöffnet. Pat spähte durch den Spalt. »Fertig, Liebling?«

Liv blickte zu ihm auf. »Bin gleich da«, sagte sie.

Die Tür wurde wieder geschlossen.

Es wäre zuviel verlangt gewesen, zu hoffen, daß Travis nicht bemerkt hatte, daß sein Vater ihn keines Blickes gewürdigt hatte, ganz zu schweigen von einem Gute-Nacht. Der Junge warf sich auf den Bauch, um sein Gesicht im Kissen zu verbergen.

Liv streichelte Travis' Haar. Allmählich entkrampfte er sich wieder.

Sie hörte, wie die Verandatür hinter Pat zuschlug, dann das Geräusch seines Feuerzeuges auf den Stufen. In der Dunkelheit hinter den Jalousien vor Travis Fenster konnte sie die Flamme in Pats Gesicht aufflackern sehen, ehe sie erlosch. Das gelegentliche rote Glühen seiner Zigarette bezeichnete seinen jeweiligen Standort, während er unruhig vor dem Haus auf und ab ging und auf sie wartete.

Liv deckte Travis liebevoll zu und hob die Jeans, das T-Shirt, die Socken und die Unterwäsche auf, die er achtlos hatte fallen lassen, und stopfte sie in den Wäschesack in seinem Kleiderschrank. Heute war nicht der geeignete Abend, um ihn zu tadeln, daß er seine Kleider vom Boden aufheben sollte. Sie schaltete die Nachttischlampe aus und ließ nur E. T.s Herz als Nachtlicht brennen. Sie beugte sich über Travis, um ihm noch einen Kuß zu geben.

»Gute Nacht, mein kleiner Liebling«, flüsterte sie.

Er schlief schon.

Als ihre Hand auf der Klinke lag, bemerkte sie verblüfft den Marihuanaduft, der durch das Fenster hereinwehte.

Plötzlich taten ihre Zähne weh. Sie schlich sich in ihr Bad. Auf dem obersten Regal des Medizinschrankes waren Flaschen mit verschreibungspflichtigen Schmerz- und Betäubungsmitteln aufgereiht. Sie nahm sie kaum noch zur Kenntnis. Sie schluckte zwei extrastarke Aspirin. Mit beiden Händen umklammerte sie den Rand des Waschbeckens und versuchte, ihre Gesichtsmuskeln, die sich vor Schmerz anspannten, zu lockern. An der Blässe, die ihre Haut so gelb werden ließ wie ein abklingender blauer Fleck, konnte sie nichts ändern. Wenigstens war es dunkle Nacht, und alle würden betrunken sein. Auf dem Weg ins Freie holte sie ihre Strickjacke.

Im Wohnzimmer hatte es sich Sarah vor dem Fernseher bequem gemacht und sah sich einen Videofilm an, während sie durch die Kopfhörer ihres neuen Walkmans Bruce Springsteen hörte. Liv wußte, daß es Springsteen war, obwohl nur Sarah die Musik hören konnte. Seit ihr Pat letztes Jahr zu Weihnachten ihre erste Springsteen-Platte geschenkt hatte, hatte sie nichts anderes mehr gehört. Pat hatte sich an ›Born to Run‹ derart abgehört, daß er eine böse Parodie komponiert hatte, die er jetzt immer mitsang. Mit dem Walkman konnte sich Sarah ihren Springsteen ganz allein anhören. Es war ebensosehr ein

Mitbringsel, das Pat Sarah geschenkt hatte, wie ein Geschenk von Pat für sich selbst.

Liv legte eine Hand auf Sarahs Schulter, um sie nicht zu erschrecken, und dann schaltete sie den Ton ab, um sich über die Musik hinweg verständigen zu können.

Sarah blinzelte sie an.

»Trav pennt«, sagte Liv zu ihr. »Wir gehen jetzt.«

Sarah nickte und blinzelte wieder: Mitteilung erhalten. Aus und vorbei. Ihre Augen wurden wieder glasig.

Liv ließ den Knopf los, der den Ton abschaltete, und hatte dabei das bestürzende Gefühl, sich selbst auszuschalten.

Natürlich war es eine Notwendigkeit, daß Sarah Travis und das Telefon hören konnte. Liv konnte nicht sicher sein, ob Sarah Travis hören würde, wenn er nach ihr rief, aber es bestand kein Zweifel daran, daß sie das Läuten des Telefons über den Lärm des Walkmans hören würde. Es war geradezu unklug, zwischen ihr und einem läutenden Telefon zu stehen. Als sie zu Beginn des Sommers in das Ferienlager abgereist war, war sie noch ein großes Kind gewesen, und vor zwei Wochen war sie als voll erblühter Teenager zurückgekehrt. Und seitdem hatte das Telefon laufend für Sarah gebimmelt, und kaum für irgend jemand sonst. Jungen mit Stimmen, die in drei Worten zwischen zwei Oktaven schwankten, Mädchen, die vor Kichern kaum reden konnten. Sie alle waren vorher entzückende kleine Kinder gewesen. Jetzt erschienen sie wie eine Spezies außerirdischer Besucher.

Liv hob eine Taschenlampe auf und floh.

Pat sprang von dem Liegestuhl auf, auf dem er sich niedergelassen hatte, und warf den Stummel des Joints weg. Der geknickte Filter flog wie eine Miniatursternschnuppe durch die Luft und sprenkelte einen Bogen leuchtender Asche über den Rasen.

Liv biß sich auf die Lippen. Es war nicht der rechte Zeitpunkt, um ihm vorzuhalten, daß er kiffte, wenn Sarah da war.

»Alles in Ordnung mit Trav?« fragte Pat.

Liv warf einen Blick zurück auf das Sommerhaus. Es war

ein Kind der fünfziger Jahre, eine Bastelarbeit, das Opfer einer Reihe von Do-it-Yourselfern. Die ursprüngliche Veranda hinter dem Haus war zugemauert worden, um eine neue Küche abzugeben; das elterliche Schlafzimmer, das Bad und das Arbeitszimmer waren drangeklebt, und an der Seeseite des Hauses waren neue Ebenen angebaut worden. Ohne jeden Charakter oder einen erkennbaren Stil war es gemütlich und hatte genau die richtige Größe, wie das Haus der drei Bären. Das Schönste an ihm war der rauh verputzte Kamin im Wohnzimmer. Durch Travis' Fenster drang ein schwach rosiger Schein, der wie ein Edelstein in dunklen Schindeln eingefaßt war. Aus der Hintertür ergoß sich ein großes, gebogenes Rechteck gelben Lichtes auf die Veranda. Ein bläulicheres Licht, das durch den Fernseher getönt wurde, drang durch die Glaswände des Wohnzimmers, dessen Fenster zum See gingen, und strahlte auf das Haus zurück, nahm ihm die Tiefe und ließ es wie eine zweidimensionale Fassade wirken. Bäume ragten wie riesige, dunkle Geister darüber auf.

»Ja, sicher.«

Während sie sich die Strickjacke mit den Ärmeln um die Taille band, schüttelte Pat eine Zigarette, diesmal eine ganz legale, aus einem zerdrückten Päckchen. Er wirkte nicht besonders stoned und auch nicht allzu hinüber.

»Ich wollte ihn nicht zum Weinen bringen. Ich habe doch nur Spaß gemacht.« Und dann, in der Hoffnung, sich zu entlasten: »Macht er gerade eine Heulphase durch oder so was?«

Liv schaltete die Taschenlampe ein und erwischte mit dem plötzlichen Strahl die Katze unter dem Kombi. Aufgrund ihrer hartnäckigen Versuche, sie zu adoptieren, hatten sie sie Die Arme getauft, nach dem biblischen Stand, von dem uns versprochen wird, er werde immer bei uns sein. Ihre Augen waren leuchtendes Ektoplasma, das das Licht widerspiegelte. Liv schwenkte die Taschenlampe hastig zur Seite und kam sich vor, als hätte sie versehentlich jemanden nackt überrascht.

»Du warst weg«, sagte sie. »Trav hat sich an einen anderen Status quo gewöhnt. Deine Heimkehr bedeutet eine Umstellung.«

Pats Feuerzeug klickte mehrmals ärgerlich. »Ein prima Gefühl für mich.«

Liv zuckte die Achseln. »Niemand versucht, dir Schuldgefühle einzureden. Es ist nun einmal so.«

Sie ließ den Schein der Taschenlampe spielerisch über die Auffahrt gleiten, richtete ihn auf das Gebüsch an der Biegung und auf die Wälder um sie herum, kleine Ausschnitte, die in Travis' Lieblingsbüchern hinter kleinen Türen verborgen gewesen wären. Es war ihre Idee gewesen, die Taschenlampe mitzunehmen. Pat hätte sich nach dem Gedächtnis vorangetastet und das Licht von Häusern am Wegesrand für sich genutzt. Doch so tapfer war ihr nicht zumute. Sie fürchtete sich nicht vor etwas, was aus der Dunkelheit hätte kommen können, sondern vor einem falschen Schritt, einem verstauchten Knöchel, einem ausgerenkten Knie oder einem Sturz.

»Travis braucht eine Weile, um sich daran zu gewöhnen, daß du wieder zu Hause bist«, sagte sie.

»Die kann er haben«, sagte Pat. Er blies zornig Rauch zwischen sie beide. »Du hast auch geweint«, beschuldigte er sie. »Du hast ihn in sein Zimmer gebracht, und du hast auch geweint.«

Liv sagte nichts. Sie stand wieder kurz vor den Tränen, und sie durfte sich nicht gehenlassen, die Tränen nicht laufen lassen, nicht jetzt. Es war schon zuviel geweint worden.

»Das heißt, daß du mich auch nicht zu Hause haben willst«, sagte Pat. »Ich bringe euch nur alle aus der Fassung.«

»Nein«, schrie sie auf. Sie schlang sich die Arme um ihre Schultern. »Wir wollen dich zu Hause haben. Um Himmels willen, nimm das doch nicht alles so persönlich. Wir müssen uns nur umstellen, das ist alles.«

Sie haßte das Zittern in ihrer Stimme und spürte plötzlich Zorn in sich aufsteigen. Sie bemühte sich, es leichter zu machen, und er wollte es einfach nicht dabei belassen. Wie konnte er eigentlich erwarten, daß er zurückkam und alles noch genauso vorfand, wie er es verlassen hatte? Er wollte den Vater spielen, der alles besser wußte. Dreißig Minuten und alles wieder Friede, Freude, Eierkuchen. Nicht etwa einen unglücklichen Vierjährigen, eine pubertäre Tochter, die ausschließlich mit sich selbst zu tun hatte, und eine kranke Frau.

Pat legte einen Arm um ihre Schultern und zog sie dicht an sich.

»Schon gut«, sagte er, aber es klang so, als sei er dessen überdrüssig und wolle sich nur selbst etwas einreden.

Sie machten sich auf den Weg. In der Stille des Sommerabends knirschten ihre Turnschuhe auf dem Kies. Die Katze pirschte sich lautlos an sie heran. Bei Tageslicht war Die Arme ein heruntergekommenes Wesen, bei dem sich weder durch Überernährung und Vitamine noch durch die kostspieligen Besuche beim Tierarzt der Eindruck von Grazie, Gepflegtheit und Geschmeidigkeit erzielen ließ. Bei Nacht wurde sie sie selbst; sie war ein Spuk, ein Killer, fahler Tod im Dunkeln. Sie bemerkten sie kaum noch, nicht etwa, weil sie so nahtlos als ein Teil der Nacht in diese überging, sondern weil sie sich an sie gewöhnt hatten. Sie jagte jedem einzelnen von ihnen endlos nach, als fürchte sie, im Wald ausgesetzt zu werden, was ihr natürlich zugestoßen war, ehe sie sie zu sich genommen hatten. Sie erreichten die Straße, die zu ihrem Haus und denen der Nachbarn führte und eine Verbindung zur Dexter Road herstellte, die wiederum zur Route 5 führte, der Hauptstraße durch Nodd's Ridge.

»Hör mal, Liebling«, sagte Pat. »Wenn das heute abend der totale Horrortrip wird, gehen wir früh nach Hause. Wir können jederzeit behaupten, Travis sei nicht allzu glücklich darüber gewesen, daß wir gleich am ersten Abend nach meiner Rückkehr ausgehen.«

Es bestürzte sie, daß ihm nicht klar zu sein schien, wie wahr diese praktische Lüge gegenüber anderen war: Es hatte Travis tatsächlich aus der Fassung gebracht, daß sie ausgingen, auch wenn es erst nach seiner Schlafengehenszeit war. Vielleicht maß Pat dem auch nur keine Bedeutung bei. Sie wollte auch nicht auf die Anspielung sexueller Annäherungen eingehen, die sich hinter einer frühen Heimkehr verbarg. Der Vorschlag schien ganz mechanisch ausgesprochen worden zu sein.

»Ich hätte wirklich nichts dagegen, früh nach Hause zu kommen«, sagte er. Er sah sie genau an. »Bist du in Ordnung? Du siehst prima aus.«

Liv nickte geistesabwesend. Das Aspirin hatte den Schmerz in ihren Zähnen abklingen lassen. »Danke«, sagte sie.

»Doch, wirklich«, beharrte Pat. »Wesentlich besser als beim letztenmal, als ich zu Hause war.«

Sie biß die Zähne zusammen. Es war endgültig aus und vorbei. Nichts würde sich ändern, wenn sie darüber sprachen.

»Gott sei Dank, daß du dir diesen verdammten Zahn endlich hast ziehen lassen«, sagte er. »Ich hätte dich schon vor Monaten dazu bringen sollen. Ich könnte diesen verfluchten Zahnarzt umbringen.«

»Es war nicht seine Schuld«, sagte sie automatisch. Er legte ein Geständnis ab, das wußte sie, und er bat sie um Verzeihung, aber es gelang ihm, seine Worte auf beleidigende Weise besitzergreifend klingen zu lassen. Sie hatte ihre Sache nicht gut gemacht, als sie auf sich selbst hätte aufpassen müssen, und da sie ihm gehörte, ob sie nun unter seine Verantwortlichkeit fiel oder sein Eigentum war, was auf dasselbe hinauslief, schlug das auf ihn zurück. Der Gutsherr, der durch Abwesenheit glänzte – der sich nicht die Mühe machte, die Dinge selbst in die Hand zu nehmen, aber höllisch wütend wurde, wenn sich nicht ein anderer darum kümmerte. »Es ist ohnehin vorbei. Ich bin nicht daran gestorben.«

»Du hättest aber daran sterben können«, sagte Pat. »Auch deshalb mache ich mir Vorwürfe. Wenn ich hier gewesen wäre, oder wenn du mit mir bei den Dreharbeiten gewesen wärst, wärst du niemals so krank geworden.«

»Genau das, was dir noch gefehlt hätte«, zählte Liv die Liste der Gründe auf, und sie tat es ebensosehr für sich selbst wie für ihn. »Eine kranke Frau. Dafür hättest du keine Zeit gehabt, und das weißt du selbst. Und du mußtest da sein, du hattest einen Vertrag. Was hättest du mit Trav angestellt?« *Und mit mir.*

»Mich um euch gekümmert«, sagte Pat, als hätte er den unausgesprochenen Teil ihrer Frage gehört. »Ich hätte einen Weg gefunden.« Er tastete nach ihrer Hand, fand ihr Handgelenk und drückte es fest, als fürchte er, sie könne ihm davonlaufen oder plötzlich einfach verschwinden. »Du hättest es mir sagen sollen.«

Das wußte sie jetzt auch. Aber sie hatte es nicht getan. Und sie hatte es überlebt. Sie alle hatten es überlebt. Der Sommer war vorüber.

»Inzwischen ist viel Wasser den Bach hinuntergeflossen«, sagte sie.

Pat ließ ihr Handgelenk los und schnippte seine Zigarette aus der Hand. Er bohrte seine Hände in die hinteren Taschen seiner Jeans und sah sich in der anscheinend malerischen Dunkelheit um.

»Ich kann einfach nicht glauben, daß ich den Sommer hier verpaßt habe.«

Ich auch, dachte sie. *Ich habe den Sommer auch verpaßt.* Aber sie sagte: »Es war ein Sommer wie jeder andere Sommer.« *Was für eine Lüge.*

Und doch hielt sie daran fest. »Du wirst auf der Party alles darüber erfahren. Über den gesamten Sommer, zu reinstem Klatsch komprimiert.«

Pat lachte. »Ich bezweifle, daß dabei auch nur irgend etwas Reines rauskommen wird. Alle Schranken fallen, sobald sämtliche Anwesenden verladen sind.« Er legte seinen Arm um ihre Taille. »Du wirkst furchtbar nervös. Was du brauchst, ist ein Drink. Jedenfalls fürs erste.«

Licht tauchte zwischen den Bäumen vor ihnen auf. Schwache Partylaute, Musik und ein Stimmengewirr waren zu vernehmen. Zu beiden Seiten des Weges waren Fahrzeuge geparkt, die neuesten Modelle von Cadillac und Lincoln, Mercedes und BMW, Wagen mit Vierradantrieb in kostspieliger Ausstattung wie der Ramcharger der Breens, Kombis mit behäbigem Hinterteil, und alle trugen Zulassungsschilder aus anderen Bundesstaaten – Massachusetts, Rhode Island, Connecticut, New York, sogar Kalifornien. Schweigend schlenderten sie den schmalen Pfad zwischen den geparkten Wagen entlang, bis sie die beiden Regentonnen aus Holz erreichten, in denen Kapuzinerkresse angepflanzt worden war, und das rustikale Schild sahen, das an eine altersschwache Kiefer genagelt war und die Zufahrt zu den Winslows markierte. Auf jeder der Tonnen flimmerte ein Scheinwerfer in demselben matten, schmutzigen Orange der Kapuzinerkresse. Japanische Plastiklampions, die schon die Partys zum Saisonabschluß zweier Jahrzehnte erlebt hatten, hingen wie welke Früchte in den Bäumen. Im Haus waren alle Lichter eingeschaltet, und es funkelte wie ein Hollywood-Raumschiff, das gerade startbereit gemacht wird. Ein Flutlicht über der Garagentür sorgte für zusätzliches Licht im Freien.

Die Party war aus dem Haus hinausgequollen, hatte sich ins Freie verlagert, und die Gäste drängten sich um die enorme Grillgrube, über die Len Winslow den Vorsitz führte; man konnte sein verdrießliches Gesicht, das unter der weißen Mütze eines Chefkochs so rot wie eine Teufelsfratze war, zwischen den nach Schweinefleisch duftenden Rauchwolken ab und zu sehen, die aus der Grube aufstiegen wie Dampf aus der Öffnung eines Vulkans. Die Leute ballten sich um improvisierte Tische, Platten auf Böcken, die auf der ebensten Stelle des Rasens in schulmäßiger Ordnung aufgebaut worden waren, oder an der Bar, einem der üblichen Klapptische aus Redwood, auf dem Flaschen, Karaffen und Plastikbecher wucherten.

Beim Anblick der neuen Gäste errötete Claire Winslow wie ein Schulmädchen, das seine erste Party besucht. Zwei kleine Hunde, die wie chinesische Tempelhunde aussahen, wuselten um ihre zierlichen Füße herum, die sie in noch kleinere, mit Glassteinen besetzte Sandalen gezwängt hatte.

»Pat! Liv!« Dann schien ihr der Gesprächsstoff auszugehen. Claire rieb sich unsicher die Hände. Kümmernisse ließen die Maske ihres Make-ups in unterirdischen Schichten, in Klüften und Wogen, in Bewegung geraten. »Ich hätte nie gedacht, daß ihr zwei es dieses Jahr schafft.« Die Hunde kläfften und umklammerten Livs Beine.

»So eine Überraschung«, sagte Liv lachend, während sie verstohlen nach den Hunden trat.

Claire schien sie nicht zu hören und auch das schlechte Benehmen ihrer Schoßhündchen nicht zur Kenntnis zu nehmen. »Ich hab' euch doch tatsächlich den ganzen Sommer über nicht gesehen.« Die Hunde stürzten kläffend davon.

»Ich war weg«, sagte Pat. »In Louisiana. Wir haben einen Film gedreht.«

Claire riß die Augen weit auf, und an ihren Augenwinkeln bildeten sich bedrohliche Risse. »Ach, du meine Güte!«

»Es ist nämlich so«, sagte Liv, »daß *ich* die ganze Zeit mit Travis hiergewesen bin. Und Sarah ist vor zwei Wochen aus dem Ferienlager zurückgekommen.«

»Und ich habe Sie nirgends auch nur gesehen«, rief Claire aus. »Ist das nicht wirklich seltsam?«

Pat sah Liv nachdenklich an. »Doch, das kann man sagen.«

»Allerdings«, sagte Liv eilig. »Ich habe Sie vorgestern im Postamt gesehen. Sie haben sich mit Walter McKenzie unterhalten.«

Die beiden Hunde waren plötzlich wieder unter ihren Füßen und machten sich an ihren Knöcheln zu schaffen. »Ja, stimmt, da war ich«, sagte Claire. »Und habe mir sein Seemansgarn angehört, wenn ich mich recht erinnere. Ich habe

Sie überhaupt nicht gesehen.« Ihr Mund legte sich in bestürzte Knitterfalten. »Und Sie waren den ganzen Sommer über allein hier. Sie müssen mich für eine absolut grauenhafte Nachbarin halten.«

Liv unterdrückte das Bedürfnis, Claire zu sagen, sie solle nicht so einen Wirbel machen. Sie war *dankbar*, daß Claire eine grauenhafte Nachbarin war. Das Allerletzte, was sie mit ihrem Sommer anfangen wollte, war, sich Claires dramatische Monologe über ihre blöden Weibersorgen anzuhören.

Statt dessen log sie weiter. »Aber gewiß nicht«, versicherte Liv ihr. »Travis und ich haben einen äußerst ruhigen Sommer verbracht. Sie wissen ja, wie das mit einem Vierjährigen ist.«

Claire, die nie Kinder gehabt hatte und sich nicht die geringste Vorstellung davon machte, wie es mit einem Vierjährigen war, nickte wissend.

»Ich kann einfach nicht glauben, daß Sie alle Jahre wieder diese Party veranstalten und doch so ruhig dabei bleiben«, fuhr Liv fort.

Claire lächelte zufrieden über diese Schmeichelei – und eine großzügige Dosis Gin und Valium machten sie noch zufriedener.

Liv spürte, daß Pats Blick fragend auf ihr ruhte, und sie sah sich eilig um. Terry Breen war mit seinen einsfünfundneunzig und der glänzenden Tonsur leicht in der Menge zu finden. Sie versetzte Pat einen Rippenstoß.

»Da ist Terry. Wir sollten ihm hallo sagen.«

»Entschuldigt mich«, sagte Pat höflich, und er ließ Liv stehen.

Liv drückte eine von Claires pummeligen Händen. »Vielen Dank für die Einladung«, und folgte Pat.

Claire drehte sich unschlüssig auf der Stelle um, und ihre kleinen Hunde hopsten wie aufgezogen um ihre Knöchel, ehe sie sich wieder von dem allgemeinen Gedränge schlukken ließ.

Liv stellte fest, daß sie in dieser Menschenmenge allein war. Nach drei Sommern in Nodd's Ridge waren ihr die meisten Gesichter vertraut. Sie hatte begonnen, die Gesichter den Namen auf dem Schild an der Einmündung der Cottage Road in die Dexter Road zuzuordnen. Aber es gab hier niemanden, den sie wirklich kannte. Die Saison war zu kurz. Die Leute wollten nicht allzuviel mit ihren Nachbarn zu tun haben. Weshalb hätten sie das auch tun sollen? Schließlich kamen sie hierher, um ihrem Alltag zu entkommen.

Diese neu hinzugekommene Bevölkerung, die ständig zunahm, bewegte sich zwischen den mittleren Jahren und älteren Menschen, wobei die Russells, die Breens und die Spellmans die erste Infiltration der bis dahin unerschlossenen Gegend verkörperten. Die drei jüngeren Paare standen zusammen, obwohl sie einander während des kurzen Sommers nur gelegentlich sahen.

Liv tastete sich zu dem Tisch vor, den sich die Spellmans und die Breens geangelt hatten. Sie waren schon früher eingetroffen und hatten sich bereits üppig verpflegt, wovon ein kleineres Schlachtfeld von Papptellern, Servietten und Plastikgegenständen auf dem Tisch Zeugnis ablegten. Die beiden Frauen saßen am Kopfende des Tisches und waren in ein Gespräch vertieft. Pat gesellte sich zu Mike Spellman und Terry Breen.

Mike zog Liv eifrig in seine Arme. Als Kalifornier, der jeden Sommer bereits eine tiefe Sonnenbräune nach Nodd's Ridge mitbrachte, hatte er zwischen der Scheidung von seiner ersten Frau und seiner derzeitigen Ehe einige verschiedene zarte Bindungen hinter sich gebracht. Die Begeisterung, mit der er umarmte und betatschte, war immer wieder bestürzend für Liv, die unter Menschen aufgewachsen war, denen Gefühle peinlich und qualvoll waren, die einander kaum je berührten, es sei denn im Zorn. Mit der Zeit hatte sie es gelernt, ihre Kinder und Pat zu berühren, aber beiläufige Berührungen von Bekannten oder Fremden bereiteten ihr nach wie vor großes Unbehagen.

Terry unterbrach sich gerade lange genug in der Beschreibung seiner Rückhand, die er Pat abgab, um zu lächeln und hallo zu sagen. Seine Frau, Linda, und Mikes Frau Barrie, die die Köpfe zusammengesteckt hatten, blickten gemeinsam auf. Sie wedelten mit den Fingerspitzen und lächelten sie flüchtig und verlegen an, ehe sie mit ungebührender Hast wieder ihre unterbrochene Unterhaltung aufnahmen. Mike sah sie stirnrunzelnd an, warf ihr einen besorgten und entschuldigenden Blick zu und wandte sich dann wieder an Pat und Terry.

Liv setzte sich zwischen die Männer und die Frauen an die Seite des Tisches, die frei war. Sie fragte sich, welches gewichtige Thema die anderen Frauen derart gefangennahm – Kinder? Barrie hatte eine zweijährige Tochter von Mike, und jeden Sommer kamen ihre Stiefkinder, die Teenager, die Mike die Twinkies nannte, hinzu. Terry und Linda hatten eine fünfzehnjährige Tochter. Vielleicht diskutierten sie aber auch die Konflikte zwischen Karriere, Mutterschaft und Dasein als Ehefrau. Sie arbeiteten beide mit ihren Männern zusammen: Linda bildete Stewardessen für die Fluggesellschaft aus, deren dicke Jets Terry flog; Barrie war die Oberschwester in dem Forschungskrankenhaus der Universität, an dem Mike Chefarzt für Kinderheilkunde war. Es konnte alles sein – Antiquitäten, die Verhütung von schweren Herzinfarkten bei Typ A maskulin, die absolute Durststrecke, die man zurücklegte, wenn man in irgendeinem Laden im Umkreis von fünfzig Meilen um Nodd's Ridge Modellkleider von namhaften Modeschöpfern suchte.

Pats Hand fiel auf ihre Schulter. »Magst du was zu trinken?« Ehe sie antworten konnte, drückte er sie zart an sich und verschwand in Richtung Bar. Terry Breen begleitete ihn; er redete eifrig auf ihn ein und lachte laut.

Mike setzte sich neben sie. »Wie geht es dir, mein Schatz?« fragte er, wobei er ihren Schenkel drückte. Es war sein Bettkantenverhalten, persönlich und nah, absolute Konzentration auf den Patienten, aber ganz entschieden Papa Bär, Wärme ohne jeden Sex.

»Ganz gut«, sagte sie leichthin, und sie drückte seinen Schenkel. »Und was ist mit dir, Doc?«

Mike strahlte vor Begeisterung darüber, daß sie es ihm mit gleicher Münze heimzahlte.

Liv war es jetzt peinlich, sich über ihn lustig gemacht zu haben. Sie hätte es inzwischen wirklich besser wissen müssen. Mike Spellman war absolut frei von jedem Sarkasmus. Sie war fast sicher, daß er auch keinen Humor hatte, was ihn entgegen allen Erwartungen nicht mürrisch oder trübsinnig werden ließ, sondern eher auf eine seltsame, fast erbarmungslose Weise heiter. Das sprach in ihren Augen nicht gegen ihn. Ihre eigene Neigung zum Sarkasmus machte ihr wenig Vergnügen. Und allmählich fing sie an zu glauben, daß sie das bißchen Humor, das sie einst gehabt hatte, verloren hatte. Zumindest war Mike durch seine Kompensation ein sonniges Gemüt.

»Wir haben uns Sorgen um dich gemacht«, sagte Mike.

»Ach?« Liv versteifte sich.

»Ja. Ich sage dir, ich war wirklich erleichtert, euch beide heute abend hier zu sehen. Ist wieder alles in Ordnung?«

Liv war sich mit qualvoller Deutlichkeit bewußt, daß Mikes Hand sich auf dem Tisch auf ihre Hand gelegt hatte.

Sie rang sich ein Lächeln für ihn ab. »Ich weiß es nicht.«

Seine Hand spannte sich fester um ihre, und sein Gesicht wurde entsprechend ernst.

»Jesus«, sagte er. »Wenn ich irgend etwas für dich tun kann, dann ruf einfach an. Manchmal hilft das Reden. Ich kenne das selbst, mein Schatz, alles schon durchgemacht. Wenn du mit Onkel Mike reden willst, dann brauchst du es nur zu sagen. Wir rudern mit einem Paddelboot auf den Teich raus und machen ein Picknick, eine gute Flasche Wein und ein bißchen Käse, auf der Insel drüben. Na, wie klingt das?«

»Du bist zauberhaft«, sagte Liv.

Mike sah auf und strahlte. »Pat!« sagte er. »Ich habe mich gerade mit deiner Frau verabredet.«

»Diesem Mann kann man nicht für eine Sekunde über den Weg trauen«, sagte Barrie fröhlich.

Terry Breen, der einen Stapel Papierteller balancierte,

die mit Schweinebraten und Kartoffelsalat beladen waren, und aus dessen Brusttasche ein Strauß aus Plastikgabeln ragte, lachte dröhnend vor Begeisterung. Linda zwang sich zu einem gequälten Lächeln.

Pat, der die Getränke brachte, schob sich zwischen Liv und Mike. »Dann macht mal schnell«, sagte er. »Am Sonntagnachmittag fahren wir weg.«

»Mist«, sagte Mike. »Wie wäre es mit Samstag?«

Liv zuckte zu ihrer Entschuldigung die Achseln. Mike war niedergeschlagen.

Terry Breen stellte einen Pappteller mit fettigem Fleisch vor ihr ab und reichte ihr eine Gabel.

»Danke, Terry«, sagte sie automatisch.

Er zwinkerte ihr zu. »Wird wohl nichts, was, du Draufgänger?« fragte er Mike.

Mike tätschelte Livs Schulter. »Wenn du zwischendurch mal Zeit hast, dann ruf einfach an.«

Sie nickte zustimmend, um das Thema abzuschließen, und dann trank sie einen Schluck von dem Getränk, das Pat ihr mitgebracht hatte: Weißwein, lauwarm und zu süß. Sie stellte den Becher wieder hin. Die Zusammenstellung von Wein und Aspirin würde sie die ganze Nacht lang wachhalten. Sie hatte schon genug Probleme mit dem Schlafen.

»Und was hat dich den ganzen Sommer über von diesem Paradies ferngehalten?« fragte Mike Pat.

Barrie blickte auf, sah Liv an und wandte ihren Blick dann ebensoschnell wieder ab, während Linda durch sie hindurchsah, als sei sie gar nicht da. Liv spürte zu ihrer eigenen Überraschung plötzlich eine Woge von Belustigung in sich aufsteigen.

»Die Arbeit«, sagte Pat. »Was sonst? Dreharbeiten.«

Ein ehrfürchtiges Schweigen bezeugte, daß er sie alle beeindruckt hatte.

»In L. A.?« fragte Mike. Er war merkwürdig überrascht, als Pat antwortete: »Nee, in Louisiana.«

»In Louisiana?« wiederholte Terry. Er ragte über ihnen auf, in einer Hand ein Bier. Er spreizte eine seiner großen Hände auf den Tisch und beugte sich vor, um Pat sein Gesicht entgegenzurecken. »Du hast den *Sommer* in *Louisiana* verbracht? In Louisifuckingana?«

In der Menschenmenge, die um sie herumstand, drehten sich Köpfe um. Linda zischte Terry leise etwas zu. Er ignorierte sie.

Liv fragte sich, wann Terry heute angefangen hatte und wieviel er wohl schon intus hatte.

»Louisifuckingana«, sagte er noch einmal verwundert.

Pat lachte. »Ja. In Louisifuckingana. Drunten in den Bayous. Und einer dieser versumpften Flußarme hat die knakkige Rolle des Großen Bösen Urwalds gespielt. Bayard Rohrer führt Regie. Die männliche Hauptrolle spielt Scott Kinsella.« Er ließ die Namen beiläufig fallen.

»Scott Kinsella?« quietschte Barrie Spellman.

Der Tisch war jetzt in den Mittelpunkt einer größeren Gruppe von Menschen gerückt. Die Leute, die um den Tisch herumstanden, lauschten begierig.

Am Rand der Menge stand ganz allein Miß Alden, Alter ungewiß, leicht gebeugt, doch nicht genug, um ihren einen Meter achtzig nennenswert zu verringern. Bei dem Barbecue, das im letzten Jahr zum Abschluß der Saison veranstaltet worden war und bei dem Pat durch Abwesenheit geglänzt hatte, hatte Pat bemerkt, daß Miß Alden, die den Douglas-MacArthur-Lehrstuhl für Militärgeschichte in Harvard als Ehrenvorsitzende übernommen hatte, offensichtlich außerdem die Garderobe des Generals geerbt hatte, da sie im allgemeinen Reitstiefel und steife Khakihosen und Hemden trug, und auch bei gesellschaftlichen Anlässen nicht von dieser Tracht abwich und sich umkleidete. In der Haltung, die sie eingenommen hatte, drückte sich ein gewisses Maß an Verachtung aus: Lendenlahm saß sie da, und ihre knorrigen Hände lagen auf dem goldenen Knauf des Stocks, der direkt vor ihr aufragte. Sie schien den Stock nicht wirklich zu brauchen; Pat beharrte darauf, er sei, ebenso wie ihre militärische Kleidung, eine Requisite. Doch heute abend, oder zumindest war das Livs Eindruck, stützte sich Miß Alden wirklich auf den Stock. Ihr großer Kopf war leicht nach vorn durchgedrückt, wie der eines

Raubvogels. Dunkle, fiebrige Augen, die mit einem schwarzen Lidstrich nachgezogen waren, waren das hervorstechendste Merkmal ihres bleichen, nahezu fleischlosen Gesichts, und das trotz ihrer auffallenden Nase – ein hochmütiger, exotischer Schnabel. Ihre Haut schien kaum mehr als eine Schicht aus Farbe und Puder über der Maske der versteinerten Knochen zu sein. Sie hatte sich, wie eine Zigeunerin, einen schwarzen Seidenschal als Turban um den Kopf geschlungen, der gerade soviel von ihrer Stirn und ihren Schläfen zeigte, um auf schweren Haarausfall oder das völlige Fehlen von Haar schließen zu lassen.

»Worum geht es?« fragte Terry.

Pat grinste die Anwesenden jungenhaft an.

»Es beginnt in 'Nam«, sagte Pat. »Amerikaner, die unter Beschuß stehen, feuern aufeinander.«

Liv beobachtete die Insekten, die in dem Wein in ihrem Pappbecher herumschwammen, um die Gereiztheit zu überspielen, die Pat durch seinen Gebrauch von *'Nam* in ihr auslöste, denn das klang nach der Vertrautheit derer, die dortgewesen waren und jetzt mit dem Land per du waren. Der einzige von ihnen, der wirklich dort gedient hatte, war Jesse Rideout, der Tontechniker, der dort Sanitäter gewesen war. Er war ein breitgebauter gutmütiger Schwarzer, der mit Vorliebe ausgebleichte MASH-T-Shirts trug und beim Arbeiten leise Scat sang. Er war ein koptischer Zionist, der Marihuana rauchte, das er Ol' Red Eye nannte, als sei es eine Tabakmarke. Es schien ihn in keiner Weise zu beeinträchtigen.

Während ihres einzigen Besuchs bei den Dreharbeiten in diesem Sommer hatte Liv ihn nur einmal über Vietnam sprechen hören, und das nach Stunden in der Motel-Bar, die für die Zeit der Filmaufnahmen das Stammlokal des Film-Teams geworden war. Scott Kinsella und Pat waren in einen Streit über den Krieg geraten, eine dieser sinnlosen Erörterungen von Klischees, die sich Liv jetzt schon jahrelang angehört hatte.

Kinsella pochte mit seinem Bierkrug auf den Tisch.

»Man hat uns nie erlaubt, auf einen Sieg hin zu kämpfen«, verkündete er.

»Eisenhower hat uns davor gewarnt, uns nicht auf einen asiatischen Landkrieg einzulassen«, sagte Pat. »Diese Art von Kriegen kann man nicht gewinnen. Die Chinesen haben tausend Jahre lang versucht, Kotschinchina zu unterwerfen, und sie sind gescheitert. Die Japaner haben es nicht geschafft. Den besten französischen Truppen haben sie da unten schließlich auch die Ärsche verdroschen.«

Kinsella tat die Geschichte Kotschinchinas mit einem Hochziehen seiner fleischigen Schultern ab. »Die Franzmänner haben seit hundert Jahren schon keinen Krieg mehr gewonnen«, sagte Kinsella. »Hitler hat sie regelrecht überrollt, das stimmt doch.«

Jesse Rideout, der von einem Familienzweig her Akadier französischer Abstammung war, lachte leise.

Liv Russell erkannte Jesse Rideouts Lachen wieder. Es war der freundlich-klägliche Laut, den ihr Vater von sich gab, wenn er einen Dummkopf ertragen mußte.

Obwohl ihr das Sprechen weh tat, löste der plötzliche Zorn Livs Zunge. »In einem Jahr haben wir achthunderttausend Tonnen Sprengstoff über Süd-Vietnam abgeworfen, dieselbe Sprengstoffmenge, die wir während des gesamten Zweiten Weltkriegs über dem südlichen Pazifik abgeworfen haben«, sagte sie bitter. »Und das bezeichnet ihr als auferlegte Zurückhaltung?«

Kinsella sah sie über den Tisch an. »Wir hätten diese miesen kleinen Kerle mit Kernwaffen angreifen sollen«, sagte er.

»Jetzt hör aber auf, Scott«, protestierte Pat.

»Er meint es ernst«, sagte Jesse Rideout. »Er weiß zwar nicht, was das bedeutet, aber er meint es ernst.«

Scott funkelte Jesse böse an. »Du hast verdammt recht damit, daß es mein Ernst ist.«

»Wann warst du da?« fragte Jesse leise.

Kinsella schien unangenehm berührt zu sein. »Ich bin freigestellt worden«, sagte er.

Zu alt, dachte Liv, und sie sah sich die runzlige Haut um

Kinsellas Augen herum an, die bereits für die Kamera geschminkt war. Sie lächelte.

Kinsella wollte auf sie losgehen.

Pat sprang ein, um die angespannte Lage zu entschärfen. Er beugte sich über den Tisch, und seine Augen glänzten. »Wie war es, Jesse?«

Jesse schwieg einen Moment lang. »Die Menschen waren ganz klein, wie Kinder«, sagte er. »Ich bin mir immer wie Onkel Jesse vorgekommen. Ich konnte sie verstehen, weil sie nämlich Französisch geredet haben, nicht ganz so wie das arkadische Französisch, aber doch dicht dran, mit einem wirklich netten Akzent. So hab' ich mein Vietnamesisch aufgeschnappt. Ist mir ganz wie zu Hause vorgekommen, wie hier. Mir hat es gefallen. Hab' dort meine Frau kennengelernt.«

Niemand hatte etwas von der vietnamesischen Frau gewußt. Pat und Liv tauschten Blicke voller Unbehagen aus, und beide fragten sich, ob dieser Film auf irgendeine unausgesprochene Weise peinlich für Jesse war. Wie war es ihm vorgekommen, das japanische Mädchen, Terry Shore, die die verlorene May spielte, nackt und anscheinend tot auf den Rotoren des Hubschraubers zu sehen?

Kinsella schnaubte und griff nach seinem Whisky. »Vielleicht hättest du dableiben sollen, wenn du dich da so zu Hause gefühlt hast.«

Jesse lächelte ihn an. »Ja, vielleicht hätte ich das tun sollen, Mistah Kinsella«, sagte er, und aus seiner Stimme war ein schwacher Anflug von Spott herauszuhören. Er stand mit einer gewissen Geschmeidigkeit von seinem Stuhl auf, die Scott Kinsella im ersten Moment zusammenzucken ließ, als glaubte er, Jesse würde sich über den Tisch beugen, ihn an der Gurgel packen und ihn schütteln. Doch Jesse sah Kinsella nur aus verächtlichen, blutunterlaufenen Augen an und wandte ihm dann seinen breiten Rücken zu, um zu gehen.

Liv und Pat gingen wieder in das trostlose kleine Zimmer in dem Zementkasten, dem Motel, das während des ganzen Sommers Pats Zuhause gewesen war. In dem viel zu kleinen Bett mit der abgenutzten, säuerlich grünen Tagesdecke aus Whipcord und der Matratze mit den kaputten Sprungfedern, liebten sie sich zum erstenmal seit etlichen Wochen, obwohl Liv den letzten Tag ihrer Periode hatte, und, versehentlich und zu ihrer größten Verlegenheit, blutete sie auf die Laken. Nackt in der stickigen Hitze der Sommernacht von Louisiana, versuchten sie zu schlafen, aber das Bett schien immer kleiner zu werden, während sie sich umdrehten und sich immer wieder anders hinlegten und sich bemühten, die richtige Lage zu finden.

Liv schlief nicht, sondern malte sich statt dessen aus, daß so Jesse Rideouts Nächte in Saigon ausgesehen haben mußten. Die Hitze der Nacht, die sich wie ein Zelt über die ganze Welt spannte, die nächtlichen Geräusche der Stadt, die von der Straße unten kamen und durch die Jalousien der glaslosen Fenster drangen, das Französisch mit dem vietnamesischen Akzent, das die Barmädchen sprachen, die sich kurz vor Einbruch der Dämmerung auf den Heimweg machten, ähnlich dem Französisch, das sie am Morgen vor ihrer Tür gehört hatte, als die Zimmermädchen sich an die Arbeit gemacht hatten. Sie stellte sich Jesse Rideout und seine vietnamesische Frau vor, klein wie ein Kind, wie sie schlafend auf dem lagen, was ihnen als Bett diente, eine Matratze auf dem Fußboden, oder vielleicht hatten sie auch ein richtiges Bett gehabt, das aus den Kolonialzeiten übriggeblieben war, mit einem Moskitonetz, das wie eine Wolke aus Marihuanarauch über ihnen schwebte. Vielleicht war auf dem Laken unter ihnen ein dunkler werdender Fleck, Menstruationsblut, das mit Sperma verdünnt war. Die Sonne war noch nicht aufgegangen, und doch lastete die Hitze des neuen Tages schon auf ihr, als sie aufstand, um ihre fünfzehnte und sechzehnte extrastarke Aspirin innerhalb von vierundzwanzig Stunden einzunehmen.

Wenn Kinsella zu alt dafür gewesen war, dann waren doch Bayard, der Regisseur, all die jungen Schauspieler, die Vietnamheimkehrer spielten (darunter auch Pat, der nicht nur das Drehbuch geschrieben hatte, sondern nebenher eine kleine Rolle angenommen hatte und gleich zu Anfang des Films gestorben war), eigentlich sogar die Hälfte des Film-Teams, in genau dem richtigen Alter für den Militärdienst in Vietnam gewesen. Doch sie hatten alle geborgen in der Sicherheit des Colleges gesteckt. So wie auch sie. Es war ein Krieg, der ihr verhaßt gewesen war und den sie immer noch haßte, doch ein Jahrzehnt danach spürte sie eine unerwartete Schuld auf sich lasten, weil Jugendliche aus der Arbeiterklasse dort gestorben waren, während sie und ihre Freunde, die weiß und gesund waren, kifften, sich mit Begeisterung gegenseitig vögelten und sich täglich den moralischen Puls maßen.

'Nam. Sie wußte, daß es nicht Schuldgefühle waren, aus denen heraus plötzlich für jeden namhaften männlichen Schauspieler in jedem Action-Film, der in den letzten Jahren gedreht worden war, 'Nam-Erinnerungen und Heraufbeschwörungen sprießten. Es paßte ihnen einfach nur zu gut in den Macho-Kram – richtige Männer waren *selbstverständlich* in 'Nam gewesen, hatten sich dort Narben geholt und waren nach Hause zurückgekehrt. Um dort zu kiffen und ziellos und ohne jeden Sinn Frauen zu vögeln, die nie gewesen waren, wo *sie* gewesen waren, und sie daher nie verstehen konnten, und die sexuelle Intimität hatte den Spalt, der zwischen den Erfahrungen aufklaffte, nicht nur nicht geschlossen, sondern die Kluft sogar verbreitert. Ihr moralischer Puls hörte augenblicklich auf zu schlagen und wurde nur dann für Momente fühlbar, wenn sie schliefen oder zu vögeln versuchten oder Streß ausgesetzt waren; dann erinnerten sie sich, oder jedenfalls erinnerten sie sich fast, an die gräßlichen Dinge, die sie als Augenzeugen erlebt hatten. Mitangesehen, nie selbst getan. In 'Nam. Im 'Nam der Filme.

»Unglaubliche Verluste, aber es gibt Überlebende«, fuhr Pat fort. »Manche der Überlebenden glauben, daß sie von der vietnamesischen Freundin ihres Sergeanten verpfiffen worden sind, der in dem Gefecht schwer verwundet worden ist. Sie richten sie hin. Der Rest des Films spielt zehn Jahre später, als der Sergeant, der weiß, daß es nicht sein Mädchen war, und der das Mädchen und die Typen, die getötet worden sind, rächen will, die Überlebenden im ganzen Land aufspürt, um sie hinzurichten. Natürlich sind sie alle Kriegsveteranen, ausgebildete Killer, und sie haben den Kontakt miteinander behalten. Er kriegt nur einen oder zwei, ehe die anderen alarmiert sind. Dann wehren sie sich.«

Pat unterbrach sich, um einen Schluck Dosenbier zu trinken. Alle warteten stumm, daß er weitererzählen würde.

»Wollt ihr wissen, was als Nächstes passiert?«

Alle stöhnten und ein Chor von »Ja, ja« ertönte.

»Tja, also das würde unter Petzen fallen«, sagte Pat. »Ihr werdet euch wohl den Film ansehen müssen.«

Es kam zu einem Sturm von Gelächter und Protesten.

»Jesus«, sagte Terry Breen. »Das war jetzt wirklich toll.«

»Wie heißt der Film?« fragte Barrie.

»*Gefecht.*«

»Ich finde ihn ganz toll«, sagte Linda.

»Ich auch«, sagte Barrie.

»Wann läuft er an?« fragte Mike.

»Ich hoffe, an Weihnachten«, sagte Pat. Er stand auf und streckte sich.

»Wie war die Arbeit mit Kinsella?« wollte Barrie wissen.

Pat ließ eine Geschichte über den Schauspieler vom Stapel, die Liv bereits im Lauf des Sommers in einer früheren, roheren Version gehört hatte. Pat hatte sie dahingehend überarbeitet, daß Scott jetzt besser aussah und er selbst sich den Spott zuzog.

Liv spielte mit den kaltwerdenden Fleischstreifen auf ihrem Teller herum. Eine feste, klauenartige Hand fiel auf ihre Schulter.

»Noch Platz für mich?« fragte Miß Alden.

Liv nickte und rückte ein Stückchen. Nachdem sie ihren Stock seitlich neben sich abgestellt hatte, ließ sich Miß Alden neben Liv auf die Bank sinken. Linda und Barrie warfen vom anderen Ende des Tisches unbehagliche Blicke herüber.

»Wie geht es Ihnen, Helen?« fragte Liv.

Barrie und Linda sahen einander an. Niemand sprach Miß Alden jemals mit ihrem Vornamen an.

»Noch im Reich der Lebenden«, sagte Miß Alden, und es klang, als sei das weniger ein Privileg als eine Strafe. Sie warf einen Blick in Livs Plastikbecher. »Was ist das?«

»Weißwein.«

Miß Alden rümpfte ihre prachtvolle Nase. »Mieses Gesöff.«

Mike Spellman beugte sich vor, um sie zu fragen, was er ihr holen dürfe.

»Ich nehme an, der Scotch wird ganz trinkbar sein«, sagte Miß Alden zu ihm. »Einen doppelten mit Eis, bitte.«

»Ich bin nicht heikel«, sagte Barrie. »Ich nehme noch ein Glas von dem miesen Gesöff, Mike.«

»Linda?« fragte Mike.

»Für mich auch von dem Gesöff«, sagte sie.

»Diese ganzen Jahre hat er Medizin studiert«, sagte Barrie, »und jetzt arbeitet er als Kellner.«

»Die Trinkgelder sind besser«, sagte Mike.

Die jüngeren Frauen lachten. Miß Alden lächelte dünn. Sie wandte sich an Liv. »Wie geht es Ihnen, meine Liebe?«

Barrie und Linda sahen einander an und zogen ihre sorgfältig gezupften, nachgezeichneten Augenbrauen vielsagend hoch.

»Danke, wesentlich besser«, sagte Liv. Sie legte ihre Hand leicht auf Miß Aldens Hand. »Sie waren meine Lebensretterin. Und Travis und ich haben den Tee bei Ihnen sehr genossen.«

»Was soll das heißen?« fragte Pat, der sich auf Livs anderer Seite wieder auf die Bank gleiten ließ. Seine Hand legte sich auf dem Tisch auf Livs Hand. »Was redet ihr da von Teegesellschaften? Hast du Miß Alden vom rechten Weg abgebracht, Liv?«

»Helen hat mir beim Reifenwechseln geholfen, als ich einen Platten hatte«, sagte Liv. »Dann hat sie Travis und mich zum Tee eingeladen. Frag Travis.« Zu Miß Alden:

»Er spricht immer noch davon. Seitdem möchte er wieder zum Tee zu Ihnen kommen.«

»Wir werden das einrichten«, sagte Miß Alden. »Ich fürchte nur, daß erst im nächsten Jahr etwas daraus wird. Der Sommer ist uns zwischen den Fingern zerronnen.«

»Ich käme gern mit«, sagte Pat. »Wenn ich nicht störe.«

»Ach, ich denke, das läßt sich machen«, verkündete Miß Alden. »Ich mag zwar eine alte Jungfer sein, aber es braucht mehr als nur einen Mann, um mich aus der Fassung zu bringen.«

»So ein Mist«, sagte Pat.

Mike Spellman tauchte mit einem Tablett auf, auf dem die diversen Getränke standen; er hatte sich ein Geschirrtuch über den Arm gehängt.

»Madame«, sagte er zu jeder der Frauen, während er ihr das Getränk hinstellte.

»Mademoiselle«, verbesserte ihn Miß Alden.

»Mais oui«, sagte Mike. »Tut mir leid.«

»Mir nicht«, sagte Miß Alden.

Barrie Spellman kreischte vor Lachen.

Pat hob seine Bierdose, um Miß Alden stumm zuzuprosten.

Miß Alden wandte sich an Liv. »Konnten Sie arbeiten?«

Liv zuckte die Achseln. »Nein. Aber ich bin auf Ideen gekommen.«

»Gut«, sagte Pat lasziv. Er drückte sie an sich. »Ich auch.«

Alle lachten, bis auf Miß Alden, die den Eindruck machte, als seien lüsterne Vorstellungen genau das, was sie von Pat erwartet hatte.

»Vielleicht war ein Urlaub genau das, was Sie gebraucht haben«, sagte Miß Alden zu Liv. »Eine Zeit des Nichtstuns.«

»Ich hoffe, daß es das war«, sagte Liv. »Ich hätte dann das Gefühl, etwas aus diesem Sommer herübergerettet zu haben.«

Miß Alden tätschelte Livs Knie. »Ich weiß genau, was Sie meinen. Ich glaube, ohne Arbeit würde ich verrückt.«

Barrie Spellman versetzte Mike, der sich neben sie gesetzt

hatte und wie alle übrigen am Tisch der Unterhaltung lauschte, einen deutlich sichtbaren Rippenstoß.

»Aber andererseits«, sagte Miß Alden, und sie sah Barrie an, »bin ich sicher, daß manche Leute glauben, daß ich ohnehin schon spinne.«

Mike gab Barrie den Rippenstoß zurück und sagte mit gesenkter Stimme: »Ich schätze, damit warst du gemeint, mein Schatz.«

»Ich halte Sie für den zurechnungsfähigsten Menschen, den ich kenne«, sagte Liv.

»Vielen Dank«, sagte Miß Alden. »Ich weiß ein Vertrauensvotum zu schätzen. Aber ich vermute, Sie irren sich, meine Liebe. Ich bin so verrückt wie alle anderen auch auf dieser wahnsinnigen Welt.«

»Gibt es nicht die Theorie, daß der Wahnsinn die einzige Verteidigung gegen die Realität ist?« sagte Pat.

Len Winslow setzte sich ihnen gegenüber. In einer Hand hielt er seine Kochmütze, in der anderen sein Getränk. »Was dagegen, wenn ich mich zu euch setze?« fragte er mechanisch. »Ich stehe kurz vor dem Umfallen, wenn ich mich jetzt nicht setze. Ich werde zu alt für dieses Spektakel.«

Er atmete schwer und war nahezu purpurrot angelaufen, und er machte wirklich den Eindruck, als könnte er jeden Moment zusammenbrechen.

Er trank einen großen Schluck aus seinem Glas. »Was ich gern wüßte«, sagte er, »ist, warum diese gottverdammten Diebe nie den Grillspieß mitnehmen. Sie stehlen doch sonst alles, was nicht niet- und nagelfest ist. Wenn sie dieses verdammte Ding klauen würden, könnte ich auf Hot Dogs umstellen und ein Weilchen länger leben.« Er sah sich schuldbewußt um. »Erzählt Claire nicht, daß ich das gesagt habe. Schon seit unseren Flitterwochen in Hawaii glaubt sie, daß nichts anderes als ein Schwein vom Rost in Frage kommt.«

Liv spürte, daß Miß Alden sich versteifte. »Ich werde ihnen einen Zettel hinlegen, Len«, sagte Miß Alden.

Etliche Leute lachten.

Pat sah erstaunt in die Runde. »Tut mir leid, aber ich hab' das wohl nicht mitgekriegt.«

Miß Alden sah ihn an. »Bei mir haben sie jetzt drei Jahre hintereinander zugeschlagen.«

Köpfe wurden geschüttelt und Beileid wurde ausgedrückt.

»Damit stehen Sie nicht allein«, sagte Len Winslow. »Und Walter McKenzie hat Claire gerade vor ein paar Tagen erzählt, er sei mit seiner Weisheit am Ende.«

»Walter McKenzie ist ein alter Dummkopf«, sagte Miß Alden. »Nach dem zweiten Einbruch habe ich ihn gefeuert. Wozu verdammt noch mal soll es gut sein, einen Hausmeister zu bezahlen, wenn er nicht in der Lage ist, auf das Haus aufzupassen? Walter ist zu alt für den Job. Wenn er auch nur einen Funken Verstand besäße, würde er sich zur Ruhe setzen.«

Es herrschte allgemeines Schweigen. Auf dieser Seeseite war Walter McKenzie schon immer der Hausmeister aller Anwohner gewesen. Es hatte nie einen anderen gegeben. Niemand konnte sich vorstellen, wen man an seiner Stelle hätte nehmen können.

»Das stimmt«, sagte Pat. »Walter ist nicht mehr der Jüngste. Wie alt ist er denn jetzt, fünfundsiebzig?«

»Dreiundachtzig«, sagte Miß Alden.

»Uih«, sagte Mike Spellman. »Darauf wäre ich nie gekommen. Er sieht jedenfalls bestimmt nicht so alt aus, stimmt's?«

Miß Alden ignorierte Mike. »Ein Jammer, daß Joe Nevers fort ist. Ich hätte ihn augenblicklich anstelle von Walter eingestellt. Es ist noch nie in eins von Joe Nevers' Häusern eingebrochen worden.«

»Joe Nevers hätte den Job nie angenommen«, sagte Liv.

Alle sahen sie an.

»Das hier ist Walters Seeseite«, sagte sie.

Das schienen sie nicht zu verstehen, keiner von ihnen. Sie hatte aber auch nicht wirklich damit gerechnet, daß sie es verstehen würden.

»Einen Moment mal«, sagte Pat. »Ich wüßte gern, warum nie in eins von Joe Nevers' Häusern eingebrochen worden ist.«

Alle sahen Liv an, die unbeabsichtigt ein unerwartetes Wissen über Nodd's Ridge hatte erkennen lassen.

Sie errötete. »Aus Respekt. Man hatte zuviel Respekt vor Joe Nevers.« Sie sah in ihren Weinbecher. »Und in gewissem Maß auch Angst. Aber in erster Linie«, sagte sie lächelnd, »glaube ich, es lag daran, daß er die naheliegendsten Kandidaten für einen Einbruch geschmiert hat.«

Alle lachten, bis auf Helen Alden. Und Liv, die sich darüber wunderte, daß sie Joe Nevers' vernünftige Vorkehrungen lustig fanden.

»Woher wissen Sie das alles?« fragte Miß Alden.

»Ich bin Joe manchmal zufällig auf der Straße begegnet«, gab Liv zu.

Sie hatte nicht vor, ihnen die ganze Geschichte zu erzählen. Sie hatte jetzt schon das Gefühl, etwas Wertvolles an die anderen verloren zu haben.

»Na so was«, sagte Joe Nevers, als sie leise unter seiner Angelschnur auftauchte und zart daran zog.

Sie hielt die Schnur gespannt, ohne fest daran zu ziehen, damit sie nicht riß, und sie stieg mit der Geschwindigkeit auf, mit der er die Angel aufspulte.

»Ein Meermädchen«, rief er aus wie immer, wenn sie dieses Spiel miteinander spielten, als ihr Kopf über die Wasseroberfläche kam. »Ich will verdammt sein.«

Und sie lachten leise und gedämpft miteinander.

»Morgen, Missus Meermädchen«, sagte Joe Nevers.

»Morgen, Joe Nevers«, sagte Liv. »Ich schätze, Sie haben jetzt drei Wünsche frei.«

»Ah«, sagte Joe Nevers. »Sehr verbunden. Ich glaube, fürs Allererste würde ich gern mal eine rauchen.«

Und er legte seine Angelrute zur Seite und holte ein Zigarillo raus, bot erst höflich ihr eine an, die sie jedoch ebenso höflich ablehnte. Sie hatte eine Hand auf dem Kahn liegen, trat Wasser und wartete das kleine Zeremoniell ab.

Und dann redete er. Sie stellte ab und zu Zwischenfragen, um die Dinge klarzustellen, doch im übrigen gab sie sich ganz damit zufrieden, ihm zuzuhören. Er schien auch nicht mehr als das als Gegenleistung von ihr zu erwarten. Sie hatte Geschichten von ihm gehört, von denen sie vermutete, daß niemand sie je gehört hatte, nicht einmal seine alten Kumpel in der Post oder im Lokal oder bei der Stadtverwaltung, oder auch nur seine Schwester Gussie, die jahrelang die Stadtbücherei geleitet hatte, ehe sie nach Florida gegangen war.

Eines Tages fragte sie ihn nach Arden Nighswander.

»Arden Nighswander«, sagte Joe Nevers, und er drehte sein Zigarillo in der Hand.

»Ich fürchte mich vor ihm«, sagte Liv. Sie trat Wasser und bewegte träge ihre Arme, und das Seewasser kräuselte sich in strudelnden, gebogenen Kreisen. Das Wasser glitzerte rosa im rosigen Schwall von Sonnenlicht, der über die Bergwand kam und die Dunststreifen über dem Wasser färbte. »Ich weiß nicht, warum. Er ist so höflich, richtig schmierig. Aber er hat das Lächeln eines Hais. Ich krieg' dabei eine Gänsehaut.«

Joe Nevers schüttelte den Kopf. »Das zeigt nur Ihr Gespür.« Er drückte den Stummel seines Zigarillos in dem Deckel des Mayonnaiseglases aus, das er zu diesem Zweck bei sich trug, und dann steckte er das Gefäß wieder in den Sack mit seinen Angelsachen, ehe er ein neues Zigarillo aus dem Päckchen schüttelte. Er beugte sich mit einem leisen Ächzen vor und riß ein hölzernes Streichholz an seiner Schuhsohle an, eine gewandte Bewegung für einen älteren Mann, der in einem Boot saß. Dann nahm er seine Mütze ab und kratzte sich hinter seinem sauberen, rosa Ohr.

»Ich habe gehört«, sagte er, während er den Rauch inhalierte, »der Kerl gehört zu der Sorte, die damit Karriere macht, anderen zur Last zu fallen. Lebt von dem, was er dem Staat abgeluchst hat, weil er doch angeblich wegen seiner Kriegsverletzungen ›kriegsversehrt‹ ist.« Joe Nevers brummte mürrisch. »Natürlich ist es der Rücken. Hornhaut vom Reiten, oder Hämorrhoiden vom vielen Sitzen am Schreibtisch, kann ich mir denken. Und da der Steuerzahler für sein Essen und seine Behausung aufkommt, kann er sein volles Potential als Schmarotzer und Halunke herausbilden. Wenn er gerade nicht von jemandem verklagt wird, den er ausgenommen hat, dann verklagt er einen seiner Nachbarn wegen einer Grundstücksgrenze oder einem schiefen Blick, das spielt für ihn keine Rolle. Wenn das Gericht gerade nicht tagt, ist er ein gewöhnlicher Dieb, der Diebe und Vandalen heranzieht. Das weiß ich ganz bestimmt. Lassen Sie nichts rumliegen, Missus. Diese Jungen, Ricky und Rand. Er hat sie wie Jagdhunde darauf abgerichtet, Gelegenheiten zu wittern.«

»Gehören sie zu den Leuten, die die Einbrüche begehen?« fragte Liv.

»Das sind sie«, sagte er. »Tun es regelmäßig. Fast professionell. Der Rest, das sind meistens nur Jungen, die was getrunken haben. Sich Luft machen wollen. Man jagt ihnen einen tüchtigen Schrecken ein und nüchtert sie aus, und dann steckt man ihnen einen Fünfer zu, damit sie ein Auge nach dem falschen Laster auf der falschen Straße offenhalten. Das war's dann für gewöhnlich. Aber seit die Nighswander-Jungen hier sind, ist es wirklich übel und ganz ärgerlich geworden.« Er schüttelte den Kopf. Das Wasser schwappte als Sprühregen gegen die Seiten des Bootes.

Liv legte ihren Kopf zurück, ließ ihre Füße nach oben kommen und trieb kurz auf der Seeoberfläche. Am Rückgrat der Berge blutete noch der Sonnenaufgang, aber direkt über dem See wurde die weiße Schale des Himmels blau, und der Dunst löste sich auf. »Sie sind nicht aus dieser Gegend«, sagte sie.

Das heiterte Joe Nevers auf. »Nein, sind sie nicht. Aus New Hampshire, nehme ich an. Nighswander redet so. Es ist wohl sieben Jahre her, das Jahr, in dem Gussie nach Florida gegangen und verheiratet zurückgekommen ist, ich hab' ja so teuflisch gestaunt, das sage ich Ihnen, das war der Winter, in dem Ola Whicher gestorben ist, und im Frühjahr drauf ist Nighswander aufgetaucht, um ihren Besitz für sich zu beanspruchen. Ola war seine Großtante, hatte den Bruder seiner Großmutter väterlicherseits geheiratet. Ola konnte die ganze Sippe ihres Mannes nicht riechen, aber er ist jung an Schwindsucht gestorben, und sie hatten nie Kinder, und sie ist einfach dort alt geworden, ganz allein, auf einem Stück Land, einem Boden, der so schlecht war, daß nicht mal Steine darauf wachsen wollten. Hat Katzen und Hunde und alle möglichen Viecher bei sich aufgenommen, und nach einer Weile hat sie einen Hungerlohn von der Stadt gekriegt und wurde als amtliche Tierzuständige geführt. Alle haben damit gerechnet, daß sie eines Nachts sterben und entdeckt werden würde, wenn die Katzen und Hunde um ihren Leichnam herumstanden und kläfften und jaulten, aber nein, sie hat es sich in den Kopf gesetzt, ihr Dach auszubessern, und gestorben ist sie, als sie vom Dach runtergefallen ist, mit siebenundachtzig Jahren. Eine ganz dicke Frau war sie, und sie ist auf dem Hals gelandet und hat sich das Genick gebrochen. Andernfalls hätte sie noch zwanzig Jahre leben können.« Joe Nevers wirkte bekümmert. »Jeder von uns hätte ihr gern geholfen und die Schindeln ausgebessert, wenn sie bloß etwas gesagt hätte. Wir hätten auch nichts dafür genommen. Sie war immer wortkarg, aber die Leute haben immer gesagt, in Wirklichkeit hätte sie einen Haufen Geld in Schuhkartons versteckt. Das ist zweifellos der Hauptgrund, aus dem Nighswander sich die Mühe gemacht hat, Anspruch auf ihren Besitz zu erheben, mal abgesehen davon, daß er jetzt wußte, wohin er gehen kann, denn da, wo er war, ist es ihm zu heiß geworden, und als er das eine Nest so sehr beschmutzt hatte, daß es sogar ihm selbst zuviel geworden ist, ist er weitergezogen.«

»Ich vermute, er hat keine Schuhkartons gefunden«, sagte Liv. Sie legte ihre Hand leicht auf den Bootsrand und hielt sich fest, um sich auszuruhen.

Joe Nevers grinste. »Wohl kaum. So ziemlich die einzigen Schätze, die Nighswander in Nodd's Ridge ausgegraben hat, waren Jean McKenzie und ihr Junge. Wenigstens hat Nighswander in Jeannie jemanden gefunden, der für ihn und die Jungen kocht und saubermacht. Und nicht nur Jeannie konnte er jetzt verprügeln, sondern den Jungen auch noch.« Joe Nevers wirkte verdrossen und zauderte, als sei ihm das Thema unangenehm. »Der Junge – Gordy – ist schlimmer als nichtsnutzig.«

»Stimmt etwas nicht mit ihm?« fragte Liv. »Er ist mir so vorgekommen, als könnte er ein wenig zurückgeblieben sein.«

»Nun ja, viel war ja nie da bei Gordy, denn von beiden Eltern hat er nur das Schlimmste abgekriegt. Jeannies Aussehen und Harry Teeds Verstand«, sagte Joe Nevers, »und durch das Leben mit den Nighswanders ist ihm das bißchen Verstand, das er hatte, verdreht worden, an die Wände geschlagen worden, und dann das Trinken und die schmutzigen Gewohnheiten und die schlimme Sprache. Nein, der arme Gordy ist wie einer ihrer räudigen Köter, die sie halb blöd und gefährlich gemacht haben, indem sie sie gequält und dazu ermutigt haben, ihre schlimmste Seite auszuleben. Eines Tages wird man ihn abknallen müssen.« Er drückte den Stummel seines zweiten Zigarillos aus und steckte den Deckel weg.

Liv zitterte; das Wasser kam ihr plötzlich sehr kalt vor.

Das Rot des Sonnenaufgangs war zu einem schmalen zartlila Streifen verblaßt, der den Rand des Planeten markierte, an dem die Gletschergerippe der Berge aufragten. Sie ließ das Boot los und stieß sich ab. »Ich muß jetzt gehen«, sagte sie. »Was ist mit den anderen Wünschen?«

Er dachte eine Zeitlang nach. »Nun gut«, sagte er dann, wie es das Ritual erforderte, »ich wünsche Ihnen einen schönen Tag. Das ist Nummer zwei. Und ich wünsche mir, daß wir uns wieder treffen. Das ist Nummer drei.«

Wortlos, nur mit einem Lächeln, glitt sie unter die Wasseroberfläche und schwamm davon, und sie tauchte erst wieder auf, um zu atmen, als sie schon ein ganzes Stück von ihm entfernt war. In der Zwischenzeit hatte Joe Nevers seine Angelrute weggelegt und machte sich auf den Rückweg.

»Oho«, sagte Terry Breen.

»Was soll denn das nun wieder heißen?« fragte Pat.

Terry grinste dreckig. »Du warst zu lange weg, alter Junge. Du hast noch nicht gehört, wie der alte Joe abgetreten ist.«

Linda und Barrie kicherten im Chor.

Pats Augenbrauen wurden zu Möwenflügeln, und er machte einen auf Zigarre und Groucho-Akzent. »Dann sag doch mal, wie er abgetreten ist.«

Terry wieherte vor Vergnügen. »Du hättest es selbst sehen können, wenn du hiergewesen wärst. Von deinem Haus aus direkt auf der anderen Seeseite. Der alte Bock war mit der Witwe Christopher im Bett, du erinnerst dich doch an sie. Eine kleine rothaarige Frau mit einer spitzen Zunge, die Geschmack am Scotch gefunden hatte. Beide älter als König Tut.«

Helen Alden verzog den Mund. »Sie war in meinem Alter«, sagte sie. »Vom Krebs zerfressen. Ist letzten Herbst gestorben.« Und dann, mit sanfterer Stimme: »Wir waren miteinander befreundet.«

Terry Breen verdrehte die Augen und schien sich unbehaglich zu fühlen.

Pat berührte Miß Aldens Handgelenk. »Das tut mir leid«, sagte er.

»Er war ein netter alter Mann«, sagte Liv. »Ich vermisse ihn.«

Barrie Spellman zappelte unruhig herum. »Das einzige, was man tun kann, ist absperren und nichts rumliegen lassen, was das Stehlen wert wäre«, sagte sie, als sei ihr die gesamte Unterhaltung über Joe Nevers und die verstorbene Mrs. Christopher entgangen.

»Ich weiß nicht, was die Leute erwarten«, warf Linda Breen ein. »Die Menschen in dieser Gegend sind von Armut geschlagen. Es muß sehr hart für sie sein, zu sehen, welche Luxusgüter manche von uns den ganzen Winter über hierlassen.«

Liv lachte. »Diejenigen, die die Einbrüche begehen, benutzen einen Motorschlitten, Linda. Motorschlitten fangen bei mehr als tausend Dollar erst an. Wie elend ist man dran, wenn man mit einem Tausenddollarspielzeug Einbrüche begeht?«

Linda errötete.

»Es gibt immer noch die Versicherung«, warf Terry ein.

»Man kann sich gegen den potentiellen Verlust absichern. So hoch sind die Beiträge nun auch wieder nicht.«

»Sie stehlen ja nicht nur«, sagte Miß Alden. Sie blickte sehr grimmig. »Es sind Vandalen, Barbaren. Sie zerstören. Sie schlagen Fensterscheiben ein. Sie schlitzen Polster auf. Sie tun gräßliche Dinge.«

»Ja, gut, wir wissen, daß Sie ziemliches Pech gehabt haben«, sagte Mike Spellman.

»Pech!« rief Miß Alden aus. Ihr Ausdruck war hektisch, und die Haut über ihren Wangenknochen wurde fleckig. »Das hat mit Pech und Glück nichts zu tun. Dies hier ist kein Zufall, Doktor Spellman. Sie haben sich mich als ihr Opfer erkoren. Ich weiß, was sie von mir halten. Sie haben auf meine Wände geschrieben, daß ich eine dreckige alte Lesbe mit einer schlaffen, triefenden Möse bin. Sie haben es mit Scheiße an die Wände geschrieben.«

Alle waren erstarrt vor Entsetzen.

Liv legte ihre Hand auf Miß Aldens Hand, die geballt auf dem Tisch lag. »Es tut mir ja so leid, Helen. Wie können Menschen bloß so furchtbar sein?«

»Sie irren sich, wenn sie glauben, daß sie noch einmal damit durchkommen«, sagte Miß Alden.

»Was wollen Sie tun?« fragte Pat.

»Nach Hause gehen«, sagte Miß Alden. Sie tastete nach ihrem Stock und stand auf. »Ich bin auch nicht mehr die Jüngste. Zu alt, um die ganze Nacht durchzufeiern. Vielen Dank, Len. Warum verlegen Sie den Spieß nicht einfach? Oder verbiegen ihn rein versehentlich so, daß er sich nicht mehr richten läßt?« Sie wandte sich an Liv, legte ihren Kopf zur Seite, umklammerte mit beiden Händen den Stock und deklamierte: »›Ein Prinz, der daher gezwungen wird, wie die wilden Tiere zu handeln, muß den Fuchs und den Löwen imitieren, denn der Löwe kann sich nicht gegen Fallen schützen, und der Fuchs kann sich nicht gegen die Wölfe schützen. Sei daher ein Fuchs im Erkennen von Fallen und ein Löwe, wenn es darum geht, die Wölfe zu erschrecken.‹ Die Wölfe zu erschrecken«, wiederholte sie, und sie atmete tief und zufrieden ein. Höhnisch sah sie Barrie Spellman an.

»Niccolò Macchiavelli«, trällerte sie. Dann nickte sie Liv zu. »Gute Nacht, meine Liebe.«

»Lassen Sie es sich gutgehen«, sagte Liv.

Miß Alden richtete sich zu ihrer vollen Größe auf und verließ sie, und nach ein paar Schritten stützte sie sich jeweils steif auf den Stock, als sei ihr diese unmißverständliche Bezeugung der Schwäche verhaßt. Die Menge teilte sich, um sie durchzulassen, und hinter ihr schloß sie sich schwatzend wieder.

»Ich kann es einfach nicht glauben«, sagte Linda Breen gerade so laut, daß alle sie hören konnten. »Habt ihr gehört, was sie gesagt hat – als was man sie bezeichnet hat?«

Barrie kicherte, wie jemand über einen schmutzigen Witz kichert, um andere zum Lachen anzuspornen.

»Sie ist wirklich recht bemerkenswert«, sagte Pat zu Liv. »Du hast mir noch gar nicht erzählt, daß du dich mit der prachtvollen Miß Alden angefreundet hast.«

»Sie hat mir aus einer Klemme geholfen. Ich hätte beim besten Willen niemand anderen gefunden, der mir an einem Sonntagnachmittag einen Reifen gewechselt hätte. Wenn sie nicht in genau diesem Moment vorbeigekommen wäre und angehalten hätte, hätte Travis und mir ein langer Heimweg durch die Hitze bevorgestanden, und wir wären bis Montag ohne Wagen gewesen. Was hätte ich tun sollen, wenn etwas passiert wäre?«

»Die Rettungsmannschaft anrufen«, sagte Pat. »Aber es war Spitze, daß sie dir geholfen hat. Wo hattest du den Platten?«

»Ich bin gegen diesen Stein in der ersten Straßenbiegung gefahren. Am Montag bin ich hingegangen und habe den Stein orange angemalt, damit die Leute gewarnt sind und auf ihn achten.«

»Oh«, sagte Pat, und er ließ es dabei bewenden.

3. Kapitel

GEFECHT
ROHSCHNITT #2

Das Neonlicht draußen tauchte das enge Innere der Bar in Rot. Es blutete über die Gesichter der Gäste, die bereits vom Trinken gerötet waren, von den Strapazen des Tanzens zu der Musik, die dröhnend aus der Jukebox schmetterte, vom Sauerstoffmangel, vom Gedränge um Getränke und Sex, von der Entschlossenheit, es sich gutgehen zu lassen, selbst wenn es tödlich war. Die Menschenmenge, ungebärdig, erdrückend, auf zu engem Raum zusammengepreßt, ist weder jung noch in den mittleren Jahren, sondern in diesem Niemandsland dazwischen. Die Männer weisen mit vereinzelt eingestreuten Uniformteilen auf ihren Militärdienst hin, oder sie tragen die psychotisch sentimentalen T-Shirts, die den Ratschlag geben, alle umzubringen und Gott die Auswahl zu überlassen. Die Frauen haben schlechte Zähne und drücken Country & Western Music, wenn die Männer ihnen Vierteldollar für die Jukebox geben.

Ein äußerst stämmiger Mann zapft Bier in Gläser und schnippt sie mit beängstigender Zielsicherheit über die Bar. Selbst wenn er nicht lacht, was er oft tut, entblößt er seine netten, kleinen weißen Zähne zu einem Grinsen, das trotz seiner Beständigkeit nicht dazu angetan ist, einen in Sicherheit zu wiegen. Sein Gesicht ist das eines Satyrs, wie es in weiß oder rot auf den schwarzen Hintergrund einer sehr, sehr alten griechischen Vase skizziert wird. Wenn sie auch in ein Spinnennetz aus Lachfältchen eingefaßt sind, so sind seine blauen Augen doch klein und melancholisch. Stark gekräuseltes kupferrotes Haar bedeckt seinen gewaltigen Schädel und setzt sich auf seinem Kinn als Bart fort, doch die Oberlippe unter einer langen, wunderschönen Nase ist glattrasiert. Sein Körper ist jedoch nicht der eines Satyrs; nicht halb Mann, halb Pferd, sondern eher durch und durch Bulle: von der dicken Säule seines Halses an, der sich zu massiven Schultern und einem breiten Brustkasten verbreitert, bedeckt mit rotem Haar, das am offenen Kragen seines weißen Hemdes zu sehen ist, und der Torso wiederum weitet sich zu einem Kugelbauch aus, der sein Hemd ausbeult, und der den Eindruck macht, als sei er im siebenten Monat einer gesunden Schwangerschaft und wachse weiter, und trotz des Bauchs kein nennenswerter Hintern, aber starke, muskulöse Schenkel, die Waden etwas zu kurz und zu dünn, elegante, fast weiblich geschwungene Knöchel und kleine, breite, fette Füße, die in ihren Ledersandalen noch am ehesten nach den Pferdehufen eines Satyrs aussehen.

Der Knall der Schrotflinte läßt sie alle erstarren wie unter einem Bann im Märchen. Der Barkeeper reißt ruckartig seinen Kopf hoch; seine Ohren stellen sich geradezu auf, um das Geräusch zu hören: *ka-bumm*. Und unter dem Knall ist das Schreien des Mannes zu hören, der ermordet wird, und dann das dumpfe Prallen seines Körpers gegen Metall, ein hohler Laut und ein gedämpftes Ausbeulen von Blech, wie man es hören könnte, wenn jemand angefahren wird, nur daß diesmal der Mann gegen das Fahrzeug prallt und nicht umgekehrt. Und plötzlich springt der Barkeeper auf seinen Gorilla-Armen über den Tresen, mit einem Satz, der ein erstaunliches, olympiareifes Trotzen der Schwerkraft ist, die Kunden tauchen nach rechts und links weg, ihm aus dem Weg, Bierkrüge zersplittern, schwappen über, und die Oberfläche des Tresens wird augenblicklich so glitschig und gefährlich wie eine Mauer, auf der Glasscherben befestigt sind, doch er ist längst drüben und quer durch den Raum gestürzt, hat die vielen umgerannt, die ihm nicht schnell genug aus dem Weg gesprungen sind, und er drückt auf die Reihe von Lichtschaltern neben der Tür, und im nächsten Moment ist der Schwebezustand nach der Sperrstunde nicht nur drinnen, sondern auch draußen hergestellt. Das Neonzeichen erlischt unter den schrillen Schreien von Frauen und nicht wenigen der Männer, die das plötzliche Erlöschen des Lichts erschreckt. Jemand würgt die Jukebox ab, indem er den Stecker rauszieht. Nervöses Lachen perlt durch die Bar.

»Mund halten, verdammt noch mal«, sagt der Barkeeper. Seine Stimme ist zwar gedämpft, aber sie ist trotzdem im ganzen Raum zu hören, und alle richten sich danach.

Weder totales Dunkel noch totale Stille, sondern ein Schwebezustand wie vor einem Hinterhalt im Dschungel, bei dem gleich etwas passieren wird. Die Straßenlaternen im Freien schütten dürftiges gelbes Licht wie Mondschein in den Raum; der Nieselregen reflektiert es wie funkelnde Steine auf dem G-String einer Stripperin. Ein schrilles Geräusch wird lauter, die eintreffende Polizei, und schnell übertönt es das keuchende Atmen von drei Dutzend erschreckten, keineswegs nüchternen Menschen. Als die Blaulichter den Raum durchfluten, wie Geister des roten Neons, schaltet der Barkeeper die Lichter wieder ein. Er bleibt an der Tür stehen und starrt auf die Straße, als Polizisten aus den Fahrzeugen stürzen, sich um die Leiche drängen, die jetzt auf dieser Seite des Trans-Am gelandet ist, nachdem sie durch die Wucht des Schusses über die Kühlerhaube geflogen ist, sich um sich selbst gedreht hat und jetzt zusammengerollt daliegt, mit dem Kopf nach unten, wie ein Baby bei der Geburt, in einer Pfütze geronnenen Blutes, das der Regen verwässert, aber nicht fortspült, und dann laufen die Bullen auf die Bar zu, auf ihn zu. In dem blauen Licht wirkt das Gesicht des Barkeepers blutleer, als sei er einer der wandelnden Toten.

Als ein Bulle ihn fragt, ob er wisse, was passiert sei, bewegt er seinen Kopf von einer Seite zur anderen. Der Bulle deutet das als Verneinung, aber es könnte auch ganz einfach heißen, daß der Barkeeper das, was er sieht, ableugnet.

Als der Polizist ihn fragt, ob er den Toten kannte, treten Tränen in die Augen des Barkeepers. »Jackson«, sagt er. »Er hieß Jackson. Wir waren beim selben Regiment. Für das hier hat er die Hölle durchgemacht. Das ist alles, was ich darüber weiß.«

Und dann herrschen absolutes Dunkel und absolute Stille, und aus dieser bricht ein gequälter Schrei heraus, nicht unähnlich dem des Mannes, der ermordet worden ist, und der Barkeeper richtet sich in seinem Bett auf; sein Gesicht ist naß vor Schweiß und Tränen.

Eine Hand greift zart nach seinem Arm. »Mein Gott, Paul.«

Und dann tastet der andere, ein Schatten im Dunkeln, nach einer Nachttischlampe, und das Bett erstrahlt in einem Licht, das nicht kräftiger als Kerzenlicht ist, und der andere ist zu sehen, ein junger Mann, schlank und in dem Maß unbehaart, in dem Paul, der Barkeeper, behaart ist. Seine Augen sind weit aufgerissen und wirken nackt; er tastet nach einer Brille, und sowie er sie aufgesetzt hat, wirkt er angezogen, obwohl er und Paul nur durch das Bettzeug bedeckt sind. Schon während er sich die Brille auf die Nase setzt, dreht er sich wieder zu Paul um und streckt seine Arme nach ihm aus, um ihn an sich zu ziehen.

»Jetzt ist es wieder gut«, sagt er.

»Nein«, antwortet Paul, der ins Dunkel starrt. »Nein.«

Der junge Mann seufzt, drückt Paul an sich und läßt ihn dann wieder los. Er befreit sich aus dem Bettzeug und steht auf.

Paul streckt eilig die Hand aus, um ihn festzuhalten. »Wohin gehst du?«

Der andere kichert. »Zum Pissen. Ich bin sofort wieder da.« Und dann beugt er sich über Paul. »Es wird doch alles wieder gut mit dir, nicht wahr?«

Paul nickt.

Der junge Mann knipst das Badlicht an und schließt die Tür hinter sich.

Paul sieht die Tür an, gleitet unter der Bettdecke heraus. Er zieht die Nachttischschublade auf. In der Schublade liegt ein Revolver. Paul zögert, ehe er ihn herausnimmt. Dann steckt er ihn sich in den Mund. Er schließt die Augen. Eine Träne sickert heraus und rinnt über seine Wange. Hinter der geschlossenen Tür wird die Toilettenspülung betätigt. Er drückt auf den Abzug.

Als der rechte Vorderreifen mit einem zischenden Geräusch platzte, wie die ferne Explosion einer Feuerwerksrakete, geriet der Pacer so ins Schleudern, daß einem übel davon werden konnte. Liv kämpfte mit dem Lenkrad. Sie wußte natürlich, was passiert war – ein Zusammenstoß mit einem häßlichen Felsbrocken, als sie zu weit nach rechts gelenkt hatte, um Linda Breen auszuweichen. Sie konnte nicht von der einspurigen Straße, die zu den Häusern führte, herunterfahren, da sie hier als schmaler Korridor zwischen Bäumen verlief, und daher holperte sie weiter zur Abfahrt nach der zweiten Biegung. Durch die Heidelbeersträucher und den Giftsumach, der hier wuchs, war es keineswegs ein idealer Platz zum Anhalten, und das, was noch von dem Reifen übriggeblieben war, als sie sich den Platten geholt hatte, war hinüber, nachdem sie den Wagen weitergefahren hatte, doch sie konnte nirgends sonst anhalten. Linda war mit ihrem Ramcharger weitergefahren.

»Scheiße«, sagte Liv.

Travis beugte sich über die Rückenlehne des Beifahrersitzes, in jeder seiner pummeligen Fäuste einen GI. »Was ist passiert, Liv?«

»Uns ist gerade ein Reifen geplatzt«, sagte sie. »Bleib im Wagen, solange ich nachsehe und mir mal anschaue, wie groß der Schaden ist, ja? Hier wächst Giftsumach.«

»Alles klar«, sagte er. Er hatte Erfahrung mit Giftsumach. Er wandte sich wieder seinen Spielzeugsoldaten zu. »Sei vorsichtig, Liv«, sagte er.

»Klar«, sagte sie.

Manchmal war er wirklich wie eine alte Dame.

Die Luft war so stickig und dick und stand vor Hitze so still, daß sie das kühle Wasser des Sees, der keine vierhundert Meter entfernt war, nicht riechen konnte. Es war, als steckte man in einem Plastiksack. Das einzige, was sich bewegte, waren die Insekten. Augenblicklich hatten sie sich um sie geschart, ein heftiger, räumlich begrenzter, kleiner Sturm, und sie war der Mittelpunkt davon. Sie wedelte sie ungeduldig mit den Händen weg und wünschte, sie hätte an das Insektenabwehrmittel gedacht. Gewöhnlich ließen die kleinen Mistviecher sie in Ruhe. Vielleicht war es ihr nervöser Schweiß, der sie anlockte, oder der Geruch nach altem Blut in ihrem Mund. Sie zerrte den Wagenheber, den Ersatzreifen und die Stranddecke aus dem Pacer. Wenn man sie zu einem Polster zusammenfaltete, konnte man sich auf die Decke kauern und sich daraufknien und sie gleichzeitig als Schutz gegen eine versehentliche Berührung mit dem Giftsumach einsetzen, während sie sich damit abmühte, die Schraubenmuttern von dem kaputten Reifen zu lockern.

Eine halbe Stunde später war sie von Insekten zerstochen, schweißgebadet, und es war ihr lediglich gelungen, drei der Muttern und verschiedene Proben ihrer eigenen Haut, ihres Bluts und ihrer Nägel zu lösen. Zu ihren Zahnschmerzen, die von dem vorgestern gezogenen Zahn herrührten, kam jetzt auch noch ein bohrender Kopfschmerz hinzu, den die Sonne ausgelöst hatte.

Travis lehnte sich aus einem offenen Fenster des Pacer. »Ich will nach Hause, Liv«, sagte er zum vierten Mal in den letzten sieben Minuten.

»Mist«, sagte Liv. Sie warf den Schraubenschlüssel hin. »Ich auch.« Sie wischte sich mit einer Hand die Stirn ab. »Lassen wir den Wagen stehen und laufen nach Hause, abgemacht?«

»Ist es weit?« fragte Travis.

»Weniger als eine Meile. Das schaffst du schon.«

Er machte die Tür auf und kletterte aus dem Wagen. »Trägst du ein paar Soldaten?«

»Klar.«

Sie stopften sich die Taschen ihrer Shorts mit GIs voll. Liv packte das Werkzeug wieder in den Wagen und hievte den Ersatzreifen rein, kurbelte die Fenster etwa zwei Zentimeter herunter, schloß die Türen und die Heckklappe ab und steckte die Schlüssel in die Tasche. Die Zeitung, wegen der sie losgefahren waren, ließen sie auf dem Rücksitz liegen.

»Okay«, sagte sie. »Dann gehen wir doch.«

Travis ging sehr langsam. Sie versuchte, ihn im Schatten der Bäume beidseits der Straße laufen zu lassen, doch der

Trupp, der alljährlich Büsche schnitt und Gestrüpp abholzte, war schon dagewesen, und es waren längere Strekken zurückgeblieben, auf denen sie der Sonne schutzlos ausgesetzt waren. Die Insekten feierten ein Festmahl. Travis schlug auf sie ein und kratzte seine Stiche und sorgte sich laut wegen des Giftsumachs.

»Ich wünschte, wir wären zu Hause, Liv«, sagte er. »Diese Insekten bringen mich um.«

»Geh ein bißchen schneller, Trav«, sagte Liv. »Vielleicht erwischen sie dich dann nicht ganz so oft.«

»Die sind schneller als sonst jemand«, sagte Travis. »Schneller als eine Kugel.«

»Dann tu eben so, als seist du im Krieg und verwundet«, schlug Liv vor.

Das war er auch. Ausgezackte Flecken trocknenden Blutes und rote Schwellungen übersäten seinen Hals, seinen Haaransatz, seine Ohren, seine Arme und Beine, alle Stellen, an denen seine zarte Haut der Sonne und den Insekten ausgesetzt war. Sie war so schlimm zerstochen, daß sie sich nicht erinnern konnte, seit ihrer Kindheit jemals so viele Stiche auf einmal gehabt zu haben. Aber noch schlimmer war, daß ihr Kopf in der Sonne zu zerspringen drohte.

»Ich wünschte, ich wäre zu Hause«, sagte Travis kläglich.

»Das wünschte ich auch«, sagte Liv; sie schlug heftig auf ihren eigenen Nacken ein. »Und ich wünsche alle diese beschissenen Insekten in die Hölle.«

Hinter ihnen wurden die Geräusche eines Fahrzeugs lauter. Liv nahm Travis an der Hand und zog ihn ein Stückweit von der Straße herunter. Zwei Wagen waren bereits an ihnen vorbeigefahren: ein weißer Lincoln Continental, der vom Staub der Landstraße grau war und von Claire Winslow gefahren wurde, die ihnen zuwinkte und hinter ihrer mit funkelnden Steinen besetzten Sonnenbrille affektiert lächelte. Claires Hunde steckten ihre dreieckigen kleinen Köpfe aus einem offenen Rückfenster in den Fahrtwind, und ihre spitzen kleinen Zungen hechelten. Sie kläfften und jaulten hysterisch, und ihre hellen, kleinen, dummen Augen bewegten sich mit rasender Schnelligkeit. Nachdem

Claires Auspuff sie zum Husten und Würgen gebracht hatte, wandten Liv und Travis ihre Gesichter von der Straße ab, als sie hörten, daß sich ein weiteres Fahrzeug näherte. Dann fuhr Barrie Spellmans flaschengrüner BMW vorbei. Barrie blickte unbeirrt auf die Straße vor sich.

Kurz darauf näherte sich wieder ein Wagen, und sie sprangen wieder von der Straße, klammerten sich aneinander und hielten den Atem an. Liv war überrascht, als sie hörte, daß der Wagen langsamer fuhr. Sie wandte ihr Gesicht wieder zur Straße und bemühte sich zu lächeln.

Miß Alden kurbelte das Fenster ihres alten Plymouth Fury herunter. Sie trug einen Panamahut aus Stroh, der unter dem Kinn mit Tüll oder irgendeinem feinen Netz zusammengebunden war. Sie fuhr mit einer Hand auf dem Lenkrad, und ein gebräunter, muskulöser Unterarm lehnte sich aus dem offenen Fenster, und kräftige, breite Finger legten sich auf das Dach der Limousine. Ihre Nägel waren geriffelt und dick; wenn sie spitz zugefeilt gewesen wären, hätten sie echte Krallen abgeben können, doch sie waren vom Arbeiten abgebrochen und ausgezackt. Es war bekannt, daß sie ihr eigenes Holz fällte und ihr Haus selbst instand hielt. Sie brachte den Wagen zum Stehen.

»Mrs. Russell«, sagte sie, »ist das da hinten mit dem Platten nicht Ihr Wagen?«

»Doch, ich fürchte, schon«, sagte Liv. »Wie geht es Ihnen, Miß Alden?«

»So wie immer«, antwortete sie. Sie schwieg einen Moment lang. »Ich habe zu Beginn des Sommers schon mal bei Ihnen angerufen. Sie waren nicht zu Hause. Ich wollte mich bei Ihnen für die Karte und für die Topfpflanze bedanken, die Sie Betty geschickt haben. Der Topf war sehr hübsch. Selbstgemacht, vermute ich?«

Liv lächelte und drückte Travis' Hand. Er sah mit großer Besorgnis in seinen Augen zu ihr auf und rückte etwas dichter an sie heran. Er hatte von Sarah gehört, Miß Alden sei ein alter Drache.

»Ich hoffe, es geht ihr wieder besser«, sagte Liv.

»Es wird ihr nie mehr bessergehen«, sagte Miß Alden,

»aber trotzdem vielen Dank. Warum steigen Sie eigentlich nicht ein, um der Sonne und den Insekten zu entkommen? Wenn Sie wollen, fahre ich Sie direkt nach Hause, aber wir können auch zurückfahren, und ich helfe Ihnen beim Reifenwechsel. Haben Sie einen Ersatzreifen?«

Liv zögerte keinen Moment lang. »Gott segne Sie. Ja, ich habe einen.« Sie öffnete die Beifahrertür. »Hops rein, Travis«, sagte sie.

Er zögerte. Liv gab ihm einen leichten Klaps auf den Hintern.

»Komm schon, oder willst du bei lebendigem Leib gefressen werden?«

Er kletterte in den Wagen, nervös und ohne Miß Alden auch nur einen Moment lang aus den Augen zu lassen, und er rückte so weit von ihr ab und so dicht an Livs Seite, wie es nur irgend möglich war. Als sein Blick auf den goldenen Knauf von Miß Aldens Stock fiel, der neben ihr auf dem Sitz lag, schien er sich sicherer zu fühlen, die Sicherheit zu spüren, die Grenzen einem geben sollen. Er war nicht unüberwindbar, keine unverbrüchliche, undurchdringliche Mauer, und doch ein Signal, eine Flagge, die aufgestellt worden war, um ein Territorium abzustecken: Bis hierhin geht mein Bereich; dort fängt deiner an.

»Sie haben Travis doch schon kennengelernt, nicht wahr?« fragte Liv.

Miß Alden nickte nachdrücklich, und sie fuhren los.

»Ich fürchte allerdings, es ist schon eine ganze Weile her«, sagte Miß Alden.

»Erinnerst du dich noch an Miß Alden, Trav?«

Travis sah Miß Alden mit großen Augen an und nickte mit dem Kopf. »Was ist mit Miß Betty passiert?« fragte er.

Miß Alden sah ihn an, und ein erstauntes Lächeln zog ihre schmalen Lippen hoch. Sie antwortete ihm nicht gleich, sondern bog nach links in die Einfahrt der Spellmans ein, sah über ihre Schulter und stieß rückwärts auf die Straße, um zu wenden und zum Pacer zu fahren.

»Du erinnerst dich also an Miß Betty?« sagte sie schließlich.

Travis schien lockerer zu werden. Er holte einen seiner Spielzeugsoldaten raus und musterte ihn eingehend. »Klar«, sagte er. »Sie hat mir diese Süßigkeiten gegeben, wie heißen die schnell noch mal, Liv? Die mit oben und unten was und innen was drin.«

»Oreos«, sagte Liv. Sie war überrascht, daß Travis sich daran erinnerte, von Betty Royal Süßigkeiten bekommen zu haben. Dieser Tag schien jetzt schon so lange her zu sein, aber es mußte zu Beginn des letzten Sommers gewesen sein. Travis, der noch nicht ganz drei Jahre alt war, bekam damals gerade Zähne, und er hatte sich ganz unglaublich versaut. Liv hatte ihn in den See tauchen müssen, um Speichel, Krümel von Schokoladenkeksen, die klebrige Füllung des Gebäcks und die dünne Sandschicht aus seinem Gesicht zu entfernen, aus seinem zarten, farblosen Haar und sogar aus seinen Ohren.

Es war eines der wenigen Male gewesen, bei denen Liv Betty Royal, Miß Aldens jahrelange Gefährtin, getroffen hatte. Sie selbst erinnerte sich weniger deshalb daran, weil Travis sich derart versaut hatte, denn das hatte er damals immer getan, sondern weil Miß Royal, nachdem sie sich freundlich und recht vernünftig über Kleinigkeiten unterhalten hatten, wie man es eben mit neuen Nachbarn tut, die man kaum kennt, Liv ganz ruhig geraten hatte, auf die Drähte aufzupassen, die aus den Wänden kamen. Im Lauf des Sommers verschlechterte sich ihr Zustand, und Ende August wurde sie ins Krankenhaus eingeliefert. Miß Alden hatte die alljährliche Party, die die Winslows zum Saisonende gaben, nicht besucht. Später hatte Liv gehört, daß Miß Alden sich gezwungen gesehen hatte, sie in ein Heim einzuweisen. Liv hatte eine Postkarte mit einer Ansicht von Nodd's Ridge und eine Pflanze in einem Topf, den sie selbst getöpfert hatte, geschickt, und Miß Alden hatte sich handschriftlich bei ihr bedankt.

»Betty kann nicht selbst schreiben. Ich fürchte, sie kann sich auch nicht mehr an Sie erinnern. Aber sie sieht sich das Bild an und streicht über den Efeu und über den

Topf, den sie ihr geschickt haben, und beides macht ihr Freude. Dafür danke ich Ihnen sehr.«

Miß Alden fuhr neben dem Pacer an den Straßenrand. Ihre Hand fiel automatisch auf ihren Stock.

»Ihr Mann ist noch fort?« fragte sie Liv beim Aussteigen.

»Ja«, sagte Liv.

»Zum Reifenwechseln sind Männer praktisch, nicht wahr?« bemerkte Miß Alden.

»Manche ja«, antwortete Liv.

Liv schloß die Heckklappe auf. Miß Alden sah sich das Werkzeug und den Ersatzreifen an, indem sie mit ihrem Stock darin herumstocherte.

»Sie haben schon angefangen, stimmt's?«

»Ich konnte diese Schrauben nicht alle losmachen«, sagte Liv.

»Und die Scheißinsekten haben uns nicht in Ruhe gelassen«, sagte Travis.

»Travis!« rief Liv aus.

Miß Alden warf den Kopf zurück und lachte.

»Das hast du selbst gesagt, Liv«, sagte Travis.

»Stimmt, das habe ich gesagt«, gab Liv zu. »Es sind auch Scheißinsekten.« Sie lächelte und errötete gleichzeitig.

»Dann machen wir uns doch mal ran«, sagte Miß Alden. »Vielleicht ist noch was außer Hackfleisch von uns übrig, wenn wir es geschafft haben.«

Travis kauerte sich in den Schatten von Miß Aldens Wagen, um ihnen zuzusehen. Sie reichte ihm ihren Stock. Er grinste und ging damit um, als glaubte er, er könne zerbrechen. Sie schien ihn nicht zu brauchen, während sie mit leichten Schritten um den Wagen herumging.

Die beiden Frauen sahen sich nach einer Stelle um, auf der kein Giftsumach wuchs, und dorthin hievten sie den Ersatzreifen. Sie hoben den Wagen wieder mit dem Wagenheber an, und Miß Alden kauerte sich auf den Boden und preßte eine Schulter an den Reifen, um mit dem Schraubenschlüssel die Muttern zu lösen.

Liv wunderte sich nicht über die Kraft der älteren Frau. Miß Alden hatte eine militärische Haltung, war vom Arbeiten in der Sonne gebräunt und duldete keine Schmeicheleien von irgendeinem Mann. Da sie selbst mit ihren Händen arbeitete, achtete Liv auf die Hände anderer Menschen. Miß Aldens Hände sahen kräftig aus, und sie waren es auch. Die Schrauben bereiteten ihr keinerlei Schwierigkeiten, und sie stieß nur einen Laut der Zufriedenheit aus, wenn sie wieder eine Schraube gelöst hatte, als sei sie eine Zahnärztin, die Zähne zog. Als sie es geschafft hatte, entfernte sie eilig den kaputten Reifen. Liv rollte den Ersatzreifen zu ihr und durfte helfen, ihn anzubringen. Miß Alden kauerte sich ein zweites Mal hin, um die Schrauben wieder festzuziehen.

Miß Alden warf den Schraubenschlüssel hin und hockte sich auf ihre Fersen wie eine alte Indianerin.

»Das wär's«, sagte sie.

Liv bedankte sich bei ihr. »Allein hätte ich das nie geschafft.«

»Unsinn«, sagte Miß Alden. »Sie haben die Vorarbeit geleistet und mir schon alle Schrauben gelockert.«

Miß Alden stand auf, mit einer Hand auf der Hüfte, als seien ihre Gelenke etwas angegriffen, und sie half Liv, den Wagenheber wieder herunterzulassen und das Werkzeug zu verstauen.

»War's dieser Stein in der Kurve?« fragte Miß Alden, als sie den kaputten Reifen in den Wagen warf, ohne ihn zu befestigen.

»Ja.«

»Man sollte ihn markieren.«

»O ja.« Liv stimmte ihr zu und notierte sich im Kopf, daß sie den Stein morgen früh orange anmalen wollte.

Miß Alden wischte sich die Hände an ihrer Khakihose ab. »Sie sehen kaputt aus. Lust auf ein Glas Eistee bei mir? Oder haben Sie es eilig, nach Hause zu kommen?«

Miß Alden streckte Travis ihre Hand entgegen, und er reichte ihr den Stock. Sie nahm ihn mit einer Andeutung einer ernsten Verbeugung entgegen und stützte sich dann beiläufig auf den Stock.

»Ich habe auch ein paar Spielzeugsoldaten, die Travis sich vielleicht gern ansehen würde«, fuhr Miß Alden fort.

»O ja, Liv, bitte«, sagte Travis schnell.

Liv nickte. »Danke. Sie sind so gut zu uns, Miß Alden.«

»So ein Unsinn«, sagte Miß Alden mürrisch. »Und nennen Sie mich Helen, ja?«

»Wenn Sie mich Liv nennen«, sagte Liv.

Miß Alden fuhr voran. Liv kurbelte die Scheiben des Pacer hoch und schaltete die Klimaanlage an. Travis setzte sich neben sie auf den Vordersitz.

»Reich mir mal das Aspirin, ja, mein Schatz?« bat Liv.

Travis ließ das Handschuhfach aufspringen und holte das Plastikröhrchen heraus.

»Tut dir was weh, Liv?« fragte er mitfühlend.

»Kopfschmerzen«, antwortete sie.

»Nutzt Aspirin bei Insektenstichen?«

Liv zerkaute das Aspirin und dachte darüber nach. »Sollte eigentlich schon helfen. Willst du eine? Du mußt sie aber kauen.«

Travis überlegte es sich; dann hielt er eine nicht allzu saubere Hand auf. Sie schüttelte mit einer Hand eine Aspirintablette heraus. Er schnitt eine Grimasse, während er versonnen die Tablette zerkaute und dann mit Mühe schluckte.

»Igitt!« sagte er.

Damit schien das Thema abgeschlossen zu sein.

Die Straße stieg zur Auffahrt ihres Hauses an, fiel dann gleich wieder ab und verlief so eben weiter wie das Land selbst. Miß Aldens Haus war das letzte an der Straße, und es war auch das älteste. Es war das alte Dexter-Haus, ein Bauernhaus, das hundert Jahre lang die erste und einzige Unterkunft am Nordende des Sees gewesen war. Im Gegensatz zu den Villen und Ferienhäusern ihrer Nachbarn, die parallel zum See aufgereiht waren, stand Miß Aldens Haus ganz für sich da, durch dichtes Gehölz und rund zwanzig Morgen des ursprünglichen Dexter-Anwesens von den anderen Häusern getrennt. Das Haus war wesentlich näher an den See herangebaut als die der Nachzügler, und die breite, verglaste Veranda, die im Schatten der großen, alten Bäume lag, ging auf einen vielbeneideten Sandstrand und war in den zwanziger Jahren gebaut worden, als man sich noch nicht mit Vorschriften über den öffentlichen Seezugang und dergleichen herumgeschlagen hatte. Niedrig wachsende Heidelbeersträucher hielten den Sand an Ort und Stelle. Auf der anderen Seite des Hauses war der Boden sehr gut, und er trug einen üppigen Rasen, Blumenbeete und einen angelegten Garten. Ein Stückchen weiter weg trugen knorrige Apfelbäume immer noch eßbare Früchte. Es war ein Ort, an dem es immer kühl und schön war, und es roch nach grünem Wachstum und dem klaren, taufrischen Seewasser.

Liv kurbelte ihr Fenster runter und atmete den Geruch ein. Das Aspirin linderte ihre Kopfschmerzen und ihre Zahnschmerzen.

Das alte Haus war aus Stein, mit dicken Mauern und einem Schieferdach. Es war ein schlichter Entwurf, ein einfaches Rechteck, auf das unter einem Walmdach noch eine obere Etage gezwängt worden war. In den zwanziger Jahren war an eine der Schmalseiten die Veranda angebaut worden, die zwar ein Asphaltdach und einen Holzfußboden hatte, deren Rundbögen und Stützpfeiler jedoch aus Stein waren. Efeu hatte sich schon vor so vielen Jahren im Stein festgesetzt, daß die Ranken holzig und so dick wie Stromleitungen waren. Um den Steinsockel herum waren die Ranken erst kürzlich abgeschnitten worden, und daher wirkte der Stein freigelegt und nackt. Schmale Kellerfenster lugten ausdruckslos aus dem nackten Stein. Doch die Scheiben, die dreckverkrustet waren, waren herausgenommen worden, vielleicht, um sie zu reinigen, und sie lehnten am Stein. Ein frisches Rot fiel Liv ins Auge, und als sie sich vorbeugte, sah sie eine neue Ziegelschicht, die sich hinter den Fensterbrettern türmte. Miß Alden war dabei, ihre Kellerfenster zuzumauern.

Miß Alden ließ sich Zeit beim Aussteigen, überprüfte im Rückspiegel den Sitz ihres Hutes und griff nach ihrem Stock, und daher hatten Liv und Travis schon die Veranda erreicht und erwarteten sie auf dem oberen Treppenabsatz. Auf allen Stufen wuchsen an einer Seite Kakteen in großen Tontöpfen.

»Die Tür ist offen, geht schon mal rein«, rief Miß Alden ihnen zu, während sie aus ihrem Plymouth stieg.

Travis stieß die Verandatür auf, und Liv folgte ihm. Es schien augenblicklich wesentlich kühler zu sein als im Freien, und ganz still, die Art von Stille, die man in Bibliotheksgewölben und Kirchen vorfindet. Abgewetzte Kissen, die nach ewig feuchten Federn rochen, polsterten Korbstühle, Schaukelstühle und eine Hollywood-Schaukel. Am hinteren Ende der Veranda hing eine Hängematte so schlaff da wie eine Fahne bei Windstille. Ein einziges Fenster ging von der Veranda ins Hausinnere.

Miß Aldens Stock kam pochend die Stufen hinter ihnen hinauf und über die Veranda. Sie hastete mit einem Schlüsselbund in der Hand an ihnen vorbei. »Herein, kommt doch rein.«

Die Tür war eine moderne, neu aussehende Tür, ebenso wie auch der Türrahmen, beides aus dickem, stabilem Kiefernholz, maßgefertigt für die in der Wand vorhandene Öffnung, doch sie hing an altmodischen schmiedeeisernen Angeln, die vielleicht sogar noch die originalen Türangeln waren. Anstelle eines Türgriffs hatte sie einen eisernen Riegel, und über dem Schnappverschluß war unpassenderweise ein brandneues Steckschloß angebracht. Hinter dieser Tür bestand das Haus aus einem einzigen großen Raum mit niedriger Decke. Die Steinmauern des Hauses waren verputzt und mit Holz getäfelt. Statt des üblichen schmalen, vertikalen Streifenmusters war die weißgestrichene, hüfthohe Wandverschalung so getäfelt wie eine Tür oder wie die Mahagonitäfelung der Bibliothek des viktorianischen Stadthauses in der Neal Street in Portland, in dem die Russells im Winter wohnten. Am hinteren Ende des Raumes umrahmte die Täfelung den Kamin und ließ nur den steinernen Kaminsims und die Seitenteile aus Granit frei. Travis' Finger zupften beim Anblick etlicher Jagdtrophäen, die in Form von Tierköpfen an den Wänden hingen, nervös an Livs Shorts: ein Löwe, ein Rehbock mit einem ehrfurchtgebietenden Geweih, ein Kojote. Ihre Glasaugen, die verstaubt und tot waren, machten den Löwen und den Kojoten mit den wild gefletschten gelben Zähnen nicht weniger furchterregend, sondern es wurde eher noch schlimmer dadurch. Der Kamin sah aus, als könne er mit Leichtigkeit das Grillen eines erjagten Großwildes oder auch der Schweine von Len Winslow bewerkstelligen. Feuerholz lag auf geschmiedeten Kaminböcken bereit, und weiteres Holz war innerhalb der Reichweite säuberlich an der Täfelung gestapelt. Eine Messingkiste, die griffbereit an die Wandtäfelung geschraubt war, enthielt lange Streichhölzer. Der Fußboden bestand aus breiten Kiefernbohlen, die nicht mit Farbe übermalt waren und zu einem warmen, durchscheinenden, bierfarbenen Goldton gealtert waren, und auf diesen Boden hatte Miß Alden die Tierfelle als Teppiche gelegt. Ein rauhhaariges Zebrafell vor der Tür, ein Bärenfell mit Kopf und allem Drum und Dran vor dem Feuer, der kopflose Löwe zu Füßen des Sofas.

Die langen Wände waren jeweils von zwei kleinen Fenstern mit vielen Scheiben durchbrochen, vor denen schlichte weiße Stores hingen. Es fiel kein allzu helles Licht herein, und trotz der spiegelnd weißen Oberflächen der Wände und der Decke war das Zimmer kühl und dunkel. Miß Alden knipste einen Lichtschalter an, und ein großer Leuchter in Form eines schmiedeeisernen Wagenrades, der von den freiliegenden Deckenbalken hing, flammte auf. Das schimmernde Licht rief den strahlenden Tag in Erinnerung, und die Undurchdringlichkeit der Steinmauern, von denen sie umschlossen waren, wurde ihnen bewußt.

»Machen Sie es sich bequem«, sagte Miß Alden. »Ich bin gleich wieder da.« Sie verschwand auf den steilen Treppenstufen, die rechts neben der Tür aufstiegen, und sie setzte den Stock, den sie vor sich hielt, auf eine Weise ein, die ein wenig an den Kletterhaken von Bergsteigern erinnerte.

Das Zimmer war mit der Sorte von ausrangierten Möbelstücken eingerichtet, die man in ein Ferienhaus verbannt, wenn sie ihren ersten Glanz verloren haben, aber noch zu gut sind, um sie wegzuwerfen. Die Möbelstücke waren alt und bequem und rochen leicht muffig, nicht nur durch die geballten Gerüche der Menschen und Haustiere, die sie benutzt hatten, sondern sie rochen auch nach Reinigungsmitteln und Politur, nach ihrem eigenen alternden Gewebe und nach feuchten und langen Zeiten der Nichtbenutzung. Auf dem steinernen Kaminsims standen in einer blauen Flasche, die einst einen Liter schwedisches Mineralwasser enthalten hatte, Veilchen, Margeriten und die ersten wilden Möhren, die das nahende Ende des Sommers anzeigen und dort, wo ihre weißen Dolden über die hohen Halme auf den Feldern aufragen und wogen, Schneeverwehungen versprechen.

Ein Spinett zierte die lange Wand, die dem Treppenhaus gegenüberlag. Liv fragte sich, wie es der Feuchtigkeit standhielt, der Eiseskälte des Winters, und warum die Vandalen es nicht zerstört hatten. Als sie näher herantrat, konnte sie die Politur riechen und die Kerben sehen, die wie ein Straßennetz, das in den Tiefschnee gefurcht ist und nirgends hinführt, in das Holz geritzt waren und jeden Versuch einer Reparatur aussichtslos machten. Die Diebe, die eingebrochen waren – das mußte auch der Grund sein, aus dem sie die Kellerfenster zumauerte.

Travis grub seine Hand in ihre. Sie drückte sie und führte ihn zu dem Sofa, das freundlich quietschte, als sie sich setzten. Davor stand ein großer Weidenkorb für Handarbeiten; Liv fiel wieder ein, daß Miß Royal ihr Strickzeug zusammengerollt und in den Korb gepackt hatte, ehe sie von genau der Ecke des Sofas, auf der sie jetzt saß, aufgestanden war, um die neuen Nachbarn zu begrüßen, als Liv das bisher einzige Mal in diesem Haus gewesen war. Ihre anderen Begegnungen mit den beiden Frauen waren bei der Post in Nodd's Ridge zustandegekommen, bei einem Spaziergang auf der Landstraße, am Strand oder beim Beerenpflücken auf einem der Felder in der näheren Umgebung. Drei Sommer lang waren Miß Alden und Miß Royal nichts weiter gewesen als die beiden älteren Lesbierinnen, die nebenan wohnten.

Miß Alden kam wieder die Treppe hinuntergestapft. Sie

trug nach wie vor ihr Khakihemd und die Hose, die in hohe schwarze Stiefel gesteckt war, aber sie hatte den Panamahut gegen ein schwarzes Seidentuch ausgetauscht, das sie sich auf Zigeunerart um den Kopf geschlungen hatte, und sie hatte ihren roten Lippenstift aufgefrischt. In den Händen trug sie eine lederbezogene Holzkiste in der Größe einer großen Brotlade, und den Stock trug sie unter dem Arm.

»Das hier könnte dich interessieren«, sagte sie zu Travis. Sie hielt ihm die Kiste hin.

Mit großen Augen nahm Travis sie entgegen und ging dann auf die Knie. Er hob den Deckel an. In der Kiste waren jeweils abwechselnd eine Reihe von Soldaten in blauen und eine von Soldaten in grauen Uniformen aufgereiht. Es waren acht Zentimeter große Zinnsoldaten, von denen manche in der Grundstellung dastanden und die Gewehre präsentierten, und andere knieten, um ihre Gewehre abzufeuern. Sie waren liebevoll bis ins Detail gestaltet: blauäugig oder braunäugig; blondes, braunes und schwarzes Haar, und sogar zwei grauhaarige waren dabei, die Offiziersabzeichen trugen. Einer trug eine Brille, etliche wiesen Bärte, Schnurrbärte oder Koteletten auf, und drei der Ranguntersten waren schwarz. Sie alle trugen Rangabzeichen: zwei Colonels, vier Captains, sechs Lieutenants, zehn Sergeants, zwanzig Corporals, einhundert gemeine Soldaten und zwei Generäle in prächtigen Uniformen.

»Uiih!« hauchte Travis ehrfürchtig.

»Travis!« rief Liv aus. »Miß Alden! Die sind ja fantastisch!«

Miß Alden kicherte in sich hinein. »Als ich sechs war, wollte ich diese Soldaten lieber als alles andere haben. Natürlich war das recht unpassend. Aber ich nahm trotzdem meinen gesamten Mut zusammen und bat darum. Mein Bruder bekam sie zu seinem Geburtstag, drei Tage nach meinem Geburtstag, geschenkt. Er war der beste Bruder, den man sich nur wünschen kann, Travis. Er hieß Emmet. Er hat sie mir vor den Augen meiner Eltern geschenkt und es damit begründet: ›Helen hat nicht geweint, obwohl sie

sie unbedingt haben will.‹ Jahre später habe ich sie ihm wiedergegeben, als wir erwachsen waren und er einen kleinen Sohn hatte. Und dann sind sie wieder bei mir gelandet. Emmets Sohn ist gestorben, und Emmet konnte es nicht ertragen, diese Soldaten um sich zu haben.«

Travis strahlte sie an. »Darf ich mit ihnen spielen?«

»Natürlich«, sagte Miß Alden. »Der Kamin da drüben gibt ein grandioses Schlachtfeld ab.«

Er sah seine Mutter an. »Was ist grandios, Liv?«

»Super.«

Travis rutschte vom Sofa und preßte die Kiste begeistert an sich. Seine Wangen waren vor Freude gerötet.

»Grandios«, murmelte er versonnen vor sich hin, als er sich vor dem Kamin auf die Knie fallen ließ.

Miß Alden blickte ihm nach; sie hatte ihre Hände direkt über den Knien auf ihre Schenkel gelegt und zeigte ihre großen gelben, wüst gekrümmten Zähne bei einem steifen Lächeln bis zum Zahnfleisch. Ihr Lächeln wirkte, als sei es, ebenso wie die Kiste mit den Spielzeugsoldaten, aus einem verborgenen Winkel hervorgekramt worden, verknittert und ausgeblichen wie etwas, das zusammengefaltet über einen zu langen Zeitraum im Feuchten, Dunklen gelegen hat, auf einem Dachboden oder in einem Schrank unter dem Dachfirst. Abrupt richtete sie sich wieder auf.

»Ich nehme an, Sie hätten jetzt gern den Eistee, den ich Ihnen versprochen habe. Ich weiß jedenfalls, daß ich ihn will«, sagte sie.

»Kann ich Ihnen irgend etwas helfen?« erbot sich Liv.

Miß Alden sah sie sich genau an. Ihre leuchtenden Augen sahen nicht alt oder ermattet aus; sie sahen alles. »Nein, nein«, sagte sie. »Sie sehen geschafft aus, wenn Sie verzeihen, daß ich das so sage. Fehlt Ihnen etwas?«

Liv errötete. »Nur Kopfschmerzen. Ich habe im Wagen schon Aspirin genommen.«

Miß Alden schwieg.

Liv ging auf, daß Miß Alden zu ihrer Zeit Tausende von Studenten lügen gehört haben mußte.

Doch die große alte Frau nickte lediglich. Sie stützte sich

auf ihren Stock und ging zu dem alten Kühlschrank hinüber.

»Uiih!« keuchte Travis. Er warf ihr einen Blick über die Schulter zu, und sein Gesicht glänzte vor Aufregung. »Sieh dir das an, Liv.« Er hielt eine Kanone hoch. Er hatte die Soldaten am Kamin aufgestellt und eine zweite Lage in der Schachtel entdeckt, die aus Artillerie und Kavalleriepferden bestand.

»Fantastisch«, versicherte ihm Liv, aber er war schon wieder ganz in Anspruch genommen.

Miß Alden stellte ein Tablett auf den Teetisch.

»Es ist mir zwar zuwider, Travis bei seinen Manövern zu stören«, sagte sie, »aber vielleicht läßt er sich gern mit ein paar Rationen versorgen.«

»Travis«, sagte Liv.

Travis blickte wieder auf und sah die hohen Gläser mit dem Tee und den Teller mit den Oreos auf dem Tablett. Er schnitt eine Grimasse und stellte dann sorgsam die beiden Pferde, die er in den Händen hielt, auf der Kaminplatte ab und schoß zum Teetisch hinüber.

»Zucker?« fragte Miß Alden.

»Ja, bitte«, sagte Travis. Er wischte sich mit seiner dicken kleinen Hand über die Stirn und hinterließ eine Spur, die nach verschmierter Asche aussah. Mit der anderen Hand nahm er das Glas entgegen.

»Plätzchen?« fragte Miß Alden.

»Ja, bitte.«

Er bot seine gesamte Konzentration auf und machte sich eilig über den Imbiß her. Unter hörbarem Schlürfen leerte er das Glas.

»Noch mehr Tee, Travis?« fragte Miß Alden.

Er sah seine Mutter hoffnungsvoll an.

Liv nickte.

Miß Alden schenkte ihm noch ein Glas aus dem Krug ein, der auf dem Tisch stand. Sie beugte sich über Travis, um es ihm zu reichen.

»Kann man dir ein Geheimnis anvertrauen?« fragte sie ihn.

Travis riß über dem Rand seines Glases die Augen weit auf. Er nickte feierlich mit dem Kopf.

Miß Alden streckte ihre Hand aus.

Travis stellte sein Glas sorgsam auf den Tisch, zog sich von den Knien hoch und griff nach ihrer Hand.

»Dieses Haus hat viele Geheimnisse«, sagte sie, und sie sah sich mit Besitzerstolz im Raum um. »Zum Beispiel das hier.« Sie stand auf, ging zum nächsten Fenster und zog die hölzernen Läden herunter, die rasselnd vor das Fenster fielen. Die Rolläden glitten wie die Messer einer rostigen Guillotine aus den Steinmauern.

Travis strahlte Liv an. In seinen Augen tanzten Funken.

»Direkt in die Mauern hineingebaut«, sagte Miß Alden. »Indianerjalousien.«

Sie streckte wieder ihre Hand aus, und Travis sprang auf, um die Hand zu ergreifen. Sie führte ihn im Tempo einer feierlichen Prozession zum Kamin.

»Dieses Haus ist das älteste in der ganzen Gegend um Nodd's Ridge. Es ist nicht als allererstes erbaut worden, aber es ist das älteste, das heute noch steht«, erzählte sie ihm.

Travis sah zu ihr auf und wartete auf das Geheimnis.

»Es ist so alt, daß der Mann, der es gebaut hat, Stephen Dexter, der mein Ururgroßonkel war, Angst hatte, die Indianer könnten ihn angreifen und ihn und seine Familie töten.«

Travis hielt den Atem an.

»Und daher hat er ein geheimes Versteck gebaut, damit seine Familie auch dann in Sicherheit ist, wenn die Indianer ihr das Haus über dem Kopf anzünden. Nichts dergleichen ist je passiert. Die Indianer sind alle an Cholera gestorben, und auch Stephen Dexters erste Frau und drei seiner Kinder starben daran. Aber das geheime Versteck gibt es immer noch.«

Mit diesen Worten streckte Miß Alden ihren Stock vor sich hin und drückte auf einen bestimmten Punkt der Wandtäfelung links neben der Messingschachtel mit den

Streichhölzern. Und ein Teil der Wandtäfelung, etwa so groß wie die Tür eines Porzellanschranks, glitt auf.

Travis schnappte hörbar nach Luft. Liv sprang vor Erstaunen auf.

Hinter der Tür war ein dunkles Loch im Stein, direkt in der Hausmauer, gleich neben dem Kamin. Miß Alden schwang die Geheimtür auf und trat durch sie hindurch. Travis, der sich nach wie vor an ihre Hand klammerte, folgte ihr. Doch er warf einen Blick über die Schulter und sah Liv an, die sofort zu ihm eilte.

Ohne auch nur einen Blick zurückzuwerfen, um zu sehen, ob sie kamen, begab sich Miß Alden in gebeugter Haltung in das Dunkel. Sie konnten das hohle Pochen ihres Stocks auf dem Stein hören.

Travis und Liv zogen instinktiv ihre Schultern zusammen und folgten ihr. Es wurde augenblicklich kühler. Das Licht hinter ihnen zeigte ihnen die ansteigenden Stufen einer sehr steilen Steintreppe. Der Durchgang war so schmal, daß sie nicht umhin konnten, die rauhen, kalten, harten Wände bei jeder Bewegung zu berühren, und zwar nicht nur mit den Händen, sondern von Kopf bis Fuß, und dadurch entstand der Eindruck, als würden die Wände zusammenrücken, um nach ihnen zu greifen. Travis hielt Livs Hand fester, und sie nahm an, daß er auch die Hand von Miß Alden fester umklammerte, die über ihnen als dunkler Umriß aufragte, wie ein Schatten im dichten Wald einer kalten, dunklen Winternacht. Sein Atem hatte sich beschleunigt, und auch ihr Atem ging schneller. Hinter ihnen schwang langsam die Tür in der Täfelung zu.

Travis zuckte zusammen und grub seine Nägel in Livs Hand.

Miß Alden drehte sich um und flüsterte: »Du brauchst dich nicht zu fürchten. Hier bist du absolut in Sicherheit.«

Sie zog einmal an Travis' Hand und führte sie in das vollkommene Dunkel hinauf. Ab und zu erschien es so, als blitzte der goldene Knauf ihres Stockes auf und spiegelte eine winzigkleine Lichtmenge wider, die einer unbekannten Lichtquelle entströmte, vielleicht durch die Ritzen um die Geheimtür sickerte. In dem Moment schien es aber auch möglich zu sein, daß der Stock wie durch Zauber aus sich selbst heraus leuchtete. Ihre Augen hatten gerade begonnen, sich an die Lichtlosigkeit zu gewöhnen, als Miß Alden stehenblieb. Hier schien der Durchgang breiter zu werden und gleichzeitig eine andere Richtung einzuschlagen.

Sie pochte an die Wand zu ihrer Rechten. »Gut ein Meter Stein zwischen uns und dem Kamin.« Sie wirbelte den Stock herum, um gegen die linke Mauer zu pochen. Man hörte, daß Holz auf Eisen schlug. »Hier ist der Waffenständer, den Stephen Dexter in die Wand eingelassen hat.«

Miß Alden tastete mit ihrer freien Hand nach Travis' Hand im Dunkeln, und sie half ihm, die Eisenbänder abzutasten, die das Gestell bildeten. Dann war Liv an der Reihe. Liv zuckte zusammen, als Miß Aldens rauhe, schwielige Hand sie mit fast brutaler Gewalt umklammerte. Ganz plötzlich ließ die alte Frau Livs Hand wieder los, und sie lag auf dem unbearbeiteten Eisenständer. Liv staunte über die Kälte der Mündungen der Schrotflinten, als sie sie blind betastete.

»Wie viele sind das?« fragte sie.

»Acht. Das ist nur ein Teil meiner Sammlung. Den Rest bewahre ich in Wellesley auf. Sie stammen aus verschiedenen Quellen. Von meinem Vater und von Emmet, und es sind auch eigene Erwerbungen darunter. Stephen Dexter hatte nicht die Absicht, seine Waffen mit den Indianern zu teilen, und daher stellte er hier diesen Ständer auf. Die Einbrecher haben sie nie gefunden.« Miß Alden kicherte in sich hinein. »Vielleicht haben sie dieses Jahr Glück.«

Dann pochte Miß Aldens Stock höher oben gegen den Stein. »Knapp einen Meter auf dieser Seite, ein Teil der Außenwand.« Sie stieg jetzt weiter hinauf, und kurz darauf erreichten sie das obere Ende der Treppe. Miß Alden stieß ihren Stock in das Dunkel vor ihnen, und es ertönte ein dumpfer Laut, als das Dunkel sich festigte und zu einer Tür wurde, dem exakten Gegenstück derjenigen neben dem Kamin, und diese Tür öffnete sich jetzt vor ihnen. Sie tauchten in einem Schlafzimmer unter dem Dachfirst auf.

Blinzelnd wandten sie sich um, um sich anzuschauen, woher sie gekommen waren. Der Geheimausgang schloß sich. Miß Alden pochte leicht mit ihrem Stock dagegen, und die Tür ging nahtlos in die Täfelung neben dem Kamin im Schlafzimmer über. Sie drehte sich zu ihnen und lächelte strahlend. Ihre Augen blitzten vor fiebriger Erregung.

»Nun, was sagst du dazu?« fragte sie Travis.

»Ein ganz beachtliches Geheimnis«, sagte Liv, und sie atmete aus und spürte erst in dem Moment, daß sie die Luft angehalten hatte.

»Wahnsinn«, sagte Travis. »Echt irre.«

Liv warf Miß Alden einen kläglichen Blick zu.

Miß Alden lachte. Dann wurde sie plötzlich ganz ernst. Sie beugte sich vor, bis ihre Augen auf einer Höhe mit Travis' Augen waren, und dann verschloß sie ihre Lippen mit einem mahnenden Finger. »Vergiß nicht – es ist ein Geheimnis.« Sie kreuzte in der vertrauten kindlichen Geste die Hände über der Brust. »Ich will eher sterben, als es auszuplaudern«, sagte sie.

In einer feierlichen Nachahmung dieser Geste überkreuzte Travis seine Arme vor der Brust.

»Wollen wir jetzt wieder runtergehen?« fragte Miß Alden.

»Ja, bitte«, sagte Liv.

»Auf dem herkömmlichen Weg oder durch den Geheimgang?« fragte sie.

»Durch den Geheimgang«, sagte Travis, dessen Stimme vor Spannung hoch und schrill war.

Miß Alden verbeugte sich leicht vor ihnen und wies mit einer Geste auf die Geheimtür.

»Finde den Schlüssel, Travis«, sagte sie.

Travis trat dicht an die Täfelung und musterte sie eindringlich. Er begann, seine Finger über das Holz gleiten zu lassen und ab und zu Druck auf eine Stelle auszuüben. Er spürte, daß unter seinem forschenden Finger etwas nachgab, und die Tür schwang langsam auf. Mit strahlendem Gesicht sah er zu den beiden auf. Dann verbeugte er sich leicht und wies auf die Tür.

Die beiden Frauen tauchten in gebeugter Haltung in das Dunkel ein, und er folgte ihnen.

»Danke«, sagte er zu Miß Alden, als sie wieder im Wohnzimmer waren und die Geheimtür sich hinter ihnen geschlossen hatte, so daß niemand auch nur Verdacht geschöpft hätte, sie könnte dort sein.

Er trank sein zweites Glas leer, und mit einem schnellen Seitenblick auf seine Mutter, der um Erlaubnis bat, streckte er noch einmal seine Hand aus, nahm sich ein Plätzchen vom Tablett und stopfte es sich in den Mund. Er hatte noch eine Hamsterbacke und gab beim Kauen mampfende Laute von sich, als er schon wieder über den Boden zum Kamin schlitterte.

Miß Alden nahm ihr Teeglas in die Hand, doch sie setzte sich nicht wieder zu Liv. Mit steifen Schritten ging sie zum Klavier und benutzte ihren Stock wieder nur mehr als Requisite. Sie stellte ihr Teeglas auf dem Instrument ab, schlug den Deckel über den Tasten auf und fing an, ein mitreißendes Potpourri aus verschiedenen Märchen zu spielen.

Travis sah auf und grinste. Er ließ zwei Kavalleristen im Takt durch die Luft reiten, als sie gerade ›The Yellow Rose of Texas‹ spielte. Liv konnte sich das Lachen nicht verkneifen.

Und dann ging Miß Alden zu langsamerer, sanfterer Musik über, zu Filmmusik und Liebesliedern modernerer Komponisten. Travis grinste Liv an, als er ›Chariots of Fire‹ erkannte. Die plumpen Hände der alten Frau mit ihren abgebrochenen Nägeln bewegten sich mit dem vorhersehbaren Nachdruck über die Tasten, aber zugleich auch mit einer erstaunlichen Weiblichkeit. Zum ersten Mal konnte sich Liv die sexuelle Beziehung zwischen dieser Frau und der leidenden Betty vorstellen, und nichts daran erschien ihr grotesk. Es schien eine Romanze gewesen zu sein, und wie jede wahre Liebe hatte sie einen tragischen Ausgang gefunden.

Miß Alden setzte zu einer neuen Melodie an, einem Stück, das Liv nie zuvor gehört hatte. Fast vom ersten Augenblick an war es unerträglich, atembeklemmend. Es schien in Livs

Zähnen und Knochen zu vibrieren. Sie bedeckte ihre Augen, und zu ihrem eigenen Entsetzen fing sie an, stumm, aber zügellos zu weinen.

Die Musik endete. Einen Moment lang herrschte Schweigen, und dann rief Miß Alden aus: »Liv!«

Als sie nach ihrem Stock griff, der am Klavier lehnte, stieß sie dagegen, und er fiel klappernd zu Boden. Sie bückte sich nicht, um ihn aufzuheben, sondern ging mit steifen Schritten auf das Sofa zu, ließ sich unbeholfen darauf fallen und zog Liv an ihr knochiges Schlüsselbein.

Miß Alden zog umständlich ein großes Baumwolltaschentuch aus ihrer Brusttasche und drückte es Liv in die Hände.

»Da, da«, sagte sie energisch, wie sie es schon zahllose Male zu Studentinnen gesagt haben mußte, die von Liebeskummer, akademischem Versagen oder Menstruationsbeschwerden gequält wurden. »Immer raus damit.«

Liv schniefte und schnüffelte und kämpfte darum, ihre Selbstbeherrschung wiederzufinden. Sie warf besorgte Blicke auf Travis.

Er schien nichts bemerkt zu haben, denn er war viel zu sehr in den Krieg vertieft, den er auf dem Kaminsims zu seinen eigenen Toneffekten ausfocht, leisen Explosionslauten wie: »Ptuiii! Pkuuu!«

»Was ist es denn?« sagte Miß Alden, und sie strich Liv das Haar aus den Augen. »Was fehlt Ihnen?«

»Ich weiß es nicht.« Stammelnd suchte sie nach Worten. »Die Musik. Das Stück. Es ist das traurigste Stück, das ich je gehört habe. Ich komme mir so blöd vor, über eine Melodie zu weinen.«

»›Elise‹«, sagte Miß Alden. »›Für Elise.‹«

Die alte Frau zog sich schnell auf die Füße und rieb ihre Hände.

»Ich habe es immer für Betty gespielt«, sagte sie gequält. »Elizabeth, verstehen Sie. Elise.«

Liv schnaubte sich kräftig die Nase in Miß Aldens Taschentuch. »Es tut mir so leid, daß ich mich wie ein kleines Kind benommen habe. Ich scheine sehr dünnhäutig geworden zu sein«, sagte sie.

Miß Alden benutzte die Rückenlehne des Sofas als Stütze, um ihren Stock aufzuheben, und dann trat sie wieder an das Klavier und schloß sorgfältig den Deckel über den Tasten. Sie nahm ihr Teeglas und kam wieder durch das Zimmer an den Tisch. Das Eis klirrte leise in ihrem Glas, eine Reaktion auf den unregelmäßigen Rhythmus des Stocks. Sie setzte sich auf einen Korbstuhl, der im rechten Winkel zu dem Sofa stand.

»Was ist mit Ihren Kopfschmerzen?« fragte sie.

Liv setzte sich aufrechter hin. »Es ist besser, danke. Die Kopfschmerzen sind sogar ganz weg.«

Das kurze Schweigen, das jetzt eintrat, war kennzeichnend für eine neuerliche Spannung zwischen ihnen: Miß Alden hatte Liv auf eine vertrauliche Art berührt, und jetzt fürchtete sie, ihr damit zu nahe getreten zu sein; Liv war sich Miß Aldens Unbehagen bewußt, und sie selbst war gleichermaßen verlegen, doch nur wegen ihres eigenen Gefühlsausbruchs und nicht etwa, weil eine ältere Lesbierin sie in den Arm genommen hatte. Sie bemühte sich, sich etwas einfallen zu lassen, um Miß Alden zu sagen, daß sie die Umarmung als das aufgefaßt hatte, was sie gewesen war, als tröstlich und nicht als ein schäbiges Betatschen oder eine Anmache, ohne sich dabei noch lächerlicher zu machen, als sie es ohnehin schon getan hatte.

Miß Alden setzte sich ebenfalls aufrechter hin.

Liv bewunderte die unerschütterliche Courage der alten Frau, selbst jetzt, als ihr vor den Fragen graute, von denen sie wußte, daß Helen Alden sie stellen würde.

»Und was fehlt Ihnen wirklich?« fragte Miß Alden.

»Ich habe ein paar Jacketkronen bekommen. An einem der Zähne hat sich ein Abszeß gebildet. Ich habe ihn ziehen lassen, aber jetzt habe ich etwas, was sich ›Phantomschmerzen‹ nennt«, erzählte ihr Liv. »Es soll jetzt angeblich jederzeit aufhören. Ich glaube wirklich, daß es schon am Nachlassen ist.«

Miß Alden nickte. »Ist das der Grund, aus dem Sie so stark abgenommen haben?«

Liv grinste. »Ihnen entgeht aber auch nichts.«

»Nicht, wenn ich darauf achte. Aber ich war abgelenkt. Und jetzt komme ich mir reichlich bequem vor. Da sind Sie, und es geht Ihnen entschieden nicht gut, und zwar schon seit einer ganzen Weile nicht, und Sie hätten Hilfe oder wenigstens Gesellschaft brauchen können«, sagte Miß Alden. »Man sollte eine bessere Nachbarin sein.«

Liv spürte eine Woge von Schuldbewußtsein und Mitgefühl über sich hinwegschwemmen. Miß Aldens Sünde war auch eine, der sie sich selbst schuldig gemacht hatte. Auch Miß Alden war einsam und unglücklich gewesen, und sie hatte niemanden gehabt, als sie jemanden gebraucht hätte.

»O Miß Alden«, sagte sie (sie würde nie in der Lage sein, sie ohne eine bewußte Anstrengung bei ihrem Vornamen zu nennen), »wenn ich das nur gewußt hätte.« Dann überkam sie wieder Verlegenheit, und sie wurde konfus. »Ich wollte niemandem zur Last fallen.«

»Das erstaunt mich nicht«, sagte Miß Alden. »Ich fürchte, wir sind einander recht ähnlich.« Sie machte kein Hehl aus ihrer Neugier. »Und Sie haben es auch Ihrem Mann verschwiegen?«

Liv lächelte. »Ich habe es versucht. Inzwischen weiß er es.«

»Aber er ist nicht hier. Sie sind nach wie vor allein.«

»Ich bin jetzt wieder in Ordnung. Mein größtes Problem ist die Schlaflosigkeit. Ansonsten komme ich zurecht. Er muß einen Vertrag einhalten.«

Miß Alden schlug sich mit ihren großen Händen auf die Schenkel. »Ich bin wirklich zu neugierig.«

Liv zuckte die Achseln und lächelte schüchtern. »Das habe ich doch mit meinem Flennen selbst herausgefordert, oder etwa nicht?«

Miß Alden stand auf. »Wenn Sie wieder einmal Hilfe brauchen, dann werden Sie mich doch anrufen?« Es war weniger eine Frage, mehr eine klare Aussage. »Und was den Moment angeht – warum legen Sie nicht einfach Ihre Füße hoch und ruhen sich ein bißchen aus? Travis amüsiert sich blendend. Es wäre ein Jammer, ihn dabei zu stören. Hier ist es kühl, und ich überlasse Sie ganz sich selbst. Ich habe noch einiges in meiner Werkstatt unten zu erledigen, aber nichts, was Lärm macht.«

Liv machte den Mund auf, um die üblichen Einwände zu erheben. Travis blickte strahlend zu ihr auf. Sie machte den Mund wieder zu. Als sie ihre Schuhe abstreifte, verschwand Miß Alden durch eine Tür unter der Treppe, und Liv hörte das Pochen des Stocks auf den Stufen der Kellertreppe, dann Schritte unten im Keller. Es roch nach heißem Metall, wie von einem Lötkolben, und es waren klirrende Geräusche zu vernehmen.

Miß Alden in ihrem Kellergemach, dachte Liv verschwommen. Mauert Fenster zu. Oder jemanden ein. *Das Faß Amontillado.* Das reichte aus, um sie zum Kichern zu bringen. Aber die Gerüchte stimmten nicht. Etwas wurde geschmiedet. Dort unten in der höllischen Hitze, und Feuer spiegelte sich in ihren Augen und in dem blutigen Rauch wider, den sie wie einen Umhang trägt. Metallfänge, die sich um ein jämmerliches, halbwildes Geschöpf schließen werden. Fell und Fleisch und Knochen zermalmen und entzweireißen werden. Es würde ein grauenhafter Schrei ertönen, und Staub würde sich wie Rauch auf glasige Augen legen. Etwas, was sie Miß Alden erzählen mußte. Aber Miß Alden wußte es bereits. Es war nicht länger notwendig, gegen die sie überkommende Dunkelheit anzukämpfen. Sie schloß die Augen und fiel fast augenblicklich in Tiefschlaf.

Als sie wach wurde, lag der Raum durch das Vorrücken der Sonne über dem Haus im Schatten. Miß Alden und Travis saßen im Schneidersitz zusammen auf dem Kaminsokkel und waren in ein ernstes Gespräch vertieft. Travis zeigte ihr seine GIs, erklärte ihr, wer jeder einzelne war, und machte sie mit dem Inhalt ihrer jeweiligen Personalakten bekannt, den er auswendig gelernt hatte, nachdem Liv ihm die Vermerke auf den Rückseiten der Verpackungen vorgelesen hatte. Miß Alden ordnete den Spielzeugsoldaten, die einer nach dem anderen wieder in die Kiste zurückgelegt wurden, den jeweiligen Rang und ihre Besonderheiten zu. Liv hörte ihnen schläfrig einige Minuten lang zu, ehe sie sich mühsam auf die Ellbogen zog.

»Dornröschen«, sagte Miß Alden zu Travis, und sie wies ihn auf Liv hin.

Travis lachte. »Liv«, sagte er, »du hast *geschnarcht.*«

»Nett von dir, daß du mir das sagst«, sagte Liv. »Beim nächsten Mal werden wir eine Tonbandaufnahme davon machen müssen, und dann sehen wir mal, ob wir einen Plattenhit damit landen können.«

»Es waren doch eher recht damenhafte Schnarchtöne«, sagte Miß Alden. »Also ich für mein Teil bin eine ganz große Schnarcherin, Travis.«

Travis blickte zu ihr auf.

»Ich habe schon ganze Bäume umgepustet«, brüstete sie sich.

Travis kicherte.

»Und auch ein Zelt, und das war keineswegs ein kleines Pfadfinderzelt. Nein, es war ein richtiges Zirkuszelt.«

Travis grölte vor Freude.

»Und einmal«, sagte Miß Alden mit finsterer Miene, »habe ich ein ganzes Haus umgepustet.«

»Nein!« quietschte Travis.

»Hab' ich doch«, beharrte sie.

Er bedachte das zynisch. »Klingt eher nach verulken.«

Miß Alden funkelte ihn an und zog eine Augenbraue hoch. »Tja«, sagte sie, »ein bißchen schon. Reingefallen!«

Travis wieherte vor Lachen.

Mit ihrem Stock als Stütze richtete sich Miß Alden auf und zog sich auf die Füße. »Kleine Jungen kann ich gut leiden«, sagte sie zu Liv. »Erst, wenn sie ausgewachsen sind, kann ich sie nicht mehr ausstehen. Tu mir den Gefallen, Travis.« Sie zerzauste sein Haar. »Werde nicht erwachsen.«

Travis grinste. »Ich *muß* aber doch«, erklärte er fröhlich.

»Ach«,sagte Miß Alden. »Das ist der Haken daran.«

»Ich fürchte, ja«, sagte Liv. »Sag danke, Travis.«

Travis bedankte sich, und als sie gingen, warfen beide kurze, verstohlene Blicke auf die Täfelung mit der Geheimtür, und sie versuchten, sich genau daran zu erinnern, wo sie war. Und dann sahen sie einander an. Sie hatten sie wirklich gesehen, sie sich nicht nur eingebildet. Oder etwa doch?

Sie hatten Miß Aldens geheime Telefonnummern in der Tasche, sowohl die Nummer des Dexter-Hauses als auch die des Hauses in Massachusetts, und sie gingen mit ihrer strengen Ermahnung, sich nicht als Fremde zu fühlen. Liv fühlte sich beim Gehen zum ersten Mal seit Wochen ganz passabel. Der Besuch hatte eine therapeutische Wirkung auf sie gehabt, ob es nun daran lag, daß sie mit jemandem geredet hatte, daß sie sich ausgeweint hatte oder daß sie geschlafen hatte. Sie würde es nie genau sagen können.

Am Tag darauf brachte sie einen Dattelkuchen rüber, doch obwohl der Plymouth im Hof stand, ging Miß Alden nicht an die Tür. Der Kuchen, den Liv auf der Veranda zurückließ, wurde in Form einer eher höflich unterkühlten Postkarte zur Kenntnis genommen, und Liv kam zu dem Schluß, Miß Alden habe ihr nachbarschaftliches Entgegenkommen bereut. Irgendwie war das nicht wirklich wunderlich. Doch sie hatte das bleibende Gefühl, eine Sache nicht zu Ende gebracht zu haben, etwas unerledigt abgebrochen zu haben. Es gab irgend etwas, worüber sie hätten reden sollen, etwas, wovon sie sich hatte ablenken lassen.

4. Kapitel

Sowie das Licht und die Geräusche der Party nachgelassen hatten, als fände sie in einer anderen nächtlichen Zone statt, tauchte die Arme aus den Büschen auf und trottete fast lautlos bis nach Hause neben ihnen her. Zu dem Zeitpunkt, zu dem sie zu Hause ankamen, war Pat fast nüchtern. Die Katze zwängte sich zwischen seine Beine, als sie das Haus betraten, und er schwankte und rang fluchend um sein Gleichgewicht. Die Arme schoß in das dunkle Hausinnere hinein. Pat verschwand in Richtung Schlafzimmer.

Liv schaute kurz in die Küche, um die Zettel zu lesen, die

an der Kühlschranktür hingen. Sie klemmten unter Magneten, die wie richtiges Essen aussahen, aber als eine Form von redaktionellen Kommentaren von Sarahs Seite dienten.

Eine Scheibe Speck unterstrich: »22.37 Bayard hat angerufen. Sagt, er sei noch lange auf, bitte Rückruf.«

Unter einem Stück Dillgurke klemmte: »21.05 Deine Mutter hat angerufen. Ruft morgen wieder an.« Sarah und ihre Großmutter waren einander nie *simpatico* gewesen, nicht einmal anfangs, als Sarah noch ein Säugling war und als sie es nie versäumt hatte, sich auf Marguerite Dauphines maßgeschneidertes Seidenkostüm zu übergeben oder ihre Windeln darauf zu durchnässen. Marguerite dagegen schien nur dann an Sarah zu geraten, wenn sie sich von ihrer schlechtesten Seite zeigte – mürrisch, weinerlich oder wenn sie gerade einen Koller hatte. Jetzt, da Sarah in die Pubertät kam, begegnete Marguerite ihr mit einer ständigen, kaum verhohlenen Mißbilligung. Und Sarah war dazu übergegangen, Liv immer wieder exakt daran zu erinnern, wer dafür verantwortlich war, daß sie von der halsstarrigen, unmöglichen Marguerite belästigt wurde, indem sie ihre Großmutter nur als ›deine Mutter‹ bezeichnete.

Ein Stück Tomate, roter und saftiger als jede Supermarkttomate, steckte auf: »20.50 Jane hat angerufen. Versucht, dich morgen abzufangen.« Keine Nachrichten von Sarah über Travis oder zu ihrer eigenen Person. Sie hatte Essensgeschirr im Spülbecken stehen gelassen. Liv räumte es in die Spülmaschine und schaltete die Lichter aus.

Sie ging nicht in ihr Schlafzimmer, sondern auf die Schlafzimmer der Kinder zu, die an der anderen Seite des Hauses lagen.

Sarah lag mit offenem Mund ausgestreckt auf ihrem Bett und hatte ein T-Shirt und ein Bikini-Unterteil an, das mit blauen Walen bedruckt war, und sie trug immer noch die Kopfhörer ihres Walkman. Liv fand das Gerät, das die Größe eines Päckchens Zigaretten hatte und halb unter Sarahs Kopfkissen steckte, und schaltete es ab. Sie zog die Zudecke hoch und küßte Sarah auf die Stirn, wie sie es immer tat. Im Schlaf war Sarah trotz der Zahnspange und der Kopfhörer als Kopfschmuck bereits jetzt eine schöne Frau. Eine Frau des einundzwanzigsten Jahrhunderts, barbarisch mit ihrem verdrahteten Mund und dem skelettartigen, elektronischen Diadem.

Travis lag beim schwachen Schein des Nachtlichts zusammengerollt da und hatte den Daumen im Mund. Sein feines Haar, das an seinem Kopf klebte, war vom Schweiß dunkel gefärbt, das Kissen unter seinem Kopf feucht, sowohl von Schweiß als auch von Speichel. Er holte mit einem Schluchzlaut um seinen Daumen herum tief Atem. Äußerst behutsam zog Liv ihm den Daumen aus dem Mund. Travis drehte sich auf den Rücken. Liv zog die Zudecke vorsichtig über ihn und gab auch ihm einen Kuß.

Auf ihrem Weg durch das Haus fand sie die Arme, die sich auf dem Sofa zusammengerollt hatte. Liv hob sie sachte hoch, ging mit ihr zur Hintertür und setzte sie im Freien ab.

Als sie ins Zimmer kam, war Pat noch im Bad. Sie hörte laute Zahnputzgeräusche, und das hieß, daß er noch mit ihr schlafen wollte.

Er war zwar in einer solchen Armut großgeworden, daß er zum Zähneputzen Salz benutzen mußte, doch in der Pflege seiner Zähne war er oberflächlich bis hin zu einer milden Form von Nachlässigkeit. Das Brunnenwasser, das er als Kind getrunken hatte, war von Natur aus mit Fluor angereichert gewesen, genug, um seine Zähne in einem gewissen Maß zu bleichen und ihn von jeglicher Karies zu verschonen. Ihm reichte es, sich seine extrem gesunden, wenn auch leicht verbogenen Zähne zweimal jährlich von den Nikotinflecken reinigen zu lassen. Der Wirbel, den sie darum machte, daß die Kinder sich die Zähne putzten, die Fluorid-Tropfen, als sie noch kleine Babys waren, das regelmäßige Nachschauenlassen beim Zahnarzt und auch ihr eigenes zwanghaftes Zähneputzen und ihr ständiger Gebrauch von Zahnseide schienen ihn leicht zu belustigen. Die Beobachtung, daß sie bei der selben Ernährung und trotz der besten häuslichen Hygiene häufiger einen Zahnarzt brauchte als er, hatte ihn allmählich auf den Gedanken gebracht, daß sie vielleicht tatsächlich den Fluch instabiler, kariesanfälliger Zähne geerbt hatte. Doch dem Zahnarzt gegenüber behielt er die kindliche Haltung des schleichenden Argwohns bei. Der Zahnarzt war ein sagenumwobenes Ungeheuer, ein Fabelwesen, das sich keine Gelegenheit entgehen ließ, dem hilflosen Opfer auf dem Stuhl Schmerzen zu bereiten. Noch entscheidender war, daß Pat in seinem ganzen Leben noch keine Zahnschmerzen gehabt hatte.

Doch sie hatte schon zu Anfang ihres Verhältnisses klargestellt, daß es ihr unangenehm war, wenn sein Atem nach Zigaretten schmeckte, und daher putzte er sich gewissenhaft die Zähne und gurgelte mit Mundwasser, ehe er mit ihr schlief. Es war für sie zu einem zuverlässigen Signal der Verständigung geworden.

Liv schälte sich aus ihrer Strickjacke, ihrem T-Shirt und ihrem BH und zog sich ein leichtes Sommernachthemd über den Kopf. Sie zog den Reißverschluß ihrer Jeans auf, ließ sie auf ihre Knöchel fallen und stieg dann aus den Hosenbeinen. Sie warf sie in den Wäschekorb und griff dann nach ihrer Haarbürste, einem Teil des Sets mit Silberrücken, das ihre Eltern ihr zu ihrem sechzehnten Geburtstag geschenkt hatten, als ihre Initialen noch OAD gewesen waren, was für Olivia Anne Dauphine stand. Das OAD war auf dem silbernen Rücken so kunstvoll ausgeschrieben, daß es nahezu abstrakt wirkte, wie die strudelnden, gewundenen Muster auf einem Perserteppich, die in ihrer ursprünglichen Form Ranken und Blätter gewesen waren. Manchmal tauchten verwandte Formen als Muster auf ihren Töpfereien auf, häufig asymmetrisch und abgerissen, was die Abstraktion noch weiter führte. Der Kamm und die Bürste lagen an ihrem gewohnten Ort, auf der Frisierkommode, aber ihr Haarspiegel war nicht da. Ehe sie dazu kam, sich zu fragen, wo sie ihn wohl verlegt hatte, sah sie in dem ovalen Spiegel der Frisierkommode, daß Pat die Badezimmertür hinter ihr öffnete.

»Hör nicht auf«, sagte er. »Mir wäre jetzt kein Anblick lieber, als dir zuzusehen, wie du dir die Haare bürstest.«

»Bayard hat angerufen«, sagte sie. »Er bleibt lange auf, für den Fall, daß du ihn zurückrufen willst.«

Pat streckte seine Hand nach dem Telefon auf dem Nachttisch aus.

»Wozu machst du dir die Mühe?« fragte sie, während sie ihre Haarbürste hinlegte. »Er kann unmöglich irgend etwas wollen, was nicht bis morgen warten kann. Oder woran du vor morgen früh etwas ändern könntest.«

Pats Hand blieb auf dem Telefon liegen und wandte sich dann seinen Hemdknöpfen zu. »Stimmt«, sagte er.

Liv ging ins Bad, um sich die Zähne zu putzen. Ihr Handspiegel lag auf der Ablage neben dem Waschbecken. Nachdem sie sich die Zähne geputzt hatte, das Gesicht gewaschen, Pipi gemacht und sich die Hände gewaschen hatte, starrte sie von oben in den Spiegel. Die Glasseite war nach oben gekehrt. Sie nahm den Spiegel in die Hand und blies ein paar feine Staubkörnchen eines weißen Pulvers herunter. Sie nahm den Spiegel mit und legte ihn wieder an seinen Platz auf der Frisierkommode.

Pat hatte sich ausgezogen, lag nackt im Bett und rauchte eine Zigarette. Ihr war bewußt, daß er sie beobachtete, als sie geschäftig im Schlafzimmer herumlief, ihren Pullover zusammenfaltete und ihn in den Schrank legte und ihrer beider Schuhe in den Schuhschrank stellte.

»Gnädige Frau«, sagte er, »komm ins Bett.«

Sie seufzte. Sie fürchtete sich, ihn direkt anzusehen, und daher ging sie auf das Bett zu wie eine Frau, die in einem Supermarkt einen Einkaufswagen vor sich her schiebt und die den Kopf voll hat mit dem Reifegrad der Avocados, dem Einkaufszettel und dem Packen Bons in ihrer Handtasche. Kein verführerisches Schlenkern, keine Glut unter ihren gesenkten Lidern. Als sie über ihm stand, zog sie ihr Nachthemd aus, zog es sich über den Kopf.

Er streckte seine Arme nach ihr aus.

Sie war weiß Gott scharf auf ihn, denn schließlich war sie lange ohne Sex gewesen. Kein allzu edles Motiv, aber sie hatte nicht die Absicht, sich vorzumachen, es bedeute ihr nichts.

Er schien kein Gespür dafür zu haben, wie furchtbar wütend sie auf ihn war. Sie hätte am liebsten mit den Kopfkissen auf ihn eingeschlagen und ihn angeschrien. Aber sie hatte sich ihm nie aus einem Anfall von Zorn heraus verweigert. Manchmal war der Umstand, daß sie miteinander schliefen, das einzige, was sie davon abgehalten hatte, unwiderrufliche Dinge auszusprechen. Wenn alles andere nicht klappte, war es ihnen im Sog des Miteinanderschlafens immer möglich gewesen, wieder miteinander zu reden, die Klüfte zu überbrücken, die sich zwischen ihnen aufgetan hatten. Diesmal konnte es ihre letzte gemeinsame Chance sein, das letzte Mal überhaupt.

Sie legte sich neben ihn.

Er zog sie an sich. »Mein Gott, siehst du gut aus.«

Rechts neben seiner Nasenspitze war ein Pünktchen weißes Pulver.

Sie legte ihren Kopf auf seine Brust und biß sich auf die Lippen. Sein Herzschlag unter ihrem Ohr donnerte wie die Schritte eine schweren Mannes, der eine Treppe hinaufstürmt.

Er zwängte seine Hand unter ihr Kinn und bog ihren Kopf zu sich herauf. Ein Schauer überlief sie, und er drückte sie ganz dicht an sich.

Es war ein schneller und grundlegend heftiger Vorgang, wie es bei ihnen nach Zeiten der Enthaltsamkeit oder der Trennung oft der Fall war. Sie erreichte zweimal den Höhepunkt und hätte so weitermachen können, doch als er sie fragte, ob es ihr recht sei, wenn er jetzt käme, erklärte sie sich einverstanden, denn der Gedanke, daß er so geil war, daß er die Sache nicht länger hinausziehen konnte, erleichterte sie. Das hieß, so hoffte sie, daß er in den letzten Wochen ohne das über die Runden gekommen war.

Sowie es vorbei war, schlüpfte Liv aus dem Bett und ging ins Bad. Sie schaltete die Dusche an.

Pat stand in der Badezimmertür.

»Alles in Ordnung?« fragte er.

»Ja«, sagte sie. Sie streckte ihre Hand unter den Duschstrahl, um die Wassertemperatur zu prüfen.

»Dann war es also in Ordnung?« fragte Pat, der sich in den Türrahmen lehnte.

»Gewiß. Und wie war es für dich?« fragte Liv. »Ich weiß, daß du es brennend eilig hattest, mich ins Bett zu kriegen. Wolltest wohl rausfinden, wie es ist, deine Frau mit Koks zu vögeln?«

Pat erstarrte. »Was?«

»Vielleicht ziehe ich voreilige Schlußfolgerungen«, sagte Liv. »Vielleicht war es das erste Mal, daß du überhaupt irgend jemanden gevögelt hast, nachdem du geschnupft hast.«

Pat griff nach ihrem Arm. »Ich glaube, ich traue meinen Ohren nicht.«

»Sieh in den Spiegel«, sagte Liv leise.

Pat sah über ihre Schulter in den Badespiegel. Er berührte seine Nasenlöcher und errötete.

»Jesus Christus«, sagte er, und er war immer noch übermäßig verletzt. »Bayard hat mir vor der Abreise noch ein bißchen Koks aufs Auge gedrückt. Meine Güte, so gut wie nichts. Zwei Straßen. Es war bei meinem Rasierzeug, und es ist was rausgerieselt, das ist alles. Ich wollte nicht, daß Mrs. Parks es findet.«

»Entschuldige mich bitte«, sagte Liv kühl, und sie trat in die Duschkabine. Sie zog die Tür ganz hinter sich zu und hielt ihren Kopf unter die Dusche.

Als sie den Duschstrahl auf ihren Rücken fließen ließ, war Pats Schatten von der Glastür verschwunden. Sie lehnte ihren Kopf an die gekachelte Wand und weinte unter dem Vorhang des Wassers. Sie war nicht sicher, warum sie weinte. Sie war wütend, nicht verängstigt. Das hier war nur ein Streit, kein Weltuntergang. Doch eine Woge finstersten, unerklärlichen Kummers überwältigte sie.

Paß saß im Bett, rauchte eine Zigarette und hatte sich die Zudecke bis zur Taille gezogen, als sie aus dem Bad kam. Er warf ihr einen zornigen, schuldbewußten Blick zu.

»Es hat niemand anderen gegeben, ob mit Koks oder ohne«, sagte er. »Das wollen wir mal klarstellen. Ich verabscheue diese widerlichen kleinen Anspielungen. Ich verabscheue sie wirklich. Das habe ich nicht verdient.« Er zog an seiner Zigarette. »Es war nämlich nicht leicht.«

Liv hob ihr Nachthemd auf. »Das akzeptiere ich für den Moment. Ich entschuldige mich, wenn ich dich zu Unrecht beschuldigt habe.«

»Entschuldigung angenommen«, sagte Pat, und er streckte seine Hand nach dem Aschenbecher aus. »Ich komme mir vor, als hätte ich mit einem Hammer einen Hieb mitten zwischen die Augen bekommen, Liv. Du warst doch das Mädchen, das den Brief an die College-Zeitung geschrieben hat, in dem zur Legalisierung von Haschisch aufgerufen wurde. Wann bist du spießig geworden?«

»Ich war schon immer spießig«, sagte sie. Sie schlug die Bettdecke auf ihrer Bettseite zurück und stieg ins Bett. »Ich habe das Zeug nie geraucht. Ich fand es nur einfach auch nicht schlimmer als Alkohol, und das sehe ich immer noch so. In einer rationalen Gesellschaft würde man die Leute dazu anregen, den Alkohol gegen das Haschisch einzutauschen. Aber für mich sind das rein intellektuelle Prinzipien, kein eigenes Interesse. Wann hast du je erlebt, daß ich nicht nüchtern geblieben bin?«

Pat lächelte. »Nie, ich gebe es ja zu. Abgesehen vom Trinken. Ich habe ab und zu erlebt, daß du dir einen ansäuselst.«

»›Ein Gläschen Wein um des Magens willen‹«, sagte sie.

»Aber über Koks steht nichts in der Bibel, oder?« sagte Pat. »Und überhaupt warst du seit Jahren nicht mehr in der Kirche.«

»›Festigkeit ist das Schreckgespenst kleiner Geister‹«, sagte Liv.

»Ich sorge mich nicht um deinen Geist«, sagte Pat. »Was mir Sorgen macht, ist deine zunehmende Verkniffenheit.«

Sie richtete sich das Kissen und drehte sich auf die Seite, wandte sich von ihm ab.

»Das Zeug ist illegal, Pat«, sagte sie matt. »Du solltest lieber gleich wissen, daß es *dein* Arsch ist, wenn du hochgehst. Ich werde dich nicht gegen Kaution auslösen, und ich werde dich auch unseren Kindern gegenüber nicht verteidigen.«

»Tausend Dank, mein Schatz«, sagte Pat. Sie hörte das laute Donnern, mit dem er den Aschenbecher auf seinen Nachttisch stellte. »Ich liebe es, das Gefühl zu haben, daß du rückhaltlos hinter mir stehst.«

»Wage es nicht, noch einmal mit mir zu schlafen, nachdem du diesen Dreck geschnupft hast. Ich bin nicht einer von deinen vielen primitiven Nervenkitzeln«, sagte Liv. »Wenn du es tust, verlasse ich dich.«

»Herr im Himmel«, sagte Pat. Er schlug die Decke zurück. »Da du entschlossen zu sein scheinst, mich übel anzumachen, trinke ich jetzt noch ein Bier und rufe Bayard an. Wir sind im Moment beide zu müde, um etwas Vernünftiges zu reden.«

Er blieb ein paar Sekundenlang neben dem Bett stehen und erwartete ihre Reaktion.

»Na gut«, sagte er. »Es war ein grauenhafter Sommer. Mir hat er auch zugesetzt, Schatz. Aber es macht mir höllisch Sorgen, daß wir uns plötzlich so weit voneinander entfernt haben.«

Sie rollte sich zusammen und erwartete den Schlaf. Sie hörte, wie Pat das Zimmer verließ und im Arbeitszimmer nebenan das Telefon abhob. Das Ticken des Wählens übertrug sich auf den Anschluß im Schlafzimmer, der kaum zwei Meter von ihrem Kopf entfernt stand, und die gedämpfte Unterhaltung mit Bayard, und das Gelächter, waren durch die Wand zu vernehmen, die auf ihrer Seite Kleiderschrank und auf seiner Seite deckenhohe Bücherregale war. Sie drehte sich auf den Rücken und streckte sich, und dann nahm sie die Lage an, die sie selbst als ihre Leichenhaltung ansah: flach auf dem Rücken, der Körper ganz gerade, die Hände direkt unter ihren Brüsten gefaltet. Mit geschlossenen Augen atmete sie gleichmäßig und simulierte Schlaf, und hoffte, sich ihren Weg in den Schlaf ergaunern zu können.

Aber sie war innerlich unruhig, voller Wut auf Pat, Wut auf sich selbst, weil sie sich von ihm hatte vögeln lassen, obwohl sie wußte, was er gerade getan hatte. Und weil sie mit ihm gevögelt hatte, weil sie so unbedingt hatten vögeln wollen. Nicht jeder Akt der Kopulation konnte bei ihnen beiden unbedingt aus nichts anderem als aus Liebe heraus zustandekommen; es war unvermeidlich, daß Kompromisse im Spiel waren, denn, wenn einer von beiden nur halbherzig bei der Sache war und es tat, weil der andere es wollte, dann, wenn egoistische Gelüste, ein dringendes Bedürfnis, entscheidender waren, als wer der jeweilige Partner war. Doch wenn es stimmte, daß gerade die Gewöhnung an den Körper des anderen, die sich im Lauf der Jahre, die sie zusammen verbracht hatten, eingestellt hatte, zu Sex führte, bei dem man sich darauf verlassen konnte, daß er unkompliziert und gut war, dann erinnerte sie das Vögeln miteinander, das gut klappte, daran, wie gut das alles sein konnte, und dieser Umstand brachte sie wieder zusammen. Und es war immer noch gut bei ihnen. Sie glaubte allerdings nicht, daß es noch lange so weitergehen konnte, daß sie nur deshalb miteinander schlafen konnten, weil der andere da war und zur Verfügung stand. *Sie* zumindest konnte nicht so weitermachen.

Vielleicht war es ungerecht von ihr gewesen, ihm zu unterstellen, daß er sie betrog. Entweder sie war realistisch und akzeptierte die profane Weisheit, daß solche Dinge vorkommen, was hieß, daß erwachsene Menschen nicht an sich halten konnten, oder sie war zynisch, und wies die Möglichkeit von sich, Pat könnte das Versprechen halten, keine andere zu haben. Es war ein Fluch der heutigen Zeit. Die alten Regeln waren abgeschafft worden, aber das hatte zu keiner spürbaren Verbesserung geführt. Die Liebe war zu einem Würfelspiel herabgestuft worden. Manchmal hatte man Glück. Meistens zog die Bank den Dummen das Geld aus der Tasche.

Als sie das Klicken hörte, mit dem der Hörer aufgelegt wurde, merkte sie, daß sie den Atem angehalten hatte. Ihr war übel. Ihr wurde klar, daß sie wieder wütend war, so sauer, wie sie auf Pat gewesen war, weil er, als er zum erstenmal seit Wochen zu ihr kam, Kokain reingezogen hatte.

Nachdem er seine ehelichen Pflichten erfüllt hatte, war er ans Telefon gestürzt, um Bayard anzurufen – mit dem er eine halbe Stunde lang geredet hatte, ehe sie zu der Party aufgebrochen waren, und mit dem er außerdem bei den Dreharbeiten zu *Gefecht* in den letzten sechs Wochen täglich zusammengewesen war.

Pat würde ihr erzählen, daß sie nichts von alledem ernst nehmen sollte, und doch lebte er es und ging voll darin auf. Er hatte das Schauspielern nie wirklich aufgesteckt. Unbewußt griff er die Stimme, die Formulierungen, die Ausdrucksweise und die Gestik eines jeden auf, mit dem er zusammen war. Er war zu ihr zurückgekehrt und hatte gesprochen wie Bayard Rohrer, und auch dessen Gang angenommen, und ihr damit ins Gedächtnis gerufen, mit wem er die letzten sechs Wochen seines Lebens ausgefüllt hatte.

Pat war auf die Veranda gegangen; sie konnte seinen Zigarettenrauch riechen, das blaue Licht der Insektenfalle sehen und das Zischen und Brutzeln der Insekten hören, die brutale Feuertode darin starben. Ab und zu hustete er und räusperte sich. Sie verabscheute sich selbst für die Woge von Übellaunigkeit, von der sie sich hatte mitreißen lassen, und sie fühlte sich unglaublich matt. Was sollte all das? Sie schloß die Augen und lauschte den gellenden Schreien der Seetaucher.

Die Vögel mußten sich schlafengelegt haben. Sie war noch wach, als Pat ins Bett kam, aber sie tat so, als schliefe sie. Eine Weile später stand sie auf, um Aspirin zu nehmen und warme Milch zu trinken. Manchmal half das. Sie döste vor sich hin und schreckte um halb vier schlagartig auf. Sie holte sich eine Decke aus dem Schrank und verließ das Schlafzimmer. In der Küche brühte sie sich eine Tasse Kamillentee auf und trug ihn gemeinsam mit der Decke auf die Veranda, um sich dort auf einen Liegestuhl zu legen. Der See spiegelte den Himmel wider, den die täuschende Dämmerung klar und weiß erscheinen ließ. Nur eine eingekerbte, schwarze Reihe von Bäumen am gegenüberliegenden Ufer, hinter der die Berge als graue Geister aufragten, grenzten Luft und Wasser voneinander ab. Die Bäume über ihr waren tintig, orientalische Pinselstriche mit ausgezackten Kanten. Die Seetaucher setzten zu ihrem morgendlichen Lärm an und ließen eine Gänsehaut über ihre Arme laufen. Sie hörte ihnen zu, mit geschlossenen Augen und unter der Decke zusammengerollt. Stunden später, kurz bevor die erste zögernde Wärme der Sonne ihr Gesicht steifte, legten alle anderen Vögel auf einmal los und stimmten ein gewaltiges Konzert an. Plötzlich war die Welt ganz zart und rein und völlig neu.

Sie ging wieder ins Schlafzimmer, um sich einen Badeanzug anzuziehen. Als sie nach ihrem Strandkleid griff, stießen ihre Knöchel gegen etwas Hartes in der Tasche von Pats saloppem Sakko, dem, das er getragen hatte, als er am Tag zuvor zu Hause angekommen war. Sie ließ ihre Hand in die Tasche gleiten und fuhr sachte mit ihren Fingerspitzen darüber. Es war eine kleine Glasflasche, so groß wie die Flaschen in einem Chemiekasten für Kinder. An dem geriffelten Plastikdeckel war mit einer kurzen Kette ein winziger Löffel angebracht, der aus einem Metalltropfen und einem schmalen Röhrchen gefertigt war, das an einem Ende zu einem Löffel flachgeklopft worden war. Das winzige Fläschchen war zur Hälfte mit weißem Pulver gefüllt. Man brauchte nicht das Mädchen im Wetterhäuschen zu sein, um zu wissen, wohin diese Art von Schnee wehte. Nur ein paar kleine Straßen, die ihm jemand zugesteckt hatte, daran bestand kein Zweifel. Sie ließ die Flasche wieder in die Tasche gleiten und schloß die Schranktür.

Der See war schockierend kalt, die Schwertklinge der Erzengel. Sie konnte es bis in die Zahnwurzeln spüren. Ihre Haut rötete sich protestierend. Aber das Wasser war auch seidig und streichelte sie, als sie sich in ihm bewegte. Nach ein paar Schwimmstößen kam es ihr allmählich tatsächlich warm vor, obwohl sich in Wirklichkeit nur ihr eigener Körper vor Anstrengung erhitzte.

Als sie aus dem Wasser kam, fühlte sie sich wie neugeboren. Sie streifte ihren Badeanzug ab, rollte sich in ihrem Strandumhang auf dem Stuhl unter der Decke zusammen und schlief endlich fest ein.

»Was noch?« fragte Sarah, die sich die Hände an ihren Jeans abwischte.

Liv sah sich in dem Lebkuchenhaus-Studio um. »Nicht mehr viel.«

Zu Saisonbeginn und zu Saisonende, wenn alles weggepackt war, wirkte es immer kahl und verlassen. Bis auf ein paar billige, einfache Werkzeuge und ihre altmodische Töpferscheibe mit Fußantrieb, die in einem Schrank eingeschlossen wurde, ließ sie nie etwas zurück. Der Brennofen, der jetzt kalt und gesäubert war, war fest eingebaut.

Travis saß mitten auf dem Fußboden und spielte mit einem Klumpen Ton. Sein Gesicht und seine Hände waren sehr schmutzig, und sein weißes T-Shirt hatte Tonflecken. Aber er schwitzte vor Glück. Liv hatte ihm Ton gegeben, sobald er alt genug gewesen war, um ihn in den Händen zu halten, wie sie es auch mit Sarah gemacht hatte, als Sarah das Kleinkind gewesen war, das in ihrem Studio herumtappste. Doch Sarah hatte sich nie so sehr darauf eingelassen wie er.

Liv deutete auf den niedrigen Stapel von Kisten, der neben der Tür stand.

»Das war also doch kein Witz«, sagte Sarah, die endlich einmal zu erstaunt war, um cool zu bleiben.

Liv bemühte sich, es nicht wahrzunehmen, als ihre Tochter sie zum erstenmal seit Wochen wirklich ansah. In dem Moment ging ihr auf, daß Sarahs Selbstversunkenheit zumindest die Wirkung gehabt hatte, Livs Privatsphäre zu wahren.

»Mir sind einige Ideen gekommen«, sagte Liv. »Ich bin jetzt soweit, daß ich wieder wirklich arbeiten kann.«

Sarah nahm den ersten Karton und trug ihn hinaus; ihr Gesicht war wieder verschlossen.

Grübelt wohl daran rum, was ihre Mutter mit dem Sommer angestellt haben kann, dachte Liv. Es hätten Dutzende von Kartons dastehen müssen, die nach Hause mitgenommen werden mußten, nicht drei Stück.

Sie kauerte sich neben Travis. »Wir müssen gehen«, sagte sie.

Er seufzte. »Gut«, sagte er dann.

Er sprang auf und packte den Ton in die Frischhaltedose. Als der Deckel fest daraufsaß und die Luft entwichen war, kam er zu ihr und blieb neben ihr in der Tür stehen. Sie sah sich noch einmal um. Die Luft roch bereits jetzt schal und abgestanden. Sie machte die Tür zu und schloß sie ab.

Pat brachte gerade die letzten verderblichen Lebensmittel in den Kombi.

Liv ging in die Küche und sah noch einmal nach, um sicherzugehen, daß nichts mehr da war. Dann lief sie durch das Haus und schloß die Fenster und Türen. Auf der Veranda hinter dem Haus blieb sie stehen und versuchte sich einzuprägen, wie alles in genau diesem Moment aussah. Das tat sie immer. Doch ihr gingen zu viele Dinge durch den Kopf, die sich um den Aufbruch drehten und warum, was sie alles tun mußte, wenn sie wieder zu Hause war, und es kam nicht zu dem Moment, in dem sie sich liebevoll ein Bild einprägte, sondern sie empfand anstelle des Gewollten nur eine mechanische Leere, fühlte sich so leer wie das Haus selbst, eine äußere Hülle, in der kein Leben war, abgesehen von kleinen Kriechtieren und Insekten, und das bis zum nächsten Frühling. Sie bekam nichts weiter als eine schlechte Fotografie, auf der alles flach, klein, undeutlich und so gewöhnlich war.

»Pipi gemacht?« fragte Pat, als sie aus der Hintertür kam.

Sarah stöhnte. »Daddy!«

»Ja oder nein?« beharrte er, und ein Chor von Jas antwortete ihm.

»Na, denn los«, sagte er.

Liv setzte sich hinter das Steuer das Pacer, und Travis setzte sich neben sie. Auf dem Rücksitz jaulte die Arme in ihrem Katzenkorb ganz erbärmlich. Der Gestank nach Katzenpisse hing jetzt schon beißend in der Luft.

Pat beugte sich durch das Fenster. »Wir sehen uns zu Hause«, sagte er. »Fahr vorsichtig.« Er küßte sie auf die Stirn. Als er sich aufrichtete, sah er sich betrübt um. »Das war es mal wieder, Schätzchen.«

Liv sah ihm nach, als er mit Sarah in den Kombi stieg. Ohrenbetäubende Rockmusik dröhnte bereits jetzt aus den Fenstern des Wagens. Sie ließ den Pacer an.

»Jetzt ist der Sommer vorbei«, sagte sie zu Travis.

»Gut«, sagte er. Er reihte zwischen ihnen auf dem Sitz GIs in einem Truppentransporter auf. »Ich kann dieses Haus nicht leiden.«

»Warum nicht«, fragte Liv.

»Daddy ist nie zu Hause, und du weinst dauernd«, antwortete Travis sachlich.

Mist, dachte sie. Man kann nichts vor ihnen geheimhalten, ganz gleich, wie sehr man sich auch bemüht. Sie wissen es immer. »Wir werden im Herbst an ein paar Wochenenden kommen«, sagte sie. »Und Kiefernzapfen sammeln wie immer. Und wenn es schneit, kommen wir zum Skilaufen und zum Rodeln. Das macht doch Spaß, meinst du nicht?«

Travis interessierte sich mehr dafür, auf dem Gelände seiner löchrigen Decke GIs kämpfen zu lassen, als für Wochenenden in Nodd's Ridge.

Als sie es in Worte faßte, wurde ihr klar, wie unwahrscheinlich das alles war, es sei denn, sie und Travis kämen alleine her. Sarah hatte an den Wochenenden immer Spiele oder Training, und sie begeisterte sich überhaupt nicht dafür, sich auch nur für achtundvierzig Stunden von ihren Freundinnen zu trennen. Pat würde im Herbst die meiste Zeit über weg sein, und dann, wenn er nach Hause kam, Portland nicht verlassen wollen.

Vielleicht war es auch gut so. Den Sommer hinter sich bringen. Vielleicht würde im nächsten Jahr alles besser sein. Sie konnte es nur hoffen.

5. Kapitel

GEFECHT
ROHSCHNITT # 3

Mit einem leichten Stirnrunzeln lackiert sich eine Frau in einem Büstenhalter aus Goldlamé und sehr kurzen schwarzen Shorts die Nägel. Sie sind übertrieben lang und grell rot. Mädchen im Teenageralter mögen oft gern solche Nägel, Teil eines natürlichen Experimentierens mit sexuellen Lockmitteln, doch bei einer erwachsenen Frau sind solche Nägel entweder ein Relikt, ein Anzeichen der Unreife oder eine narzistische Demonstration, die besagt, daß sie nicht mit ihren Händen arbeitet, was impliziert, daß ein Status aufrechterhalten wird, auf den sie stolz ist. Sie können aber auch gelogen sein, oder sie können von schlechtem Geschmack zeugen.

Sie blickt auf, als der Mann, der den Raum betritt, zwischen ihr und dem Fernsehschirm, der nicht weit von ihr zu sehen ist, durchgeht. Er läßt sich neben ihr auf das Sofa fallen und legt einen Arm um ihre Schultern. Sie hat ihren Blick nicht von ihm gelöst, obgleich sie die Hände starr vor sich hinhält, um den feuchten Lack zu schützen. Sie quietscht leise, als er sie an sich zieht, und sie löst sich von ihm und hält ihm ihre Nägel hin, um ihm den Grund zu zeigen.

Er lehnt sich zurück und reißt schnalzend eine Dose Bier an. Ein kleingewachsener, geschmeidiger Mann mit faszinierenden dunklen Augen und gelocktem schwarzem Haar, der nicht nur gut aussieht, sondern regelrecht schön ist. Und das weiß er auch. In der Art, in der er seinen Kopf zurückwirft, liegt etwas Großspuriges, ebenso in seinem selbstzufriedenen Lächeln.

»Siehst'n da?« fragt er das Mädchen.

Sie macht eine wegwerfende Handbewegung in Richtung Fernseher. »Nichts.«

Sie ist größer als er, spindeldürr, aber mit unproportioniert großen Brüsten, die ihren Büstenhalter aus Goldlamé zu sprengen drohen. Ihre bleiche Haut hat Sommersprossen, und auf ihren Unterarmen schimmern blonde Härchen wie Goldstaub. Ihr fülliges Haar hat ein künstliches Weißblond und fließt frei über ihre Schultern, wobei es gelegentlich ihr Gesicht verschleiert, wenn sie sich über ihre Nägel beugt.

Der Mann starrt den Fernseher an. Die Abendnachrichten laufen gerade. Das Fernsehen scheint ihn in seinen Bann zu ziehen, ohne daß er irgendwelches Interesse daran, oder eine Reaktion darauf, erkennen läßt.

Sie wirft ihm fortwährend Seitenblicke zu. Es ist deutlich zu erkennen, daß zwischen den beiden eine hochexplosive sexuelle Spannung herrscht. Augenfällig ist auch, daß für beide der größte Teil des Sexes im Reizen und Locken besteht, in der äußerlichen Aufmachung und in den Anspielungen und Zweideutigkeiten ihrer Blicke und ihres Zupakkens. Sie haben einander nicht viel zu sagen, was über Anzüglichkeiten hinausgeht. Das ist es, was sie zusammenhält, seit es sie zusammenhält: Das Beste an ihren Liebesakten sind die Andeutungen. Auf diese Weise vergewissern sie sich nicht nur ihrer Begehrenswürdigkeit, sondern auch ihrer Sexualität.

Das Verhalten des Mannes verändert sich, als fielen ihm Schuppen von den Augen. Abrupt beendet er sein Räkeln, seine Nase reckt sich in die Luft wie die eines Hundes, der eine Witterung aufgenommen hat, und er springt auf und behält die Wohnungstür im Auge. Selbst in dem Trancezustand, in den ihn das Fernsehen versetzt hat, und über die Geräusche der Sendung hinweg, hat er etwas gehört.

Ihre Blicke folgen ihm verwundert, und dann hört sie die Schritte im Treppenhaus. Er schleicht sich seitlich neben die Tür und bezieht dort Stellung.

Sie seufzt, steckt den Deckel mit dem Pinsel in ihre Nagellackflasche und schraubt den Deckel fest zu. Es wird zögernd angeklopft, und sie erhebt sich, um an die Tür zu gehen. Die schwarzen Shorts zeigen mehr von ihrem Hintern, als sie verbergen. Der Mann steht hinter ihr, um durch den Türspalt lugen zu können.

Sie nimmt aber die Türkette nicht ab und öffnet die Tür gerade weit genug, um den Besucher sehen zu können. Sie zieht die Augenbrauen fragend hoch und sagt:

»Ja?«

Noch im selben Moment kommt der Mann aus seinem Versteck heraus und stößt sie zur Seite.

»Laß ihn rein«, sagt er, und er wendet ihr den Rücken zu, eine Beleidigung, die die Frau wahrnimmt, wenn schon nicht der Besucher. Wer der Fremde auch sein mag – ihr Kerl fürchtet sich nicht vor ihm.

Es ist der junge Mann, der mit Paul Taurus zusammen war, dem Barkeeper, als dieser sich erschossen hat. Seine Augen hinter dicken Brillengläsern sind blaß und nervös und verängstigt, doch in dem Schwung seines hochgereckten Kinns liegt etwas, das dem widerspricht. Er sieht sich im Zimmer um, sieht die ordinär zurechtgemachte Frau an, und dann den Mann, der zum Sofa zurückgekehrt ist und sich dort rumlümmelt und auf die Fernsehscheibe starrt.

»Denny«, sagt er, und er geht mit ausgestreckter Hand auf das Sofa zu.

Denny ignoriert die Hand. Er richtet sich abrupt auf. »Barbie Sue, geh dir die Haare waschen oder sonstwas.«

Barbie Sue errötet. Sie gehört nicht zu der Sorte von Frau, der das Erröten steht. Sie verschränkt die Arme, wobei sie auf ihre Fingernägel achtet.

»Du kannst mich nicht rumkommandieren«, faucht sie. »Du kannst diesem Schwulen nichts zu sagen haben, was ich nicht hören sollte.«

Der junge Mann spitzt den Mund. »Spiel dich bloß nicht auf, Süße«, sagt er.

»Mundhalten, alle beide«, sagt Denny gedehnt. »Sieh dich vor, wie du mit ihr sprichst«, sagt er zu dem jungen Mann.

Barbie Sue plustert sich siegesbewußt. Das ist alles, was sie eigentlich wollte, nichts weiter als eine Anerkennung ihrer sexuellen Vorrangstellung. »Und was dich angeht«, sagt er zu Barbie Sue, »kann ich nicht brauchen, daß du Ärger machst.« Scher dich verdammt nochmal zum Teufel.«

Barbie Sue knallt die Tür hinter sich zu.

Der junge Mann steht mitten im Zimmer herum und scheint gleich mit etwas herausplatzen zu wollen.

Denny lehnt sich wieder auf dem Sofa zurück.

»Das ist doch wohl kein Anstandsbesuch, oder?«

Der junge Mann sieht sich nervös um und zieht sich dann einen hochlehnigen Stuhl heran und setzt sich darauf.

»Paul ist tot«, sagt er mit gesenkter Stimme.

Denny richtet sich mit glänzenden Augen auf. »Verdammt noch mal«, stößt er atemlos hervor. »Was ist passiert?« Seine Augen werden kleiner. »Es war doch nicht etwa dieses verfluchte AIDS, oder etwa doch?« Er erhebt sich bereits und hat die Hände vor sich hingestreckt, als wolle er die grauenhafte Krankheit abwehren.

Dem jungen Mann fällt der Unterkiefer runter, und er starrt Denny an. »Jesus«, sagt er. »Gütiger Himmel.«

»Also, was ist jetzt, war es so?« fragt Denny ruppig.

»Nein!« Es gelingt ihm nicht, den Abscheu aus seiner Stimme fernzuhalten. »Du ignoranter Bauer!«

Denny stürzt sich auf ihn, überrumpelt ihn damit völlig und knallt ihn mit einem Hieb vom Stuhl und auf den Boden. Die Brille des jungen Mannes fliegt durch die Luft. Sowie er auf dem Boden liegt, hat Denny ihn an der Gurgel. Denny schlägt ihm ins Gesicht und spaltet ihm die Lippe.

»Wie denn?« schreit Denny ihn an.

Der junge Mann wischt sich über die blutige Lippe und verschmiert Blut auf seinem Handrücken. Aus seinem nackten Gesicht ist jede Farbe gewichen, und der Schock lähmt ihn. »Er hat sich erschossen«, sagt er.

Denny läßt ihn abrupt los. »Verdammt«, sagt er, und er steht auf und geht in die Küche, als nutze er gerade die Spielfilmpause mit Werbung, um sich etwas zu holen.

Im ersten Moment regt sich der junge Mann nicht. Verstohlen wischt er sich eine Träne aus einem seiner Augenwinkel, und dann tastet er nach seiner Brille. Er wühlt nach einem Taschentuch, um sich den Mund abzutupfen.

Denny kommt mit einer Flasche Wodka und zwei klebrigen Saftgläsern zurück.

Er hält die Gläser in der einen Hand, schenkt mit der anderen Hand ein und füllt beide bis zur Hälfte. Er stellt die Flasche auf den Fernseher und hält dem jungen Mann, der wieder auf den Füßen ist und den Stuhl wieder hingestellt hat, eins der Gläser hin.

»Auf Paul«, sagt Denny, und er hebt sein Glas.

Der junge Mann nimmt das Glas entgegen, hebt es hoch und stürzt dann bereitwillig einen großen Schluck hinunter. Das Brennen des Alkohols auf seiner geplatzten Lippe läßt ihn zusammenzucken. Denny beobachtet ihn strahlend und mit einem zähneblinkenden Hollywoodlächeln.

»Ich habe Paul immer gemocht«, sagt Denny. »Obwohl er schwul war.«

Der junge Mann sieht mürrisch in sein leeres Glas. »Er konnte dich nicht leiden«, sagt er.

Denny zuckt die Achseln. »War wohl nicht sein Typ«, sagt er lachend. »Noch was drauf?«

Der junge Mann läßt sich gern nachschenken. »Paul hat gesagt, du warst der Brutalste von allen. Hat dich Killer genannt.«

Denny trinkt von seinem Wodka. »Paul hat zuviel geredet. Das tut ihr Schwulen alle.«

Der junge Mann stellt sein leeres Glas hin. »Sieh mal, ich dachte, vielleicht sei es dir etwas wert, es zu wissen.«

Denny nickt. »Extra deshalb die Reise hierher unternommen, was?«

Der junge Mann steckt seine Hände in seine Jackettaschen. »Ich konnte nicht dortbleiben. Ich wußte nicht, wer der nächste ist.«

Denny runzelt die Stirn. »Ich dachte, du hättest gesagt, daß Paul sich erschossen hat.«

Der junge Mann lächelt. »Das hat er auch getan. Für diesen Entschluß hat er eine Woche gebraucht.«

Denny streckt die Hand aus, packt den jungen Mann am Hemd und zieht ihn näher. »Hör jetzt auf, mich zum Narren zu halten. Was willst du von mir?«

»Dein Gesicht sehen, Killer«, sagt der junge Mann. »Ich will wissen, was ihr Kerle verbrochen habt, womit Paul nicht leben konnte. Du brauchst es mir jetzt nicht zu erzählen. Ich kann es mir denken. Zumindest bist du auch dran.«

Denny rüttelt ihn und stößt ihn von sich. »Du sagst mir jetzt sofort, du schwule Sau, warum Paul es getan hat!«

»Weil jemand eine Woche vorher Jackson direkt vor Pauls Bar umgelegt hat. Und eine Woche lang hat ihn täglich jemand angerufen, um zu sagen, daß sie euch alle kriegen.«

Denny sah plötzlich ganz krank aus.

Der junge Mann lachte.

Bayard Rohrer, der Regisseur, zog an seinem Zigarillo und starrte auf die Vorführleinwand. »Mir gefällt es«, sagte er.

Pat nickte über die Schulter des Regisseurs hinweg. »Haut mich um.«

Bayard drehte seinen Sessel zu seinem Regieassistenten Mickey Cahill, um. »Was meinst du?« fragte er um seinen Zigarillo rum.

Mickey kratzte sich unter dem Kinn. Er ließ sich einen Bart wachsen, eine Imitation des Bartes des Regisseurs, wenn man einmal davon absah, daß Bayard Rohrers Bart der glatte geschniegelte Spitzbart eines Mannes war, der in Hinsicht auf seinen Körper und seinen Verstand eitel und eingebildet war, und daß Mickeys krauses rötliches Haar für diese Art von Bart zu anarchisch und zu unbezähmbar war. Mickeys Bart wollte wachsen wie der eines Bergbewohners oder eines biblischen Propheten und versprach, mickrig auszusehen, ganz gleich, wie wild und lang er auch mit der Zeit werden würde.

»Wir könnten Probleme mit der Schwulenliga kriegen«, sagte er.

Bayard schnippte den Zigarillo aus seinem Mund und wandte sich beunruhigt Pat zu.

»Sieh mal, der ganze homophobische Kram kommt von dem, der ausdrücklich der Böse ist, oder von seinem Hasen«, sagte Pat. »Ich glaube nicht, daß wir damit Probleme kriegen.«

»Vielleicht bekommen wir umgekehrt rum Probleme. Die Fundamentalisten werden glauben, daß wir die Homosexualität propagieren«, sagte Bayard. Er hoppste von seinem Hocker; er war sehr klein, unter eins sechzig, und hatte sehr weiße Haut und glänzendes schwarzes Haar. Jemand hatte ihm eingeredet, daß das Schwimmen die Muskeln dehnte und die Wirbelsäule streckte, und daher ging er täglich gewissenhaft schwimmen, doch er tat es heimlich, weil ihm die fast gänzliche Unbehaartheit seines Körpers peinlich war. Wenn er bei den Dreharbeiten gezwungen war, einen Motel-Pool oder ein öffentliches Schwimmbad aufzusuchen, trug er einen Seidenkimono aus seiner umfangreichen Kollektion, den er erst am Beckenrand ablegte und sofort wieder überzog, wenn er seine Meile geschwommen war, um ein Minimum an Entblößung und ein Maximum an Schau zu erzielen. Bayard gab phänomenale Geldsummen für maßgeschneiderte Kleidung aus, die gerade durch ihre Perfektion die Proportionen seines Kleinseins nur noch betonte. Außerdem hatte er, wie viele kleine Männer, einen recht großen Kopf, was ihm etwas Zwergenhaftes gab, obwohl er kein Zwerg war.

Pat lachte. »Fundamentalisten lieben Kriegsfilme, Bayard. Ich glaube nicht, daß sie Dennys Homophobie oder seine miese Freundin als Zeichen für Charakterschwäche auslegen, falls es ihnen überhaupt auffällt, was ich stark bezweifeln möchte.«

Bayard lachte. Sachte zog er den Zigarillo zwischen seinen schmalen Lippen heraus und sah ihn sich bewundernd an. An der Tür des Schneideraums hing ein Schild, das deutlich besagte: RAUCHEN VERBOTEN. Alle, bis auf den Regisseur, hielten sich daran.

Pat hatte selbst rasende Lust auf eine Zigarette. Er fragte sich, ob der Rauch von Bayards schmalen Zigarren dem Film schaden konnte, und diese Überlegung zog naturgemäß Spekulationen darüber nach sich, was wohl passieren würde, wenn Bayard mit einem seiner Stumpen versehentlich etwas in Brand steckte, und wie viele Sekunden es wohl dauern würde, ehe der Raum voller Wandregale, in denen sich Filmdosen reihten und in dem Filmstreifen wie Fliegenfänger herunterhingen, sich in ein Inferno verwandeln würde. Zum Glück ging Bayard auf die Tür zu.

»Ich will einen Kaffee«, sagte er.

Mickey Cahill sprang auf, um dem Regisseur die Tür aufzuhalten. »Was ist mit Dians Oberteil?« fragte er. »Ihr quillt ja wirklich alles raus.«

Bayard lachte wieder. »Einmal ist es rausgequollen. Du hast es verpaßt, Mickey; du warst gerade bei den anderen.«

»Ganz beachtliche Möpse, was?« fragte Mickey. »Sind sie echt?«

Der Regisseur grinste anzüglich. »Frag doch Pat.«

Pat, der die Nachhut bildete, hätte sich am liebsten verdrückt. Er tat es mit einem nichtssagenden Achselzucken ab.

Mickey wartete, bis er auf einer Höhe mit ihm war, um ihn ins Verhör zu nehmen. »Komm schon, Mann, pack aus.«

»Sie hat sie mir ein paarmal vorgesetzt«, sagte Pat. Er wurde rot, und das Wissen, daß er rot wurde, ließ ihn noch stärker erröten. »Ist mit mir zusammengeprallt, du verstehst schon. Das ist alles, ehrlich wahr.«

Mickey kicherte. »Alles klar. Sind sie jetzt echt oder nicht?«

Pat zuckte die Achseln. »Nein. Ich glaube nicht.«

Mickey drängte ihn weiter. »Wie haben sie sich angefühlt?«

Sie hatten das Besprechungszimmer erreicht. Pat sprang mit einem Satz vor, um Bayard die Tür aufzuhalten, der ihn im Vorbeigehen mit einem wölfischen Grinsen bedachte. Er kostete Pats Unbehagen aus, und gleichzeitig genoß er auch die Gelegenheit, Mickey necken zu können.

Der Regisseur suchte sich einen bequemen Stuhl aus, während Mickey die Kaffeekanne und Tassen holte. Pat ließ sich auf das abgewetzte Sofa fallen, eine blaugrüne Scheußlichkeit, die etwa zur Zeit des Korea-Krieges im Ausverkauf eines Möbeldiscounts erworben worden sein mußte. Mickey thronte neben ihm und atmete angesichts dieser Indizienspur immer noch schwer.

»Und?«

Pat streckte die Hand nach seinem Kaffee aus, doch im letzten Moment zog er sie wieder zurück. Vielleicht war das, so spät am Abend, doch keine gute Idee. »Ich kann mich nicht erinnern«, sagte er.

Mickel brüllte. »Du hast sie in der Hand gehabt und kannst dich nicht erinnern?«

»Wenn du es unbedingt wissen willst, warum findest du es dann nicht selbst heraus?« fauchte Pat ihn an.

Damit hatte er Mickey den Wind aus den Segeln genommen. »Ich hab's ja versucht«, gestand er ein. »Wie kommt es bloß, daß sie auf dich scharf ist? Immer sind sie auf die verheirateten Männer scharf.«

Bayard kostete seinen Kaffee und lächelte allwissend. »Das ist es doch gerade, Mickey.«

Mickey stand auf und verzog sich ins Bad, vertieft in das Rätsel, das ihm die Frauen aufgaben, die nur haben wollten, was sie nicht bekommen konnten, und Pat, der nicht haben wollte, was Mickey nicht kriegen konnte.

Der Regisseur zog ein Röhrchen Koks und einen flachen, polierten Stein aus seiner Brusttasche. Er schüttete ein wenig von dem Pulver auf den Stein, zog eine winzige goldene Rasierklinge heraus und teilte das Koks in Straßen auf. Er förderte einen winzigen goldenen Strohhalm zutage und bot ihn Pat an.

Pat zögerte und schüttelte dann ablehnend den Kopf.

Bayard zog eine Augenbraue hoch und zuckte die Achseln. »Dann kriege ich eben mehr«, sagte er fröhlich, und mit dem Strohhalm sog er alles von dem Stein auf. Anschließend lehnte er sich mit einer Aura postkoitaler Zufriedenheit zurück. »Ich bewundere dich für deine Diskretion«, sagte er, »was Dians außerordentliche Titten betrifft.«

»Es gibt nichts, was ich diskret verschweigen müßte«, sagte Pat. »Trotzdem danke.«

Bayard zog seine Augenbrauen hoch und ließ sie wieder

nach unten sinken, und diese Geste drückte ein Mach-doch-was-du-willst aus.

»Ich dachte, sie sei eher recht deutlich in ihrer Art«, sagte er.

Pat zuckte die Achseln. »Sie ist ein nettes Mädchen. Ich kann sie gut leiden. Ich will auch nicht behaupten, daß die ganze Geschichte unattraktiv wäre. Aber sowie sie verstanden hat, sind wir gut miteinander ausgekommen. Besser, als wir auskämen, wenn ich sie darauf festgenagelt hätte.«

»Du hast dich heldenhaft verhalten«, sagte der Regisseur. »Gütiger Himmel, Pat, bist du der letzte treue Ehemann Amerikas?«

Pat lachte. »Ich betrüge meine Frau nicht, aber ich bin sicher, daß ich damit nicht alleinstehe.« Manchmal hatte er das Gefühl, damit alleine dazustehen. Es war immer auf eine seltsame Weise peinlich, Monogamie einzugestehen. Es bestand immer die Versuchung, sich darüber lustig zu machen, und wenn er das tat, fühlte er sich hinterher beschissen. Untreu im Geiste. Aber wenn er es direkt äußerte, kam er sich vor wie ein Pfadfinder. Wann war Treue peinlich geworden? Und warum?

»Ich muß gestehen«, sagte Bayard, der ein neues Zigarillo musterte, »daß es mir schwerfällt, mir vorzustellen, wie es wohl wäre, so viele Jahre lang Sex mit der selben Frau und mit niemandem sonst zu haben.« Er lachte, und wirkte dabei selbst etwas peinlich berührt.

Pat, dem plötzlich bewußt wurde, wie müde er war und welche Kopfschmerzen er hatte, sagte: »Manchmal ist Monogamie wie ein Paar Stiefel aus Zement«, und noch im selben Augenblick bereute er es.

Bayard brüllte vor Lachen.

Pat zuckte die Achseln. »Wir haben fade Zeiten, und dann denke ich, daß es jetzt reicht, und dann wird es plötzlich wieder ganz großartig. Es ist wie mit aufgelaufenen Zinsen oder so was.«

Bayard wirkte zur Abwechslung total verblüfft. »Wirklich?«

Mickey Cahill kam aus dem Bad geschlurft. Er widmete

sich mit einem großen, schmutzigen Leinentaschentuch seiner Nasenspitze. Seine Augen tränten. Die Tröstungen, denen er sich im Bad hingegeben hatte, waren qualitativ weniger hochwertig als die des Regisseurs.

Pat war erleichtert, daß er nicht auch noch Mickeys beschissenes Koks zurückweisen mußte. Mickey neigte eher dazu, sich persönlich zurückgewiesen zu fühlen, aber das wäre die Sache bestimmt nicht wert gewesen.

»O Mann«, stöhnte Mickey.

Der Regisseur zuckte zu Pat gewandt die Achseln. »Man kann einem Mann keine Ratschläge geben, die er nicht annimmt.«

Draußen regnete es in Strömen. Auf dem Weg von der Studiotür zu seinem Leihwagen, einem Audi, wurde Pat bis auf die Haut durchnäßt. Eine Minute lang saß er zitternd da und wartete darauf, daß das Gebläse die Fensterscheiben freimachte. Die Mühe, die es ihn kostete, zu zittern, ließ ihm klar werden, daß er ungeheuer hungrig war. Es war elf, und fast alles würde jetzt geschlossen sein. Bis auf McDonald's. Wenn er noch einen Hamburger von McDonald's essen mußte, würde er sich übergeben. Aber irgend etwas mußte er essen, und daher machte er sich auf den Weg.

Der Abend hatte große Ähnlichkeit mit dem Abend, an dem er nach Hause gekommen war, um seine Mutter zu besuchen, nach dem Marsch nach Washington. Er war von der Abfahrt der Autobahn zu ihrem kleinen, abgelegenen Haus in Wintrop bei kaltem, heftigem Regen getrampt. Ellen Russell arbeitete als Nachtschwester, Krankenhausschicht von elf bis sieben, aber es war ihm gelungen, nach Hause zu kommen, ehe sie zur Arbeit ging.

Auf sein Klopfen hin hatte sie ihm die Tür aufgemacht, und bei seinem Anblick hatte ihr Gesicht gestrahlt wie Weihnachten. »Sieh mal, wer da ist«, hatte sie gesagt und gekichert, ein Laut, der tief aus der Kehle kam, wie immer, denn sie war heiser von den gewohnten drei Päckchen am Tag. »Schlachtet das gemästete Kalb«, hatte sie gesagt.

»Ma«, hatte er gesagt, und er hatte seinen triefend nassen Rucksack fallen lassen und sie umarmt.

Sie war so groß wie er, wenn sie auch durch harte Arbeit dünn und grau geworden war; sie erwiderte seine Umarmung und preßte ihn so fest an sich, daß es weh tat.

»Jetzt komm schon rein aus diesem Regen«, hatte sie ihn gescholten. »Ich habe einen Wagen gehört und die Scheinwerfer in der Auffahrt gesehen, und ich dachte, jemand hätte sich verfahren und wollte hier wenden.«

»Deke Utterback hat mich in Augusta aufgegabelt«, hatte Pat gesagt. »Hat mir erklärt, ich bräuchte eine Rasur und einen Haarschnitt«, und sie hatte gelacht. Das, was der Stadtrat, dessen Söhne mit Pat in die Grundschule gegangen waren, wirklich gesagt hatte, war: »Warum willst du das in deinem Gesicht züchten, was auf deinem Arsch als Unkraut sprießt, Junge?«

»Hast du schon was gegessen?« wollte sie als allererstes wissen, und während er sich trockene Sachen anzog, eine abgetragene, durchwetzte Hose mit zu kurzen Hosenbeinen und zu dicken Nähten am Reißverschluß, ein schäbiges, schillernd buntes Hemd, das ihm einst gewagt und schick vorgekommen war und jetzt in seinen Augen schäbig und geschmacklos war, und zwei Paar löchrige, nicht zusammenpassende Socken übereinander für seine armen, müden, vor Kälte blauen Füße, bereitete sie ihm ein Abendessen zu, das aus Doseneintopf und Toast und Kakao bestand, und stopfte seine nassen Stiefel mit Zeitungspapier aus, damit sie auf dem Heizungsrost im Flur trocknen konnten.

Er schlang das Essen mit einem Bärenhunger in sich hinein, während sie über die Nachbarn und über ihre Arbeit plauderte, und rauchte und Kaffee trank.

Dann fragte ihn Ellen: »Was führt dich hierher, Pat, und das an einem Abend wie heute?«

»Ich war auf dem Rückweg von der Demonstration in Washington«, sagte er. »Ich war lange nicht mehr hier. Ich dachte mir einfach, daß ich dich gern sehen möchte.«

Sie hatte geschnaubt und gelacht. »Na gut, von mir aus«,

sagte sie. »Ich schätze, ich sollte jetzt gerührt sein, weil du durch diesen ekligen Regen getrampt bist.«

Er zuckte die Achseln.

»Hast du die ganze Strecke per Anhalter zurückgelegt?«

»Ich bin von jemandem, den ich kenne, mitgenommen worden.«

»Die hätten dich doch wirklich vor der Haustür absetzen können, oder nicht?«

Sie hatte einen sechsten Sinn dafür, worüber er nicht mit ihr reden wollte.

»Es war ein Mädchen, eine Freundin. Wir haben uns gestritten, alles klar?«

Seine Mutter drehte ihre Zigarette zwischen den Fingern, und ihre Mundwinkel zuckten. »Sie hat dich an der Autobahn rausgelassen. Bei diesem Regen. Das muß ein gewaltiger Streit gewesen sein.«

»Sie wollte mich hierherbringen. Ich wollte es nicht«, sagte Pat.

Was zwischen den beiden unausgesprochen blieb, weil es nicht gesagt werden mußte, war der wunde Punkt, der ihre Familiengeschichte bestimmte: Ellen Russell hatte seinen Alkoholikervater rausgesetzt, ihn an einem späten Abend mitten in der Innenstadt von Lewiston aus dem Pickup geworfen, nachdem sie ihn wieder einmal gegen Kaution aus dem Gefängnis ausgelöst hatte. Pat war damals sieben gewesen, und obgleich er mit der Zeit den Frieden zu würdigen lernte, der sich herabsenkte, sowie die Familie getrennt war, sein Vater in dem Niemandsland verschollen war, das die wahre Heimat der Trinker ist, hatte er doch immer das Gefühl gehabt, wenn auch wider besseres Wissen, daß sie für seine Vaterlosigkeit verantwortlich war.

»Ach.« Ellen Russell ließ ihn eine Weile in Ruhe essen, aber sie war noch nicht fertig. »Und warum nicht?«

»Warum was nicht?« erwiderte Pat, der sich bewußt dumm stellte.

»Warum konnte sie dich nicht hier abliefern?«

Er wischte sich den Mund mit einer Papierserviette ab

und grinste. »Ma, du hast es in die falsche Kehle gekriegt. *Ich* konnte *sie* nicht hierher mitbringen.«

Aber damit war es natürlich nicht vorbei; Ellen wollte jetzt nur noch mehr wissen.

»Und warum nicht?«

Er lehnte sich zurück. »Ma, deshalb haben wir uns doch verkracht, als ich das letzte Mal hier war.«

Ellen schüttelte eine neue Kippe aus dem Päckchen und steckte sie an. »Du meinst, wegen deines ›Privatlebens‹.«

»Ja, Ma«, sagte Pat. »Stimmt genau.«

Ellen lehnte sich zurück und blies den Rauch aus den Nasenlöchern. Pat hustete und wedelte den Rauch weg. Sie warf ihm das Päckchen zu und wartete, bis er sich zum Selbstschutz eine Zigarette angezündet hatte.

»Ich habe darüber nachgedacht«, sagte sie. »Zeit genug hatte ich ja.«

Pat wartete. Er hätte jetzt Schuldgefühle haben müssen, weil er seit sieben Monaten nicht mehr zu Hause gewesen war, und die hatte er auch. Außerdem hatte er aber auch die Schnauze voll davon, sich rumschubsen zu lassen.

»Also gut«, sagte sie. »Du ganz toller Typ. Du hast recht. Ich werde nie zulassen, daß du es unter meinem Dach treibst.«

Pat hob ergeben die Hände. »Das liegt ganz bei dir, Ma.«

Ihre flache Brust hob und senkte sich in einem tiefen Seufzen unter der weißen Schwesterntracht. »Ich kann euch Jungvolk nicht verstehen, wenn ihr euch wie das letzte Gesindel benehmt. Aber«, sagte sie, und sie beugte sich über den Tisch zu ihm vor, »du bist schließlich ein erwachsener Mann.«

»Nur so weiter«, murmelte Pat.

»Bloß«, sagte sie. »Mister. Bloß.«

»Ma«, sagte er.

Sie hielt die Hand hoch. »Mir ist der Gedanke verhaßt, daß mein Sohn Mädchen wie Huren benutzt.«

»Das überlasse ich ganz dir, Ma«, sagte Pat. »Das ist nämlich ganz dein Werk. Wenn du mir erzählst, daß unter deinem Dach keine Unzucht betrieben wird, bist du nämlich diejenige, die meine Freundin als Hure beschimpft.«

»Nein«, sagte sie. »In dem Punkt täuschst du dich. Mein Haus ist mein Haus. Hier bestimme ich. Was ich sage, ist ja nur, daß ich dich nicht davon abhalten kann, quer Beet rumzuvögeln. Ich kann nur dafür sorgen, daß du es nicht hier tust. Worum ich dich bitte, ist nur, daß du es mit Verantwortungsbewußtsein betreibst. Es gehören zwei dazu, ein Mädchen zur Hure zu machen, Pat.«

Es war ein Überraschungstreffer, der saß. Zu dem Zeitpunkt hatte er geglaubt, sie hätte den Konflikt in die Bedeutungslosigkeit abgleiten lassen. Aber das, was sie gesagt hatte, tauchte immer wieder in den seltsamsten Augenblicken seines Lebens unerwartet auf, schoß ihm durch den Kopf und zwang ihn, die ganze haarige Angelegenheit der Verantwortung zu überdenken und sich zu fragen, was zum Teufel sie mit dem Wort *Hure* genau gemeint hatte.

Und mehr als ein Jahrzehnt später und einen ganzen Kontinent entfernt, saß er jetzt bei strömendem Regen in einem Mietwagen und dachte an seine Mutter, die durch die Schuld eines betrunkenen Autofahrers tot war. Der sein Vater hätte sein können, wäre sein Vater nicht wenige Tage vor ihr in einer Alkoholikerstation in Bangor an Lungenentzündung gestorben. Er aß soviel von dem Big Mäc, wie er runterbrachte, ehe das Zeug nach gar nichts mehr schmeckte und ihn nur noch würgte. Dann fuhr er zu seinem Hotelzimmer, um Liv anzurufen.

Dort war es drei Stunden früher. Travis lag schon im Bett, aber Sarah war noch auf. Sie hatte auf seinen Anruf gewartet: Am Nachmittag dieses Tages hatte sie den Ball in den Korb geworfen, der ihre Mannschaft zum Sieg geführt hatte. Während er ihrer übersprudelnden Erzählung zuhörte, fühlte er sich so, wie er sich gefühlt hatte, als sie die ersten Schritte gelaufen war.

Schließlich schlingerte sie atemlos dem Ende ihrer Erzählung zu und sagte: »Du sagst ja überhaupt nichts. Interessiert es dich vielleicht gar nicht?«

Er lachte. »Du hast mir gar keine Gelegenheit gegeben, etwas zu sagen, Kätzchen. Dein Ruhm verschlägt mir schlicht die Sprache, das ist alles.«

Sie kicherte und reichte den Hörer an Liv weiter.

»Hier regnet es in Strömen«, teilte er ihr mit. »Ich bin patschnaß geworden.«

»O Pat.«

»He«, sagte er. »Ich mußte plötzlich daran denken, wie wir damals aus Washington zurückgekommen sind und diesen Streit hatten und du mich an der Autobahn rausgesetzt hast.«

Sie sagte: »Du warst bei deiner Mutter.«

»Ja.« Pat ruckelte herum, um sich die Decken bis zum Kinn zu ziehen. »An dem Abend habe ich mich ziemlich übel mit ihr gestritten.«

»Über Mädchen«, sagte Liv. »Du hast es mir erzählt. Sie wollte nicht zulassen, daß du mich nach Hause mitbringst.«

»Das stimmt nicht ganz. Sie wollte nicht, daß ich in ihrem Haus mit dir schlafe.«

»Eine andere Generation. Sie hat ihr Bestes getan. Sie war aufgeschlossener als meine Mutter«, sagte Liv. Dasselbe hatte sie damals auch gesagt.

Marguerite hatte sich geweigert, ihn auch nur kennenzulernen, solange sie noch nicht verheiratet gewesen waren, und sie hatte sogar über Monate nicht mehr mit Liv geredet. Doe war derjenige gewesen, der ihnen stillschweigend Geld zugesteckt hatte, ohne darum gebeten worden zu sein, und er war es auch gewesen, der zu ihnen gekommen war, um sich Sarah anzuschauen.

Erst Wochen nach diesem Besuch bei seiner Mutter hatte Liv Pat mitgeteilt, daß sie schwanger war. Erst dann war ihm durch Zurückrechnen klar geworden, daß sie es gewußt oder den Verdacht gehabt hatte, von ihrer eigenen Panik und Verwirrung gepackt war, und daß es zu dem Streit, der die Aufmerksamkeiten einer früheren Freundin zum Vorwand nahm, deshalb gekommen war, weil sie ihm nicht das Gefühl hatte geben wollen, er sei an sie gebunden. Sarah wurde zu einer Prüfung: Er mußte sich für Liv entscheiden, weil er sie wollte und nicht, weil er sie geschwängert und ihr und dem Baby gegenüber irgendwelche Verpflichtungen hatte.

Irgendwie kam Ellen dahinter. Hinter diesem Umstand hatte er immer die gepflegte und stahlharte Hand Marguerite Dauphines geargwöhnt. Sie wartete eine Zeitlang darauf, daß er es ihr erzählen würde, und dann nahm sie die Dinge selbst in die Hand und tauchte vor ihrer Wohnungstür auf, um Anspruch auf ihre Enkelin zu erheben und sich Liv anzusehen. Als sie die Wohnung verließ, nahm sie ein Stück Seife mit, das Liv benutzte, um Sarah zu baden, damit sie sich daran erinnern konnte, wie das Baby roch, und sie war zufriedengestellt, weil Liv eine gute Mutter war, wenn es ihr auch offenkundig Rätsel aufgab, daß Liv sich weigerte, das zu tun, was Pat zu tun bereit war, nämlich, die ganze Sache rechtskräftig zu machen und in Ordnung zu bringen.

Die Hochzeit hatte in Ellens Haus stattgefunden, und zwar ohne Marguerite.

Ellen nahm Pat zur Seite. An billigem Wein hatte kein Mangel geherrscht, und sie war nicht mehr ganz nüchtern.

»Eins muß ich zugeben«, sagte sie, während sie sich schwer auf ihn stützte. »Ich fand es tierisch lustig.«

»Was soll denn das heißen, Ma?« fragte er, und er legte einen Arm um ihre Taille, um sie zu stützen und weil er auch zu war, und wenn sie nicht an seinem Hochzeitstag, und reichlich abgefüllt, liebevoll miteinander umgehen konnten, wann denn sonst?

»Dieses Mädchen, das du da hast«, sagte sie. »Läßt dich doch glatt die Suppe auslöffeln, die du dir eingebrockt hast.«

»Uiih«, sagte er. »Einer von uns beiden ist betrunkener, als ich geglaubt hätte.«

Sie versetzte ihm einen spielerischen Rippenstoß. »Du warst schon soweit, das Richtige zu tun, aber sie wollte das nicht«, sagte Ellen, und sie lachte schallend.

Es dauerte einen Moment, bis er dahintergekommen war, aber sowie er den Scherz verstanden hatte, lachte er auch, und jedesmal, wenn sie einander im Verlauf des Festes ansahen, konnten sie nur noch mit roten Köpfen hemmungslos kichern.

»Sie fehlt mir«, sagte Pat.

»Mir auch«, sagte Liv.

»Du fehlst mir«, sagte er.

»Wann kommst du nach Hause?« fragte sie.

»Übermorgen«, versprach er. »Pause fürs Wochenende. Es sieht gut aus.«

»Das freut mich. Wäre nett, dich mal wieder ansehen zu können.«

»Das kannst du haben«, sagte er. »Es dauert jetzt auch nicht mehr allzu lange. Vielleicht bis Halloween.«

Das stimmte natürlich nicht, aber in dem Moment hätte er es ihr unmöglich sagen können.

»Dann erzähl doch mal, was du heute erlebt hast«, sagte Liv.

Mit ihrem Vater als stummem Teilhaber hatte Liv das Gebäude erworben, das eine Großgarage gewesen war, ehe die Ölkrise ihren unabhängigen Besitzer gezwungen hatte, frühzeitig in Pension zu gehen. Sie hatte die Tanksäulen vor dem Haus entfernen lassen und sie durch ihr eigenes, selbstangefertigtes Firmenschild ersetzt, das zur entsprechenden Jahreszeit als individuell gestalteter Blumenkasten mit ungewöhnlicher Formgebung diente. Innen war die hydraulische Hebebühne entfernt worden, und die entstandene Grube war zu einem richtigen Keller ausgebaut worden. Das Gebäude war ausgeweidet und zu einer richtigen Töpferwerkstatt mit zwei großen Brennöfen umgebaut worden, von denen einer für den Fall von Brennstoffknappheit mit Holz betrieben werden konnte, aber auch, um spezielle Brände ausführen zu können, die man nur mit Holz richtig hinbekam. Eine Versandabteilung und ein Lager und eine gekachelte Dusche und ein Umkleideraum wurden eingebaut, denn bei dieser Form von Arbeit machte man sich schmutzig. Sie stellte zwei tüchtige und erfahrene Kräfte ein, zwei Frauen, und ein erst kürzlich eingestellter männlicher Lehrling war hinzugekommen. Die übrige Belegschaft bildeten sie selbst und und ihre Schwester Jane. Liv teilte sich mit Jane den Büroraum, ein beengtes Zwischengeschoß, von dem aus man das Erdgeschoß überblikken konnte. Wenn der Arbeitstag endete, war es laut hier, und der Lärm entstand durch die Lüfter, die die überschüssige Hitze, die die Brennöfen erzeugten, in Umlauf brachten und die Luft sauberhielten. Sie trugen alle Walkmen, die an ihren Taschen befestigt waren, und Kopfhörer, damit sie sich Musik anhören konnten, wenn sie Lust hatten, oder auch nur, um den störenden Lärm von sich fernzuhalten.

Liv hatte die Kopfhörer wie einen steifen Kragen um den Hals, als sie ihren Lehrling Misha verließ, der mit Porzellanerde arbeitete, und die Eisenstufen zum Büro hinaufstieg.

Jane blickte von dem winzigen Stück Fußboden auf, das frei war, als Liv die Tür öffnete. Sie kauerte neben einem großen Versandkarton aus Pappe, spreizte die Hände darüber und stöhnte theatralisch.

»Ich habe ihnen extra noch gesagt, daß sie die kaputten Teile separat verpacken sollen!« sagte sie.

Liv beugte sich über den Karton, um es sich selbst anzusehen. »Mist«, sagte sie, »das sind mindestens fünf verschiedene Stücke.« Sie zog den Deckel ganz von dem Karton herunter. »Das ist noch nicht mal unser Karton. Was glauben die wohl, wozu wir uns für eigene Kartons in Unkosten stürzen?«

»Den Rechnungsabschnitt haben sie auch nicht mitgeschickt«, sagte Jane.

»Großartig.« Liv stocherte in den Scherben herum, die in der Kiste lagen. »Ich glaube, in diesem Chaos zwei große Schüsseln und drei Eßteller zu erkennen.«

»Ja«, sagte Jane, die nach einem Block griff und sich darauf Notizen machte. »Glaub' ich auch.«

Liv richtete sich auf und streckte sich. Sie warf einen Blick auf die Uhr. »Halleluja, Zeit zum Schlußmachen.«

Jane sprang auf. »Ich sage der Belegschaft tschüß.« Sie schlüpfte aus der Tür.

Zwei Schreibtische waren in den knappen Büroraum gezwängt worden, und jeder vorhandene Stellraum an den Wänden war mit Regalen und Schränken zugestellt. Kisten stapelten sich im Raum, und auf jeder glatten Oberfläche häuften sich Stapel von Papieren, Ordnern, Farbmustern, Tonproben der Hersteller, Glasuren und jenen Unmengen von Werkzeug und Materialien, die zum Töpfern dazugehörten. Liv holte eine Flasche Wein und zwei Plastikhalter für Teegläser aus einem Schrank. Sie ließ saubere Plastikbecher aus einer Schublade in die Halter fallen und machte den Wein auf. Sie schenkte ihn gerade ein, als Janes Schritte klappernd auf den Eisenstufen zu hören waren.

»Ich habe abgeschlossen«, sagte Jane.

Liv drückte ihr einen Becher Wein in die Hand. Sie fegte mit dem Handrücken ein Buch von ihrem Schreibtischstuhl und setzte sich.

Jane ließ sich im Schneidersitz auf den Fußboden sinken und seufzte zufrieden.

Liv hob ihren Becher. Jane tat dasselbe.

»Wieder mal ein Tag«, sagte Liv.

»Allerdings«, meinte Jane.

Liv warf ihren Kopf zurück und lachte.

Jane war das älteste Kind von Marguerite und Doe, sechs Jahre älter als Liv. Janes Haar war frühzeitig grau geworden, und sie weigerte sich, es zu färben. Sie trug es als Hochfrisur im Stil der Gibson-Mädchen. Ihre zarte, porzellanklare Haut wies von den Außenkanten der Nasenflügel bis zu den Mundwinkeln und auf der Stirn leichte Falten auf. Ihre dunklen Augen waren hinter einer altmodischen Nickelbrille verborgen. Sie hatte eine Vorliebe für riesige baumelnde Ohrringe, tief ausgeschnittene Blusen, die ein recht knochiges und sommersprossiges Dekolleté zeigten, und enge Bluejeans. Ihr Äußeres drückte eine unkonventionelle, möglicherweise künstlerisch veranlagte Persönlichkeit aus, was bewirkte, daß die Leute oftmals irrtümlich sie für die Töpferin hielten. Das gefiel ihr gut, denn in den

Jahren ihrer ersten Ehe war sie der Inbegriff der Bankiersgattin gewesen, und hatte Seidenblusen mit Rüschen und dezente Perlohrringe getragen. Seit ihr Mann sie vor sieben Jahren verlassen hatte, hatte sie das Gesicht, das sie damals getragen hatte, als einen Bluff derselben Gattung wie ihres Mannes entlarvt. Erst durch die Scheidung hatte sie ihre eigenen Talente und ihren Ehrgeiz als Geschäftsfrau entdeckt, und beides konnte sich mit Marguerite messen.

Jane schnappte sich ihre Handtasche, eine enorme, handgesteppte Allzwecktasche, unter ihrem Schreibtisch heraus und wühlte darin herum. Sie zog eine emaillierte Blechkiste heraus, und aus dieser einen Joint, den sie Liv schweigend hinhielt.

Liv schüttelte, wie immer, den Kopf.

Jane zwinkerte und zündete den Joint an. Im Schneidersitz schloß sie die Augen und nahm einen tiefen Zug.

»Irre, Mann«, sagte sie mit einer trockenen, rauhen Stimme, und in einer gespielten Ekstase riß sie die Augen weit auf. Beide Schwestern lachten.

»Also«, sagte sie, »wie geht es deinem Zahn, der gar nicht da ist?«

»Ich vermute, er vergnügt sich im Märchenland«, sagte Liv. »Mir geht es gut.«

Jane schüttelte verzweifelt den Kopf und zog wieder an ihrem Joint.

»Das hast du mir den ganzen Sommer über erzählt, wenn ich dich angerufen habe«, sagte sie. »Ich weiß nicht, was du damit beweisen wolltest. Aber ich glaube dir nicht mehr, wenn du mir sagst, daß es dir gutgeht. Das ist wie mit dem Jungen, der blinden Alarm wegen der Wölfe geschlagen hat.«

»Nein«, sagte Liv, »der Junge, der *keinen* Alarm geschlagen hat.«

Jane kicherte. »Das *Mädchen,* das keinen Alarm geschlagen hat.«

»Hmm«, stimmte Liv ihr zu, und sie schüttelte sich den kleinen Becher Wein in die Kehle.

»Wann kommt Pat wieder nach Hause?« fragte Jane.

»Am Wochenende. Ich habe gestern abend mit ihm gesprochen.«

»Und wann ist es rum? Ich meine den Film.« Jane trank ihren Wein aus und warf den Becher in Richtung auf den Abfalleimer. »Zwei Punkte«, sagte sie, als sie genau hineingetroffen hatte.

»An Halloween.«

»Das ist noch lange«, sagte Jane.

»Allerdings«, stimmte Liv ihr zu.

Jane nahm den nächsten Zug. »Glaubst du, du hältst es aus?«

»Muß ich wohl«, sagte Liv.

Jane lachte schallend. Sie zwickte die Glut von dem Joint, um ihn auszumachen, und legte ihn wieder in die Blechkiste.

»Um Marguerite zu zitieren«, sagte Jane. »›Wie man sich bettet, so liegt man.‹«

Liv beugte sich zu dem Papierkorb vor, der mit Plastik überzogen war, um ihren Becher, der keineswegs unangerührt geblieben war, sorgsam hineinzulegen. »Nur machen manche Leute das Bett«, sagte sie, »und manche legen sich einfach rein, stimmt's?«

»Stimmt«, sagte Jane. »Hier spricht die Stimme der Erfahrung, wenn auch leicht stoned.«

»Willst du, daß ich dich nach Hause fahre?« fragte Liv.

Jane schüttelte den Kopf. »*Ich* bin in Ordnung.« Jane griff nach ihrer Handtasche und ließ die Blechkiste in deren Tiefen fallen. »Was ist mit dir?«

Liv lächelte. »Alles in Ordnung. Und jetzt hör auf, einen derartigen Wirbel zu machen.«

Jane stand auf und tätschelte Livs Wange. »Du paßt nicht auf dich selbst auf, Schwesterchen. Dein Mann ist nie zu Hause. Irgend jemand muß sich um dich kümmern.«

Liv stützte sich auf dem Schreibtisch auf und streckte ihre Beine aus. Sie musterte prüfend die Spitzen ihrer Turnschuhe, die sich auflösten.

»Sieh mal«, sagte Jane, »wenn ich du wäre, würde ich ihn verlassen. Was macht das für einen Unterschied? Ihr seid ohnehin nicht zusammen. Aber«, und sie hob ihre Hände, um ihre Handflächen zu zeigen, »was weiß ich schon? Ich habe meine Vorurteile. Alles, was ich weiß, ist, daß eine Frau für sich selbst sorgen muß, Kleines.«

»Wir haben gestern abend lange miteinander geredet«, sagte Liv. »Wir reden überhaupt viel miteinander. Es wird wieder gut werden. Alles, was wir brauchen, ist Zeit.«

Jane lächelte und drückte sie an sich. »Denk nur daran, daß ich da bin, wenn du mich brauchst, und erzähl mir nicht, daß es dir gutgeht, wenn es dir nicht gutgeht.«

Liv nickte.

Jane nahm ihren Pullover und ging zur Tür. Sie blieb noch einmal stehen, um Liv anzusehen, und zwinkerte ihr zu.

Liv lauschte ihren Schritten, die die Eisenstufen hinunterklapperten. Sie suchte ihre Handtasche und schaltete die Lichter aus. Nur ein paar Züge und nur sehr wenig Wein, das sollte klargehen. Für Jane war das College eine Schwesternschaft gewesen; eine Strickjacke, die falschherum getragen und auf dem Rücken von einer Perlenkette zusammengehalten wurde; toupierte Haare; an den guten, alten Mistkerl Curt gekettet, der sie schließlich mir vier Kindern hatte sitzen lassen; und die allmähliche Erkenntnis, daß das, was ihr der Umstand, ein braves Mädchen zu sein, eingebracht hatte, ein unverdientes und sehr frühes Ende war, während alle anderen sich rumtrieben und ihren Spaß hatten, Curt inbegriffen. Der Mann, mit dem Jane seit drei Jahren zusammenlebte, war ein freundlicher Ex-Cowboy, der sich einen Dreck um Konventionen und rechtskräftige Vorgehensweisen kümmerte, ganz gleich, welcher Art. Im Gegensatz zu Curt, dem Bankier, der in diesen Dingen Lippenbekenntnisse ablegte, aber alles tat, solange er nur damit durchkam, war Web in seinem Umgang mit Jane aufrichtig. Er liebte sie und war ihr treu, und sein Beispiel machte sie zu einem freieren Menschen. Das, was sie in ihrer Handtasche herumtrug, war Webs Eigenanbau, und sie ließ sich darauf ein wie auf einen nachmittäglichen Martini. Sie und Web richteten sich nach Livs strikter Ablehnung, wenn es darum ging, bei Liv zu Hause illegales Kraut zu rauchen, und im übrigen mischte sich Liv nicht in Janes Belange ein.

Ihre eigenen Belange waren, wie ihr jetzt aufging, augenblicklich wichtiger. Der Supermarkt, und dann nach Hause zu den Kindern.

6. Kapitel

»Es reicht. Schluß jetzt«, überschrie Liv den Lärm des Zankens.

Das Schweigen wurde wenige Sekunden lang eingehalten, ehe sie beide simultan Klage gegeneinander erhoben.

»Sie hat den Sender weggedreht!« sagte Travis.

»Er hat diese Kassette schon hundertmal gesehen!« konterte Sarah.

Liv stellte ihre Einkaufstasche auf einem Stuhl ab und schaltete den Fernseher aus.

»Habe ich nicht«, sagte Travis.

»Hast du doch«, sagte Sarah.

»Schluß jetzt«, sagte Liv. »Sarah, oben steht ein Fernseher. Sieh dir dort an, was du sehen willst. Travis hatte seine Kassette eingelegt, ehe du gekommen bist. Es ist sein Recht, sie zu Ende anzusehen. Du willst doch MTV sehen, oder?«

»In dem hier sind die Farben besser«, sagte Sarah.

»Der andere hat keinen Videorekorder angeschlossen«, sagte Liv. »Wenn du in dem hier MTV siehst, geht Travis ganz leer aus. Du kannst oben sehen, was du sehen willst, er nicht.«

»Das ist nicht gerecht«, sagte Sarah. »Immer stellst du dich auf seine Seite.«

»Das ist nicht wahr, und das weißt du selbst. Und ganz abgesehen davon ist das Leben nicht gerecht. Daran solltest du dich lieber gewöhnen, Mädchen.«

Sarah packte die Bücher zusammen, die sie auf dem Sofa

verstreut hatte. Sie hätte sie auf ihrer Unterlippe tragen können. Während sie aus dem Zimmer stapfte, holte sie zu einem gemeinen Schlag auf Travis' Kopf aus, doch er duckte sich routinemäßig.

Er reagierte überhaupt nicht auf den Vorfall. »Würdest du mein Band wieder anstellen, Liv?« fragte er.

»Komm her«, sagte sie.

Er kletterte von dem Sofa und stellte sich neben sie.

»Das hier ist die Abspieltaste«, sagte sie.

Er nickte.

»Drück drauf«, sagte sie.

Er legte eine Fingerspitze auf die Taste und drückte sie runter.

»Du mußt dir nur merken, daß es die mit dem grünen Streifen ist.«

Er trottete zum Sofa zurück.

»Stop ist die mit dem roten Streifen drauf.«

Er nickte.

Es war nicht das erstemal, daß sie versuchte, ihm diese simplen Handgriffe beizubringen. Sie wußte, daß er sie, ungeachtet all dessen, wieder bitten würde, es für ihn zu tun, wenn er das Gerät ausschalten wollte. Er schien den Umgang mit dem Gerät nicht lernen zu wollen, so einfach die Bedienung auch war, und ebenso schien er auch das Lesen nicht lernen zu wollen, obwohl er das Alphabet vorwärts und rückwärts auswendig konnte. Er wollte, daß weiterhin sie den Videorekorder für ihn bediente und ihm vorlas. Es war ein Mittel, sich an sie zu klammern, und sie wußte nicht, was sie tun sollte, nur, daß sie Geduld brauchte.

Am Kühlschrank klemmte eine Reihe von Telefonnotizen und eine weitere Nachricht. Liv überflog die Notizen und stellte fest, daß Pat etwa um die Zeit angerufen hatte, zu der sie im Supermarkt in der Schlange gestanden hatte, doch als sie ihn zurückrief, ging niemand dran. Mit einem ungeduldigen Klappern ließ sie den Hörer wieder auf die Gabel fallen: Sie vermißten einander weiterhin. Ein Zettel von Mrs. Fuller hing dort, ihrer Haushälterin, und darauf stand, sie müsse gehen, sowie Sarah nach Hause kam und nach

Travis schauen konnte, um ihren Kiefer behandeln zu lassen. Und zu etwa diesem Zeitpunkt war Liv zurückgekommen.

Liv schenkte sich ein Glas kaltes Leitungswasser ein und trank es auf einen Satz, weil sie hoffte, der Knoten in ihrem Hals würde sich lösen. Sie bewegte ihren Kopf in langsamen, kreisenden Bewegungen und bemühte sich, ihre Schultermuskulatur zu lockern. Es gab heute noch viel zuviel zu tun, als daß sie der Müdigkeit hätte nachgeben dürfen, die sie empfand. Ihre Hände, Handgelenke und Arme, und ihr Rücken schmerzten von der ungewohnten Anstrengung – genau das, was noch für ein bis zwei Wochen zu erwarten war, wenn man monatelang gefaulenzt hatte. Ihre inneren Erschöpfungszustände dagegen kamen einfach daher, daß sie nach Hause gekommen war und zwei kreischende Kinder vorgefunden hatte. Diese Müdigkeit mußte sie abschütteln.

Ihre Eltern hatten sich zum Abendessen angemeldet. Wenn sie jetzt gleich anfing, konnte es ihr vielleicht noch gelingen, kurz in die Wanne zu steigen, ehe sie kamen.

Fünfundvierzig Minuten darauf standen die Kartoffeln zum Überbacken im Herd, und dem Cäsar-Salat fehlte nur noch das Dressing. Der Fisch – Haifischsteaks, über die sie im Supermarkt zum Glück gestolpert war – sollte erst im letzten Moment sautiert werden, und dann hatte sie vor, ihn mit süßer Sahne zu übergießen. Zwei Flaschen kalifornischer Weißwein standen im Kühlschrank. Sie zog sich gerade die Schürze aus, als sie den Cadillac in der Auffahrt hörte.

»Mist«, murmelte sie vor sich hin. »Da geht mein Bad dahin.«

Aber auch damit hätte sie rechnen können. Marguerite und Doe hatten den Sommer in Kanada verbracht, und die Kinder seit Juni nicht mehr gesehen.

Travis sprang vom Sofa auf und öffnete Marguerite, die etwas Kuchenförmiges, das in Alufolie eingewickelt war, in den Händen trug, die Tür.

»Hallo, Schatz«, sagte Marguerite, die sich bückte, um Travis einen Kuß zu geben.

Travis ließ es über sich ergehen und schoß dann eilig um sie herum und fragte: »Wo ist Papa?«

Marguerite Dauphine richtete sich mit einem Gesichtsausdruck heroischer Resignation auf. Livs Kindern gelang es immer wieder, sie daran zu erinnern, daß es eine so ruhmlose und undankbare Aufgabe war, Großmutter zu sein, wie die Mutterrolle selbst. Von Doe fühlte sich Travis wie von einem Magneten angezogen, und genauso hatte sich auch Liv früher zu ihm hingezogen gefühlt. Als sie Travis nachblickte, der auf seinen kurzen Beinen aus der Tür huschte, um Doe zu suchen, konnte sie die Ähnlichkeit zwischen Großvater und Enkel richtig erkennen, und natürlich zog Gleiches Gleiches an, doch sie konnte nichts dagegen tun, daß sie sich wie ein Fels in der Brandung vorkam, etwas, worum man einen Bogen machte. Zwischen Travis' seliger Mißachtung ihrer Person und Sarahs kaum verhohlener Unverschämtheit, fühlte sie sich schnell geschlagen, wenn sie sich den Luxus gestattete, sich nutzlos gegen die Realität aufzulehnen.

Liv, die müde und angespannt wirkte, kam ihr in dem Gang zwischen dem Wohnzimmer und der Küche entgegen. In ihrem Haar war eine Spur von Grau, die im Juni noch nicht dagewesen war und Liv älter als ihre Jahre erscheinen ließ. Irgendwie mußte es Marguerite gelingen, einen sachten Hinweis darauf unterzubringen, daß es an der Zeit war, dezent durch ein leichtes Tönen nachzuhelfen. Es war schon schlimm genug, daß Jane mausgrau war und darauf beharrte, es dabei zu belassen.

»Hallo, Mom«, sagte sie und küßte Marguerite auf die Wange.

Marguerite küßte sie ebenfalls auf die Wange und drückte ihr den Kuchen in die Hand. »Den hat Doe gebacken.«

»Danke.« Liv untersagte es sich resolut, danach zu fragen, wo er war. Ihre Mutter hätte das nur als einen weiteren Beweis dafür aufgefaßt, daß Doe beliebter war. Sie glaubte, daß sie es ohnehin schon wußte. Zweifellos hatte er sich direkt in den Garten begeben, um sich anzusehen, wie ihre Rosen gediehen.

»Doe ist im Garten«, bestätigte ihre Mutter ihre Vermutung. »Ich glaube, Travis ist bei ihm.«

»Ach so. Magst du ein Glas Wein?«

»Meine Güte, ja.«

Sie sah sich in der Küche um, während Liv ihr ein Glas Chablis einschenkte, und dann fragte sie, wo Sarah sei.

Feststand, daß sie nicht hier war, wo sie hingehörte, um ihre Großmutter zu begrüßen. Es war klar, daß, hätte Liv mit ›im Gefängnis‹ oder ›in einem Sarah-Crittendon-Heim für Ledige Mütter‹ oder ›in einer Drogenentzugsanstalt‹ geantwortet, Marguerite lediglich mit einem Brummen erfüllter Erwartungen reagiert hätte.

»Oben«, antwortete Liv.

Marguerite nahm das Glas entgegen und nippte daran. »Mmmm, schmeckt das gut«, sagte sie. »Spielt sie die beleidigte Leberwurst?«

Liv schenkte sich ein Glas ein. »Das ist sie doch meistens, oder?«

»Sie ist in dem Alter«, kam ihr Marguerite entgegen. Es war gerade soviel Trost, wie Liv nach ihrer Auffassung zustand.

Liv setzte sich auf einen Hocker. »Ich weiß. Wie war der Sommer?«

»Schön.« Marguerite musterte Liv von Kopf bis Fuß. »Du hast abgenommen«, sagte sie.

»Ja.«

»Das war auch nötig.«

»Ja. Ich kann es mir allerdings nicht als Verdienst anrechnen. Es ist durch den Ärger gekommen, den ich mit meinen Zähnen hatte.«

Marguerite nickte. »Sind jetzt alle behandelt?«

»Ja.«

»Wie geht es Pat?« Marguerites Stimme war neutral.

»Ich habe heute morgen mit ihm gesprochen. Es scheint ihm gut zu gehen. Sie rechnen damit, daß um Halloween herum alles gelaufen ist.«

Marguerite nippte an ihrem Weinglas. »Du hättest mitgehen sollen.«

Liv zuckte die Achseln. »Ich habe ein Geschäft, um das ich mich kümmern muß. Und ich wollte meinen Sommer am See verbringen. Das ist die Zeit, in der ich wirklich an etwas Neuem arbeiten kann.«

»Es ist nicht meine Sache, das ist mir klar«, sagte Marguerite, die sehr gut darin war, ihre Meinung zu äußern und sich dabei gleichzeitig jedes Recht auf eine Meinungsäußerung abzusprechen.

Liv sah durch das Fenster über der Spüle in den Garten. Ihr Vater und Travis nahmen gemeinsam die Rosensträucher unter die Lupe. Papa-Bär und Baby-Bär. Sie waren physisch schwerfällige Menschen mit einer enormen Kraft, die sie verhalten und nur zögernd gebrauchten, als fürchteten sie, versehentlich anderen Menschen Schaden zuzufügen.

Doe hatte eine grüne Hand, insbesondere bei Rosen. In seinem Beruf als Apotheker hatte er ein bescheidenes Vermögen erworben, mit einer Kette von Drugstores, die ›Medizinmann‹ hießen, und er hatte sich zur Ruhe gesetzt, um sich seinem Hobby zu widmen. Die Reise durch Kanada war eine Rundreise durch kanadische Rosengärten gewesen.

Der erste Laden dieser Ladenkette war ein altmodischer Drugstore gewesen, Apotheke und Eissalon, der damals noch Pinkham's hieß. Als er Wilfred Pinkham jun. nach dem Zweiten Weltkrieg den Laden abgekauft hatte, war er ein tatkräftiger junger Kerl mit einer ehrgeizigen und fruchtbaren Frau als treibender Kraft gewesen. Das Geschäft hatte sich parallel zur Ausweitung der Familie ausgeweitet. Es wäre ihm nicht gelungen, sie zu Hause festzuhalten, selbst wenn er es gewollt hätte. Die Leute gewöhnten sich an Marguerites immerwährend dicken Bauch, und das Baby auf ihrem Arm oder in einer Wiege im Büro, und an die kniehohen Kinder, die sich an ihre Röcke klammerten. Nachdem ihre Mutter, Nana Martin, ihre Arbeit als Kinderschwester aufgegeben hatte, zog sie zu ihnen und nahm Marguerite den größten Teil der Hausarbeit und der Kinderpflege ab. Doe zweifelte nie daran, daß Marguerite diejenige war, die die Familie reich gemacht hatte.

Er amüsierte sich heute noch, wenn er den Namen seines Ladens hörte, seine eigene schrullige Rache an einem gar zu diensteifrigen Arzt, der wegen eingebildeter Übergriffe in seine Domänen gegen Doe wetterte, und dazu überging, Doe gehässig als den Medizinmann zu bezeichnen. Er war nur ein Halb-Penobscot, außerhalb des Reservats geboren und durch und durch zivilisiert. Doch das Gesicht, das ihm aus dem Spiegel entgegensah, war das unverfälschte Gesicht eines Zigarrenkistenindianers, seinem entfernten Cousin Louie Sockalexis aus dem Gesicht geschnitten, der während einer kurzen Glanzzeit gegen Ende des vergangenen Jahrhunderts das Land als Baseballspieler der ersten Liga in Begeisterung versetzte, der zweitgrößte amerikanisch-indianische Sportler nach Jim Thorpe. Louie war nicht der erste Baseballspieler der ersten Liga gewesen, der nicht weiß war, denn im Baseball hatte es einst keine Rassentrennung gegeben, und dann hatte es sie gegeben, bis Jackie Robinson kam, doch er hatte sein Volk stolz gemacht und war nicht vergessen worden.

Doe ging gelegentlich noch gern in das Hauptgeschäft, um dort auszuhelfen, und es gefiel ihm, daß Leute nach ihm fragten. Seine Kunden hatten größeres Vertrauen zu Doe als zu ihren eigenen Ärzten. Er hatte auch tatsächlich ab und zu ein Leben gerettet, indem er die richtigen Fragen stellte: Wußte Dr. Soundso, als er dieses Rezept geschrieben hat, Mrs. Gout, daß Sie nach wie vor X gegen Ihre Arthritis nehmen? Haben Sie Mr. Blabla gesagt, Mr. Coffinchoke, daß Sie vor fünf Jahren diese Lungenentzündung hatten? Und Ihre Mutter war doch Diabetikerin, oder nicht, Miß Drymouth? Haben Sie das dem Arzt gesagt? Können Sie schlafen, Mr. Bags? Haben Sie dem Arzt etwas davon gesagt?

Hat der Arzt Sie danach gefragt? wandte er oft ein. Hat der Arzt es Ihnen gesagt?

Man konnte nicht erwarten, daß Marguerite, die die Rechnungen eintrieb, bei den Kunden so beliebt sein würde wie Doe, der sie oft dazu rumzukriegen versuchte, die fälligen Außenstände eines Kunden weiterhin Außenstände bleiben zu lassen. Da er wußte, wie sehr sie sich in einer solchen Beliebtheit gesonnt hätte, und wie sehr sie ihn darum beneidete, hatte er Mitgefühl für sie und bemühte sich, ihre Enttäuschung aufzufangen. Jetzt hatten sie jüngere Geschäftsführer, die die Läden leiteten, und beide waren offiziell im Ruhestand, aber dadurch hatte sich nicht allzuviel geändert. Wenn es in seinem Gewächshaus nichts zu tun gab, spazierte Doe in den alten Laden, der früher Pinkham's gewesen war, um Medizin zu verordnen, und Marguerite kümmerte sich als Vorstandsvorsitzende nach wie vor darum, daß Außenstände einkassiert wurden, und daß das Geschäft so straff wie eh und je geführt wurde, damit der Name und der ideelle Wert der Ladenkette nicht durch Ramschladenpraktiken herabgewertet wurden.

Das Ganze war sehr zufriedenstellend, oder hätte es zumindest sein sollen. Marguerite hatte es bewerkstelligt, im Alter ein komfortables, sogar recht annehmliches Leben zu führen. Es war nicht weiter erstaunlich, daß sie mit derselben Willenskraft auf sich achtete, die sie in den Erwerb eines Vermögens hatte einfließen lassen. Ihrer Willenskraft war auch Doe unterworfen. Liv hatte sehr lange dazu gebraucht, wirklich über die Verachtung hinwegzukommen, die sie für einen erwachsenen Mann empfand, der jeweils genau das anzog, was seine Frau ihm morgens bereitlegte. Inzwischen verstand sie, daß es sich dabei um etwas handelte, was Doe nicht wichtig war. Und ihre Mutter machte es glücklich, und daher tat er es. Mit der Zeit hatte Liv dann endlich auch eingesehen, daß er sich genau in dem Maß von ihr beherrschen ließ, in dem es ihm paßte, und daher ließ er sich im Grunde genommen überhaupt nichts von ihr vorschreiben. Marguerite hatte sich einen Mann geangelt, der in jeder Hinsicht, die ihr wichtig erschien, das tat, was sie von ihm wollte; die Unzufriedenheit, die sich in Form von Portemonnaie-zu-Falten um ihren Mund herum festgesetzt hatte, rührte teils von dem Verdacht her, daß sämtliche Kleinigkeiten, die sie bekümmerten, ihn nicht die Bohne interessierten. Liv konnte im Gesicht ihres Vaters sehen, daß es ihn betrübte, nicht in der Lage zu sein, ihre Mutter glücklich zu machen, doch Marguerite konnte nicht gegen ihre eigentliche Natur an, selbst dann nicht, wenn es darum ging, sich selbst unnötigen Kummer zu ersparen.

Als sie den massigen, stillen Mann mit dem totemartigen Gesicht geheiratet hatte, mußte Marguerite geglaubt haben, jemanden zu heiraten, der so war wie sie selbst auch, jemanden, der sich darüber im klaren war, welches Unheil ungezügelte Empfindungen anrichten konnten. Was für ein Schock es für sie gewesen sein mußte, festzustellen, daß Doe ein gewaltiges Reservoir an Emotionen war, wie eine Rinne in der Tiefsee, deren Oberfläche nichts in Aufruhr zu bringen schien und die doch tatsächlich nichts anderes als aufgewühlte, tosende Tiefe war. Die Rosen, die Liebe, die er anderen Menschen entlockte – es waren die einzigen sichtbaren Anzeichen für seinen Charme.

Die Wurzeln dessen, was er empfand, waren so tief verankert, daß es für ihn nicht wichtig zu sein schien, diese mächtigen Gefühle mit anderen zu teilen. Oder vielleicht spürte er auch intuitiv, daß seine emotionale Muskelkraft, ebenso wie seine physische Wucht und seine Stärke, andere Menschen erschlagen könnte – Marguerite zum Beispiel, die ihr eigenes Herz verschlossen hatte, um es zu schützen und zu bewahren, und die spürte, daß es schwächer wurde und verkümmerte, bis es so gebrechlich war, wie sie immer befürchtet hatte, daß es sein könnte. *Hol dir, was du willst, und zahl dafür,* dachte Liv oft, wenn sie an ihre Eltern dachte.

Sie sah über ihre Schulter und ihrer Mutter ins Gesicht, die sie mit dem roten Lippenstift auf ihrem Mund anstarrte (warum trugen alte Frauen so gern derart roten Lippenstift?), mit untypisch weichem Blick und Sorge in den Augen. Marguerite errötete. Ihr Rouge setzte sich fleckig gegen das natürliche Rosa des Errötens ihrer blassen Haut ab.

Liv fühlte sich plötzlich schwindlig, und man mußte es ihr angesehen haben.

»O weh«, sagte Marguerite bestürzt und eilte zu ihr, um ihre Arme um ihre Tochter zu legen.

»O Gott«, murmelte Liv, die die Tränen zurückzwinkerte. Sie dachte gar nicht daran, vor ihrer Mutter zu weinen.

Marguerite tätschelte ihr unbeholfen den Rücken. Die beiden Frauen sahen einander besorgt an. Da ihr nichts einfiel, was sie als Nächstes hätte sagen oder tun können, griff Marguerite auf die erprobten und allgemeingültigen Mittel zurück.

»Warum nimmst du nicht ein wohltuendes heißes Bad?« murmelte sie. »Du wirst dich anschließend hundertmal besser fühlen. Was muß für das Abendessen noch getan werden?«

Liv sah sich hilflos um. »Der Tisch ist noch nicht gedeckt. Es gibt Fisch.«

Marguerite ließ sie los.

»Sarah und ich werden den Tisch decken«, sagte sie. »Soll ich den Fisch machen?«

»Nein, es geht ganz schnell.«

»Dann schick mir doch einfach Sarah runter«, ordnete Marguerite lebhaft an, »und laß dir Zeit. Wir kümmern uns um alles Übrige.«

Ja, allerdings, du wirst dich darum kümmern, und wie, dachte Liv, und schon im nächsten Moment kam sie sich undankbar vor. Marguerite tat, was sie eben tun konnte. Und das war doch schließlich genau das, was sie eigentlich wollte, oder etwa nicht? Ein beruhigendes Entspannungsbad, einen Moment der Ruhe, um sich wieder zu fassen.

Sie war regelrecht schläfrig, als dezent an ihre Badezimmertür geklopft wurde.

»Einen Moment«, sagte sie, und sie schwang sich aus dem Wasser und griff nach ihrem Frotteebademantel.

Als sie die Tür einen Spalt weit öffnete, war es Doe, der in einer seiner großen Pranken ein Glas Wein hielt wie die Teetasse eines Kindes.

»Da, für dich, Livvie«, sagte er, »auf geht's.« Er zwinkerte ihr zu.

»Ich danke dir, Daddy.« Das Glas lag kühl in ihren vom Baden warmen Händen.

Er hatte ihr früher öfter ein Glas Wein gebracht, wenn sie als Teenager Menstruationsbeschwerden gehabt hatte. Sie ließ sich wieder in die Wanne gleiten. Vielleicht hatte Jane mit ihnen gesprochen und damit ausgelöst, daß sie anfingen, sie wieder zu bemuttern. Sie fragte sich, ob sie wohl nett zu ihr waren, weil sie einen Abszeß am Zahn hatte, zu stark abgenommen und zu wenig geschlafen hatte, oder weil ihr Mann überhaupt nicht mehr nach Hause zu kommen schien. Der einzige, mit dem sie darüber reden konnte, war Pat. Die Gewohnheit, sich an ihn zu wenden, ließ sie wieder vor der unüberwindlichen Hürde seiner Abwesenheit stehen.

Zum Erntedankfest kam Pat für eine ganze Woche nach Hause.

Am Freitag danach saß Pat am Küchentisch, war vornübergebeugt, und starrte mit der gesamten geistlosen Angestrengtheit eines Höhlenmenschen, der einen Knochen bewacht, seinen Kaffee an, kratzte sich die Bartstoppeln und versuchte, wieder zu sich zu kommen. Der Urlaub, mit seiner Überfülle an Verwandten und an Essen, ließ ihn mit dem Gefühl zurück, aufgeschwemmt, für nichts gut, und aus allem draußen zu sein.

Travis kam in die Küche geschlurft und kletterte auf seinen Stuhl. Seine Haare waren so punkig an seinen Kopf geklatscht, als hätte ihn eine Kuh abgeschleckt. Er wirkte verschwitzt, so, als hätte er keine allzu gute Nacht hinter sich. Er ließ sich so ausdruckslos auf seinen Stuhl fallen, wie ein alter Penner auf einen städtischen Bürgersteig.

Pat räusperte sich. »Schlechte Nacht nach diesem harten Tag, was?«

Travis verrollte ein verquollenes Auge und fummelte seine Soldaten aus seiner Kimonotasche heraus.

»Truthahn-Kater«, sagte Pat.

Travis nickte ernst.

»Ja«, sagte Pat. »So verhaßt mir das Thema auch ist, aber wie denkst du über Frühstück?«

Travis stöhnte.

»Genauso sehe ich das auch.« Pat starrte seine Kaffeetasse an.

Sarah polterte in die Küche, sah sich die beiden an und schnaubte. Sie stürzte zur Kaffeemaschine, schenkte sich eine Tasse ein und trug sie zum Tisch. Ihre Zahnspange war entfernt worden, während Pat das letzte Mal fortgewesen war. Jetzt dachte er sich jedesmal, wenn sie lächelte, wie bildhübsch ihre Zähne doch waren, so spektakulär wie die eines Filmstars. Sie war dazu übergegangen, ihr Haar geflochten oder seitlich als Pferdeschwanz zu tragen. Ihr neustes Paar Ohrringe waren ein barbarisches Gewirr aus Perlen, Federn und Leder, das sie entschieden als exotisch und raffiniert ansah. Marguerite hatte gestern einen Blick darauf geworfen und angewidert geschnaubt, und das war vermutlich die zufriedenstellendste Reaktion gewesen, die Sarah auf ihre Ohrringe bekommen hatte, abgesehen von dem Quietschen ihrer Freundinnen. Liv war es gelungen, keine Miene zu verziehen, und mit ihrem Ellbogen in seinen Rippen hatte auch Pat das Gesicht nicht verzogen.

Pat sah ihr zu, wie sie Milch in den Kaffee schwappen ließ und dann drei Teelöffel Zucker hineinrührte. Sein Magen begann sich umzudrehen.

Sarah kostete das Gebräu und rümpfte die Nase. »Himmel«, sagte sie, »wer hat denn diesen Dreck fabriziert?«

»Ich«, knurrte Pat. »Hüte deine Zunge, Prinzessin auf der Erbse.«

Sarah bedachte ihn mit einem rotzigen: »Na so was, 'tschuldige.«

Er spielte mit dem Gedanken, sie anzubrüllen, und entschied, daß es ihn mehr schmerzen würde als sie. Und außerdem hätte es zuviel Energie gekostet.

Pat und Travis starrten einander an. Travis deutete wortlos mit dem Finger auf Sarah, dann auf sein rechtes Ohr und beschrieb einen Kreis in der Luft.

»Ich habe gesehen, was du getan hast, du Gartenzwerg«, sagte Sarah.

Travis streckte ihr die Zunge raus.

Sarah feixte ihn an.

»O mein Gott«, sagte Pat.

Sarah sah aus dem Küchenfenster. Draußen war es kalt und klar. »Was für ein grauer Tag«, sagte sie. »Gehen wir doch ins Einkaufszentrum.«

»Da draußen ist die Hölle los«, sagte Pat.

Sarah breitete in einer extravaganten Pose die Arme weit aus. »Hier drinnen ist die Hölle los«, sagte sie.

Travis hatte um das Bollwerk der Zuckerdose herum eine Schlacht begonnen.

»Pttuiii«, sprudelte er heraus. »Peng!«

Pat blinzelte Sarah zu und kratzte sich den Bart.

Sie versuchte es noch einmal, indem sie einen anderen Kurs einschlug. »He, du Gartenzwerg, du könntest dir den Nikolaus anschauen.«

Travis unterbrach sich mitten im Angriff. Er sah Pat an. Er musterte die Soldaten, die kampfbereit aufgestellt waren, um zu töten und getötet zu werden. »Einverstanden«, sagte er.

Pat seufzte und kratzte sich hinter einem Ohr. »Willst du das auch wirklich?«

Travis beugte sich über seine Soldaten und sah Pat an. »Ich denke, schon.«

»Ich muß wirklich hin, Daddy«, sagte Sarah. »Ich liege mit meinen Weihnachtseinkäufen noch weit hinten.«

»Das ist ja dann wohl ausschlaggebend«, sagte Pat sarkastisch und fügte dann, um es wiedergutzumachen, hinzu: »Schon gut, schon gut. Es wird zugehen wie in einem Irrenhaus, aber schließlich spinnt ihr selbst, und daher ist es wohl das Angemessene.«

Sarah quietschte vor Vergnügen. »Kann Heidi auch mitkommen?«

»Frag deine Mutter«, sagte Pat. Er zog sich am Tisch hoch. Schon allein vom Aufstehen tat ihm der Kopf weh. Zuviel Bier mit Web und Doe und dem Rest der Sippe.

»Wann gehen wir?« fragte Sarah. »Wenn wir früh losgehen, wird es nicht so schlimm sein.«

Am Tag nach dem Erntedankfest, dachte Pat, mochte es um drei Uhr morgens eventuell früh genug sein, einkaufen zu gehen, wenn man Menschenmassen vermeiden wollte. Also gut, wer A sagt, muß auch B sagen. Er tastete sich zur Treppe vor. Eine Stunde unter der Dusche, und wenn er dann noch nicht gestorben war, schaffte er es wahrscheinlich, einkaufen zu gehen.

Liv kam ihm auf der Treppe entgegen.

»Ich gehe mit Travis den Nikolaus anschauen«, murmelte er.

Sie sah gut aus, als hätte sich der gestrige Tag nie abgespielt. Ihr Haar war gelöst und floß weich auf ihre Schultern, ein rötlicher Pullover mit eingewebten Glanzfäden, wie die magischen Worte einer Zauberformel, eine weite Hose aus silbrigem Wollstoff, die an den Knöcheln gerafft war.

Sie strich ihm eine verirrte Locke aus den Augen und zupfte einen mysteriösen Faden aus seinen Bartstoppeln. »Bist du ganz sicher? Es wird zugehen wie in einem Irrenhaus.«

Es war unklug gewesen, sich aufhalten zu lassen. Jetzt mußte er aus dem Stillstand wieder in Gang kommen, und es ging steil, steil, steil bergauf, noch acht Stufen, die ihm wie eine Entfernung vorkamen, die so weit war wie nach Ste.-Anne-de-Beaupré auf Knien.

»Hier drinnen geht es zu wie in einem Irrenhaus«, sagte er.

»Ich sollte lieber mitgehen«, sagte Liv, während er weiterging. »Du wirst mich brauchen.«

»Andernfalls käme ich gar nicht auf die Idee«, sagte Pat, und er erreichte den oberen Treppenabsatz. Zu dem Zeitpunkt, zu dem er schließlich unter der Dusche stand, und sich weder mit heißem Wasser verbrüht, noch sich mit kaltem Wasser durch den Schock einen Herzschlag geholt hatte, war er derart zufrieden mit sich selbst, weil er in den Irrsinn eingewilligt hatte, am Tag nach dem Erntedankfest einkaufen zu gehen, Travis zu seinem Nikolaus zu bringen, ohne zu schreien oder zu fluchen, oder dem, was er für seinen geschwächten Zustand hielt, in irgendeiner Hinsicht nachzugeben, daß er es die Treppe hinauf und ins Bad geschafft hatte, und zwei extrastarke Excedrin geschluckt hatte, daß jegliche vernünftigen Impulse unterdrückt waren.

Die Schlange war mindestens fünfundvierzig Minuten lang, als sie sich anstellten. Der Nikolaus war ein roter Klecks in einem winzigen Hexenhäuschen, das etwa die Größe einer Telefonzelle hatte. Die Hausmauern waren etwa so dick wie Pappe, und braungefleckt, und hatten aus der Ferne eine vage Kuchenähnlichkeit. Aus der Nähe war es der reinste Schund. Plastikzuckerstangen faßten den Türrahmen, in dem keine Tür saß, und die Fenster ein, damit man den Nikolaus von allen Seiten sehen konnte. Die Fenster hatten bonbonfarben gestreifte Rundumverzierungen, aber keine Fensterscheiben, als hätten Vandalen sämtliche Glasscheiben eingeschlagen. Lichter, wie Gummibonbons aus Plastik, blinkten und strudelten an den Traufen des frostig weißen Daches. Ein Fotograf mit einem Tirolerhut stand bereit, um die Begegnungen von Weihnachtsmann und Kindern wenn schon nicht direkt für die Nachwelt, so doch für die jeweiligen Großeltern festzuhalten.

Sarah sah sich das kurz an, tauschte mit ihrer Freundin Heidi, die mitgekommen war, überlegene und belustigte Blicke aus, und setzte sich ab. Sie sollte sie in eineinhalb Stunden wiedertreffen.

Pat drückte Travis' Hand, die bereits feucht war.

»Hast du schon Hunger?« fragte er.

»Ja«, sagte Travis.

»Warum besorgst du nicht ein Hot Dog für Travis und schaust mal, ob du den neuen GI-Comic finden kannst?« fragte Pat Liv.

»Klar«, sagte sie. »Hot Dog und Orangenstrudel?«

Travis grinste nervös.

Als sie zurückkam, war die Schlange in einem entmutigenden Ausmaß länger geworden. Travis und Pat waren nur unmerklich vorgerückt.

»Geht's langsam voran?« fragte sie.

Pat nickte.

Aufsichtspersonal des Einkaufszentrums lief durch die Menge, fröhlich, aber auch aufmerksam auf der Suche nach Taschendieben, den unvermeidlichen Streitereien wegen Vordrängelns, den unausweichlichen Ohnmachtsanfällen.

Während Travis sein Hot Dog verspeiste, las Pat ihm den Comic vor. Kinder, die direkt vor und hinter ihnen standen, hörten zu, denn es war eine dramatische Widergabe. Pat ahmte gern Stimmen und Toneffekte nach. Die dicke ältere Frau, die direkt hinter ihnen stand, wurde ebenfalls in seinen Bann gezogen. Sie hatte drei Kinder bei sich, das älteste etwa in Travis' Alter, das jüngste hatte gerade erst das Laufen gelernt. Sie nannten sie Nana. Allen lief die Nase, und sie hatten die farblose Haut von Kindern, die den gesamten Winter in einem benommenen Zustand des Dämmerns mit unbehandelten Ohrenentzündungen, in der Brust rasselnder Kehlkopfdiphtherie und wildwütenden Erkältungen zubrachten. Die Frau selbst war so plump wie ein Truthahn, rosa, und roch nach Talkumpuder. Ihre Zähne waren auffallend weiß und gleichmäßig.

Liv ging dazu über, sie zu beobachten, um etwas zu tun zu haben. Anfangs ignorierte die Frau die Geschichte, dann begann sie zuzuhören, und schnell ließ sie sich davon gefangennehmen. Als am Schluß die GIs einen triumphalen Sieg über die feindlichen Cobras feierten, hatte sie die Fäuste geballt. Die Kinder drängten sich dicht an sie, hatten die Münder aufgesperrt, und wischten sich mit den Handrücken die triefenden Nasen ab.

Während die Geschichte voranschritt, bewegte sich die Schlange weiter. Der Nikolaus war jetzt nur noch wenige Bittsteller von ihnen entfernt. Er war so breit und so lustig, wie es den Anforderungen entsprach, wenngleich sein Gesicht, unter den schimmernden Locken seines weißen Bartes, Liv sehr jung erschien. Sein Bauch unter dem roten Samtgewand schien echt zu sein. Das Gewand selbst war keineswegs billig, aber doch ein wenig zu theatralisch, nichts, was sich für einen langen, kalten und wahrscheinlich harten Ritt eignete, und völlig unpassend dafür war, durch Schornsteine zu sausen. Die Reinigungskosten mußten enorm sein.

Pat brachte seinen Kopf dicht an Livs Ohr und flüsterte: »Erinnerst du dich noch an letztes Jahr auf dem Weihnachtsmarkt in Lewiston? An den Nikolaus, der die kleinen Kinder belästigt hat? Ich hoffe, den hier haben sie sich genauer angesehen.«

Sie warf einen schnellen Blick auf Travis. Er war blaß und nervös, aber zu abgelenkt, als daß er etwas gehört haben konnte. Sie legte einen Finger auf die Lippen, damit Pat verstummte.

Die Frau hinter ihnen, die die Geschichte mitangehört hatte, hatte jetzt ganz große Ohren. Ihre Augen wurden schmaler, und sie starrte den Weihnachtsmann argwöhnisch an.

Jetzt war Travis an der Reihe. Er blieb im ersten Moment steif stehen, und dann gab Liv ihm einen Schubs nach vorn. Er warf einen ängstlichen Blick zurück und bewegte sich wie ein wandelndes Gespenst auf die Tür zu.

»Wen haben wir denn da?« dröhnte der Nikolaus, und er bückte sich, um ihn hochzuheben.

Travis' Blicke suchten Liv und Pat und wandten sich dann furchtsam dem Weihnachtsmann zu.

»Wie heißt du, mein Liebling?« fragte der Weihnachtsmann.

Travis ließ sein Kinn auf seine Brust sinken und murmelte seinen Namen in den Reißverschluß seines Anoraks.

»Was?« fragte der Weihnachtsmann, und er spitzte die Ohren.

»Travis«, flüsterte Travis.

Der Weihnachtsmann runzelte die Stirn. »Travis?«

Travis nickte eilig, um es zu bestätigen.

»Nun, Travis«, sagte der Weihnachtsmann, »warst du denn ein braver Junge?«

Wieder nickte Travis.

»Ho, ho, ho«, dröhnte der Weihnachtsmann. »Ho, ho, ho.«

Travis' zuckende Hände legten sich auf seinen Bauch.

»Nun, Travis«, fragte der Weihnachtsmann, »und was wünschst du dir zu Weihnachten?«

Travis schluckte schwer. »Wil' Bill«, murmelte er dann.

Der Weihnachtsmann sah ihn fragend an.

»GI-Spielzeugsoldaten«, sagte Travis. »Wil' Bill ist ein neuer.«

»Ach so«, sagte der Weihnachtsmann. »Klar. Davon hab' ich gehört. Und sonst noch etwas?«

Der Weihnachtsmann griff in die Schachtel mit Zuckerstangen, die neben ihm stand.

»Ah«, sagte Travis, und er übergab sich explosionsartig über den Bart und den Bauch des Nikolauses. Das Erbrochene war leuchtend orange und enthielt klar erkennbare Stücke von einem Hot Dog.

»Jesus Christus!« schrie der Weihnachtsmann, der aufsprang und Travis auf den Boden knallte. »Er hat mich vollgekotzt, der kleine Scheißkerl hat mich total vollgekotzt!«

Hinter ihnen war ein lautes Zusammenklappen von Glaszähnen zu hören, ein entsetztes Luftholen der ältlichen Frau. Pats Reaktionsgeschwindigkeit war besser als Livs: Er kam als erster bei Travis an. Travis schrie und brüllte mit dem selben Stimmaufwand wie der Nikolaus.

Das Aufsichtspersonal zog sich um das Haus des Weihnachtsmannes herum zusammen.

Die Erwachsenen, die in der Warteschlange standen, zischten und funkelten den Nikolaus böse an, der hektisch Kotze von seinem Gewand kratzte und sie sich aus dem Bart zupfte. Sein Gebrüll ebbte zu gemurmelten Flüchen und einem Wimmern ab. Die Kinder kicherten und hielten sich die Hand vor den Mund und klammerten sich an ihre Eltern und Großeltern.

Travis, der weniger aus Schmerzen, als aus Demütigung und Furcht heraus, schluchzte, denn seine Magenschmerzen hatten sich auf blendende Weise beheben lassen, begrub seinen Kopf an der Brust seines Vaters. »Ist alles in Ordnung, Schätzchen?« fragte Liv, deren Hände auf dem Arm lagen, den Pat um Travis geschlungen hatte.

»Er braucht frische Luft«, sagte Pat, und er bahnte ihnen einen Weg durch die Menge. Eine kleine Frau in der Uniform des Aufsichtspersonals kämpfte sich zu ihnen durch.

»Ist der Junge in Ordnung?« fragte sie.

Pat nickte.

Im Freien, als sie ihr eigenes Wort wieder verstehen konnten, blieb Pat stehen und rückte Travis auf seinem Arm in eine bessere Lage.

»Du solltest wohl am besten wieder reingehen und Sarah suchen«, sagte er.

Liv tätschelte Travis den Kopf. »Okay«, sagte sie.

»Wir erwarten euch im Wagen.«

Sarah und Heidi warteten in der Nähe des Hauses, in dem der Weihnachtsmann gesessen hatte. Sie drückten die verschiedensten kleinen Papiertüten an sich. Ein Schild über der Tür besagte: DER WEIHNACHTSMANN MACHT PAUSE. Unter den Buchstaben war ein Ziffernblatt aus Pappe angebracht, dessen Zeiger sich bis auf sechzig Minuten verstellen ließen und auf zehn Minuten standen.

»Was ist passiert?« fragte Sarah. »Wir haben gehört, daß einem Kind übel geworden ist.«

»Das war Travis«, sagte Liv kurzangebunden, ehe sie die Mädchen zum Wagen scheuchte.

»Brutal«, sagte Sarah mehrfach.

Heidi sagte es auch.

Dann sagten es beide wieder, als sie in den Kombi einstiegen. Pat hatte sich auf den Beifahrersitz gesetzt und hielt Travis immer noch im Arm. Geduldig wischte er die Vorderseite von Travis' Winteranorak mit Papiertaschentüchern ab. Travis sah über seine Schulter mit rotem Gesicht und roten Augen die beiden Mädchen an.

Liv ließ sich hinter das Lenkrad gleiten.

»Es ist mir ja so peinlich«, sagte Sarah. »Mein Gott, in diesem Wagen stinkt es. Ich glaube, gleich übergebe *ich* mich.«

Kichernd kurbelten die beiden Mädchen die hinteren Fenster herunter.

Liv ließ den Wagen an.

»Sarah«, sagte sie, »halt den Mund.«

»Ganz meinerseits«, sagte Pat.

Auf dem Rücksitz trat beleidigtes Schweigen ein.

»Ich habe eine unauslöschliche Geruchserinnerung daran«, sagte Pat, »mit dir zu meiner Mutter gefahren zu sein, als du acht Monate alt warst. Es war im August. Wir waren noch eine Meile von ihrem Haus entfernt, und deine Mutter sagte gerade, wie großartig man doch mit dir verreisen kann, als du richtig sehenswert fahrkrank wurdest. Dieses Auto hat noch nach saurer Milchkotze gestunken, als wir es im Oktober verkauft haben. Das ist auch der Grund, aus dem wir es verkauft haben. Es war der Saab deiner Mutter, den sie gefahren hat, seit sie siebzehn war.«

»Himmel«, sagte Sarah.

Pat sah sich kurz um und warf ihr einen scharfen Blick zu. Sie zuckte zusammen.

»Da war ich doch noch ein Baby«, murrte sie.

»Travis ist auch noch nicht in dem Alter, in dem er wählen darf«, sagte Liv. »Vielleicht könnten wir ihm einen gewissen Spielraum einräumen.«

»Mit meinen Einkäufen war ich auch noch nicht fertig«, sagte Sarah.

»Das bist du nie«, sagte Pat.

Das war etwas, worüber Sarah und Heidi kichern konnten. Sie gingen dazu über, sich gegenseitig ihre Einkäufe zu zeigen.

Pat spürte einen kalten Windhauch. Liv hatte klammheimlich ihr Fenster einen Spalt weit heruntergekurbelt.

Sie warf einen hastigen Blick auf Travis und wirkte erleichtert. Sie beugte sich über das Steuer und zwinkerte heftig. Sie biß sich auf die Unterlippe. Ihre Brust hob und senkte sich ein- oder zweimal verdächtig. Sie warf Pat aus dem Augenwinkel einen Blick zu, und er wußte, daß sie sich bemühte, nicht laut loszulachen.

»Brutal«, bildete er tonlos mit seinen Lippen.

Und ihr Mund geriet in Bewegung, doch ihre Augen waren fest auf die Straße vor ihnen gerichtet. »Leg doch eine Kassette auf«, schlug sie vor.

Daraufhin wühlte er im Handschuhfach zwischen den

verschiedenen Kassetten herum und fand Travis' ›Born to Add‹, eine Sesamstraßen-Parodie auf Springsteens ›Born to Run‹.

»Mein Gott«, sagte Sarah, als der erste Laut von Bruce Strinbeans zittriger Nasalstimme zu vernehmen war, doch Travis ließ sich davon ungeheuer aufheitern.

Der Gestank *war* brutal, und Pat mußte sein Fenster ebenfalls öffnen, und sich mit der Nase so nah wie möglich an dem Fensterspalt an das kalte Glas lehnen, wie es irgend ging, ohne zu sehr aufzufallen, und sein Zwerchfell zog sich zusammen, er hatte einen Kloß in der Kehle, und sobald sie zu Hause waren, stürzte er gleich in das Bad im Parterre und erbrach eine Säure, die nach Aspirin schmeckte, bis er Schüttelfrost hatte und zitterte.

Er zog sich bis auf die Unterhose aus und kroch wieder ins Bett und schlief ein, und als er am Spätnachmittag erwachte, hatte sich Travis, auch in der Unterhose, an ihn gekuschelt.

7. Kapitel

Mitte der Woche schneite es, und am Heiligabend kamen Hagel und Schneesturm. Doe und Marguerite veranstalteten zu diesem Zeitpunkt, wie immer, ihr Open House, und alle kamen, um Geschenke abzugeben und zu holen, bis auf Pat, der gerade noch rechtzeitig von der Westküste zurückkehrte, um seinen Strumpf in den Kamin zu hängen und Travis ins Bett zu stecken.

Die Weihnachtsfeiertage selbst waren grau und kalt bis in die Knochen, und am ersten Weihnachtsfeiertag waren Pat und Liv an der Reihe, die Verwandtschaft zu empfangen. Die Truppenschau – vier Schwestern: Jane, die mit vierzig die älteste war, Natalie, Josephine und Emily; drei Brüder: Arthur, Noel und Charles, mit zwanzig das Baby; ihre Anvertrauten oder Hausgenossen; ihre Abkömmlinge; und Marguerites Mutter, Nana Martin, eine hagere, grobknochige Frau vom Land, die auf die neunzig zuging, und seit zwei Jahrzehnten immer durchsichtiger zu werden schien, wie ein alter General oder die Lachkatze, statt gebrechlich zu werden, bis sie nur noch aus einem klappernden Skelett bestand, das von seiner Hautschicht nur spärlich bekleidet wurde – setzte um acht Uhr damit ein, daß Marguerite Doe an der Hintertür ermahnte, er solle den Pappkarton mit den Lebensmitteln nicht fallen lassen. Wie Könige, die zu Besuch kamen, brachten sie alle etwas mit, um auf irgendeine Weise ihren Anteil an dem Mahl beizutragen, bis der Kühlschrank gerammelt voll war und man auf den Stellflächen in der Küche keinen freien Zentimeter Ablage mehr fand. Als Mahlzeit kam nur ein Büffet in Frage, eine reine Notwendigkeit, da schon allein der Nachwuchs von Livs Sippe, die erschien, fünfzehnköpfig war, und noch ein paar Stiefkinder hinzukamen, die man sich durch eheliche Umorganisationen zugelegt hatte.

Als wüchsen sie zu diesem Anlaß alle ganz bewußt über sich selbst hinaus, verlief der Feiertag glatter und ging schneller herum als üblich. Eine der Schwestern – meistens Josephine, die Witze machte und schnell einen erfrischenden Zug aus einer Zigarette nahm, die sie mit Seifenfingern aus dem Aschenbecher holte, bis das Zigarettenpapier naß und durchsichtig war, denn sie war eine nervöse Frau, die schnell redete und immer etwas mit ihren Händen tun mußte – stand immer am Spülbecken, wusch Geschirr ab und packte die Spülmaschine voll, Marguerite kochte ständig neuen Kaffee, eine Schwägerin sammelte die Aschenbecher und das benutzte Geschirr, das herumstand, zusammen, ein Bruder leerte den Mülleimer oder öffnete den Kühlschrank, um Bier kaltzustellen oder kaltes Bier herauszuholen. Abrupte Ausbrüche männlichen Gelächters, Freudengeheul oder Zornesausbrüche stiegen vor dem Fernseher auf, in dem ein Fußballspiel übertragen wurde. Frauen steckten die Köpfe zusammen und tuschelten, ließen sich matt auf Küchenstühle fallen, um die nächste Tasse Kaffee zu trinken, und erzählten neue und alte Familiengeschichten, die häufig mit leisen Ausbrüchen lasziven

Kicherns endeten. Die Teenager hatten Sarahs Stereoanlage auf Hochtouren laufen, oben im ersten Stock. Eine Schar von Kleinkindern wand sich um Knöchel und Tischbeine, um die Arme zu jagen, bis Liv sie aus reinem Erbarmen in den Keller sperrte. Es ging laut und oft rauh zu, es war überfüllt, chaotisch und stickig von der Körperwärme zu vieler Menschen und vom Zigarettenrauch, und inmitten all dieses Trubels gelang es Nana Martin, auf dem Schaukelstuhl in der Küche einzuschlafen.

Als sie Pat in der Küche die großen Platten abnahm, sah Liv plötzlich seine Mutter in seinem Gesicht. Ein stummes Elend, eine Anspannung, die unterschwellig in seinen Augen stand und seiner Oberlippe zusammensinken ließ wie den Dachfirst einer verfallenden Scheune. Sie wünschte sich inbrünstig, Ellen Russell wäre noch am Leben. Es mußte ihn hart ankommen, zum zweitenmal seit dem Erntedankfest von ihrer überwältigenden Familie geschluckt zu werden, die ihm zudem mit Argwohn, unausgesprochenen Anklagen und Wachsamkeit begegnete.

Die Hintertür wurde zu einem Flaschenhals, als die Geschwister ihre Familien einsammelten, um zu gehen. Es kam zu mehr Lärm, mehr Geschwätz, einem rituellen Aufteilen der übriggebliebenen Speisen an die Verwandten, Reste, die in Alufolie und Plastikbeutel und Frischhaltedosen gepackt wurden, damit sie mitgenommen werden konnten. Um vier blieben sie und Jane und Marguerite und Nana Martin, die der Mittagsschlaf erfrischt hatte, allein in der Küche zurück, um den Abwasch zu beenden.

Als sie einen Blick ins Wohnzimmer warf, starrte nur Web noch in die Röhre, mit blicklosen Augen, hinüber vom Trinken, vom Essen, und von noch mehr Getränken. Doe war auf dem Sofa eingeschlafen. Pat und Travis waren gemeinsam auf dem blauen Ledersessel eingeschlafen, der die verstellbare Rückenlehne hatte. Die Lichter des Weihnachtsbaums in der Ecke gingen blinkend an und aus, wie eine Warnblinkanlage. Nana Martin schlurfte von hinten auf sie zu, nahm ihren Ellbogen, und schnaubte ein abschließendes Altweiberschnauben.

Liv ging wieder in die Küche, um die Truthahncremesuppe fertigzumachen. Nachdem sie die Knochen aus der Brühe geschöpft hatte, ließ sie sie einkochen und siebte sie durch; dann warf sie die Zutaten hinein: die zerstampften Kartoffeln und den pürierten Kürbis zum Andicken der Brühe; die glasig angebratenen Zwiebeln; gehackte Tomaten; kleingeschnittene Rüben und sautierte Pilze. Die übriggebliebenen Karotten und Erbsen hielt sie bis zu dem Moment zurück, in dem sie, kurz vor dem Servieren der Suppe, die Sahne hinzugeben würde. So ziemlich das einzige, was nicht in die Suppe geworfen wurde, waren die übrigen würzigen Saucen – wobei sie die Preiselbeeren auch hätte hineinwerfen können – der angemachte Salat und die Desserts: die Apfel-, Minz- und Zitronenkuchen, der Mokkapudding und der indianische Pudding mit Schlagsahne – Does spaßige kleine Beiträge. Was davon übriggeblieben war, war den aufgedrehten Verwandten eingepackt worden, abgesehen von kleinen Portionen für die Russells selbst. Trotzdem schien der Kühlschrank immer noch hoffnungslos vollgestopft zu sein. Inzwischen waren die Straßenlaternen draußen in dem dichter werdenden Zwielicht vor dem Küchenfenster angegangen.

Marguerite und Jane und Nana Martin schlossen die Familienalben, die auf dem Küchentisch ausgebreitet worden waren, und scheuchten Doe und Web von der Röhre auf. Als alle gegangen waren, und die Russells ihr Wohnzimmer wieder für sich hatten, und alle dort saßen, brach ein drükkendes, hilfloses Schweigen herein. Das Haus wirkte plötzlich klein und stickig und staubig, als würden die Wände um sie herum näher zusammenrücken. Liv beugte sich vor und schaltete den Fernseher aus.

»Machen wir doch einen Spaziergang«, sagte sie.

Die Woge rauher, kalter Luft rüttelte sie alle aus ihrer Benommenheit nach diesem Freßgelage auf. Der Himmel war sternen- und mondlos. Dichte, undurchdringliche Schneewolken spiegelten nur schwach die Lichter der Stadt und des kleinen Flugplatzes wider, die sich wie die Zeiger einer Uhr ausbreiteten und die Wölbungen der Wolkenunterseiten betonten, den gewaltigen, leeren, versiegelten Luftraum und das kristallisierte Wasser, das über ihnen hing wie ein riesiges, weiches Dach, zu dem man behagliches Feuer und den Geruch nach Kiefernnadeln in einem geschlossenen Raum assoziierte, das exakte Gegenteil der beeindruckenden, offenen Schwärze einer klaren Winternacht, in der man sich ganz klein vorkommt. Draußen waren sie ganz allein. Alle übrigen Menschen auf Erden waren in den alten Häusern, die die Straßen säumten, eingemauert. Der blaue Schimmer der Fernsehschirme drang wie ein magisches Lagerfeuer aus einem oder mehreren Fenstern eines jeden Hauses. Sie gingen durch einen Tunnel aus dicken alten Stämmen hundertjähriger Ulmen, von denen die meisten krank waren und im Sterben lagen, über ihren Köpfen ein skeletthaftes Rippengewölbe aus Ästen, durch das die Straßenlaternen schienen, um groteske Schatten auf den gepflasterten Bürgersteig zu werfen.

Liv fragte sich, wie verschieden die Worte gewesen wären, die sie gebraucht hätten, wenn jeder von ihnen die Stimmung beschrieben hätte, die dieser Moment wachrief. Auf Sarahs Gesicht stand ein träumerischer Blick; sie fand diese Nacht wohl romantisch. Travis hatte die Augen weit aufgerissen; nach Einbruch der Dunkelheit war er nicht oft im Freien, und daher war es für ihn natürlich exotisch und aufregend und vielleicht sogar ein wenig beängstigend. Pat drückte ihre Hand; sie spürte, daß er die Tradition und die Kontinuität, die das Familienleben, die alten Häuser im viktorianischen Stil, die blauerleuchteten Fenster, ja, dieser Feiertag selbst, signalisierten, als tröstlich empfand. Einen Teil dessen empfand sie selbst. Aber sie spürte auch die Veränderung in der Luft, die Kälte der Nacht, den eisernen Zugriff des Winters, wie einen Splitter Eis in ihrem Herzen. Und daß nichts von alledem wirklich Sicherheit gab. Es gab keinen Trost, keine Kontinuität. Nicht einmal auf die Jahreszeiten konnte man sich verlassen. Nur mit dem Winter konnte man rechnen und damit, daß er immer kam, selbst dann, wenn er dem Frühling grollte und wenn der Sommer noch in grünen Feldern stillstand, wartete er immer darauf, seine Hegemonie wieder geltend zu machen.

Die frische, kalte Luft ließ neue Energien in Travis erwachen; mit den Händen in den Taschen, um nicht zu sehr zu frieren, hüpfte und tanzte er vor ihnen her, und sang sich ein kleines Lied vor, das keine bestimmte Melodie hatte. Sarah, die hinter Pat und Liv zurückgefallen war, joggte an ihnen vorbei und holte Travis ein. Seine freigestaltete Melodie versickerte, und er blickte zu ihr auf.

»Wettrennen bis zur nächsten Kreuzung«, sagte sie.

Travis schoß mit Höchstgeschwindigkeit los. Sie brauchte nur zu joggen, um ihn direkt vor der Kreuzung einzuholen.

»Unentschieden«, sagte sie.

»Du hast dich gar nicht angestrengt«, sagte Travis.

Sarah zuckte die Achseln.

Er stapfte davon und lief wieder vor ihnen her. Direkt nach der Kreuzung blieb er stehen, schüttelte einen Fuß und scharrte dann mit dem Schuh auf dem Bürgersteig herum.

»Ist das ein Spiel?« fragte Liv, und Travis grinste sie über seine Schulter an.

»Nachmachen«, sagte Travis.

Er hüpfte erst nach vorn, dann zurück.

Liv machte es ihm nach, und dann verhakte sie ihre Hände wie ein Gefangener hinter ihrem Kopf und fing an, beim Hüpfen von einer Seite zur anderen zu wanken. Pat folgte ihrem Beispiel, dann machte Sarah es ihr nach, dann Travis, und sie beobachteten einander genau und kicherten und ahmten sich gegenseitig mit außergewöhnlicher Genauigkeit nach. Sarah erfand ihren eigenen bizarren Stechschritt, den sie alle bis zur nächsten Straßenecke nachmachten. Dann kehrte Pat um und hüpfte rückwärts, was bewirkte, daß sie irgendwann alle wieder zu Hause ankamen, ausgelassen und atemlos.

Das Haus war jetzt warm und einladend, hatte wieder genau die richtige Größe, und war wieder ein Zuhause.

»Das war eine sehr gute Idee«, sagte Liv zu Travis, als sie ihm aus seiner Jacke half.

»Was?« fragte Travis.

»Das Spiel«, sagte Liv.

»Ach so«, sagte er. Er setzte sich hin und schnürte seine Stiefel auf. »Weißt du, Liv, ich hatte bloß Hundescheiße am Stiefel.«

Pat gab einen erstickten Laut von sich. Liv sah ihm über Travis' gesenkten Kopf hinweg in die Augen. Pat schlang seinen Arm um ihre Taille und zerrte sie in die Küche. Sie lachten, bis ihnen die Tränen kamen. Dann spürte sie die Anspannung, die in ihm aufstieg, und jede Freude wich aus ihr.

»Ich muß morgen abreisen.«

Sie drehte sich in seinen Armen um, wand sich los, doch er hielt ihre Handgelenke fest, um sie an der Flucht zu hindern. »Es tut mir leid, Schatz. Es muß sein.«

Sie wollte ihn nicht ansehen. »Wie lange diesmal?« Sie biß die Worte ab, als reiße sie rohes, rotes Fleisch in Fetzen.

»Nur für eine Woche. Länger nicht.«

Das hieß zehn Tage.

»Und danach?«

»Bin ich frei und zu Hause. Ich verspreche es dir.«

Sie hielt ihr Gesicht abgewandt. »Gut.«

Er ließ ihre Hände los und fuhr ihren Backenknochen mit seinem Knöchel nach. Widerstrebend wandte sie ihm ihr Gesicht wieder zu. Sein Gesicht war bleich. Der getretene Hund, ausgepeitscht, schuldbewußt und verzweifelt. *›Tritt mich nicht mehr‹*, sagte seine Miene. *›Ich raube mir auch kein Steak mehr vom gedeckten Tisch.‹*

»Ich möchte dir etwas zeigen. Komm. Ich will die Kinder auch dabei haben.« Er flehte sie an.

Sie folgte ihm mit steifem Nacken ins Wohnzimmer und blieb unter der Treppe stehen, um Travis und Sarah aus ihren Schlafzimmern zurückzubeordern.

Er hatte eine neue Video-Kassette mitgebracht.

Sie ließ sich auf die Couch fallen. »Der Film geht weiter«, sagte sie, denn sie erwartete ein weiteres Segment, wieder ein Stück des Films, das er ihnen wie ein Puzzleteil vorgesetzt hatte, das einem beliebig in die Hände kommt.

»Nee«, sagte er, und er drückte auf die Abspieltaste und setzte sich neben sie und legte seinen Arm um sie, ohne ihr direkt in die Augen zu sehen. Er zitterte beinah.

Sarah ließ sich auf dem Boden zusammensinken. Travis kletterte wieder auf den blauen Fernsehsessel. Er verstreute kleine Männer aus seiner Tasche und fing an, sie auf der Stuhllehne aufzustellen.

Die Kassette lief leer auf der Spule des Rekorders, und dann sahen sie eine umwerfende Frau mittleren Alters, die teuer gekleidet war und ganz nach Westküste aussah. Augenblicklich kam sich Liv wie eine Schlampe vor.

Die Frau stellte sich vor. »Ich bin Vera Danzig«, sagte sie auf die professionell selbstbewußte Art, die gewöhnliche Sterbliche, die nicht gefilmt werden und nicht vom Fernsehen übertragen werden, von Fernsehsprechern unterscheidet, »und ich möchte Ihnen ein Vera-Danzig-Exklusivobjekt vorstellen.«

»Wahnsinn«, sagte Sarah.

Sie bekamen wirklich etwas geboten. Vera Danzig ging der Kamera voraus durch mehr Zimmer eines umwerfenden, modernen Hauses, als man zählen konnte oder auch nur im Gedächtnis behalten konnte (abgesehen davon, daß Liv sie zählte und sich an jedes einzelne erinnerte), das an eine nordkalifornische Küstenklippe gebaut war. Der Rundgang dauerte eine halbe Stunde und umfaßte auch ein alleinstehendes Studio, das auf dem Anwesen lag. Das Band endete, ohne daß Vera Danzig je einen Preis erwähnt hätte, doch Liv konnte sich ausmalen, was dieses Haus, wäre es je dort gebaut worden, an der Ostküste gekostet hätte. Sie schätzte, daß es in Kalifornien das Zweieinhalbfache kostete.

Pat sprang auf, um auf den Rückspulknopf zu drücken. »Nun, was haltet ihr davon?«

»Ich bin begeistert«, sagte Sarah. »Kaufen wir es?«

Pat antwortete nicht. Er ließ sich neben Liv plumpsen und legte ihr einen Arm um die Schultern. »Nun?«

Liv musterte eingehend ihre Hände. Dann sah sie ihn an. »Es ist grandios. Sicher ist es viel zu teuer.«

»Nicht mehr«, sagte Pat. »Wir haben einen Vertrag. Warners haben den Verleih übernommen. Und außerdem haben mir Warners einen separaten Vertrag angeboten, zwei andere Dinge, an denen sie die Rechte erworben haben, umzuschreiben.«

»Das ist ja großartig«, sagte Liv, und sie meinte es auch so. »Das ist ja wunderbar. Ich weiß, daß das genau das ist, was du wolltest.«

Pat drückte ihre Schultern.

»Bist du sicher, daß wir an der Westküste leben müssen?« fragte sie.

Pat war ganz ernst und nüchtern. »Es ist absolut an der Zeit, Schatz. Ich muß unbedingt dort sein. Und noch ein Jahr, in dem wir so getrennt sind wie im letzten, schaffe ich nicht. Schaffst du es?«

»Nein«, sagte sie. »Aber ich will nicht in Kalifornien leben, Pat. Ich habe hier ein Geschäft. Das kann ich nicht aus der Ferne leiten.«

»Du kannst damit umziehen«, sagte Pat. »Deinen Markt ausweiten.«

Liv schüttelte den Kopf. »So, wie du das sagst, klingst es ganz einfach.«

»Ich weiß, daß es das nicht ist«, sagte er, die Vernunft in Person. »Aber so können wir nicht weitermachen, Liv.«

»Nein«, sagte sie. »Ich weiß.«

»Also, ich will nach Kalifornien ziehen«, sagte Sarah. Sie sprang auf. »Meine Stimme hast du, Daddy.«

»Danke«, sagte Pat.

»Hier geht es nicht um eine Abstimmung«, sagte Liv.

»Darum sollte es aber gehen«, sagte Sarah.

»Wir werden deine Meinung mit auf die Waage werfen.«

»Ich will nicht umziehen«, sagte Travis. »Ich will genau hier bleiben, wo ich bin.«

Er war so still gewesen, daß sie alle ganz vergessen hatten, daß er überhaupt da war.

»Es wird dir dort gefallen«, sagte Pat. »Wart's ab, und sieh es dir erst einmal an.«

»Laß mich darüber nachdenken«, sagte Liv.

Pat ruckelte unruhig hin und her. »Ich kann diese Leute nicht ewig in der Luft hängen lassen, Schatz.«

»Das Wochenende«, sagte sie. »Wegen dieses einen Wochenendes geht die Welt nicht unter.«

Das Telefon auf dem Beistelltisch läutete. Liv streckte ihren Arm aus und hob den Hörer ab. »Hallo.«

»Glückwunsch zur Kohle«, sagte Bayard Rohrer. »Wie geht es meiner Schönen? Ich schätze, wir haben einiges zu feiern, was?«

»Mir geht es gut«, sagte Liv automatisch. »Ja, das haben wir, oder etwa nicht?«

»Gefällt Ihnen das Haus?« fragte er. »In dem Moment, in dem ich es gesehen habe, habe ich gleich zu Pat gesagt, es sieht so aus, als sei das genau das Richtige für Liv. Und erst dieses Studio!«

»Es ist beeindruckend«, stimmte Liv ihm zu.

»Sie werden sich in dieses Haus verlieben«, versprach ihr Bayard. »Rackern Sie sich gar nicht erst mit den Möbeln ab. Vera hat gesagt, sie zeigt Ihnen die besten Möbelgeschäfte.«

»Das ist nett von ihr«, sagte Liv. »Aber ich muß es erst selbst sehen.«

»Kommen Sie doch morgen mit Pat zurück. An Neujahr könntet ihr schon eingezogen sein.«

»So schnell?« fragte Liv.

»Das Haus steht leer, und Pat hat bezahlt«, sagte Bayard. »Worin liegt das Problem?«

Ihre Kehle schnürte sich zu.

Sie antwortete Bayard nicht. »Wollen Sie Pat sprechen?« fragte sie.

»Ja, gerne, Schätzchen«, sagte Bayard.

Liv reichte Pat den Hörer und verließ das Zimmer. Sie stellte die Suppe wieder an und warf die Karotten, die Erbsen und die Sahne dazu.

Sarah kam in die Küche und fing unaufgefordert an, den kleinen Küchentisch zu decken.

»Mir gefällt dieses Haus wirklich, Mom«, sagte sie, während sie die Suppenlöffel hinlegte. »Es wäre einfach fantastisch, in Kalifornien zu leben. Meinst du, ich kann das Schlafzimmer mit dem achteckigen Fenster haben?«

»Ich weiß es nicht«, antwortete Liv.

Pat kam in die Küche, nahm Sarah die Suppenschalen aus den Händen, und deckte den Tisch fertig.

»Ich dachte mir gleich, daß du dich in dieses Zimmer verliebst, Kleines«, sagte er. »Die Kinder wären bestimmt begeistert von diesem Haus, Liv.«

»Ich weiß, daß ich begeistert wäre«, sagte Sarah.

»Das sagtest du bereits«, sagte Liv. »Inzwischen sogar schon mehrfach.«

»Ich darf doch wohl auch meine Meinung äußern.«

»Du meinst«, sagte Liv, »wenn du es so haben willst, dann soll es auch so kommen.«

Sarah verschränkte die Arme und schmollte. Liv biß sich auf die Lippen und rief sich ins Gedächtnis, daß Sarah doch erst dreizehn war, wenn sie auch aussah wie siebzehn.

»Warum sollen wir denn hierbleiben, bloß weil du nicht weg willst?« fragte Sarah erbost.

»Jetzt reicht's, Sarah«, sagte Pat.

Sarah ließ sich beleidigt auf einen Stuhl am Tisch sinken.

»Eine gute Frage«, sagte Liv, die die Suppe umrührte.

Pat kam von hinten auf sie zu und legte seine Hände leicht auf ihre Taille. Er schien es zu brauchen, sie ständig zu berühren. In der Hoffnung, daß sie an seinen Händen kleben blieb, dachte sie, wie die Wirtstochter an der goldenen Gans.

»Ich wünschte, du wärest offener für diesen Vorschlag, Schätzchen.«

Sie drehte sich in seinen Armen um, um ihn anzusehen. »Es spielt doch gar keine Rolle, wie ich das sehe, oder?«

Er protestierte. »Oh, doch, es ist sogar ausschlaggebend.«

»Bayard hat mir erzählt, daß du das Haus bereits gekauft hast«, sagte Liv. »Bist du sicher, daß es eine Rolle spielt, ob ich es will oder nicht?«

Pat erbleichte. Aus seiner Stimme war Panik herauszuhören. »Hör zu, Schatz, ich mußte etwas hinterlegen, weil das Haus sonst weg gewesen wäre.«

Sie wand sich unter seinen Armen, die sie umschlangen, und lehnte sich an den Kühlschrank. »Aber das Wochenende ist mehr Zeit, als du mir geben kannst, damit ich mich entscheide, und Vera kann es kaum erwarten, mir bei den Möbelkäufen zu helfen.«

»Dieser verdammte Bayard, der seinen Mund immer zu weit aufreißt«, sagte Pat.

»Ja, wirklich«, sagte Liv. »Du solltest einmal mit ihm darüber reden. Und wenn du schon dabei bist, kannst du ihm auch gleich sagen, er soll mich nicht immer Schätzchen nennen.«

Pat starrte sie an. Sein Mund zuckte und bebte in wortlosem Zorn. Er ballte die Hände zu Fäusten.

Sarah sprang auf. Ihr Stuhl kippte über und fiel klappernd um. Sie ignorierte es. »Du willst ja bloß alles verderben«, sagte sie mit schriller Stimme. Auf ihrem Gesicht standen rote Flecken, und aus ihren geballten Fäusten ragten weiße Knöchel heraus. »Du willst uns bloß immer *alles* verderben. Also, mir ist völlig egal, was du willst. Ich will mit Daddy in Kalifornien leben.«

»Schön«, sagte Liv. »Du kannst das Schuljahr hier beenden, und dann kannst du bei Daddy in Kalifornien leben.«

Im ersten Moment herrschte verblüfftes Schweigen. Dann schnappte Sarah nach Luft, als langsam einsickerte, was Liv gesagt hatte, und sie brach in Tränen aus.

Liv ging mechanisch durch die Küche und legte ihre Arme um Sarah. Mit einer Hand strich sie über Sarahs Haar, wie sie es seit ihrer Geburt schon so oft getan hatte, wenn sie sie über ihre Beulen und verschrammten Knie und andere Katastrophen der Kindheit hinweggetröstet und beschwichtigt und liebevoll beruhigt hatte. Dann holte Liv tief Atem und ließ sie los. Schluchzend brach Sarah auf einem anderen Stuhl zusammen und begrub ihr Gesicht in ihren Armen auf dem Tisch.

Pat stand sprachlos am Herd. Plötzlich wurde der Geruch

der Truthahncreme übermächtig, und er glaubte, ihm würde übel.

»Pat«, sagte Liv vom unteren Treppenabsatz aus, »ich werde Travis mitnehmen und eine Zeitlang nach Nodd's Ridge gehen.«

Er schloß die Augen.

»Ich bin sicher, daß Marguerite und Doe sich mit Freuden um Sarah kümmern«, fuhr sie fort. Und dann blieb sie schweigend stehen.

Sie stand vor Travis, der auf der untersten Stufe saß und über seine Soldaten gebeugt war, die er in eine alte Decke gewickelt hatte. Er hatte sich ein Spielzeugmaschinengewehr um die Schulter geschlungen.

»Ich habe Hunger«, sagte er. »Ist das Abendessen schon fertig?«

Liv beugte sich über ihn und küßte sein Haar. »Sag Daddy, er soll dir eine Schale Suppe geben. Und dann klopfst du an meine Tür und gibst mir einen Gutenachtkuß, einverstanden?«

Dann eilte sie die Stufen hinauf, denn sie wollte ihm nicht die Zeit lassen, zu bemerken, daß sie außer sich war.

Travis sah ihr nach. Er ging in die Küche und kletterte auf seinen Stuhl.

»Liv hat gesagt, du sollst mir Suppe geben, Pat«, sagte er.

Pat blinzelte. »Ach so«, sagte er. »Ja, klar.« Er drehte sich um und rührte mit dem Holzlöffel die Suppe um. Dann stellte er fest, daß die Schalen schon auf dem Tisch standen.

Travis holte die kleinen Männer aus seinen Taschen und baute sie im Kreis um seine leere Suppenschale herum auf. Er blickte auf und sah Sarah an. Ihr Kopf lag immer noch auf ihren Armen auf dem Tisch. Ihr Rücken hob sich ab und zu unter lauten, seufzenden Schluchzern.

Pat griff über Travis' rechte Hand hinweg nach der Schale.

»Warum flennt denn die?« fragte Travis.

Sarah riß den Kopf hoch. »Ich flenne *nicht*«, fauchte sie Travis an.

»Und doch flennst du«, sagte Travis.

Sarah schlug mit beiden Fäusten auf den Tisch, und das Geschirr und das Besteck klapperten. »Oooh, halt doch deinen dummen Mund, du kleiner Scheißkerl!« schrie sie. Sie stieß ihren Stuhl roh zur Seite und stapfte aus der Küche.

»Sarah«, sagte Pat, als sie ging. »Sarah.«

Die einzige Reaktion, die darauf kam, war ihr Poltern auf der Treppe zu ihrem Zimmer. Er seufzte und ging mit der Schale zum Herd, um sie zu füllen. Dann goß er sich einen Pulverkaffee über und ließ sich auf einen der Stühle am Tisch sinken; er pustete in den heißen Kaffee und nippte daran, während Travis in seine Suppe blies und aus der Schale kleine Schlucke trank.

»Warum sind denn alle so böse aufeinander?« fragte Travis zwischen zwei Schlucken.

»Ich nehme an, wir sind alle übermüdet«, sagte Pat.

»Das sagt Liv auch immer«, sagte Travis. »Ich wünschte, ihr wärt nicht so oft müde. Vielleicht solltet ihr es mal mit einem Mittagsschlaf probieren.«

Travis klopfte an ihre Tür und wurde geküßt und ins Bett gepackt. Sie klopfte an Sarahs Tür und bat Sarah, die Musik auszuschalten oder während der Nacht den Walkman zu benutzen. Sarah reagierte darauf, indem sie die Musik noch lauter stellte. Liv wollte die Klinke runterdrücken; sie gab nicht nach.

»Mach die Tür auf, Sarah.« Sie mußte schreien, um sich über die Musik hinweg verständlich zu machen.

Pat, der gerade die Treppe hinaufkam, hörte es. Er machte auf dem Absatz kehrt, ging in den Keller und zog die Sicherung für Sarahs Schlafzimmer raus. Die Musik erstarb kreischend. Sarah wankte zur Tür, um sie aufzuschließen. Als sie die Tür aufriß, standen rasende Wut und wüste Panik in ihrem Gesicht. Sie stürzte sich auf Liv. Liv packte ihre Handgelenke und stieß sie gegen die Wand.

Dann war Pat wieder da, atemlos von den beiden Stockwerken, die er hinunter- und wieder hinaufgestürzt war, und Sarah wurde klar, wer ihrem Zimmer die Elektrizität abgeschnitten hatte.

»Sarah«, keuchte er, »du hast dir soeben eingebrockt, daß dir die Stereoanlage für einen Monat entzogen wird.«

Mit diesen Worten betrat er ihr Schlafzimmer und machte sich daran, die Geräte auszustöpseln und die Kabel zu entwirren.

»Das kannst du nicht machen«, sagte Sarah.

»Doch, das kann ich wohl«, sagte er. Er schlang die Kabel um die einzelnen Geräte. »Und wenn du uns noch einmal aussperrst, lasse ich das Schloß aus der Tür ausbauen. Von jetzt an wirst du diese Tür aufmachen und antworten, wenn jemand mit dir spricht.«

Sarah warf sich zornig mit dem Gesicht nach unten auf ihr Bett.

»Gute Nacht«, sagte er.

Eine Pause entstand. »Gute Nacht«, sagte Sarah verdrossen.

Er trug die Anlage zur Abstellkammer im Flur. Als er wieder an Sarahs Zimmer vorbeikam, hörte er Schluchzlaute. Liv war in das gemeinsame Schlafzimmer der beiden verschwunden. Er klopfte leise an und betrat dann Sarahs Zimmer.

»Geh doch weg«, sagte Sarah in ihr Kissen. »Geh doch weg.«

»So leicht wirst du mich nicht los«, sagte Pat, und er setzte sich auf ihre Bettkante.

Sie wälzte sich herum und hielt einen Arm über ihre Augen.

»Kleines«, sagte er. »Wir brauchen deine Hilfe im Moment.«

Sie schniefte.

»Wenn du wirklich in diesem Haus in Kalifornien leben willst, dann mußt du mir helfen, deine Mutter rumzukriegen. Für sie ist es wesentlich schwerer, von hier fort zu gehen, als für dich und mich.«

Sarah senkte ihren Arm gerade so weit, daß sie ihn ansehen konnte.

»Mit Honig fängt man Fliegen leichter als mit Essig«, sagte er, »stimmt's?«

Sie blieb stumm. »Ich werde es versuchen«, sagte sie.

»Gut.« Er küßte sie auf die Stirn. »Und jetzt schlaf.«

Er warf einen Blick in Travis' Zimmer. Travis war bereits eingeschlafen, und eigentlich hatte er schon fast im Sitzen geschlafen, als Pat ihn nach oben geschickt hatte. Pat klopfte an die Tür des Schlafzimmers, das er sich mit Liv teilte. Liv machte ihm die Tür auf. Sie hatte ihr Nachthemd an, ihr Gesicht war gewaschen, und ihr Haar war schon gelöst.

»Hast du gehört, was ich zu Sarah gesagt habe?« fragte Pat.

»Ja«, sagte Live. »Danke.«

»Darf ich reinkommen?« fragte Pat. »Ich möchte mit dir reden.«

Liv schüttelte den Kopf. »Ich bin zu müde, Pat. Ich glaube, es ist besser, wenn du heute nacht im Gästezimmer schläfst.«

Pat streckte seine Arme nach ihr aus, doch sie wich zurück.

Er gab auf. »Nun gut«, sagte er. »Wenn du es unbedingt so haben willst.«

Sie schloß seufzend die Schlafzimmertür sachte hinter ihm.

Liv kroch in ihr Bett und starrte durch das Fenster den Himmel an. Kleine, funkelnde Lichter fielen darauf, Spiegelungen der Straßenlaternen, an den Stellen, an denen kleine Schneeflocken, die gegen die Scheiben geweht worden waren, schmolzen. Kondenswasser bildete Schleier an den Rändern und Kanten der vielen kleinen Scheiben des Sprossenfensters. Sie zitterte. Im Haus war es vollkommen still, nachdem die Kinder endlich friedlich schliefen. Sie konnte ein gelegentliches Husten hören, das Quietschen der Sprungfedern im Gästezimmer. Pat war noch wach. Draußen dämpfte der Schnee die ruhelose Nacht der Stadt. Die Wolke, aus der er herabrieselte, hatte sich wie ein Dach über die Stadt gelegt. Die Luft war voller Schnee, und die wenigen Menschen, die noch wach und im Freien waren, würden kaum in der Lage sein zu atmen, ohne die winzigen, kalten, beißenden Flocken einzuatmen, die in der Nase stachen und augenblicklich schmolzen. Sie wünschte, es gäbe einen Zauber, der ihr Bett ins Freie trüge, damit der Schnee wie kalte Küsse auf sie fiel, und sie könnte dennoch warm im Kokon ihrer Steppdecken liegen, ohne zu frieren. Es war keine der Nächte, in denen sie damit rechnete, Schlaf zu finden, doch sie schlief ein.

TEIL II

Ein leeres Haus ist wie
ein herrenloser Hund oder ein Körper,
aus dem das Leben gewichen ist.

Samuel Butler

8. Kapitel

Das Haus sah noch genauso aus. Nichts hatte sich verändert. Es wirkte immer noch leer.

Liv stieß Travis von der Seite an und sagte: »Wir sind da.«

Er gähnte und sah sich ausdruckslos um. »Ich will nach Hause.«

»Wir sind da«, beharrte sie.

Er rieb sich die Augen und blinzelte.

Es war überhaupt nicht wie ein Nachhausekommen. Es war nicht der grüne Ort, den sie im September verlassen hatten. Der Schnee hatte seine transzendentale Magie wirken lassen. Die unbelaubten, skelettartigen Äste der Bäume trugen züchtige Gewänder aus Rauhreif. Die verwesenden Überbleibsel des Sommers waren von einer Decke aus reinem, hausgewebtem Schnee bedeckt. Doch all das war totenstill und stumm, eine Auslage im Foyer der Wildnis. Das Haus war trotz der Rauchfahne des Holzfeuers, die aus dem Kamin über dem Dachgesims aufstieg, leer. Die Fenster mit den vorgezogenen Jalousien sahen aus wie die glasigen Augen von Toten.

Liv streckte sich und sog die kalte, unverbrauchte Luft in ihre Lunge ein. Sie stieg um den Wagen herum, um Travis die Tür aufzumachen. Er stürzte mit Fäusten heraus, aus denen wie Stacheln die GIs abstanden, wie bizarre Schlagringe, doch diese Dornen waren Miniaturkörperteile aus Plastik, manche in Tarnkleidung und manche in verschiedenen Uniformen, die sie als einer speziellen, antiterroristischen Sondereinheit zugehörig kennzeichneten.

Sie öffnete die Heckklappe und dann den Türriegel des Katzenkäfigs. Die Arme glitt heraus und sprang mit einem Satz auf den Boden. Wie eine Dame, die ihre Röcke hebt, bahnte sich die Katze behutsam einen Weg über die Schneeoberfläche in das frostverschneite Gebüsch.

Liv und Travis überquerten die schneeverkrustete Auffahrt zur Veranda hinter dem Haus, die vom Schnee freigeschaufelt worden war. Der Schnee, der fortgeräumt worden war, bildete eine Böschung neben der gewundenen Auffahrt. Reisig und Feuerholz waren so zersägt und zerhackt, daß sie in den Kamin paßten. Sie waren unter einer schweren Plastikfolie neben der Tür gestapelt.

»Walter war hier«, sagte Liv.

Als sie über die Schwelle schritten, strich die Arme zwischen ihren Füßen hindurch ins Haus. Im Haus war es warm; der Duft des Brennholzes prickelte in ihren Nasen. Am Kühlschrank hing eine Notiz unter einem Schokoladenriegel, der echt genug aussah, um einem die Spucke im Mund zusammenlaufen zu lassen: ›Willkommen zu Hause! Futter weggepackt. Melden Sie sich, wenn Sie was brauchen. Walter.‹

Liv machte den Kühlschrank auf. Im Kühlschrank war es kalt, schale, kalte Luft, eine Negativumkehrung des Hauses, ein kleines Stückchen Winter von draußen, was verpackt und nach drinnen gebracht worden war. Milch, Eier, Butter, ein Stück Cheddar, hausgemachte Marmelade, die Walters eigenes Etikett trug – AUS DER KÜCHE VON WALTER MCKENZIE/WALDERDBEERMARMELADE, 1983 – füllten die Regale keineswegs, sondern ließen sie nur um so leerer erscheinen, so, wie der Schnee die Landschaft im Freien zu einem Beerdigungsinstitut machte.

Der gute, alte Walter.

Die Arme schmiegte sich an Livs Knöchel und miaute wegen der kalten, abgestandenen Gerüche der Lebensmittel, die Walter bereitgestellt hatte, und das rief ein Déjà-vu hervor: der letzte Sommer, als Sarah im Ferienlager war und Pat bei den Dreharbeiten und die Katze und Travis und sie hier ganz auf sich gestellt gewesen waren. Das Haus strahlte eine subtile und ganz besondere Stille aus, die mehr als nur die Wochen der Leere enthielt. Es war wie ein Geheimgang, den nur sie und Travis kannten. Das Heimliche daran machte es zu etwas, was sie teilen konnten, zu etwas ganz Besonderem; innerhalb seiner Wände waren sie sicher, sie beide, und es war nur allzu leicht, sich hier zu verstecken. Es war nur allzu leicht, sich vorzumachen, dieser

Gang führe zurück in einen stillen, ruhigen Sommer – der Sommer war eine schmerzumnebelte Qual gewesen – wobei es doch in Wirklichkeit eine Art Höhle war, in der man sich im Winter verkriechen konnte.

Sie ging ins Wohnzimmer und legte Holz nach, das säuberlich gestapelt dalag. Walter mußte gerade erst im Haus gewesen sein. Sie hatte ihn, sobald sie es für tragbar gehalten hatte, am frühen Morgen angerufen, um ihn vorzuwarnen. Er mußte eilig hergekommen sein, um die Auffahrt freizuräumen und das Haus einzuheizen.

Travis ließ sich auf einen Stuhl am Küchentisch fallen, drückte nach wie vor seine Soldaten an sich und starrte sie an.

Sie putzte sich die Nase. »Magst du mir helfen, die Taschen reinzuholen, oder wäre es dir lieber, vorher Pipi zu machen?« fragte sie.

»Ich muß nicht Pipi machen, Liv«, antwortete Travis nicht ohne eine gewisse Schärfe. Er fing gerade damit an, das Interesse Außenstehender an seinen Ausscheidungen nicht mehr zu dulden.

»Auch gut«, sagte sie. Nach zwei Stunden im Pacer war sie sicher, daß er mal mußte, aber es war ganz seine Sache, wenn er seine Blase strafen wollte. »Laß die Kerlchen auf dem Tisch liegen, und dann packen wir die Sache gleich an.«

Sowie die Taschen im Haus waren, machte sie sich auf den Weg ins Bad, und hinter ihrem Rücken hörte sie den Reißverschluß von Travis' Schneeanzug, der aufgezogen wurde. Als sie aus dem Bad kam, ging sie zur Tür des Bades der Kinder und stellte fest, daß die Tür fest verschlossen war. Der Schneeanzug lag als ein Haufen auf dem Fußboden im Flur. Ein starker, gesunder Strahl plätscherte hörbar in die Kloschüssel. Sie lächelte und ging in Travis' Schlafzimmer und hob seinen Koffer auf sein Bett. Die Wassergeräusche waren zu einem Tröpfeln übergegangen, als sie noch beim Auspacken war, und die Geräuschkulisse ging weiter: Travis zog sich die Hose hoch, die ihm beim Pinkeln immer auf die Knöchel zu fallen schien, weil er noch nicht dahintergekommen war, wie er seinen Penis durch das Y an der Vorderseite seiner Unterhose holen konnte und dann durch den Reißverschluß, das Geräusch des Reißverschlusses, der zugezogen wurde, Wasser im Waschbecken und seine Hände, die aneinanderklatschten und gegeneinanderschlugen, schließlich das Aufsperren der Badtür.

»Liv!« rief er.

Sie steckte ihren Kopf aus der Tür seines Zimmers.

»Zur Stelle, Boß.«

Sein Gesicht drückte Erleichterung aus. »Ach so«, sagte er.

Er kam in sein Schlafzimmer spaziert. Erst sah er ihr beim Auspacken zu, dann kletterte er auf sein Bett, neben dem offenstehenden Koffer, und rollte sich auf den Bauch. Sein Kopf hing auf der einen Seite des Bettes herunter, seine Beine von den Knien an auf der anderen Seite.

»Ich habe Hunger«, sagte er.

»Wenn ich mit dem Auspacken fertig bin, mache ich uns was zum Essen«, sagte Liv.

Für ein paar Sekunden reichte ihm das. Dann drehte er sich auf den Rücken, verschränkte die Hände auf der Brust und starrte die Decke an.

»Sind wir hier ganz allein, Liv?« fragte er.

Sie klappte seinen kleinen Koffer zu. »Ja. Es ist sehr still hier. Das ist doch irgendwie ganz schön, findest du nicht?«

»Nein«, sagte er. »Es ist unheimlich. Kann ich mir eine Kassette ansehen?«

»Nein«, sagte sie. »Geh und spiel mit deinen Soldaten.«

Er glitt vom Bett auf die Knie, zog sich auf die Füße und wankte auf die Tür zu.

»Ich sage es euch gleich«, sagte er zur Decke gewandt, »das wird ein größerer Spaß als alles, was einem Menschen gestattet sein sollte.« Es war eine makellose Imitation Pats. Er grinste Liv über die Schulter an.

»Stimmt«, sagte sie, und sie streckte ihre Hand nach ihm aus.

Er quietschte und entwich ihr und tanzte aus dem Zimmer. Sie fühlte sich ein klein wenig besser.

Sie aßen beim Feuerschein in der verfrühten Nacht dieses Dezember-Anhängsels. Das Dunkel war ein weiteres Haus um sie herum. Der Feuerschein, wie das Aufflackern des Erzengelschwertes, bot ihnen flüchtige Ausblicke auf die Bäume, das Ufer, den gefrorenen See und all die Wildnis vor der Tür, die sie von ihren Artgenossen nicht nur kilometerweit trennte, sondern sie in andere Dimensionen versetzte, deren unbedeutendste nicht die Zeit und das menschliche Schweigen waren. Die Katze schlief auf der Ofenbank, zusammengerollt wie ein Flechtteppich und mit dem Schnäuzchen im eigenen Bauch. Ihre Flanken hoben und senkten sich sachte, und ihr Fell, das ab und zu im Schein der Flammen schimmerte, ließ sie endlich einmal malerisch und somit gemütlich wirken, wenn schon nicht schön. Travis breitete Spielkarten auf dem Teppich aus, und sie spielten die einfachen Spiele, die ihm Pat und Doe beigebracht hatten, und dann las sie ihm Geschichten vor, bis er, an sie gelehnt, einschlief.

Als das Prickeln und das Gefühl von stechenden Nadeln in ihren Füßen ihr sagte, daß sein Gewicht ihre Durchblutung abschnitt, hob sie ihn hoch, und dabei fiel ihr auf, daß das mühsam zu werden begann, und sie trug ihn ins Bett. Sie zog ihn nicht aus, sondern deckte ihn zu und küßte ihn, steckte den Stecker seines Nachtlichts ein, schaltete es an und ging wieder ins Wohnzimmer, um das Feuer kleiner zu machen.

Die Müdigkeit lastete schwer auf ihr. Sie ging in ihr Zimmer, löste ihr Haar und legte sich hin, ohne sich auszuziehen. Als sie in Travis' Alter gewesen war, war es ihr als ein grandioser Sieg erschienen, in ihren Kleidern zu schlafen, als ein großer Akt der Freiheit, die man sich herausnahm. Sie erinnerte sich daran, daß ihr Vater ihr zugeblinzelt hatte, während ihre Mutter sie gefragt hatte, ob sie sich denn für ein kleines wildes Tier hielt. Es war unmöglich, dieses Gefühl wiederzuerlangen; sie hatte lediglich das Gefühl, eine Niederlage einzustecken, als sie in den Kleidern auf ihrem Bett lag, die sie an diesem Morgen in dem Haus in Portland, meilenweit von hier entfernt, nach einer schlaflosen Nacht angezogen hatte. Sie waren verknittert, verschwitzt und schmutzig, und genau das war sie selbst auch, doch gerade jetzt hatte sie das Gefühl, daß kein auch noch so gründliches Waschen ihr jemals wieder das Gefühl geben könnte, sauber zu sein. Schließlich stand sie auf, wusch sich das Gesicht, putzte sich die Zähne und bürstete sich das Haar. Dann ging sie wieder ins Bett, nach wie vor angezogen, nach wie vor legte sie sich nur auf die Bettdecke. Sie lag auf dem Rücken und wartete darauf, daß das Telefon läuten möge, wartete darauf, daß Pat anrufen würde, doch er tat es nicht, oder wenn er es doch tat, dann war sie zu diesem Zeitpunkt bereits eingeschlafen.

Am frühen Morgen des kommenden Tages schleppte sich Walter McKenzie die Stufen hinauf und über die Veranda zur Hintertür. Mrs. Russell schaute aus dem Küchenfenster, sah ihn und verschwand dann. Er klopfte, und sie machte ihm augenblicklich die Tür auf.

Sie war gerade erst aus dem Bett aufgestanden und fuhr sich mit den Fingern durch das Haar, statt es zu kämmen; ihr Gesicht war noch feucht von dem Wasser, das sie sich ins Gesicht gespritzt hatte, um wach zu werden. Für mehr war ihr keine Zeit geblieben, und das wußte er, denn als er in seinem Scout den Hügel hinuntergefahren war, hatte er ihr dunkles Haar durch das obere Drittel des Schlafzimmerfensters, das keine Gardinen hatte, weil es so hoch lag, daß von normaler Höhe aus niemand hineinsehen konnte, ausgebreitet auf dem Kopfkissen gesehen. Nur aus dem Wagen, der den Hügel hinunterfuhr, war sie zu sehen gewesen. Sie hatte nicht einmal die Zeit gehabt, sich inzwischen anzuziehen, aber sie *war* angezogen, trug eine Jeans und ein buntkariertes Hemd, das aussah, als hätte sie vielleicht darin geschlafen. Daher vermutete er, daß das wahrscheinlich auch der Fall war. Sie hatte immer noch leichtes Untergewicht und füllte ihre Jeans und ihre Bluse nicht in dem Maß aus, wie er es gern gesehen hätte, aber sie hatte nicht mehr diese kränklich gelbe Farbe, und das war eine Erleichterung für ihn. Aber es war kein gutes Zeichen, wenn eine

Frau, die so penibel war wie sie, in ihren Kleidern schlief. Zumindest waren ihre Augen nicht geschwollen und rot, und das hieß, daß sie nicht einfach betrunken umgesackt war. Er bezweifelte, daß sie überhaupt eine Trinkerin war. Es hatte nie irgendwelche Anzeichen dafür gegeben, und das waren Dinge, die er erkannt hätte, sowie er sie sah. Sie brachte hektisch eine dürftige Entschuldigung für eine Katze vor, die um ihre Füße strich und Frühstück haben wollte.

»Morgen, gnä' Frau«, sagte er, während er seinen uralten Filzhut abnahm und sie anstrahlte. »Jemand muß hier eine Tür offengelassen haben. Zieht ganz schön hier draußen.«

Die meisten seiner Zähne waren ausgefallen, was nur das restliche Dutzend betonte, klein und gelb und scharf, und auch die von Adern durchzogenen violetten Wülste seines Zahnfleischs, aus dem die Zähne in alle Richtungen hervorstanden. Er konnte eine Rasur und einen Haarschnitt und höchstwahrscheinlich auch ein Bad gebrauchen, doch er würde immer nach den Katzen riechen, die in seinem Holzschuppen unbeaufsichtigt Junge warfen, und nach seiner Menagerie von wilden Tieren, darunter Vögel, Waschbären und Füchse, die er sich hielt, aber auch Milchkühe, ein alter Klepper, Ziegen, Hasen und seine häßlichen Köter, diese ungeheuren Promenadenmischungen. Er wurde zwar als eine großartige Partie angesehen, weil er, der frühere Alkoholiker, aufgehört hatte zu trinken, und weil er in Gegenwart von Frauen nicht fluchte und sein Hof und sein Stück Wald von keiner Hypothek belastet waren, doch trotz der Machenschaften mehrerer Frauen aus dem Ort, die bereits einen oder zwei Ehemänner verschlissen hatten, weigerte er sich standhaft, sich wieder zu verheiraten oder in die Kirche zu gehen. Er trug einen rotkarierten Stutzer und schwarze Gummistiefel, die dort offenstanden, wo die Metallschnallen kaputt waren oder ganz fehlten.

Liv klammerte sich an den Türrahmen und lächelte ihn an. »Brrr«, sagte sie, während sie zum Spaß so tat, als zittere sie vor Kälte. »Kommen Sie doch aus der Kälte rein. Eine Tasse Tee, Walter?«

Er grinste wieder. Mrs. Russell hatte etwas an sich, was ihn oft zum Grinsen brachte. Sie sah taufrisch aus, wenn es ihr gutging. War aber nicht gerade oft der Fall. Russell war kreuzdumm, wenn er sie schlecht behandelte. »Hätt' ich nichts dagegen.«

Er zog die Paar löchrigen, handgestrickten Handschuhe, die er übereinandertrug, aus und nahm sie in die Hand, in der er bereits seinen Hut hielt. Dann wartete er höflich darauf, daß sie ihm sagen würde, was er damit anfangen sollte.

»Ziehen Sie Ihren Mantel aus, Walter«, sagte sie. »Im Flurschrank ist noch ein Bügel frei.«

Er ging gebeugt durch den Flur und hörte in der Küche den Dosenöffner und das Raunzen, mit dem die Katze dieses Vorgehen anspornte, und er war froh, daß sie daran gedacht hatte, Futter für das Vieh mitzubringen, denn das war genau das, was er auf seiner Einkaufsliste vergessen hatte. Den Jungen hörte er gar nicht, weil die Bügel so klirrten, und als er sich umdrehte, zuckte er vor Schreck zusammen.

»Hallo, du Frechdachs«, sagte er zu dem Jungen.

Der Junge blickte zu ihm auf, ohne auch nur mit der Wimper zu zucken, und sagte: »Guten Morgen, Mr. McKenzie«, als träfen sie jeden Morgen vor dem Flurschrank zusammen. Der Junge sah noch ganz genauso aus, wie er am Sommerende ausgesehen hatte, groß für sein Alter, beide Füße fest auf dem Boden und ausgeglichen. Keins dieser kleinen Kinder mit Pfeffer im Hosenboden, die alte Leute wie ihn nervös machten, indem sie einem immer zwischen den Füßen rumwuselten, bis man gar nicht mehr wußte, wohin man treten konnte. Kann man ja auch nicht erwarten, daß die wissen, wie spröde alte Knochen sind, aber man könnte doch meinen, die Eltern wüßten es. Was von den Sachen, die ihm an Mrs. Russell am besten gefielen, war irgendwie, wie ruhig dieser Junge war. Als wüßte Travis immer mit Bestimmtheit, daß seine Mama immer da war und auf ihn aufpaßte. Nichts außer Mutterliebe konnte einem solchen Knirps diese Sicherheit geben.

Travis ging ihm voran in die Küche, und er bewegte sich

so langsam wie ein Pferd, das selbst genau seine Größe kennt und gar nicht daran denkt, sich drängeln zu lassen. Er hielt diese kleinen Soldaten in beiden Fäusten. Sowie er sich auf einen Stuhl gehievt hatte, legte er sie auf den Tisch und fing an, sie aufzustellen.

Mrs. Russell kniff ihm im Vorbeigehen in die Wange. Travis ignorierte sie, und dabei erinnerte sich Walter deutlich daran, selbst heute noch mit dreiundachtzig, daß er es bei seiner Mutter ganz genauso gehalten hatte. Am liebsten hätte er laut gekichert. Statt dessen räusperte er sich und ließ sich auf einem Stuhl nieder. Er strich sich seine drei oder vier Strähnen krausen, farblosen Haares über den gesprenkelten Schädel. Dann strich er die Hosenbeine seiner Wollhose glatt, die von roten Hosenträgern gehalten wurde, von deren Elastizität nicht mehr viel übrig war und die in sich faltig waren wie die Schwangerschaftsstreifen einer alten Frau; verdeckt von seinem ausgebleichten, karierten Wollhemd, unter dem man am Hals und an den Manschetten und an den Stellen, die dort aufklafften, wo sich seine Hemdknöpfe über seinem Bauch spannten, sein vergilbtes, langärmeliges Unterhemd sehen konnte, wurden die Hosenträger auf einer Seite von einer großen, rostigen Sicherheitsnadel zusammengehalten. Er sann darüber nach, daß er wohl nicht gerade richtig für eine Tee-Einladung gekleidet war. Er besaß nämlich einen guten schwarzen Anzug, den er bei Sears & Roebuck erstanden hatte, in den ersten Monaten nach Harry S. Trumans Amtsantritt, doch jetzt hatte er nur noch sehr selten Gelegenheit, den Anzug zu tragen, wenn man mal von Beerdigungen absah. Mrs. Russell hätte das sowieso nicht weiter zur Kenntnis genommen, und auch das gehörte zu den Dingen, die er an ihr mochte. Sie stellte den Tee mit Milch und Zucker für alle drei auf den Tisch. Die Katze war auf den vierten Stuhl am Tisch geklettert und putzte sich so eitel, als gäbe es tatsächlich einen Grund für sie, eitel zu sein.

Walter rieb sich mit einer Hand das Kinn, auf dem seine Bartstoppeln durch eine Haut, die die Farbe einer schmutzigen Schneekruste hatte, sprossen wie alte Grashalme, so still und leblos und fast gänzlich farblos, daß sie wie Schemen wirkten. Er räusperte sich wieder. »Eine gute Fahrt gehabt?«

Sie nippte an ihrem Tee und sagte: »Es hat schrecklich gut getan, nach Hause zu kommen und ein warmes Haus und Essen vorzufinden. Danke.«

Walter nickte. »War weiter keine Mühe.«

Der Junge ruckelte auf seinem Stuhl herum. Er zog seine Teetasse näher zu sich hin und starrte den Inhalt an, ehe er zögernd daran nippte.

Die Katze sprang auf Walters Schoß. Walter war so überrumpelt, daß er fast seine eigene Tasse hätte fallen lassen. Er lachte und kraulte die Katze hinter den Ohren. Sie ließ sich auf seinen Schoß sinken und machte es sich dort bequem. Walter blinzelte Liv zu.

Sie lächelte ihn an, und er dachte sich, daß auch das zu den Dingen gehörte, die er an ihr mochte. Sie hatte ein so nettes Lächeln. Immer noch die Spur verzerrt, obwohl soviel an ihren Zähnen gemacht worden war, doch gerade das machte den Charme ihres Lächelns aus, der durch Perfektion nie zustande gekommen wäre.

»Sollte im Lauf des Tages wärmer werden«, sagte er.

Sie nickte.

»Hab' gestern abend mit Mr. Russell gesprochen«, sagte er so freundlich zu ihr, als unterhielten sie sich beiläufig über das Wetter.

Sie nippte an ihrem Tee. Er ließ ihr mitfühlend Zeit.

»Ach«, sagte sie. »Und was hat er gesagt?«

»Wollte, daß ich mal nachschaue, ob Sie gut angekommen sind. Hat gesagt, er hätte es unter der Nummer hier versucht, aber er sei nicht durchgekommen.«

Sie sah schnell auf und ertappte ihn dabei, daß er sie besorgt musterte, ehe er den Ausdruck mit einem Blinzeln verscheuchen konnte.

»Diese verfluchte Telefongesellschaft«, sagte sie.

»Kann man wohl sagen«, stimmte Walter ihr zu.

Solange es wenigstens nicht so war, daß sie den Hörer abgenommen und danebengelegt hatte, solange es wenigstens nicht so war, daß sie letzte Nacht nicht hiergewesen war, wenn er sich auch beim besten Willen nicht vorstellen konnte, wo sie wohl war, wenn sie nicht da war. Manchmal war sie einfach hier und doch nicht hier, und wenn sie hier war, war hier nicht mehr hier, es war ein Ort, den niemand außer ihr erreichen konnte und den auch außer ihr niemand kannte. So, wie es in dieser letzten Sommersaison gewesen war, als sie durchsichtig zu werden und an den Ort zu verschwinden schien, an den sie sich zurückzog, wenn sie nicht ganz hier war, wo immer das auch sein mochte. Russell hatte Angst, sie zu verlieren; unter der Fröhlichkeit, die er um Walters willen aufgesetzt hatte und auch, um sich selbst Peinlichkeiten zu ersparen, war eine schreckliche Panik aus der Stimme dieses Mannes herauszuhören gewesen.

»Hören Sie, Walter«, hatte er direkt zu ihm gesagt, und die Worte waren aus ihm herausgesprudelt, »sie ist nicht sie selbst, und ich mache mir Sorgen um sie, aber davon will sie nichts wissen, sie ist stinksauer auf mich, Walter, und ich kann nicht mit ihr reden. Ich vermute, sie hat recht, ich habe etwas getan, was ich nicht hätte tun dürfen. Ich wollte es so sehr, daß ich mir selbst eingeredet habe, ich könnte sie dafür erwärmen und sie überreden. Ich fahre raus, sobald sie sich beruhigt hat. Wenn Sie den Eindruck haben, daß etwas nicht stimmt mit ihr, komme ich augenblicklich. Sie werden doch nach ihr sehen, ja?«

Walter hätte sich auch um sie gekümmert, wenn man ihn nicht darum gebeten hätte. Eine Frau, die mit einem kleinen Kind allein draußen im Wald war, war nicht gerade an einem Ort, den er als sicher bezeichnet hätte. Ja, schon, im allgemeinen war er es, vermutlich sogar sicherer als in der Stadt, zwischen allen diesen verzweifelten Fremden, die zusammengedrängt waren wie ein Garten, der von Unkraut überwuchert wurde. Aber Ärger mitten im Wald war zweifacher Ärger. Ganz gleich, welchen Ärger es zwischen Russell und ihr gegeben hatte, konnte sie leicht in einer noch größeren Patsche sitzen, wenn der Junge sich verletzte oder während eines schweren Sturms krank wurde.

Oder wenn der Strom ausfiel oder ihr Wagen den Geist aufgab.

Mellie, möge ihre Seele in Frieden ruhen, hätte er das niemals erlaubt, aber andererseits wäre Mellie nicht davongelaufen, auch dann nicht, wenn sie einen Ort gehabt hätte, der es ihr möglich machte, davonzulaufen und dorthin zu gehen, was aber nicht der Fall war. Was er auch getan haben mochte – es war ja nicht so, daß er Mellie je einen Grund dafür gegeben hätte. Mrs. Russell war ihm immer als ein vernünftiges Mädchen vorgekommen, viel vernünftiger als ihr Mann, soviel stand fest, aber es überraschte ihn nicht, daß sie außerhalb der Saison hier auftauchte. Es schien so, als hätte er seit September nur darauf gewartet, daß sie anrufen und ihn bitten würde, das Haus aufzuschließen, und daß Pat Russell ihn anrufen und ihn bitten würde, sich um sie zu kümmern. Was es auch sein mochte, was hier nicht stimmte – es stimmte schon seit dem letzten Sommer nicht mehr.

Er sah sie verstohlen von der Seite an. »Brauchten Sie Erholung von der Stadt?« Eine Hand lag auf dem Kopf der Katze, und die dicken Finger der anderen Hand legten sich auf die Stuhllehne, als er sich auf seinem Stuhl verrenkte, um Mrs. Russell mit seinen Blicken zu folgen, als sie aufstand, um den Toaster einzustecken und das Päckchen Toast aufzureißen. Die Haut auf seinem Handrücken, die gespannt und durchscheinend war, war mit Leberflecken gesprenkelt wie die Haut einer exotischen Schlange.

Sie sah ihn über die Schulter an und lächelte, verzieh ihm die Neugier. »So was wie hier gibt es nirgends sonst auf der Welt, Walter«, sagte sie. »Ich habe mir das schon den ganzen Herbst überlegt.«

Walter musterte die Rückstände in seiner Teetasse. Wie immer sahen sie in seinen Augen nach nichts anderem als nach kleinen Stückchen von Teeblättern aus. Zweifellos wußte sie wirklich selbst nicht, was sie eigentlich vorhatte. Das Beste war wohl, sie ein paar Tage faul rumsitzen zu lassen, und vielleicht würden die Langeweile und die Einsamkeit sie dann wieder zu ihrem Mann zurücktreiben.

Sachte setzte er die Katze auf den Fußboden. Sie streckte sich und spazierte fort. Er zog sich am Tisch hoch, nahm seine Tasse und seine Untertasse in eine Hand und stellte beides in das Spülbecken. »Vielen Dank für den Tee«, sagte er. »Wenn ich was für Sie tun kann, dann schreien Sie ruhig.«

Liv umklammerte die Kante des Spülbeckens und sah ihm aus dem Küchenfenster nach, wie er die Stufen hinter dem Haus hinunterstapfte.

Travis kam von hinten auf sie zu und schlang seine Arme um ihre Taille. Er gähnte mit so weit offenem Mund, daß sein Kiefer knackste.

»Liv«, fragte er, »stirbt Walter?«

»Eines Tages«, sagte sie. Sie zerzauste sein Haar und strich es dann wieder glatt. »Jeder Mensch muß eines Tages sterben. Walter ist schon recht alt, aber er ist ein zäher Kerl. Ich wette, daß er noch ein paar Jahre durchhält.«

Sie sagte nicht zu Travis: Er fängt jetzt an, so auszusehen, als sei er dreiundachtzig. Irgendwann zwischen dem letzten Frühjahr und heute hat er angefangen, über den Boden zu schlurfen, und sein Gang ist gebeugt. Seine Augen, die im Mai noch klar und weiß waren, haben eine kränkliche gelbe Färbung angenommen, und die Iris ist so durchscheinend grau wie das Wasser des Sees im Morgendunst eines Augusttages. Und seine Haut hat diesen transparenten Schimmer angenommen, als finge sie an zu schmelzen.

Das Bild, das sie von ihm hatte, behütet und unveränderlich, so wie sie ihn gesehen hatte, als sie einmal zufällig auf ihn gestoßen war, kam ihr vor Augen: Walter, ohne Oberhemd und in seiner langen Unterhose und seiner Wollhose, denn es war Sommer, und er hatte, wie dieser ganze Menschenschlag, den Schichtenlook schon vor Ewigkeiten erfunden, als die Fremden aus den anderen Landesteilen L. L. Bean erst entdeckten, Walter, der mit einer Scheibe Brot den Bohnensaft von seinem Teller auftunkte, mit Kiefern, die stetig unter den Bartstoppeln in Bewegung waren, die immer die gleiche Länge hatten, nie länger und nie kürzer, immer exakt drei Tage alt, als lebte er in einem Märchen. Oder als sei er ein Nikolaus, der billig zu haben war. Nein, er entstammte einem Kinderreim, er war der legendäre dicke, ungewaschene König, der gern aß und trank und immer fröhlich war. Nur diese eine Ecke des Tischs war freigeräumt, vielleicht dreißig Zentimeter auf dreißig Zentimeter, gerade so, daß Walter seinen Teller, seine Gabel und seinen Krug hier abstellen konnte. Der angemalte Tisch war unsichtbar, unter einer Gebirgskette von Büchern und Zeitungen und Zeitschriften verborgen; seine Rechnungen und Quittungen; ungültig gemachte Schecks; Steuerformulare und Buchführung; Briefe von der Enkelin, die in Alaska lebte; vergilbende Schnappschüsse, die wie trockenes Herbstlaub zwischen den Papieren verstreut waren, Bilder von Urenkeln, die er nie leibhaftig gesehen hatte; die gesammelten Hefte von *Feld und Strom* und von *Yankee* von mindestens einem Jahr; und Taschenbuchwestern, oft ohne Einband, die er in Dewey Linscotts Trödelladen in Greenspark für ein paar Cent kaufte. Am liebsten waren ihm die von J. C. Devereaux, bei dem es sich in Wirklichkeit um eine Frau handelte, die Bobbie Anderson hieß und nur hundert Meilen weiter nordöstlich in Haven lebte, einem Ort an der Straße, auf dem Weg nach Derry und Bangor, ein Umstand, der Walter tierisch belustigte, als Liv es ihm erzählte. Im Sommer breitete sich sein Durcheinander auch über den kalten gußeisernen Ofen aus, unter dem Walters übelriechende alte Beaglehündin Fritzie schlief. Zu dieser Jahreszeit bereitete Walter das Wenige, was er sich kochte, auf einem schmutzigen zweiflammigen Gasherd zu, den er von Dewey im Austausch gegen einen von Fritzies Welpen erstanden hatte, als Fritzie noch in der Lage war, Junge zu kriegen, und das war jetzt auch schon lange her.

Sein einziger Sohn, der 1941 Soldat wurde, war schon länger tot als Mellie, seine Frau. Walt jun. war nicht ohne Nachkommen gestorben; aus seiner Ehe, die 1943 geschlossen und 1950 beendigt worden war, sieben Jahre, ehe Walt jun. schließlich in dem Veteranenheim in Togus an Lungenentzündung starb, waren zwei Töchter hervorgegangen.

Eine von Walters Enkelinnen, Lucinda, war zuweit weg und hatte einen erwerbsunfähigen Mann und zwei Töchter, die beide geschieden waren und heranwachsende Kinder und kein entsprechendes Einkommen hatten und um die sie sich kümmern mußte. Die andere, Jean, hatte einen Dummkopf geheiratet, der mehr gutes Aussehen als Verstand besessen hatte, einen Schwächling von der Sorte, die durch ein hartes Leben schnell verroht und grob wird, einen Nichtsnutz, und das sagte ihr auch jeder, der ihr ein Kind angedreht hatte und dann sinnlos betrunken mit seinem Ford Pickup gegen einen anderen Pickup gefahren war und dabei sich selbst und die unglückliche fünfköpfige Indianerfamilie ums Leben gebracht hatte, die sich in die Fahrerkabine gezwängt hatte. Nachdem sie sich einige Jahre allein durchgekämpft hatte, hatte Jean sich wiederverheiratet, den erstbesten Mann genommen, der um ihre Hand anhielt.

Ihr zweiter Mann war älter als sie und hatte zwei Söhne aus einer früheren Ehe. Arden Nighswander war in dieser Gegend als ein brutaler, gefährlicher und aufgeblasener Mann berüchtigt, aber auch als übler Schmarotzer. Es dauerte nicht lange, bis er aus Jean eine zitternde und bebende Schlampe gemacht hatte. Ihr Sohn, mit einem Vollmondgesicht und ohne jedes Rückgrat, der von den Ortsansässigen als ein mehr als nur einfacher Mensch angesehen wurde, machte sich besser als erwartet; Nighswanders Jungen quälten ihn zwar noch etwas mehr als ihre Hunde, wobei sie jedoch weniger erfolgreich darin waren, Gehässigkeit und Tücke in ihm wachzurufen, doch gleichzeitig hielten sie ihn sich auch als eine Art Maskottchen. Nighswander hatte sich mit Walter zerstritten, wie er sich auch mit allen anderen zerstritten hatte, und Jean traute sich nicht mehr, etwas mit ihrem eigenen Großvater zu tun zu haben. Somit war Walter in seinem hohen Alter so gut wie kinderlos. Liv fragte sich, ob es hier wohl jemanden gab, der ein Auge auf ihn hatte, ob jemand da wäre, der sich um ihn kümmerte, wenn es nötig werden sollte.

9. Kapitel

GEFECHT
ROHSCHNITT # 4

An einem malerischen Ausblickspunkt, von dem aus man auf eine Bucht blicken kann, sitzen zwei junge Polizisten in gestärkten, kurzärmeligen, sommerlichen Khaki-Uniformen auf einem großen, abgeflachten Steinbrocken, essen belegte Brote und trinken Limo. Ihr kompakter und sehr sauberer schwarzer Streifenwagen ist am Ende der Kehre geparkt. Dort stehen auch eine große Abfalltonne und eine öffentliche Telefonzelle von der Sorte, bei der nur der obere Teil überdacht ist. Von diesem Aussichtspunkt aus können die Polizisten nicht nur die gesamte Breite des Strandes überblicken, sondern auch den Zugang, einen Kiosk in einer tiefergelegenen Kurve derselben Straße. Der Himmel über ihnen ist so blau wie ein Rotkehlchenei, und die wenigen zarten Wolkenstreifen verblassen dagegen derart, daß sie jämmerlich wirken. Die Sonne ist weißglühend und hat die Farbe des Sandstrands, der zu dieser Tageszeit soviel von ihrer Hitze in sich aufgesogen hat, daß die nackten Füße darauf prickeln. Einige hundert Körper, darunter manche so weiß wie die Sonne und der Sand, aber viele so braun wie ein Mädchen von einer Aeroméxico-Werbung, drängen sich heroisch zwischen Sand und Sonne und spielen leichtsinnig mit Hautkrebs und Krokodillederfalten. Es handelt sich dabei vorwiegend um Teenager, die, soweit die engen Gesetze, ein großer Gleichmacher, es zulassen, alle nahezu entblößt sind und weniger wie faule Reiche oder Arbeitslose wirken. Ihre Bikinis und Badehosen rufen auch andere Mechanismen der Klassifizierung hervor, nämlich die zwischen den von der Natur Begünstigten, die schön und fit sind, und den Schwachen, die Pech gehabt haben. Doch hier ist nur ein Minimum der zweiten Gruppe, dafür aber ein Maximum der ersten Gruppe vertreten. Darüber, ob das nun daran liegt, daß die Dicken und Benachteiligten den Strand scheuen, oder daran, daß sie zudem auch noch arm sind und arbeiten müssen, wenn die Sonne scheint, kann man nur Spekulationen anstellen. Die Jugendlichen haben den jungen Müttern, zu denen einige zählen, die im vergangenen Sommer noch die begehrtesten Bikini-Schönen des Strandes waren, ein Ende des Strandes abgetreten, an dem das Wasser seicht ist und es auch ein Gezeitenbecken gibt, und dort sind sie jetzt mit ihren Babys und ihren Kleinkindern.

Es sind nur wenige alte Menschen darunter, die der Sonne trotzen, diejenigen, die sich wirklich der Aufgabe geweiht haben, Handtaschenleder aus ihrer Haut zu machen. Diese wenigen sind griesgrämig und gereizt; sie sind von der Jugend eingeschüchtert, und die Jugend läßt auf einem Boden oder zumindest auf Sand, den sie als ihren eigenen Boden ansieht, genüßlich ihre gut eingeölten und gebräunten Muskeln spielen.

Einer der Polizisten, Streifenpolizist William Kerry, wie man dem Namensschild auf seiner Brusttasche entnehmen kann, ist jung genug, als daß er noch kürzlich einer dieser Teenager, die den Strand beherrschen, gewesen sein könnte. Das hätte ihm permanente Sonnenbrände eingetragen, die er auch jetzt hat, denn seine Haut ist von Natur aus weißer als der Sand des Strandes, weißer als die Sonne. Er verliert sein gelocktes Kraushaar und zeigt den erbarmungslosen Strahlen mehr von seiner Kopfhaut, und er wird im Gesicht und am ganzen Körper dicker und setzt gerade einen Bauch an. Doch er scheint damit zufrieden zu sein, seiner eigenen sorglosen Jugend so nahe sein zu dürfen.

Der andere ist älter, schlanker, in der Tat einer dieser Männer, die nie fett werden, mit der angeborenen Hagerkeit von Menschen, die nie fett und überfressen waren. Und er ist eine recht große braune Gestalt, mit einer Hautfarbe geboren, die die Teenager, die davon besessen sind, die eigene Haut möglichst tief zu bräunen, nie erlangen werden, und die sie wirklich weltweit als Zeichen der Minderwertigkeit verhöhnen. Er hat eine militärische Körperhaltung, die der andere Bulle nur krampfhaft aufsetzen kann. Sein Abzeichen identifiziert ihn als Sergeant Emery Ratcliffe.

Er und Bill Kerry lachen beide, während sie ihr Mittagsmahl beenden. Bill Kerrys Lachen ist hoch, fast ein Kichern, und er errötet wie eine altjungferliche Tante, die plötzlich bei Woolworth den Schlüpfer verliert. Das hektische Rot auf seinen Wangen setzt sich wie runde Flecken Rouge gegen den durchscheinenden Schimmer ab, der sich als Folge von Sonnenbrand nach Sonnenbrand gebildet hat. Um Ratcliffes Augen ziehen sich kleine Fältchen, wenn er tief aus dem Bauch heraus lacht. Wenn er grinst, sieht man einen Mund voller unglaublich weißer Zähne, Jacketkronen, die er sich während seines Militärdienstes auf Regierungskosten hat anfertigen lassen.

Ratcliffe steckt Brotpapier und Papierservietten in eine braune Papiertüte und wirft sie in den Abfalleimer, der in der Kehre dieses malerischen Aussichtspunktes steht. Seine leere Limoflasche bringt er in einem kleinen Abfalleimer unter, der am Armaturenbrett des Streifenwagens angebracht ist. Bill Kerry kaut auf den letzten Bissen seines Salami-Sandwiches herum, rülpst lautstark und macht sich an dasselbe Aufräumritual.

»Ich erstatte gleich mal Meldung«, sagt Ratcliffe zu Kerry.

»Ich muß mal, ja?« fragt Kerry.

Ratcliffe grinst. »Geh in die Büsche, Mann, wo dich die Touristen nicht sehen können. Dem Chef würde das nicht gefallen.«

Kerry lacht wieder und läuft auf einen Fußweg zu, der in den Wald führt.

Ratcliffe läßt sich auf den Vordersitz des Streifenwagens gleiten und nimmt das Funkmikro in die Hand. Er nennt der Zentrale seine Wagennummer.

»Wir sind noch bei Pillsburry Beach«, meldet er. »Die Leute verhalten sich ruhig.«

Er hört sich die Störgeräusche an und dann eine klar verständliche Meldung. »Bleiben Sie auf Posten.« Dann: »Anruf von zu Hause, Rat. Rufen Sie Myrna doch mal an, ja?«

»Zehn-vier«, antwortet Ratcliffe, und er hängt das Mikro wieder an das Armaturenbrett.

Kerry kommt gerade wieder auf den Wagen zu und schaut nach, ob sein Reißverschluß wirklich geschlossen ist.

Ratcliffe steckt den Kopf aus dem Wagen. »Ich muß zu Hause anrufen, Bill.«

Eine Wolke der Sorge zieht über Kerrys Züge. Er ist ein Junggeselle, der sich Gedanken über die Ehe macht. Die Verantwortung, die sie mit sich bringt, erscheint ihm furchterregend.

Ratcliffe geht zu dem Münzfernsprecher am Ende der Kehre, steckt eine Münze in den Apparat, wählt seine Privatnummer und spricht mit seiner Frau.

»Hallo, Schatz«, sagt er, »was gibt's?«

»Oh, du bist es, Tiger«, begrüßt ihn seine Frau. »Ich weiß es selbst nicht, ich soll dir etwas ausrichten.«

Ratcliffe wird ganz still. »Ja, sag schon, Myrna.«

»Eine Nachricht von Denny. Wenn es auch nicht Denny war, der angerufen hat, Tiger. Es war diese Freundin, die er hat, die, die er im letzten Winter in Florida dabeihatte.«

»Die Nutte«, sagt Ratcliffe.

»Genau die. Barbie Sue, die ihr Oberteil ausgezogen hat, als wir mit dem Boot draußen waren. Sie hat gesagt, er hätte ihr gesagt, daß sie dich anrufen und dir sagen soll, daß Court hinter dir her ist. Er hat gesagt, sie soll dir sagen, daß Court Jackson geschnappt hat und daß Taurus es für ihn erledigt und ihm die Arbeit abgenommen hat, aber ich verstehe kein Wort von alledem. Jedenfalls hat sie gesagt, daß ich es dir augenblicklich sagen soll, pronto, daß es dringend ist.«

Ratcliffe schließt die Augen.

»Was hat das zu bedeuten, Tiger? Alles, was Barbie Sue wußte, war, daß Denny gesagt hat, es sei wirklich wichtig, und dann ist er abgehauen, und sie hat keine Ahnung, wo er steckt.«

»Ja«, sagte Ratcliffe. »Es ist wirklich sehr wichtig. Paß auf, ich bin in fünfzehn Minuten zu Hause. Pack schon für mich, Schatz. Ich werde dir alles erklären, wenn ich da bin.« Er legt eilig den Hörer auf, ohne ihr eine Chance zu geben, etwas darauf zu erwidern oder weitere Fragen zu stellen. Dann geht er zum Funkstreifenwagen.

»Bring mich nach Hause, Bill«, sagt er, während er sich auf den Beifahrersitz gleiten läßt. »Ich fühle mich elend.«

Bill Kerry setzt sich eilig hinter das Steuer und läßt den Wagen an, ehe er Ratcliffe neugierig beäugt.

»Klar. Ist alles in Ordnung, Rat?«

»Mir ist hundeübel«, sagt Ratcliffe kurz angebunden, während er seinen Kopf an die Kopfstütze lehnt. »Dieses Hühnersandwich muß hinüber gewesen sein. Ich habe das Gefühl, daß es wieder rauskommt.«

Kerry wirft noch einen verstohlenen Blick auf seinen Kumpel. Auf Ratcliffes Gesicht schimmern Schweißperlen, und er ist aschfahl. Entweder er hat wirklich ein altes Sandwich erwischt, das nicht mehr gut war, oder er hat von seiner Frau irgendwelche Neuigkeiten erfahren, die schlimm genug sind, um ihn so krank zu machen wie eine Lebensmittelvergiftung. Wenn eins seiner Kinder sich verletzt hätte oder krank wäre, dann hätte er das doch gesagt, oder vielleicht nicht? Oder wenn Myrna etwas zugestoßen wäre. Aber das war unwahrscheinlich, er hatte schließlich gerade eben mit ihr gesprochen, und daher mußte sie in der Lage sein zu sprechen. Kerry verbirgt seine besorgten Vorstellungen hinter seinem gewohnheitsmäßig heiteren Ausdruck.

Ratcliffe, der einen Arm auf seinen Magen gedrückt hat, als täte er weh, greift nach dem Mikro und kriegt die Zentrale dran.

»Hier Rat«, sagt er. »Mir ist hundeelend, ich muß wohl ein verdorbenes Sandwich erwischt haben.« Seine Stimme ist schwach und zittert.

»Verstanden«, sagt die Zentrale. Es entsteht eine Pause mit Störgeräuschen, während der diensthabende Beamte Meldung erstattet bekommt. »Der Chef sagt, Kerry soll Sie nach Hause bringen und sich dann wieder im Revier melden, wenn alles klar ist. Er springt heute für Sie ein. Der

Chef sagt, Sie sollen sich was Gutes tun, Rat, und Sie sind ihm was schuldig.«

»Sehr verbunden«, sagt Rat. »Zehn-vier.«

Kerry biegt mit dem Streifenwagen in die Auffahrt eines sehr gepflegten vorstädtischen Hauses ein. Direkt neben der Garage parkt ein kleines GI-Motorrad. Ein kleines Mädchen in einem zerknitterten Spielanzug, das auf einem rosa Rad strampelt, ruft: »Daddy!«

Die Haustür steht offen, die Verandatür ist geschlossen. Eine junge Frau, die dunkler ist als Ratcliffe und sorgenvoll die Stirn in Falten legt, öffnet die Verandatür.

»Tiger?« sagt sie. Dann sieht sie Ratcliffe, der sich mühsam aus dem Streifenwagen gezogen hat und sich jetzt auf die offene Wagentür stützt. Das kleine Mädchen springt vom Rad und läuft auf Ratcliffe zu. Ratcliffe beugt sich hastig über einen Rhododendronstrauch, um sich zu übergeben.

Seine Frau eilt auf ihn zu und ruft: »Tiger?«

Das kleine Mädchen bleibt abrupt stehen, verwirrt und plötzlich verängstigt. Bill Kerry steht mit zwei riesigen Schritten neben ihr und hebt sie hoch. »Sylvia!« ruft er aus. »Du bist aber groß geworden! Jetzt habe ich dich eine Woche lang nicht gesehen, und du gehst einfach her und wächst glatte acht Zentimeter!«

Das Ablenkungsmanöver klappt. Sylvia kichert.

Ratcliffe stützt sich kurz auf seine Frau und stößt sie dann sachte aus dem Weg. »Ich bin schon wieder in Ordnung, Myrna.«

Er taumelt auf die Tür zu. Sie folgt ihm und streicht nervös ihren Rock glatt.

Bill Kerry hebt Sylvia auf seine Schultern und trägt sie ins Haus.

Aus dem Bad sind gurgelnde Laute zu vernehmen. Myrna stellt sich im Flur vor die Badtür, bleibt dort stehen und ringt die Hände. Bill Kerry setzt Sylvia auf dem Sofa ab und setzt sich hin. Auf dem Kaminsims steht eine goldgerahmte Fotografie von Ratcliffes achtjährigem Sohn Joey in einer Pfadfinderuniform. An einem Tag wie heute ist Joey höchstwahrscheinlich mit seinen Kumpeln im nächstgelegenen öffentlichen Freibad und planscht dort herum. Kerry sieht sich in dem Wohnzimmer um, das die perfekte Wiedergabe dessen ist, was man in Frauenzeitschriften findet, abgesehen von Sylvias Buntstiften und ihren Malbüchern auf dem Couchtisch. Es ist geradezu extrem geschmackvoll eingerichtet. Ratcliffe bezeichnet Myrna als eine übertriebene Hausfrau, und er sagt, daß sie alles mit ihrem Putzfimmel kompensiert, und Bill Kerry faßt das so auf, daß Myrna sich Sorgen macht, die Nachbarn könnten glauben, sie sei eine Niggerschlampe, wenn sie das Haus nicht peinlich sauber hält und es geschmackvoll einrichtet. Bill Kerrys Haushalt ist ein einziges Drunter und Drüber, obwohl er sich Mühe gibt. Er wünschte, die Wohnung seiner Verlobten Doreen enthielte auch nur irgendwelche Indizien dafür, daß sie eine ebenso gute Hausfrau werden könnte wie Myrna. Seine Mutter hatte, eher zutreffend als aus reiner Gehässigkeit, geäußert, Doreens Wohnung hätte große Chancen auf Unterstützung durch einen staatlichen Katastrophenhilfsfonds. Myrnas Nachbarschaft hätte Doreen ganz entschieden als eine Schlampe angesehen. Aber niemand würde sagen: ›Na ja, was hast du denn erwartet, sie sind doch alle gleich, eine Horde von Tieren‹, nicht über Doreen, denn er und Doreen wären nicht die einzigen in der Straße, die die falsche Hautfarbe hatten.

Ratcliffe kommt aus dem Bad. »Danke«, sagt er. »Jetzt geht es mir viel besser.«

Er sieht auch besser aus.

»Gut«, sagt Kerry. »Dann gehe ich jetzt. Paß auf dich auf.«

Kerry steigt in den Streifenwagen. Er hört Myrna durch die offenen Schlafzimmerfenster.

»Tiger?«

»Du wirst schon zurechtkommen, Schatz. Du hast das Scheckheft. Ich nehme nur diesen einen Scheck mit.«

»Aber warum? Warum läufst du weg? Wohin gehst du, Tiger?«

»Er hat es auf mich abgesehen, Liebling. Er hat es auf uns

alle abgesehen. Du erfährst von mir, wo ich bin, wenn ich in Sicherheit bin. Im Moment ist es besser, wenn du es nicht weißt.«

»Tiger. Verdammt noch mal, du kannst doch nicht einfach weglaufen und mich verlassen. Wer ist hinter dir her?«

»Court«, sagt Ratcliffe. »Er hat es auf mich abgesehen.«

Myrna weint jetzt. »Und was ist mit Sylvia und Joey? Was soll ich ihnen sagen?«

»Ich gebe dir Bescheid, sowie ich es riskieren kann.« Ratcliffes Stimme war sanft, tröstlich und höllisch schuldbewußt. »Court wird dir nichts tun«, sagt er. »Er hat es nur auf mich abgesehen.«

Kerry drehte den Schlüssel im Zündschloß um. Er wollte nichts mehr hören. Er wollte nicht wissen, was für eine Klemme das war, in die sich Ratcliffe gebracht hatte. Es war schlimm genug, um Rat krank zu machen. Wer auch immer dieser Court sein mochte – Rat fürchtete sich vor ihm, und jemand, vor dem Rat sich fürchtete, war Bill Kerry geradezu unheimlich, soviel war klar. Er hoffte nur, daß Rat zurechtkommen und es schaffen würde. Er hoffte, daß sonst niemandem etwas zustieß.

Sarah faltete das Geschirrtuch zusammen und hängte es über den Chromgriff der Ofentür. Sie sah sich zu ihrer Großmutter um.

Marguerite war gerade damit fertig geworden, das letzte Glas auf Hochglanz zu bringen, und jetzt schloß sie sachte die Schranktür, hinter der aufgereiht die blitzblanken Gläser standen. Sie sah sich kritisch in der Küche um. Sie hatte ihr schimmerndes weißes Haar mit einem diagonal karierten schwarzroten Schal hochgebunden und trug eine ganz einfache Bäckerschürze aus ungebleichtem Leinen über einer maßgeschneiderten Hose aus einem grauen Wollstoff und einem gestrickten Rollkragenpullover aus schwarzer Baumwolle. Dazu trug sie rote Stiefel mit flachen Absätzen. Ihre Bewegungen hatten ein klein wenig von ihrer normalen spröden Zuversicht eingebüßt, als sei sie müde, hätte aber nicht vor, es sich anmerken zu lassen.

»Schon ganz gut fürs erste«, sagte sie. Sie drückte einen Klacks Handlotion auf ihre linke Handfläche und massierte sie in ihre Hände ein. »Morgen machen wir uns dann an die Fenster.«

Sarah schnitt eine Grimasse. Abgesehen von ihren Jeans und ihrem T-Shirt und davon, daß ihr langes Haar ihr lose um das Gesicht hing, wobei der Schweiß ihr einzelne Strähnen an die Stirn, die Schläen und das Genick klebte, sah sie aus wie eine fünfzig Jahre jüngere Ausgabe ihrer Großmutter. »Laß das doch Mrs. Fuller machen.«

Marguerite lächelte. »Mrs. Fuller kommt nicht, Sarah. Da deine Mutter und Travis fort sind und dein Vater heute abreist, habe ich ihr gesagt, sie soll sich die Woche freinehmen. Das, was getan werden muß, schaffen wir beide auch alleine.«

»Himmel«, murmelte Sarah. Sie wich zurück, lehnte sich an die Arbeitsplatte und verschränkte die Arme.

»Was hast du gesagt, Liebes?«

»Nichts«, antwortete Sarah. »Rein gar nichts.«

»Also, ich könnte jetzt eine Tasse Kaffee gebrauchen«, sagte Marguerite. Sie grifff in einen Schrank und holte eine Tasse und eine Untertasse heraus. »Was ist mit dir?«

»Pfui Teufel«, sagte Sarah. »Du machst ihn immer zu stark. Ich trinke lieber eine Cola.«

»Das ist weder für deine Zähne noch für deinen Teint gut«, sagte Marguerite, während sie die Tasse auf Staubflocken hin überprüfte, indem sie mit einer Fingerspitze zart durch das Innere der Tasse fuhr.

»Meine Güte!« Sarah stieß sich von der Arbeitsplatte ab und blieb mitten in der Küche stehen. Unbewußt legte sich ein Finger auf die kleine rote Beule auf ihrem Kinn, die Stelle, an der sich unter der Hautoberfläche ein Pickel bildete. Einer schien dort immer ein paar Tage vor ihrer Periode zu kommen. Sie sah sich ihre Nägel an, die mit einem leuchtenden Selleriegrün lackiert waren. Die Hausarbeit hatte den Nagellack zerkratzt und abbröseln lassen.

»Sarah!«

»Und was ist mit Kaffee – hindert der denn nicht das Wachstum?« fragte Sarah.

Marguerite schob die Lippen vor, doch sie machte sich ganz ruhig daran, die Glaskaraffe zu füllen und das Wasser in den Wasserbehälter der Kaffeemaschine zu gießen, ehe sie antwortete. »Ich brauche mich wohl kaum daran zu stören, daß etwas mein Wachstum hindert, junge Frau, aber du solltest dich mal an deiner eigenen Ausdrucksweise stören. Und an deinem Benehmen.«

Pat stellte seinen Koffer in der Flurtür ab und räusperte sich. Er war frisch rasiert und hatte sich für die lange Flugreise angezogen; er trug bequeme Schuhe und eine Wildlederjacke, die selbst dann nicht verknitterte, wenn er sie zu einem Kissen zusammenrollte, um darauf zu schlafen. Es schien in letzter Zeit, als sei das, was er anzog, das einzige, was er noch selbst unter Kontrolle hatte. Er hoffte, er würde im Flugzeug schlafen können; die letzte Nacht war eine endlose und unruhige Nacht gewesen. Ihm war abwechselnd zu kalt und zu heiß gewesen, als fieberte er. Liv hatte nicht angerufen, und er hatte Angst davor gehabt, sie anzurufen, wenn er sich auch schließlich dazu durchgerungen hatte, Walter McKenzie anzurufen, den er insofern belogen hatte, daß er ihm erzählt hatte, er hätte Liv einfach nicht erreichen können, aber jetzt würde Walter zumindest nach ihr sehen.

Marguerite wandte Sarah den Rücken zu und öffnete eine Schranktür. Sie holte eine Kilodose Maxwell Hausmarke heraus und musterte sie kritisch. Sie zog Folger's Kaffee vor.

Sarah stürzte Pat entgegen und schlang ihre Arme um ihn.

Er drückte sie dicht an sich.

»Kaffee, Pat?« erkundigte sich Marguerite strahlend.

Er tätschelte Sarahs Rücken und ließ sie los. »Gewiß«, sagte er. »Gewiß.«

Marguerite riß den Deckel der Vakuumverpackung auf. Zischend strömte Luft in das Vakuum, und noch im selben Moment duftete die ganze Küche nach herbem, würzigem, gemahlenem Kaffee.

»Kann ich mit dir kommen? Bitte, Daddy?« sagte Sarah mit gesenkter Stimme zu Pat.

Er ließ sich auf einen Stuhl fallen. »Tut mir leid, meine Süße.«

»Ich *hasse* sie«, sagte Sarah durch zusammengepreßte Zähne.

Pat sah auf den Fußboden und kaute auf seiner Unterlippe herum.

Sarah ballte ihre Hände. »Niemand interessiert sich dafür, was ich will. Niemand.«

»Das ist nicht wahr«, sagte Pat.

»Jetzt reicht es, Sarah«, sagte Marguerite.

Sarah brach in Tränen aus. Pat streckte die Arme nach ihr aus und zog sie auf seinen Schoß. Sie begrub ihren Kopf an der Schulter seiner Wildlederjacke und befleckte sie mit heißen Tränen, ein Gedanke, bei dem Gereiztheit in ihm aufstieg, die dann sofort Schuldgefühlen wich, weil er Äußerlichkeiten zuviel Bedeutung beimaß. Er sehnte sich nach der Art von weichen, abgenutzten, alten Windeln, die Liv ihm immer in die Hand gedrückt hatte, wenn Sarah oder Travis als Säuglinge ein Bäuerchen machen sollten und er sich erst das Tuch und dann das Kind über die Schulter warf. Er tätschelte unbeholfen ihren Rücken. Ihm war nicht klargewesen, daß sie so groß geworden war, ebenso wenig der Umstand, daß ihr Busen und ihr Hintern sich rundeten. Er hatte das unbehagliche Gefühl, eine erwachsene Frau auf seinen Knien sitzen zu haben.

Marguerite ignorierte die beiden. Mit einem Meßlöffel füllte sie Kaffee in den Filter der Kaffeemaschine und drückte den Plastikdeckel auf die Maxwell Hausmarke. Sie steckte die Maschine ein und schaltete sie an. Sie begann augenblicklich zu blubbern. Dann setzte sie sich Pat und Sarah gegenüber an den Tisch.

»Sarah«, sagte sie, »schau doch bitte mal nach dem Trockner, ja?«

Sarah sprang von Pats Schoß und verließ türenknallend die Küche.

Als das Geräusch ihres erbosten Stapfens im Flur verhallte, beugte Marguerite sich vor und drückte Pats Hand energisch.

»Pat«, sagte sie, »hör mit diesem Blödsinn auf, ehe es dir zur Gewohnheit wird. Willst du denn so weiterleben?«

Pat sah zu ihr auf. »Sie steht unter Streß«, sagte er. »Es ist ihr Recht, außer sich zu sein.«

Marguerite seufzte. »Falls du von Sarah sprichst, dann kann ich dir nur sagen, daß Sarah dich für alle Zeiten gegen Liv ausspielen wird, wenn du das zuläßt. Wenn du ohne Liv und mit Sarah in dein neues Haus in Kalifornien ziehst, dann wirst du vor der Aufgabe stehen, eine Dreizehnjährige großzuziehen, die alle Freiheiten einer Erwachsenen haben will und dabei das Verantwortungsbewußtsein einer Zehnjährigen hat. Du wirst mit einer erstklassigen Erpresserin zusammen leben. Sie wird dein Schuldbewußtsein für sich einsetzen, deine Besessenheit von deiner Arbeit und deinen Zorn und deine Schuldgefühle gegenüber Liv ausnutzen. Es wird ein sehr teurer Spaß, Pat. Nicht nur eine Haushälterin für dieses schicke Haus und eine Köchin, sondern außerdem auch noch Sarahs Privatschule, ihre Kleidung, ihr Taschengeld, das sich an dem mißt, was ihre Freundinnen bekommen, und wofür sie nichts leistet. Es dauert gar nicht mehr allzu lange, und sie wird einen Wagen brauchen, weil alle ihre Freundinnen einen haben. Dann kommt das Rauschgift, Marihuana und Koks, das sie sich von ihrem lachhaften Taschengeld kaufen wird. Und dann wird sie dir dein Koks klauen.«

»Einen Moment mal«, sagte Pat. »Jetzt mach aber mal halblang, verdammt noch mal.«

Marguerite hielt ihre Hände hoch. »Laß mich bitte erst ausreden. Und verschone mich mit deinen Flüchen. Du brauchst nicht zu glauben, Liv hätte es mir erzählt. Ich bin doch nicht blöd. Du glaubst wohl, ich wüßte nicht, wozu dieses Abführmittel da ist, das du in deiner Schreibtischschublade aufbewahrst? Ich bin seit einundvierzig Jahren mit einem Apotheker verheiratet, Pat. Und ich habe nicht etwa geschnüffelt, Pat. Ich konnte das Telefonbuch nicht finden, und dabei bin ich darauf gestoßen. Hat es dich schon so blöd gemacht, oder willst du, daß Liv es findet, damit ihr beide mal wieder etwas habt, worüber ihr euch streiten könnt? Glaubst du etwa, Sarah wüßte nichts davon?«

»Wovon?« fragte Sarah, die durch den Flur kam.

»Komm mir bloß nicht frech«, sagte Marguerite. Sie stand auf und ging zur Kaffeemaschine.

»Die Gesetze sind doof«, sagte Sarah, die in der Tür stand. »Der Staat will einfach nicht, daß irgend jemand seinen Spaß hat.«

Pat starrte Sarah an. »Sarah«, sagte er.

»So verhält sich das also?« sagte Marguerite. »Nun, Pat, und was wirst du ihr jetzt erzählen?«

»Hör mal, Sarah«, sagte er, »es ist wahr, ich habe dieses Zeug probiert. Aber ich habe nichts mehr damit zu tun. Es kann einen wirklich kaputtmachen. Ich bin vielleicht nicht der Meinung, daß die Regierung diese Dinge richtig handhabt, aber das heißt noch lange nicht, daß ich der Meinung bin, daß du oder irgend jemand sonst etwas mit diesem Zeug zu tun haben sollte.«

Sarah zuckte die Achseln und ließ sich gegen den Türrahmen fallen. »Du bist erwachsen. Erwachsene sagen immer: ›Tu, was ich sage, nicht, was ich tue.‹ Wenn du damit umgehen kannst, dann kann ich das auch.«

Pat schloß die Augen und biß die Zähne zusammen. »Du bist nicht erwachsen, Sarah, noch nicht, ob du dich nun dafür hältst oder auch nicht.« *Auch dann nicht, wenn du so aussiehst und so empfindest wie eine Erwachsene.*

»Dein Kaffee«, sagte Marguerite freundlich, und sie stellte ihm eine Tasse hin.

»Danke«, murmelte er.

»Nichts zu danken«, sagte Marguerite. »Es gibt noch eine andere Redewendung zu diesem Thema, Sarah.«

»Und zwar?« sagte Sarah, die ihre Fingernägel betrachtete, um zu betonen, wie sehr sie das alles langweilte.

»Kinder sollte man sehen und nicht hören«, sagte Marguerite. »Das heißt, du weißt einen Scheißdreck.«

Sarah fiel das Kinn herunter. Sie hatte nie gehört, daß ihre Großmutter ein unflätiges Wort benutzte. Marguerite, die dafür berüchtigt war, daß sie auffallend frechen Kindern den Mund für einen derartigen Verstoß ausgewaschen hatte, bis Liv dahintergekommen war und dem ein Ende gesetzt hatte.

Pat warf einen besorgten Blick auf Sarah. »Ich muß bald gehen, wenn ich mein Flugzeug noch erwischen will, Sarah, aber darüber werden wir noch ausführlich reden. Ich rufe dich morgen aus L. A. an. Morgen nach der Schule. Geht drei Uhr in Ordnung?«

Sarah schmollte. »Ich habe Baseball-Training.«

»Und wann kommst du also nach Hause?«

»Um halb fünf.«

»Gut, dann rufe ich dich eben um halb fünf an.«

Sarah nickte.

Er sah seine Kaffeetasse an. Wenn er den Kaffee jetzt trank, dann stand ihm das wahrscheinlich im Weg, wenn er im Flugzeug schlafen wollte. Trotzdem kippte er den größten Teil hinunter. »Ich muß gehen«, sagte er.

»Ich wünsche dir einen guten Flug«, sagte Marguerite.

Pat küßte Sarah auf die Wange. »Sei brav, Schätzchen«, sagte er. In seiner Stimme klang ein flehentlicher Tonfall an.

»Klar«, sagte sie verdrossen.

»Sie wird brav sein«, sagte Marguerite zuversichtlich.

Pat ging in den Flur, hob seinen Koffer auf und nahm sich einen Mantel und einen Schal und eilte aus dem Haus.

Sarah und Marguerite saßen allein in der Küche, einander gegenüber am Tisch, und starrten einander an. Pats Wagen wurde in der Auffahrt angelassen, und dann war er fort. Es war sehr still, und die einzigen Laute im Haus kamen von der altmodischen Standuhr in der Eingangshalle, die regelmäßig und vernehmbar tickte. Marguerite nippte Kaffee. Schließlich fingen Sarahs Wimpern an zu zucken, und dann sah Sarah auf die Tischdecke herunter. Marguerite stieß einen unverständlichen Laut aus.

»Sarah«, sagte sie.

Sarah blickte nicht auf. Lautlose Tränen liefen über ihre Wangen.

»Sarah«, wiederholte Marguerite. »Nur über meine Leiche lassen deine Eltern sich scheiden. Für dich besteht nicht die geringste Chance, je in diesem Glashaus in Kalifornien zu leben. Du wirst die nächsten fünf Jahre hier verbringen, genau da, wo du jetzt bist, und daher solltest du dich an diese Vorstellung gewöhnen. Freu dich. So schlimm wird es nicht. Du wirst es also noch verschieben müssen, dich für dumm verkaufen zu lassen, bis du achtzehn bist und ins College gehst. Dann ist es auch noch nicht zu spät. Glaub mir.«

Sarah wischte sich mit dem Handrücken die Augen ab. »Warum bist du bloß so gemein?« flüsterte Sarah.

»Ich bin nicht gemein«, sagte Marguerite. »Ich sage dir lediglich die Wahrheit. Weißt du, was du an mir nicht leiden kannst?«

Sarah blickte auf und schniefte.

»Wir beide sind uns sehr ähnlich.«

»Ha«, sagte Sarah, und sie fischte ein Papiertuch aus der Kiste, die auf dem Küchentisch stand. Sie putzte sich die Nase. »Du und meine Mutter, ihr beide seid euch ähnlich.«

Marguerite blinzelte. »Deine Mutter und ich? Daß ich nicht lache, Miß Zweimalgescheit.« Sie beugte sich über den Tisch und pochte mit ihren Knöcheln auf den Tisch. »Deine Mutter ist ganz nach Doe geschlagen. Gegen sie wirst du nie gewinnen.«

»Und weshalb nicht?« fragte Sarah trotzig.

»Ich habe nie in irgendeiner Hinsicht gegen ihn gewonnen, deshalb.« Marguerite stand auf und schenkte sich noch eine Tasse Kaffee ein. »Das solltest du deinem Vater sagen, wenn du mit ihm sprichst. Sag ihm, einen von den beiden ändern zu wollen, sei, als versuche man, eine Handvoll Schnee festzuhalten. Sie schmelzen einem einfach unter den Fingern weg. Und dann glaubt man, sie verloren zu haben. Dann merkt man aber, daß man bis zur Hüfte drinsteckt, und sie laufen dir über das Genick und in die Stiefel hinein, und sie werden dich unter sich begraben. Sie werden dich begraben.« Sie starrte aus dem Fenster und sah den kalten Himmel an. »Wußtest du eigentlich, Sarah, daß angeblich jede Schneeflocke ein ganz einzigartiges Gebilde ist?«

»Dasselbe sagt meine Mutter auch«, sagte Sarah.

»Erinnerst du dich noch daran, als sie den Weihnachtsschmuck mit den vielen Schneeflocken gemacht hat? Sie hat mir ein Buch aus einer Bücherei gezeigt, das sie sich gerade ausgeliehen hatte, die ersten Fotografien, die je von Schneeflocken gemacht worden sind, von jemandem aus Vermont. Mir ist schon ein Schauer über den Rücken gelaufen, als ich diese Bilder nur gesehen habe«, sagte Marguerite. Sie schlang ihre Hände um ihre eigenen Schultern.

Sie drehte sich um, als sie Sarahs Schluchzen hörte. Tiefe Schluchzlaute, die ihren Rücken hoben, das Gesicht in den Händen und vor den Augen diese wüst lackierten Nägel. Marguerite trat zu ihr und legte ihre Hände auf Sarahs Schultern. »Mein armes Kleines«, sagte sie, und sie küßte Sarahs Haar.

Die Fahrt zum Flugplatz war nicht lange genug, um sich während dieser Zeit zu beruhigen. Pat drückte immer wieder auf die Senderwahl, schaltete auf der Suche nach dem richtigen Song am Radio herum, der einen Rock-'n'-Roll-Nummer, die ihn ansprechen und ihn für den Moment von sich selbst befreien würde. Es war eine der Phasen, in der er fast sicher war, daß der Rock 'n' Roll wahrhaft und endgültig tot war. Er durchlitt ›Lick It Up‹ von Metal Health im BLM aus Lewiston, und dann die astrologischen Vorhersagen von Cosmic Muffin, und die waren seit der Syndikatsbildung überhaupt nicht mehr komisch. Es folgte Jay Jay mit dem Wetter, und er berichtete, daß es mit dem Wetter ganz schlecht aussah, Leute, schwere Schneefälle, möglicherweise am Abend auch ein Schneesturm in den Bergen. Pat drückte wieder auf der Taste rum und fand David Bowie, der mit Bing Crosby ›White Christmas‹ sang. An der nächsten roten Ampel fummelte er hektisch im Handschuhfach herum, um ein Band zu finden, und er steckte die erstbeste Kassette in den Schlitz, ohne sich auch nur anzusehen, was es war. Es war ›Born to Add‹, die Rock-Parodie der Sesamstraße, die sie das letzte Mal gehört hatten, als sie am Tag nach dem Erntedankfest vom Einkaufen zurückgekommen waren. Er mußte unwillkürlich lachen. Die quäkende Stimme von Bruce Stringbean rief ihm das Bild des Nikolaus' mit seinem weißen schimmernden Bart vor Augen, der orange Flecken von Travis' erbrochener Orangenlimonade hatte, und er sah wieder vor sich, wie dieser Weihnachtsmann geflucht und getobt hatte. Und wie immer fiel ihm dabei auch Sarahs Bewunderung für den echten Bruce ein. Als er den Flughafen erreichte, dachte er an seine Kinder.

Ich werde Liv aus L. A. anrufen, sagte sich Pat, als er an den Münzfernsprechern vorbeieilte, obwohl er noch Zeit hatte. Eigentlich sogar zuviel Zeit.

Er war aus der Küche seiner Frau geflohen, in der die Dinge auf subtile Weise nicht stimmten, Schränke umsortiert und die Abstellflächen zu kahl, als sei sie gestorben und als sei Marguerite hinzugeeilt, um Livs Gegenwart auszutreiben, Livs Seele zu demonstrieren, daß diese Küche nicht länger ihr gehörte, oder auch, um die Küche von der Verseuchung durch die Tote zu reinigen. Er war vor Marguerite geflohen, die am anderen Tischende saß, mit ihrer Kaffeetasse und den strahlenden und wissenden Augen einer Schwiegermutter, sie sagten: *Ich weiß, daß du mein kleines Mädchen fickst, Süßer, und glaub bloß nicht, ich würde, bloß weil du sie zu einer ehrbaren Frau gemacht hast, jemals die Schrotflinte entladen, denn schließlich fickst du sie immer noch*, wobei die Schrotflinte natürlich keine echte war, obwohl beide, Marguerite und Doe, der liebenswerte Bär Doe, durchaus in der Lage gewesen wären, nach einer echten Schrotflinte zu greifen und ihn umzulegen. Bekümmert und feierlich und nüchtern und mit angemessenem Ernst, aus Gründen der persönlichen Ehre. Und er war vor Sarah geflohen, mit ihren Titten und ihrem Arsch einer Frau und mit ihrer aufreizenden, blinden, verbohrten, pubertären Dummheit.

Zwischen den winzigen orangen Polstern ihrer Walkman-Kopfhörer schien sich außer Rock-'n'-Roll-Texten nichts abzuspielen. Er wußte nicht, wie er ihr sagen sollte, daß sie für ihn ein süßer, nostalgischer, romantischer Traum einer Jugend waren, die es nie gegeben hatte und die es auch heute nicht gab. Er war nie auf den Gedanken gekommen, sie könnte wirklich daran glauben, an all diese Lügen über die Liebe und die Rebellion und das Jung-Sterben, um eine schöne Leiche zu hinterlassen. Gab es wirklich Leute, die so jung und dumm waren, daß sie nicht wußten, daß es so etwas wie eine schöne Leiche nicht gab? Er war vor dem milden Abführmittel geflohen, das er gemeinsam mit dem kleinen Sieb und der Rasierklinge und der polierten Steinscheibe in seinem Schreibtisch hatte liegenlassen, und all das konnte er Sarah nicht erklären, selbst dann nicht, wenn sie die Stöpsel aus ihren Ohren gezogen und ihm zugehört hätte.

Wie sollte er sagen: Sieh mal, Mädchen, das muß man gesehen haben. Der Staat lügt, diese Bande von verrückten Gaunern, die in der Regierung sitzen, er belügt uns aus Prinzip in jeder Hinsicht, aber das kommt nicht daher, daß er nicht will, daß irgend jemand seinen Spaß hat, sondern es kommt daher, daß er die Preise oben halten will, und wenn Spaß illegal ist, dann muß irgend jemand Kohle daraus schlagen, billiges Vergnügen ist unamerikanisch, und so will es der Staat haben, meine Süße, in dem Punkt hast du absolut recht. Aber die Sache ist die, daß es deswegen noch lange nicht das Richtige für Dreizehnjährige ist, auch nicht für die breite Masse. Für mich geht es in Ordnung, für mich persönlich. Ich weiß, wie das klingt, Kleines, aber sieh mal, ich kiffe seit neunzehnhundertachtundsechzig, nicht täglich, und natürlich auch nicht jede Woche, aber ab und zu, und ich weiß verdammt gut, daß es mir weniger schadet als der Alkohol, den ich täglich saufe, an jedem einzelnen gottverfluchten Tag, zwei Martinis vor dem Abendessen, Wein oder Bier zum Abendessen, ein paar Biere, wenn nicht gar sechs Stück nach dem Abendessen, ab und zu einen Brandy oder einen kleinen Cognac, und ich vermisse diese Gehirnzellen überhaupt nicht, weil es Billionen von diesen kleinen Mistdingern gibt, von denen die meisten ohnehin rumlungern und sich von den anderen durchfüttern lassen, und ich liebe es, völlig weg zu sein, und ich liebe es, auf Koks in die Lüfte aufzusteigen, es ist ein Gefühl, als würden alle diese abgestorbenen Gehirnzellen verdammt noch mal noch im selben Moment wieder ins Leben gerufen, als würden sie lebendig und würden neue Zellen erzeugen, und all das kostet mich nichts weiter als Geld, Kleenex, ein bißchen Schlaf und ab und zu einen harmlosen Fall von Durchfallserkrankungen als Folge des Abführmittels oder womit auch immer dieses Zeug verschnitten wird, aber du mußt das verstehen, Sarah, ich bin ein erwachsener Mann, fünfunddreißig Jahre alt, ich arbeite achtzehn Stunden am Tag, ich fliege nach L. A., und es kostet mich drei Tage, um über den Jetlag zu kommen, und dann fliege ich nach Osten, und wieder kostet mich der Jetlag drei Tage; und das tue ich immer wieder, und ich kann es mir nicht leisten, langsam zu sein, ich muß produzieren, ganz gleich, wo ich bin, und außerdem weiß ich, was ich tue, Sarah. Ein Mann muß mit vielem fertigwerden, Sarah. Er muß sich den Lebensunterhalt verdienen, eine Familie behüten und ernähren, eine Frau zu halten wissen. Und ich bin gerade dabei, meine Frau zu verlieren, deine Mutter.

Der Gedanke an Liv brachte ihn derart zur Verzweiflung, daß er Sarah ganz vergaß und sich jämmerlich auf einen körpergerecht geformten Plastikstuhl im neuen Flughafengebäude fallen ließ. Alles um ihn herum war weiß oder leuchtend bunt – purpurrot wie sein Stuhl oder rot oder gelb – und neu und modern und von riesigen Glasflächen durchsetzt, die ständig ein Mann zu reinigen schien, und die Menschen, die gemeinsam mit ihm warteten – auf eintreffende Fluggäste oder auf ihren Abflug oder um zu fliehen wie Pat – waren heiter und voller Vorfreude auf das, was die allernächsten Minuten bringen würden. Der Teppich unter seinen Füßen war rauh, niedriger Flor in einem schmuddeligen Tweed, der schon von dem Tag an, an dem er verlegt worden war, abgenutzt und schmutzig gewirkt hatte, und das würde sich nie ändern. Die Aschenbecher waren glitzernd verchromte Büchsen, deren Deckel sich nach innen öffneten und wie feindselige Mäuler zuklappten. Eine Reihe von münzbetriebenen Fernsehgeräten, in die die Erwachsenen Vierteldollarstücke warfen, um gelangweilte und unruhige Kinder abzulenken. Die Kinder sahen gerade so lange hin, wie sie brauchten, um festzustellen, daß man sie ausgetrickst und dann im Stich gelassen hatte; dann ließen sie die Fernsehgeräte sein, und die wenigen Minuten körniger, schemenhafter, sich vorbeiwälzender Bilder liefen für niemanden ab. Er hatte genau diese Teppiche und Aschenbecher und Fernseher in Dutzenden von Flughäfen gesehen; sie spukten häufig durch seine Träume.

Er wünschte, er hätte Liv gestern abend oder heute morgen angerufen oder wenigstens von den praktisch aufgereihten Münzfernsprechern aus, an denen er auf dem Weg vorbeigekommen war. Während er gerade auf seine Armbanduhr sah, kam durch den Lautsprecher eine unverständliche Ankündigung, und er wußte, daß das sein Aufruf zum Abflug war: Die Leute um ihn herum sammelten ihre Habe zusammen und stellten sich an der Sicherheitskontrolle zu einer Schlange an. Jetzt war es wirklich zu spät, um sie anzurufen.

Als er in der Schlange stand und der Riemen seines Handgepäcks in seine Schulter schnitt, blickte er aus dem Fenster auf den Himmel. Er war weiß, hing tief und versprach mehr Schnee. Der Wetterbericht sagte, es könne jederzeit anfangen und würde während der Nacht weiterschneien. Die Startbahnen waren breite, mit Holzkohle gemalte Wege, die in den elfenbeinernen Schnee gemeißelt waren. Ein schwacher Wind von der Casco Bay, die dünne Wärme der kurzen Wintertage und die exponierte Lage des Flughafens, all das trug gemeinsam dazu bei, die Schneewehen zu einer blanken, glitzernden Kruste zu reduzieren, die von langen, braunen Grashalmen durchbrochen wurde. Auch in L. A. würde das Gras braun sein. Nicht nur jetzt, sondern fast das ganze Jahr über, so schien es ihm jedenfalls. Und auch der Himmel würde braun sein, vom Smog. Dort würde es feucht und schwül sein, und er würde seinen Mantel nicht brauchen.

Er wünschte, Liv wäre bei ihm, stünde mit ihm in der Schlange, händchenhaltend, und sähe zu, wie ihre Tasche über das Laufband durch das Röntgengerät liefe. Während sie Witze darüber machten, ob eine vom Fluggepäck herunterhängende Schulter eine bleibende Entstellung war. Er würde keine Zeit haben, sie anzurufen, wenn er in New York umstieg, doch er würde sie anrufen, sowie er in L. A. festen Boden unter den Füßen hatte. Er würde ihr sagen, daß er sie vermißte, und er würde sie ganz direkt fragen, ob sie ihn vermißte. Vielleicht fehlte er ihr. Vielleicht reichte es schon, einander das zu sagen, und alles würde wieder gut werden.

Er fand seinen Sitz im Flugzeug und schnallte sich an. Ein paar Flocken trieben vor dem kleinen Fenster vorbei, das in seinen Augen immer so aussah wie das im Transportkorb für die Katze. Eine Stewardeß lächelte und hieß die Leute an Bord willkommen. Pat schnallte seinen Gurt auf und stand auf.

»Entschuldigen Sie bitte«, sagte er zu dem Mädchen, das ihm im Gang entgegenkam. Sie lächelte unsicher und ließ ihn vorbei. Unter Entschuldigungen bahnte er sich seinen Weg zurück zu der Stewardeß, die ihn mit hochgezogenen Augenbrauen und hilfsbereitem, professionellem Lächeln erwartete.

»Ich steige aus«, sagte er.

Das professionelle Lächeln verknitterte. »Oh«, sagte sie. »Oh.«

Er wühlte in der Gepäckablage herum und holte sein Bordcase heraus.

»Stimmt etwas nicht?« fragte die Stewardeß besorgt.

»Ja«, sagte er. »Aber ich werde es richten.«

Sie legte sich eine Hand auf den Mund und wich einen Schritt zurück. »Oh«, sagte sie. Sie konnte schließlich nicht zu ihm sagen, sie sei erfreut, daß er mit Delta geflogen sei, da das gar nicht der Fall war. Die Übung des Profis gewann die Oberhand. Sie fand ihr Gleichgewicht wieder und rief ihm nach: »Ich wünsche Ihnen noch einen angenehmen Tag.«

Marguerite hatte die Füße hochgelegt und sah fern, als er reinkam.

Es überraschte sie, wie sehr er sich über den erstaunten Ausdruck auf ihrem Gesicht freute.

»Wo ist Sarah?« fragte er.

Marguerite wies mit einer Handbewegung auf die Treppe. »In ihrem Zimmer. Sie hat sich hingelegt.«

Er nahm zwei Stufen auf einmal.

Sein leichtes Klopfen an ihrer Tür wurde nicht beantwortet. Wahrscheinlich glaubte sie, es sei Marguerite, und sie stellte sich tot. Er versuchte, die Klinke herunterzudrücken und stellte fest, daß die Tür nicht verschlossen war.

Die Vorhänge waren zugezogen wie in einem Krankenzimmer. Sarah hatte sich auf ihrem Bett zusammengerollt, und über ihren Augen lag ein zusammengefaltetes feuchtes Tuch.

»Sarah«, sagte er.

Sie richtete sich kerzengerade auf und fing das Tuch mit einer Hand auf, als es von ihren Augen fiel. Ihr Mund öffnete sich vor Erstaunen.

»Daddy!«

Er schlang einen Arm um ihre Taille und zog sie auf die Füße.

»Komm«, sagte er, »wir fahren nach Nodd's Ridge.«

»Was?« sagte sie.

»Komm schon«, wiederholte er. »Ich will diese Familie wieder zusammenbringen.«

Mit so schnellen Bewegungen, daß ihr keine Zeit für eine Reaktion blieb, packte er ihre Hand und ihre Schulter und zog sie die Treppe hinunter.

Marguerite stand unter der Treppe, und ihre Augen strahlten und sahen ihn neugierig und ein wenig erschrokken an.

»Wir fahren nach Nodd's Ridge«, sagte er.

Marguerite schlug die Hände zusammen. »Das war aber auch an der Zeit«, sagte sie.

Er riß die Tür des Flurschranks auf, zog Sarahs Jacke vom Bügel und warf sie ihr zu.

»Einen Moment«, sagte Marguerite. »So könnt ihr nicht fahren.«

Er und Sarah, die beide aus dem einzigen Gedanken herausgerüttelt worden waren, den sie im Kopf hatten, blieben abrupt stehen und starrten sie an.

Marguerite machte eine ungeduldige Handbewegung in Richtung Tür. »Es schneit«, sagte sie. »Zieht euch entsprechend an. Schneeanzüge. Stiefel. Fäustlinge. Setzt euch was auf den Kopf.«

»Stimmt«, sagte Pat.

Liv und Travis stapften mit zwei Holzschlitten, die sie hinter sich herzogen, durch den Schnee und bahnten sich einen Weg zum Studio. Die Arme sprang in großen Sätzen hinter ihnen her, mit so leichten Schritten, daß sie auf der Oberfläche des Schnees laufen konnte.

Travis klammerte sich an ein Bein ihrer Skihose.

»Sieh mal, Liv«, sagte er, und er ließ sich auf die Hacken sinken und deutete auf eine frische Spur im Schnee.

Sie hatten die Fußspuren von Eichhörnchen und Waschbären gesehen. Diese neuen Fußspuren waren wesentlich größer und wirkten vertraut.

»Ein Hund«, sagte Liv, die die Spuren berührte. »Ein großer Hund.« *Vielleicht ein Kojote.*

»Ich dachte, hier sei niemand außer uns«, sagte Travis.

»Na ja, das könnte der Hund von jemandem sein, der sich von der Leine losgerissen hat«, sagte Liv. »Oder ein freilaufender Hund oder ein Stromer, der von zu Hause fortgelaufen ist.«

»Ach so«, sagte Travis.

Ihm schien das zu genügen. Doch Liv sah sich um, als sie sich aufrichtete, und sie bemerkte, daß die Spuren des Hundes, falls es sich dabei um Fußspuren eines Hundes handelte, einen Bogen um das Haus zu machen und im Wald zu verschwinden schienen. Ihr war das nur recht. Jeder Hund konnte gefährlich sein, wenn er nicht an der Leine lief, durch die Gegend streunte oder verwildert war. Zumindest handelte es sich nur um einen. Manchmal neigten verwilderte Hunde dazu, sich in Rudeln zusammenzuschließen, um zu jagen. Und außerdem gab es auch noch die Kojoten, die die Bauern und die Jäger gar so sehr haßten. Liv machte sich innerlich eine Notiz, die Arme öfter im Haus zu behalten, insbesondere nachts, damit ihr nichts zustoßen konnte.

Sie gingen auf das Studio zu, und Liv hielt nach weiteren Anzeichen Ausschau, die auf diesen großen Hund hinwiesen, doch alles, was sie fanden, waren weitere Fährten von Eichhörnchen und von Jagdvögeln, die auf dem Boden lebten, Fasanen oder Schnepfen oder was auch immer.

Das Studio war unfreundlich und kalt. Liv stellte die Heizung an und wischte die übliche Menge von toten Fliegen von den Fensterbrettern.

»Noch einen Tag«, sagte sie zu Travis, »und wir können hier was anfangen.«

Travis kletterte von dem Hocker, auf dem er gesessen hatte. »Vergiß das Wasser nicht, Liv.«

»Stimmt«, sagte sie. »Das Wasser.«

Es war vor Monaten abgestellt worden, und Walter hatte dafür gesorgt, daß die Rohre frei waren.

Travis probierte die Hähne aus. »Trocken«, sagte er.

»Stimmt«, stimmte Liv ihm zu. »Ich muß Walter Bescheid geben, damit er das richtet. Vielleicht kommt er heute noch rüber, um es zu tun. Dann können wir morgen angreifen. Und wenn er es heute nicht mehr schafft, tragen wir einfach einen Eimer Wasser vom Haus rüber.«

»Können wir jetzt rodeln gehen?« fragte Travis.

»Allerdings«, sagte Liv. »Und zwar gleich. Auf den Hügeln zu Miß Aldens Haus.«

Sie machten sich auf den Weg durch die Wälder. Anfangs ging es bergauf, und dann fiel das Land natürlich ab und senkte sich zur Grundstücksgrenze des Anwesens, das Miß Alden bewohnte. Sie blieben stehen, um zu verschnaufen, und Liv lehnte sich an einen Baumstamm, hinter den sie sich dann gleiten ließ.

»Jetzt hab' ich dich«, knurrte sie Travis an, und sie

sprang hinter dem Baum heraus und feuerte ihren Zeigefinger auf ihn ab. »Peng, peng. Stirb, du Kommunistenschwein.«

Travis ließ sich in den Schnee kullern und umklammerte seine Brust. »Aaah«, schrie er. Er wälzte sich herum und schoß auf sie. »Bumm, bumm.«

Liv ließ sich in den Schnee fallen, wälzte sich auf den Rücken und starrte den Himmel an. Schneeflocken fielen auf ihre Wimpern, und sie blinzelte. Sie machte den Mund auf und ließ sie auf ihre Zunge fallen. Sie bewegte ihre Arme und ihre Beine kreisförmig und machte einen Engel.

Travis kroch dicht neben sie. »Guter Engel, Liv«, sagte er. »Spielen wir eigentlich Krieg oder nicht?«

Sie lachte und richtete sich auf. »Ich gebe dir Vorsprung, ja? Aber lauf nicht zu weit weg.«

»Schon klar«, sagte Travis, und er verschwand im Gebüsch.

Liv griff nach den schleifenden Zügeln der Schlitten und ging den Pfad entlang, und sie bewegte sich so leise, wie es nur irgend möglich war; dabei sah sie sich nach allen Seiten um und lauschte. Einmal sah sie einen Stiefelabsatz unter einem Strauch aufblitzen, und mehrfach hörte sie ein klar vernehmbares Kichern. Sie erreichte die Kiefer mit der kleinen orangen Fahne, die einer der Grenzpflosten war, die die Grundstücksgrenze bezeichneten. Dort sah sie sich recht besorgt um.

»Travis«, rief sie. »Ich gebe auf. Zeig dich.«

Doch nur das Rauschen des Windes in den Baumwipfeln war zu hören. Der Schnee fiel jetzt stetig. Liv zitterte und stapfte um den Baum herum.

»Verdammt noch mal, Travis«, murmelte sie. »Das ist überhaupt nicht mehr komisch.«

Sie kletterte auf einen Felsen, der aus dem Schnee aufragte, und sah sich nach allen Richtungen im Wald um.

»Travis!« rief sie.

Sein Name hallte aus dem Wald zurück. Sie ließ sich von dem Felsen gleiten und ging weiter. Ihre Kehle schnürte sich zu.

Und dann hörte sie das Fauchen, ein Knurren, und er sprang sie von hinten an und warf sie um, mit dem Gesicht in den Schnee.

Seine Arme, die um ihre Knie geschlungen waren, sagten ihr sofort, daß er es war, aber das reichte noch nicht aus, um ihre Schreie zu unterbinden, und auch das Aufflackern des Entsetzens in ihren Eingeweiden ließ nicht nach; sie wälzte sich im Schnee herum und packte ihn unter den Achseln.

»Du kleines Miststück!« schrie sie erbost, und dann drückte sie ihn an sich und lachte.

Er schlang seine Arme fest um ihren Hals und küßte sie und sagte mit zittriger Stimme: »Es tut mir leid, Liv.«

Sie küßte ihn und setzte sich auf. »Verdammt noch mal, du hast mir einen gewaltigen Schrecken eingejagt.«

Er grinste. »Wirklich?«

Sie zog ihm die Mütze vom Kopf und zerzauste sein Haar. »Das weißt du ganz genau.«

Sein Gesicht strahlte vor Begeisterung.

Sie stieß ihn von sich und stand auf. »Und jetzt gehen wir rodeln, ehe wir unter dem Schnee begraben werden.«

»Huiiih«, rief Travis, und er warf seine Mütze in die Luft.

Der Hang, der sich zum alten Dexter-Haus hinabsenkte, war geradezu geschaffen zum Schlittenfahren. Liv war sicher, daß Miß Alden nichts dagegen gehabt hätte. Es mochte zwar rein äußerlich gesehen unter unbefugtes Betreten ihres Grundstücks fallen, doch es ging um nichts anderes als darum zu rodeln, und das war wohl das Harmloseste, was ein Eindringling anstellen konnte. Das alte Steinhaus, dessen Fenster hinter den Jalousien verborgen waren, stand so furchterregend wie ein Grabstein zwischen dem Ufer und dem Obstgarten. Der Schnee war über die groben, zugemauerten Kellerfenster gestiegen und hatte die Zufahrt unter sich verborgen. Es war deutlich, daß seit Wochen, vielleicht auch seit Monaten, niemand mehr hier gewesen war.

Liv entschloß sich, Miß Alden eine knappe Nachricht zukommen zu lassen, in der sie ihr mitteilte, daß ihr Haus unberührt war. Vielleicht war es ein gutes Gefühl, wenn sie wußte, daß die Vandalen nicht zugeschlagen hatten oder zumindest noch nicht.

So würde es jetzt vielleicht noch eine Stunde weitergehen, dachte sie, als sie Travis anschob, damit er zum ersten Mal den Hügel hinunterrodeln konnte, und dann würden sie ins Dorf fahren müssen, um mehr Milch und Orangensaft und eine Zeitung zu kaufen. Er kreischte während der gesamten Fahrt zum Fuß des Hanges vor Begeisterung.

»Hier komme ich, du Kommunistenschwein«, schrie sie ihm zu, ehe sie sich mit dem Bauch auf den Schlitten warf.

Travis hüpfte vor Freude. »Komm doch, und krieg mich!« schrie er.

10. Kapitel

Röhrende Motoren zerrissen den stillen Mittag. Als sie über den gefrorenen See tosten, sprühten sie ungewöhnliche Schneewolken in die milde Luft, während sie einander in spielerischen Kreisen und Achten jagten. Die Männer, die darauf saßen, brüllten und johlten. Die drei Maschinen rasten alle auf die Bucht im Norden zu.

Am Ufer hinter ihnen blieb der Anhänger zurück, in dem sie die Schneemobile transportiert hatten, und der Wagen, der den Anhänger gezogen hatte. In der Fahrerkabine des Lastwagens saß Arden Nighswander und sah ihnen nach. Er bog seine Hand um eine Zigarette, um sie anzuzünden, obwohl kein Wind durch das offene Fenster kam und drohte, die Flamme seines Streichholzes auszublasen. Nighswander beugte seinen Kopf mit der Camel zur Flamme und blickte dann auf und sah sich um, als wolle jemand versuchen, ihm die Zigarette abzunehmen. Die Motorschlitten waren in der weißen Ferne so klein geworden, daß sie kaum noch erkennbar waren. Nighswander stieß ein zufriedenes Brummen aus, ließ den Motor an und fuhr los; den Anhänger ließ er am Ufer stehen. Die

Motorengeräusche des Lastwagens und der Schneemobile verhallten, und es trat wieder Stille ein.

Die Motorenschlitten schossen etliche Meilen weit geradeaus über den See, bis das Ufer flacher wurde und bei Merrill Beach, dem nördlichen der beiden öffentlichen Strände der Stadt, auf gleicher Höhe in die Seeoberfläche überging. Rand Nighswander fuhr seinem Bruder und seinem Stiefbruder voran auf dem Motorschlitten und wies ihnen einen Pfad durch den Wald. Wenn man davon absah, daß Rand eine ausrangierte Tarnjacke des Heeres trug, konnte man sie in ihren identischen schwarzen Skimasken und den dunklen Schneeanzügen, die sie trugen, bei dieser hohen Geschwindigkeit kaum voneinander unterscheiden. In der Tiefe eines Waldes, dem die Geschwindigkeit ebenfalls etwas Anonymes gab, verschwammen Bäume und Büsche und Felsen zu etwas wie Wänden beidseits des Pfades. Auch die Maschinen waren nahezu identisch, wenn auch die der Brüder Nighswander etwas schwerer waren und etwas stärkere Motoren hatten als die von Gordy Teed. Die Bäume wurden jünger und wuchsen dichter zusammen, die Büsche wurden undurchdringlicher, die Steine größer, und daher waren sie gezwungen, langsamer zu fahren.

Einer nach dem anderen kamen sie aus der Deckung des Waldes heraus und auf die Lichtung, die der Garten der Winslows war. Die Gartenmöbel und der Picknicktisch waren weggeräumt, und das Motorboot der Winslows war unter die Veranda gezwängt. Die Rolläden waren zugezogen. Die Auffahrt war seit dem ersten Schnee nicht mehr freigepflügt worden, da die Winslows der Art von Sommergästen angehörten, die nicht davon abzubringen war, daß eine Zufahrt, die von Schnee freigepflügt worden war, den Dieben nur alles einfacher machte und daß die Feuerwehr ohnehin nie eintreffen würde, ehe das ganze Haus in Schutt und Asche lag. Im Neuschnee waren nur die Spuren von Eichhörnchen und Waschbären und Füchsen zu sehen, die hier vorbeigelaufen waren, und darunter waren die schweren Spuren der schlurfenden Schneeschuhe von

Walter McKenzie verborgen, der sich das Haus der Winslows vorgestern angesehen hatte.

Rand Nighswander hielt seinen Schlitten an und stieg ab. Er sah sich das Anwesen an, als sei er seit neustem der stolze Besitzer.

»Ricky«, sagte er, »sieh mal unter dem Haus nach dem Motor, der zu diesem Boot gehört.«

»Das kann das Arschloch doch tun«, sagte Ricky.

Rand kniff seinem Bruder fast sachte in den Ellbogen. »Der ist in der Lage, das Ding fallen zu lassen und es kaputtzumachen.«

Gordy zuckte winselnd zusammen.

Ricky Nighswander zuckte die Achseln und ging auf die Veranda zu.

Rand und Gordy spazierten die Stufen hinauf und auf die Veranda. Rand blieb dort stehen und sah sich um. Dann trat er mit einem einzigen Tritt die Tür ein. Die Tür zersplitterte und kippte nach innen um. Gordy kicherte.

Gereiztheit flackerte in Rands Augen auf, und Gordy schluckte schwer.

Rand trat durch den kaputten Türrahmen in den Schacht Tageslicht, der durch die Öffnung in das finstere Innere des Wohnzimmers fiel. Er zog den Reißverschluß seines Schneeanzugs auf und fischte ein Päckchen Pall Mall aus einer Brusttasche. Er schüttelte eine Zigarette heraus, steckte sie zwischen seine Lippen und ließ sie dort stecken.

Die zugedeckten Möbel auf dem maschinell gewebten Teppich standen wie Felsbrocken in seichtem Wasser in dem Zimmer herum. Rand schlenderte in die Küche, eine enge Kombüse hinter einer Bar an einem Ende des Wohnzimmers. Ein Hahn mit einer elektrischen Uhr als Körper hing über dem Herd. Das fettige schwarze Kabel hing ausgestreckt von seinem Schwanz herunter wie eine kaputte und schmutzige Feder. Drei Überzüge aus buntbedrucktem Stoff, die die Form von zusammengerollten Katzen hatten, saßen auf einem Mixer, einem Toaster und einer Kaffeemaschine. Rand zog Schubladen auf und stocherte darin herum, bis er eine Schachtel Küchenstreichhölzer gefunden hatte. Er hielt die Schachtel in einer Hand, zog mit der anderen ein Streichholz raus und riß es an der Zündfläche an; dann beugte er sich vor, um sich die Zigarette anzuzünden. Er ließ die Streichhölzer wieder in die Schublade fallen und knallte sie zu, ehe er sich aufrichtete und sie nachdenklich ansah.

Hinter ihm, auf der Bar, stand ein mehrteiliges gläsernes Gefäß für Gebäck und Süßigkeiten, das die Form eines Dackels hatte. Von der anderen Seite aus untersuchte Gordy Teed sorgsam alle Unterteilungen des Gefäßes und fand nichts weiter als einen älteren Hershey's Kiss, der in seinem Einwickelpapier geschmolzen war, und eine ganze Anzahl von toten Fliegen.

»Schau in die Schränke«, sagte Rand Nighswander zu ihm.

»Ja, ja«, sagte Gordy mit seiner hohen Stimme.

Rands Mund verzog sich angewidert. Er verschwand in einem engen Flur, der zu den Schlafzimmern des Hauses führte.

Gordy öffnete fröhlich Schranktüren und schloß sie mit einem Knall wieder, bis er den Schrank fand, in dem die Winslows ihre Getränke aufbewahrten. Selbst Gordy konnte an den Flaschenhaltern erkennen, daß es sich hierbei um die Hausbar handelte. Im übrigen war sie leer.

»Gottverdammte Scheiße«, sagte Gordy betrübt.

Rand, der die Lippen um seine Zigarette herum zusammengekniffen hatte, kam aus dem Schlafzimmer und schlenkerte eine Waffe. Es war ein rostfleckiger, vernickelter 32er Smith & Wesson. Mit der anderen Hand umschloß er so zart, als sei es die Brust einer Frau, eine ausgebleichte, scharfkantige Schachtel mit Zweiunddreißigerpatronen.

»Keinen Tropfen haben sie hiergelassen«, verkündete Gordy. Dann bemerkte er Rands Fund. »Uih.«

Rand sah sich den Zweiunddreißiger näher an. Er nahm die Zigarette aus dem Mund. »Sie haben nichts hiergelassen, was auch nur einen Dreck wert ist«, sagte er. Er steckte den Revolver und die Munitionsschachtel in eine

Innentasche seines Schneeanzugs. Dann steckte er sich die Zigarette wieder zwischen die Lippen.

Ein Schatten fiel ihm ins Auge. Er ließ sich auf die Knie sinken und griff tief in den Schrank hinein. »So was Heißes«, murmelte er um seinen Stummel herum, und er zeigte Gordy eine ungeöffnete Flasche Jim Beam. »Der alte Scheißer hat was übersehen.«

Gordy strahlte über das ganze Gesicht und streckte seine Hände nach der Flasche aus.

Rand zog sie aus seiner Reichweite. Mit zwei Fingern zog er die Zigarette zwischen seinen Lippen heraus, ließ sie auf den Boden fallen und trat sie mit seinem Absatz aus. »Einen Moment mal, verdammt, die habe ich gefunden.«

Gordys Gesicht sackte in sich zusammen. »Klar«, sagte er. »Das stimmt. Ich schätze, sie gehört dir.«

Rand öffnete die Flasche. Gordy beobachtete ihn mit weit offenem Mund, als er die Flasche an seinen Mund hob und einen großen Schluck runterkippte.

»Ah«, sagte Rand.

»Gut was?« sagte Gordy.

»Saumäßig gut«, sagte Rand.

Gordy grinste. »Saumäßig«, sagte er.

»Säuisch gute Pißbrühe«, baute Rand das Thema aus.

Gordy nickte und grinste noch breiter. »Säuisch gute Pißbrühe«, sagte er begeistert.

»Blas mir dafür einen«, sagte Rand.

Die freudige Erregung wich wieder einmal aus Gordys Gesicht. Er ließ die Schultern hängen und grub eine schwere Stiefelspitze in den Teppich. »Teufel«, murrte er. »Warum willst du mich denn immer aufziehen, Randy?«

»Weil du ein derartiges Arschloch bist«, sagte Rand. Er trank noch einen Schluck von dem Schnaps.

Unter dem Haus war ein gedämpftes Fluchen zu vernehmen, dann Lärm, dann das Stampfen von Stiefeln auf der Treppe, und die Schritte näherten sich über die Veranda. Ricky Nighswander steckte seinen Kopf durch den zersplitterten Türrahmen.

»Dieser Motor ist der reinste Dreck, Rand«, sagte er. »Ich hab' ihm den Rest gegeben.«

Rand brummte vor sich hin.

»Was hast du denn da?« fragte Ricky.

Rand hielt ihm die Flasche hin. Ricky trank daraus.

»Ich hab' sie gefunden«, sagte Rand. »Dieses Arschloch hier hat sie übersehen.«

Gordy sah ihn finster an.

»Sie war ganz hinten«, sagte er.

Ricky wieherte vor Lachen. »Wie dein Arschloch, und das fändest du ohne einen Suchtrupp nicht mal am hellichten Tage.«

»Teufel«, murmelte Gordy.

»Dieses Haus ist ein Dreckloch«, sagte Rand. Er zog den Smith & Wesson raus und zeigte ihn seinem Bruder. »Sieht so aus, als hätten sie Haferflockenmarken für dieses Spielzeugding gesammelt, findest du nicht? Genau die Sorte von mieser Knarre, wie man sie unter dem Kopfkissen dieser ausgetrockneten alten Fotze erwartet.«

Ricky lachte.

Rand steckte den Revolver wieder in seine Tasche. »Nicht gerade freundlich von den guten alten Winslows, den Schrank so verdammt leer zu machen«, sagte Rand.

»Nee«, sagte Ricky.

»O nein«, stimmte Gordy zu.

»Maulhalten, Arschloch«, sagte Ricky.

»Schon gut, schon gut«, sagte Gordy.

»Dann mal ran, Jungs«, sagte Rand.

Ricky hob einen Barhocker hoch und wirbelte ihn durch das nächstbeste Fenster. Gordy duckte sich und richtete sich kichernd wieder auf.

»Huuih«, sagte er, und er fing an, Teile des Glashundes gegen die Wand zu knallen.

Rand Nighswander lachte. Er zündete sich die nächste Zigarette an. Sowie sie zwischen seinen Lippen klemmte, zog er ein Jagdmesser raus und fing an, systematisch die Decken, die über den Möbeln lagen, aufzuschlitzen und auf die altmodischen Sessel einzustechen, die zu prall gepolstert waren. Ballen und Büschel der Füllung flogen durch die Luft.

Ricky machte sich auf den Weg in die Schlafzimmer. Sie konnten ihn hören, als er Glas und Holz zerschlug. Ein befriedigendes Krachen war zu vernehmen, als er mit beiden Füßen auf dem Doppelbett der Winslows landete und es zusammenbrach. Dann herrschte Stille.

Gordy jauchzte und eilte durch den Gang in das zweite Schlafzimmer, und er folgte der Eingebung, die beiden Betten kleinzuschlagen, mit denen das Gästezimmer der Winslows eingerichtet war.

Ricky kam aus dem Schlafzimmer der Winslows geschlendert und zog sich die Skihose hoch. Er lehnte sich in die Tür des Gästezimmers und sah zu, wie Gordy auf das erste der beiden Betten sprang. Sein Gewicht ließ die Matratze und die Sprungfedern auf den Boden krachen. Das Kopf- und das Fußende des Bettes neigten sich zur Mitte hin. Gordy kletterte aus dem kaputten Bettgestell.

»Hab' Miß Winslow was für ihre Sammlung Hundescheiße zurückgelassen«, sagte Ricky.

Gordy hielt sich die Hände vor den Mund und kicherte.

»Jesus«, sagte Ricky, der seine Augen zur Decke verdrehte.

»Sehen wir zu, daß wir hier wegkommen«, rief Rand ihnen aus dem Wohnzimmer zu.

Sie eilten zurück und sahen ihn an der Flasche nuckern. Flocken der Polsterfüllungen hinten noch in der regungslosen Luft, trieben im Lichtschein der eingetretenen Tür.

Ricky wiederholte seine Bemerkung, etwas für Claire Winslows Hundescheißesammlung dagelassen zu haben.

Rand lachte und reichte seinem Bruder die Flasche. »Du bist ein dreckiger, kleiner Mistkerl, Ricky«, sagte er.

Ricky strahlte beseligt.

Rand ließ seine Zigarette auf den Boden fallen. Er musterte sie einige Sekunden lang, ehe er mit seinem Absatz drauftrat. »Am liebsten würde ich sie liegenlassen und dieses Loch anzünden. Aber heute nachmittag können wir die verfluchten Feuerleute hier nicht brauchen. Noch nicht.« Er trat durch den Türrahmen. »Es wird kälter«, sagte er. »Gib Gordy was von dem Feuerwasser ab, damit er sich seinen mickrigen kleinen Pimmel nicht abfriert.«

Gordy streckte seine Hände begierig nach der Flasche aus.

Ricky zog sie aus seiner Reichweite. »Blas mir einen«, sagte er.

Gordy schmollte. »Rand sagt, du sollst mir was abgeben.«

»Blas mir einen«, beharrte Ricky.

»Rand«, sagte Gordy laut. »Ricky will mir nichts abgeben...«

Ricky stapfte fest auf Gordys Fuß.

Gordy jaulte.

»Maulhalten, Arschloch«, sagte Ricky.

»Rand sagt, du sollst mir was abgeben«, beharrte Gordy. »Er sagt, ich brauche dir keinen mehr zu blasen.«

»Wann hat er das gesagt?« sagte Ricky. »Ich habe kein Wort davon gehört, daß er das gesagt hat.«

»Rand sagt...«, fing Gordy wieder an, und Ricky trat ihm wieder mit aller Wucht auf den Fuß.

Gordy quäkte und wich vor Ricky zurück.

Rand stand in der Tür. »Ihr Wichser«, sagte er. »Ricky, ich habe gesagt, du sollst ihm was von dem Feuerwasser abgeben.«

Ricky reichte Gordy widerwillig die Flasche.

»Spuck bloß nicht rein«, sagte Ricky.

Gordy schluckte gierig.

»Kommt«, sagte Rand. »Es fängt an zu schneien. Ich habe Daddy gesagt, daß wir um vier wieder an der Anlegestelle sind. Bis dahin haben wir noch viel zu tun.«

»Stimmt«, sagte Ricky.

Der Türrahmen war wieder leer, und Rands Stiefel knirschten die Treppe hinunter.

Ricky riß Gordy die Flasche aus der Hand und trat durch die Tür. »Blas mir einen«, sagte er in einem beiläufigen Unterhaltungston zu Gordy, und dann war er verschwunden.

»Ekel«, klagte Gordy, der hinter ihm herschlurfte.

»Ricky, dieses Ekel, Ekel, Ekel«, rief er hinter ihm her. »Wichser«, murmelte er vor sich hin. »So ein dreckiger, kleiner Mistkerl.« Gordy stand auf der obersten Stufe. »Ich brauche dir keinen zu blasen«, rief er. »Das hat Rand gesagt.«

Das Haus der Breens war wesentlich härter zu knacken. Es war erst ein paar Jahre alt und aus erstklassigen Baustoffen hergestellt. Die beiden Türen, eine an der Seite, zu der die Auffahrt führte, und die Schiebetür auf der Veranda, waren aus Glas, und in die Laufschienen waren Stahlbolzen eingelassen, um ein Öffnen zu verhindern. Ohne die Sicherheitsschlösser wären sie natürlich leicht zu knacken gewesen, denn die Schlösser in den Aluminiumrahmen waren butterweich.

Die Fenster waren hoch gelegen, für einen ausgewachsenen Mann vom Boden aus nur mit Mühe zu erreichen. Auf Rickys Schultern war es Rand möglich, mit einem Schraubenschlüssel aus dem Werkzeugkasten seines Motorschlittens eins der Fenster einzuschlagen, und nachdem er die Glasscherben herausgebrochen hatte, zog er sich hoch und zwängte sich durch den Fensterrahmen ins Haus. Zu dem Zeitpunkt, zu dem er endlich die Sicherheitsschlösser aus den Laufschienen der Verandatür entfernt hatte, kam es ihm wie harte Arbeit vor.

Er ließ Ricky und Gordy rein.

»Hier sollte was zu holen sein«, sagte er. »Seid ausnahmsweise mal gründlich.«

Das Wohnzimmer war ein großer, verschachtelter, zweistöckiger Raum mit einer Empore, auf der die Schlafzimmer untergebracht waren. Der Schnee machte das Licht, das durch die beiden großen Dachfenster in dem Kuppeldach eindrang, diffus. Ein Ende des Zimmers war als Eßecke eingerichtet, ein runder Glastisch und Bambusrohrstühle. In der Wand daneben war eine Durchreiche zur Küche. Wie bei den Winslows waren auch hier die Möbel mit Laken zugedeckt, doch im übrigen sah es sehr anders aus, alles schick und modern, Glas, wo man Glas nur irgend einsetzen konnte, gut eingefettetes Hartholz, blitzender Chrom und bunte Polster mit Bezügen aus Naturstoffen. Der Wohnzimmerteppich war zusammengerollt und mit einer Plastikfolie zugedeckt worden. Ricky schlitzte das Plastik auf und rollte den Teppich auseinander.

»Netter Teppich«, sagte er.

»Zu sperrig«, sagte Rand. »Wenn jetzt Frühling wäre und wir mit dem Laster da wären, dann ja.«

Ricky hob sein Messer über den Teppich und stach zu. Dabei schrie er: »Huh!«

Gordy, der vor der Hausbar kauerte, sprang auf. Er stieß einen leisen Pfiff aus. Dann wandte er sich wieder seiner Arbeit zu und stöberte mit beiden Händen in dem Schrank herum. Wieder stieß er einen Pfiff aus, diesmal lauter, und dann hielt er eine angebrochene Flasche Wermut und eine fast volle Flasche Triple Sec hoch.

Rand sah sich die Flaschen an. Er knurrte. »Da ist Alkohol drin. Das ist aber auch schon alles, was für sie spricht.«

Ricky gab es auf, den Teppich aufzuschlitzen und zu durchlöchern, und stampfte die Wendeltreppe zu den Schlafzimmern unter dem Dach hinauf.

Gordy schraubte den Deckel der Wermutflasche ab und probierte den Inhalt. Er gurgelte damit und schluckte geräuschvoll.

»Das Zeug ist in Ordnung«, versicherte er Rand ernsthaft.

»Klar«, stimmte Rand ihm zu, »wenn man diese Art von Hundepisse mag.«

Gordy fiel der Kiefer herunter.

Rand folgte Ricky die Wendeltreppe hinauf.

Er fand Ricky im Schlafzimmer der Breens. Das Bett war rund, und in die Decke war ein Spiegel eingelassen. Ricky klopfte abwechselnd auf die Matratze und sah in den Spiegel.

Rand stieß einen Pfiff aus.

Ricky setzte sich auf das Bett. »Teufel«, sagte er. »Ich weiß nicht, was ich tun soll.«

»Das ist nichts Neues«, sagte Rand. »Hast du was gefunden?«

Ricky warf einen Blick auf den Spiegel. »Das da«, sagte er. »Teufel, Rand, hast du dich je beim Ficken im Spiegel gesehen?«

Rand wankte ins Zimmer. »Klar.« Er starrte den Spiegel an und leckte sich die Lippen. »Aber nicht in so einem«, gab er zu. »Hätte ich gar nichts dagegen. Ein Jammer, daß der Pilot seine Frau nicht auch hiergelassen hat. Das ist nicht gerade allzu freundlich und gutnachbarschaftlich von ihm, wenn man es sich so überlegt. Macht mich hier ganz heiß, wenn ich in den Spiegel gucke, und dann ist nichts zum Ficken greifbar, von euch zwei Stinktieren mal abgesehen.«

Ricky kicherte in sich hinein und runzelte dann die Stirn. »Hier gibt's zu viele gute Plätze, um einen Haufen hinzusetzen. Dieser Glastisch«, und Ricky spreizte einen Finger ab, »dieser schicke Teppich«, und er spreizte den zweiten Finger ab, »und dieses Bett.«

Rand lachte. »Du weißt also nicht mehr, ob du scheißen sollst, oder ob es dich blendet.«

Ricky grinste. »Nee.«

»Immer muß ich euch das Denken abnehmen«, sagte Rand. »Keine Streitfrage.«

»Wie das?« fragte Ricky.

Rand verpaßte ihm einen leichten Hieb auf die Schädeldecke. »Wie oft wirst du noch Gelegenheit haben, dich selbst dabei zu beobachten, wenn du auf ein rundes Bett scheißt?«

Ricky strahlte. Er schlug mit beiden Fäusten begeistert auf das Bett ein.

»Warte noch, bis ich hier fertig bin«, sagte Rand.

Es gab einen Einbauschrank mit Schubladen und einen Frisiertisch, die eine ganze Wand einnahmen. Rand zog die Schubladen heraus, sah hinein und warf sie dann auf den Boden. Er fand nichts.

Er drehte sich zu dem Schrank um, der die gegenüberliegende Wand in Anspruch nahm. In dem Schrank hingen ein paar alte Kleider unter Plastiküberzügen. Er schüttelte die Plastiküberzüge, zog die Reißverschlüsse der Hüllen auf und betastete die Kleider. An einem Schrankende waren Regalbretter. Strohhüte, ein alter Haartrockner, ein ausrangierter Elektrorasierer und ein altes Rasierzeug von einer Fluggesellschaft, lagen darauf herum. Rand wühlte diesen Krimskrams schnell durch, bis er an das Rasierzeug kam. Fly the Friendly Skies, war auf die Verpackung aufgedruckt. Er öffnete sie, betastete das Innere und wurde belohnt.

»Heiße Sache, verdammt noch mal«, sagte er.

Er ließ seine Finger über das Futter gleiten, bis er die lose Kante spürte, von der er sicher gewesen war, daß er sie finden würde, und dann riß er das Futter heraus.

»Was hast du da?« fragte Ricky.

Rand bohrte einen Finger in das Futter und zog ein in Folie eingewickeltes Päckchen von der Größe eines Suppenwürfels heraus.

»Es könnte ein Präser für den Jolly Green Giant sein«, sagte Rand, »aber das glaube ich nicht.«

Ricky schlitterte durch das Zimmer, um es sich näher anzusehen.

Rand zog die Folie ab. Er warf den Kopf in den Nacken und heulte vor Begeisterung laut auf.

Der Wind, der aufgekommen war, wehte beißenden Schnee in ihre Augen, als die Brüder Nighswander und Gordy Teed ein paar Dutzend Meter weit draußen auf dem See parallel zum Ufer fuhren, und das zwang sie, das Tempo zu drosseln. Die Brüder hatten die Motorschlitten an brutale Geschwindigkeiten gewöhnt, und daher rasselten und spuckten die Motoren, die bei weniger als Vollgas unglücklich waren. Zumindest war die Oberfläche, auf der sie sich voranbewegten, noch gut. Wenn dieser Schnee noch ein paar Stunden fiel, würden die Schneemobile in den frischen Schneewehen einsacken.

Der kurze Tag wurde durch das Hereinbrechen des Schneesturms noch mehr verkürzt. Der Himmel schien von allen Seiten näher zusammenzurücken und alles Licht in sich aufzusaugen, was bewirkte, daß das Ufer zunehmend verschwommener zu sehen war. Sie mußten die Scheinwerfer einschalten. Gemeinsam mit dem Licht schwand auch das bißchen Wärme, und sie spürten selbst durch ihre dicken Schneeanzüge und ihre lange Unterwäsche die Eiseskälte. Der Anblick des Hauses der Russels war eine Erleichterung, wenn sie auch kein Wort darüber verloren, ein Schutz gegen den Sturm. Sie brachten die Maschinen an Land und stiegen ab. Mit gekrümmten Schultern und gesenkten Köpfen eilten sie durch den Sturm auf die Veranda zur Seeseite zu. Erst, als sie schon die Treppe hinaufgestiegen waren und mit knirschenden Schritten über die Veranda liefen, merkten sie, daß im Haus Licht brannte.

Rand hob eine Hand, und die anderen beiden blieben stehen.

»Das ist nur eine dieser Lampen mit Zeitschaltung«, flüsterte Ricky. »Damit man glauben soll, daß jemand zu Hause ist.«

Rand schüttelte den Kopf. Er reckte seine Nase in die Luft. »Du bist schon völlig blöd vom Wichsen«, sagte er. »Riechst du denn nicht den Rauch?«

Ricky schnupperte. Gordy auch. Sie sahen einander an.

»Stimmt, es riecht nach einem Holzfeuer«, bemerkte Gordy.

»Geh mal um das Haus rum«, sagte Rand zu Ricky, »und sieh nach, ob was in der Auffahrt parkt.«

Ricky blieb auf dem Fleck stehen. »Die Sache ist nicht sicher«, sagte er. »Daddy würde dir was auf den Arsch geben, wenn du es bei einem Haus versuchst, in dem jemand ist.«

Rand lugte durch die Schiebetür aus Glas. Er lächelte über das, was er sah. »Daddy ist aber nicht hier«, sagte er. »Er sitzt auf seinem fetten Arsch vor dem Kamin und spielt mit Jeannie Drücken.«

Gordy schlug die Augen nieder, warf Rand und Ricky nervöse Seitenblicke zu und murrte tonlos vor sich hin, weil das Gesagte eindeutig auch gegen seine Mutter ging.

Er scharrte mit den Füßen und rieb sich die behandschuhten Hände.

Die Brüder Nighswander ignorierten ihn. Ricky zögerte noch einen Moment lang, und dann tat er, was Rand angeordnet hatte. Er kehrte eilig zurück und wirkte deutlich erleichtert.

»Die Zufahrt ist freigepflügt worden, und da sind alte Reifenspuren zu sehen, die der Schnee gerade zudeckt. Kein Wagen.«

Rand nickte.

»Jemand war hier und ist wieder weg«, sagte Ricky.

»Aber sie kommen wieder«, sagte Rand. »Sie sind nur weg, um was zu besorgen.«

»Nein«, sagte Ricky. »Ich glaube, daß sie wirklich ganz weg sind.«

Rand sah ihn an. Er zog seinen Reißverschluß auf und zog seine Zigaretten raus. »Sie haben die verdammte Katze hiergelassen«, sagte er.

Das brachte Ricky vorerst zum Schweigen. Gordy kicherte. Ricky scharrte mit den Füßen im Schnee auf der Veranda herum.

»Dann sehen wir doch zu, daß wir von hier wegkommen«, sagte Ricky. »Ehe sie zurück sind.«

Rand grinste ihn an. »Ich will mich erst mal hier umsehen. Weißt du denn nicht, wem das Haus gehört?«

Ricky grinste jetzt auch. »Russell, oder?«

»Ja«, sagte Rand. »Ich will nämlich einen Schlüpfer von ihr haben, verstehst du?«

Ricky und Gordy sahen einander an. Ricky wieherte vor Lachen.

Rand probierte die Schiebetür aus. Nach anfänglichem Widerstand glitt sie zur Seite.

»Heiße Sache, verdammt«, sagte Rand. »Sie hat gewußt, daß ich komme, und sie hat die Tür für mich offengelassen.«

Die beiden anderen folgten ihm ins Haus. Sie ließen die Tür hinter sich offen. Schnee wehte hinein und sprenkelte den älteren Orientteppich, der auf dem Boden des Wohnzimmers lag. Er schmolz augenblicklich und sickerte in den dicken Teppich hinein. An einer der Wände standen in dekkenhohen Regalen Bücher und Bänder. Manche der Regale waren durch nachträglich eingefügte kleine Schiebetüren zu Schränken umfunktioniert worden. Im Zimmer standen eine bequeme, bunt gemusterte Couch, ein älterer Schaukelstuhl und ein sperriger alter Sessel mit einer Stehlampe daneben. Und in einer Ecke stand ein altes Rollpult aus Eiche. Ein niedriger Tisch, auf dessen Glasplatte ein Päckchen Spielkarten verstreut war, stand auf Messingbeinen mit Rollen vor dem Kamin. Um den Kamin herum waren etliche Nischen in den Stein eingelassen. In all diesen Nischen standen selbstgemachte Schüsseln, mit Ausnahme von einer Nische, die so hoch und schmal war, als sei sie für eine Vase gedacht, doch statt dessen stand ein Kaleidoskop darin.

Die Arme, die sich vor dem Kamin zusammengerollt hatte, in dem das Feuer nicht mehr brannte, aber noch glühte, schlug ein Auge auf. Sie stand auf, streckte sich und jaulte kläglich.

»Nettes Kätzchen«, sagte Gordy. Er streckte seine Hand nach der Katze aus. Sie leckte seine Handfläche mit ihrer rauhen rosa Zunge ab. Er kicherte.

Ricky ließ eine der Türen vor dem Bücherregal zur Seite gleiten und entdeckte dahinter einen Videorekorder. »Na sieh mal einer an«, sagte er. Er schob die Schiebetür direkt darunter zur Seite. »Und hier haben wir die Röhre.«

Rand knurrte und verschwand in dem Flur, der zu den Schlafzimmern der Kinder führte. Es dauerte nur einen Moment, bis er sie sich angesehen hatte und wiederkam und dann in dem kurzen Gang verschwand, der zum Schlafzimmer der Eltern führte. Er bemerkte den einzelnen Koffer, der hinter der Schlafzimmertür stand, warf einen Blick ins Bad und sah lediglich eine Zahnbürste und ein durchsichtiges Plastiketui mit Make-up, neben dem, säuberlich aufgereiht, eine Flasche Parfüm zu erkennen war. Außerdem sah er eine Bademütze mit Rüschen. Er schlug den Deckel des Wäschekorbs aus Weidengeflecht zurück und wühlte eilig darin herum, ehe er einen Schlüpfer herauszog. Er war aus einem marineblauen seidigen Material und sehr knapp. Lächelnd stopfte er ihn in seinen Schneeanzug. Er durchwühlte flüchtig sämtliche Schubladen der beiden Kommoden und die Nachttische beidseits des Bettes und fand keine weiteren Schätze. Dann probierte er das Bett aus, setzte sich auf die Kante und schlug sachte mit einer Hand auf die Matratze ein.

»Ich wette, sie fickt grandios«, sagte er leise vor sich hin.

Er wünschte, er hätte Zeit, auf diesem Bett abzuspritzen, ihr eine Visitenkarte zu hinterlassen. Beim nächsten Mal, Baby, gelobte er sich.

Als er wieder ins Wohnzimmer kam, legte Ricky gerade eine Kassette in den Videorekorder ein.

»Sieh dir das an«, sagte Ricky. »Die haben ein paar verdammt gute Bänder.«

Kassetten waren aus ihren Regalen neben dem Fernseher gezogen worden und waren auf dem Sofa auf dem Fußboden verstreut.

Rand bewegte sich so schnell, daß Ricky nicht dazu kam, auch nur zur Seite auszuweichen, ehe die Hand seines Bruders auf seinem Hinterkopf seine Stirn gegen eines der Regale stieß.

»Du blöder Hund«, sagte Rand. »Sammel diese verdammten Bänder vom Boden auf.«

Ricky rieb sich die Stirn und wankte durch den Raum, um wimmernd und mit hektischen Bewegungen die Kassetten aufzusammeln.

Gordy kam aus der Küche und hielt einen verstaubten Fünfliterballon Burgunder in der Hand. Auf seinem Gesicht stand ein breites Grinsen, das augenblicklich verschwand, als er Rands Gesicht und Rickys Hektik bemerkte.

»Sie kann jeden Moment zurückkommen. Es kann sein, daß wir keine Zeit haben, die ganze Scheiße auszustecken und aus dem Haus zu kriegen, ehe sie kommt. Ich denke mir, hier schlagen wir zu, wenn niemand da ist«, sagte Rand. »Und deshalb rührt ihr Wichser hier nichts an, denn sonst ist nichts mehr zu holen, wenn wir wiederkommen. Sie räumen das ganze Haus aus.«

Gordy sah unsicher die Weinflasche an.

»Trag sie zurück, du Arschloch«, knurrte Ricky.

Gordy zuckte die Achseln und spazierte wieder in die Küche.

»Was ist mit dem Schlüpfer?« sagte Ricky verdrossen. »Ich weiß, daß du ihn hast. Du warst lange genug weg.«

»Das letzte, was sie glauben wird, ist, daß jemand im Haus gewesen ist und eine Unterhose mitgenommen hat. Sie wird glauben, daß sie sie hinter irgendwas hat fallen lassen. Oder daß die Waschmaschine sie gefressen hat«, sagte Rand.

»Ich wünschte, ich wäre die Waschmaschine«, sagte Ricky, und er wieherte vor Lachen.

Das Wegfahren war mit dem Pacer nicht allzu schwierig gewesen. Die Spikereifen, die solide Machart und die gute Straßenlage stärkten Livs Vertrauen in den Wagen. Auf dem Rückweg war viel Neuschnee gefallen, und es schneite immer noch, und die Straße war glitschig. Sie ertappte sich dabei, daß sie den Pacer mit äußerster Behutsamkeit die Hänge hinunter und um die Kurven gleiten ließ. Sie hielt das Steuer fest umklammert und hatte sich vorgebeugt, um auf die Straße zu schauen.

Wie immer bemerkte Travis ihre Anspannung eher als sie selbst. Er beugte sich über die Rückenlehne und sah mit ihr gemeinsam auf die Straße.

»Hart, was, Liv?« fragte er.

Sie drückte ihre Schultern zurück und nach unten, um die Anspannung zu lockern. »Ein Zuckerlecken ist es nicht«, gab sie zu.

Er klopfte ihr auf die Schulter. »Mach dir keine Sorgen. Wenn es sein muß, können wir nach Hause laufen, und Walter holt den Wagen, wenn du ihn kaputtfährst.«

»Danke«, sagte sie. »Ich werde mich bemühen, es nicht dahin kommen zu lassen.«

Sie schien eine Ewigkeit zu brauchen, und als sie die Zufahrt zum Haus erreichten, fühlte sie sich, als hätte sie einen Felsbrocken einen steilen Hang hinaufgerollt. Der Eingebung des Augenblicks folgend, entschied sie, sie habe ihr Glück schon genügend auf die Probe gestellt; den Abhang, der zum Haus führte, würden sie zu Fuß hinunterlaufen. Travis und sie waren dem Wetter entsprechend gekleidet; nie hatte sie die Maxime ihres Vaters vergessen, nur ein waschechter Trottel würde im Winter von Maine ohne Stiefel und nur leicht bekleidet auf die Straße gehen, weil er sich dem Schutz eines Automobils anvertraute. Es bestand immer die Gefahr, daß ein Mensch gezwungen war, sich auf seinen eigenen beiden Füßen durch Schnee und Eis voranzubewegen.

»Endstation«, sagte sie zu Travis, als sie den Wagen am oberen Ende der Zufahrt abstellte.

Travis seufzte und fing an, seine verstreuten GIs zusammenzusammeln und sie in seine Tasche zu stopfen. Liv suchte die kleinen Einkaufstüten zusammen und half Travis beim Aussteigen. Er ließ ihre Hand los, sowie seine Füße auf dem Boden standen. So war es besser. Wenn einer von ihnen ausrutschte und hinfiel, dann bestand kein Anlaß, aus dem es dem anderen von beiden ebenso hätte ergehen sollen, und so wäre es mit Sicherheit gekommen, wenn sie einander an den Händen hielten. Sie mußten sich sorgsam einen Weg bahnen, während es zusehends dunkler wurde, und sie sprachen kein Wort miteinander, sondern konzentrierten sich ganz darauf, nicht hinzufallen und das Haus zu erreichen.

Schnee machte Liv immer fröhlich. Sie glaubte, daß es zum Teil daran lag, daß er die Welt sauber und schön und strahlend neu erscheinen ließ. In der Luft hing die kalte, kristalline Süße des Schnees, und sie spürte freudige Erregung in sich aufsteigen. Am liebsten hätte sie sich im Schnee herumgewälzt. Sie entschloß sich, die Flutlichter im Garten einzuschalten, sowie sie die Milch und den Orangensaft in den Kühlschrank gestellt hatte, und dann würde sie mit Travis wieder ins Freie gehen, damit sie die Auffahrt hinunterschlittern konnten. Sie war froh, daß sie den Wagen oben auf dem Hang hatte stehenlassen. Für Travis würde es das Größte sein, im Freien zu spielen, wenn es schon so gut wie dunkel war. Er würde müde und mit rosigen Wangen ins Bett fallen.

Sie nahm seine Hand wieder, als sie vor den Stufen der Veranda standen, und er sah lächelnd zu ihr auf. Sie waren sicher zu Hause angekommen, und es machte sie glücklich, zu wissen, daß sie sein Zutrauen in sie gerechtfertigt hatte. Dieser eigentümliche Augenblick im Wald, als sie geglaubt hatte, ihn aus den Augen verloren zu haben, und als er sie dann angesprungen hatte, und dann die schwierige Heimfahrt, hatten die kompensierende Wirkung gehabt, sie wieder glücklich zu machen.

Sie öffnete die Tür und trat vor ihm in den Flur. Im Lichtschein der Lampe, die sie im Wohnzimmer angelassen hatte, sah sie die drei Männer, die auf die Verandatür zugingen. In einem nicht abgestimmten Chor wandten sich ihre Köpfe zu ihr um und sahen sie an, und in ihren Augen blitzte Überraschung auf, dann etwas anderes, ein beutegieriges Funkeln, und sie wußte, wer sie waren, und ihr wurde klar, daß sie sie überrascht hatte, und sie fürchtete sich. Ohne auch nur nachzudenken, trat sie zwischen die Männer und Travis und stieß ihn mit ihrer Rückseite zur Tür zurück.

»Liv!« rief er entgeistert aus.

Sie hatte den Vorteil des Überraschungseffekts eingebüßt. Die drei Männer kamen auf sie zu.

Sie wirbelte herum, hob Travis hoch und schoß durch die offene Hintertür und über die Veranda.

Hände grapschten nach ihr, schwere Körper näherten sich ihr atemlos von hinten, und Finger rissen ihr die Mütze vom Kopf, gruben sich in ihr Haar und rissen ihren Kopf zurück, taten ihr weh und brachten sie aus dem Gleichgewicht. Sie stolperte und fiel die Treppe hinunter, immer noch mit Travis auf dem Arm, der laut schrie, und jemand war über ihnen und fiel mit ihnen die Treppe runter. Schmerz zuckte durch ihre Ellbogen, die fest auf den schneeschlüpfrigen Stufen scharrten. Sie schlug sich eine

Schulter an, zerschrammte sich das Kinn, und Travis wurde ihr entrissen.

»Nein!« schrie sie, und eine Hand legte sich um ihr Kinn und stieß ihren Kopf nach hinten in den Schnee. Sie blickte zu Rand Nighswander auf. Dann verpaßte er ihr einen Hieb in den Magen, und sie rollte sich zusammen, bekam keine Luft mehr und erbrach sich in den Schnee.

»Weshalb wollen Sie denn weglaufen?« fragte er sie mit zarter Stimme, und hinter ihm schrie und zappelte Travis, der von einem der anderen beschimpft wurde.

Er half ihr auf die Füße. Sie war benommen und wankte, und er fing sie auf und hob sie auf seine Arme. Er trug sie die Treppe hinauf, ins Haus, und legte sie sachte auf das Sofa. Sie versuchte, sich aufzurichten, und er legte eine große Hand flach auf ihr Brustbein und stieß sie zurück.

»Entspannen Sie sich«, sagte er.

Er drehte sich um und wandte sich an den, der Travis festhielt, den, der ihm ähnlich sah. Seinen Bruder.

»Laß den Jungen runter«, sagte er.

Travis wurde freigelassen und schoß augenblicklich durch das Zimmer und klammerte sich an sie. Sie zog ihn dicht an sich, und aus der Notwendigkeit heraus, ihn zu trösten und zu beschwichtigen, wichen ihr Schmerz und ihre eigene Angst in den Hintergrund.

Rand zog sich den Schreibtischstuhl heran, drehte ihn um und setzte sich darauf; er stützte seine Arme auf die Rückenlehne. »Wir hatten Ärger mit unseren Maschinen«, sagte Rand. »Wir haben den Rauch aus dem Schornstein kommen sehen, und wir dachten uns, wir könnten vielleicht Ihr Telefon benutzen, aber Sie waren nicht da. Wir haben nachgesehen, ob die Tür offen ist, für den Fall, daß Sie da sind und uns bloß nicht hören. Die Tür war offen. Wir haben uns aufgewärmt und wollten gerade wieder gehen.«

»Sie haben mich die Treppe runtergestoßen«, sagte Liv.

Rand lächelte. »Das tut mir leid. Die Wahrheit ist, daß Sie mich ganz teuflisch erschreckt haben. Ich habe mir gedacht, Sie würden anfangen zu schreien und uns Ärger zu machen. Sie haben mir ja keine Chance gegeben, es Ihnen zu erklären, sehen Sie?«

Liv schloß die Augen. Wenn sie so tat, als glaubte sie diese Lüge, würden sie dann wohl weggehen? Sie war zahlenmäßig und von der Muskelkraft her unterlegen. Es konnte ihr nichts nutzen, dieses Spiel nicht mitzuspielen.

»Okay«, sagte sie, wobei sie seine Blicke mied. »Schließlich ist kein bleibender Schaden entstanden. Aber jetzt sollten Sie besser gehen. Sie haben meinem Jungen Angst eingejagt«, sagte sie, und sie bemühte sich, es eher kläglich als anklagend klingen zu lassen.

Rand stand auf und stellte den Stuhl wieder an seinen Platz. Gordy saß auf der Ofenbank und streichelte die Katze. Ricky lehnte am Kaminsims und kaute auf seinen Nägeln herum. Rand griff in seinen Schneeanzug, um seine Zigaretten rauszuholen. Der Schlüpfer fiel mit den Zigaretten heraus. Er griff danach, fing ihn noch vor dem Fußboden ab und wollte ihn schnell einstecken, aber Liv war schneller.

Sie spürte, daß Travis sein Gesicht zwischen ihren Brüsten hob. Sie starrte ihre Unterhose an und errötete heftig. »Wie können Sie es wagen?« platzte sie heraus.

Rands Hand legte sich auf ihre mit dem blauen Schlüpfer. Seine Hand bedeckte ihre Hand vollständig, und er drückte zu, und daher zog sie instinktiv ihre Hand zurück, doch er hielt sie fest.

»Es ging ganz leicht«, sagte er.

Travis beugte seinen Kopf zu Rands Hand vor, die auf ihrer Hand lag, und er grub seine Zähne hinein.

Rand brüllte und schlug Travis mit dem Handrücken. Sie warf Travis hinter sich auf das Sofa und stürzte sich unter Wutgebrüll auf Rand.

»Sie Lump«, schrie sie, und sie ging auf sein Gesicht los, ohrfeigte ihn und setzte ihre Nägel ein.

Er schlug sie mit dem Handrücken auf das Sofa zurück.

Travis hatte sich aufgerichtet und stürzte sich auf Rand, an seiner Mutter vorbei. Ricky Nighswander packte ihn von hinten und warf ihn mit einer beiläufigen Bewegung mit dem Rücken auf den Teppich, und Travis ging die Puste aus. In Travis' Augenwinkel blitzte etwas auf, und dann spürte er die rasierklingenscharfe Schneide von Rickys Messer auf seiner Kehle, als Ricky sich über ihn kauerte. Als Travis die Augen verdrehte, um zu sehen, wo Ricky war, konnte er den dritten Mann sehen, den, der dumm aussah, und er kauerte auf der Ofenbank. Der dumme Mann beobachtete sie mit weit aufgerissenen, ausdruckslosen Augen, und auch sein Mund war aufgerissen, und er sabberte ein wenig. Die Katze, die er zu fest umklammerte, schrie auf, und er sah sie erstaunt an.

Plötzlich verklangen die Geräusche der Rauferei. Travis konnte das Schluchzen seiner Mutter und den schweren Atem des Mannes mit der krummen Lippe hören.

»Tun Sie ihm nichts«, sagte sie.

»Beruhigen Sie sich«, sagte der Mann. »Wir werden dem Jungen nichts tun. Laß ihn los.«

Die scharfe Klinge war verschwunden, und doch hatte er plötzlich ein ganz steifes und wundes Gefühl in der Kehle, und er merkte, daß er den Atem angehalten hatte. Rohe Hände zerrten ihn auf die Füße, und er wurde zu seiner Mutter gestoßen. Er vergrub sein Gesicht in ihrem Bauch.

Liv ließ sich auf das Sofa zurücksinken und hielt Travis fest. »Gehen Sie jetzt, bitte«, sagte sie.

»Klar«, sagte Rand. »Merken Sie sich nur eins.«

Sie blickte zu ihm auf. »Was?«

»Hier hat sich nichts abgespielt«, sagte er.

Sie starrte ihn an und senkte dann ihren Blick. »Nichts hat sich hier abgespielt.«

Rand versetzte Ricky einen Rippenstoß. »Setz dich in Bewegung«, sagte er.

Gordy stellte die Katze hin. »Nettes Kätzchen«, sagte er. »Nettes Kätzchen.«

Ricky näherte sich ihm von hinten und schlug ihm auf den Hinterkopf. »Rand sagt, du sollst dich in Bewegung setzen.«

Gordy rieb sich den Hinterkopf. »Schon gut, schon gut.«

Er ging als erster aus der Tür, und ihm folgte Ricky, der

ihm mit dem Stiefel in den Hintern trat, als er rausging. Gordy wankte über die Veranda. Ricky grölte vor Freude.

»Maulhalten«, sagte Rand, und Ricky verstummte und eilte über die Veranda in das dunkle Schneegestöber.

Schnee wirbelte aus dem Dunkeln durch die offene Tür in das Wohnzimmer.

Rand blieb in der Tür stehen und sah sich noch einmal um. »Und vergessen Sie es nicht«, sagte er.

Liv nickte.

Dann war er fort.

»Bleib hier«, sagte sie zu Travis. Sie sprang auf, schlug die Tür zu und schloß sie ab. Sie zog die Vorhänge vor den Scheiben vor. Dann lief sie zur Hintertür und schloß auch diese ab. Sie rannte von einem Zimmer zum anderen und überprüfte die Fenster. Als sie sicher war, daß alles, was verschließbar war, verschlossen war, eilte sie ins Wohnzimmer zurück und drückte Travis an sich.

»Jetzt sind wir in Sicherheit. Alles in Ordnung?«

Travis begrub seinen Kopf zwischen ihren Brüsten und klammerte sich an sie.

Sie griff über ihn hinweg nach dem Telefon auf dem Beistelltisch. »Ich werde jetzt Walter anrufen«, sagte sie. »Er wird herkommen und bei uns bleiben. Morgen fahren wir nach Hause.«

Travis hob den Kopf. »Gut«, sagte er.

Liv hielt sich den Hörer ans Ohr. Die Leitung war tot.

11. Kapitel

GEFECHT
ROHSCHNITT # 5

Wieder Nacht, Schneetreiben schmilzt auf dem Bürgersteig und den blinden Fenstern der dunklen Bar und friert dann wieder zu einer dünnen Eisschicht, die auf einer Haut aus Wasser treibt, und das Glatteis knistert und bewegt sich mit dem Wasser, eine Studie in Plattentektonik. Die Straßenlaternen schimmern auf der glatten Nässe. Die Straße ist so menschenleer wie die Bar. Das Neonschild ist von dem unbeständigen Schnee verkrustet wie etwas, was vom Grunde des Meeres heraufgeholt worden ist und mit dem Salz und den Mineralien überkrustet ist, die im Meer so leicht zu wachsen scheinen wie Organismen. Der schwache Nachtschatten eines Mannes fällt, dank der Straßenlaternen, wie ein Gespenst auf das handgeschriebene Schild, das innen an der Glastür klebt: WEGEN TODESFALL GESCHLOSSEN.

Der Schattenmann verdeckt eine enge Gasse zwischen der Bar und der Parketage, die an die Bar angrenzt, und diese Gasse führt an einer Ansammlung von Mülltonnen und kaputten Pappkartons vorbei zu einer dicken, zerschrammten Hintertür. Der Schattenmann geht an der Gasse vorbei und biegt um das Gebäude. In die dicke Zementwand ist nur ein einziges Fenster eingelassen, wie ein Kellerfenster, aber wesentlich höhergelegen. Es ist nicht vergittert, doch das Glas der Fensterscheibe ist dick und geriffelt. Die Zementfensterbank ist tief und neigt sich nach unten. Der Schattenmann tastet die Fensterbank ab und zieht sich dann zurück. Sekunden später ist er wieder da, und er hat eine Lattenkiste vom Abfall geholt. Es ist ein unsicherer Thron; die Kiste knirscht hörbar unter seinem Gewicht, und er erstarrt. Für einen langen Moment hält er den Atem an. Schließlich bewegt er sich wieder, so behutsam und vorsichtig, daß seine Bewegungen stilisiert wirken. In der Hand hält er einen Glasschneider. Er entfernt die Scheibe in einem Stück. Als er vorsichtig von der Kiste steigt, bricht sie zusammen, und er wankt und läßt beinah die Scheibe fallen. Doch er fängt sich wieder und bleibt regungslos stehen, bis er zu seiner Zufriedenheit festgestellt hat, daß er nicht entdeckt worden ist. Ohne die kaputte Lattenkiste zu Hilfe zu nehmen, springt er hoch, umklammert die Fensterbrüstung und zieht sich durch die Öffnung. Auf der anderen Seite des Fensterrahmens läßt er sich in ein undurchdringliches Dunkel fallen.

Wieder wartet er, und sein Atem geht im ersten Moment

ein wenig schroff, doch fast im selben Augenblick legen sich die Laute, und er zwingt sich, gleichmäßig und leise ein- und auszuatmen. Nach einer entsprechenden Pause gestattet er sich für einige Sekunden den Lichtstrahl einer winzigen Taschenlampe. In diesen wenigen Sekunden, in denen er Licht hat, sieht er den gesamten Raum: eine hohe Decke über einem leichten Rechteck, in dem drei Pissoirs und zwei Klokabinen ohne Türen stehen. Der Boden ist gekachelt, die Wände sind schmutzig und vollgekritzelt, aber bei diesem kärglichen Licht sind die Graffiti unleserliche Abstraktionen. Auch die Farbe der Wände und der Kacheln ist nicht erkennbar. Die Taschenlampe taucht den Raum in ein Helldunkel, wie ein trister Schwarzweißschnappschuß der Schule der künstlerischen Fotografie, die nur als wahr gelten läßt, was roh und schaurig ist.

Der Schattenmann durchquert den Raum. Er läßt seine Hand in seine Jacke gleiten, in die Nähe seines Herzens, und als er sie wieder herauszieht, hält er etwas Schwarzes und Kompaktes in der Hand. Er preßt sich an die Wand und schleicht sich seitlich durch die Tür. Jetzt ist er ganz auf sein Nachtsehvermögen und auf seinen Tastsinn angewiesen, die ihn so sicher wie einen Blinden durch ein Niemandsland führen, das mit Schnapskisten miniert ist. Eine Schwingtür, die ganz langsam geöffnet wird, jeweils nur um Bruchteile eines Zentimeters, öffnet sich zur Bar. Hier sickert das Licht der Straßenlaternen durch die Fenster und läßt Umrisse erkennen: die Hufeisenform der Bar von innen, die großen rechteckigen Fenster mit der Neonreklame, schwarz gekritzelte Namenszüge, die von hinten nach vorn geschrieben sind, die runden Ränder der Tische, die Stuhllehnen, die scharfen Kanten der Wände der Nischen und die Schwärze in den Nischen selbst.

Der Schattenmann gleitet in der Hocke durch die Schwingtür und in das U der Bar. Dort bleibt er lange auf seinen Hacken sitzen. Er kann nichts sehen, aber er kann lauschen, und die Bar gibt ihm von drei Seiten Schutz. Ein Lichtschimmer der Straßenlaternen bricht sich in dem Gegenstand, den er in der Hand hält.

In der übernatürlichen Stille hört er seinen eigenen Herzschlag, seinen eigenen Atem. Und dann den eines anderen.

Ein Rascheln ist vom anderen Ende des Raumes zu vernehmen, von den Nischen her, und er legt sich flach auf den Boden und rutscht zentimeterweise um die Bar herum.

Jetzt strengt er seine Ohren an, um irgend etwas zu hören, das ihm verraten könnte, wo der andere sich aufhält. Er ist eine Schlange, die nur darauf wartet, nach vorn zu sausen.

Und dann spürt er kalten Stahl in seinem Nacken.

»Rühr dich nicht von der Stelle, du Mistkerl«, knurrt der andere.

Der Schattenmann verspannt sich, zuckt zusammen und entspannt sich ebenso plötzlich wieder, sackt schlaff zusammen. Langsam streckt er seine linke Hand aus, in der er seine eigene Waffe lose hängen hat. »Du hast gewonnen, du Mistkerl«, sagt er laut, und dann lacht er und rollt sich auf den Rücken und greift nach der Mündung der Waffe und richtet sie mit aller Kraft nach oben.

Der Knall des Schusses ist ohrenbetäubend. Doch die Mündung ist auf die Decke gerichtet; die Kugel wird niemandem etwas anhaben. Der Schattenmann entwindet der Hand des anderen die Waffe und dreht sie um; jetzt ist der Lauf auf seinen Angreifer gerichtet. Der Schattenmann holt seine kleine Taschenlampe raus und schaltet sie ein; der Strahl fällt auf Ratcliffe, den schwarzen Polizisten.

»Ach, Ratty«, sagt der Schattenmann, und seine Stimme und sein Akzent weisen ihn als Denny aus.

»Verfluchter Scheißkerl«, sagt Ratcliffe.

Denny lacht. »Ich wußte, daß du hier sein würdest, Ratty.«

Ratcliffe schweigt einen Moment lang und sagt dann: »Ich wünschte, ich hätte dir deinen hundsgemeinen Kopf weggepustet.«

Denny kichert vorwurfsvoll. »Wo bleibt dein Sinn für Brüderlichkeit, Ratty. Wir stecken schließlich beide drin, verstehst du.«

»Den Teufel tun wir«, sagt Ratcliffe. »Du warst es, und du

bist daran schuld, daß wir den Mann jetzt im Nacken haben. Du bist derjenige, dem die Eier eingetreten gehören.«

Die Waffe, die Denny ihm weggenommen hat, wird entsichert. »Da«, sagt Denny. Er richtet die Waffe gegen sich selbst und hält sie Ratcliffe hin. »Deine Waffe, Mann. Ich bin nicht dein Feind, Ratty.«

Ratcliffe beugt sich vor, um die Waffe entgegenzunehmen. »Woher wußtest du, daß ich hier bin?«

Denny grinst. »Du warst derjenige, der mir beigebracht hat, daß man nirgends so sicher ist wie unter einem Berg von Leichen. Der beste Dschungelkrieger, den ich je kennengelernt habe.«

Ratcliffes Hand schleicht sich aus dem Dunkel und packt Denny an der Gurgel, ehe Denny mehr tun kann, als schützend die Handkante vor sich zu halten.

»Und jetzt sage ich dir noch was, du weißes Dreckschwein«, knurrt Ratcliffe. »Das Beste, was ich tun könnte, wäre, dir deine erbärmliche lügende Kehle so weit aufzuschneiden, daß du anstelle von einem dämlichen Grinsen zwei hast. Der Mann, Court, wäre dann zufrieden, und dann läßt er mich in Ruhe. Das ist etwas, was ich dir nie beigebracht habe, Junge, weil man dir nämlich nicht trauen kann. Manchmal besteht die einzige Überlebenschance darin, Junge, dem Feind das zu geben, was er will.«

Denny rührt sich nicht unter Rats Händen. Doch seine Augen strahlen. Er zeigt in einem Raubtiergrinsen seine Zähne.

»He, Ratty«, protestiert er. »Ich kann es einfach nicht glauben. Daß ich den Tag erleben darf, an dem Ratty sich vor dem alten Court fürchtet.«

»Ich bin gescheiter als du«, sagt Ratcliffe, »und deshalb fürchte ich mich.«

»Ja, vielleicht bist du das«, sagt Denny. »In einem Punkt hast du jedenfalls recht.«

»Und das wäre?« fragt Ratcliffe.

»Es ist nicht dein Kampf, Ratty«, sagt Denny. »Es ist eine Sache zwischen mir und Court. Warum also läßt du sie mich nicht regeln?«

Ratcliffe läßt Dennys Kehle los und setzt sich auf die Hakken. »Court weiß noch nicht, daß es sich um eine Sache zwischen dir und ihm handelt.«

»Das kann man sagen«, sagt Denny, und seine Hand spannt sich versonnen um seine Waffe, die er in Zeitlupe im Bogen hochhebt, während Ratcliffe darauf reagiert und unter der Waffe durchtaucht, und mit der anderen Hand greift Denny nach Ratcliffes Waffe, und Ratcliffe läßt sie los, als Dennys Waffe nach unten gezogen wird und ihn mit einem Laut gegen die Schläfe trifft, der an einen Apfel erinnert, der auf einen Holzfußboden fällt, und Ratcliffe bricht zusammen.

Denny steht über ihm. »Und du wirst nie dazu kommen, Court zu sagen, daß es eine Sache zwischen ihm und mir ist, Mr. Allmächtig Kluger Nigger, der noch nicht klug genug ist.«

Und er bückt sich dicht zu Ratcliffes Kopf herunter und drückt ab.

In der Dunkelheit im Freien schnaubten die drei Schneemobile durch die sich windenden Schleier aus Schnee. Der Strahl ihrer Scheinwerfer schien nicht wirklich durch das Dunkel, sondern strahlte nur die Myriade von Schneeflokken an, so viele, daß sich einem ein dünnes Gewebe vor die Augen legte, wenn es auch mehr von Spinnennetzen hatte, die unter Entwicklung beißender Kälte auf der Haut, die freilag, schmolzen. Sie waren nichts weiter als durchsichtige Fragmente, die durch ihre grenzenlose Anzahl Substanz annahmen, und sie reflektierten das Licht und absorbierten es noch im selben Moment. Sie sogen jegliches Licht in ihre kristalline Struktur auf, bis sie weniger als Spiegel, sondern eher als Lichtquellen erschienen, Galaxien, die auf Schwarzweißfotografien, die außerhalb der verzerrenden Atmosphäre des Planeten aufgenommen worden waren, durch den Raum gespien wurden. Das Dunkel der Nacht war nur die Leere, wie draußen im All, die der Schnee füllte. Ein rasender Wind trieb den Schnee in alle Richtungen gleichzeitig.

Die Maschinen hielten dicht nebeneinander an. Die drei Männer trafen sich im gebündelten Scheinwerferlicht. Sie hatten ihre Skimasken gegen den schneidend kalten Wind heruntergezogen. Instinktiv gingen sie in die Hocke und steckten die Köpfe zusammen.

»Ich sehe verdammt noch mal nicht das geringste!« plärrte Ricky Rand an.

Rand hockte locker auf seinen Fersen und zwängte eine dicke, behandschuhte Hand in seinen Schneeanzug. Er zog sein Päckchen Zigaretten und sein Feuerzeug heraus. Er mußte sein Gesicht fast in die Flamme stecken und das Feuerzeug in den Windschatten seines eigenen Körpers halten, um die Zigarette anzuzünden.

»Ganz schöne Scheiße, das kann man wohl sagen«, sagte er ganz ruhig.

»Wie sollen wir bei diesem Scheißwetter Daddy finden?« fragte Ricky.

Gordy Teed zeigte das Weiß seiner Augäpfel, als er einen furchtsamen, nervösen Blick um sich warf. »Bei diesem Scheißwetter werden wir euren Daddy niemals finden«, sagte er.

Rand sah ihn an. »Das stimmt, Gordy. Wir sollten am besten irgendwo Unterschlupf suchen, bis sich der Sturm legt.«

»Aber Daddy wird uns suchen«, protestierte Ricky.

Rand schnippte seine Zigarettenasche direkt vor sein Gesicht. Ricky zuckte zusammen. »Daddy wärmt sich den fetten Arsch am Feuer, mach dir darum keine Sorgen«, sagte er.

Ricky ruckelte auf seinen Fersen herum und sah sich um. Die Sichtweite war geringer als wenige Meter, und selbst das änderte sich bei jeder Schrulle dieses Windes. »Wohin mit uns, Randy? Wir sehen überhaupt nichts mehr.«

Rand zog nachdenklich an seiner Zigarette, ehe er antwortete. »Das Beste ist, wir kehren um und gehen wieder dahin, wo wir hergekommen sind. Weit sind wir noch nicht gekommen.«

Gordy Teed fiel der Kiefer runter. Ein Rinnsal Spucke glitzerte auf seinen übelriechenden Zahnstumpen im Kunstlicht der Scheinwerfer.

Ricky kicherte: »Jesus Christus, Rand. Inzwischen hat die Hexe die Bullen angerufen. Oder ihren Männe oder vielleicht auch den alten Walter. Jedenfalls irgend jemanden.«

»Nein, das hat sie nicht«, sagte Rand. »Ich habe das Telefonkabel rausgezogen, während ihr beide an euren Schlitten rumgemacht habt, um die Motoren anzulassen.«

Ricky grölte und bohrte einen Ellbogen in Gordy Teeds Flanke. Gordy Teed zuckte zusammen.

»Ich will nicht dahin zurückgehen, Rand«, wimmerte er.

»Dort ist es warm«, sagte Rand.

»Sie wird uns nicht mit offenen Armen willkommen heißen«, sagte Ricky. »Das weißt du selbst. Wir werden einbrechen müssen. Und wenn wir das tun, bekommen wir einen Haufen Ärger. Wenn wir den nicht schon längst haben.«

»Jetzt werd mir bloß nicht zynisch, du kleiner Mistkerl«, sagte Rand. »Missus Russell ist eine anständige Christin. Sie wird uns in einer Nacht wie dieser nicht erfrieren lassen.«

»Klar«, sagte Ricky. »Sie wird uns die Tür aufmachen und sagen: ›Kommt doch rein, Jungs. Wie wäre es mit einem Drink?‹ «

»Das kann gut sein«, sagte Rand.

Ricky heulte wieder auf. »Und dann wird sie uns anbieten, uns heute nacht alle schön warmzuhalten, stimmt's Rand? Sich richtig an uns zu kuscheln.«

Rand sah sich seinen Zigarettenstummel an. »Kann schon sein.«

»Erster«, sagte Ricky.

Rand sah ihn an.

Ricky stand auf und kickte Schnee in die Luft. »Na ja, dann eben zweiter.«

»Wir werden einen Haufen Ärger kriegen«, sagte Gordy Teed. »Meint ihr nicht?«

Rand stand auf und schüttelte den Schnee von seinen Schultern. »Wenn ihr zwei verdammten Schweine euch benehmt, dann kriegen wir keinen.«

Gordy zog sich mühsam auf die Füße.

»Als allererstes werdet ihr euch nicht wie die Barbaren benehmen. Benehmt euch, als wärt ihr zivilisierte Leute. Gebt euch einen Ruck und sagt schön bitte und danke. Kriegt bloß in eure Dickschädel, daß wir es hier mit einer Frau zu tun haben, die mit einem Kind allein hier draußen sitzt. Und warum wohl? Warum ist der Männe nicht dabei? Weil sie nicht miteinander auskommen, darum.«

»Und woher willst du das wissen?« fragte Ricky.

Rand lächelte. »So was kann ich riechen«, sagte er.

Ricky lachte spöttisch. »An ihrer Unterhose, was?«

»Ich sage euch, wenn wir die richtigen Karten ausspielen, kann es sein, daß sie richtig nett zu uns ist. Zu einem von uns oder vielleicht auch zu uns allen. Merkt euch bloß, daß das Ganze meine Idee war. Ich habe sie gefunden. Ich bestimme, wer sie kriegt.«

»Klingt ganz so, als wolltest du sie ganz für dich haben.«

»Und was, wenn es so ist?« sagte Rand. »Das ist doch mein Recht, oder etwa nicht?«

»Du tust so und du redest so, als sei es dein Recht, oder etwa nicht?« sagte Ricky.

»Verdammt richtig«, sagte Rand.

»Und was tust du, du Großkotz, wenn sie schreit, sie sei vergewaltigt worden?« sagte Ricky.

»Das muß sie erst mal beweisen, du Dummkopf. Ihre Aussage gegen unsere Aussage.«

»So wie bei Loretta Buck?«

»Wie bei der alten Loretta«, stimmte Rand ihm zu.

»Die hat ganz schön geschrien, was?« fragte Ricky, den plötzlich eine Erinnerung einholte.

»Kommt schon«, sagte Rand. »Ich friere mir die Eier ab.«

Langsam tasteten sie sich voran, zum Ufer und zum Sommerhaus der Russells. Sie banden die Schlitten, die sie ans Ufer gezogen hatten, direkt am Ufer an und bewegten sich so lautlos wie möglich auf das Haus zu. Die Vorhänge waren zugezogen; sie konnten nicht ins Haus schauen.

»Was tun wir jetzt?« flüsterte Ricky Rand zu. »Ein Fenster einschlagen?«

»Du bist wirklich ein verfluchter Barbar«, sagte Rand verächtlich. »Wir werden an die doofe Tür klopfen.«

»Klar«, sagte Ricky. »Das muß ich gesehen haben.«

Die drei Männer liefen um das Haus herum zu der Veranda hinter dem Haus. Rand öffnete die Verandatür und klopfte ganz lässig an die Haustür. Er warf Ricky ein kurzes, strahlendes Lächeln über die Schulter zu.

Liv hörte ein leises Klopfen im Badezimmer. Sie kümmerte sich gerade um Travis, den sie in die Badewanne gesetzt hatte. Seine Finger spannten sich in einem Würgegriff um die Seife, und er blickte bei diesem Geräusch nervös zu ihr auf.

»Vielleicht ist es Walter, der nach uns sieht«, sagte Liv.

Erleichterung trat in Travis' Augen. »Vielleicht ist es Daddy«, sagte er.

Liv bückte sich, um ihm das Haar aus der Stirn zu streichen.

»Das werde ich jetzt herausfinden«, sagte sie. »Hab' keine Angst, ja?«

Travis nickte und grub seine Nägel in das Stück Seife.

Liv wischte sich die Hände an den Hosenbeinen ihrer Jeans ab und zwang sich, das warme, gutbeleuchtete Bad zu verlassen. Sie zögerte, ehe sie das Licht im Gang ausschaltete und dann im Dunkeln auf die Hintertür zuging. Unwillkürlich sah sie sich nervös nach allen Seiten um und schlich sich vorsichtig um die Ecken. Gleichzeitig war sie froh, daß sie die Jalousien zugezogen hatte und niemand sie sehen konnte; bestürzt stellte sie fest, daß sie nicht hinausschauen konnte. Sie konnte beim besten Willen nicht dahinterkommen, ob jemand draußen um das Haus herumschlich. Das Heulen des Windes und das widerstrebende Ächzen des Hauses übertönten alles. Sie ging an der Hintertür vorbei in die Küche, ohne das Licht einzuschalten, und dort preßte sie sich seitlich neben das Fenster, von dem aus die Veranda zu sehen war. Natürlich hatte sie das Licht angelassen, als sie mit Travis ins Dorf gefahren war und gewußt hatte, daß das Tageslicht am Schwinden sein würde, wenn sie zurückkamen, und das Licht brannte immer noch. Einen Moment lang glaubte sie, ohnmächtig zu werden, und sie spürte, wie ihr Herz bei dem Anblick der Männer zusammenzuckte, und dann sah Rand sie im Licht der Veranda direkt an. Sie schauderte zusammen und wich zurück.

Sie hatte glauben wollen, es sei der Wind, der ihre Telefonleitung unterbrochen hatte, aber da waren sie wieder. Sie ging noch einen Schritt zurück und einen zur Seite und schaltete das Licht auf der Veranda aus. Sie blieb erstarrt stehen und fühlte sich nicht in der Lage zu atmen oder sich zu überlegen, was sie als nächstes tun sollte. Sie wünschte sich sehnlichst, sie hätte eine Waffe, und dann fielen ihr die Küchenmesser ein. Geräuschlos schlich sie sich in die Küche zurück, griff blind in die richtige Schublade und zog das Tranchiermesser heraus. Sie schlich sich wieder zur Küchentür und blieb dort wartend stehen.

Als das Licht auf der Veranda ausging, fluchte Rand tonlos vor sich hin.

Ricky fing an, laut zu fluchen. Rand trat ihm auf den Fuß, und er hielt den Mund.

Gordy Teed wimmerte. »Sie läßt uns nicht rein«, flüsterte er Rand hoffnungsvoll zu. »Suchen wir uns doch woanders einen Unterschlupf. Vielleicht bei der alten Lesbe.«

Rand ignorierte ihn und klopfte noch einmal an die Tür, diesmal nachdrücklicher. Als niemand darauf reagierte, klopfte er noch einmal und rief: »Missus Russell, wir wollen Ihnen nichts tun. Wir sind am Erfrieren, Missus Russell. Könnten Sie uns denn nicht ganz schnell Ihr Telefon benutzen lassen, um meinen Daddy anzurufen, damit er herkommt und uns abholt?«

Ricky versetzte ihm kichernd einen Rippenstoß.

Rand trat ihm wieder auf den Fuß, diesmal fester, und Ricky wich humpelnd und schimpfend zurück.

Auf der anderen Seite der Tür bemühte sich Liv, wieder zu atmen. Wenn er nicht wußte, daß die Leitung unterbrochen war, dann hatte er sie vielleicht doch nicht durchgeschnitten. Aber vielleicht versuchte er auch, sie reinzulegen. Ganz gleich, was die Leitung unterbrochen hatte – er hätte Arden Nighswander nicht anrufen können, wenn sie ihm die Tür aufmachte, und warum also sollte sie ihm öffnen? Sie konnte ihm aber auch nicht sagen, daß die Leitung tot war, denn sie konnte nicht wissen, was er tun würde, wenn er erfuhr, daß sie von der Außenwelt abgeschnitten war. Andererseits wenn er es wußte, wenn er die Leitung durchgeschnitten hatte, dann konnte er genau dasselbe ohnehin tun. Einbrechen, sich den Zutritt ins Haus erzwingen. Und was dann? Es überforderte sie restlos, es sich auszumalen.

Rand klopfte wieder an. »Bitte, Missus Russell. Wir würden uns in diesem Sturm verirren. Wir könnten hier draußen erfrieren.«

Sie schloß die Augen, ohne dadurch irgend etwas deutlicher vor sich zu sehen. War es das Recht einer Frau, die mit einem kleinen Kind allein war und sich fürchtete, Fremden jeglichen Schutz abzuschlagen? Fremden, die mehr als nur Fremde waren, vielleicht gar Feinde? Was war, wenn sie erfroren? Wäre das Mord gewesen? Totschlag, entschied sie. Es wäre Totschlag, und dafür kamen Menschen ins Gefängnis, selbst, wenn sie die Mütter von kleinen Kindern waren. Selbst, wenn die Menschen, die sie töteten, Diebe und Vandalen, wenn nicht gar Schlimmeres waren.

Sie hörte das Plätschern des Wassers nicht und auch nicht die kleinen Füße, die über den gekachelten Boden des Bades liefen, auch nicht, daß die Badtür geöffnet wurde. Plötzlich stand ein kleines, nacktes Gespenst da, das glitschig war und von dem Wasser und Seifenschaum auf den Teppich tröpfelten, als es sich im dunklen Flur materialisierte.

»Mum?« sagte Travis mit zitternder Stimme.

Sie legte das Messer auf den Küchentisch hinter sich und bückte sich mit ausgestreckten Armen zu ihm herunter. Während sie seinen glitschigen Körper in ihren Armen hielt und den kleinen Körper spürte, seine Festigkeit, dachte sie: *Ich bin wieder Mum, zum ersten Mal, seit er drei*

Jahre alt war, und dazu hat es nichts weiter gebraucht, als daß er sich halb zu Tode erschreckt.

Fäuste schlugen wütend gegen die Tür, und sie zuckten zusammen.

»Missus Russell«, rief Rand lautstark. »Wir erfrieren.«

Travis klammerte sich heftig an sie. »Die sind es«, sagte er, und die Panik in seiner Stimme ließ sie endgültig einen Entschluß fassen.

Sie drückte ihn dicht an sich und stieß ihn dann in den Flur. »Geh wieder ins Bad«, flüsterte sie. »Schließ die Tür ab. Und mach sie nicht auf und komm nicht raus, ehe ich es dir sage.«

Er nickte. »Du läßt dir doch nichts von ihnen tun, oder?« flüsterte er.

»Nein«, sagte sie. »Und jetzt geh.«

Er schlich sich durch den dunklen Flur davon.

Sie nahm das Messer wieder in die Hand und wartete.

»Sie kauft es uns nicht ab«, sagte Ricky. Er grinste fröhlich.

Mit verkniffenen Lippen schlug Rand seine rechte Faust in seine linke Handfläche. Er wollte Ricky nicht ansehen. Er wich zum Rand der Veranda zurück und starrte die Tür an. Mürrisch senkte er den Kopf, stapfte auf die Tür zu und lehnte sich mit den Handflächen dagegen. Er starrte seine eigenen Stiefel an, den Boden der Veranda. Seine Hände ballten sich zu Fäusten. Plötzlich riß er den Kopf hoch und hämmerte erzürnt mit seinen Fäusten gegen die Tür.

»Laß mich rein, du alte Hexe!« brüllte er. »Laß mich rein!«

Etwa eine Minute lang bestrafte er die Tür und ließ seinen Zorn an ihr aus. Sie bebte und wackelte unter der Wucht seiner Hiebe. Dann hörte er auf, legte den Kopf auf die Seite und sein Ohr an die Tür und horchte.

Nichts war im Haus zu hören.

Er stieß sich von der Tür ab und wirbelte herum. »Kommt schon«, murmelte er, und er stapfte heftig die Stufen hinunter in das Schneegestöber. Ricky zuckte die Achseln und folgte ihm. Gordy Teed kam aus dem Schatten heraus und schlich wie ein geschlagener Köter mit eingezogenem

Schwanz hinter ihnen her. In ihrem Rücken schwang die Verandatür im Sturm auf und zu.

Liv kauerte hinter der Tür und zuckte bei jedem Hieb zusammen. Sie hörte Rand mit einem schwachen Lächeln zu, das in erster Linie aufgesetzt war. Nachdem sie das schwere Donnern der Stiefel auf der Veranda gehört hatte und wußte, daß sie fort waren, konnte sie sich eine Zeitlang nicht bewegen. Dann kroch sie zum Fenster und sah hinaus. Die Veranda war bis auf die Schatten und den Schnee, der durch die Luft wehte, leer.

Sie eilte ins Wohnzimmer und zog den Vorhang einen Spalt zur Seite. Am Ufer waren verschwommene Lichter zu sehen, die Scheinwerfer der Motorschlitten, und ein unregelmäßiges Spucken von Motoren übertönte die Geräusche des Windes. Liv ließ den Vorhang wieder fallen und sackte gegen die Wand. Ihr Magen tat von dem Hieb weh, den sie abbekommen hatte, aber auch, weil sie den Atem angehalten hatte. Auch ihre Zahnwurzeln schmerzten, weil sie die Zähne zu fest aufeinandergebissen hatte. Ihre Finger waren vom Umklammern des Messers steif. Sie ließ das Messer vorsichtig los und ließ es in eine Nische neben dem Kamin fallen. Dann rieb sie sich den Kiefer, schluckte schwer und eilte ins Bad.

Sie klopfte leise an die Tür und sagte: »Ich bin es, Travis.«

Die Tür wurde aufgeschlossen, und Travis, der sich in ein Handtuch gewickelt hatte, machte ihr die Tür auf und warf sich in ihre Arme. Sie drückte ihn an sich und zerzauste sein Haar.

»He«, sagte sie, während sie eine Fröhlichkeit aufsetzte, nach der ihr kein bißchen zumute war, »es ist alles in Ordnung.«

Travis kuschelte sich dichter an sie. »Sind sie weg?« fragte er.

»Ja«, sagte Liv. »Sie sind weg.«

Sie zog ihm das Handtuch hoch, das ganz zerknäult war. »Dir muß kalt sein. Jetzt wollen wir dich mal wieder anziehen«, sagte sie.

Sie dachte, eine sofortige Zurückbesinnung auf den Alltag könnte tröstlich sein, und sie hatte recht. Er ließ sich von ihr abtrocknen, ohne Einwände zu erheben, und dann war er damit einverstanden, sich wieder in das Handtuch wikkeln und sich durch den Flur in sein Bett tragen zu lassen.

Hinter der Schlafzimmertür war es nicht stockdunkel; E.T.'s Herz glimmte noch, ein schwacher, rosiger Schimmer neben Travis' Bett.

Kalt, dachte Liv in demselben Moment, in dem sie die Kälte wahrnahm. *Hier ist es kalt.* Sie blieb zögernd auf der Türschwelle stehen.

Travis verkrampfte sich in ihren Armen.

Aus der Dunkelheit stürzte sich Rand auf sie.

Im ersten Moment heulte sie laut auf, ohne Worte, ganz Tier, und gleichzeitig war dieser Laut so tief empfunden, daß er die Luft grauenvoll entzweiriß, als er sie umwarf.

Travis kreischte auch. Sie versuchte, sich umzudrehen, sich zwischen Travis und Rand zu stellen, als Rands Gewicht sie beide zurück in den Flur schleuderte, an die Wand gegenüber und auf den Fußboden, und sie erreichte gerade soviel, daß Travis sich fortwälzen konnte. Er zog sich auf die Füße und huschte ein paar Meter weiter fort.

»Lauf!« schrie sie. Sie wehrte sich gegen Rand, versuchte, sich unter ihm herauszuwinden, schlug mit ihren Fäusten auf ihn ein. Eine seiner Hände verfing sich in ihrem Haar und riß ihren Kopf zurück, während die andere sich unter ihr Kinn legte und zustieß. Ihr Hinterkopf wurde gegen den Fußboden geschlagen, und eine Woge von Dunkelheit brach herein. Sie hörte dumpf, daß Travis aufschrie, und sie spürte sein Gewicht, als er sich unerwartet auf Rand stürzte und Rand das Gleichgewicht verlor und Rands gesamte Last gemeinsam mit Travis auf sie fiel, unter Stöhnen und Fluchen, und Rands Ellbogen schlug gegen ihr Kinn, und sie verlor vollständig das Bewußtsein.

Arden Nighswander lehnte sich an den krummen Pfosten der Veranda hinter seinem Haus und pißte unregelmäßig in den Schneesturm. Sein Gesicht verzog sich zu einem gequälten Grinsen, das seine vorderen Zähne bis zum Zahnfleisch entblößte, und die Grimasse hätte einer Schädelmaske für Halloween gestanden. Hinterher blieb ein schrecklicher, dumpfer Schmerz in seinen Lenden zurück, aber das war nichts im Vergleich zu den Qualen, die er mit voller Blase durchlitt oder zu der Tortur des Brennens beim Wasserlassen. Sein Urin hatte die Farbe von schwachem Kaffee, der eine Zeitlang gestanden hatte und dann von der Stelle bewegt worden war und den der Bodensatz jetzt trübte. Schon seit ein paar Monaten war das jetzt so. Doch er behielt es für sich und redete sich ein, daß die Ärzte im Veteranenhospital in Togus alle Quacksalber waren und daß die Ärzte, die er aus seiner eigenen Tasche bezahlen mußte (obgleich er das in Wirklichkeit nie tat, solange er nicht von einem Gericht für Bagatellfälle dazu gezwungen wurde) noch schlechter waren.

Nur Jeannie wußte es, denn sie hatte ihn nachts auf der Toilette fluchen hören, auf der anderen Seite der Baupappe, die ihr Schlafzimmer vom Bad trennte. Sie kannten die Gewohnheiten aller im Hause, erkannte die Jungen an der Länge und der Dauer und der Häufigkeit ihrer Bewegungen, erkannten sie an den typischen Preß- und Grunzlauten, und sie kannte auch die Geräusche der Zeitschriften, deren Seiten umgeblättert wurden und dann leicht raschelten, wenn Ricky oder Gordy onanierten.

Wenigstens lagen die Schlafzimmer der Jungen, das größere, das Rand gehörte, und der kleine, liederliche Stall, den Ricky und Gordy sich miteinander teilten, am anderen Ende des Hauses, und daher brauchten Jeannie und Nighswander sich nicht anzuhören, was sich dort nachts abspielte. Rand brachte Frauen mit; das tat er schon, seit er fünfzehn oder sechzehn war.

Jeannie erhob nur einmal Einwände, als sie das blutige Laken von seinem Bett abgezogen und es Rands Vater vorgeführt hatte.

Nighswander sah die Jungen an, lachte schallend und knuffte spielerisch Rands Schulter.

»Alt genug gewesen?« fragte er.

Rand grinste. »Was alt genug zum Pinkeln ist, ist auch alt genug für mich.«

Nighswander grölte vor Lachen und kratzte sich die Brust. »Ich werde alt«, verkündete er. »Früher war ich das, der sie zugeritten hat.«

Die Jungen lachten pflichtbewußt und tauschten untereinander Blicke aus, die ›Ja, klar.‹ besagten.

Nighswander wurde plötzlich böse auf Jeannie. »Was stehst du hier eigentlich rum und hältst mir dieses Laken mit dem Triefzeug unter die Nase? Man könnte meinen, es sei von dir und du wolltest beweisen, daß du es für die Ehe aufbewahrt hast. Weil du nämlich hättest schwindeln müssen, das stimmt doch.«

Er lachte, und diesmal fielen seine Jungen hemmungslos in sein Gelächter ein. Gordy errötete und machte einen bestürzten Eindruck.

Jeannie errötete ebenfalls und knüllte das Laken zusammen. »Das ist nicht richtig«, murrte sie.

Ihr kam es vor, als sei es viel Blut, mehr als das, woran sie sich beim ersten Mal erinnerte, und dieses erste Mal hatte sich in Wahrheit auf der Ladefläche von Harry Teeds Ford Pickup, Baujahr 1951, abgespielt, ehe er mit ihr verheiratet gewesen war. Andere Erklärungen, wie die, daß Rand unnötig grob gewesen war, daß das Mädchen stärker als gewöhnlich geblutet haben könnte oder daß es sich gar nicht um das erste Blut, sondern um Menstruationsblut handelte, kamen Jeannie gar nicht in den Sinn. Jeannie war, was ihre Monatsblutungen betraf, so scheu wie jede Frau vom Lande. Bei ihrem ersten Ehemann hatte sie überhaupt keine Gelegenheit gehabt, sie auch nur zu erwähnen, bis auf das eine Mal, als sie noch nicht verheiratet waren und sie ihm unter heftigem Erröten in der Fahrerkabine des Ford mitgeteilt hatte, daß schon zwei Monatsblutungen ausgeblieben waren. Nachdem Gordys Vater auf seinem Bier herumgewürgt hatte, funkelte er sie böse an und wollte von ihr wissen, ob sie sicher war. Und dann, als sie seine Frage kläglich mit Ja beantwortet hatte, wollte er zudem wissen, ob sie sicher war, daß er der Vater war, obwohl er selbst genau wußte, daß er es war. Wieder antwortete sie mit einem kläglichen Ja, zwar verletzt, aber sie hatte damit gerechnet, verletzt zu werden, und sie ging davon aus, daß es sein Recht und sein Privileg war, sie mit dieser Anspielung auf eventuelle Promiskuität zu verletzen. Sein Stolz als Mann verlangte das von ihm. Doch Nighswander graute entsetzlich vor Menstruationsblut, dem er auch seine gesamte Verachtung entgegenbrachte.

Inzwischen freute sie sich auf den Tag des Monats, an dem sie mit gesenkter Stimme sagen konnte: »Meine Zeit ist fällig, und ich muß mir in Greenspark die Frauensachen kaufen«, woraufhin Nighswander angewidert den Mund verzog, seine Hand in die Tasche steckte und ihr das Geld dafür gab, das einzige Bargeld, das sie je zu sehen bekam, da er alle anderen Geldgeschäfte mit der Außenwelt selbst abwickelte. Und dann fuhr er sie nach Greenspark und blieb draußen vor dem Drugstore im Wagen sitzen, während sie reinging und kaufte, was sie brauchte. Das gab ihr Gelegenheit, sich das Make-up und die Düfte anzuschauen, die in der Kosmetikabteilung auf dem Tresen standen, die grellbunten Zeitschriften im Zeitschriftenständer, den geheimnisvollen Überfluß an Produktion, Shampoos und Zahncreme und Aspirin und Babyöl, alles Dinge, die es bei ihnen nicht gab, denn Nighswander kaufte ein strenges, nach Teer riechendes Shampoo in Fünfliterflaschen bei der staatlichen Verpflegestelle und Natriumbikarbonat für die Zähne und sonst gar nichts, weil er behauptete, daß sie solchen Schnickschnack nicht brauchten. Nur diese Chance, und sie wagte es nicht, zu trödeln, sondern machte ihre Einkäufe und warf nervös ihre lüsternen Blicke auf die Luxusgüter, die ihr nicht gestattet waren, während die Transaktion stattfand. Die Rückfahrt verlief, ebenso wie die Hinfahrt, wortlos.

Sowie es wirklich anfing, ließ Nighswander sie natürlich in Ruhe, bis sie sagte, daß es rum war, und manchmal log sie, um einen weiteren Tag für sich hinauszuschinden. Er kam ohnehin nie zu ihr, wenn er nicht betrunken war, und dann war er meistens impotent, wenn auch keiner von beiden je irgendeinen Zusammenhang zwischen den beiden Umständen herstellte. Alles, was Jeannie wußte, war, daß er sie in einem gewissen Stadium der Trunkenheit zu betatschen begann, und oft zog das nichts weiter als eine Tracht Prügel dafür nach sich, daß sie versagt hatte, ihn ausreichend zu erregen.

Er stellte klar, daß es ihre Schuld war, weil sie alt und häßlich war, und sie wußte, daß das stimmte. Was an ihrem Äußeren etwas getaugt hatte, als sie noch jung und frisch war, hatte sie verloren, und die großen Brüste, die einst Gordys Vater und später Nighswander angezogen hatten, hingen schlaff herunter und waren faltig wie alles andere an ihr auch. Daß Nighswander im Alter nicht weniger plump geworden war als sie, spielte in ihrer beider Augen keine Rolle.

Sie wußte, daß er andere Frauen hatte, wann immer er sie kriegen konnte. Die Frauen, die er in Bars und an Straßenecken auflas, wenn er geschäftlich nach Portland oder Boston kam, wobei es ausnahmslos darum ging, irgendwelche Ansprüche gegen die Kriegsveteranenverwaltung durchzuboxen, waren bestenfalls liederliche Frauenzimmer und schlimmstenfalls Prostituierte von der übelsten Sorte, die billigsten, die ebenso Hartes oder Härteres gewohnt waren als sie selbst, und denen sogar ihre ganz persönliche Reinlichkeit fehlte. Aber sie klagte nicht darüber, nicht einmal, als sie sich wegen des Trippers behandeln lassen mußte, den er sich dort geholt und an sie weitergegeben hatte. Es war ihm nicht peinlich, seiner Ehefrau eine Geschlechtskrankheit angehängt zu haben; er benutzte diesen Umstand als Vorwand, sie der Untreue zu beschuldigen und sie zu verprügeln. Jeannie wußte und hatte ihr Leben lang gewußt, wenn sie auch die Quelle dieser Information nicht hätte nennen können, bei der es sich um etwas so Nebensächliches handeln konnte wie darum, wie verheiratete Frauen ihre Arme verschränkten und ihre Münder verkniffen, wenn immer zwei oder mehr von ihnen beim Einkaufen, in der Post, in der Kirche oder am Straßenrand zusammentrafen, daß Männer anders waren; sie brauchten mehr Sex und verschiedene Frauen, und sie konnten sich nie mit rein ehelichen Beziehungen zufriedengeben. Das nahm ihr einen Teil ihrer Schuldgefühle wegen ihres Versagens als Sexualobjekt und Partner, und sie hatte auch weniger Gewissensbisse wegen der Erleichterung, die es für sie bedeutete, eine Zeitlang in Ruhe gelassen zu werden. Ganz gleich, was er zu ihr oder über sie sagen mochte – sie war eine anständige Frau, und das obwohl ihre erste Ehe eine Mußheirat gewesen war. Nicht der geringste ihrer Beweise für ihren Anstand war, daß sie den Sexualakt nicht auskostete und ihn auch nie genossen hatte. Soweit sie wußte, waren die einzigen Frauen, denen es Spaß machte oder die zugaben, daß es ihnen Spaß machte, Nutten. Selbst die Verachtung, mit der Nighswander ihr begegnete, wenn sie von ihrem Menstruationsblut besudelt war, war erträglich, und das nicht nur, weil diese Verachtung ganz natürlich und richtig war, denn zu diesen Zeiten war sie schmutzig, oder etwa nicht, sondern weil sie seine Verachtung dafür nicht verdiente, daß sie froh darüber war.

Nighswander zog seinen Reißverschluß mit zitternden Fingern zu und kam wieder ins Haus. Die Wanduhr stand auf halb fünf. Im Freien war es schwärzer und kälter als zwischen den Beinen einer Hexe. Er hätte die Jungen an der Anlegestelle treffen sollen, aber er konnte nicht weiter sehen als bis auf die Motorhaube seines eigenen Wagens, weil der Schnee so dicht und der Wind so garstig war.

Jeannie blickte vom Tisch auf. Sie hatte einen Eimer vor ihren Füßen stehen und schälte Kartoffeln. Sie warf ihm einen verstohlenen Blick zu. Sie fand, daß er wieder ganz erbärmlich aussah. Das Wasserlassen machte ihm immer noch Ärger. Sie bedauerte sein Unbehagen nur deshalb, weil es ihn noch ekelhafter und gemeiner werden ließ, doch sie wußte, daß sie sich für ihre Mühen höchstwahrscheinlich ein blaues Auge einhandeln würde, wenn sie ihn drängte, einen Arzt aufzusuchen.

»Holst du die Jungen?« fragte sie.

»Allmächtiger Himmel«, explodierte er. »Ich bin doch

nicht Rudolph, das rotnäsige Rentier.« Er spuckte ins Feuer. »Da draußen dröhnt ein teuflisch gottverdammter Sturm, Frau.«

Jeannie wischte sich die Hände an der Schürze ab. »Die Jungen werden sich doch ein Dach über dem Kopf suchen, oder nicht?«

»Rand und Ricky ja«, sagte Nighswander. »Gordy hat nicht genug Verstand, um sich bei einem Sturm unterzustellen.«

»Also, so was«, sagte Jeannie. »Die Jungen werden schon aufeinander aufpassen.«

Nighswander knurrte vor sich hin.

»Ich wünschte trotzdem, sie wären nicht draußen«, sagte sie. Sie stand auf und zog die Vorhänge zurück, um aus dem Fenster sehen zu können. Sie schauderte zusammen. »Ich kann mir nicht denken, warum sie ausgerechnet heute raus wollten, wo der Wetterbericht doch so schlecht war.«

»Der Sturm hätte erst heute nacht kommen sollen«, sagte Nighswander. »Dann hätten sie jede Menge Zeit gehabt.«

Jeannie ließ den Vorhang fallen und sah ihn an. »Zeit wofür?« fragte sie. »Jede Menge Zeit für was?«

»Für einen kleinen Waldlauf«, fauchte Nighswander. »Was, zum Teufel, geht das dich an?«

Walter McKenzie tunkte mit einem Bissen Brot den letzten Bohnensaft von seinem Teller auf und steckte den Brocken in den Mund. Er spülte ihn mit kaltem Tee runter und schob den Teller ein paar Zentimeter weiter weg. Das Durcheinander, das sich auf dem Tisch angesammelt hatte, ließ nicht zu, daß er den Teller allzuweit von sich schob; es war eine rein gewohnheitsmäßige Geste, das Signal, mit dem er besagte, daß er seine Mahlzeit beendet hatte, und dieses Signal hatte er seiner Frau jahrzehntelang gegeben, und er gab es ihr immer noch, obwohl sie schon seit vielen einsamen Jahren nicht mehr am Leben war und dieses Zeichen deuten konnte. Er lehnte sich bequem auf dem hochlehnigen Stuhl zurück und furzte leise.

Auf dem Fußboden vor dem Feuer schlug Fritzie ein

Auge auf. Sie hob ihre Nase eine Sekunde lang von ihren Pfoten und ließ sie dann wieder fallen. Sie stöhnte.

»Also, hör mal«, sagte Walter. »Ich habe schon genug von deinen gerochen, und die sind schlimmer.«

Fritzie schloß das Auge und knurrte tief in ihrer Kehle.

Walter trug sein Geschirr zum Spülbecken und ließ Wasser darüber laufen. Das Fenster über der Spüle beschlug, und das Kondenswasser fror. Der Wind ächzte im Schornstein, und das ganze Haus wackelte.

»Teuflisch da draußen«, sagte Walter.

Fritzie schnaubte.

Die Pendeluhr über dem Gasherd schlug sechs.

Walter trocknete sich die Hände an einem fleckigen, altmodischen Handtuch, das sich um einen Halter rollte, ab und ging durch den Flur zu dem Fichtenholztisch, auf dem ein fünfunddreißig Jahre altes Telefon auf einem gelben Spitzendeckchen stand. Es gab keinen Stuhl, der an diesen Tisch gepaßt hätte; Walter McKenzie führte seine Telefongespräche im Stehen. Er benutzte sein Telefon, um Mitteilungen entgegenzunehmen oder weiterzugeben, nicht zum Plaudern. In der Post oder im Lokal und fast überall sonst war das Plaudern gratis, nur an einem Ende einer Telefonleitung nicht.

Er nahm den Hörer ab und fischte das kleine braune Notizbuch mit dem Ledereinband, in dem seine Telefonnummern standen, aus seiner hinteren Hosentasche. Als Gedächtnisstütze murmelte er die notwendigen fünf Zahlen vor sich hin, während er das Notizbuch wieder in die Tasche steckte und die Nummer des Sommerhauses der Russells wählte. Mit dem Hörer am Ohr wartete er geduldig. Der Sturm draußen störte die Wählgeräusche. Es klickte und tickte. Dann trat eine langgezogene Totenstille ein, und selbst der Wählton setzte aus. Walter legte die Stirn in Falten. Er rief die Vermittlung an und bat, die Nummer der Russells für ihn anzurufen. Einen Moment später hatte er die Vermittlung wieder am Apparat, und ihm wurde mitgeteilt, daß der Anschluß nicht intakt war.

Walter schlurfte wieder in die Küche, zog den Teekessel

auf dem Holzfeuer nach vorn und schüttelte ihn, um die Wassermenge, die darin war, zu schätzen.

»Missus Russells Telefon funktioniert nicht«, sagte er zu Fritzie.

Fritzie drehte sich im Schlaf um und legte sich auf den Rücken. Das Fell auf ihrem Bauch war dünn und weiß geworden. Ihr Mund öffnete sich einen Spalt weit. Walter konnte ihren Atem riechen. Es war ein gräßlicher Geruch.

Er hielt seine Hände über den Herd und rieb sie in der aufsteigenden Hitze. »Das gefällt mir gar nicht, altes Mädchen«, murmelte er.

Er zerrte ein verknittertes Taschentuch aus einer Tasche, ging zum Fenster über dem Spülbecken und wischte eine Stelle frei, um das Kondenswasser zu entfernen, damit er hinausschauen konnte. Dicke Flocken peitschten von außen gegen das Glas, schmolzen und tropften herab. Es schien dort draußen sehr dunkel zu sein, als hätten sich Wände heruntergesenkt und um sein Haus herum geschlossen.

Walter kratzte sich den Nacken. Sie hatte jede Menge Holz, dafür hatte er gesorgt. Es sollte alles in Ordnung sein. Er hoffte, daß sie und der Junge sich ganz allein dort draußen nicht ängstigten.

Der Kessel pfiff ihm zu. Er beugte sich über Fritzie und kraulte zart ihren Bauch. »Beim ersten Tageslicht, altes Mädchen«, sagte er. »Da werden wir mal nachsehen.«

Der erste öffentliche Fernsprecher, den Pat in Greenspark fand, war eine Zelle in einem völlig runtergekommenen Einkaufszentrum. Dort roch es nach alter, kalter Pisse. Außerdem funktionierte das Telefon nicht, was er erst feststellte, nachdem es seine beiden letzten Zehncentstücke gefressen hatte.

Er knallte den Hörer heftig auf und spazierte fluchend zu seinem Wagen zurück. Sarah saß zusammengekauert im Wagen.

»Das gottverdammte Telefon ist futsch«, murrte er.

»Oh«, sagte sie. »Prima.«

Greenspark hatte bereits dichtgemacht. In der Hauptstraße war nichts mehr offen, nicht einmal das Polizeirevier unter dem Gerichtsgebäude, dessen Klinke Pat runterdrückte, während er nutzlos schrie und Sarah im Wagen wartete.

Die Stadt lag im Bann des Schlafes. Alle Häuser waren dunkel, und nur auf Verandas oder in Badezimmern brannten Lichter, abgesehen von den Nachtlichtern der Kinder, und diese Lichter wurden durch Vorhänge oder den Frost gedämpft, vom fallenden Schnee verschleiert, und daher entstand fast der Eindruck, als sähen sie die Lichter aus weiter Ferne. Die Menschen in den Häusern hatten sich in ihre Betten gepackt, warm und sicher. Sie würden es nicht mögen, wenn man sie weckte oder wenn sie ihre Türen öffnen sollten, um einen Fremden einzulassen und die kostbare Wärme entweichen zu lassen. Doch er wußte nicht mehr, was er sonst hätte tun können, wenn er nicht an eine Tür klopfte und jemanden bat, sein Telefon benutzen zu dürfen, bis er ein rostiges, altes Telefonschild neben einer Pizzeria sah. Die Pizzeria war so geschlossen wie alles andere auch. Doch das Telefon hing im Freien, hing unter dem Schutz einer harten Plastikhaube von der Zementmauer. Wenn er seinen Ellbogen auf das mickrige Brett unter dem Telefon stützte und sich dicht darüberbeugte, wurde sein Kopf fast von der Haube bedeckt, doch der Schnee fiel in den Spalt zwischen seinem Hemdkragen und seiner Wollmütze und lief ihm direkt den Nacken hinunter.

Er sah sich das Kleingeld an, das er in den Taschen hatte, und dann steckte er einen Vierteldollar in den Schlitz. Er rechnete zwar nicht damit, daß er Kleingeld rausbekommen würde, doch er hielt seine Handfläche unter den Wechselschlitz. Er hatte noch nie in seinem Leben in einer Telefonzelle in New England sein Kleingeld zurückbekommen, und auch diesmal bekam er es nicht. Nicht nur, daß er zwanzig Cents für einen Anruf zahlen mußte, der in den meisten anderen Teilen des Landes zehn Cent kostete, sondern, auch wenn das einzige Kleingeld, das er zur Hand hatte, ein Vierteldollar war, dann kassierten die Telefone in

New England fünf Cent Prämie, die Liv als: Mal-wieder-das-falsche-Kleingeld-Blödmann-Steuer, bezeichnete.

Er zitterte, als das kalte Rinnsal geschmolzenen Schnees in seinem Genick angelangt war. Schnee schmolz auf seiner Nasenspitze und auf seinen Wimpern. Er stapfte mit den Füßen auf und wartete und hörte sich die Geräusche an, die das Telefon machte, ein mechanisches Klicken und Scheppern, ein Surren, Luftgeräusche, ein Tosen von hektischen Klicklauten und spektrale Stimmen aus den anderen Leitungen, die durchsickerten, ehe sich eine Vermittlung einschaltete, um ihn zu fragen, welche Nummer er haben wollte. Sie fragte ihn in einem ruppigen, ungeduldigen Tonfall, der auszudrücken schien, daß er mit Sicherheit gepfuscht hatte, oder etwa nicht? Nach einer entsprechenden Pause wurde ihm mitgeteilt, daß der Anschluß außer Funktion war.

Er fand einen zweiten Vierteldollar, zahlte seine Mal-wieder-das-falsche-Kleingeld-Blödmann-Steuer-Prämie und wählte Walter McKenzies Nummer. Während er darauf wartete, daß der Anruf durchgestellt wurde, zog er ein großes Taschentuch raus und schüttelte es auseinander.

Walter nahm während des zweiten Läutens den Hörer ab. »He«, sagte er.

»Tut mir leid, daß ich Sie geweckt habe«, sagte Pat, und er putzte sich die Nase in das Taschentuch.

»Was?« fragte Walter. »Was ist los?«

Pat schrie: »Tut mir leid, daß ich Sie geweckt habe.«

Es entstand eine Pause, dann war ein Klappern zu hören. »Mist«, sagte Walter. Wieder eine Pause. »Hab' meine Nah- und Fernbrille auf den Boden fallen lassen«, erklärte er. »Sind Sie das, Russell?«

»Ja«, sagte Pat. »Tut mir leid, daß ich Sie geweckt habe, Walter.«

»Ja, ja«, sagte Walter. »Mir tut es auch leid, daß Sie mich geweckt haben. Wollen Sie mir vielleicht mal sagen, weshalb Sie mich geweckt haben?«

»Ich kann Liv nicht erreichen«, sagte Pat. »Das Telefon ist futsch.«

Walter knurrte. »Ich weiß. Die Straße ist auch nicht freigepflügt. Vor morgen kommt niemand her, um die Leitungen zu reparieren.«

»Oh.« Pat wischte sich die Nasenspitze ab und stopfte das Taschentuch in seine Tasche.

»Schauen Sie«, sagte Walter, »sie hat Holz und muß nicht frieren, und sie hat Kerzen und Lampen. Ihr dürfte nichts fehlen. Kein Grund zur Panik. Morgen früh gehe ich als allererstes hin, wenn es sein muß mit Schneeschuhen.«

Pat nickte, als könnte Walter ihn sehen. Er wollte von Walter hören, daß es ihr gutging.

»Ich hoffe, sie fürchten sich nicht allzu sehr«, sagte er.

»So leicht fürchtet sie sich nicht, und auf den Jungen wird sie aufpassen«, sagte Walter. »Warum legen Sie sich jetzt nicht ins Bett? Sehen Sie zu, daß Sie einschlafen. Wie ich.«

»Danke, Walter«, sagte Pat.

Walter legte klappernd auf.

Pat hing den Hörer ein und zog die Schultern hoch, damit sein Kragen etwas weiter über seinen Nacken rutschte. Walter hatte ihn gar nicht gefragt, wo er war, ganz zu schweigen davon, ob er allein war. Die Motels in und um Greenspark herum waren in den Winterferien von Skifahrern belegt. In Nodd's Ridge, falls sie dort heute nacht überhaupt noch ankämen, gab es nur zwei kleine Gasthäuser, die von Oktober bis April geschlossen waren. Wenn sie heute nacht nicht nach Hause zu Liv und Travis kamen, mußten sie umkehren oder in dem Wagen schlafen. Er war hundemüde; er konnte nicht umkehren. Daher blieb ihnen wirklich nur noch die Wahl, weiterzufahren und einfach unangemeldet reinzuspazieren oder im Wagen zu schlafen. Wenigstens hatten sie gute Stiefel und etliche Schichten warmer Kleidung an. Er ging wieder zu Sarah, die im Wagen saß.

»Walter sagt, daß unser Telefon kaputt ist, aber er ist sicher, daß Mom und Travis klarkommen. Sie haben Holz und Kerzen und jede Menge zu essen.«

»Glaubst du, daß wir es schaffen, heute nacht anzukommen?« fragte Sarah.

Pat zögerte. »Ich will es versuchen. Schlimmstenfalls müssen wir im Wagen schlafen.«

»Oh«, sagte Sarah. Dann zuckte sie die Achseln. »Letzten Sommer habe ich eine Nacht bei Gewitter im Zelt verbracht. Ich bin nicht geschmolzen.«

Pat beugte sich zu ihr rüber und drückte ihre Hand. »Braves Mädchen«, sagte er. Natürlich bestand die Gefahr nicht im Schmelzen, sondern im Erfrieren.

Folglich fuhren sie los, ganz langsam, auf den Pondicherry Causeway zu und nach Nodd's Ridge. Sie waren auf dem Pondicherry Causeway, als er schläfrig feststellte, daß er die Grenzsteine, die den Straßenrand markierten, nicht mehr sehen konnte. Er sah nicht das geringste außer dem Schnee, nur weiß und weiß und weiß.

12. Kapitel

Liv kam auf der Wohnzimmercouch wieder zu sich. Travis hatte sich an sie gekuschelt; er war nach wie vor splitternackt und zitterte. Er starrte sie mit wilden, verstörten Augen an. Seine Nägel gruben sich in ihre Arme. Als sie sein weißes Gesicht berührte, um die verschmierten Tränenspuren fortzuwischen, durchzuckte ihn ein Beben wie ein Elektroschock.

Liv sah sich um. Die Arme lag auf der Ofenbank auf der Seite und sah Liv aus hellen Augen an, deren Blick sie nicht enträtseln konnte. Rand saß mit dem Rücken zum Feuer neben der Katze. Die Ärmel seines dicken Pullovers waren bis zu den Ellbogen hochgekrempelt, und seine Thermalunterwäsche war zu sehen. Sein Bruder Ricky hatte sich vor ihm auf dem Teppich breitgemacht. Gordy Teed saß steif auf einem hochlehnigen Stuhl. Er wischte sich mit dem Handrücken über die Nase, sah sich die Hand an und wischte sie an seinem Overall ab. Die drei Männer hatten ihre Schneeanzüge ausgezogen und sie über Stuhllehnen geworfen. Ihre Stiefel standen in schmelzenden Schneepfützen vor dem Feuer. Sie trugen alle Jeans und Armeejacken über Thermalunterwäsche und Wollsocken. Die Wärme des Feuers ließ den Schweißgeruch aus den Stiefeln und der langen Unterwäsche aufsteigen, vermengt mit einem schwachen Geruch nach Pisse.

Liv zog sich auf einen Ellbogen. »Mein Junge friert«, sagte sie.

»Hol eine Decke vom Bett«, sagte Rand zu Ricky. Ricky sprang auf und verschwand.

Rand wandte sich an Gordy. »Hol den Ballon«, sagte er. Gordy sprang auf und huschte in die Küche.

»Und ein paar Gläser«, rief Rand ihm nach.

Ricky kam mit der Steppdecke von Travis' Bett zurück. Er hielt sie Liv unbeholfen hin. Sie schnappte sie mit einer Hand, während sie Travis mit der anderen Hand festhielt, und dann wickelte sie ihn in die Decke. Sie funkelte Rand wütend an.

Ihre Dreistigkeit erregte ihn.

Gordy kam mit dem Franzwein und einem Schwung Saftgläsern zurück.

Rand musterte die Gläser kritisch, ehe er sich zwei von ihnen nahm. Gordy schlurfte zu seinem Stuhl zurück.

Rand durchquerte das Zimmer und hockte sich neben Liv, um ihr ein kleines Glas Rotwein anzubieten.

»Kommen Sie«, sagte er. »Danach werden Sie sich besser fühlen.«

Sie nahm das Glas entgegen. Rand reichte die Flasche an Ricky weiter, der sie sofort an seinen Mund hob. Rand versetzte ihm einen Schlag in die Nieren.

»Au«, sagte er, »das hat weh getan.« Aber er setzte die Flasche ab. »Gib mir ein Glas, Arschloch«, forderte er Gordy auf.

Gordy zuckte zusammen, sah die Gläser an, die er noch in der Hand hielt, und reichte eilig eins der Gläser an Ricky weiter. Ricky setzte sich wieder auf den Fußboden und lehnte sich mit dem Rücken an den Kaminsims. Als Gordy das letzte leere Glas hinhielt, ließ Ricky Wein hineinschwappen und wiegte die Flasche dann zwischen seinen Beinen.

»Gut«, sagte Rand. Er sprach leise und ernsthaft. Er machte es sich auf seinen Fersen bequemer und grub seine Hände zwischen seine Schenkel. »Tut mir leid, daß wir Sie erschreckt haben. Aber Sie hätten uns reinlassen sollen. Da draußen kann man heute nacht erfrieren.« Er wies sie lächelnd zurecht. »Das war nicht sehr freundlich von Ihnen als Nachbarin, O-liv-i-a.«

Liv trank noch einen Schuck von dem Wein. Er war herb, aber er wärmte sie auf und löste ihre zugeschnürte Kehle. »Sie sind keine Freunde und Nachbarn«, sagte sie. »Sie sind Barbaren.«

Rand warf seinen Kopf ins Genick und lachte. »Bemühe ich mich denn nicht, nett zu Ihnen zu sein?«

Liv zog Travis dichter an sich. »Sie haben meinen kleinen Jungen jetzt schon zum zweiten Mal ernstlich erschreckt. Sie sind zum zweitenmal gewaltsam in mein Haus eingedrungen.«

»Ja«, sagte Rand. »Die Schlösser an Ihren Fenstern taugen nämlich nichts«, vertraute er ihr an, als habe er ein speziell für ihn kreiertes Amt inne, das des städtischen Schloßprüfers.

Ricky Nighswander wieherte vor Lachen und füllte sein Glas nach.

Liv schloß matt die Augen. Travis drückte ihre Hand, und sie erwiderte diesen Druck. Sie spürte einen bohrenden Schmerz in ihrem Kiefer. Sie hatte das Gefühl, am ganzen Körper blaue Flecken zu haben. Sie mußte versuchen, einen Handel mit ihnen abzuschließen, der für sie günstig war. Sie holte tief Atem und schlug die Augen auf.

»Sehen Sie«, sagte sie zu Rand. »Jetzt sind Sie im Haus. Ich will Sie hier nicht haben, aber ich kann nichts daran ändern, und ich kann Sie nicht dazu bringen, wieder zu gehen. Das einzige, was ich tun kann, ist, Sie darum zu bitten, daß Sie sich wie zivilisierte Menschen verhalten, solange Sie hier sind. Ich will nicht, daß mein Junge sich weiterhin ängstigt. Wenn Sie uns jetzt also in Ruhe lassen würden und wir zu unserem ganz normalen Alltag zurückkehren können, dann mache ich hinterher, wenn alles vorbei ist, keinen Aufstand. Ich erhebe keine Klage wegen unbefugten Eindringens, Einbruch und Körperverletzung.«

Rand rieb seine Hände auf seinen Schenkeln. »Was Besseres hätte uns gar nicht einfallen können, O-liv-i-a.« Er sah sich zu Ricky und Gordy um. »Einverstanden, Jungs?«

»Einverstanden«, echote Gordy.

»Ja«, sagte Ricky. Ricky wälzte sich auf den Rücken. »Ich habe Hunger«, sagte er zur Decke gewandt.

Rand sah Liv erwartungsvoll an. »Haben Sie was zum Futtern für uns übrig, O-liv-i-a?«

Liv richtete sich auf. Travis klammerte sich an sie. Sie drückte ihn mit einem Arm an sich. »Alles der Reihe nach. Ich will Travis einen Schlafanzug anziehen. Dann mache ich Ihnen was zu essen.«

»Klingt gut«, sagte Rand.

Liv wickelte die Decke dichter um Travis. Sie stand langsam und vorsichtig auf, ohne ihn loszulassen, und kämpfte gegen ihre Schwindelgefühle an. Rand Nighswander streckte seine Hand aus, um ihr zu helfen. Sie wich instinktiv vor ihm zurück.

»Ich komme schon klar«, sagte sie.

»Fühlen Sie sich ganz wie zu Hause«, sagte er, und er lächelte Travis so an, als hätten sie etwas gemeinsam, worüber sie lachen konnten.

Liv hätte ihm schrecklich gern ein paar Lücken in seine gleichmäßigen weißen Zahnreihen geschlagen. Statt dessen richtete sie sich gerade auf und führte Travis durch den Flur in sein Zimmer.

Hinter ihr sagte Rand: »Ricky, sieh dich mal im Haus um.«

Sie wirbelte zornig herum. Ricky und Gordy waren aufgesprungen und wollten sich gerade der Angelegenheiten annehmen, die Rand ihnen aufgetragen hatte.

»Und macht nichts kaputt«, wies Rand sie an. »Machen Sie sich keine Sorgen, O-liv-i-a. Ich will nur keine bösen Überraschungen, das ist alles.«

»Wenn ich eine Waffe im Haus hätte«, sagte Liv, »dann

hätte ich bereits Gebrauch davon gemacht, das können Sie mir glauben.«

Rand lächelte nachsichtig und gab Ricky und Gordy einen Wink, sich an die Arbeit zu machen. Sie stürzten in ihr Schlafzimmer.

Sie nahm Travis an der Hand und brachte ihn in sein Zimmer. Rand folgte ihnen, als bräuchten sie seinen Schutz. Der Flur schien plötzlich länger und kälter zu sein. Mit jedem Schritt, den sie taten, wurde ihnen kälter. Travis' Handtücher lagen als wirrer Haufen vor seinem Zimmer. Während sie sich selbst zwang weiterzugehen, mußte Liv Travis vorwärtsziehen. Er ließ seine Füße schleifen und umklammerte mit aller Kraft das Hosenbein ihrer Jeans. Als sie sein Schlafzimmer erreicht hatte, zerrte sie ihn nicht weiter. Sie drückte die Tür auf und sagte sich, daß niemand im Zimmer war, daß die Ungeheuer sich bereits gezeigt hatten und hinter ihrem Rücken waren. E. T.'s Herz glimmte neben dem dunklen Katafalkumriß von Travis' Bett. Sie zitterte vor Kälte. Sie streckte ihren Arm in das fast gänzliche Dunkel, fand den Lichtschalter und knipste das Licht an.

Das Zimmer, das zum Vorschein kam, wirkte kahl und klein. Das einzige Fenster stand weit offen, und die Fensterbank war mit Schneematsch von den Stiefeln verkrustet, die über sie geklettert waren. Schnee wurde durch das Fenster auf den Teppich geweht und schmolz dort. Der Wind blähte die Vorhänge auf und blätterte die Seiten eines Comic um, das Travis auf dem Fußboden hatte liegenlassen. Die elektrischen Öfchen knisterten und klapperten und bemühten sich, es gegen die Kälte aufzunehmen.

Liv ging eilig durch das Zimmer und schloß das Fenster. Dort, wo es gewaltsam geöffnet worden war, war das Schloß verbogen, und das Holz des Fensterrahmens war zersplittert.

Travis lugte durch die Tür und beobachtete sie. Sie lächelte ihn flüchtig an, und dieses Lächeln war tapferer als ihr in Wirklichkeit zumute war.

Sie zog dicke Socken aus einer Kommodenschublade, nahm Travis' warmen karierten Kimono von seinem Haken an der Schranktür, zog seine Hausschuhe unter seinem Bett heraus und zerrte die alte Babydecke unter seinem Kissen hervor. Rand Nighswander stand im Türrahmen und beobachtete jede ihrer Bewegungen. Das Lächeln, das auf seinem Gesicht stand, war das einer Katze, die vor einem Mauseloch wartet. Sie ging schnell an ihm vorbei, schaltete das Licht aus und schloß die Tür hinter sich. Travis umklammerte ihr Hosenbein. Sie nahm ihn an der Hand und führte ihn ins Bad; auf dem Weg hob sie die Handtücher auf, die er achtlos hatte fallen lassen.

»Hier ist es wärmer«, sagte sie.

Das war es, wenn auch nicht allzu sehr. Rand blieb wieder in der offenen Tür stehen. Travis ließ sich sogar bereitwillig von ihr in den Schlafanzug helfen. Sie nutzte jeden Vorwand, den sie nur finden konnte, um ihn zu berühren, ihn an sich zu drücken, ihn zu umarmen, denn sie war bemüht, ihn ohne Worte zu trösten und zu beruhigen. Während er die Füße in seine Hausschuhe steckte und sich den Kimono überzog, fischte sie seine GIs aus der Wanne und wickelte sie in das feuchte Badetuch. Sie half ihm, die Soldaten in seine Kimonotaschen zu stecken, und dann räumte sie flüchtig das Bad auf, stopfte das Badetuch, die Handtücher, den Waschlappen und Travis' alte Kleider in den Wäschekorb.

Die Küche war so eng, daß Rand Nighswander und Travis nicht gleichzeitig jede einzelne ihrer Bewegungen verfolgen konnten. Sie löste Travis' Finger, die ihr Hosenbein umklammerten, und hob ihn auf seinen gewohnten Stuhl am Küchentisch. Rand blieb auf der Schwelle stehen, zog Rauchutensilien aus den hochgekrempelten Ärmeln seines Pullovers, steckte sich eine Zigarette an und lehnte sich in den Türrahmen.

Liv warf Hühnersuppe mit Nudeln in einen Topf und stellte ihn auf den Herd. Sie klatschte Thunfisch auf Brote. Jedesmal, wenn sie aufblickte, beobachtete Travis sie mit kummervollen Augen. Rand brauchte sie nicht anzusehen; sie konnte spüren, daß er sie beobachtete. Sie hatte das dringende Bedürfnis, etwas zu tun, irgend etwas, nur um beschäftigt zu sein, und daher nahm sie das Kakaopulver, das Walter aufmerksamerweise, vielleicht sogar aus sentimentalen Gründen, besorgt hatte, und setzte einen Kakao an. Das erforderte viel Rühren.

Ricky und Gordy kamen hinzugeschlurft, um zu berichten, daß sie nichts gefunden hatten. Rand schickte die beiden wieder weg.

»Hier ist nicht genug Platz für alle, um am Tisch zu essen«, sagte sie zu Rand. »Warum füttere ich Travis nicht einfach hier und bringe Ihnen Tabletts ins Wohnzimmer?«

Rand sah stirnrunzelnd seine Zigarette an und schnippte sie in den Ausguß. Sie zischte und ging aus. Er hatte keine so weiche Birne, daß er zugelassen hätte, daß sich auch nur einer von den beiden aus seinem Blickfeld entfernte. Vielleicht wollte sie nicht, daß das Kind mit Ricky und Gordy zusammen war, die auf den Gedanken hätten kommen können, ihm eins über den Schädel zu ziehen oder sonstwas, aber das war Quatsch. »Klar, O-liv-i-a. Ich helfe Ihnen. Aber der Kleine braucht doch nicht allein zu essen. Nehmen wir sein Futter einfach mit.«

Liv biß sich auf die Lippen und rührte den Kakao um. Der Gedanke daran, mit diesen grauenhaften Kerlen das Brot zu brechen, widerte sie an. Sie wollte nicht, daß Travis sich in einem Zimmer mit ihnen aufhalten mußte. Doch es sah ganz so aus, als sei dagegen nichts zu machen.

Im Wohnzimmer hatte Ricky wieder die Schranktüren geöffnet und die Kassettenhüllen auf dem Teppich verstreut. Er zuckte zusammen, als er Rand sah, und das Band, das er in der Hand hielt, ließ er fallen.

»Ich helfe euch«, sagte er, und er sprang hastig auf, um eine möglichst große Entfernung zwischen sich und die verräterischen Indizien zu legen.

Rand fauchte ihn an. »Du blöder...«

Ricky zeigte Liv sein gesamtes Gebiß. »Sie haben ganz schön viele Filme hier, Olivia«, sagte er.

»Er wird sie nachher wieder aufsammeln«, sagte Rand zu Liv.

Liv ignorierte sie. Sie hob Travis wieder auf die Couch und stellte einen Servierwagen vor ihn.

»Können wir uns einen Film ansehen?« fragte Ricky.

»Klar«, sagte Liv. »Warum nicht?« Sie war ihm für diese Idee fast dankbar. Eine Zeitlang würde niemand sie beobachten, und sie würde die Männer nicht im Auge behalten müssen. Für vielleicht eineinhalb Stunden konnten sie sich alle in etwas anderes vertiefen.

»Gut«, sagte Gordy Teed mit vollem Mund.

Angewidert stocherte Liv in ihrem Essen herum und stieß dann den Teller zurück.

Ricky wühlte sich durch die gesamte Sammlung von Filmen, wobei er in einer Hand ein Sandwich hielt, von dem er mechanisch große Bissen abriß. Häufig sah er sich einen Titel genauer an und bewegte stumm die Lippen, um ihn vor sich hin zu sagen.

Zumindest aß er erst den Mund leer.

Rand verschlang zwei belegte Brote, trank den Kakao und stellte seine Hühnersuppe auf die Ofenbank. Die Arme näherte sich vorsichtig und fing an, die Suppe aufzuschlekken. Rand sah sich das einen Moment lang an und stieß dann die Katze fort. Er nahm den Suppenteller in die Hand und hielt ihn Gordy hin. »Mehr, als ich verdrücken kann. Willst du noch was haben, Gordy?«

Gordy nahm den Suppenteller, stellte ihn in seinen leeren Teller und schlürfte die Suppe.

Rand nahm die Arme auf den Schoß und streichelte sie.

Ricky fächerte ein halbes Dutzend Bänder vor Rand auf. »Was hältst du von denen da, Rand?«

Rand zuckte die Schultern und sah Liv an. »Frag O-liv-i-a.«

Ricky setzte sich neben Liv und zeigte ihr die Bänder. »Mögen Sie eine von diesen sehen, Olivia?«

Assault on Precinct 13, Dirty Harry, I The Jury. Sie überlegte sich angemessenere Titel. *Silent Rage. Straw Dogs.*

»Ich glaube, für Travis ist das alles nicht das Richtige«, sagte sie. »Wenn Sie sich diese Filme ansehen wollen, könnte ich ihn in mein Schlafzimmer legen und ihm etwas vorlesen.«

Ricky wirkte verdrossen.

»Haben Sie Zeichentrickfilme?« fragte Gordy Teed, der ignoriert wurde.

»Nein«, sagte Rand. »Wir werden alle hierbleiben, wo wir sind. Wir legen *Dirty Harry* auf. Den habe ich gesehen. Kein Sex. Nur ein normaler Krimi. Hat nur so von kleinen Kindern gewimmelt, als ich drin war.«

Travis versetzte Liv einen Rippenstoß und flüsterte: »Den habe ich auch schon gesehen. Der ist in Ordnung, Liv.«

Liv gab nach. Travis konnte auch eine Ablenkung gebrauchen.

»Was ist das?« fragte Ricky, und er zeigte ihr ein Band, auf dem *Gefecht, Teilweiser Rohschnitt* stand.

Impulsiv streckte Liv ihre Hand aus und nahm das Band. Pat.

»Ein Stück des Films, den mein Mann gerade macht«, sagte sie.

»Alles klar!« rief Ricky aus. »Worum geht es?«

»Um brutale, blutrünstige Morde«, sagte Travis. »Es geht um Kerle vom Militär. Mein Vater hat sich das ausgedacht. Er spielt auch mit. Er wird getötet. Aber sie tun nur so.«

Liv drückte Travis' Knie. Er sah zu ihr auf und lächelte matt.

»Kein Quatsch, Mann«, sagte Ricky. »Den Mist muß ich mir ansehen.« Er warf Rand einen hoffnungsvollen Blick zu. »Vielleicht könnten wir was von diesem leckeren Schnupfzeug haben, während der Film läuft?«

»Ich werde es mir überlegen«, sagte Rand. »Ihr habt schon Wein.«

Ricky zuckte die Achseln. Rand behielt das Beste immer für sich. Er rechnete auch nicht damit, daß Rand die Frau mit ihnen teilen würde. Es sei denn, sie taugte ohnehin nichts. War das, was Rand einen abgefuckten Scheißfick nannte. Loretta Buck hatte er ihnen nur abgegeben, weil sie so betrunken war und so viel Schiß hatte, daß es war, als fickte man ein Sofakissen.

»Ja, schau mal rein«, sagte Gordy Teed. »Ich mag diesen Kriegskram. Manchmal ist Kriegskram genauso schön wie Zeichentrick.«

»Maulhalten, Arschloch«, sagte Ricky.

»Paß auf, was du sagst, Ricky«, fauchte Rand.

Ricky warf durch seine Chorknabenwimpern einen Blick auf Liv. »Tut mir leid«, murmelte er. Dann sah er Rand an.

Er sah sich das Videogerät an. »Wie funktioniert das Ding?« fragte er.

»Das kann ich machen«, sagte Travis. Er rutschte vom Sofa. »So hier.« Er drückte auf Ein, dann auf die Taste, die die alte Kassette rauswarf. Ricky drückte ihm das erste Band in die Hand. Travis steckte es rein und drückte den Deckel runter.

»Und jetzt muß man den Fernseher einschalten«, sagte er. »Und dann die Taste mit dem grünen Streifen drücken.«

Ricky nickte. »Die da?« fragte er, und er deutete darauf.

»Ja.« Travis huschte zu Liv zurück und kuschelte sich an sie. Einen Moment lang hatte sie ganz vergessen, sich zu fürchten. Das war Pats Werk – es war sein Film, und die Nennung seines Namens hatte das bewirkt. Irgendwie schien das wichtig zu sein.

13. Kapitel

GEFECHT
Rohschnitt # 6

Ein Pfad im Dschungel. Rekruten in Tarnkleidung kriechen durch einen Urwaldmorast an den Rand einer Lichtung. Der Späher ist der Sergeant, Court. Die Gesichter unter dem Schlamm und den Bartstoppeln sind unverwechselbar amerikanisch, wenn auch das Spektrum von der sich schälenden blauweißen Haut und den spuckefarbenen Augen des Bauern Jackson aus dem Süden über die sonnenverbrannte helle Haut und die blauen Augen von Taurus, dem

Iren aus Michigan, und die bewundernswerte Sonnenbräune und die strahlend braunen Augen des Arkadiers Denny Corriveau bis hin zur blauschwarzen Haut und den blitzenden schwarzen Augen Ratcliffes reicht. Das einzige gewissermaßen unamerikanische Gesicht gehört Court. Er ist ein Tartar mit breiter Brust und kurzen Beinen, zu stämmig für einen Vietkong, doch in seinen Zügen zeigt sich eine Art Brücke, die zwischen den Rassen geschlagen wird, die miteinander im Krieg liegen.

Der Arkadier steckt einen riesigen Bomberjoint an und reicht ihn mit einem Rippenstoß an Jackson weiter. Der Südstaatler grinst, und zwischen seinen kleinen braunen Zähnen zeigen sich viele Lücken. Seine Zähne sind so schlecht wie die der alten Weiber, der Vietkong-Mamas, die den GIs die Kleider waschen, weil sie zu alt sind, in ihren Dreißigern und Vierzigern, um noch Huren zu sein.

Hinter Taurus werden noch zwei weitere Mitglieder des Stoßtrupps sichtbar, die aus dem Schatten auftauchen. Einer von ihnen ist ein breitgebauter gemeiner Soldat, ein Schwarzer mit einem Ansatz zur Glatze, der einen goldenen Ohrring trägt. Er schwitzt gewaltig und rollt nervös die Augen, während er sich bemüht, in alle Richtungen gleichzeitig zu sehen. Der andere ist ein Weißer, dessen eins achtzig neben der Statur des Schwarzen untergehen, und daher wirkt sein schlanker Körperbau schmächtig. Eine Hornbrille sitzt auf einer Nase, die mit ihrer gebieterischen Krümmung eine Art Gottesurteil ist, doch sie ist schmal genug, um die verdünnte Luft des frommen, überzüchteten Boston einzuatmen. Die Augen hinter den Brillengläsern sind nußbraun. Nervös streicht er sich eine zarte blonde Haarlocke aus einer hohen, intellektuellen Stirn. Er trägt Abzeichen, die ihn als Lieutenant ausweisen.

Der Lieutenant rückt an die Spitze vor und kauert sich kurz neben den Sergeanten Court. Die beiden studieren eine Landkarte, und dann werden Handzeichen ausgetauscht, erst untereinander, dann mit den anderen Männern. Der Sergeant und der Lieutenant übernehmen die Führung und treten auf die Lichtung. Die anderen Männer warten angespannt. Der Lieutenant bleibt stehen und sieht sich um; dann wendet er sich zu den Männern um und gibt ihnen das Signal, auf die Lichtung zu kommen.

Im selben Moment setzt ein Geschützfeuer ein, das ihn umsäbelt und den Sergeanten rückwärts in den Sumpf taumeln läßt. Die GIs lassen sich auf den Boden oder ins Wasser fallen, suchen Deckung hinter allem, was gerade zur Stelle ist, und erwidern das Geschützfeuer. Ratcliffe kriecht in den Morast und zerrt den Sergeanten an eine geschütztere Stelle. Court hat schwere, wenn nicht tödliche Verwundungen. Das Geschützfeuer ist ohrenbetäubend, und schnell wird deutlich, daß die Amerikaner zahlenmäßig weit unterlegen sind.

Court umklammert Ratcliffes Handgelenk. »Ruf die Hubschrauber her«, keucht er.

Ratcliffe gibt den anderen schwitzend und aschfahl ein Zeichen. Der Funker, der andere Schwarze, tut, was ihm aufgetragen wird. Doch die Schüsse gehen weiter. Eine entsetzlich lange Zeitspanne vergeht, ehe der Lärm der Hubschrauber den Krach der Maschinengewehre, der die Luft zerreißt und zerfetzt, übertönt. Die Hubschrauber feuern Salven ab, während die GIs sich in den Schlamm pressen. Es kommt zu einer gewaltigen blendenden Explosion, die den Boden beben läßt, als einer der Hubschrauber so brutal getroffen wird, daß er, nur wenige Meter entfernt, in den Urwald stürzt. Jetzt flackert eine Flammenwand hinter den Bäumen auf, und alles wird zu schwarzen, wirren Abstraktionen, wie chinesische Schriftzeichen. Durch das Knistern des Feuers und den Lärm der Schüsse hört man ein gewaltiges Spalten und Hacken und Dröhnen, als fresse sich ein riesiges Ungeheuer näher, und kurz darauf zeichnen sich die gigantischen Planierraupen der Armee als Silhouetten gegen den Schein des Feuers ab.

Als das feindliche Geschützfeuer endlich verhallt und die Front sich verlagert, die Truppen vorrücken und die Planierraupen ihnen folgen und nur noch das hungrige Fauchen des Feuers zurückbleibt, übernimmt Ratcliffe den Befehl, weil der Sergeant entweder tot oder bewußtlos ist, und er gibt das Signal, die Hubschrauber zurückzurufen. Taurus findet den Funker, den Schüsse aus den Hubschraubern nahezu in zwei Teile gespalten haben, und er ruft sie zurück und bittet um medizinische Evakuierung.

Ratcliffe kriecht wieder in den Morast, ohne den Kopf zu weit vom Boden zu heben, falls unter den Vietkongs noch welche sind, die nicht ganz hin oder von einem seltsamen Ehrgeiz besessen sind, und er zerrt die Leiche des Lieutenants mit sich. Als er neben dem Sergeanten liegt, ist der Lieutenant nahezu unkenntlich. Eine Gesichtshälfte scheint weggepustet worden zu sein; gnädigerweise ist sie derart mit Schlamm und Blut verkrustet, daß man die gräßlichen Einzelheiten nur ahnen kann. Doch auf der Gesichtshälfte, die noch da ist, sitzt noch die Hälfte seiner Brille, die mit zersprungenem und schmutzigem Glas von seinem Ohr baumelt.

»Das ist mein Dad«, sagte Travis. »Es hat vier Stunden gedauert, ihm diese ganze Schmiere ins Gesicht zu klatschen, damit es so schlimm und blutig aussieht.«

Ja, dachte Liv, *und ich würde mich bei diesem Anblick am liebsten übergeben.* Ihr hatte es Sorgen bereitet, daß Travis sich das anschauen sollte. Doch es hatte sie weitaus mehr aus der Fassung gebracht als ihn, und es brachte sie immer noch aus der Fassung.

»Kinder sind ziemlich gut darin, Erfundenes und Reales auseinanderzuhalten«, hatte Pat ihr versichert, und es schien, als hätte er recht gehabt, zumindest, was das betraf.

Sie versetzte Travis einen Rippenstoß. »Schlafenszeit.«

Seine Fingernägel gruben sich in ihre Handfläche.

»Du schläfst besser in meinem Zimmer«, sagte sie. »Ich glaube, in deinem Zimmer ist es heute nacht ein wenig zu kalt.«

Travis wirkte erleichtert. Er vergrub seine Nägel nicht mehr in ihrer Handfläche.

Rand stand auf und warf einen Zigarettenstummel in den Kamin. »Bringen Sie das Kind in sein Zimmer«, sagte er.

Liv fing plötzlich an, sich zu fürchten. »In diesem Zimmer wird er heute niemals einschlafen können.« Sie zog Travis dicht an sich. »Wie wäre es statt dessen mit Sarahs Zimmer?« fragte sie.

»Warum kann ich nicht bei dir schlafen?« fragte Travis.

Ricky Nighswander grölte vor Begeisterung. Ein Blick von Rand brachte ihn zum Schweigen.

»Heute nicht«, sagte Liv. »Morgen wieder, ja?«

Travis gab auf. Unter seinen Augen waren blaue Ringe.

Rand folgte ihnen ins Bad und dann in Travis' Schlafzimmer. Dort steckte Liv das Nachtlicht aus. In Sarahs Schlafzimmer am Ende des Ganges wirkte es deplaziert, doch Travis schien die Gegenwart dieser Lampe zu beruhigen. Er hing seinen Bademantel, in dessen Taschen die GIs steckten, an den Bettpfosten und kletterte freiwillig ins Bett. Liv setzte sich auf die Bettkante und versuchte, so zu tun, als stünde Rand Nighswander nicht im Türrahmen und beobachte und belausche sie von dort aus.

»Ich wünschte, du könntest einfach hierbleiben«, sagte Travis.

»Das wünschte ich auch«, sagte Liv. »Aber ich bin ganz in deiner Nähe. In Ordnung?«

Travis nickte, doch Liv, deren Hand auf seiner Brust lag, konnte seine Anspannung spüren. Auch er fürchtete sich wieder. Und sie wußte nicht, wie sie ihn beruhigen sollte. Sie konnte sich nicht vorstellen, daß er in einer derart überdrehten Verfassung würde einschlafen können.

Sie gab ihm einen Kuß. »Ich komme gleich wieder.«

Im Flur blieb sie vor Rand stehen. »Er wird nicht allzu leicht einschlafen. Er ist völlig überdreht.«

Rand zuckte die Achseln. »Na und.«

»Ich habe ein paar Valium da«, sagte Liv. »Ich würde ihm gern was in eine Tasse Kakao rühren. Dann schläft er wenigstens tief und fest.«

Rand sah sie an. »Vielleicht ist das eine gute Idee.« Seine Augen funkelten. Er legte eine Hand auf ihre Hüften.

Liv wich zurück, ehe seine Hand sie mehr als nur gestreift hatte. Wenn er sie noch einmal anrührte, konnte es passieren, daß sie laut schrie oder ihm das Gesicht zerkratzte. Sie wußte nicht, wozu sie in der Lage war, und sie fürchtete sich fast so sehr davor, ihre Selbstbeherrschung zu verlieren, wie sie sich vor ihm fürchtete.

»Machen Sie schon«, sagte er.

Sie eilte in ihr Badezimmer. Sie zog das kleine Fläschchen, das ein paar Zweimilligram-Valium enthielt, vom obersten Brett des Medizinschranks. Als sie die Tür des Arzneischranks gerade wieder schließen wollte, ging ihr auf, was eigentlich sonst noch alles auf diesem obersten Regal herumstand. Ricky und Gordy waren bei ihrer Durchsuchung wohl doch nicht allzu gründlich vorgegangen. Oder vielleicht war der Arzneischrank auch der allerletzte Ort, an dem sie nach Drogen gesucht hätten. Vielleicht war es ihnen aber auch nur zu anstrengend, die Aufschriften auf den Etiketten zu lesen. Das war jetzt auch egal. Es zählte nur, daß sie das Zeug übersehen hatten. Ein Röhrchen Betäubungsmittel neben dem nächsten – ein halbes Dutzend weiße Tabletten, die nach normalem Aspirin aussahen, aber in Wirklichkeit Talwin waren, je fünfzig Milligramm, sieben oder acht dicke rote Romben 100-mg-Darcovet-N, fast zwei Dutzend kleine rosa Kapseln mit 65-mg-Darvon, circa dreizehn rotweiße Kapseln mit Darvon Kompositum 65, neun 400-mg-Motrin, die wie orange Bonbons aussahen, fünf gelbe Tabletten Percodan – vergessen, am Sommerende zurückgelassen, eine Hinterlassenschaft der sommerlichen Zahnschmerzen. Sie warf einen schnellen Blick über ihre Schulter.

Rand stand im Schlafzimmer, zündete sich die nächste Zigarette an und sah sich durch das Fenster den Schnee an.

»Entschuldigen Sie mich«, sagte sie mit gehetzter Stimme. »Die Natur fordert ihr Recht.« Sie machte die Badtür hinter sich zu und verriegelte sie.

»Einen Moment mal«, sagte Rand, und dann merkte er, daß sein Einwand zu spät kam und daß auch sein Rütteln an der Klinke nichts mehr nutzte.

Sie hörte ihn auf der anderen Seite der Tür schwer atmen.

»Ich nehme diese verfluchte Tür auseinander, wenn Sie zu lange drinbleiben«, sagte er.

»Einverstanden«, sagte sie, wobei sie sich bemühte, unwirsch zu wirken, denn sie glaubte, das klänge unschuldiger als eine Entschuldigung oder gespielte Angst. »Ich bin gleich wieder draußen.«

Während sie mit einer Hand den Reißverschluß ihrer Jeans herunterzog, schnappte sie sich mit der anderen Hand ein Handtuch vom Handtuchhalter. Sie stopfte die Tablettenröhrchen, die auf dem obersten Regal standen, sorgsam in das Handtuch und bemühte sich, den Inhalt nicht rascheln zu lassen. Dann legte sie das zusammengerollte Handtuch vor der Toilette auf den Fußboden. Sie zog sich die Jeans und die Unterhose über die Hüften nach unten, setzte sich auf die Toilette und ließ Wasser. Währenddessen beugte sie sich zwischen ihren Knien vor, öffnete sämtliche Röhrchen und kippte die Kapseln und Tabletten auf einen Haufen auf den Boden. Sobald sie damit fertig war und ihre Hose wieder hochgezogen hatte, betätigte sie die Toilettenspülung. Während das Wasser lief, stopfte sie die Kapseln und Tabletten in ihre Socken und stieß sie ganz nach unten, damit sie zwischen ihre Zehen und unter ihren hohen Spann fielen. Die leeren Behälter ließ sie hinter der Toilette und im Halter unter der Klobürste verschwinden. Sie drehte den Wasserhahn auf und wusch sich die Hände. Als sie die Tür aufschloß und sie öffnete, hielt sie das Handtuch in ihrer freien Hand. Sie trocknete sich die Hände daran ab.

Rand stand direkt vor der Tür, zog unwillig an seiner Zigarette und wirkte hochgradig verärgert. »Schlagen Sie mir keine Tür mehr vor der Nase zu, O-liv-i-a«, sagte er.

»Sehen Sie Frauen gern beim Pinkeln zu?« fragte Liv. »Sind Sie einer von der kaputten Sorte?«

Er holte so schnell mit der Hand aus, daß sie den Schlag nicht kommen sah. Sie taumelte rückwärts. Die Klinke der Badtür bohrte sich in ihre rechte Niere. Sie fiel schmerzgepeinigt auf die Knie.

»Das haben Sie sich selbst zuzuschreiben«, sagte Rand leise.

Sie sah zu ihm auf. »Sie haben ja nur auf einen Grund gewartet«, keuchte sie.

Rand streckte eine Hand aus und packte ihren Ellbogen. Er zog sie roh auf die Füße und stieß sie ins Bad. »Holen Sie die verdammten Schlaftabletten für den Jungen.«

Das Valium stand da, wo sie es hatte stehenlassen. Sie nahm es und steckte es in ihre Hemdtasche. Sie sah flüchtig ihr Gesicht im Spiegel und wandte sich eilig ab.

In der Küche wärmte sie den Kakao auf, der vom Abendessen übriggeblieben war, und ließ eine der Zweimilligramm-Valium hineinfallen, rührte um, bis sich die Tablette aufgelöst hatte, und brachte Travis dann die Tasse. Sie ignorierte Rand, der sie weiterhin beobachtete. Er glaubte, ihr eine Lektion erteilt zu haben.

Wie sie es erwartet hatte, war Travis hellwach, und als er sie in der Tür stehen sah, setzte er sich kerzengerade auf. Sie zögerte einen Augenblick, doch offensichtlich hatte er von dem momentanen Aufruhr in ihrem Schlafzimmer nichts mitgekriegt.

»Ich habe dir eine Tasse Kakao gemacht«, sagte sie. »Ich dachte, das hilft dir vielleicht beim Einschlafen.«

»Eine gute Idee, Liv«, sagte er ernst.

Sie setzte sich zu ihm, während er den Kakao trank. Travis ließ sich Zeit und sah sie bei jedem Schluck über den Rand der Tasse hinweg an. Schließlich drückte er ihr die leere Tasse in die Hand. Er seufzte tief.

»Das war ein guter Kakao, Liv«, sagte er.

»Danke«, sagte sie, und sie zerzauste sein Haar. »Was dagegen, wenn ich noch einen Moment bei dir sitzen bleibe?«

Er schüttelte den Kopf. Dann streckte er seine Arme aus und legte seine Finger dort auf ihr Gesicht, wo Rand sie geschlagen hatte. »Dein Gesicht ist ganz rot«, sagte er.

»Ich bin gegen die Badtür gerannt«, sagte Liv eilig.

»Tut dein Zahn weh?« fragte Travis.

»Nein«, sagte sie.

Er schloß die Augen.

Sie sah Rand an, wandte ihren Kopf dann wieder zu Travis um und kuschelte sich an ihn. Nach wenigen Minuten spürte sie, daß er eingenickt war, und als sie aufblickte, stand niemand im Türrahmen. Aus dem Wohnzimmer hörte sie die Geräusche einer Schießerei in einem Film und Rickys Stimme, die die Beteiligten anfeuerte. Travis, der neben ihr lag, lag entspannt da, und sein Atem ging wieder gleichmäßig.

Sie erinnerte sich daran, wie sie damals, nachdem sie nach Hause gekommen war, als ihr der Zahn gezogen war, direkt ins Bad gegangen war, um Aspirin zu nehmen und sich das Gesicht zu waschen. Travis war ihr ins Bad gefolgt.

»Darf ich es sehen?« fragte er.

»Es sieht ziemlich übel aus«, warnte sie ihn. »Und es stinkt nach Blut.«

Er zuckte die Schultern, und daher machte sie den Mund auf und zeigte ihm das blutige Loch. Er bewunderte es einige Sekunden lang und klopfte ihr dann auf die Schulter, um sie zu trösten.

»Wenn du deinen Zahn unter dein Kopfkissen legst«, vertraute er ihr an, »dann legt dir die Fee Geld dafür hin.«

Sie hatte nicht damit gerechnet, daß sie so kurz nach der Prozedur lachen würde, und als sie es tat, war ihr Kiefer steif und wund und schmerzte, doch sie mußte einfach lachen. Und dann hatte sie ihn an sich gedrückt. Ein so schlimmer Verlust war ein Zahn nun auch wieder nicht.

»Geh nicht weg«, sagte er mit geschlossenen Augen.

»Nein«, sagte sie.

Ihr Gesicht pochte dort, wo Rand sie geschlagen hatte. Die Niere, in die sie sich die Türklinke gerammt hatte, tat weh. Sie fühlte sich so steif und matt, als hätte sie schwere körperliche Arbeit geleistet, Holzhacken oder Fensterputzen oder Gartenarbeit, und das den ganzen Tag. Aber sie war nicht schläfrig. Sie beneidete Travis um die schnelle Wirkung des Valiums. Sie fragte sich, ob sie genügend Betäubungsmittel hatte, um selbst einzuschlafen, so tief zu schlafen, daß sie die ganze Nacht durchschlief und nicht weckbar war. Dann würde sie wenigstens nichts von allem, was Rand Nighswander ihr antat, wahrnehmen. Sie zuckte bei dem Gedanken zusammen, wie er sie angesehen hatte. Und dann durfte sie auch Ricky und den einfältigen Gordy nicht vergesssen. Was, wenn er die beiden nicht mehr zurückhalten konnte oder wollte? Alles, was der alte Joe Nevers über diese Männer gesagt hatte, ging ihr wieder durch den Kopf, und es erschien ihr noch bedrohlicher. Doch sie konnte nicht einfach schlafen. Sie mußte auf Travis aufpassen. Alles, was sie hatte, war ihr Strumpf voll Pillen.

Liv bückte sich noch einmal, um Travis anzusehen. Poster von Bruce Springsteen, Clarence Clemons, Miami Steve Van Zandt und Roy Bittan blickten von den Wänden auf ihn herunter wie die vier Engel in *Now I Lay Me Down to Sleep.* Vielleicht waren diese Scheißkerle schon fort, wenn er morgen früh aufwachte. Sie zog die Schlafzimmertür hinter sich zu.

14. Kapitel

Rand Nighswanders Hand fiel auf ihre Schulter.

»Sie Mistkerl«, fauchte sie.

Er lächelte und schlang einen Arm um ihre Taille. »Ganz locker, Alte.«

Sie versuchte, sich loszureißen, und er umspannte ihre Handgelenke mit seiner Hand und zog sie wieder zum Wohnzimmer. Dabei murmelte er: »Sei jetzt ein braves Mädchen.«

Gordy und Ricky lagen auf dem Fußboden und sahen fern. Beide waren von der Handlung auf dem Bildschirm völlig gefangengenommen. Rickys linke Hand ruhte besitzergreifend auf dem halbleeren Fünfliterballon. Als Rand sich vorbeugte und seine Finger um den Flaschenhals legte, reagierte Ricky instinktiv, indem er sich auf die Hand stürzte, sie verfehlte und nach Rands Knöchel schnappte.

»Du Mistkerl«, schrie er. Er war in dem Stadium der Trunkenheit, in dem der Kampfgeist eines Mannes kläglich durch ein unbestreitbares Versagen der Körperkoordination gemildert wurde. Seine eigene Trunkenheit machte ihn bereits zum Unterlegenen, ehe der Kampf begonnen hatte.

Rand schüttelte ihn achtlos ab.

»Mistkerl«, äffte Gordy nach. Gordy ballte seine Hände zu Fäusten und schlug sich auf die Schenkel. »Ich habe ihn gefunden! Das ist meiner!«

Rand klopfte Gordy auf die Schulter. »Du hast schon mehr getrunken, als du verkraftest, Dreikäsehoch, meinst du nicht auch?«

Gordy ließ sich mit einem bekümmerten »Schschsch!« wieder auf den Teppich sinken, das wie das Entweichen der Luft aus einem platten Reifen klang.

»Als nächstes kotzt du auf den Teppich.« Er stieß Liv in Richtung auf ihr Schlafzimmer. »Jetzt komm schon. Wir beide trinken noch ein Glas Wein zusammen und entspannen uns.«

Ricky und Gordy starrten die beiden mit aufgesperrten Mündern an. Rand blinzelte ihnen zu. Ricky und Gordy brachen in wieherndes Gelächter aus.

Liv holte tief Atem. »Eigentlich will ich gar keinen Wein«, sagte sie. »Warum koche ich nicht noch eine Runde Kakao für alle?«

Gordy zog sich auf die Ellbogen. »Ich hätte gern noch welchen.«

Ricky schlug Gordy den rechten Ellbogen unter seinem Körper weg. »Niemanden interessiert es einen feuchten Dreck, was du willst.«

Rand griff energisch nach Livs Ellbogen. »Niemand will Kakao, O-liv-i-a.«

»Ach.« Liv ließ sich ausdruckslos von ihm weiterführen. Sie hatte es versucht, und sie hatten nicht angebissen. Sie konnte ihnen etwas in den Wein schütten, und vielleicht fiel Rand ohnmächtig um, und was dann? Ricky und Gordy anbieten, was noch übrig war, und hoffen, daß es ausreichte, um sie auch außer Gefecht zu setzen, ehe sie auf eigene gefährliche Ideen kamen? Was war, wenn sie etwas in den Wein schüttete und Rand sie zwang, auch Wein zu trinken? Alles, was ihr einfiel, war zu unabsehbar.

Rand stieß sie auf das Bett. Sie hielt sich an einem der Bettpfosten fest und sah ihn wütend an.

Rand stellte die Weinflasche auf die Kommode. »Verdammt«, sagte er, »ich habe die Gläser vergessen. Dann müssen wir wohl unsere Spucke an die Flasche schmieren.«

»Nein«, sagte Liv.

»Willst du lieber was koksen, O-liv-i-a?« fragte Rand, während er sich auf den Ärmel klopfte, in dem er seine Zigaretten untergebracht hatte.

Sie schüttelte den Kopf.

Er seufzte. »Ich habe gehört, daß dein Alter recht gern kokst. Kein Wunder, wenn er mit so 'ner verklemmten Schnalle wie dir zusammen lebt.«

»Fick dich selber, Mr. Nighswander«, sagte Liv.

Rand starrte sie an. Er fummelte im Ärmel seines Pullovers rum, als wolle er seine Zigaretten rausholen.

Der falsche Ärmel, dachte Liv, und dann zeigte er ihr den Revolver.

»Niedlich, findest du nicht? Eine billige, kleine, miese Drecksknarre ist das und sonst gar nichts. Deine dämliche Nachbarin, die alberne Ziege mit den blöden Hunden, hat sie mir dagelassen. Sehr aufmerksam von ihr, findest du nicht? Im nächsten Sommer hat sie dann natürlich nichts mehr, womit sie die Hirsche davon abhalten kann, sie zu vergewaltigen, was?«

Plötzlich streckte er den Arm aus, packte Liv am Haar und stieß ihr den Revolver ins Gesicht. »Ich könnte dich dazu bringen, das Ding abzuschlecken, du Miststück.«

Liv spuckte darauf. Rand packte ihren Hinterkopf und schlug ihren Mund gegen den Revolver. Dann riß er ihren Kopf zurück. Blut spritzte aus den Rissen in ihren Lippen. Sie würgte und spuckte abgebrochene Zähne und Scherben ihrer Jacketkronen auf den Revolver und auf Rands Hand. Er stieß sie auf das Bett.

»Blöde Fotze«, murmelte er, während er sich den Revolver wieder in den Ärmel steckte.

Liv begrub ihr Gesicht in ihren Händen. *Meine Zähne,* dachte sie, *Jesus Christus, meine Zähne.* Die erste Woge von Schmerz schien von außen zu kommen und nach innen zu explodieren. Mit ihrer zerfleischten Zunge tastete sie die Zacken und Lücken ab und nahm den Blutgeschmack und die zerfetzten Ränder ihres Zahnfleischs und ihrer Lippen wahr. Ihre Schneidezähne hatten den größten Schaden abgekriegt. Sie war bis in ihr Innerstes taub von dem Schock.

»Setz dich«, befahl Rand.

Er mußte sie in eine sitzende Stellung zerren. Er drückte ein feuchtes Handtuch auf ihren Mund. Das kalte Wasser brannte, doch es betäubte auch ein wenig.

Er ließ sie wieder los. Sie rollte sich auf dem Bett zu einer Kugel zusammen. Er rüttelte sie an den Schultern. »Hast du was gegen Schmerzen?«

Sie erstickte an ihrem Lachen. Sie konnte ihm wohl kaum sagen, daß sämtliche Schmerz- und Betäubungsmittel in ihren Socken steckten.

Er murmelte einen Fluch vor sich hin und ging ins Bad. Sie hörte, wie er in dem Arzneischrank und in Schubladen herumwühlte. Sie sah vorsichtig über das Handtuch und sah ihn im Spiegel. Er starrte das oberste Brett des Medizinschranks an. Sah sich das Muster der Kreise im Staub an, die alle die kleinen Röhrchen, die nicht mehr da waren, dort hinterlassen hatten.

Sie wühlte hektisch in einer Socke herum und quetschte das erste raus, was ihr zwischen die Finger kam, eine recht große Tablette – Percodan, dachte sie – und steckte sie in den Mund und schluckte sie zusammen mit winzigen Zahnsplittern, echten und anderen aus Porzellan. Sie grub ihr Gesicht in das Handtuch.

Er kam zurück und zog ein kleines Päckchen, das in Folie gewickelt war, aus seinem Ärmel. Als er die Folie auseinandergewickelt hatte, sah sie, daß es ein kleines Säckchen war, das zu zwei Dritteln mit weißem Pulver gefüllt war. Das Koks, von dem die Rede gewesen war.

»Mach den Mund auf«, befahl er.

Sie wich vor ihm zurück. Er riß ihr das Handtuch aus dem Gesicht, schleuderte es fort und wollte ihr Kinn packen. Sie wälzte sich zur Seite und entwich ihm. Er steckte das Säckchen zwischen seine Zähne, um beide Hände frei zu haben, und dann ging es los. Das Bett schwankte unter seinem Gesicht, als er sich darauf warf und sie erst mit seinem Körper zum Stillhalten zwang und dann eine Hand um ihren Hals legte. Er würgte sie einfach solange, bis ihr schwarz vor Augen wurde und sie aufhörte, sich zu wehren. Dann kniete er sich über sie und nahm das Säckchen aus seinem Mund. Er schüttelte eine kleine Menge Kokain auf eine seiner Handflächen und bohrte die Finger seiner anderen Hand durch ihre gespaltenen Lippen in ihren Mund, um das Pulver grob auf ihrem zerfetzten Zahnfleisch und ihren Zahnstumpen zu verteilen. Das Gefühl der Taubheit, das augenblicklich von dem Kokain ausging, nahm ihr jeden Wunsch, sich zu widersetzen, selbst, wenn sie noch die Kraft dazu gehabt hätte.

»Autsch«, sagte er und zog seine Finger raus. »Verdammt, ich hab' mir den Finger an was aufgeritzt.« Seine Finger waren verschmiert, vom Blut ihrer Lippen und der rosa gefärbten Spucke. »Aufmachen«, befahl er. Er starrte in ihren Mund. »Eklig. Spitze Kanten.«

Rand tunkte seine Finger in seine Handfläche und stäubte den Puder auf ihre Lippen. Er rollte sich von ihr herunter und blieb neben ihr liegen. »Ah, dieses Dreckszeug ist gut.«

Liv fühlte sich ein wenig benommen. Der Schmerz in ihrem Mund war noch da, von der Betäubung durch das Koks überlagert. Die Wirkung des Koks, die ihr fremd war, in Verbindung mit dem Percodan, dessen Wirkung gerade einsetzte, ließ sie das Hier und Jetzt nicht mehr scharf erkennen. *Das ist aber interessant, was sich da mit mir abspielt,* dachte sie. Äußerlich betrachtet war sie dieselbe wie immer: Liv, nackt unter ihren Kleidern, Tonflecken auf den Fingern, ein wunder Kiefer und ein schmerzender Mund, aus dem langsam Blut in die selbstgenähte Steppdecke auf ihrem Bett rann, aber sie konnte gleichzeitig die Enden jedes einzelnen Haares auf ihrem Kopf spüren, sie konnte ihre Augenlider von innen sehen und ihre Zunge spüren, die geschwollen und taub in ihrem Mund lag. Ganz tief in ihrer Kehle hatte sie einen bitteren, kreidigen Geschmack. Wenn sie die Augen aufschlug, stellten sie nicht auf scharf. Sie schloß sie wieder.

»Tut mir leid«, sagte er. Es war keine Entschuldigung, er hatte nicht die geringsten Gewissensbisse wegen des Schadens, den er angerichtet hatte. Was er bedauerte, war lediglich der Schaden, den seine eigenen Fantasien genommen hatten, was den Mund einer Frau anging, denn jetzt konnte er sie nicht mehr bis zum Schluß ausleben. »Du weißt, daß du selbst dein ärgster Feind bist.«

»Hm«, erwiderte Liv. Sie wußte, wer ihr ärgster Feind war, das stimmte. Es war nur zu mühsam, ihren kaputten Hals und Kiefer dazu zu bringen, daß sie es sagten.

»Du solltest auch was schnupfen«, sagte Rand. Das Bett wankte, als er sich aufsetzte. Sie hörte, daß er das Säckchen wieder öffnete und tief einatmete. Dann war er wieder über sie gebeugt, zwängte einen Arm unter ihren Kopf und zog sie hoch. Sie schlug die Augen auf und funkelte ihn böse an. Sie versuchte, sich schwer zu machen. Er stieß ihr seine Handfläche ins Gesicht und riß ihren Kopf hoch. Ein Teil des Kokses stäubte über ihr Gesicht, und sie nahm es als ein betäubendes leichtes Prickeln auf ihrer Haut wahr. Doch der größte Teil wurde durch ihr eigenes instinktives Einatmen in ihre Nase aufgesogen. Wieder hatte sie den bitteren, kreidigen Geschmack in ihrer Kehle. Sie würgte ein wenig und nieste dann.

Rand lachte und ließ sie los.

»Fühlst du dich jetzt besser?« fragte er.

Sie fühlte sich besser. Sie fühlte sich ausgesprochen seltsam, aber auch um einiges besser. Das Rauschen des Schnees an den Fenstern und das Ächzen des Hauses im tosenden Sturm wurden ihr plötzlich unglaublich bewußt. *Ich bin völlig allein*, dachte sie. *Es gibt kein Entkommen*. Glühende Panik flackerte unter ihrem Brustbein auf und erlosch augenblicklich wieder. Alles war vollkommen klar und real.

Sie sah zu, wie Rand aufstand und wieder ins Bad ging. Er kam mit Pappbechern aus dem Spender im Bad zurück und füllte sie mit Wein.

»Nein«, sagte sie, und sie hob matt die Hand, um den Becher abzuwehren, den er ihr reichte.

»Ganz wie du willst«, sagte er.

Er kletterte wieder auf das Bett und setzte sich im Schneidersitz hin. »So, wo ist jetzt also das Zeug, das im Arzneischrank fehlt?«

Liv lachte. »Welches Zeug?« fragte sie.

Rand leerte den kleinen Becher und griff wieder nach der Flasche. »Du weißt, wovon ich rede. Das Zeug, das du versteckt hast.«

Liv riß die Augen weit auf. Sie schüttelte den Kopf. »Hab' nix versteckt«, sagte sie langsam. Das Sprechen tat weh. Ihre Lippen waren geschwollen. Sie tat so, als dächte sie darüber nach. »Vielleicht war er's«, sagte sie, und winkte zum Wohnzimmer hin, um klarzustellen, daß sie von Ricky sprach. »Vielleicht hat er's behalten.«

Rands Augen funkelten wütend. »Dieser dreckige kleine Mistkerl«, murmelte er. »Das kann sein.« Er sah sie an. »Aber er wird es nicht lange behalten. Was, zum Teufel, war es?«

Liv legte die Stirn in Falten. »Weiß nich«, sagte sie. »Wußte gar nichts davon.«

»Ja«, sagte Rand, »und ich wette, du hast es doch gewußt.«

Liv versuchte zu lächeln, aber das war zu schmerzhaft. »Nein.«

Rand kratzte sich hinter dem Ohr. Sie hoffte, er würde sich entschließen, Ricky gleich zur Rede zu stellen. Das gab ihr vielleicht Gelegenheit, die Tabletten aus ihren Socken zu holen und sie besser zu verstecken, ehe er mit Sicherheit wußte, daß Ricky sie nicht hatte. Ihr war es nurrecht, wenn sie sich gegenseitig um diese Pillen zu Tode prügelten. Solange sie nur Travis nicht weckten.

Doch Rand hatte etwas anderes vor. Er streckte seine Arme aus und betastete den Kragen ihrer Bluse.

»Meinen blöden Bruder kann ich mir immer noch vornehmen«, sagte Rand. »Aber im Moment ist mir mehr nach Liebe.«

Sie wand sich von ihm los.

Er lachte und leerte seinen Pappbecher. »Gut so. Rutsch nur von mir weg. Es gibt nur eins, was ich noch lieber tue, als Fangen spielen. Und merk dir eins: Wenn ich beschließe, daß es mir reicht, dich einzufangen, dann ist es auch mit deinem Wegrutschen vorbei.«

Sie holte tief Atem und richtete sich auf den Ellbogen auf. »Nein«, protestierte sie erbost. Sie versuchte noch einmal, sich ihm zu entwinden, obwohl es teuflisch weh tat. »Bist du denn so vollgekokst, daß du kein Nein mehr mitkriegst?«

Rand lachte wieder: »Ich bin hier nicht der einzige, der randvoll mit Koks ist.« Er holte das Säckchen raus und schwenkte es unter ihrer Nase. »Willst du noch was schnupfen, O-liv-i-a?«

Sie wandte ihr Gesicht ab. »Nein.«

»Dann krieg ich eben mehr«, sagte Rand, und er sog eine Prise mit einem Nasenloch ein, als schnupfte er Schnupftabak. Dann schloß er das Säckchen wieder und steckte es in seinen Ärmel. Er beugte sich vor, packte sie an der Kehle und schlug ihren Kopf gegen die Matratze.

Die Kraft, mit der seine Hand zupackte, ließ ihren Schrei abrupt abbrechen. Sie richtete sich heftig wieder auf und wurde mit einem brutalen Hieb wieder auf die Matratze geworfen.

»Jetzt hör mir mal gut zu, O-liv-i-a«, sagte er, als sie keuchend dalag, »du wirst deinen Arsch bewegen. Das wird die beste Nummer, die ich je geschoben habe, oder ich stelle deinen Jungen heute nacht draußen in den Sturm. Mit seinen süßen kleinen Schlappen und Beruhigungsmitteln, die ihm zu den Ohren rauskommen, geht er sicher gerne raus.«

Mit diesen Worten ließ er sie los und rollte sich aus dem Bett.

Sie hätte tief Atem holen müssen, doch jeder Atemzug ließ sie beben und schluchzen und zeigte ihm, wie gut es ihm gelungen war, ihr einen furchtbaren Schrecken einzujagen. Die Angst und die Demütigung riefen einen Haß hervor, mit dem heftige Adrenalinschübe einhergingen, die das Zittern nur noch schlimmer machten. Sie haßte ihn dafür, daß er drohte, Travis etwas anzutun, daß er ihr Kind gegen sie ausspielte, und damit ging die bittere Erkenntnis einher, daß das immer das beste Mittel war, das nie versagen würde. Frauen konnte man immer ganz einfach in die Falle locken, indem man ihre Kinder in die Falle lockte. Sie war geschlagen. Und aus dieser Niederlage heraus, in ihrer Angst und ihrem Haß und ihrer Wut, fand Liv, oder zumindest glaubte sie das, die Kraft des Verlierers. Sie würde Rand Nighswander zeigen, welche Macht eine Sklavin besitzen konnte. Er wollte, daß sie ihren Arsch bewegte, es ihm besser machte als alles, was er kannte. Sie glaubte nicht, daß es schwierig sein würde, das Beste zu sein, was dieser hinterwäldlerische Barbar, der es mit betrunkenen Teenagern und mit alten Bardamen trieb, je erlebt hatte. Er wollte mit ihr ficken. Sie würde ihn dämlich ficken, wenn sie ihn schon nicht zu Tode ficken konnte.

Rand zog das Säckchen Koks und seine Zigaretten und Streichhölzer aus einem Ärmel seines Pullovers und legte alles auf den Nachttisch. Aus dem anderen Ärmel holte er den Revolver und die Munitionsschachtel und musterte beides nachdenklich. Dann steckte er beides in seine Jeanstasche. Er zerrte sich den Pullover über den Kopf und warf ihn auf den Boden. Anschließend ging er ins Bad.

Liv hörte, daß er seinen Reißverschluß aufzog und Wasser ließ. Er spülte und kam wieder, ohne seinen Reißverschluß zugezogen zu haben.

»Mein kleiner Bruder«, sagte Rand, »ist noch nicht stubenrein, du verstehst schon. Du solltest froh sein, daß du es nicht mit ihm zu tun hast. Er könnte dich bepinkeln.«

Liv wandte ihr Gesicht ab und gab sich angewidert. Sie wollte nicht, daß Rand sah, daß das Percodan und das Koks ihre Wirkung taten. Sie hatte das Gefühl zu fallen, wie ein totes Blatt von einem Baum, das ziellos auf Luftströmen dahintrieb. Sie spürte Panik aufflackern; sie wollte ihre Selbstkontrolle nicht verlieren.

Er ging wieder ins Bad und wühlte in einer Schublade herum.

»Dreh dich um«, sagte er, als er zurückkam. Er hatte eine Rolle weißes Klebeband in einer Hand, den Revolver in der anderen.

Liv war durch die Verwirrung, die die Drogen bewirkten, zu gelähmt, um zu reagieren. Während sie darum rang, ihre Sinne wiederzufinden, legte Rand ihr Zögern fälschlicherweise als Angst aus.

Er grinste. »Meine Güte, hast du eine schmutzige Fantasie, O-liv-i-a. Dein Alter muß echt kaputt sein. Also, ich bin jedenfalls nicht so kaputt. Dieser Hintertürsachen machen einen Mann geistesschwach.«

Endlich sickerte zu ihr durch, was hier geschah. Er teilte ihr mit, daß er nicht auf Analverkehr aus war. Augenblicklich fühlte sie sich wieder beschwingt und erleichtert, teils durch das Dope, aber auch aus echter Erleichterung heraus, und es belustigte sie wirklich, daß er ihr seine Rechtschaffenheit beteuerte, was das Thema Analvergewaltiugng anging. Nicht, daß sie nicht dankbar gewesen wäre. Sie war es, und sie wäre eine Idiotin gewesen, wenn sie es nicht gewesen wäre. Vergewaltigung blieb Vergewaltigung, doch es gab weitaus unerträglichere Varianten. Behutsam rollte sie sich auf den Bauch.

»Leg deinen Kopf flach hin, und dreh dein Gesicht zur Seite«, sagte Rand.

Sie tat, was er ihr sagte.

Sie hörte, wie der Revolver gegen Holz schlug. Das Bettgestell, dachte sie. Rand riß Klebeband von der Rolle ab. Dabei ächzte er.

»Okay«, sagte er dann.

Als sie aufblickte, hatte er keine Waffe und keine Munition mehr in der Hand. Er ließ das Klebeband auf den Nachttisch fallen. Die Waffe hatte er an das Bettgestell geklebt, außerhalb ihrer momentanen Reichweite und auch so, daß sie sie nicht gleich sehen konnte.

»Nicht, daß ich dir nicht traue, O-liv-i-a«, sagte er. »Aber ich traue dir nicht.«

Rand fing an, sich auszuziehen. Sie wandte ihr Gesicht wieder ab und hörte das Rascheln seiner Jeans, das leise Geräusch, mit dem sie auf den Teppich fiel.

Sie sah seine Nacktheit nicht wirklich, sondern spürte sie, als er ins Bett stieg und ihren Arm berührte.

»Sieh mich an«, sagte er.

Als sie ihn nackt sah, wurde ihr klar, was ihr immer bekannt an ihm vorgekommen war. Der ausgeprägte Narzißmus des Dressman. Einer dieser erstaunlich muskulösen jungen Männer mit eckigem Kinn aus den Hochglanzanzeigen von Stroh, Pall Mall oder Paco Rabanne. In der Welt der Werbung hatten Muskeln etwas mit Schutzhelmen, Cowboyhüten oder einer Toga aus verschlungenen Laken in einer Mansardenwohnung mit künstlerischem Anstrich in einer Großstadt zu tun. Es war eine implizit und manchmal auch explizit heterosexuelle Welt, wenngleich sie beim Anblick dieser Reklamen auch immer das Gefühl hatte, daß die Modelle höchstwahrscheinlich in ihre Bodybuilding-Trainer oder in sich selbst verliebt waren. Echte Bauarbeiter hatten Bierbäuche, echte Cowboys hatten Lederhaut und entsprechende Lungen und Kuh- oder Pferdemist an den Stiefelabsätzen, und das Etikett, das dem erotisch-behaglichen Geplänkel zwischen dem gutaussehenden Mister in dem durchgevögelten Bett und dem Mädchen, das er sich letzte Nacht aufgegabelt hatte, mit dem er jetzt telefonierte, als Bildunterschrift fehlte, war, daß der heiße Typ der flotten Biene sagte, sie könne zwar sein Paco Rabanne haben, aber seinen Herpes hätte sie auch.

Es war sehr leicht, sich vorzustellen, daß Rand Nighswander vor einem Spiegel Gewichte stemmte. Für einen blonden Mann war er stark behaart, seine Brust mit krausem rötlichem Haar bedeckt, und die Achselhöhlen und die Lenden wiesen üppige Haarbüschel auf. Sein Penis, der bereits halbwegs eregiert war, war groß und unbeschnitten. Ganz unbewußt und träge legte sich seine Hand darauf und zog daran.

All das nahm sie wahr, und ihr Magen drehte sich um. Es war nicht der Geruch nach altem Schweiß, auch nicht sein beunruhigender Narzißmus, wenn sie sich auch von beiden Dingen abgestoßen fühlte. Es ließ sich auf ein absolutes Fehlen des Verlangens reduzieren, und das ließ ihr den Gedanken an Sex mit ihm so übelkeitserregend erscheinen. In all den Jahren ihrer Ehe war Pat ihr einziger Liebhaber gewesen. Intimität mit diesem Mann, ob erzwungen oder nicht, wertete ihre Intimität mit Pat in einer Form ab, die sie physisch spüren konnte. Es war so penetrant, daß sie die Bedeutung des Wortes penetrieren zum erstenmal in ihrem Leben verstand.

Er fummelte an den Knöpfen ihrer Bluse herum. Sie stieß seine Hand von sich.

»Ich zieh' mich selbst aus«, sagte sie. »Aber erst geh' ich ins Bad.«

Er lehnte sich zurück. »Ja.« Er griff nach seinen Zigaretten. »Laß die Tür offen.«

Sie zwängte sich an ihm vorbei und taumelte vom Bett. Er biß die Zähne auf dem Stummel zwischen seinen Lippen zusammen und lachte. Sie fing sich wieder und tastete sich den Weg zum Bad.

Da sie nicht gegen die kombinierte Wirkung der Rauschmittel ankämpfte, war es ihr möglich, sich mit ungeschickten Bewegungen aus ihren Kleidern zu schälen. Sie veranstaltete einen gewissen Lärm und wankte im Bad herum, aber sie brachte es fertig, die Tabletten beim Ausziehen in ihren Socken zu lassen, die sie dann zusammenrollte. Es erschien ihr eine gute Idee zu sein, noch eine Tablette einzuwerfen, solange sie die Gelegenheit hatte, und sie war zu benommen und hatte es zu eilig, um sich erst mühsam damit zu befassen, was es wohl war, was sie schluckte. Sie stopfte die Socken in die Tasche ihres Frotteebademantels, der noch an dem Haken an der Badtür hing.

Sowie sie nackt war, fing sie augenblicklich an zu frieren. Zitternd schlang sie ihre Arme um ihre Schultern, ehe sie mit erhobenem Kopf und gestreckter Wirbelsäule den Schutz des Bades verließ.

Rand sah sie ruhig von Kopf bis Fuß an und knurrte. Er klopfte neben sich auf das Bett.

Mit der gesamten Würde, die sie aufbringen konnte, ging sie auf das Bett zu, und es gelang ihr, nicht zu wanken und zu stolpern. Dann wurde ihr klar, daß er sie zwingen würde, über ihn zu klettern, um sich auf die andere Seite des Bettes zu legen, und daß er absichtlich nicht an die Wand gerückt war, um ihr Platz zu machen.

»Kletter einfach über mich drüber«, sagte er.

Sie sah ihn wütend an, aber natürlich hatte sie keine andere Möglichkeit. Sie zog ein Knie auf die Matratze, beugte sich über Rand und streckte ihre Arme nach der freien Bettseite aus.

Er wartete, bis ihr Hintern über ihm war, und dann gab er ihr einen Klaps. »Hurrah!«

Liv schrie auf und zuckte zusammen und fiel auf ihn.

Er lehnte sich grinsend zurück und zog ein letztes Mal an seiner Zigarette. Dann ließ er sie in den Pappbecher mit dem Wein fallen, den Liv abgelehnt hatte. Es zischte, und für einen kurzen Moment stieg der Geruch nach heißem, billigem Wein in die Luft auf. Er strich mit einer Hand über die Wölbung seines Penis' und wälzte sich auf sie, wühlte sich in ihren Bauch. Sein Atem in ihrem Gesicht stank nach der Zigarette.

Sie wandte ihr Gesicht ab und biß ihre Backenzähne zusammen. Sie legte ihre Hände auf sein Kreuz und fuhr über die Wölbung seines Hinterns. Ihre Berührung schien ihn zu elektrisieren. Er hörte auf, sich an ihr zu reiben.

»Sei ganz locker«, sagte sie ihm ins linke Ohr. Ihre Stimme klang anzüglich und dreckig.

Er zog sich auf die Arme und starrte sie an.

Sie ließ die Kuppe ihres Daumens über seine linke Brustwarze gleiten und drehte die Brustwarze dann zwischen ihrem Daumen und ihrem Zeigefinger.

Er schnappte nach Luft. »Ja«, sagte er. »Tu das noch mal.«

Sie fragte sich sarkastisch, worin er wohl den Sinn männlicher Brustwarzen sah – ob er glaubte, sie existierten lediglich aus Gründen der Symmetrie. Sie kniff beide Brustwarzen sehr fest. Das begeisterte ihn. Sein Penis wurde ungeheuer hart an ihrem Schenkel, und er stöhnte. Er stieß seine Hand zwischen ihre Schenkel und zog sie auseinander, um auf der Stelle seinen Penis in sie reinzustecken. Es tat weh.

Sie schrie auf und versuchte, sich ihm zu entziehen. Sie

stieß seine Schultern von sich und wand sich und bemühte sich, unter ihm herauszurutschen. Er packte ihre Schultern und zwängte sich gewaltsam in sie, obwohl sich dabei sein eigenes Geschlechtsorgan an ihrem widerstrebenden Fleisch aufscheuerte. Was er sich selbst damit antat, würde er erst hinterher spüren, wenn seine Nervenenden nicht mehr von dieser Schwellung betäubt wurden. Livs Hände, die um sich schlugen, fanden sein Kopfhaar; sie packte eine Handvoll von seinem Haar und riß so fest daran, daß er aufschrie. Er zog sich hoch und gab ihr eine derartige Ohrfeige, daß sie beinah ohnmächtig wurde. Dann hievte er sich wieder ganz auf sie und drang brutal in sie ein, wobei er ihre Schultern nur lange genug losließ, um ihre Handgelenke zu packen und sie auf dem Kissen festzuhalten.

»Beweg deinen Arsch, du Sau«, schrie Rand sie an.

Im ersten Moment konnte Liv gar nichts tun. Er tat ihr weh, er war in ihr, er fickte sie, er zerriß sie. Er vergewaltigte sie. Nichts von dem, was sie je gelesen oder gehört oder sich vorgestellt hatte, hatte sie auch nur im entferntesten auf die Realität, vergewaltigt zu werden, vorbereitet. Sie spürte nichts, was über die rein körperlichen Wahrnehmungen hinausging, empfand nichts, war gelähmt. Das Grauen, die Wut und ihre eigene Muskelkraft wichen aus ihr. Das Nichts, was übrigblieb, war Verzweiflung. In dem Moment war die Vorstellung, ihn zu Tode zu ficken, ein unerträglicher Streich, der sich gegen sie selbst richtete. Er schrie sie an, schrie dreckige und empörende Dinge, die darum gingen, was er ihr antun würde und was für ein mieser Fick sie war. Sie spürte heiße Tränen über ihre Wangen rinnen, ehe sie wußte, daß sie weinte.

Dann war ihr wieder schrecklich schwindlig, und sie glaubte, ohnmächtig zu werden, doch sie wurde es nicht. Ihre Wahrnehmungen wurden plötzlich schärfer, viel klarer. Sie konnte den Himmel über seinen Schultern sehen. Wenn das Haus geheizt war, waren die Scheiben so warm, daß der Schnee, der darauffiel, schmolz und herunterrann. Selbst, wenn das Haus nicht geheizt war oder wenn es so stark stürmte, daß der Schnee sich setzen konnte, wärmte die Hitze der Sonne, die, sowie die Sonne aufging, dadurch intensiviert wurde, daß sie durch die Schneekristalle drang, das Glas auf, und die schmelzende Schneeschicht glitt von den Scheiben und auf das Dach, manchmal ganz plötzlich und am Stück, manchmal auch nur brockenweise. Doch heute nacht war das Fensterglas wie die Glasscheibe eines gerahmten Schneebildes, nicht vor fallendem Schnee, sondern vor Schnee, der so fest wie eine Wand zusammengepreßt war, eine Scheibe einer Schneewehe. Die Schlafzimmerlampen wurden blinkend von den Schneekristallen auf der anderen Seite des Glases zurückgeworfen und schimmerten wie der Satin, mit dem ein Sarg ausgeschlagen war. Doch dahinter war Schwärze. Es war das Negativ eines sonnigen Tages. Die Kälte der Nacht multiplizierte sich mit den Schichten von Schneekristallen und ließ das Glas frieren. Sie fühlte sich jetzt nackt und fror, und sie war so seltsam ruhig, als sei sie schon gestorben.

Rands Gewicht lag auf ihr. Sie war sich seines Körpers extrem bewußt, des frischen Schweißes über altem Schweiß über altem Tabakgeruch, der Beschaffenheit seines Haares und seiner Haut, seines Keuchens. Sie konzentrierte sich darauf, ihn in sich zu spüren.

Du wolltest es so haben, dachte sie. Du Scheißkerl.

Und dann zog sie ihre Scheidemuskeln zusammen.

Er zögerte. Sie preßte sie noch einmal zusammen. Er hörte auf, sich zu bewegen.

»Tust du das mit Absicht?« fragte er.

Sie hielt ihr Gesicht von ihm abgewandt und preßte die Muskeln noch einmal zusammen, gab dem Zusammenziehen einen Rhythmus. »Ich bewege mich«, sagte sie. »Du wolltest es doch so haben.«

Er wehrte sich ein paar Sekunden lang dagegen, doch dann überließ er ihr den Rhythmus.

»Ich weiß nicht, ob mir das gefällt«, sagte er.

Aber er sagte ihr nicht, sie solle aufhören, und sie hörte nicht auf. Sie sog ihn ein, ließ ihn los, sog ihn wieder ein. Als sie ihn verstohlen ansah, hatte er die Augen geschlossen, und auf seinem Gesicht stand ein gemarterter Ausdruck. Sie mußte ein Lachen unterdrücken. Keins der betrunkenen oder zugekoksten kleinen Mädchen, die er bisher schikaniert oder verführt hatte, hatte ihm auch nur eine Ahnung davon vermittelt, worum es eigentlich ging. Das Grauen wich aus ihr. Sie brauchte ihn gar nicht zu Tode zu ficken. Es reichte schon, wenn sie ihn demütigte. Jetzt spürte sie ihre Macht, und sie brachte ihn ruhig und mit voller Absicht, erst durch einen schnelleren Rhythmus, einen Moment Aufschub und dann ein unwiderstehliches Zusammenpressen, zu einem unvermittelten Orgasmus. Wie das Ausquetschen des letzten Rests aus der Zahnpastatube, dachte sie.

Er stöhnte und wand sich auf ihr, und dann zog er sich auf seine Ellbogen und funkelte sie wütend an. »Du Miststück«, sagte er. »Ich war noch nicht soweit.«

Sie wandte ihr Gesicht ab, um ihr Lächeln zu verbergen.

Er legte seine Hand unter ihr Kinn und riß ihr Gesicht zu sich herum. »Du hast mich dazu gebracht zu kommen«, klagte er sie an.

Sie kämpfte darum, keine Miene zu verziehen. »Tut mir leid«, sagte sie.

Er ballte eine Faust, als wolle er ihr ins Gesicht schlagen. Sie grinste ihn breit an, zeigte ihm die Ruinen ihrer Schneidezähne. Er ließ seine Faust sinken und zog sich ebenso grob aus ihr zurück, wie er sich in sie hineingezwängt hatte. Er setzte sich auf die Bettkante und stürzte den Inhalt seines Weinbechers hinunter, ehe er nach dem Koks griff.

»Wir sind noch nicht fertig miteinander«, sagte er verdrossen. »Du wirst es ja sehen.«

Ihr Sieg büßte jeden Genuß ein. Sie kam sich ungeheuer dumm vor und schämte sich ihres eigenen dämlichen Stolzes. Die Macht der Sklavin war nichts weiter gewesen als dämliches Koks-Gerede. Gegen diesen Mann gab es nichts zu gewinnen. Er würde nur eine noch größere Gefahr für Travis und sie darstellen. Alles, was sie damit erreicht hatte, ihm Widerstand zu leisten, war, ihn zu provozieren.

Sie glitt an ihm vorbei, weil sie ins Bad gehen wollte. Er hielt ihren Arm fest und zog sie zurück.

»Wohin willst du?«

Sie deutete stumm auf die Badtür.

Er zerrte noch einmal an ihr. »Warst du jetzt oft genug. Laß es tröpfeln.«

Sie zog sich wieder auf das Bett zurück und wartete.

»Setz dich auf«, sagte er.

Sie stützte sich auf die Ellbogen. Sie fror, sie war müde, und sie fühlte sich schmutzig.

Er hielt ihr seine Handfläche mit einer Prise Koks unter die Nase. »Schnupf das, O-liv-i-a. Es wird dir guttun.«

Sie wandte den Kopf ab. Er packte ihr Kinn und riß ihren Kopf herum. »Tu, was ich sage, ehe ich dir noch mehr Zähne ausschlage, um dich dazu zu bringen. Los.«

Sie beugte sich über seine Handfläche, hielt sich ein Nasenloch zu und schnupfte durch das andere das weiße Pulver. Es prickelte und brannte ein wenig. Dann fühlte sie sich besser.

Rand zündete sich eine Zigarette an. »Spürst du schon, wie dein verkniffener Arsch aufgeht?«

Sie ignorierte ihn. Das war alles an Widerstand, was sie wagte.

Er zog ein paarmal an der Zigarette und legte sie dann auf die Kante des Nachttischs.

Sie spielte mit dem Gedanken, ihm zu sagen, die Zigarette würde das Holz verkohlen, wenn sie herunterbrannte, und die Asche würde mit Sicherheit auf den Teppich fallen und ihn beschmutzen, und wenn der Stummel zwischen der Asche und dem brennenden Ende aus dem Gleichgewicht kam, könnte er auf den Teppich fallen und ein Loch hineinbrennen. Oder sie beide verbrennen. Doch er streichelte mit einer Hand seinen Penis und betastete mit der anderen Hand ihre Brüste und kniff so fest in eine Brustwarze, daß die Haut aufriß und sie aufschrie und seine Hand von sich schlug.

»Hoppla«, sagte er, und er griff nach dem Säckchen mit dem Koks. »Das kriegen wir wieder hin.« Er tunkte einen Finger in den Puder.

Sie legte eine Hand auf die überreizte Brustwarze.

»Mach nur«, sagte er. »Ich habe eine bessere Idee.« Er drückte eine größere Menge von dem Koks auf seine Hand und verteilte es auf seinen Fingerspitzen. Dann strich er das Pulver auf ihre Schamlippen.

»Es brennt«, sagte sie. »Taub.«

Er wirkte erfreut. Er trug den Puder auf, bis seine Handfläche leer war. Er kniff probeweise in ihre Schamlippen, und sie spürte nichts. Er zog sich selbst ein bißchen Koks rein und befahl ihr dann, ihre Beine weiter zu öffnen. Er legte eine Hand fest auf ihren Schamhügel und fing an, kleine Mengen des Pulvers in ihre Vagina einzuführen.

Sie wand sich und versuchte, die Beine zu schließen. »Halt still«, sagte er, »wenn du nicht willst, daß ich dir die Titten umdrehe.«

Es war wie die Biopsie vor sieben Jahren, nach einem fälschlicherweise verdächtigen Abstrich. Der Gynäkologe hatte die Gewebeproben in seiner Praxis entnommen, nachdem er ihr eine Spritze zur örtlichen Betäubung gegeben hatte, die ihr ganz so wie Novocain oder eins der anderen Betäubungsmittel vorgekommen war, die von Zahnärzten angewandt wurden. Es war dasselbe Gefühl. Wenn man davon absah, daß es injiziert wurde. Sie nahm das Koks direkt über die Schleimhäufte auf. Sie fragte sich, welchen Schaden er damit bei ihr anrichtete, wieviel von diesem Zeug ihr Körper verkraften konnte und womit es wohl verschnitten sein mochte.

Rand setzte sich neben sie und schnupfte auch noch etwas. Er nahm ihre Hände und legte sie auf seinen Penis. »Bring ihn zum Stehen«, sagte er. »Ich wünschte, du hättest nicht diese scharfen Kanten im Mund.«

»Das wünschte ich auch«, sagte sie, während sie ihn streichelte.

Er lachte. Das kannst du öfter von mir haben.«

»Danke«, sagte sie, »mir reicht es so schon.«

»Bläst du deinem Männe einen?« fragte er.

Sie antwortete nicht darauf. Er war in ihren Händen wieder dick und steif geworden. Sie drückte zart seine

Hoden und streichelte dann die Spitze seines Penis'. Das lenkte ihn zur Genüge ab.

Er stieß sie auf das Bett zurück und stieg auf sie und drang so roh und brutal wie beim letzten Mal in sie ein. »Ich wollte schon immer mal ein paar Gramm Koks ficken«, sagte er.

Sie spürte ihn in sich, aber viel mehr spürte sie nicht. Ihre Muskeln gehorchten ihr nicht. Sie fing an, sich ganz seltsam und in weiter Ferne zu fühlen. Sie konnte ihr Herz in weiter Ferne laut schlagen hören. Kalter Schweiß legte sich glitschig auf ihren Körper.

Er ritt sie heftig, und das, so erschien es ihr zumindest, für eine lange, lange Zeit. Sie verlor jedes Gefühl dafür. Es war, als treibe sie auf einem Floß im Strom. Der Fluß zog sie mit sich. Das Schlagen des Ruders schlug nur den Takt, stieß sie in das Strömen des Flusses hinein. Das Wasser nahm an Dichte zu, als würde sie in ein Netz aus Schilf gezogen, und sie bog ihren Körper durch, streckte ihre Arme aus, um dem Dickicht zu entkommen. Als das wirre Netz aus Schilf sie losließ, merkte sie, was geschah, aber es war zu spät. Sie schrie, aber nicht, wie Rand Nighswander glaubte, vor Vergnügen. Vor Verzweiflung.

Die Lichter gingen aus.

Rand fluchte. Liv überrumpelte ihn und schüttelte ihn ab. Sie wand sich von der Bettkante und tastete hektisch nach dem Revolver, den er an das Fußende des Bettes geklebt hatte. Er schlang einen Arm um ihre Kehle und wirbelte sie zurück. Sie lagen ineinander verschlungen auf dem Bett und keuchten.

Sie konnten Ricky und Gordy hören, die im Wohnzimmer herumstolperten und fluchten.

Von einem Moment zum nächsten, vielleicht, weil das Dunkel der Nacht in das Haus eingedrungen war, fror Liv ganz erbärmlich. Jetzt erschien es ausgesprochen erstaunlich, daß der Strom nicht eher ausgesetzt hatte. Triumphierend heulte der Wind um das Haus.

Rand rüttelte sie an den Schultern. »Wo bewahrst du die Kerzen auf?«

»Im Nachttisch«, sagte Liv. Sie löste sich von ihm und schlug die Decken und die Laken zurück. Sie glitt unter die Decke und kehrte ihm den Rücken zu, rollte sich in sich zusammen, um wärmer zu werden.

Er tastete nach seinen Streichhölzern. Im Schein eines Streichholzes zog er die Schublade auf. Ein Kerzenstummel rollte in der Schublade nach vorn. Rand brummte und nahm ihn in die Hand.

Livs Augen, die gegen das Aufflackern des Streichholzes und dann das dürftige Licht der Kerze geschützt waren, gewöhnten sich schnell an das ganz vollständige Dunkel. Doch ihre Verwirrung und der Schmerz und die Schmerzmittel, die sie eingenommen hatte, lähmten sie in Verbindung mit dem Kokain. Sie konnte keinen allzu klaren Gedanken fassen.

Ricky hämmerte gegen die Schlafzimmertür. »Rand!« kreischte er. »Der verdammte Strom ist weg.«

Rand stieg aus dem Bett und machte die Tür auf. »Das habe ich auch bemerkt«, sagte er.

Ricky wankte durch die Tür. »Ihr habt eine Kerze.«

»Allerdings«, antwortete Rand. Rand wandte sich an Liv. »Gibt's noch mehr davon. O-liv-i-a?« fragte er.

»In der Küche«, sagte Liv. »Über dem Kühlschrank.«

Gordy Teeds Gesicht tauchte wie ein blasser Mond in der Schlafzimmertür auf. »Kein Strom mehr«, sagte er.

»In der Küche sind Kerzen«, sagte Rand. »Sieh in dem Schrank über dem Kühlschrank nach.«

»Glaubst du, das schaffst du?« fragte Ricky Gordy sarkastisch.

Gordy nickte eifrig und eilte davon. Sie konnten hören, wie er Gegenstände umrannte und Flüche vor sich hin murmelte.

Ricky warf einen vielsagenden Blick auf das Bett. »Wie war es?« fragte er.

Liv rollte sich unter der Decke noch dichter zusammen.

»Find es doch selbst raus«, sagte Rand.

Ricky grölte vor Begeisterung. »Krieg ich was von dem Koks ab?«

Rand legte einen Arm auf Rickys Schultern. »Hör mal zu«, sagte er, und er flüsterte Ricky etwas ins Ohr. Rickys Augen leuchteten, und er hielt sich die Hand vor den Mund und kicherte. Dann gab er Rand einen Stoß an die Brust.

»Aber wie!« sagte er. »Schaust du zu?«

Rand hob seine lange Unterhose auf und stieg in die Hosenbeine. »Brauchst du jemanden, der dich anfeuert?« fragte er.

Ricky zuckte die Achseln und rieb sich die Hände. »Ich meine ja nur, war ja schließlich deine Idee.«

Rand ging zum Bett und holte seine Zigaretten. Er schob den Schaukelstuhl näher zum Bett und setzte sich. »Worauf wartest du denn noch?« fragte er.

Ricky zerrte sich den Pullover über den Kopf und zog den Reißverschluß seiner Jeans auf. Er schlich sich näher an das Bett heran und beugte sich über Liv.

»He, Olivia«, sagte er, während er nach dem Säckchen Koks griff. »Hier hab' ich was für deinen zugekniffenen Arsch.«

Liv grauste, und sie rollte sich noch dichter in sich selbst zusammen.

Ein Licht flackerte im Flur. »He«, sagte Gordy, »ich hab' die Kerzen gefunden.«

Er blieb grinsend in der Tür stehen. Niemand schien sich allzu sehr für das zu interessieren, was er erreicht hatte. Rand saß da und rauchte, und Ricky schälte sich mit einer Hand aus der Hose und schwenkte das Säckchen in der anderen Hand. Gordy dachte einen Moment lang darüber nach. Es sah ganz danach aus, als würde Rand Ricky was von dem leckeren Zeug zum Schnupfen abgeben. Es sah auch ganz danach aus, als würde Rand Ricky die Frau vernaschen lassen. Gordy schlurfte ins Schlafzimmer, um sich das Ganze mal näher anzusehen.

»He«, sagte er, »was machst du da?«

Ricky trat seine Jeans von sich und kämpfte sich aus seiner langen Unterhose. »Was glaubst du wohl, Arschloch?«

»Krieg ich was?« fragte Gordy. Er kroch noch etwas näher an das Bett heran. Von der Kerze tropfte heißes Wachs auf seine Finger, aber er schien es nicht zu bemerken.

Rand lachte.

Ricky riß die Decke zurück und stieg ins Bett. »Jetzt bin ich dran, O-liv-i-a«, sagte er fröhlich.

Liv wich vor ihm zurück. »Laß mich in Ruhe«, sagte sie. »Hau ab, du Wichser.«

»Ich bin dran«, erklärte Ricky.

»Rühr mich ja nicht an«, sagte Liv. »Wag es nicht, mich anzurühren.«

Ricky ließ seine Hand unter die Decke auf Livs Bauch gleiten. »Na los, Olivia.«

Liv schlug seine Hand weg. Zu ihrem Erstaunen wich er zurück und sah Rand an.

»Jetzt komm schon«, wimmerte er, »ich bin dran.«

Rand seufzte und stand auf. Er beugte sich über das Bett. »Du hast einfach keine Technik«, sagte er. »Du mußt die richtigen Worte zu ihr sagen.«

Ricky wurde mißmutig. »Ich hab' ihr nichts zu sagen.«

Rand hockte sich auf seine Fersen und brachte sein Gesicht dicht vor Livs Gesicht. »Du solltest ihn lieber ranlassen, O-liv-i-a, weil er ihn sonst deinem Jungen in den Hintern stecken könnte.«

Liv sprang ruckartig aus dem Bett und riß mit derselben Bewegung die Laken mit sich hoch und ließ sie über Ricky und Gordy fallen. Sie verpaßte Rand im Vorbeigehen einen Hieb in die Brust, und er kippte nach hinten um und fiel auf seinen Hintern. Ehe sie reagieren konnten, war sie aus dem Zimmer und durch den Flur geeilt. Hinter ihrem Rücken kämpften Ricky und Gordy fluchend mit den Laken, um sich aus dem Bettzeug zu befreien. Ein heftiges Zischen und hysterische Schreie waren zu hören. Liv sah Licht, das wie Schatten auf die Wände fiel. Eine der Kerzen, wenn nicht beide, hatten das Bettzeug in Brand gesetzt. Die Schatten der drei Männer tanzten in den gemarterten Haltungen von Dämonen in der Hölle auf der Wand herum.

Ricky befreite sich aus den brennenden Bettüchern und wankte schreiend in Rands Arme. Rand stieß ihn von sich.

Gordy, der sich in den Bettüchern verfangen hatte, kämpfte hektisch darum, den Flammen zu entkommen, die bis zu seinen Knöcheln und seinen Knien züngelten, als würde er auf einem Scheiterhaufen verbrannt. Er schrie mit der Unablässigkeit eines Teekessels, in dem das Wasser kocht. Er stand zwischen Rand und der Tür, durch die Liv entflohen war. Rand zögerte, und dann warf er sich auf Gordy und zog ihn zu Boden.

»Handtücher!« schrie Rand Ricky zu, der neben der Badtür kauerte.

Die Angewohnheit, Rand zu gehorchen, siegte. Ricky konnte jederzeit etwas tun, was auch immer, solange ihm jemand sagte, was er tun sollte. Er stürzte ins Bad und riß Handtücher von den Haltern und aus den Regalen und warf sie Rand durch die offene Tür zu.

Rand fing die Handtücher in der Luft auf und erstickte mit ihnen die Flammen. Gordy setzte sich auf und schlug auf sie ein, schlug auf die letzten Flammen ein, bis das Feuer ausging, erst hysterisch, dann wütend. Plötzlich war es wieder dunkel im Zimmer. Rand sprang mit einem Satz über Gordy und stürzte hinter Liv her in den Flur.

In der Schwärze des Wohnzimmers stolperte sie über Einrichtungsgegenstände und warf Tabletts runter, auf denen noch Geschirr stand, und sie stolperte über die Arme, die aus dem Nichts zu kommen schien, als hätte sie sich aus dem Dunkel heraus materialisiert. Es war kalt hier; sie hatten das Feuer ausgehen lassen. Liv wankte zum Kamin und fand aus der Erinnerung heraus mit ihrem Tastsinn die Nische, in der sie das Tranchiermesser vor Stunden liegen gelassen hatte. Dann stürzte sie wieder durch den Raum und in den Flur, der zu Sarahs und Travis' Schlafzimmer führte.

Rand kam aus der Dunkelheit gerast und prallte in der Tür zum Flur mit ihr zusammen.

Sie hatte nicht einmal die Zeit, zu schreien. Liv holte mit dem Messer nach ihm aus. Sie spürte den Widerstand des Fleisches, als das Messer auf ihn traf und sein Gesicht seitlich aufschlitzte. Rands Hand schloß sich wie ein Schraubstock um ihr Handgelenk und drehte es um. Sie spürte, wie sich ihre Elle umdrehte. Ihr ganzer Körper wurde hochgehoben, und ihre bloßen Füße verließen den Boden. Sie schrie vor Schmerz und Hoffnungslosigkeit auf. Als sie sich bemühte, das Messer fester zu umklammern, bemerkte sie, daß sie keine Kontrolle mehr über ihre Finger hatte. Sie kamen ihr vor, als hätten sie keine Knochen. Sie schienen sich selbsttätig zu lösen. Rand schüttelte ihr Handgelenk so leicht, wie ein Hund eine tote Ente schütteln konnte, deren Hals er im Maul hielt, und ihre Finger öffneten sich. Rand streckte seine andere Hand aus und fing das Messer im Fallen ab.

Mit einer beiläufigen Handbewegung stieß er sie ins Wohnzimmer. Sie ließ sich auf das Sofa sinken und rollte sich zitternd zusammen. Er atmete schwer. Er tastete sein Gesicht ab und sah sich dann seine Finger an.

»Du Miststück«, sagte er. »Du hast mich geschnitten.«

Ricky tappte ins Wohnzimmer und warf einen Blick auf die beiden.

»Du hast sie geschnappt, Rand?« fragte er.

Rand brummte. Er musterte das Messer. »Besorg noch ein paar Kerzen.«

Ricky stürmte in die Küche.

Gordy schlurfte ins Wohnzimmer. Er weinte. Er stank nach verbranntem Stoff und Urin.

Ricky kam mit einer Handvoll Kerzen zurück. »Gordy hat sich angepißt«, sagte er. »Zu spät, um das Feuer zu löschen, aber er hat es wenigstens probiert.« Ricky kicherte.

»Du bist gemein«, schniefte Gordy. »Du bist immer so gemein zu mir.« Er kroch vor den Kamin, ließ sich auf den Boden sinken und schlang die Arme um seine Knie.

Rand klemmte sich das Tranchiermesser unter den Arm und nahm Ricky eine Kerze ab. »Streichhölzer?«

Ricky zuckte die Achseln.

Rand sah sich ungeduldig um und ging dann zum Kamin. Er nahm den Feuerhaken und stocherte in der Asche herum, bis er glühende Kohlen fand. Er rollte eine Zeitung zusammen und zündete sie an den Kohlen an, und dann zündete er die Kerze an der Zeitungsrolle an.

»Rand!« wimmerte Gordy, »ich habe mich verbrannt, Rand. Es tut weh, Rand.«

Rand kauerte sich hin und untersuchte Gordys Verbrennungen. Gordy zeigte ihm seine Brandblasen auf den Händen, den Füßen und den Knöcheln.

»Sieht nicht hübsch aus«, sagte Rand. »Aber du wirst es überleben.« Er sah Ricky an. »Schau mal im Bad nach, ob du eine Brandsalbe oder ein Spray oder so was Ähnliches findest.«

»Im Kinderbad«, sagte Liv. »Da steht Brandspray.«

Rand nickte. »Danke, O-liv-i-a.«

Ricky zündete an Rands Kerze eine weitere Kerze an und zog ab.

Rand nahm das Messer unter seinem Arm raus und setzte sich neben Liv auf das Sofa. »Eigentlich sollte ich dir die Kehle durchschneiden«, sagte er in einem beiläufigen Gesprächston. »Eigentlich sollte ich dem Kind die Kehle durchschneiden.«

Liv schaukelte leicht vor sich hin. Ihr war sehr kalt, und sie zitterte vor Kälte, und ihr war kalt bis ins Innerste, als bestünde sie nur aus Oberfläche, ganz und gar der Kälte ausgesetzt.

Ricky kam mit dem Verbrennungsspray zurück. Er warf einen Blick auf Rand und ging mit dem Spray zu Gordy.

»Sag nicht, ich täte nie was für dich«, sagte er zu Gordy.

Gordy nahm die Sprühdose dankbar entgegen. »O nein, Ricky. Ich sage nie mehr, daß du nie was für mich getan hast, Niemals.«

»Ricky«, sagte Rand. »Wo ist das Koks?«

Ricky zuckte zusammen. »Da soll mich doch gleich«, sagte er. »Ich glaube, ich habe es fallen lassen. Ich gehe mal nachschauen.«

»Ist dir kalt?« fragte Rand Liv.

Liv nickte.

»Gut«, sagte Rand. »Eigentlich sollte ich dich knallhart ins Freie stellen.«

Ricky kam hinter dem flackernden Schein seiner Kerze zurück. Er zeigte Rand ein verkohltes Handtuch mit den

Resten des Säckchens darin. Das Feuer hatte sowohl das Plastik als auch die Kristalle zu einem stinkenden, unappetitlichen Klumpen schmelzen lassen.

»Großartig«, sagte Rand. »Einfach großartig.«

»Ja«, sagte Ricky.

Rand setzte die Spitze des Tranchiermessers auf Livs bloße Brüste. »Komm schon, »O-liv-i-a«, sagte er, und er stand auf.

Liv stieß sich von der Couch ab, bis sie stand.

Rand griff nach ihrem Ellbogen und stieß sie in Richtung Schlafzimmer.

Der Rauch des Brandes hing dick in der Luft. Rand entriegelte ein Fenster und öffnete es. Der Rauch entfloh gemeinsam mit der Wärme des Zimmers ins Freie, und Schnee wehte in Böen, die einen bis in die Knochen frieren ließen, durch das Fenster hinein. Liv holte eine Ersatzdecke aus dem Schrank und wickelte sich hinein. Rand sah über ihre Schulter und holte eine Decke für sich und eine für Ricky raus, der nach wie vor splitternackt war. Ricky kicherte und wickelte sie sich um die Taille.

»Such deine Kleider«, sagte Rand. »Und meine auch.«

Er schloß das Fenster. »Du wirst jetzt das Bett machen, O-liv-i-a.«

»Das wäre leichter, wenn ich was Richtiges anhätte«, sagte Liv.

Rand nickte.

Liv zog sich ein Nachthemd über den Kopf.

»Ich habe kalte Füße«, sagte sie.

»Dann zieh dir was an die Füße«, sagte Rand.

»Meine Socken sind im Bad.«

»Geh schon.«

Sie zog eilig ihre Socken an und bewegte dabei ihre Zehen und drehte ihre Knöchel, um ihre geheimen Vorräte an Betäubungsmitteln wieder in den Lücken zwischen ihren Zehen und unter ihrem Spann zu verteilen. Als sie aus dem Bad kam, kniete Rand neben dem Bett und entfernte den Revolver und die Munition, die er unter das Bettgestell geklebt hatte.

Während Ricky verbrannte Fetzen von Handtüchern und Laken um sich trat und seine Kleider und die seines Bruders auseinandersortierte, zog Liv das Laken vom Bett ab und bezog es mit einem frischen Bettuch.

»Hast du irgendwelche Tabletten aus diesem Bad geholt?« fragte Rand Ricky.

»Hab' ich nicht«, sagte Ricky. »Niemals. Wer hat das behauptet?«

»O-liv-i-a dachte, daß du sie vielleicht hast und sie nicht rausrücken willst.«

»Sie ist eine gottverdammte Lügnerin«, sagte Ricky. »Ich wette, daß sie sie selbst irgendwo hat.«

»Du hast ihn gehört, O-liv-i-a«, sagte Rand.

Liv schüttelte das frische Bettzeug auf. »Vielleicht war nie etwas da.«

»Vielleicht«, sagte Rand. »Vielleicht sollte ich sie dir von Ricky aus der Nase ziehen lassen.«

Liv beugte sich über das Bett und zog die Decke zurecht.

»Es war etwas im Bad, Mr. Nighswander«, sagte sie. »Eine ganze Menge Betäubungsmittel. Eine richtige Sammlung von starken Schmerzmitteln. Wollen Sie vielleicht, daß Ihr widerlicher kleiner Bruder und dieses rührselige Wesen da draußen sich an einer Überdosis vergiften? Wenn ja, dann zeige ich Ihnen auf der Stelle, wo das Zeug ist. Mich stört es einen Dreck, wenn diese beiden sich damit umbringen.«

»He«, sagte Ricky, »hast du gehört, wie sie mich genannt hat?«

»Maulhalten«, sagte Rand. »Ich kann nicht denken, wenn du dabei deinen dummen Mund aufreißt.«

Ricky schmollte, und Liv machte das Bett fertig, ehe Rand wieder etwas sagte.

»Ricky«, sagte er, »nimm zwei von diesen Decken, und schlag dir mit Gordy ein Lager im Wohnzimmer auf. Bring dieses Feuer wieder in Schuß. Das ist die einzige Wärme, die wir für die Nacht haben.«

»Was ist jetzt mit den Pillen?« fragte Ricky.

»Du brauchst sie sowieso nicht«, sagte Rand. »Hier, nimm die Flasche mit. Das hilft auch gegen Schmerzen.«

»Alles klar«, sagte Ricky, und er eilte mit der Flasche davon.

»Bist du sicher, daß du nicht ein paar von diesen Pillen in die Flasche werfen willst?« fragte Rand Liv.

»Liebend gern«, sagte Liv, »aber du mußt sie wiederholen.«

Rand lachte. »Hast du denn nicht das geringste Mitgefühl mit dem armen alten Gordy und seinen Brandblasen?«

»Ein bißchen«, sagte Liv. »Ein oder zwei Tabletten könnte ich ihm opfern.«

»Das wäre mir sehr lieb», sagte Rand. »Ricky piesackt ihn zu sehr. Er kann doch nichts dafür, verstehst du.«

»Ich muß ins Bad gehen«, sagte Liv.

Rand nickte. Er setzte sich auf den Schaukelstuhl und schüttelte eine Zigarette aus seinem Päckchen. Es war die letzte. Im Schein des aufflackernden Streichholzes war sein Gesicht sehr müde. Wenn sie schon sonst nichts erreicht hatte, so hatte sie ihn doch zumindest ausgelaugt.

Liv glitt ins Bad und schloß die Tür hinter sich ab.

Sie holte zwei Darvocet und zwei Darvon 65 aus ihren Socken. Die Darvon-Kapseln schluckte sie selbst, und dann putzte sie sich die Zähne, wusch sich das Gesicht und die Schenkel, auf denen Rands Samen getrocknet war. Sie urinierte und genoß dabei den ungewohnten Luxus, allein zu sein. Das Wasser brannte beim Herauslaufen, und das machte ihr bewußt, daß sie benutzt worden war, und zwar roh. Es war Blut in ihrem Urin, wie rote Tintenfäden. Ein Soll. Jemand schuldete jemandem etwas.

Als sie aus dem Bad kam, gab sie Rand die beiden Tabletten. Er senkte seinen Kopf als eine Form des Danks und ließ sie in ihrem Schlafzimmer allein.

Sie schlüpfte ins Bett. Es war wärmer. Die elektrischen Heizkörper strahlten keine Wärme mehr ab. Ehe es Morgen wurde, würde es sehr kalt in den Schlafzimmern sein.

Rand kam zurück. »Ich habe nach dem Jungen gesehen«, sagte er. »Er schläft noch.«

»Erstaunlich«, sagte Liv. Das Darvon begann zu wirken. Die Oberhand zu gewinnen. Es war wie ein guter, alter Rausch. Überschuhe aus Zement. Die sie geradewegs auf den Grund der Tiefe zogen, des tiefen Etwas. Die Störungen hielten sie in der Vertikalen und ließen ihr Haar über ihrem Kopf nach oben wehen. Es fiel ihr in die Augen. Sie trieb wankend mit der Strömung, bis die Strömung sich in ihr selbst verwurzelte und sie nicht einmal mehr merkte, daß sie wankte.

TEIL III

...trotz der stummen Kälte der Zähne
und der Bosheit der Augen
und der Schlacht der sterbenden Tiere,
die für das Vergessen sorgen,
trotz allem sind wir, wer weiß wo,
im Sommer zusammen...

...und laß dich endlich nieder auf einen Leib,
wie eine Taube aus Trauer und Schnee...

Paplo Neruda:
Die Raserei und die Qual

15. Kapitel

GEFECHT
ROHSCHNITT #7

Myrna Ratcliffe räumt in ihrem Wohnzimmer zusammen. Es ist nicht mehr das Zimmer, das es im Spätsommer war. Staub auf dem Kaminsims, ein Wust von Spielsachen, ein Wäschekorb, aus dem ungefaltete Handtücher und Kleidungsstücke quellen, ein gewisses Maß an Unordnung, das sich auch in Myrna selbst widerspiegelt, die einen Morgenrock mit zerrissener Tasche und ausgelatschte Hausschuhe trägt.

»Diese verdammten Kinder«, murmelt sie, während sie sich bückt, um Buntstifte aufzusammeln, die über den Teppich verteilt sind, und Zettel aufzuheben, die mit kindlichen Kritzeleien bemalt sind.

Sie wirft die Buntstifte in eine Blechschachtel auf dem Teetisch, der mit Zeitschriften beladen ist, und sie knüllt das Papier zusammen, um es in die andere Tasche ihres Morgenrocks zu stopfen, die, die nicht gerissen ist. Sie packt die Malbücher auf einen Stapel und schiebt sie in die Ablage des Teetisches. Als sie sich aufrichtet, preßt sie sich die Hand ins Kreuz. Sie sieht sich im Zimmer um und schließt die Augen, schüttelt den Kopf. Sie nimmt ein Cocktailglas vom Teetisch, trinkt einen Schluck und läßt sich dann im Schneidersitz auf den Teppich vor dem Kamin sinken. Sie starrt ins Feuer und holt die kleinen Papierkugeln aus ihrer Tasche, die sie dort gesammelt hat, und fängt an, sie nacheinander ins Feuer zu werfen. Als alle weg sind, seufzt sie, trinkt noch einen Schluck und legt die Hände im Schoß zusammen.

»Weißt du was«, sagt sie zu dem Feuer, »weißt du was, Emery Ratcliffe. Ich hasse dich.«

»Heiße Sache«, sagt der Mann hinter ihr. »Heißt das, daß ich Chancen bei dir habe?«

Myrna dreht sich um, und ihr Schrei wird abrupt erstickt, als sich eine Hand auf ihren Mund legt. Die andere Hand des Mannes liegt unter ihrem Kinn und reißt ihren Kopf nach hinten. Bei ihren Versuchen, sich zu wehren, springt ihr Morgenrock auf, und auch der oberste Knopf ihres Schlafanzugoberteils geht auf. Er stößt sie mit Leichtigkeit auf den Teppich zurück und zeigt ihr ein Messer. Er nimmt sehr langsam die Hand von ihrem Mund.

»Court«, keucht sie. »Dreizehn Jahre, und dann kommst du wieder wie der Fluch einer Feenpatin.«

Court läßt sich auf die Hacken sinken und streicht sich eine Stirnlocke aus dem Gesicht. »Kann man wohl sagen, Miß Myrna«, sagt er.

Myrna setzt sich ruhig auf und zieht ihren Morgenrock und ihr Schlafanzugoberteil wieder zusammen. »Ich habe keine Angst vor dir, Court«, verkündet sie. »Du hast mir bereits alles angetan, was du mir antun kannst.«

Court streicht sich den Schnurrbart glatt. »Ich habe keinen Streit mit dir, Miß Myrna«, sagt er. »Ich will ein Wörtchen mit Rat reden, das ist alles.«

»Das will ich auch«, sagte Myrna. »Kann ich meinen Drink haben?«

Court sieht sich um, streckt die Hand danach aus und reicht ihr das Glas.

Sie nimmt es entgegen, ohne sich zu bedanken, und trinkt. Der erste Schluck ist schmerzhaft, und sie legt eine Hand auf ihre Kehle.

»Ich entschuldige mich, Miß Myrna«, sagt Court.

Myrna sieht ihn verächtlich an. »Du kannst dir deine Entschuldigungen in deinen mageren weißen Arsch stecken«, sagt sie.

Court klopft sich mit der Messerspitze gegen die Zähne und seufzt. »Das habe ich mir wohl selbst zuzuschreiben, Miß Myrna. Na ja, ist ja auch egal. Sag mir nur, wo Rat ist, und ich gehe wieder. Ich teile ihm mit Vergnügen mit, daß du sauer auf ihn bist.«

Myrna starrt an Court vorbei ins Feuer. »Ich weiß nicht, wo Rat ist, und jetzt stell mir keine Fragen mehr.«

Court kauert lange stumm da. Dann steht er auf, hockt sich dicht neben Myrna und legt einen Arm um sie.

»Du würdest mich doch nicht belügen, oder, Miß Myrna?« fragt er.

Sie reißt sich von ihm los. Er packt ihre Taille und dreht ihr einen Arm um. Myrna schreit vor Schmerz auf. Ihr Schlafanzugoberteil klafft wieder auf. Ihre linke Brust ist fast gänzlich entblößt.

»Wo ist er?« fragt Court barsch.

»Ich weiß es nicht«, jammert sie. »Ich weiß es nicht.« Sie schluchzt los.

Er hält das Messer seitlich an ihr Gesicht, preßt ihr Handgelenk noch stärker zusammen und sagt: »Seien wir doch vernünftig, Miß Myrna. Ich werde deine entzückenden kleinen Kinder zu Hackfleisch verarbeiten, wenn du mir nicht jetzt sofort, auf der Stelle, sagst, wo zum Teufel Rat ist.«

»Wenn du meine Kinder anrührst«, sagt Myrna, »bist du ein toter Mann.«

Court lächelt und biegt ihr den Arm noch weiter auf den Rücken. Sie zuckt zusammen.

»Warum willst du Rat denn so unbedingt haben?« fragt Myrna. »Ich weiß, warum ich hinter diesem Schurken her bin, aber weshalb bist du hinter ihm her?«

»Wir haben noch eine alte Angelegenheit zu regeln«, sagt Court.

»Ist das die Angelegenheit, die du mit Jackson geregelt hast?« fragt Myrna.

»Was kann das dich stören, Miß Myrna. Du haßt Rat doch selbst. Ich habe gehört, wie du es gesagt hast.«

»Ich habe guten Grund, Rat umzubringen«, sagt sie. »Und welchen Grund hast du?«

Court streichelt ihre entblößte Brust. »Er ist ein Mörder«, sagt er.

»Nimm deine Hand von meinen Titten«, sagt Myrna.

Court lacht.

»Rat ist ein gemeiner Schurke, weil er mir davongelaufen ist, aber er ist kein Mörder«, sagt Myrna.

»Es ist schon eine Weile her. Wahrscheinlich hat er die ganze Geschichte vergessen. Jemand, den er im Krieg umgebracht hat.«

»Wenn Rat im Krieg jemanden umgebracht hat, dann hat er nur in Notwehr getötet. Er hat nie jemanden ermordet«, beharrt Myrna. »Du bist der Mörder. Du hast Jackson umgelegt. Das hat Denny gesagt.«

Plötzlich gehört ihr Courts gesamte Aufmerksamkeit. »Corriveau? Wann hast du ihn gesehen?«

»Hab' ich nicht«, sagt Myrna. »Er hat an dem Tag angerufen, an dem Rat verschwunden ist.«

»Dann sind die beiden also zusammen.«

»Ich weiß es nicht.«

Court läßt ihren Arm los. Sie reibt sich das Handgelenk und schneidet eine Grimasse. Court läßt ganz lässig einen Arm um ihre Schultern fallen. Sie wirft einen angewiderten Blick auf seine Hand, die locker über ihrem Schlüsselbein hängt. Sie versucht, ihren Schlafanzug zuzuziehen. Court lächelt, biegt seinen Arm um ihre Kehle und reißt sie zurück. Sie verliert das Gleichgewicht. In einem einzigen, reibungslosen Bewegungsablauf stößt er sie flach auf den Boden und setzt sich rittlings auf sie. Sie macht sich unter ihm steif und versucht, sich loszuwinden. Er läßt sich auf sie fallen, drückt einen Oberarm auf ihre Kehle und setzt ihr das Messer unter das rechte Auge.

»Ich werde dir sagen, wen sie ermordet haben, Miß Myrna. Sie haben ein kleines Mädchen ermordet, das May hieß. Genaugenommen etwa deine Größe.«

Myrna zittert. Wenn sie sich bisher nicht vor Court gefürchtet hat, dann tut sie es jetzt.

»Ich weiß, wie ich Rat nach Hause holen kann, Miß Myrna«, sagt Court beiläufig. »Ich weiß, wie ich ihn in eine kleine Falle locken kann.«

»Kein Interesse«, sagt Myrna so kühn, daß Court es als einen Bluff deutet.

Court zieht sich auf die Ellbogen. »Ich werde dir das antun, was sie ihr angetan haben«, sagt er.

»Wer?« fragt Myrna. »Wer hat wem was angetan?«

Seine freie Hand zieht am Bindegurt des Morgenmantels, am Bund ihrer Schlafanzughose.

Sie versucht, seine Hände von sich zu stoßen.

Er schlägt sie brutal, so fest, daß sie kaum einen Laut von sich gibt und anschließend benommen daliegt.

Er reißt ihr die Hose runter. Sie will ihre Knie schützend anwinkeln.

»Ich bin nur einer«, keucht Court, »und daher wirst du nicht so vergewaltigt werden, wie sie sie vergewaltigt haben, aber ich werde dich kreuzigen, Miß Myrna, wie sie May gekreuzigt haben, und dann brauche ich Rat nicht mehr zu suchen, denn dann ist er hinter mir her.«

Myrna rollt ihren Kopf auf dem Teppich von einer Seite auf die andere und starrt die Decke an. »Du wirst tun, was sie getan haben«, sagt sie. »Ist das deine Vorstellung von Gerechtigkeit? Daß du auch zum Mörder und Vergewaltiger wirst?« Sie lacht bitter, hebt mit großer Mühe ihren Kopf und spuckt Court an.

Court erstarrt. Spucke rinnt an seinem Gesicht herunter. »Warum nicht?« fragt er sie. »Warum sollte ich das nicht tun?« Er fängt an zu weinen.

Als Pat zusammengerollt auf dem Vordersitz erwachte, waren die Fenster des Wagens mit dichten Vorhängen aus Schnee bedeckt. Abgesehen von dem Beweis, den die Uhr am Armaturenbrett lieferte, die von acht auf fünf vorgerückt war, hätte es immer noch Nacht sein können. Schnee war durch den winzigen Spalt, um den er das Fenster des Beifahrersitzes geöffnet hatte, in den Wagen geweht und lag als dünne Schicht auf dem Armaturenbrett, den Rükkenlehnen und dem Steuer. In den Ecken und Aushöhlungen des Armaturenbretts und dort, wo die Rückenlehnen auf die Sitze trafen, lag mehr Schnee.

Und auf Sarah, die sich jetzt auf dem Rücksitz rührte.

Aus Angst vor den Abgasen hatten sie ohne Heizung geschlafen. Ihr Atem war als weiße Fahnen in der Kälte zu sehen. Pat probierte die erstbeste Tür, die neben dem Fahrersitz, auf die seine Füße wiesen. Sie war zugefroren. Er trat sie auf und kletterte ins Freie. Er kämpfte sich durch den Schnee zum nächsten Busch, wandte dem Wagen seinen Rücken zu und urinierte in den Schneefall. Zumindest konnte er sehen, wo sein Urin den Schnee gelb färbte. Die Sicht war soweit besser geworden, daß er erkennen konnte, daß er, wie er befürchtet hatte, nur wenige Meter vom Pondicherry Causeway entfernt war. Er konnte den Fußweg dadurch vom See unterscheiden, daß sich unter der weißen Oberfläche des Schnees die Geländer abzeichneten. Der Weg, der um den See herumführte, lag nur wenige Meter höher als der See. Alle paar Meter erhoben sich große Felsbrocken über das Geländer. Dicke Schneemützen saßen auf den Felsen und sackten gelegentlich herunter, wenn der Wind sich drehte.

Auf der Beifahrerseite, der windgeschützten Seite, war der Schnee bis zu den Radkappen gestiegen. Schneewehen versiegelten die Türen, verschleierten die Fenster und ließen auf der Fahrerseite lange Finger über die Motorhaube kriechen. Als er wieder in den Wagen stieg, fiel Schnee von außen durch die offene Tür und legte sich auf den Sitz. Pat klopfte den Sitz ab und befreite die Türangeln und den Türrahmen vom Schnee.

Sarah stützte ihre Ellbogen auf die Rückenlehne des Vordersitzes.

»Ich muß wirklich mal, Daddy«, sagte sie.

»Tut mir leid, Mädchen«, sagte er. »Du wirst Mutter Naturs Toilette benutzen müssen, wie ich es auch schon getan habe.«

Sarah stöhnte. Sie glitt vom Rücksitz. »Meine Türen sind auch zugefroren.«

Pat hielt ihr die Tür auf. Sie wankte in den Tiefschnee.

»Das ist ja so brutal«, sagte sie.

Pat lachte. »Frier dir nichts ab.«

Sarah lachte.

Pat ging um den Wagen herum und schaufelte mit den Händen Schnee weg, um den Auspuff freizulegen. Zum Glück trug er dicke Handschuhe, Skihandschuhe mit Schaumstoffutter. Sarah kam mit großen Sätzen durch den

Schnee zurück. Pat glitt wieder auf den Vordersitz, neben sie, und sie kuschelten sich auf dem Vordersitz aneinander, um ihre Körperwärme zu nutzen. Nachdem er den Zündschlüssel durch Anhauchen angewärmt hatte, steckte er ihn ins Zündschloß. Der Anlasser wimmerte ein paar Sekunden lang, verschluckte sich und gab seinen Geist auf. Pat zwang sich zu warten, und er ließ auf seiner Uhr zwei volle Minuten verstreichen. Dann probierte er es noch einmal, und diesmal sprang der Motor an und heulte auf. Er hätte am liebsten auch aufgeheult.

»Er ist angesprungen!« rief Sarah.

Pat ließ den Motor ein paar Minuten lang leer laufen, ehe er die Heizung einschaltete. Sobald Warmluft herauskam, hielten sie beide ihre Hände über die Heizungsschlitze. Sarah kicherte und sang Satzfetzen aus ›Light My Fire‹. Die heiße Luft tat weh. Pat verzog das Gesicht und rieb sich die Hände aneinander, um die Durchblutung anzuregen. Dennoch kostete er die Wärme in vollen Zügen aus, so lange, daß er sich fast wieder normal fühlte. Dann legte er einen Gang ein. Er rechnete nicht wirklich damit, daß das zu etwas führen würde, nicht bei Schnee von einem Meter Höhe, und es tat sich auch nichts. Der Wagen vibrierte und ruckte und spuckte und wimmerte und schaukelte, als er das Gas richtig durchtrat, aber er bewegte sich nicht wirklich von der Stelle.

Er ließ ihn wieder im Leerlauf laufen und blieb noch eine Zeitlang in der Wärme sitzen. Die Straßenräumfahrzeuge sollten demnächst wieder an die Arbeit gehen, da die Sicht jetzt besser war. Doch wann würden sie auf der Uferstraße eintreffen? Sollten sie darauf warten oder zu Fuß gehen? Er bemühte sich, sich zu erinnern, was es an menschlichen Behausungen in der Nähe gab, die zu Fuß zu erreichen waren. Es gab den Jachthafen mit seinen Bootsschuppen und der Zapfsäule. Der war im Winter ganz geschlossen. Die Anlegestelle war öffentlich, aber die Motorschlitten und die Eisfischer, die sie benutzten, würden heute nicht da sein. Das Eis war unerreichbar, und Motorschlitten wären in diesen tiefen Neuschneemassen steckengeblieben und eingesunken. Hinter ihnen, in Richtung Greenspark, lagen vereinzelte Bauernhäuser, das letzte drei bis fünf Kilometer hinter ihnen. Auf der anderen Seite der Uferstraße lagen Bauernhöfe und Häuser, hinter Little Partridge Hill. Und am nächsten waren die Ferienhäuser am See, darunter manche nur wenige hundert Meter von ihnen entfernt, leerstehend und unbeheizt, aber doch eine Form von Unterschlupf, wie eine Kette, die sie zu Liv und Travis führte. Der See erstreckte sich neben der Uferstraße elf Kilometer weit zur North Bay, und dort waren sie zu Hause. Sie konnten sich einen näheren Unterschlupf suchen, wenn sie einen Schuppen des Jachthafens aufbrachen oder es nach Little Partridge schafften, aber sie konnten auch direkt zu Liv und Travis gelangen, wenn sie einfach über den See liefen. Mit Skiern wäre es leichter gewesen, aber das hatte selbst Marguerite nicht vorausgesehen.

»Dieses Fahrzeug rührt sich nicht von der Stelle, ehe die Räumfahrzeuge hier ankommen«, sagte er zu Sarah. »Willst du hierbleiben, oder willst du versuchen, über den See zu laufen? Luftlinie sind es vielleicht acht Kilometer. Auf dem sozusagen direktesten Weg.«

Sarah schüttelte sich. »Wenn wir einfach hier sitzenbleiben, haben wir die Wagenheizung.«

»Noch ein Weilchen, das stimmt«, sagte Pat. »Und dann ist das Benzin aus, und die Batterie spielt nicht mehr mit.«

Sarah beugte sich vor und sah auf die Benzinuhr. »Der Tank ist fast leer.«

»Stimmt.«

Sie seufzte. »Ich schätze, heute kommt es hart auf hart.«

Pat lachte. »Ich schalte jetzt den Motor aus, Schätzchen, und lasse die Schlüssel stecken. Es kann sein, daß die Räumfahrzeuge den Wagen aus dem Weg räumen müssen.«

Er drehte den Schlüssel um, und der Motor ging aus. Die Stille war gewaltig.

»Komm«, sagte er zu ihr, und er machte die Tür auf.

Sie glitt aus dem Wagen. Eingehängt bahnten sie sich einen Weg durch die tiefhängenden Äste einer alten Fichte, die auf die Körpergröße eines erwachsenen Mannes gestutzt waren. Es war ein mühsames Vorankommen, eine erste Kostprobe dessen, was ihnen in jeder Richtung bevorstand. Sie froren, hatten Hunger und waren steif in den Gliedern von der Nacht, die sie im Wagen geschlafen hatten. Doch die Welt um sie herum war atemberaubend schön. Sie konnte sie umbringen, dachte Pat, und sie würde sie auch umbringen, wenn sie ihr Gelegenheit dazu gaben. Aber was auch geschah – diese Welt war schön und würde trotz allem schön bleiben. Nichts, was sie taten oder auch nicht taten, spielte wirklich eine Rolle, nicht im Rahmen dieses Ortes. Das Allerwichtigste, entschied er, war ihm, Liv wiederzusehen und sich zu vergewissern, daß sie und Travis in Ordnung waren. Entschlossen tauchten sie aus dem Schutz der Fichte auf und kletterten über den Damm und machten sich auf den Weg zum See.

Es war, als stiegen sie Stufen einer Treppe hinauf, die für einen Riesen gebaut worden war. Sie zogen einen Fuß hoch, balancierten auf dem anderen, verlagerten ihr Gewicht nach hinten, bis sie den festen Schnee in der Kniekehle spürten, beugten sich dann unbeholfen mit einem erhobenen Fuß vor und stellten ihn hin, verlagerten ihr Gewicht auf den vorderen Fuß, um ihn in den Schnee zu treiben, und sie sanken ein, sanken so tief ein, daß sie aufpassen mußten, um nicht flach aufs Gesicht zu fallen, was trotzdem häufig vorkam, bis es ihnen vorkam wie ein Kriechen oder ein Schwimmen, auf dem See, aber nicht im Wasser, sondern in einem bösartigen Pulver. Die Uferstraße und der Wagen verschwanden im Schneetreiben, ehe sie allzuweit gekommen waren. Und sehr kurz darauf hatten sie sich verirrt, wenn Pat es Sarah auch nicht sagte, und sie tat nichts anderes, als ihm ab und zu furchtsame Seitenblicke zuzuwerfen. Und ebenso schnell waren sie zu betäubt, als daß sie noch etwas anderes hätten tun können, als einfach weiterzulaufen.

Walter McKenzie kratzte sich die Brust und gähnte. Sein Atem ließ das Schlafzimmerfenster beschlagen. Er rieb die

Fensterscheibe mit dem Handballen ab und sah sich blinzelnd die Welt vor seinem Fenster an. Außer Schnee war reichlich wenig zu sehen, Schnee, der gefallen war oder fiel, getrieben worden war oder trieb, sich angehäuft hatte oder angehäuft wurde, hierhin und dorthin wehte, und die einzige Möglichkeit, die man hatte, oben und unten auseinanderzuhalten und die Dinge voneinander zu unterscheiden, war die, im sicheren Haus zu bleiben, und von dort aus konnte man die Ordnung der Dinge von innen nach draußen übertragen. Walter schüttelte den Kopf. Er zog seine Wollhose über die lange Unterhose, in der er schlief, und ging die Stufen hinunter, mit der Hand auf dem Geländer, um Halt zu finden, und er achtete genau darauf, wo er seine Füße aufsetzte. Die Gummimatten auf den Stufen hatten sich im Lauf der Jahre in einem gefährlichen Maß gelöst, aber Walter wäre nie auf die Idee gekommen, sie wieder zu befestigen, sie durch neue zu ersetzen oder sie einfach abzureißen, sondern er glich ihren Zustand unbewußt damit aus, daß er seine Schritte verlangsamte und das Geländer benutzte.

Das Feuer im Holzofen war auf seinen Tiefstpunkt heruntergebrannt und hatte es gerade noch zuwege gebracht, die Rohre in der Küche über Nacht nicht einfrieren zu lassen. Walter konnte das kalte Linoleum durch seine zwei Paar Socken spüren, die ihm als Hausschuhe dienten. Fritzie war unter den Herd gekrochen, als die Wärme nachgelassen hatte. Sie schleppte sich unter dem Herd heraus und legte sich auf den Rücken, um sich, wie jeden Morgen, kraulen zu lassen.

Als Walter die Hintertür öffnete, um sie rauszulassen, stellte er fest, daß der Schnee hüfthoch gegen die Tür geweht worden war, und daher mußte er Fritzie hochheben und sie aus der Tür schubsen. Sie kläffte und verschwand in einer Wolke aus Schnee. Walter schloß die Tür und zog sich noch ein Paar Socken über und packte sich warm ein, zog ein Wollhemd und eine alte Strickjacke mit durchgewetzten Ellbogen und seinen schweren Mantel an. Fritzie bellte vor der Tür, weil sie wieder reingelassen werden wollte. Der

Schnee kam ins Rutschen, und sie fiel ins Haus, als er ihr die Tür aufmachte. Diesmal kostete es ihn einige Mühe, die Tür gegen das Gewicht der Schneemassen zu drücken, um sie wieder zu schließen.

Nachdem er Fritzie gefüttert hatte, schaltete er das Radio ein und hörte sich den Wetterbericht vom Mount Washington in New Hampshire an, von dem aus man die gesamte Gegend überblicken konnte. Im Stehen aß er neben dem Herd eine Scheibe Toast und spülte sie mit einer Tasse starkem Tee runter. Nach Angaben des Wetterberichts war der Sturm am Abflauen, nachdem er in der ganzen Umgebung neunzig Zentimeter bis einen Meter zwanzig hoch auf einer zwanzig Zentimeter dicken Eiskruste lag. Die Windgeschwindigkeit hatte bis zu fünfzig Meilen in der Stunde betragen und nahm jetzt ab. Bei Einbruch der Dunkelheit rechnete man mit einem Aufklaren. Stromausfälle waren an der Tagesordnung, da der Wind und der Schnee Bäume umgelegt und Leitungen heruntergerissen hatten. Die Straßen wurden nur langsam geräumt, weil sich beträchtliche Schneemengen angesammelt hatten, und es wurde zu außerordentlicher Vorsicht geraten. Von unnötigem Autofahren wurde gänzlich abgeraten. Die Schulen gaben natürlich frei, was einerseits hieß, daß die schwerfälligen Busse die Straßen nicht verstopften, doch andererseits hieß das auch, daß Kinder draußen spielen würden. Dann zog er zwei Paar Handschuhe, die gleich viele Löcher hatten, übereinander, doch die Löcher waren weitgehend an verschiedenen Stellen, und daher gaben die Handschuhe gemeinsam fast ein Paar ganze Handschuhe ab; er zog sich eine Wollmütze mit dicken Ohrenklappen auf den Kopf und wickelte sich einen Schal um den Hals und die untere Gesichtshälfte.

»Auf in den Krieg«, sagte er zu Fritzie, und dann holte er sich die Schaufel aus der Abstellkammer.

Er brauchte eine Stunde, um den Weg zu seinem Jeep freizuschaufeln. Seine Schneeschuhe lagen hinten im Jeep. Der Schneepflugaufsatz war bereits angebracht, und das sparte ihm Zeit und Mühe. Er neigte ohnehin dazu, ihn dranzulassen, obwohl das zusätzliches Benzin kostete und der Jeep ungelenker zu fahren war. Sache war, daß er das Ding nicht mehr gern ohne fremde Hilfe abnahm oder anbrachte. Er brauchte irgendeinen Vorwand, um in Reuben Styles' Werkstatt zu fahren, was gar nicht so leicht war, da er den Ölwechsel selbst vornahm und auch im übrigen den Jeep weitgehend selbst wartete, doch wenn ihm etwas einfiel, wenn etwas am Motor einzustellen war oder wenn er sich schlicht etwas ausdachte, was immer plausibel war, denn schließlich war allgemein bekannt, daß Maschinen manchmal unter mysteriösen Beschwerden litten, die von selbst wieder vergingen, so, wie bei den Menschen auch, oder es klemmte versehentlich etwas, wenn man sich daran zu schaffen gemacht hatte, ohne daß der Mechaniker jedoch genau wußte, was er eigentlich getan hatte, dann sagte Walter: »Reuben, warum hilfst du mir nicht schnell mit diesem verdammten Schneepflug.« Und Reuben war dann freundlich und half ihm, weil es wirklich zum guten Ton gehörte, einem Nachbarn, ganz gleich in welchem Alter, zu helfen, wenn er einen derart schweren Gegenstand von der Stelle bewegen mußte. Und dann entschied Walter, je nachdem, wie das Wetter aussah, ob der Aufsatz dranblieb oder abmontiert wurde.

Walter pflügte den Platz hinter seinem Haus vom Schnee frei und räumte dann seine eigene lange Auffahrt, den Feldweg zur Straße. Die Straße war geräumt worden, und die Räummannschaft hatte seine Zufahrt im Vorbeifahren mit einem hohen Schneedamm verbarrikadiert, doch das konnte er den Jungs nicht verübeln. Sie konnten nicht anhalten und jede einzelne Zufahrt räumen, und außerdem wußten sie, daß er selbst einen Pflug hatte.

Sowie er auf der Straße war, fuhr er in Richtung Uferstraße. Der direkteste Weg von seinem Hof zur North Bay war ein Gewirr von einspurigen Feldwegen, von denen er aus langer Erfahrung wußte, daß er dort langsamer vorankam als über den Pondicherry Causeway und die Route 5 nach Norden durch die Ortschaft Nodd's Ridge, und dann mußte er auf der Dexter Road wieder den Weg zum See einschlagen. Das hieß, daß ihm ein langer, heikler Rutsch bevorstand, dort, wo er den Little Partridge Hill hinunterfahren mußte, und der Jeep würde Sätze machen und sich gegen die Bremsen auflehnen und kreuz und quer über die Straße schlittern, bis er unten angekommen war, doch das war das Schlimmste an der Umgehungsstraße.

Er sah das erste Blinklicht am Fuß des Hügels, auf der anderen Seite der Uferstraße. Bald darauf konnte er den gelben Schneepflug der Stadt erkennen. Er stand neben einem leerstehenden Wagen, der auf der Straße festsaß. Er fuhr an den Straßenrand und stieg aus.

Frankie Styles und Bo Linscott standen im Windschatten des Schneepflugs, hatten die Schultern unter ihren Gummimänteln hochgezogen und rauchten Zigaretten, die sie ungeschickt in ihren dicken gefütterten Handschuhen hielten.

Frankie winkte Walter lakonisch zu.

»Keckswetter«, sagte Bo.

Walter nickte. »Im Radio sagen sie, daß es nachläßt.«

Bo und Frankie lachten.

»Allmächtiger Himmel, das ist aber auch an der Zeit«, sagte Bo.

Walter räusperte sich lautstark und krächzend und hustete einen Klumpen Spucke in den Schnee. »Was habt ihr denn da gefunden?«

Bo zuckte die Achseln. »Irgendein Arschloch hat den Wagen in der Nacht hier stehen gelassen. Gott weiß, wo der sich jetzt rumtreibt.«

»Genauso stand er da, als wir gekommen sind«, sagte Frankie. »Mittenmang auf der Straße. Muß völlig ausgehakt sein in diesem Schnee, und einfach stehengeblieben sein.«

Walter nickte. »War ziemlich schlimm letzte Nacht.«

»Ein Scheißwetter«, sagte Frankie.

Bo nickte und schnippte seine Zigarette in den Schnee. »Komm, Frankie«, sagte er. »Wir müssen diese Scheißkarre aus dem Weg hieven und dem Sheriff Meldung machen.«

Walter stapfte zu dem leerstehenden Kombi. Er sah ihn

blinzelnd an. Dann drehte er sich um und winkte Bo zu, der gerade wieder in die Fahrerkabine des Schneepflugs stieg.

»Bo!« schrie er mit einer Stimme, die vor Aufregung heiser war. »Pat Russell! Das ist Pat Russells Wagen!«

Bo blieb in der Tür der Fahrerkabine stehen. »Was zum Teufel hat der zu dieser Jahreszeit hier zu suchen?« schrie Bo zurück, und er nahm seine Mütze ab, um sich entgeistert und angewidert das Haar aus der Stirn zu streichen.

Frankie Styles eilte zu Walter. »Meine Güte, Walter«, sagte er. »Glauben Sie, daß er hier irgendwo rumläuft?«

Walter zuckte die Achseln. »Das hoffe ich bei Gott nicht«, sagte er.

Frankie sah sich bekümmert seinen Zigarettenstummel an und warf ihn dann in den Wind. Er warf unter seinen langen, knabenhaften Wimpern einen Blick auf Walter. Frankie war ganze neunzehn, und er war so blond und hatte dasselbe offene Gesicht, das sein Vater in diesem Alter gehabt hatte.

»Sagen Sie Dad nicht, daß ich geraucht habe, ja?« bat er Walter.

Walter grinste und zeigte alle seine schlechten Zähne. »Ich bin keine Klatschbase, Frankie. Du weißt selbst, daß diese Sargnägel nicht gut für dich sind.«

Frankie wand sich. »Ja.« Er sah Walter wieder an. »Und Sie sagen meinem Dad auch nicht, daß ich geflucht habe, ja?«

Walter klopfte ihm auf die Schulter. »Frankie, sag deinem Vater nicht, daß ich es dir erzählt habe, aber als er in deinem Alter war, hat er auch gehörig geflucht. Das tun die meisten jungen Kerle, weil sie nämlich glauben, das klingt dann so, als seien sie richtige Männer. Dein Vater weiß, daß du gut erzogen bist und daß du Verstand hast. Ich würde mir nicht so viele Sorgen um deinen Vater machen, wenn ich du wäre.«

Frankie nickte. »Ja.«

»Wenn du dir Sorgen um jemanden machen willst«, sagte Walter, »dann solltest du dir Sorgen um Pat Russell machen. Wenn er da draußen in diesem Sauwetter rumläuft, dann ist er in echten Schwierigkeiten.«

Frankie folgte Walters Blicken. »Er kann nicht den geringsten Verstand besitzen«, sagte er.

Walter seufzte. »Er sollte mehr Verstand haben, als ein Fahrzeug stehen zu lassen, das ihm in drei Meilen in jede Richtung den einzigen Schutz bietet, soviel steht fest. Aber ich schätze, ich kann es ihm nicht vorwerfen. Wahrscheinlich wollte er einfach nur nach Hause.«

Jeannie stocherte in dem Holz herum, das sie gerade nachgelegt hatte, und sah zu, wie es Feuer fing. Sie ließ sich auf einen Stuhl vor dem Feuer sinken und kauerte sich in seiner Wärme zusammen. Hinter ihr schlurfte Arden Nighswander in die Küche und räusperte sich und spuckte in das Spülbecken.

Nighswander sah aus dem Fenster.

Jeannie stocherte wieder im Feuer herum und legte noch ein Holzscheit nach. »Sind die Jungen zurück?« fragte sie mit flacher Stimme, um ihre Nervosität zu verbergen.

Nighswander zog sich einen Stuhl vom Tisch heran und setzte sich neben sie, ehe er antwortete. »Nein, sie sind nicht zurück.«

Sie seufzte und schloß die Ofentür und stand auf. Nachdem sie einen Kessel mit Wasser gefüllt und ihn aufgesetzt hatte, nahm sie wieder auf ihrem Stuhl Platz. »Bei einem solchen Wetter waren sie noch nie die ganze Nacht weg«, sagte sie.

Nighswander schüttelte eine Zigarette aus einem krumpligen Päckchen mit ungeduldigen Bewegungen heraus. »Blödsinn, Jeannie, sie sind erwachsen. Wahrscheinlich sind sie hinter Mädchen her.«

Sie starrte ihn ungläubig an. »Bei diesem Sturm?«

Nighswander rutschte von einer Pobacke auf die andere und furzte. Er funkelte Jeannie wütend an. »Verdammt noch mal, sie können auf sich selbst aufpassen.«

»Du solltest den Sheriff anrufen«, sagte Jeannie. »Was ist, wenn sie einen Unfall hatten?«

Nighswander machte die Ofentür auf und warf das leere Zigarettenpäckchen ins Feuer. Er starrte verdrossen in die Flammen. »Ich rufe den verfluchten Sheriff nicht an«, sagte er. »Und jetzt halt den Mund und laß mich in Ruhe.«

Jeannie wandte sich von ihm ab und sah aus dem Fenster über dem Spülbecken. Verzweifelt umklammerte sie den Rand des Beckens. »Es stimmt etwas nicht«, sagte sie. »Ich kann es spüren.«

Nighswander sah sie an. »Du hältst die Klappe, habe ich gesagt.«

Tränen rannen aus Jeannies glasigen Augen, als sie aus dem Fenster starrte. »Es ist etwas passiert, es ist etwas Schlimmes passiert«, sagte sie.

Nighswander schob seinen Stuhl vom Ofen weg. »Zum Teufel, halt den Mund!« schrie er sie an.

Sie zuckte zusammen.

Nighswander sah die Tränen auf ihren Wangen und ballte die Hände zu Fäusten. Wenn ihm nicht jede Bewegung derart weh getan hätte, hätte er sie dafür zusammengeschlagen, daß sie ihm diesen Ärger machte. Statt dessen ließ er sich wieder auf seinem Stuhl zusammensinken. »Die Jungen können auf sich selbst aufpassen«, murmelte er. »Sie werden in einem dieser Ferienhäuser Unterschlupf suchen.« Er sah zu ihr auf. »Wenn du den gottverdammten Sheriff anrufst, wird er behaupten, daß sie eingebrochen haben. Kriegst du denn nicht in deinen Dickschädel, daß sie besser dran sind, wenn sie auf sich selbst aufpassen und nicht eine Weile im Shawshank-Gefängnis absitzen?«

Jeannie hielt sich die Hand vor den Mund und drehte sich wieder zum Fenster um. Der Schnee draußen war ein unüberwindliches Hindernis. Sie konnte nicht um ihn herum oder über ihn hinweg sehen.

Der Sheriff war schon öfter dagewesen, mit Haftbefehlen. Arden und die Jungen hatten verdrossen dagestanden und vor sich hin geflucht und gemurrt, während die Leute des Sheriffs das Haus und den Schuppen und die Nebengebäude durchsucht hatten. Jedesmal waren der Sheriff und seine Leute mit leeren Händen wieder weggegangen, aber nicht, ohne zu sagen, daß er sie früher oder später allesamt kriegen würde. Sie hatte geglaubt, daß sie Opfer seiner Vorurteile waren, denn wenn das nicht so war, dann waren sie Diebe und Vandalen und noch Schlimmeres. Und dann gab es tatsächlich die vielen Mädchen, wegen denen Rand Ärger bekommen hatte und über die sie alle Witze machten. Sie war nie in der Lage gewesen, sich zu sagen: Rand ist ein Vergewaltiger. Der ganze Ärger, den Ricky in der Schule gehabt hatte, bis er alt genug gewesen war, um von der Schule gehabt hatte, bis er alt genug gewesen war, um von der Schule abgehen zu können, war mehr gewesen als nur Wachstumsstörungen, das hatte sie immer gewußt, aber nie hatte sie akzeptiert, daß er das war, was die Leute von der Schule über ihn behaupteten – unreif, gestört, paranoisch und gewalttätig. Nighswander war so sicher, daß die Jungen absichtlich schikaniert wurden. Sie hatte geglaubt, wenn sie sich eingestand, daß ihr Gordy ein schlichtes Gemüt hatte, dann sei das genug der Wahrheit, um sich damit auseinanderzusetzen. Alles war wahr, all die schlimmen Dinge, und jetzt wußte sie es, und sie hatte Angst. Und das nicht etwa, weil die Jungen ins Gefängnis kommen könnten. Wenn sie der Wahrheit ins Gesicht sah, was jetzt nicht mehr zu vermeiden war, dann fand sie, sie sollten ins Gefängnis kommen, selbst Gordy, der in keinem juristischen Sinne verantwortlich war, weil er die Folgen seiner eigenen Taten nicht durchschauen konnte, sondern weil sie wild und gefährlich waren, und wilde und gefährliche Dinge sollte man einsperren. Sie fürchtete nicht, daß sie erfroren waren; sie glaubte Nighswander und wußte ebenso gut wie er, daß sie auf sich aufpassen konnten. Außerdem hatte sie nicht das Gefühl, sie seien tot, und sie war sicher, daß sie es gespürt hätte, wenn es so gewesen wäre. Aber sie fürchtete sich vor dem, was sie nicht wußte. Wo steckten sie? Was hatten sie getan, um sich zu retten? Was war unter dem Schnee, den der Wind in sich bauschenden Schleiern vor sich her wehte und an Mauern trieb, verborgen? Sie glaubte nicht, daß sie oder Nighswander, wenn es erst vorbei war, die Wahrheit wissen wollten.

Die Kälte weckte Travis. Er rollte sich aus Sarahs Bett und wankte mit verquollenen Augen zum Bad, um zu pinkeln. Der gekachelte Fußboden war kalt unter seinen Füßen. Im ganzen Haus war es viel zu kalt. Er ging wieder in Sarahs Zimmer. Er setzte sich auf die Bettkante, zog seine Hausschuhe an und stellte fest, daß E. T.'s Herz nicht mehr brannte. Versuchsweise spielte er mit dem Schalter von Sarahs Nachttischlampe. Nichts tat sich. Sarahs Radiowecker, der alt war und ein Ziffernblatt hatte, war auf zwölf Uhr dreizehn stehengeblieben. So spät mußte es gewesen sein, als der Strom ausfiel, entweder zwölf Uhr mittags oder Mitternacht. Aber es war nicht mehr Mitternacht. Dazu war es nicht dunkel genug. Es mußte ziemlich früh am Morgen sein. Travis zog seinen Kimono an und steckte seine Hände gegen die Kälte in die Taschen. Stumm zählte er seine GIs. Dann machte er sich auf den Weg in das Schlafzimmer seiner Mutter.

Da alle Lichter aus waren und der Schnee draußen immer noch dicht herunterfiel, war es im Haus unheimlich ruhig und auch ein wenig zu dunkel, als schliefe das Haus unter einer Decke, die es sich über den Kopf gezogen hatte. Im Wohnzimmer schliefen zwei Männer, die sich in Steppdekken eingerollt hatten, auf dem Fußboden. Travis sah sie sich gerade lange genug an, um festzustellen, daß es Ricky und Gordy waren. Die Arme hatte sich auf Gordys Bauch zusammengerollt. Sie wachte nicht auf, als Travis vorbeiging. Die Tabletts und Servierwagen waren umgeworfen worden. Geschirr, das auf dem Kopf lag, und Porzellanscherben waren über den Teppich verstreut, auf dem die umgeschütteten Essensreste Flecken bildeten. Vor dem Kamin standen in zwei schmutzigen Tellern Kerzenstummel. Glühende Kohlen blinzelten mit roten Augen aus dem Berg Asche, der im Kamin lag. Travis hätte Holz nachgelegt, aber der Holzstapel, den Walter McKenzie ordentlich neben dem Kamin aufgebaut hatte, war verbraucht, und dort, wo er gewesen war, lagen nur noch Splitter und Rinde.

Travis ging durch den Flur zum Schlafzimmer seiner Eltern. In dem schwachen Licht konnte er zwei Gestalten sehen, die in dem Bett lagen und schliefen. Er schlich sich etwas näher heran und konnte die Hand seiner Mutter erkennen, die matt auf der Tagesdecke lag. Er schlich sich auf ihre Bettseite und beugte sich über sie. Ihre geschwollenen Lippen waren geplatzt. Ihr Atem roch so, wie er damals gerochen hatte, nachdem ihr der Zahn gezogen worden war. Als sei etwas in ihr gestorben, hatte sie im Spaß gesagt. Spucke, dunkel gefärbt von etwas, wovon er wußte, daß es Blut sein mußte, bildete eine Kruste, die von ihrem Mundwinkel über ihre Wange reichte. Ihr Haar lag als dunkles Gewirr auf dem Kissen. Travis legte seine Hand auf ihre Wange.

Sie schlug die Augen auf. Sie waren ausdruckslos, blind und nahmen nichts wahr. Dann stellten ihre Augen scharf ein. Das war in ihren Augen zu sehen, die sich belebten, und sie erkannte ihn. Ihr Körper verkrampfte sich. Sie streckte ihre Hände nach ihm aus, berührte sein Gesicht und sein Haar.

Der Mann auf der anderen Bettseite lag still da und atmete regelmäßig. Travis empfand Unbehagen, als er ihn dort liegen sah, wo bisher immer nur sein Vater gelegen hatte. Doch das war nichts, was er allzu genau wissen wollte. Er wußte nur zu genau, daß dieser Mann und die beiden anderen sich gewaltsam Zutritt zu dem Haus verschafft hatten. Es waren *Feinde, Räuber, Böse.* Er wußte, daß seine Mutter, seit diese drei Männer gekommen waren, nichts getan hatte, was nicht dazu gedacht war, ihn zu beschützen. Er haßte sie, und er fürchtete sich vor ihnen, nicht zuletzt deshalb, weil sie ihm in Erinnerung riefen, daß er ein hilfloser kleiner Junge war, der sie nicht davon abhalten konnte, seiner Mutter etwas anzutun, während sie sich verzweifelt darum bemühte, sie davon abzuhalten, daß sie ihm etwas antaten. Dieses Wissen war genug.

Schnell und leise zog sie ihn unter die Decke und drückte ihn an sich, genauso, wie sie es getan hätte, wenn sein Vater neben ihr geschlafen hätte und nicht dieser Mann, den die anderen Rand nannten. Es war tröstlich, die warme, dichte Wolle ihres Nachthemds zu spüren, des Nachthemds, das sie immer für den Winter hier aufbewahrte, wenn sie zum Spazierengehen oder zum Langlauf oder auch nur, um ein Wochenende auf dem Land zu verbringen, hierher kamen. Er wußte, daß sie Socken trug; das war ganz einfach etwas, was seine Mutter immer tat, wenn sie sich im Winter ins Bett legte. In dem anderen Haus, in der Stadt, hatte sie sogar einen Schlafanzug mit Füßen, wie der, den er anhatte, abgesehen davon, daß ihrer von Kopf bis Fuß rotweiß gestreift war und daß Sarah ihr diesen Schlafanzug irgendwann zu Weihnachten geschenkt hatte. Sarah und sein Vater gingen barfuß ins Bett; nur Travis und seine Mutter bekamen nachts kalte Füße.

Liv wischte sich mit dem Handrücken den Mund ab und schnitt eine Grimasse. Es war sehr still im Haus. Es klang so, als ließe draußen der Wind nach, obwohl es immer noch ein schneidender Wind war. Im Haus war es dunkel, aber es war nicht mehr das mitternächtliche Dunkel. Ohne auf eine Armbanduhr oder eine elektrische Uhr sehen zu können, konnte sie die Zeit nur vermuten, aber sie nahm an, daß es kurz vor Tagesanbruch war, wenn nicht gar schon Tag. Sie legte einen Finger auf ihre Lippen.

»Psst.«

Hand in Hand schlüpften Travis und sie aus dem Bett und krochen um das Bett herum. Sie hatten gerade die Schlafzimmertür erreicht, als sich im Bett hinter ihnen etwas rührte. Sie erstarrte, und Travis prallte mit ihr zusammen.

»Wohin willst du?« fragte Rand mit schlaftrunkener, undeutlicher Stimme.

Das Sprechen bereitete ihr Schwierigkeiten. »Ins Bad«, sagte sie. Nichts schien zu klappen.

Er setzte sich auf und gähnte. Die Bettdecke fiel von seinem Oberkörper. Auf seiner Brust hatte er einen Pelz, ganz so, wie Travis' Vater, und auch in seinen Achseln wuchs dunkles Fell. Seine Augen waren so rot gerändert, als sei er die ganze Nacht über auf gewesen.

»Hallo, mein Junge«, sagte Rand. »Wieso bist du denn schon auf?«

»Es ist kalt«, antwortete Travis. »Das Feuer ist so gut wie aus.«

Rand schnupperte, räusperte sich und nickte dann. »Es ist wirklich kalt. Kälter als jede Hexentitte. Hast du irgendwo versteckte Zigaretten?«

Liv schüttelte den Kopf.

Er schlug die Decke zur Seite und zog seine rechte Hand gerade so lange unter dem Kissen heraus, daß beide den Revolver sehen konnten, den er dann benutzte, um damit seine lange Unterhose vom Boden zu ziehen. »Geh ins Bad. Ich sehe mal nach dem Feuer.«

Liv gab Travis einen Schubs zum Bad. Rand ließ seine Unterhose auf seine Knöchel fallen und schnappte Travis mit einer Hand. Travis starrte den Revolver an, der ganz lässig in Rands Fingern baumelte.

»Der Junge kommt mit mir.« Rand sah auf Travis herunter. »Ich wette, du hast schon gepinkelt, stimmt's?«

Travis nickte bejahend. Liv ließ ihn los.

»Der Junge kann mir mit dem Holz helfen«, sagte Rand.

Rand zog sich eilig seine Kleider über und ging mit Travis aus dem Zimmer. Liv hob ihre Kleider vom Fußboden auf und eilte ins Bad. Ihr Kiefer tat weh, wenn sie ihn bewegte; das Innere ihres Mundes, ihre Zunge und ihre Lippen waren so gewaltig angeschwollen, als seien sie mit Sand gefüllt. Sie zog zwei Tabletten aus ihren Socken und schluckte sie ohne Flüssigkeit runter. Sie hatte nicht die Absicht, Travis länger alleine in Rands Gesellschaft zu lassen, als sie brauchte, um sich anzuziehen.

Sie hatte es zu eilig, um mehr als nur einen Blick aus dem Augenwinkel auf ihr Spiegelbild zu werfen. Sie wollte gar nicht wissen, wie sie aussah, denn sonst würde sie sich später an diesen Anblick erinnern. Sie gelobte sich, alles, was sich in diesen letzten vierundzwanzig Stunden abgespielt hatte, sobald wie möglich absolut und vollständig zu vergessen.

Sie fand Travis in der offenstehenden Hintertür des Hauses; er nahm das Holz entgegen, das Rand ihm von dem

Stapel auf der Veranda reichte, und baute es ordentlich im Flur auf. Sägespäne und Rinde hatten sich im Flor seines Schlafanzugs verfangen. Seine Hände waren schon rot vor Kälte. Doch er lächelte sie an, und das gab ihr neuen Schwung. Gegen die Kälte konnte man schließlich etwas tun. Sie hob ein paar Holzscheite vom Boden auf und eilte ins Wohnzimmer. Ricky bewegte sich und schlug die Augen auf. Gordy lag immer noch mit offenem Mund auf dem Rücken, und sein Atem pfiff an einem Netz aus Spucke in seinem Mund vorbei. Sie kniete sich vor den Kamin und breitete zusammengeknülltes Zeitungspapier und Holz über den Kohlen aus. Die Hintertür wurde geschlossen, und Rand kam hereingestapft. Travis folgte ihm auf dem Fuß, und beide hatten einen Armvoll Holz mitgebracht.

Ricky zog sich auf seine Ellbogen. »Jesus Christus, ist das kalt«, sagte er.

Rand ging vor dem Kamin in die Hocke; er hielt ein Stück Holz in den Händen und wartete, bis es anfing, anzubrennen. »Das ist deine Schuld. Hast du 'ne Zigarette für mich?«

Ricky lachte. »Immer soll ich an allem schuld sein.« Er sprang auf und zeigte sich in seiner Nacktheit. »Was glaubst du wohl, wo ich eine Zigarette versteckt haben könnte, Rand?«

Rand ignorierte ihn. »Was glaubst du, wie spät es ist?« fragte er Liv.

Liv stand auf und klopfte sich den Staub von den Knien ihrer Jeans. »Die Küchenuhr läuft mit Batterien. Ich sehe mal nach.« Sie packte Travis an der Hand, als sie an ihm vorbeikam, und zerrte ihn in die Küche.

Die Uhr über dem Tisch stand auf sechs Uhr siebenundzwanzig.

»Bleib hier«, sagte sie zu Travis, und hob ihn auf seinen Stuhl.

Im Wohnzimmer sagte sie zu Rand: »Sechs Uhr siebenundzwanzig.«

Ricky stand splitternackt da, gähnte und kratzte sich. Er verpaßte Gordy einen beiläufigen Tritt. »Aufwachen, Arschloch«, sagte er.

Die Arme sprang von Gordy herunter, landete neben Liv und streckte sich langsam und wohlig, ehe sie auf die Ofenbank sprang und ihr Hinterteil dicht an das Feuer brachte.

Gordy schnaubte und hustete und drehte sich um. Mit Augen, die vor Schmerz glasig waren, sah er zu Liv auf.

Liv spürte, daß ihr übel wurde.

Rand warf zwei Holzscheite in das Feuer. »Wie geht es deinen Kriegsverletzungen?« fragte er Gordy.

Gordy schniefte. »Tut schrecklich weh, Rand.«

Rand sah Liv an.

»Entschuldigt mich«, sagte sie, und sie eilte in ihr Schlafzimmer. Sie hörte, daß Rand aufstand und ihr folgte, aber deshalb lief sie nicht langsamer. Er holte sie in der Schlafzimmertür ein. »Ich hole ihm Tabletten.«

»Gut.« Rand griff in den Ärmel seines Pullovers und zeigte ihr den Revolver. Dann stieß er sie gegen die Tür. »Und jetzt zeigst du mir, wo die Dinger sind, ehe es mich in den Fingern juckt.«

»Mit Vergnügen«, sagte Liv. »Ich will wissen, wann ihr geht.«

»Ich habe dir kein Geschäft vorgeschlagen«, sagte Rand. »Es sei denn, du hast irgendwo noch Zigaretten. Im Moment würde mir sogar ein alter, ausgeglühter Stummel schmecken.«

»Mal sehen«, sagte Liv. Sie ging zum Schrank und fing an, in den Taschen der Kleidungsstücke herumzuwühlen, die Pat am Saisonende hier zurückgelassen hatte. Es waren alte, ausgebeulte oder fadenscheinige Kleidungsstücke, die an den Krägen oder an den Ellbogen durchgescheuert waren, manche davon noch aus den Zeiten, in denen er an der Universität englische Literatur und Dramaturgie gelehrt hatte, und da er sie lieber im Ferienhaus hängenließ, als sie abzulegen und wegzugeben, waren sie Liv immer als gute Omen erschienen, und sei es auch nur, weil sie ein Beweis dafür waren, daß Pat nicht bereit war, seine eigene Geschichte über Bord zu werfen. Und sie ließen sie fündig werden. In der Brusttasche einer alten grauen Wildlederjacke fand sie ein Päckchen Pall Mall, mit verrauchtem Aroma, aber ansonsten noch recht intakt.

»Ist denn das zu fassen?« sagte Rand, als sie ihm die Zigaretten zuwarf. Er schüttelte eine Zigarette aus dem Päckchen heraus und zündete sie ehrfürchtig an.

Liv stemmte ihre Zehen des einen Fußes gegen die Ferse des anderen und zog ihren einen Hausschuh aus, dann mit den Zehen des anderen Fußes den anderen. Sie zog ihre Socken runter und hielt sie ihm hin. »Alle, bis auf die letzte, und auch noch die Krümel«, sagte sie. »Viel Spaß dabei. Iß sie, wenn du krank bist, und ich hoffe, daß es ein tödlicher Lungenkrebs wird.«

Rand nahm die Socken und schüttelte sie. Er lachte um die Zigarette in seinem Mund herum. »O-liv-i-a, du bist wirklich goldrichtig.«

»Licht aus«, sagte Liv. »Sturm am Nachlassen: Hörst du den Wind? Warum schnappst du dir den Doofen nicht und zischst ab, ehe Walter McKenzie oder die Leute vom Elektrizitätswerk auftauchen? Ich vergesse, daß ihr jemals hier wart.«

Rand steckte sich die Socken in einen Ärmel, dann den Revolver in den anderen. »Stimmt«, sagte er. »Du willst mir und den Jungen nicht vielleicht vorher noch was zu essen machen, oder?«

»Kochen kann ich nichts«, sagte Liv. »Es gibt noch Haferflocken und Milch.«

Rand nickte. »Auch gut.«

Sie zog sich ein Paar Socken aus ihrer Kommode an und eilte wieder in die Küche. Travis saß da, wo sie ihn zurückgelassen hatte. Er hatte seine GIs ausgepackt und sie um sein Set herum aufgestellt. Sie ging direkt auf ihn zu und drückte ihn an sich. Er erwiderte ihre Umarmung.

»Wie wär's mit was zu futtern?« fragte sie.

Rand kauerte sich neben Gordy und musterte eine Handvoll Tabletten. Sie sahen nicht so aus wie die Amphetamine, die er so gut kannte. Schließlich griff er vier von der größten Sorte heraus, weil er sich ausrechnete, daß sie, je größer sie waren, desto mehr Schmerzmittel enthalten konnten. Gordy würgte sie dankbar runter und spülte dann mit dem letzten Rest des sauer gewordenen Weines von der Vornacht nach, den Ricky auf Rands Anweisung hin aus dem Schlafzimmer holte.

»Olivia stellt uns Haferflocken hin«, teilte Rand ihnen mit.

»Blöder Kinderkram«, protestierte Ricky. »Ich kann diesen Dreck nicht ausstehen.«

»Vielleicht ist es die Sorte mit den Marschmallows drin«, sagte Gordy.

Rand ignorierte die beiden. »Wir werden das Zeug essen, und dann werdet ihr beide zu Miß Alden rüberfahren.«

Ricky starrte ihn an und stieß dann einen Pfiff aus.

Rand legte einen Finger auf die Lippen, um ihn zum Schweigen zu bringen.

»Olivia braucht nichts davon zu erfahren. Ich treffe euch dort.«

Gordy ruckelte herum und wimmerte. »Meine Güte, Rand.«

»Du kommst wieder in Ordnung«, sagte Rand. »Laß den Pillen erst mal Zeit zum Wirken. Dann fühlst du dich so, daß du am liebsten tanzen gehen willst.«

Gordy nickte. Wenn Rand das sagte.

Ricky sah Rand verschlagen an. »Warum kannst du nicht mitkommen?« fragte er. »Hast du was Besseres zu tun?«

Rand grinste. »Vielleicht.«

Gordy kicherte. »Meine Güte, Rand«, sagte er.

Ricky wurde mürrisch. »Und weshalb kriege ich nichts ab?«

Rand sah ihn an. »Du wirst es nicht mehr wollen, wenn ich erst damit fertig bin«, sagte er.

Ricky starrte ihn an.

Rand zog den Revolver raus und musterte ihn. »Willst du in Shawshank eingelocht werden? Dich kleinkriegen lassen?«

»Dazu müssen sie uns erst mal schnappen«, sagte Ricky. »Hat Daddy das nicht immer gesagt?«

»Ja«, sagte Rand. »Und Daddy hat recht. Jetzt verspricht uns O-liv-i-a alles. Daß sie vergißt, daß wir überhaupt jemals hier waren, wenn wir jetzt abhauen. Aber ich traue ihr nicht. Ich werde ihr auch nicht trauen. Jetzt wißt ihr es also.«

»Was?« fragte Gordy.

»Ich sorge dafür, daß ihr nicht eingelocht werdet«, sagte Rand.

Ricky kicherte. »Und warum kann ich nicht vorher noch was von ihr abkriegen?«

»Weil du ein Dreckskerl bist«, sagte Rand, »und weil ich mir von dir nichts fangen will.«

»He«, sagte Ricky. »Das ist nicht angesagt.«

Rand steckte den Revolver ein und stand auf. »Holt euch bei der Missus eure Haferflocken ab, und dann setzt eure Ärsche in Trab. Ich erwarte von euch, daß ihr Miß Aldens Haus schon aufgeknackt habt und mich dort erwartet, wenn ich komme.«

Das heiterte Ricky wieder auf. Er trieb Gordy mit Stößen und Tritten in die Küche.

Liv und Travis verließen die Küche in dem Moment, in dem sich Ricky und Gordy an den Tisch gesetzt hatten, und sie fanden Rand vor dem Kamin vor. Er saß dort und rauchte zufrieden die nächste alte Zigarette.

»Hol dir was zum Anziehen«, sagte Liv zu Travis. »Bring die Sachen mit und zieh dich hier an.«

Travis schlitterte durch den Flur zu seinem Zimmer. Liv sah, daß er vor seiner Schlafzimmertür zum Stehen kam und die Klinke vorsichtig herunterdrückte und erst ins Zimmer sah, ehe er darin verschwand.

Sie fing an, im Wohnzimmer Ordnung zu machen, die Tabletts und Beistelltische mit einem nassen Lappen abzuwischen, die Tabletts wieder zusammenzupacken und das Geschirr aufzuheben. Die Arme hatte klammheimlich die Teller abgeleckt und die Brotkrusten und die Hühner- und Gemüseeinlage der verschütteten Suppe aufgepickt. Sogar die Stellen, an denen die Brühe Flecken auf dem Teppich hinterlassen hatte, waren so intensiv abgeleckt worden, daß die Wolle glänzte und die Fäden flach dalagen. Jetzt saß die Katze neben Rand auf der Ofenbank und leckte sich die Pfoten und wusch sich das Gesicht.

Travis schoß ins Zimmer. Liv hörte auf, die Möbel zurechtzurücken, und wollte ihm helfen, doch er sah sie finster an, und sie nahm sofort Abstand davon.

»Ich kann mich allein anziehen, Liv«, sagte er, und er grinste, damit sie es nicht persönlich nahm. Er ging so nah wie möglich zum Feuer, wie es nur ging, ohne dabei Rand zu nahe zu kommen, und dann zog er sich an.

Liv machte sich wieder an die Arbeit und staunte über die Anpassungsfähigkeit von Kindern. Sie hatte schon gefürchtet, er würde nie mehr allein in sein Schlafzimmer gehen wollen. Jetzt stellte er seine Unabhängigkeit wieder zur Schau.

Ricky und Gordy kamen wieder ins Wohnzimmer, um ihre Straßenkleidung zu holen. Gordy humpelte, doch die Schmerzmittel hatten ihm ganz entschieden geholfen.

Ricky war als erster fertig angezogen. Er spielte müßig mit ein paar Videokassetten herum und streckte dann plötzlich seine Arme aus und packte Liv.

»He«, protestierte Rand.

Liv trat auf Rickys Stiefel und versuchte, sich von ihm loszureißen.

Travis stürzte sich vom Kamin her auf Rickys Beine. Rand sprang auf und zog Travis weg.

»Es reicht«, warnte er Ricky.

Ricky kicherte vor Vergnügen. »Ist doch nur Spaß«, schrie er. Dann packte er Liv im Nacken und zwang ihr seinen Mund auf die Lippen.

Der plötzlich aufflackernde Schmerz, der durch den Druck auf ihren geschwollenen Lippen ausbrach, ließ sie nahezu ohnmächtig werden. Er zwängte seine Zunge gewaltsam in ihren Mund. Sie biß fest zu, obwohl es ihr in den freiliegenden Zahnstummeln so weh tat, wie es ihm weh tun mußte.

Ricky riß den Kopf zurück und ließ sie los, um sich beide Hände vor den Mund zu schlagen. Tränen strömten in seine Augen.

»Himmel«, keuchte er. »Sie hat mis debissen.«

Rand lachte. »Gut so.«

Liv sorgte dafür, daß das Sofa zwischen ihr und Ricky stand. Travis lief Rand weg und schlang seine Arme um ihre Beine. Sie bückte sich und drückte ihn an sich.

»Du hast gekriegt, was du verdient hast«, sagte Rand. Er stieß Ricky zur Hintertür. »Und jetzt haut ab, zum Teufel.«

Gordy schlurfte hinter ihnen her und warf über seine Schulter erstaunte und erschrockene Blicke auf Liv.

Rand kam zurück und setzte sich wieder. Er holte die Zigaretten, die sie gefunden hatte, wieder raus. »Ich wette, das hat weh getan«, sagte er.

Liv nickte.

»Willst du was gegen den Schmerz haben?« fragte Rand, und er fischte einen der Socken, die mit den Betäubungsmitteln gefüllt waren, aus seinem Pulloverärmel.

»Nein«, sagte Liv, und dann traf der plötzliche Schmerz seine eigene Entscheidung. Sie stieß Travis hinter sich. »Ja«, sagte sie. »Bitte.«

Rand drückte ihr die Socke in die Hand. Sie schüttelte eine Handvoll Tabletten heraus, wühlte darin herum und entschied sich für zwei Darvon.

Rand griff in seinen Ärmel und zeigte ihr den Revolver. »Warum nimmst du nicht noch ein paar davon? Genug, um weiterzuschlafen.«

Sie starrte ihn an.

»Gib uns ein paar Stunden Vorsprung, ehe du den Mund aufreißt«, sagte Rand.

Sie stieß die Socke von sich und schüttelte den Kopf.

»Willst du, daß ich dem Jungen etwas antue?« fragte Rand.

Sie schluckte die Darvon trocken herunter. »Wenn du das tust, wanderst du ins Gefängnis.«

»Nur, wenn du es überlebst und es ausplaudern kannst«, sagte Rand.

Travis klammerte sich dichter an sie.

»Fick dich selbst, Mr. Nighswander«, sagte sie.

Er zuckte zusammen und zwang sich dann dazu, sich

wieder zu entspannen. »Sieh mal«, sagte er in einem vernünftigen Tonfall, »sei doch vernünftig, O-liv-i-a. Ich will doch nur, daß ihr eine Weile schlaft, du und der Junge. Das ist alles.«

Liv drehte sich abrupt um und nahm Travis auf den Arm. »Wir gehen ins Schlafzimmer und bleiben dort, bis Walter oder sonst jemand auftaucht. Mehr kann ich nicht tun.«

Rand seufzte. »Einverstanden. Ich habe nicht vergessen, daß du diese Kippen für mich gefunden hast.« Er sah sie von Kopf bis Fuß an. »Und du warst letzte Nacht recht in Ordnung.«

Livs Lippen verzogen sich, aber sie hielt den Mund. »Im Schlafzimmer wird es kalt sein. Ich will uns die Schneeanzüge anziehen, damit uns wärmer ist.«

Rand musterte sie. Die Szene, die er zurückzulassen gedachte, war eine tragische, aber keine verräterische: eine Frau und ein Kind mit einer Überdosis, Mord, Selbstmord, ein Feuer, ein Brand wie in der letzten Nacht, nur größer, der die Spuren verwischte. Schneeanzüge paßten nicht in dieses Bild. Andererseits konnte er keinen von beiden erschießen, denn Kugeln konnte man in den Leichen finden.

»Nehmt sie mit«, sagte er. Sowie sie sich auf den Weg ins Schlafzimmer gemacht hatten, würde er sich etwas ausdenken, womit er sie dazu bringen konnte, die verfluchten Pillen zu fressen. Dem Jungen konnte er sie gewaltsam einflößen, wenn sie erst hinüber war.

Sie zogen ins Schlafzimmer und blieben vor dem Flurschrank stehen, um die Schneeanzüge herauszuholen. Liv beharrte auf Handschuhen und Fäustlingen und Wollsokken für ihre Extremitäten. Rand zuckte die Achseln und ließ zu, daß sie all das aus dem Schrank holte.

Im Schlafzimmer war es immer noch kalt, und es stank nach den verbrannten Bettüchern, dem verkohlten Teppich. Die Arme tauchte in der Tür auf, schlich um Livs Knöchel und sprang auf das Bett. Sie drehte sich im Kreis, um sich eine Lagerstatt plattzutreten. Liv ging auf ein Knie herunter, um Travis in seinen Schneeanzug zu helfen.

»Moment mal«, sagte Rand. Er wies auf das Bad. »Steck

den Jungen mal für eine Weile ins Bad. Sag ihm, daß er drinbleiben soll.«

Liv starrte ihn an. Er hatte sie überrumpelt, als sie nicht damit gerechnet hatte, und ihr fiel keine entsprechende Reaktion ein.

»Tu, was ich sage«, sagte Rand. »Du willst doch nicht, daß er einen Komplex kriegt, oder?«

Travis klammerte sich an sie. Es war Rand wieder einmal gelungen, ihn vor Angst halbwegs um den Verstand zu bringen.

Sie schob ihn sachte ins Bad, drückte ihn an sich und bat ihn, dort zu bleiben. Starr vor Angst setzte er sich auf den geschlossenen Toilettendeckel und rang die Hände. Als sie die Tür hinter ihm schloß und ihn in der Dunkelheit einsperrte, konnte sie sein weißes Gesicht und seine weitaufgerissenen Augen wie ein Maske erkennen.

Sie sah Rand mit einem Blick glühenden Hasses an. Er lachte leise.

»Wie geht es deinem Mund?« sagte er.

»Hast du vergessen, was ich mit deinem miesen Bruder gemacht habe?« fragte sie.

Rand streckte seine Arme nach ihr aus und zog sie dicht an sich. Er strich ihr über das Haar. »Ich bin nicht Ricky. Dir hat es letzte Nacht auch ganz gut gefallen.«

Sie stieß ihn von sich. »Ich hasse dich.«

»Immer wieder sagst du: ›Fick dich selber‹«, sagte er. »Das hat mich auf Gedanken gebracht.«

Seine Hände fielen auf ihre Schultern, und er ließ sein Gewicht auf ihre Schultern sinken. Sie wehrte sich, wand sich von ihm los, doch er hielt sie wohlüberlegt fest und grub seine Fingernägel in ihre Schultern, bis sie nach Luft schnappte und nachgab und sich auf die Knie fallen ließ. Rand zog den Reißverschluß seiner Jeans auf und griff in seinen Hosenlatz.

Ricky und Gordy kämpften sich durch den kniehohen Schnee zu ihren Maschinen vor, die unter den Bäumen am Ufer lagen. Die Baumreihe am Ufer war das einzige, woran man den kahlen See noch vom Land unterscheiden konnte. Der Wind formte fantastische Dünen auf dem Wasser, und daher sah es so aus, wie es hätte aussehen können, wenn es in heftiger Bewegung plötzlich eingefroren wäre. Gordy kauerte sich in den Schatten der Bäume. Sein Gesicht war aschfahl und glänzte, und seine Augen waren leicht glasig. Ricky beugte sich über ihn und schnitt eine Grimasse.

»Putzmunter siehst du ja nicht gerade aus«, schrie er über den Wind.

Tränen, die mehr wegen der Kälte als wegen des Schmerzes, den die Schmerzmittel erfolgreich eindämmten, aus seinen Augen rannen, liefen über Gordys Gesicht. Der Wind brannte sie in seine Haut hinein, bis sie rot wurde. Wenn er lange genug im Freien blieb, würde er sich als erstes Frostbeulen auf seinen tränenfeuchten Wangen holen.

Ricky ließ Gordys Motorschlitten an und half ihm beim Aufsteigen, ehe er sich auf seinen eigenen Schlitten setzte und Gordy auf den See vorausfuhr. Sie senkten ihre Köpfe gegen den Wind und tuckerten langsam am Ufer entlang auf Miß Aldens Haus zu. Dazu hätten sie fünfzehn Minuten brauchen müssen. Sie brauchten fünfzehn Minuten. Die Schneemobile verließen den See und fuhren über das Ufer direkt auf das leerstehende Haus zu. Ricky führte Gordy in den Windschatten des Hauses.

Gordy hielt seinen Schlitten dicht neben Rickys an.

»Das wird jetzt lustig«, sagte Ricky. Er stieg ab und versetzte Gordy einen Stoß in die Brust. »Wenigstens kommen wir aus dieser Kälte raus.«

Gordy bemühte sich, zu grinsen. »Mir ist das recht, Ricky.«

Ricky sprang die Stufen zur Veranda hoch. Er trat ungeduldig von einem Fuß auf den anderen, aber Gordy bewegte sich sehr langsam durch den Tiefschnee voran.

»Los, komm! schrie Ricky. Er riß die Verandatür auf und hing sie ein, damit sie offen blieb.

Gordy blieb stehen. »Ich kann nicht mehr«, sagte er. »Es tut so weh.«

»Mist«, sagte Ricky, und er packte den alten, handgeschmiedeten Türgriff. Wütend rüttelte er daran. Dann trat er einen Schritt zurück und hob ein Bein in die Luft.

Gordy erreichte das untere Ende der Treppe.

Ricky trat gegen die Tür. Sie bebte, gab aber nicht nach.

Gordy zog sich mühsam auf die zweite Stufe.

Ricky trat wieder zurück und trat unter Einsatz seines gesamten Körpergewichts ein zweites Mal gegen die Tür. Der Türrahmen, in dem die alten Angeln saßen, zerplitterte.

Gordy arbeitete sich keuchend zur obersten Stufe vor.

Ricky johlte und trat ein drittes Mal gegen die Tür. Sie kippte langsam und behäbig nach innen. Er stieß einen Freudenschrei aus und sprang durch den Türrahmen. Er spürte den leichten Widerstand des Drahtes, als er mit der Brust dagegenlief, doch er hatte keine Zeit, sich auch nur zu fragen, was das wohl sein mochte, ehe die Schrotflinte losging. Der Schuß traf ihn mitten in die Brust, und er wurde auf die Veranda geschleudert. Er war so schnell tot, daß er nicht einmal schrie.

Doch das tat Gordy. Er wankte gegen das Treppengeländer und schrie, erst vor Staunen, dann vor Angst und dann vor Grausen. Er ließ sich auf die Knie fallen und kletterte die Stufen wieder hinauf, wobei er Ricky anstarrte. Er schrie so sehr, daß ihm die Luft ausging. Schluchzend kroch er zu der Stelle, an der Ricky auf dem Boden lag. Rickys Brust sah aus wie ein Hamburger. Gordy kroch so dicht an ihn heran, daß er Ricky in die Augen sehen konnte. Sie waren offen. Schnee spritzte über das Geländer der Veranda und legte sich auf Rickys Wimpern wie ein Schleier.

»Tot«, sagte Gordy, und ein Sprühregen von Spucke fiel auf Rickys Gesicht.

Er hatte genug tote Rehe und Hirsche und Schädlinge gesehen, rechtmäßig getötete und gewilderte. Er hatte zahllose Hunde und Katzen durch Nighswanders Hände sterben gesehen. Er konnte Totes erkennen, wenn er es sah. Sein Urteil war so gut wie der Totenschein eines Arztes.

Aus der Ferne ertönte ein Schuß. Rand erstarrte, fassungslos. Liv packte die Arme und schleuderte Rand die Katze ins Gesicht.

Katze und Mann schrien gleichzeitig auf. Er taumelte rückwärts und streckte seine Arme nach der Katze aus, die wiederum versuchte, sich in seinem Gesicht festzukrallen.

Die Badtür wurde aufgerissen, und Travis stand entgeistert in der Tür.

Liv packte die Nachttischlampe mit dem Tonfuß und schlug sie Rand auf den Kopf. Ein großes Stück Keramik brach aus dem Fuß der Lampe und zersprang auf dem Fußboden. Die Lampe rollte von Rands Kopf auf den Teppich. Mit einem matten Laut sackte er zusammen. Die Katze eilte schleunigst fort und verschwand mit Höchstgeschwindigkeit durch die Tür.

»Zieh deinen Schneeanzug an«, befahl Liv Travis. Sie schnappte seinen Anzug vom Boden und warf ihn ihm zu.

Sie sah sich gehetzt um und riß dann eine Handvoll alte Krawatten von dem Bügel im Kleiderschrank. Sie setzte sich rittlings auf Rands regungslosen Körper und band ihm erst die Hände zusammen, dann die Füße. Er war schon wieder halb bei Bewußtsein, verrollte die Augen, fing an, sich zu bewegen, und gab Laute von sich.

Mit zitternden Händen half sie Travis, den Reißverschluß seines Schneeanzugs zuzuziehen.

»Was war das für ein Lärm, Liv?« fragte Travis ängstlich. Er ließ Rand nicht aus den Augen und setzte sich eine Mütze auf.

»Ein Schuß«, antwortete Liv. Sie stieg gerade in ihren Schneeanzug, zog den Reißverschluß zu und hob ihre Socken und Fäustlinge und ihre Mütze vom Boden auf.

Sie trat sich die Hausschuhe von den Füßen. Eilig zog auch Travis seine Hausschuhe aus. Sie zogen sich die Socken und die Fäustlinge an. Sie packte ihn an der Hand und zerrte ihn aus dem Schlafzimmer zum Flurschrank, und dort zogen sie sich schnell die Stiefel an. Sie hatten keine Zeit, Travis' Stiefel zuzuschnallen oder ihre zuzubinden. Sie riß die Tür auf und zog ihn in den Sturm hinaus.

Rand rollte sich zur Wand und zog sich dort in eine sitzende Stellung hoch. Er schüttelte den Kopf, um die Benommenheit abzuschütteln, doch dort, wo die Lampe zerschellt war, schmerzte sein Kopf heftig. Er machte sich mit seinen Zähnen über die Knoten in den Krawatten her. Die Frau war zu hastig vorgegangen; eine halbe Minute später hatte er sich von seinen Fesseln befreit. Er zog sich auf die Füße und sprang ins Wohnzimmer, um seinen Schneeanzug und seine Stiefel zu holen. Er trug die Stiefel an den Schnürsenkeln zwischen den Zähnen und bewegte sich beim Anziehen weiter, und als er die Hintertür erreicht hatte, steckten seine Beine in seiner Schneehose und seine Arme in seiner Tarnjacke, und die Reißverschlüsse waren halbwegs zugezogen. Sie hatte die Hintertür nicht geschlossen. Der Schnee wehte in kalten Schüben ins Haus. Er blieb auf der Veranda stehen, um seine Stiefel anzuziehen. Ein schneller Blick auf den Himmel sagte Rand, daß es in Wirklichkeit gar nicht mehr so stark schneite, sondern daß der Wind wahllos die Richtung änderte und die kleinen, trockenen Körner in alle Richtungen versprühte. Die Spuren, die sie und der Junge hinterlassen hatten, waren noch erkennbar, würden es aber nicht mehr lange bleiben. Ohne Kopfbedeckung jagte Rand ihnen in den Wald nach.

Hinter ihm schlich sich die Arme behutsam aus der offenen Tür und schlug den Pfad ein, der durch den Schnee auf der Veranda getrampelt worden war. Sie beobachtete den Mann, der in den Wald stürzte. Seine Blicke waren auf den Boden gesenkt, und er verfolgte eine Fährte. Neugierig nahm sie seine Fährte auf, pirschte sich auf leisen Füßen in seinen Stiefelspuren an ihn heran.

Gordy kauerte schniefend neben Rickys Leiche. Nach wenigen Minuten fing er an, die Kälte zu spüren. Ihm ging auf, daß er vielleicht Hilfe holen sollte. Er sah sich um, starrte erst den See an, dann die Wälder und dann die Einfassung des Obstgartens, der über dem Hügel hinter Miß Aldens Haus aufstieg. Die Zufahrt zu ihrem Haus, die sich von der Straße aus den Hügel hinunterschlängelte, war unter dem Schnee begraben. Rand war am nächsten, im Haus der Russells. Fickte wahrscheinlich wieder diese Frau. Rand würde sehr zornig sein, wenn Gordy ihn dabei störte, und er würde noch wütender werden, wenn er feststellte, daß Ricky tot war. Aber er würde nicht drumrum kommen. Rand mußte erfahren, daß Ricky tot war, und auch Daddy und Mum mußten es erfahren. Vielleicht würde niemand ihm die Schuld daran geben. Verletzt war er selbst schon. Vielleicht würden sie alle ›Armer Gordy‹ sagen.

Gordy zog sich am Geländer der Veranda hoch. Er dachte überhaupt nicht an Ricky. Ihm war noch nicht aufgegangen, daß es jetzt mit Rickys üblen Schikanen vorbei war, daß er ihn nicht mehr quälen würde. Er dachte nicht daran, Rickys Leiche zu bedecken oder sie aus diesem Wetter herauszuziehen. Tot war tot. Die Leiche war schaurig, ja, aber im übrigen nicht von Interesse. Ihm war nur verschwommen klar, daß Ricky in eine Art Falle gegangen war, aber er fragte sich nicht, wer diese Falle gestellt hatte, oder warum. Es war schließlich nichts anderes als das, was er und Ricky und Rand und Daddy im Lauf der Jahre schon mit Hunderten von Tieren getan hatten, und er stellte sich nicht mehr Fragen zu dem Wer und Warum als diese Tiere in ihren Todeskämpfen. Mit dem Handrücken seines Fäustlings wischte er sich den Mund ab. Der Wind brauste mit einem langgezogenen Kreischen über den See. Gordy hatte plötzlich das Gefühl, naß zu sein, und er merkte, daß er sich angepinkelt hatte. Schon wieder. Sein Gesicht glühte vor Scham. Jetzt war er wirklich übel dran. Er fing an zu weinen. Die heißen Tränen brannten auf seinen Backen und riefen ihm in Erinnerung, daß ihm sehr kalt war. Er zitterte und wandte sich instinktiv dem Schutz des Hauses zu. Aber Rickys Leiche lag zwischen ihm und der Schwelle. Er starrte in das Zwielicht im Innern des Hauses von Miß Alden. Im ersten Moment sah er nur Umrisse und Schatten, doch plötzlich nahm er den Lichtschimmer der Wählscheibe des Telefons wahr und wurde sich augenblicklich über die Bedeutung dessen, was er da sah, klar. Er konnte Rand anrufen. Emsig stieg er über Rickys Leiche. Dann fiel ihm wieder ein, daß Rand das Telefonkabel im Haus der Russells rausgerissen hatte. Das war entmutigend, und Gordy wollte schon wieder umkehren. Aber auch im langsamen Getriebe seines Gehirns drehte sich ein Rädchen, und ihm fiel ein, daß er Daddy anrufen konnte. In seiner Unbeholfenheit stieg er auf Rickys Hand, als er kehrtmachte. Doch er grinste breit, als er die Schwelle überschritt. Dann ging ihm auf, daß er auf Rickys Hand getreten war, und er spürte eine Woge von Verlegenheit, in erster Linie deshalb, weil er so ungeschickt war. Es unterschied sich nicht allzu sehr von dem, was er empfunden hätte, wenn Ricky noch am Leben gewesen wäre und ihn wegen dieser Missetat beschimpft hätte. Im Haus war es gleich viel besser, denn hier wehte kein schneidender Wind durch seinen ganzen Körper, und er blies ihm auch keinen beißenden Schnee in die Augen, aber es war finster, und er mußte ein paar Sekunden warten, bis seine Augen sich an das Halbdunkel gewöhnten. Das Licht, das durch die offene Tür fiel, half ihm ein wenig dabei. Er machte einen Schritt nach vorn und spürte, daß etwas seinen Arm streifte. Jemand, der schneller war, hätte aus reinem Reflex heraus einen Schritt nach hinten gemacht. Aber so schnell war Gordy nicht. Er spürte nur, daß die Verbrennungen auf seinen Beinen weh taten. Er wankte, und der zweite Schuß zerschmetterte seinen rechten Arm. Er holte instinktiv Luft und war so schokkiert, daß er das Bewußtsein verlor, ehe er auch nur einen Schrei ausstoßen konnte.

Liv hörte den zweiten Schuß in dem Lebkuchenhaus, das ihr Studio war. Sie hatte die Tür des Brennofens geöffnet; er war so groß, daß sie beide, Travis und sie, sich in seinem Innern verstecken konnten, aber vorher mußte sie die Roste und die Muffel herausholen, die Einbauten, auf denen der ungebrannte Ton beim Brennen lag.

Das Geräusch des Schusses ließ sie erstarren. Urplötzlich wurde ihr klar, daß ihre Fußspuren direkt zum Studio führten und dort endeten. Sie brauchte sich nicht erst umzusehen, um festzustellen, daß das Studio eine Falle war, nur eine Tür und kein Ort im Innern, den man nicht durch die Fenster sehen konnte, nur ein Eingang und kein Ausgang. Rand brauchte nichts weiter zu tun, als das Haus in Brand zu stecken. Wenn er nicht einfach die Tür aufbrach und anfing, Schränke und Türen aufzureißen.

Sie packte Travis' Hand und zerrte ihn zur Tür. Ihr blieb nicht einmal die Zeit, ihm zu sagen, was sie hier eigentlich tat. Sie stürzten aus der Tür und in den Schnee.

Rand tauchte aus dem Wald auf. Er stieß einen triumphierenden Schrei aus. Beide sahen das Blinken des Revolvers in seiner Hand.

Travis und sie rannten in die Wälder. Sie hörte Rands Lachen und sein Schreien, doch der Wind schluckte seine Worte.

Sie hörten den Schuß erst, als die Kugel zischend in einen Baumstamm direkt vor ihnen schwirrte. Der Wind heulte in der Ferne, und Schnee wirbelte um sie herum auf. Travis' kurze Beine konnten nicht mit ihren Schritt halten. Sein Gewicht kugelte ihr fast die Schulter aus, als sie ihn weiterzerrte. Sie lief im Zickzack, nutzte die Deckung von Bäumen und Sträuchern. In den kurzen Momenten der Stille, in denen der Wind Atem holte, konnte sie Rand hinter sich hören, der als Kontrapunkt zu ihrem eigenen verzweifelten Luftholen und dem abrupten Einatmen von Travis keuchte und schnaufte. Er war, ebenso wie sie, gezwungen, durch den Tiefschnee zu stapfen, und man konnte nicht wirklich laufen, sondern mußte darüberklettern. Es war ermüdend, und sie kamen nur langsam voran, und ihre Mühen brachten ihnen nur mickrige Ergebnisse ein. Sie betete um einen heftigen Windstoß, einen Wirbelwind, der ihn blendete und ihre Spuren zudeckte.

Wer feuerte die Schrotflinte ab, und auf wen oder was?

Freund oder Feind? War es jemand, der ihnen helfen würde?

Sie liefen bergab, weil das nun einmal so war. Es handelte sich dabei weniger um eine Richtung, die sie willentlich eingeschlagen hatten, sondern um die Richtung, in die der Wind sie trieb. Sie wußte, daß Ricky und Gordy sich auf den Weg zu Miß Aldens Haus gemacht hatten. Das war auch die Richtung, aus der die Schüsse gekommen waren, dessen war sie sich sicher, nachdem sie den zweiten Schuß gehört hatte. Er hatte näher geklungen, und auch sie und Travis waren näher an Miß Aldens Haus, da das Studio auf dem Weg zu ihrem Haus lag. War es zuviel verlangt, wenn sie hoffte, daß das Schicksal Miß Alden in ihr Haus geführt hatte, daß sie sich gegen Ricky und Gordy durchgesetzt, sie vielleicht sogar verwundet oder getötet hatte, und daß Travis und Liv dort Schutz finden könnten, Schutz vor Rand? Wenn es nicht so war, dann ließen sie und Travis sich in eine Falle treiben, direkt in Rickys und Gordys Arme. Sie entschied, sie und Travis würden, falls sie es überhaupt soweit schafften, so dicht an Miß Aldens Haus heranschleichen können, daß sie sich die Lage betrachten konnten. Wenn sie durch den Wald und den Obstgarten krochen und dabei vorsichtig genug waren, konnten sie vielleicht erkennen, was sich hier abgespielt hatte. Fest stand jedenfalls, daß sie nicht wieder nach Hause gehen konnten.

Travis stolperte und fiel hin. Seine Hand glitt aus Livs Hand. Sie schrie in ihrer Erschöpfung und ihrer Angst auf.

Als sie sich dorthin umdrehte, wo sie herkamen, sah sie Rands dunklen Umriß zwischen den Bäumen. Im selben Augenblick sah er sie, und er ließ sich auf ein Knie fallen und legte auf sie an.

Liv packte Travis unter den Achseln und hob ihn hoch. Sein Gewicht brachte sie nahezu aus dem Gleichgewicht. Sie taumelte rückwärts.

Die Kugel, die Rand abfeuerte, schlug ihre ohnehin vom Wind verzerrte Flugbahn ein und sauste gegen ihr rechtes Knie. Der dicke Schneeanzug behinderte das Eindringen der Kugel und fläschte den Schuß noch einmal ab, und die

Knochensplitter wurden durch den dicken Anzug dicht am Knochen festgehalten, das Blut wurde aufgesogen. Sie fiel hin und ließ Travis los. Augenblicklich zog sie sich wieder auf die Füße, packte Travis an der Hand und zerrte ihn weiter. Blut besprenkelte die Nadeln von Nadelbäumen und Wacholdersträuchern, aber auch den Schnee. *Selbst wenn er uns aus der Sicht verliert*, dachte sie, *kann er unsere Spuren jetzt immer noch verfolgen. Er muß nur nach dem Blut Ausschau halten.*

Travis und sie erreichten die Grundstücksgrenze, und erst hier blieb sie stehen. Rand war irgendwo hinter ihnen, aber sie hatten auf irgendeine Weise, wie durch ein Wunder, einen Vorsprung gewonnen. Sie kannten diese Wälder etwas besser als er, vielleicht lag es daran. Sie stieß Travis unter das nächste Gebüsch, schlang sich ihren Schal vom Hals und band ihn um ihr Knie. Ein Blick zurück, und dann sprang sie mit einem Satz zu einer riesigen, alten Schierlingstanne, deren Äste über den Weg durch den Wald hingen, den sie eingeschlagen hatten. Sie konnte Rand jetzt hören. Liv packte einen tiefhängenden Ast der Schierlingstanne, zog ihn zurück und bog ihn nach hinten, bis sie selbst und der Ast hinter dem Baumstamm verborgen waren. Sie hielt den Atem an und umklammerte die rauhe Rinde. Rand kam in ihre Sichtweite, tauchte auf genau dem Pfad auf, den Travis und sie durch den Wald gebahnt hatten. Er hielt den Revolver in der Hand. Sie wartete, bis er die Schierlingstanne fast erreicht hatte, und ließ erst dann den Ast los. Er schlug ihr peitschend aus der Hand. Schnee wirbelte von dem Ast auf, der durch die Luft sauste. Rand kreischte auf, als der Ast sein Gesicht traf und ihn nach hinten umfallen ließ. Der Revolver flog ihm aus der Hand und in den Schnee. Er lag flach auf dem Rücken, bekam keine Luft mehr, und die Nadeln, die ihm ins Gesicht geschlagen waren, hatten ihn für den Moment blind gemacht.

Travis flog buchstäblich durch die Luft, als Liv ihn unter dem Gebüsch herauszerrte. Sein erster Schritt im Schnee war ein Laufschritt.

Rand lag kostbare Minuten lang benommen da. Allmählich wurde sein Blick wieder klarer, und er starrte in die Zweige einer Schierlingspflanze, die sich über ihm ausbreiteten, und plötzlich materialisierte sich dort die Katze, die wie ein bösartiger Vogel im Baum kauerte und auf ihn herunterstarrte. Die Kälte und der Schnee, der in sein Gesicht gespuckt wurde, spornte ihn an, sich zu bewegen. Doch als er es tat, schmerzte sein Kopf heftig. Er kauerte sich in den Schnee, hielt sich den Kopf und zitterte. Schnee raunte auf seinem Nacken. Er wischte sich die Nase mit dem Handrükken ab. Seine Ohren brannten vor Kälte, seine Finger ebenfalls. Seine körpereigene Wärme ließ den Schnee in seinem Haar schmelzen, und daher war sein Kopf feucht. Geschmolzener Schnee rann über seine Schläfen und vorn an seinen Ohren vorbei in seinen Kragen. Er blinzelte die Tröpfchen fort, die aus seinen Augenbrauen rannen. Die Welt um ihn herum war abrupt in Stille versunken, denn die Frau und der Junge glitten aus der Reichweite seines Gehörs hinaus. Er stocherte ziellos im Schnee herum, um den Revolver zu finden, doch er war nicht mehr da.

Er bemühte sich, über das Brüllen des Zorns hinweg, der ihn übermannt hatte, zu denken. Die Frau hatte ihn jetzt schon zweimal auf den Arsch fallenlassen. Sie war entkommen. Er hatte klare, belastende Beweise hinter sich zurückgelassen, die Walter McKenzie jetzt jeden Moment finden konnte: seinen Motorschlitten. Irgendwo hier draußen, in diesem Schnee, liefen die Frau und der Junge als lebende Zeugen herum. Sie würde Anklage wegen Vergewaltigung, Überfall, Einbruch und Körperverletzung gegen ihn erheben, genügend Schwerverbrechen, um ihn nach Shawshank zu bringen, bis er ein fetter, alter Mann ohne Schwanz war, wie sein Vater. Das Beste, worauf er hoffen konnte, war, daß sie auf geradem Wege in die offenen Arme seines Bruders Ricky lief. Ricky war dort draußen, gemeinsam mit Gordy. Aber auch jemand mit einer Schrotflinte hielt sich dort auf, und sie war zweimal abgefeuert worden. Die Schüsse waren aus der Richtung gekommen, in der Miß Aldens Haus lag. Er hätte sich selbst etwas vorgemacht, wenn er nicht davon ausgegangen wäre, daß Ricky und Gordy das Pech gehabt hatten, die alte Lesbe persönlich anzutreffen, und daß es ihr gelungen war, sich und ihren Besitz zu verteidigen. Wenn Miß Alden Ricky und Gordy umgelegt hatte, dann hieß das, daß die Frau und der Junge eine Chance hatten, sich bei dieser grandiosen alten Hexe in Sicherheit zu bringen. Und wenn er sich das ausrechnen konnte, dann konnte sich auch die Frau das ausrechnen. Sie hatte zweifellos den Weg zu Miß Aldens Haus eingeschlagen. Zumindest wußte er, wohin sie lief. Kein Grund mehr, ihre Spuren zu verfolgen. Er konnte zurückgehen und seinen Motorschlitten holen und zurückfahren. Ihr Zeit geben, damit sie nervös wurde, weil sie nicht wußte, wo er war, oder vielleicht auch, damit sie den Fehler machte, zu glauben, er hätte aufgegeben.

Das reichte aus, um ihn zum Lächeln zu bringen. Er zog sich auf die Füße und machte sich auf den Weg, kehrte dorthin um, woher er gekommen war, anfangs mit leicht unsicheren Schritten. Hinter ihm ließ sich die Katze aus dem Baum fallen, landete sanft auf allen vieren, wie es der Weisheit des Volksmundes entsprach, und sie sprang davon, über den Schnee, lief in dieselbe Richtung, doch sie verfolgte ihn nicht, sondern nutzte nur seine Fußspuren für sich, auf praktische und althergebrachte Katzenart.

Irgendwann setzte der Punkt ein, an dem Liv aufhörte zu denken. Sie bewegte sich nur noch voran. Ab und zu sank sie auf ihrem verwundeten Knie zusammen und wankte, wenn es sie für diese Berührung strafte. Einmal reichte, damit sie lernte, ihr Knie zu schonen. Unter den Verhältnissen, unter denen sie sich voranbewegten, reichte das zwar nicht aus, um Unannehmlichkeiten zu verhindern, aber sie hatte Schmerztabletten im Blut, und auch der Schock, unter dem sie in einem gewissen Maß stand, half ihr weiter. Sie empfand einen Moment lang Erleichterung, als ihr klar wurde, daß Travis und sie jetzt steil bergab liefen, dort, wo das Land abrupt zu Miß Aldens Haus abfiel. Sekunden später kamen sie aus dem Wald und standen auf dem Hang, auf dem sie gestern Schlitten gefahren waren. Direkt unter ihnen ragte stumm und mit den dicken Mauern einer Festung Miß Aldens Haus auf, das alte Dexter-Haus. Die Rollläden waren geschlossen, und es stieg kein Rauch aus dem Kamin auf. Es sah so leer und unbewohnt aus wie am Vortag. Die Zufahrt war nicht geräumt; kein Wagen stand da, und kein Fahrzeug mit Vierradantrieb war zu sehen. Die schwache Hoffnung, daß Miß Alden da war und ihr Anwesen verteidigte, verschwand, und Liv fühlte sich mehr als nur ein wenig krank vor Kummer. Sie fragte sich, ob der Wind ihr einen Streich gespielt hatte, ob er den Lärm der Schüsse in einer Form verzerrt hatte, daß es nur so klang, als seien sie aus dieser Richtung gekommen.

Sie legte einen Finger auf ihre Lippen, um Travis zu bedeuten, daß er still sein sollte. Selbst, wenn er es gewollt hätte, hätte er keinen Ton sagen können; er war atemlos und völlig geschafft.

Es spielte keine Rolle, entschied Liv, ob Miß Alden da war und eine Waffe zum Schutz hatte, oder nicht. Wenn es ihnen beiden gelang, ins Haus zu kommen, dann konnten sie sich dort verstecken. Dort waren sie in Sicherheit, bis Walter ihr Haus leer und chaotisch vorfand und sich auf die Suche nach ihnen machte. Das konnte jetzt nicht mehr allzu lange dauern. Sie dachte nicht an ihr Knie. Sie konnte ohnehin nichts daran ändern. Sie mußte sich überlegen, wo Ricky und Gordy sein konnten und wie dicht ihnen Rand auf den Fersen war.

»Travis«, flüsterte sie, »wir sind jetzt ein Spähtrupp.«

Er nickte. Das vertraute alte Spiel.

Sie krochen im Obstgarten von einem Baum zum anderen, bis sie dicht am Haus waren. Liv warf immer wieder Blicke in den Wald, aber Rand tauchte nicht auf, und sie hörte auch nichts, was darauf hinwies, daß er in der Nähe war. Vor ihnen, im Haus, waren keine Laute von Bewohnern zu hören, auch nicht die Laute eines Kampfes – nur der Wind, der den Eindruck erweckte, als hätte er sie am liebsten hochgehoben und sie gegen die Hausmauer geweht. Sie preßten sich mit dem Rücken an die Steinmauern und schlichen sich seitlich zur Hausecke. Liv lugte vorsichtig um die Ecke der Mauer.

Sie konnte die gesamte Veranda überblicken. Sie konnte erkennen, daß jemand dalag, vor der Tür. Der Schnee breitete sich mit langen Fingern auf ihm aus. Sie konnte das strohfarbene Haar und die rötliche Färbung auf seiner regungslosen und beunruhigend zerfetzten Brust sehen. Ricky, und das wußte sie vom ersten Moment an, war tot. Sie fühlte sich plötzlich ganz schwach. Sie wich um die Ecke zurück und sank auf ihr unverletztes linkes Knie. Das rechte Knie drückte sie steif durch und ließ es leicht zur Steite rutschen, damit es für den Moment nicht belastet wurde.

Travis kauerte sich neben sie. »Mom?« flüsterte er.

Sie legte ihm zart die Hand auf den Mund. Dann holte sie tief Atem. »Bleib hier«, flüsterte sie.

Sie zog sich auf ihrem guten Knie zur Veranda. Von dort aus konnte sie den Platz hinter dem Haus überblicken. Vom Ufer her waren die Spuren der Motorschlitten zu sehen, die unter dem Schneetreiben schnell verschwanden. Sie kroch um die Ecke und verharrte dort, bückte sich so tief herunter, daß niemand sie aus dem Hausinnern sehen konnte.

Gordy saß auf der obersten Stufe. Sein Arm hing zerfetzt an seiner Seite runter. Sein Schneeanzug war vom Kragen bis zu den Stiefeln von Blut durchtränkt. Seine Augen waren geschlossen.

Liv huschte zurück und bedeutete Travis, ihr zu folgen. Er schoß um die Ecke. Sie blieb stehen und drückte ihn an sich.

»Da liegt eine Leiche«, flüsterte sie, »und einer von ihnen ist schwerverletzt. Schau nicht hin, wenn du nicht willst.«

Travis drückte ihre Hände.

Sie stützte sich leicht auf ihn, als sie gemeinsam auf die Stufen zugingen, und es überraschte sie, mit welcher Kraft er sie stützen konnte.

Doch als sein Blick auf Gordy fiel, stöhnte er gegen seinen Willen.

Liv hielt ihn sehr fest.

Gordy schlug die Augen auf.

Sie schnappte nach Luft, und Travis umklammerte ihr linkes Bein so fest, daß sie zusammenzuckte.

Gordy verdrehte die Augen. Er versuchte, sie zu erkennen. Er stieß sich nach vorn und rutschte mit einem dumpfen Aufprall auf die nächste Stufe hinunter. Er grinste sie an. Seine gute Hand fand das Treppengeländer, und er zog sich mit einem Gesicht, in dem Mund und Augen vor Anstrengung weit aufgerissen waren, in eine stehende Haltung hoch. Er taumelte eine weitere Stufe hinunter, dann die letzte Stufe. Er ließ das Geländer los und stand schwankend vor ihnen.

Liv und Travis wichen zurück.

Gordy streckte seine gute Hand aus und fiel dann mit dem Gesicht nach vorn in den Schnee.

Liv kauerte sich neben ihn und drehte ihn so sachte wie möglich um. Er grinste sie an. Er bewegte seinen guten Arm durch den Schnee und machte einen einflügeligen Engel. Er sah zu ihr auf.

»Alte Hexe«, sagte er. »Falle.«

Er schien zu kichern, und dann merkte Liv, daß er am Ersticken war. Sie hob seinen Kopf hoch, und sein Mund sprang auf. Mit den Zähnen zog sie sich den Handschuh von der Hand und steckte ihm die Finger in die Kehle. Die Zunge war glitschig; es war, als wolle man ein Stück rohe Leber festhalten. Doch sie schaffte es und zog seine Zunge heraus. Er lag keuchend und nach Luft schnappend da wie ein toter Fisch. Sie spürte eine Woge des Ekels in sich aufsteigen und wischte sich die Finger im Schnee ab, eine Art Zwangshandlung. Sie seufzte und ließ seinen Kopf wieder sachte auf den kalten, weichen Schnee sinken. Sie legte ihre nackten Fingerspitzen auf seine Halsschlagader. Sein Puls schlug nur noch leicht. Sie sah sich den Zustand seines Armes an und glaubte, daß er verbluten würde und wohl jetzt schon zuviel Blut verloren hatte, als daß er noch zu retten gewesen wäre, selbst, wenn ihm jemand zur Hilfe gekommen wäre.

Travis stand neben ihr und starrte Gordy an.

»Falle, hat er gesagt, oder?« sagte sie. Abgesehen von einem Flüstern sprachen sie zum ersten Mal, seit sie das Haus verlassen hatten. Sie hoffte, daß es ihr gelang, Travis abzulenken, aber das war nicht alles, was sie bezweckte; noch mehr ging es ihr darum, denjenigen, der sich im Haus aufhielt, davon zu unterrichten, daß Freunde, nicht Feinde, auf dem Schauplatz aufgetaucht waren.

Travis nickte.

»Vielleicht ist das noch nicht alles«, sagte sie. »Wir müssen vorsichtig sein.« Sie blickte zu Travis auf und nahm seine Hand. »Wir können nichts für ihn tun, Travis«, sagte sie.

Travis blinzelte Schneeflocken aus seinen Wimpern. »Vielleicht kommt Walter bald hierher. Noch rechtzeitig, um ihm zu helfen.«

Liv nickte. Sie wußte, daß Walter nichts mehr mit diesem Haus zu tun hatte. Aber natürlich konnte er jetzt jederzeit in ihrem eigenen Haus eintreffen. Und vielleicht kam er noch rechtzeitig, um ihnen zu helfen. Sie glaubte nicht, daß auch nur die geringste Chance bestand, Gordy zu helfen.

Sie führte Travis die Stufen zur Veranda hinauf und achtete darauf, daß ihr Körper zwischen ihm und dem Haus war. Sie wollte sich zeigen. Sie blieben stehen, um sich Ricky anzusehen.

Liv zuckte zitternd zusammen, und Travis grub seine Hände in den Fäustlingen zwischen ihre Hände. Durch die eingetretene Tür konnten sie sehr wenig von dem dunklen Hausinnern erkennen.

Sie blieben stehen, und kein Laut und kein Zeichen waren aus dem Haus zu hören.

Liv sah sich um. »Flach auf den Boden«, sagte sie zu Travis, und er ließ sich gehorsam auf den Bauch fallen, nur Zentimeter von Rickys Leiche entfernt.

Liv kroch an der Innenwand der Veranda entlang zu dem großen Fenster, durch das man vom Wohnraum aus die Terrasse sehen konnte. Außen war ein Sturmfenster angebracht, innen die verriegelten Fensterläden, die in die Mauer eingelassen waren. Sie sah sich auf der Veranda um.

Sämtliche altmodischen Korbstühle waren verräumt worden. Aber auf der anderen Seite von Rickys Leiche standen in der Ecke zwei rote Blumentöpfe aus Ton, die so groß wie Bowlingkugeln und mit Sand gefüllt waren. Im letzten Sommer waren die verschiedensten Kakteen darin gewachsen, daran konnte sie sich noch erinnern. Miß Alden mußte die Kakteen umgetopft und nach Wellesley mitgenommen haben. Vielleicht hatte sie die Blumentöpfe hiergelassen, damit sie bereitstanden, wenn sie im Winter herkam und Sand auf die Treppenstufen streuen wollte.

Liv humpelte vorsichtig um Rickys Leiche herum und hob einen der Töpfe hoch. Als sie sich bückte, flüsterte sie Travis zu: »Dreh dein Gesicht zur Seite. Das Glas wird durch die Luft fliegen.«

Travis nickte.

Sie lehnte sich in einem günstigen Winkel zum Fenster an eine der gebogenen Streben der Veranda, stellte ihren Kragen auf und hob den Topf hoch. Sowie ihre Hände frei waren, hielt sie sie sich vor das Gesicht und duckte sich. Ein erfreuliches Zersplittern von Glas war zu hören, dann der Aufprall des Topfes gegen das Holz der Rolläden, gefolgt vom Zerschellen des roten Tones auf dem Boden der Veranda. Liv spürte, daß es Scherben auf ihren Schneeanzug und die Wollmütze regnete, die sie sich über die Ohren gezogen hatte.

Travis sprang auf und unterdrückte einen Schrei.

»Es ist in Ordnung«, beruhigte sie ihn. Sie wischte Glassplitter von ihrer Kleidung. Travis klopfte zögernd die Splitter ab, die ihn getroffen hatten.

Liv lief knirschend über Tonscherben und Glas und sah sich das Fenster näher an. Im Rahmen steckten noch große, scharfkantige Stücke. Sie bog sie in dem alten Kitt hin und her, bis sie sich lösten, und dann stapelte sie sie sorgsam in einer Ecke der Veranda. Sie warf sich mit ihrem gesamten Gewicht gegen die Läden, die sich nach innen bogen und den Riegel doch nicht bewegten. Dieser Versuch entmutigte sie. Sie schienen äußerst stabil zu sein. Sie fragte sich, wie zum Teufel die Nighswanders wohl in vergangenen

Jahren in diese Festung eingedrungen waren. Der Gipfel ihrer Raffinesse schien darin zu bestehen, Türen einzutreten. Dann fiel ihr ein, daß Ricky Nighswander, ebenso wie sein Bruder, ein Messer bei sich trug – und wenn ihr das auch bisher als ein heimtückischer Umstand erschienen war, so dachte sie jetzt doch gierig an die Schärfe und Kraft dieses Messers.

Sie humpelte zu Rickys Leiche. Travis zog sich ein Stück weit vom Boden hoch, um ihr zuzusehen.

Einige der Glasscherben, die durch die Luft geflogen waren, hatten sich in Rickys Gesicht und Hände gebohrt und lagen funkelnd auf dem Schnee auf seiner Brust, doch sie hatten keine Blutspuren entstehen lassen. Liv warf einen Blick auf Travis. Er hatte Ricky angesehen und dann eilig sein Gesicht abgewandt, um Gordy anzustarren. Der Schnee hatte, wie es in seiner Natur lag, begonnen, eine Düne über Gordy anzuhäufen.

Liv tastete eifrig die Überreste von Rickys Schneeanzug ab, bis sie die Messerklinge in ihrer Scheide spürte, die in seinem rechten Ärmel steckte. Sie mußte seinen Arm hochheben, um das Messer herauszuziehen. Er war schlaff und schwer. Sie ließ ihn eilig wieder fallen. Dann eilte sie zu dem Fensterladen zurück und zog das Messer heraus, das ihr jetzt eher praktisch als barbarisch vorkam. Die Klinge ließ sich leicht zwischen die Fensterläden schieben, die nicht im Hinblick darauf gearbeitet waren, dicht zu sein. Die Klinge traf auf den Eisenriegel. Sie zog sie heraus und fing an, das Holz beidseits der Läden zu zersplittern und den ganzen Riegel freizulegen. Ihre Hand hob und senkte sich mit rasender Geschwindigkeit. Mehr als einmal sah sie über ihre Schulter.

»Ich halte mir die Augen zu«, versicherte ihr Travis, und sie zwang sich um seinetwillen zu einem Lächeln.

Das morsche Holz löste sich unter dem harten Stahl schnell in seine Bestandteile auf. Schließlich drang sie zu der selbstgebastelten Nut vor, einer simplen Aushöhlung im Holz, und der Riegel war freigelegt. Sie kauerte sich so tief wie möglich hin, ohne von ihrem Anhaltspunkt abzuweichen, und sie steckte die Messerspitze zwischen das Ende des Riegels und den Rand der Aushöhlung, in der der Bolzen steckte, und stieß den Riegel aus dem Loch zurück. Dann bückte sie sich noch tiefer und stieß den linken Fensterladen in die Wand hinein. Dann setzte sie sich und lehnte sich mit dem Rücken an die Wand.

»Huiiih«, sagte sie, und sie wischte sich gründlich die Stirn ab.

Travis grinste sie an.

Liv richtete sich wieder auf und sah durch die staubige innere Fensterscheibe. Die neugeschaffene Lichtquelle zeigte ihr die vertrauten alten Umrisse von Miß Aldens Möbel. Und dann blinzelte sie, als sie ein Geflecht von Drähten sah, die sich kreuz und quer in alle Richtungen durch das Zimmer zogen, von einer Höhe von unter fünfzig Zentimetern bis zu einer Höhe von mehr als einem Meter fünfzig. In dem schummrigen Licht konnte Liv die Mündungen von einem Dutzend Schrotflinten und das gelegentliche Funkeln eines Glasauges in einem der Köpfe erkennen, die Miß Aldens Jagdtrophäen waren.

Sie ließ sich wieder auf den Boden sinken, und der Schock raubte ihr den Atem.

Travis huschte um Rickys Leiche herum und kauerte sich dicht neben sie.

»Mom?« sagte er.

»Es *ist* eine Falle«, sagte sie benommen.

Travis lugte über das Fenstersims. Er holte geräuschvoll Luft.

Liv schlang einen Arm um seine Taille und zog ihn zu sich auf den Boden. »Unheimlich, was?«

»Ich glaube, Miß Alden muß verrückt gewesen sein«, sagte er.

Ein flüchtiges Lächeln ließ Liv die Lippen verziehen.

Im selben Moment hörten sie aus der Ferne vom See her das Spucken und Fauchen eines Motorschlittens, der in den Schnee sank. Travis preßte sich an Liv. Sie stieß sich vom Boden ab und reckte sich soweit nach oben, daß sie noch einen Blick über das Fenstersims werfen konnte.

»Du erinnerst dich doch an den Geheimgang?« sagte sie.

Travis nickte eifrig und drückte fest ihre Hand.

»Wir könnten kriechen«, sagte sie. »Glaubst du, daß wir die Geheimtür öffnen können, ohne einen der Drähte zu berühren?«

Travis hopste auf und ab. »Wenn wir sie nicht ganz aufmachen.«

Liv holte tief Atem. »Wir müssen es versuchen. Wir können nirgendwo sonst hingehen.« Sie hätte ohnehin nirgends sonst mehr hingehen können, aber sie hatte nicht vor, Travis das zu sagen.

Sie steckte sich das Messr in den Ärmel. Man konnte nicht wissen, wann sie es wieder brauchen würde. Sie entschied, daß es keinen Sinn hatte, den Rolladen zu schließen. Rand würde die Glasscherben der Scheibe nicht übersehen, nicht, wenn Ricky wie ein Nadelkissen dalag, und außerdem war der Riegel freigelegt, und auch das war auffällig. Wichtiger war, daß Travis und sie das zusätzliche Licht brauchten, das durch den geöffneten Fensterladen fiel, damit sie überhaupt eine Chance hatten, den Geheimgang lebend zu erreichen.

»Füll Schnee in unsere Mützen!« sagte Liv zu Travis, während sie ihm ihre Mütze in die Hand drückte. »Wir müssen wenigstens versuchen, unsere Spuren zu verwischen.«

Gehorsam lief er zur Treppe und stopfte Schnee in die Mützen.

Sie zog den Reißverschluß ihres Schneeanzugs auf und steckte die Mütze mit dem Schnee darunter. Travis machte es ihr nach.

Als sie sich zur Tür ziehen wollte, stellte sie zu ihrer Überraschung fest, daß Travis dicht neben ihrer rechten Seite war und sich bemühte, sie zu stützen. Das war seltsam erheiternd, und am liebsten hätte sie laut gelacht. Und dann fühlte sie sich, ebenso unerwartet, ganz schwach und benommen, und er war für sie da, wie ein Hydrant, schnaufend und mit rotem Gesicht, aber ermutigend stark und vorhanden. Tröstlich stämmig, wie sein Großvater.

Als sie die Schwelle überschritten, war es plötzlich viel stiller, denn der Wind wehte außerhalb der dicken Mauern. Sie lehnte sich an den Türrahmen, hockte sich auf ihre linke Ferse, das Knie leicht durchgebogen, und streckte ihr rechtes Bein gerade vor sich hin. Travis kauerte sich neben sie. Der Wind hatte Schnee in das Zimmer geweht, der jetzt als Fächer den halben Raum überzog, auf dessen kahlem Fußboden die Tierfelle fehlten. Vor ihr und über ihr verlief das Netz von Drähten kreuz und quer wie eine komplizierte Figur beim Fadenabheben. Die durchbrochenen Enden zweier Drähte ringelten sich innerhalb ihrer Reichweite durch die Schneeschicht und wieder aus ihr hinaus. In dem Licht, das durch den offenen Fensterladen fiel, konnte sie in den finsteren Ecken des Zimmers einzelne Teile vieler Schrotflinten erkennen – einen blinkenden, langen Knochen eines Laufes, die weit geöffnete Pupille einer Bohrung mit dem stählernen Rand einer Iris, das Funkeln polierten Holzes in einem Gewehrschaft, das Schachbrettmuster an der Stelle, an der sich ein Schaft verjüngte – nahezu ein Dutzend Waffen. Die Stolperdrähte mußten in einer Reihe geschaltet sein, und viele von ihnen mußten denselben Abzug auslösen.

Der Löwenkopf brüllte sie stumm aus dem Schatten an. Seine Zunge fuhr blutrot über seine kalten weißen Zähne.

Das Klavier war fort. Miß Alden mußte es mitgenommen haben. Wollte wohl nicht, daß ein Querschläger ihm Schaden zufügte, dachte Liv.

Am Ende des Raumes war in dem gewaltigen Kamin ein Birkenfeuer aufgeschichtet, vermutlich für Miß Aldens nächsten Besuch. Ein Päckchen Streichhölzer hing in einem Messinghalter in der Nähe der Geheimtür an der Wand. Es schien genug Holz für ein Freudenfeuer zu sein, aber es war ein stattlicher Kamin, in dem ein kleiner Mann oder eine durchschnittlich große Frau stehen konnte, und zweifellos war der Abzug durch den riesigen Schornstein tückisch und ungeeignet. Sicher verschlang dieser Kamin eine Menge Holz und wärmte dabei kaum mehr als den Stein, aus dem er gebaut worden war.

Die niedrigsten Drähte dieser Falle schienen etwa fünfundfünfzig Zentimeter über dem Boden zu verlaufen. Travis müßte es eigentlich schaffen, wenn er nicht in Panik geriet. Wenn nicht jemand hereinplatzte.

Sie drückte ihn an sich. »Du zuerst. Spähtrupp. Auf dem Bauch. Behalte deinen Kopf und deinen Hintern ganz unten, dann klappt alles. Wenn du drüben angekommen bist, wälzt du dich in den Kamin. Wenn du erst drin bist, kannst du aufstehen. Ich komme dann hinter dir her. Wenn etwas passiert, schüttest du den Schnee deiner Mütze auf den Boden, damit deine Spuren nicht mehr zu sehen sind, und dann siehst du zu, daß du in den Geheimgang kommst, und da bleibst du. Gib keinen Laut von dir. Warte auf Walter, okay?«

Travis seufzte. Dann sprang er auf und gab ihr einen Kuß auf die Backe. »Okay.« Er eilte fort.

Sie zog die schneegefüllte Mütze aus ihrem Schneeanzug und zog sie sich über das Knie, nur, um etwas mit ihren Händen zu tun zu haben, damit sie sie nicht nach ihm ausstreckte. Und urplötzlich war er aus ihrer Reichweite verschwunden. Während sie ihm nachsah, staunte sie über die Leichtigkeit, mit der er sich fortbewegte, darüber, wie natürlich das alles erschien. Nichts weiter als eins ihrer vielen Spiele. Im Freien legte sich weiterhin der Wind, um sich dann wieder zu erheben, ganz nach Lust und Laune, und er blies über ihr ausgestrecktes Bein Schnee in den Raum. In den ruhigeren Phasen konnte sie das näherkommende Dröhnen des Schneeschlittens hören. Dann schirmte der Wind sie wieder gegen das Geräusch ab. Sie fürchtete sich jedesmal mehr davor, Rand könnte sich ohne jede Vorwarnung auf sie stürzen. Wenn sie nervös über ihre Schulter blickte, dann war jedesmal wieder niemand anders als Ricky dort, dessen offene Augen sich mit Schnee füllten. Hinter ihm, am unteren Treppenabsatz, setzte der Wind sein Werk fort, Gordy zu begraben. Man konnte beim besten Willen nicht sagen, ob er schon tot war.

Travis rollte sich gelenkig unter den Drähten heraus auf die steinerne Einfassung des Kamins und zu den Holzscheiten und dem Reisig. Er setzte sich auf, strich sich das Haar aus den Augen und strahlte sie triumphierend an. Ihre Kehle schnürte sich zu, und sie kämpfte gegen die Tränen an. Er war in Sicherheit.

»Kannst du die Geheimtür erreichen?« fragte sie.

Er preßte sich seitlich an die Wand, streckte seinen Arm aus und betastete die Täfelung. Plötzlich gab die Täfelung nach.

»Ich hab's«, rief er aus und hielt den Spalt auf.

»Vorsicht!« warnte sie ihn, und dabei beugte sie sich vor, was sie augenblicklich bereute. »Wie weit kannst du die Tür öffnen?«

Er zog sachte daran und schlüpfte durch den Spalt, den er geöffnet hatte. Es war verblüffend, wie schnell er in dem Spalt verschwand und wie dunkel es dahinter war. Die Tür hatte höchstens fünf Zentimeter Abstand von den nächsten Drähten. Er kam wieder aus dem Spalt geschlüpft.

»Trallala«, sang er.

Sie lachte und bemühte sich, ihr eigenes Entsetzen zu unterdrücken. Für sie würde es hart werden, durch die Tür zu schlüpfen, ohne eine der Waffen auszulösen und somit ein Signal für ihre Anwesenheit zu geben. Aber vorher mußte sie erst noch die gegenüberliegende Wand erreichen. Wenn sie es nicht schaffte, nutzte Travis' Mütze mit dem Schnee natürlich auch nicht viel. Rand hätte alle Beweise, die er sich nur irgend dafür wünschen könnte, daß sie das Haus betreten hatten.

Sie zog ihr rechtes Bein hinter sich und ließ sich dann sachte auf die linke Seite fallen. Sie hob das rechte Bein hoch und legte es auf das linke. Dann rollte sie sich auf den Bauch. Sie kam sich vor wie eine Nixe. Es war eine unbequeme Haltung, in der sie sich nur ungeschickt bewegen konnte, aber sie konnte es sich nicht leisten, eine verschmierte Blutspur zu hinterlassen, die sie nicht verwischen konnten. Mit dem Gesicht auf dem Boden streckte sie beide Arme aus und legte ihre Hände flach vor sich hin. »Ich habe dich lieb, Travis«, sagte sie.

»Ich habe dich auch lieb, Mom«, piepste er. »Mach dir

keine Sorgen, du schaffst es schon.« Aber seine Stimme zitterte. Sie war froh, daß sie nicht aufblicken und sein Gesicht sehen konnte. Sie stieß sich mit ihrem linken Fuß nach vorn und zog sich auf den Händen weiter, und jetzt lag sie unter den Drähten.

»Ganz toll«, sagte er, um sie anzuspornen.

In ihrem Schneeanzug war sie patschnaß vor Schweiß. *Es ist ein Spiel, nichts weiter als ein Spiel. Keine Schrotflinten. Ricky ist in Wirklichkeit gar nicht tot. Gordy liegt in Wirklichkeit gar nicht im Sterben.*

Plötzlich brach das Rauschen des Windes kurz ab. Und jetzt waren die Geräusche des Motorschlittens nicht mehr zu hören, weder nah noch fern.

Liv zögerte. Sie bekam kaum noch Luft.

»Mom!« flüsterte Travis eindringlich.

Sie stieß sich weiter nach vorn. Zog sich weiter, wand sich und machte Verrenkungen. Sie blieb still liegen und sah sich um, soweit sie das wagte, ohne ihren Kopf zu heben, weil sie sehen wollte, wo sie war.

»Okay, Mom«, sagte Travis. »Alles in Ordnung.«

Matt ließ sie ihren Kopf wieder sinken und arbeitete sich zentimeterweise weiter vor. Es kam ihr vor, als täte sie das jetzt schon seit einer Ewigkeit. Sie konnte es sich nicht leisten, sich ihre eigene Panik, ihre Angst und ihr Grauen bewußt zu machen, doch Travis' Sorge und Ungeduld ergriffen sie. Sie stellte sich ihre Liebe zu ihm als ein starkes Seil vor, an dem sie sich zu ihm weiterziehen konnte. Dann streifte ihre Schulter etwas, und sie ließ sich flach auf den Bauch fallen, ließ ihr rechtes Bein rutschen, wohin es wollte. Sie wurde vor Schmerz fast ohnmächtig.

»Mom!« schrie Travis.

»Bleib!« krächzte sie. »Bleib, wo du bist!«

Sie konnte ihn fühlen, spüren, wie angespannt er am Rand des Kamins stand, bereit, unter diese Drähte einzutauchen. Sie konnte seinen Atem hören, schnell und verängstigt. Sie drehte ihren Kopf um, weil sie ihn sehen wollte. Über ihr glitzerte das tödliche Netz der Drähte.

Sie konnte den Draht, den sie berührt hatte, aus dem Augenwinkel sehen, aber sie konnte Travis nicht sehen.

Der Wind holte Atem. Schnee knirschte innerhalb ihrer Hörweite unter Stiefeln.

»Mom!« sagte Travis wieder, und seine Stimme klang gequält. Auch er hatte die Schritte gehört. Er scharrte mit den Absätzen seiner Stiefel im Kamin.

Sie streckte ihre Arme wieder aus und zog sich mit aller Kraft, die sich noch hatte, vorwärts. Seine Hände berührten ihr Haar. Schluchzend zog sie sich näher zu seinen Händen hin. Seine Finger gruben sich in ihr Haar, wie sie schon öfter daran gezogen hatten, als er noch ein Säugling war, der mit seinen kleinen Händen nach ihrem Haar griff, wenn sie ihn stillte. Dann waren ihre Gesichter auf einer Höhe, und er zerrte an ihrem Haar, als wolle er sie an den Haaren in die Sicherheit ziehen. Gemeinsam rollten sie sich über die Kamineinfassung und landeten an dem aufgeschichteten Holz.

»Los, rein!« flüsterte sie. »Gib mir deine Mütze!«

Er drückte sie ihr eilig in die Hände und verschwand in dem Geheimgang. Sie zog sich an der Innenwand des Kamins auf ihr gutes Bein und dann zu dem Holzstapel. Sie lehnte sich dagegen und warf dann mit vollen Händen den Schnee aus den beiden Mützen auf den Boden, und sie bemühte sich weniger, die Spuren zu verwischen, denn dazu hätte der Schnee nicht ausgereicht, sondern eher, die Spuren irreführend erscheinen zu lassen. Den letzten Rest Schnee sprenkelte sie über die Kamineinfassung und das Holz, das im Kamin lag, und dann stopfte sie die Mützen in ihren Schneeanzug. Unter starken Schmerzen zog sie ihren rechten Stiefel aus, dann ihren linken. Sie preßte sie unter einen Arm und kauerte sich dann auf ihr gutes Knie und machte erst mit dem einen und dann mit dem anderen, und zwar diesmal bewußt ungeschickt, Stiefel einen Abdruck in den Schnee. Erst, als sie damit fertig war, fiel ihr auf, daß der obere Rand des rechten Stiefels blutverschmiert war. Eine plötzliche Eingebung brachte sie dazu, den Stiefel auf den Kopf zu stellen und ihn auf das Feuerholz tropfen zu lassen. Ein paar Tropfen Blut spritzten auf das weiße Birkenholz. Dann klemmte sie sich die Stiefel wieder unter den Arm, richtete sich auf und preßte sich an die Wand, um sich seitlich zu der Geheimtür zu schleichen. Eifrig griff sie nach der Türklinke, die ihr neben der Stütze durch die Wand noch eine Krücke bot, und mit größter Behutsamkeit zwängte sie sich durch die Öffnung. Sobald sie durch den Spalt hindurch war, zog sie die Tür fest hinter sich zu und stieß Travis zu den Steinstufen. Sie ließ sich auf die Treppe sinken und zog sich dann hoch wie ein Kind, das gerade das Treppenlaufen lernt. Sie stiegen etwa die Hälfte der Stufen hinauf, und dann streckte sie ihre Hand aus und berührte Travis. Er glitt neben sie, und sie umarmten einander. Sie legte ihm die Finger auf die Lippen. Er streckte seine Hand nach oben und versiegelte ihre Lippen mit seinen kleinen Fingern. Sie rochen nach alter Holzasche vom Kamin.

Rand lehnte sich mit dem Rücken an den breiten Stamm einer Schierlingstanne und zündete sich mit zitternden Fingern eine Zigarette an. Von dort aus konnte er den Platz vor dem Haus und das Haus sehen, aber es war unwahrscheinlich, daß jemand, der im Haus war, ihn durch die Schleier des Schneetreibens und im Schatten des Baumes sehen konnte.

Ebenso wie Liv bemerkte auch er sofort das Fehlen eines jeglichen Fahrzeugs, den fehlenden Rauch und das Fehlen eines jeden Anzeichens dafür, daß das Haus im Moment bewohnt war. Die alte Hexe mußte auf Skiern oder zu Fuß gekommen sein und jetzt dick eingepackt in Decken in diesem Haus sitzen und ihre Wartespielchen betreiben. Es sah ganz danach aus.

Er konnte den Umriß des Körpers auf der Veranda sehen, und er hatte lange genug hingeschaut, um sicher zu sein, daß es Ricky sein mußte und daß er tot war. Ehe er gestorben war, hatte er die Haustür eingetreten, die noch offenstand und den Schnee hineinließ. Einer der Läden des Fensters, das einen Blick auf die Veranda freigab, stand offen, höchstwahrscheinlich als Ausguck. Etwas länger hatte es gedauert, bis er Gordy unter einem Leichentuch aus Schnee am unteren Treppenende entdeckt hatte. Das war der Moment, in dem er beschlossen hatte, daß genug Schnee durch die Luft gewirbelt wurde, um den Rauch einer einzigen Zigarette zwischen den Bäumen am Ufer zu überdecken.

Um Gordy scherte er sich keinen trockenen Furz; das war kein Verlust. Gordy war nie etwas anderes als eine sabbernde Plage gewesen, und das seit dem Tag, an dem sein Vater Jeannie McKenzie Teed und Gordy in seinem zehn Jahre alten Cadillac nach Hause gebracht und verkündet hatte, Jeannie sei seine Frau. Arden Nighswander hatte Gordy mit keinem Wort erwähnt, aber da war er jetzt, bereits damals so fett wie ein Ferkel und doppelt so dumm. Gordy hatte sich nie verändert, wenn man davon absah, daß er größer geworden war. Sein Körper steckte immer noch irgendwo mitten in der Pubertät, ein unfertiger Körper, dem spärliches rotes Haar in den Achseln und auf den Lenden wuchs, aber immer noch mit dem Penis und dem Hodensack eines kleinen Jungen, da seine Eier selbst dann noch nicht herausgekommen waren, als er schon Anfang zwanzig war. Jetzt würden sie nie mehr dazu kommen, aus seinem Unterkörper herauszurutschen, und die Welt war um einen Idioten ärmer.

Aber wegen Ricky war er wütend. Nicht etwa, weil er sich aus seinem jüngeren Bruder wesentlich mehr machte als aus Gordy; Ricky hatte ihm noch mehr Ärger gemacht. Die Welt wäre besser dran gewesen, wenn Rickys Eier da geblieben wären, wo es sicher und warm war. Ricky hatte mehr schlechte Angewohnheiten, als er zählen konnte, und er besaß nicht das geringste Talent, auch nur mit einer dieser Gewohnheiten durchzukommen. Rand hatte gewußt, daß Ricky Gordy manchmal anal benutzte und Gordy noch weit öfter zwang, ihn durch Fellatio zu befriedigen, und anfangs hatte ihn diese Vorstellung gleichzeitig belustigt und abgestoßen, wenn auch beides nur mäßig. Später war es ihm so vorgekommen, als hätte Ricky sich zu sehr an diese Übereinkunft gewöhnt. Es war wie mit Rickys wahllosem Pinkeln: Anfangs war es als ein überschwengliches

Spiel erschienen, doch dann hatten sich Anzeichen dafür gehäuft, daß sich diese Eigenschaften zu dauerhaften und peinlichen Angewohnheiten entwickelten. Trotzdem war Ricky sein Bruder, so sehr sie auch miteinander gestritten und Ränke gegeneinander geschmiedet hatten. Wenn die alte Hexe Ricky ermordet hatte, dann buchstabierte sie damit eine Nachricht an Rand, und er konnte sie genauestens lesen: Du bist der nächste.

Rand drückte seinen Stummel aus; er fühlte sich jetzt ruhiger und zielstrebiger. Er kauerte sich hin und kroch mit gesenktem Kopf im Zickzack zum Haus, wobei er jeden Baum und Strauch als Deckung nutzte. Ein paar Meter vor dem Haus ging er wieder in die Hocke. Er hätte Gordy fast anfassen können. Aus dieser Entfernung konnte er sehen, wie sehr der Schnee vor den Stufen der Veranda von Spuren duchzogen war. Der Schnee hatte die Spuren halbwegs verwischt, und doch war offensichtlich, daß jemand hier gewesen war. Die Stufen waren benutzt worden, und zwar von mehr als einem Menschen, nicht nur von Ricky in seinem letzten Augenblick, aber er konnte jetzt nicht mehr erkennen, von wie vielen Menschen diese Stufen benutzt worden waren.

Er kroch um das Haus herum, zum Obstgarten, und zufrieden stellte er fest, daß die Frau und der Junge hier gewesen waren. Die Spuren wurden zwar schnell zugedeckt, aber sie waren vorhanden, zwei Fußspuren, die der Frau schleppend. Die Vorstellung, daß sie das Haus erreicht und sich Zutritt verschafft hatten, heiterte ihn wirklich auf. Jetzt saßen sie drinnen bei der alten Hexe, und er konnte die ganze Geschichte auf einmal erledigen.

Er war zum Haus der Russells zurückgekehrt, hatte seine Mütze und seine Handschuhe geholt und hatte einen brennenden Holzscheit und Kohlen auf den Teppich vor dem Kamin gelegt. Die Pillen, die Olivia ihm gegeben hatte, hatte er ins Feuer geworfen. Nur für den Fall, daß er das Pech hatte, aufgegriffen zu werden. Eine Anklage wegen Besitzes rezeptpflichtiger Medikamente konnte er nicht gebrauchen. Das beste, fand er, sei, wenn das Haus ganz in

Flammen stand, wenn der alte Walter eintraf, und dann würde es immer noch eine Weile dauern, bis die Jungen von der Feuerwehr zur Rettung kamen. Sie alle würden für einen längeren Zeitraum mit dem Versuch beschäftigt sein, die Frau und das Kind zu retten, die nicht im Haus waren und nicht gerettet werden konnten. Dann würden sie herumstehen und darüber reden und davor zurückschrecken, die Leichen auszubuddeln, von denen sie glaubten, daß sie sich im Haus befanden. Schlimmstenfalls würde das Feuer lediglich die Indizien, die er und Ricky und Gordy zurückgelassen hatten, heillos durcheinanderbringen – das verkohlte Bettuch von Gordys Unfall, das zersplitterte Schloß am Schlafzimmerfenster des Jungen. In der Zwischenzeit würde Rand seine Rechnung mit der alten Hexe und mit dieser Frau und ihrem Jungen begleichen. Und noch ein Feuer legen, eine sichere Sache, die nicht nur seine Feinde verzehren würde, sondern auch Ricky und Gordy. Dann wußte nur noch Rand, was sich wirklich abgespielt hatte. Rand und vielleicht sein Vater, falls er zufällig Lust hatte, es dem Alten zu erzählen. Er würde erklären müssen, was aus Ricky und Gordy geworden war, und sein Vater und er würden das Gerücht ausstreuen, daß Ricky nach Massachusetts oder nach New Hampshire gegangen war, um dort zu arbeiten, oder zum Militärdienst, und vielleicht würden sie auch noch ein schwangeres Mädchen erfinden, das ihn dazu überredet hatte, und daß Gordy in ein Heim gesteckt worden war. Niemand würde sich allzu sehr darüber wundern. Nein, diese Aufgabe würde ganz allein seinem Vater überlassen bleiben. Das hier konnte durchaus ein Fingerzeig Gottes sein, der Rand sagte, es sei an der Zeit, sich an einen wärmeren Ort zu begeben. Nach Kalifornien. Oder Texas. Vielleicht auch Mexiko.

Rand kroch einmal ganz um die Fundamente des Hauses herum. Die Kellerfenster waren zugemauert. Die Fundamente bestanden aus gnadenlos großen Steinen, die mit selbstgemischtem Mörtel aufeinandergesetzt worden waren, und das im Jahre Eins. An mehreren Stellen verharrte er länger und lauschte, doch er hörte keine Laute aus dem

Haus dringen. Die alte Hexe spielte mit ihm um den längeren Atem. Wie konnte sie so sicher sein, daß er kommen würde, daß sie zu dritt waren? Na klar, die Frau hatte sie gewarnt, wenn sie es nicht ohnehin schon gewußt hatte. Noch etwas, was er O-liv-i-a zu verdanken hatte.

Er kauerte sich unter die Stufen und dachte nach. Man konnte schließlich damit rechnen, daß eine Frau mit einer talentierten Fotze, statt ein Vermögen daraus zu schlagen, auch eine böse Hexe war. Wahrscheinlich selbst eine Lesbe, wie Miß Alden. Aber sie war nicht mehr zu allzuviel zu gebrauchen; er hatte sie übel genug zugerichtet, um sie weitgehend außer Gefecht zu setzen. Von dem Jungen hatte er natürlich nichts zu fürchten. Somit hatte er es gegen die alte Hexe aufzunehmen, die mindestens eine Schrotflinte für sich verbuchen konnte. Die einzige Waffe, die er gehabt hatte, das Blechspielzeug von einem Schund-Versand, das er der Hundedame entwendet hatte, lag im Wald und rostete vor sich hin. Rostete noch mehr vor sich hin.

Rand schlich sich wieder um die Veranda herum, packte mit beiden Händen das Geländer und schwang sich darüber, landete auf seinen Stiefelspitzen, ließ sich sofort fallen und wälzte sich in die hinterste Ecke der Veranda. Das Knirschen zersplitternden Glases überraschte ihn, dann das Dutzend Stellen, an denen seine Handflächen und Finger Feuer gefangen zu haben schienen – die Stellen, an denen sich Glasscherben durch seine Handschuhe gebohrt hatten, als er auf allen vieren gelandet war.

»Himmel!« rief er, während er sich die Handschuhe herunterriß. Die meisten Glassplitter kamen mit heraus, als er seine Handschuhe auszog, aber über seine Hände strömte Blut. Er brauchte seine gesamte Willenskraft, um stillzuhalten und keinen Laut von sich zu geben. Aus dem Haus war nichts zu hören, nicht einmal ein beschleunigtes Atmen oder ein Schritt oder ein Quietschen eines Fensterladens, weil jemand durch einen Spalt hinaussehen wollte. Er fühlte sich sicher genug, um sich seine Hände näher anzusehen. Der Reihe nach zog er ein halbes Dutzend Splitter raus. Er war sicher, daß er noch mehr Splitter in den Händen hatte, aber die brachte er nicht ohne eine Pinzette raus. Als er an den Koks dachte, das verkohlt war, und an die Tabletten, die er ganz lässig ins Feuer geworfen hatte, das er selbst angezündet hatte, hätte er sich am liebsten selbst in den Hintern getreten. Was er eigentlich gebraucht hätte, war eine örtliche Betäubung, etwas von diesem Brandspray, das sie für Gordy aufgetrieben hatte. Aber das verbrannte jetzt bei ihr zu Hause. Es war schon fast wieder komisch, aber andererseits stank es ihm rasend.

Erst jetzt fragte er sich, woher das Glas wohl kam. Das war eine Frage, die sich leicht beantworten ließ. Das Glas des Sturmfensters fehlte im großen Fenster zur Veranda. Zwischen den Glasscherben lagen die Scherben eines Blumentopfs, um zu demonstrieren, wie es dazu gekommen war. Der Fensterladen war mehr als nur offen; der Riegel war mit einem Messer freigelegt worden. Bei ihren bisherigen Abenteuern mit diesem Haus hatten sie immer nur die Türen eingetreten. Warum hatte sich Ricky die Mühe gemacht, an dem Fensterschloß herumzupfuschen, es aufzubrechen und dann die Tür einzutreten? Das wirkte unsinnig. Es konnte sein, daß die Frau das Fenster aufgebrochen hatte, aber weshalb hätte sie das tun sollen? Warum hatte die alte Hexe sie und den Jungen nicht ganz normal ins Haus gelassen? Sie brauchten doch nichts weiter zu tun, als laut zu schreien.

Rand kroch unter das Fenster und rechnete damit, daß sich jeden Moment eine Schrotflinte aus dem Fenster auf ihn richten würde. Er hatte vor, sie von unten zu packen und sie der alten Hexe aus der Hand zu reißen. Daher wartete er etliche Minuten lang, doch immer noch war kein Laut zu hören, und kein Lauf ragte aus dem Fenster hinaus. Er hielt einen leeren Handschuh zentimeterweise höher, bis er über die Fensterbank aufragte. Es tat sich immer noch nichts. Er wagte es, einen Blick ins Haus zu werfen, wobei er seinen Kopf noch langsamer hob als den Handschuh. Er war jederzeit bereit, sich bei dem geringsten Laut zu ducken. *Geschwitzt wie ein Schwein,* dachte er, und genauso wollte er es seinem Vater erzählen. *Hab' mir fast in die Hose geschissen.*

Er war total verblüfft. Im ersten Moment konnte er sich keinen Reim darauf machen, eins und eins nicht zusammenzählen, doch dann verstand er es plötzlich. Die alte Hexe war gar nicht da. Aber sie hatte ihm dennoch eine Nachricht hinterlassen, und der Inhalt dieser Nachricht war unverändert. Du bist der nächste.

Er bewegte sich vorsichtig zur Tür. Der Schnee lag wie ein dickes Mullkissen auf Rickys Brust, rotbraun durchgeweicht in der Mitte, zu den Rändern hin rosa. Über dem Rest seines Körpers bildete der Schnee einen dünnen, zerfetzten Schleier, und seine Augen bedeckte er vollständig, als beachte er eine naturgegebene Vorschrift des Anstands. Doch sein Kiefer war schlaff heruntergefallen, und daher hing sein Mund offen, und seine Zunge kam zwischen den Lippen heraus. Hier sammelte sich der Schnee nur an den Rändern und verbarg die Verfärbung ins Purpur nicht, die zunehmend stärker wurde. Als der Wind den Schnee aufwirbelte und ein paar Zentimeter von Rickys Brust freilegte, hatte die Haut ebensowenig, wenn nicht weniger, Farbe als der Schnee selbst. Eine Woge von Ekel drehte Rand den Magen um. *Daddy,* dachte er, im ersten Moment flehentlich und dann aus rechtschaffenem Zorn heraus, *am liebsten würde ich kotzen.*

Er bahnte sich einen Weg an Ricky vorbei und sah ins Haus. Schnee war in das Zimmer geweht worden. Menschen hatten den Schnee aufgewühlt, sich durch ihn bewegt und ihn noch weiter ins Haus hineingetragen. Jemand hatte nur wenige Zentimeter von der Stelle entfernt, an der er jetzt stand, im Türrahmen gekauert und dabei geblutet, keine vereinzelten Tropfen, sondern eine kleine Blutlache hinterlassen. Ricky jedenfalls nicht. Sein geronnenes Blut war auf den Türrahmen und die eingetretene Tür und auf den Fußboden gespritzt, aber es war gleichmäßig verteilt, und es handelte sich außerdem dabei um Blut und Gewebe, ein klar lesbares Muster. Der Schuß, den die Schrotflinte abgegeben hatte, hatte Ricky nach hinten geschleudert und ihn augenblicklich getötet. Jemand hatte von der anderen Seite des Zimmers aus, vom Kamin her, Schnee auf den Boden geworfen und die Spuren verwischt, aber nicht ausgelöscht, die glitzernde Spur einer Schlange die dadurch entstanden sein mußte, daß jemand auf dem Bauch unter den Drähten durchgerutscht war. Mehr als nur einer, weniger als viele. Die Frau und der Junge. Sie hatten sich in die Falle der alten Hexe gewagt und den Kamin erreicht und waren verschwunden.

Er sah sich die Drähte genauer an, denn er war jetzt sicher, daß die Falle dadurch zuschnappte, daß man über die Drähte stolperte, und daß im übrigen aus keiner Ecke und von niemandem Gefahr ausging, es sei denn, die Frau hatte eine Schrotflinte aus der Waffensammlung der alten Hexe an sich nehmen können, die nicht in dieses System eingebunden war. Er konnte erkennen, wie leicht es für den Jungen gewesen sein mußte und daß es für die Frau durchaus möglich, wenn auch vielleicht nicht gerade leicht gewesen war. Der niedrigste Draht schien etwa fünfundvierzig Zentimeter über dem Fußboden gespannt zu sein. Es wäre auch ihm nicht unmöglich gewesen, denn er glaubte zwar, von einer Schulter zur anderen etwa fünfundsechzig Zentimeter zu messen, doch flach auf dem Bauch hätte es ihm gelingen müssen, so, wie sich auch die Frau vorwärtsbewegt haben mußte. Bei seinen Maßen standen seine Chancen wesentlich schlechter als ihre. Ein Niesen konnte ihm den Kopf kosten. Er würde seinen Kopf keine zwei Zentimeter weit hochheben können, um zu sehen, wo er war, ganz zu schweigen davon, wer mit einer Schrotflinte in der Hand auf ihn zukroch. Ob verwundet oder nicht – O-liv-i-a, Unsere Liebe Frau mit der talentierten Fotze, war eine Dschungelkämpferin. Sie war ihm schließlich entkommen, oder etwa nicht? Er mußte davon ausgehen, daß sie mit einer der Schrotflinten der alten Hexe bewaffnet war und nur darauf wartete, ihn überrumpeln zu können.

Wo war sie? Es gab eine Treppe, die zu dem Schlafzimmer unter dem Dach führte, aber um diese Treppe zu erreichen, hätten die Frau und der Junge in eine andere Richtung kriechen müssen. Der schmutzige Schnee führte direkt in den Kamin, in dem Feuerholz aufgeschichtet war. Nein, das Holz war ganz leicht mit Schnee bestäubt. Und auf der Birkenrinde waren dunkle Flecken – verteilte Tupfen – die absolut nicht nach Knötchen oder Kerben oder natürlichen Malen der Rinde aussahen, sondern genauso, als könnte es Blut sein. Fast hätte er vor Zufriedenheit gegrunzt. Sie hatte versucht, ihre Spuren auszulöschen, aber sie hatte sich nicht genug Mühe gegeben. Sie und der Junge versteckten sich im Rauchabzug. Bei früheren Besuchen hatte er ein- oder zweimal nach oben in den Schornstein gesehen, und er wußte, daß es dort einen Vorsprung gab, der breit genug war, daß man mit einem schmalen Fuß darauf stehen konnte, wenn man stillhielt. Er hatte bis nach oben geschaut und ein Stück Himmel von der Größe eines großen Fernsehbildschirms gesehen. Dieser merkwürdige Kamin war so groß, daß halb Nodd's Ridge hineingepaßt hätte. Daher mußte sie ihr Schlupfloch verlassen, wenn sie auf ihn schießen wollte. Aber das war ihr nicht möglich, ohne von ihm gehört zu werden. Trotzdem sah er noch nicht, wie er es hätte hinkriegen sollen, sich unter diesen verdammten Drähten durchzufädeln, wo er sich, selbst, wenn er sie hörte, nicht schnell genug von der Stelle rühren konnte, um sich zu retten. Es war einfach ein Jammer, daß er sie nicht im Kreuz oder sonstwo getroffen hatte, jedenfalls an einer Stelle, die wirkungsvoller gewesen wäre, um ihr Vorankommen zu behindern. Und es war auch ein verfluchter Jammer, daß er es der alten Hexe heute nicht geben konnte, aber früher oder später würde er auch diese Rechnung begleichen.

Rand räusperte sich.

»O-liv-i-a«, sagte er. »Mütterchen. Wie geht es deinem Bein, O-liv-i-a? Tut's weh? Blutet es noch so richtig? Wie geht es deiner Fotze, O-liv-i-a? Vermißt du mich schon, O-liv-i-a?«

Er wartete. Er drückte auf das zerknautschte Zigarettenpäckchen. Es war nur noch ein alter Stummel übrig. Den hob er sich für hinterher auf. Vielleicht würde er ihn sich mit O-liv-i-as kleinem Finger anstecken. Es kam keine Antwort.

Er seufzte lautstark. »Ich bin verletzt, O-liv-i-a. Liebst du mich denn nicht mehr?« Er lachte. »Mist.« Er hustete. »Ich weiß, wo du bist«, sagte er. »Ich kriege dich.«

Dann zog er sich aus der Tür zurück.

17. Kapitel

Sowie sie die Uferstraße hinter sich gelassen hatten, wurde sofort deutlich, daß sie sich für eine Seeseite entscheiden und dem Verlauf des Ufers folgen mußten, denn der See wurde breiter, und die schlechte Sicht würde sie nicht erkennen lassen, wo sie waren. Das hätte damit enden können, daß sie sich mitten auf dem See im Kreis bewegten. Daher waren sie am Nordufer entlanggegangen, aber auch so verirrten sie sich fast. Ferienhäuser am Ufer boten Schutz, doch sie hatten diese Häuser ignoriert, denn ganz gleich, wie nah sie auch waren, sie hätten doch von ihrem Weg abweichen müssen, um eins der Häuser zu erreichen.

Pat hatte den Versuch aufgegeben, eine trockene Nase behalten zu wollen. Die zunehmende Taubheit seiner Extremitäten machte ihm klar, daß er anfing, Erfrierungserscheinungen zu haben. Doch das tat nicht allzu weh. Was ihm die größte Sorge bereitete, war seine Furcht, Sarahs Hand könnte aus seinem Arm gleiten, ohne daß er es bemerkte, und sie könnten einander in dem Schneetreiben verlieren und voneinander getrennt werden. Doch sie klammerte sich fest an seinen Arm und kämpfte sich an seiner Seite voran, als wüßte sie es. Es war schwer, an etwas zu denken, was weiter hinausging, als Sarahs Hand festzuhalten und einen Fuß vor den anderen zu setzen. Er war erschöpft und fror bis in die Knochen. Er verfluchte sich dafür, daß sie nicht im Wagen sitzengeblieben waren und daß er nicht zumindest sie im Wagen zurückgelassen hatte. Aber jetzt gab es keine Umkehr mehr. Sie waren schon zu weit gegangen.

Sarah zog an seinem Ärmel. Direkt vor ihnen ragte eine kleine Halbinsel in den See hinein. Auf ihrer Spitze stand ein baufälliges Bootshaus. Sie führte ihn wankend in den Windschatten des Schuppens. Sie kauerten sich hin und ruhten sich aus.

Sarah musterte ihn besorgt. Sie hob ihre Finger an sein Gesicht.

»Spürst du was?« fragte sie ihn.

Er schüttelte den Kopf.

»Mist«, sagte sie. »Du hast Erfrierungen. Ich habe dich angefaßt.«

Er griff nach ihrem Handgelenk und zog es an seine Lippen.

Sie umarmte ihn eilig. Dann hockte sie sich wieder auf ihre Fersen und sah sich um. »Jetzt ist es nicht mehr so weit. Weißt du, wo wir sind?«

Der Schnee, der ihm ins Gesicht geweht wurde, brannte in seinen Augen. »Nein. Keine Ahnung.«

»Das ist das Bootshaus der Spellmans.«

»Großartig«, sagte Pat. »Gehen wir doch weiter.«

Sarahs Hand auf seinem Ellbogen zog sich zurück. »Du mußt dich ausruhen.«

»Ich muß mich unterstellen. Ich muß nach Hause, Schätzchen.«

Ihr Lächeln war verständnisvoll; mütterlich.

»Stimmt. Miß Aldens Haus liegt zwischen hier und zu Hause. Was hältst du davon, daß wir dahin gehen und du dort Unterschlupf suchst? Dann kann ich den Rest der Strecke laufen und mit Mom zurückkommen.«

»Danke«, sagte er. »Aber ich schaffe es bis nach Hause.«

»Gut.« Sarah gab nach. »Aber dann ruhen wir uns jetzt noch etwas länger aus und bleiben dann dicht am Ufer, nur für alle Fälle.«

»Einverstanden.«

Während sie verschnauften, versuchte Pat, sich auszudenken, wie er daraus eine Geschichte machen sollte. Seine Rache an den Elementen. Dieser Zwischenfall würde nicht umsonst sein. Er würde im Nachhinein etwas daraus machen, so oder so. Das einzig Dumme war, daß ihm keine Geschichte dazu einfiel. Hier war er jetzt, ein amerikanischer Held, und er fror sich die Eier ab, während er mit seiner Tochter, einem Teenie, auf einem gefrorenen See herumspazierte, und diese Tochter schien besser auf das Überleben eingerichtet zu sein als er. Es war eine große Versuchung, einfach hocken zu bleiben, wo er war, und sich mit diesem Problem zu befassen.

Doch nach einer Weile zog Sarah sachte an seinem Arm und führte ihn wieder auf das Eis.

Kurz darauf griff er nach ihrem Handgelenk und blieb abrupt stehen. »Ich rieche Rauch«, sagte er.

Sie schnupperte. »Ich auch.«

»Von einem Holzfeuer?« fragte er.

Sarah schüttelte den Kopf. »Ich glaube, nein.«

Als sie dastanden und in das Schneetreiben starrten, wurde ihnen klar, daß ein Teil dessen, was über die immer vertrauter werdende Baumreihe am Ufer wehte, kein Schnee war. Sie stützten sich aufeinander und beobachteten, wie es dichter wurde, sich dann zu Schwaden zusammenballte und schließlich von flackernden Funken durchsetzt war.

»Marienkäfer, Marienkäfer«, sagte Sarah, »flieg wieder nach Haus'.«

»Das ist ein Haus«, sagte Pat. »Es ist zu groß.«

»Mom!« schrie Sarah, und sie riß sich von Pat los. Sie rannte ein paar Schritte vorwärts, doch dann fiel es ihr wieder ein, und sie blieb stehen.

Er rannte hinter ihr her, auf seine Art, wie ein kleines Kind, das gerade das Laufen lernt.

Licht sickerte durch die Ritzen neben den Türen, und daher konnte man am oberen und am unteren Ende des Geheimgangs ein klein wenig sehen. Doch in der Mitte, dort, wo der Gang sich um den Kamin herum wand, war es so dunkel, daß sie selbst dann noch so gut wie nichts sehen konnten, als ihre Augen sich an die Dunkelheit gewöhnt hatten. Sie hielten einander eine Zeitlang im Arm, und dann flüsterte Liv: »Trav, wir müssen uns im Schlafzimmer umsehen.«

Er drückte ihre Hand.

»Zieh deine Stiefel aus«, riet sie ihm, und während er das tat, fing sie an, sich auf dem Hintern die Stufen hinaufzuziehen. Die Steinstufen waren rauh und kalt, doch ihre Methode der Fortbewegung rief Kindheitserinnerungen in ihr wach und heiterte sie auf, aber vielleicht war es auch nur die Erleichterung darüber, Zuflucht gefunden zu haben. Travis holte sie auf Strümpfen ein und öffnete die Täfelung, die das obere Ende des Geheimgangs bildete. Liv konnte ihn deutlich sehen, und ihr Mut sank. In dem Licht, das durch den Spalt hereinfiel, war sein Gesicht wie geschmolzenes Kerzenwachs, durchscheinend und zu bleich. Ihr ging auf, daß sie wahrscheinlich noch schlimmer aussah, und sie wich um seinetwillen ein Stück weit in den Schutz der Dunkelheit zurück. Sie zwang sich, sich ganz auf den Teil des Zimmers zu konzentrieren, der durch die Öffnung in der Wand zu sehen war.

Dort befand sich nur eine einzige Schrotflinte auf einem Dreibein, und sie war auf das einzige Fenster des Schlafzimmers gerichtet, doch der Raum war mit einem dichten Netz von Drähten durchzogen, abgesehen von der Stelle, die direkt hinter der Schrotflinte lag, zwischen der Waffe und der Tür zum Geheimgang. Dieser Anblick war geradezu eine Enthüllung.

»Hier hat Miß Alden angefangen«, flüsterte sie Travis zu. »Sie hat die Schrotflinte aufgebaut und ist dann durch den Geheimgang nach unten gegangen.«

Travis nickte eifrig, um ihr zuzustimmen. Der Gedanke schien ihn zu faszinieren.

Sie zerrte an seinem Ärmel, und er zog die Tür wieder zu. Sie krochen wieder zu der Stelle zurück, an der der Gang eine Biegung machte.

»Ich könnte uns die Waffe holen«, flüsterte Liv. »Aber dann könnte er durch das Schlafzimmer ins Haus kommen.«

Travis kuschelte sich dicht an sie. »Laß uns hierbleiben.«

Liv legte ihre Finger auf seine Lippen.

In der Stille, die immer noch drückend war, konnten sie den Wind im Rauchfang brausen hören, doch er wirkte weit weg, weil sie in einem Grab mit dicken Steinmauern saßen, die sie gegen das Wetter abschirmten. Die Kälte im Geheimgang war die Kälte des Steines, den keine Sonne und kein Feuer erwärmte. Liv schauerte heftig zusammen und wurde sich darüber klar, daß sie ebensosehr aufgrund des Blutverlustes fror wie aufgrund der fehlenden Wärme in diesem Gang. Während sie in diesem engen Gang still dasaß und Travis sich an sie schmiegte, spürte sie, ohne ihr Bein zu berühren, daß das Bluten nachgelassen hatte. Sie spürte, daß der blutdurchtränkte Stoff auf ihrer Haut trocknete. Plötzlich fühlte sie sich schläfrig, doch gleichzeitig fror sie zu sehr, um einzuschlafen. Doch Travis, der sich an sie gelehnt hatte, war eingenickt.

Rands Fluchen auf der Veranda weckte ihn.

Sie schlug ihre Hand vor Travis' Mund und drückte ihn dicht an sich. Er preßte sich mit verkrampften Muskeln an sie.

Sie dachte, wie reizend es doch wäre, wenn der nächste Laut ein Schuß aus einer der Schrotflinten wäre und Rand zum Teufel schickte. Doch obwohl sie ihre Ohren anstrengte, drangen kaum irgendwelche Geräusche in den Geheimgang durch. Er schlich dort draußen herum, und das war alles, was sie mit Sicherheit sagen konnte. Er konnte bereits auf halbem Wege durch das Zimmer sein, wenn er den Weg unter den Drähten hindurch einschlug, den sie auch genommen hatten, wenn er auch durch das Gewichtheben einen so breiten Oberkörper hatte, daß er langsamer und unter größerem Risiko vorankommen würde als sie. Durch das Warten verging die Zeit langsamer und schien sich dahinzuziehen, und daher empfand sie wirklich Erleichterung, als er endlich etwas zu ihr sagte.

Er rief spöttisch ihren Namen. Sie strich Travis das Haar aus der Stirn. Durch die Steinmauern hindurch waren nicht alle Worte verständlich, doch seine Wut und die Drohungen, die er ausstieß, waren unmißverständlich. Seine letzten Worte waren nur zu deutlich zu verstehen. »Ich weiß, wo du bist«, sagte er. »Ich kriege dich.«

Bald würde sie wissen, ob sie ihn erfolgreich auf eine falsche Fährte gelockt hatte. Sie fragte sich, wo Walter blieb und wo Pat wohl war. Dann hörte sie das Raunen eines Motorschlittens in der Nähe des Hauses, und sie setzte sich kerzengerade hin, vor ungläubiger Freude versteinert. Seine Drohungen waren nichts weiter als leere Worte gewesen. Er fuhr weg.

Rand kauerte sich über die Leiche seines Bruders und zog Ricky die Polyvinylhandschuhe aus. Das entblößte Fleisch seiner Finger und der Hände war gespenstisch weiß bis auf die Spitzen, die unter den Nägeln blauschwarz wurden. Die Finger seines Bruders lagen matt in Rands Hand, als hätte die Leichenstarre noch nicht eingesetzt, aber die dikken Handschuhe mit dem Schaumstoffutter waren so steif wie die eines Weltraumfahrers. Rand zog seine eigenen zerschnittenen und blutigen Handschuhe aus und zog sich Rickys Handschuhe über. Sie waren dick genug, um seine von Glassplittern durchlöcherten Handflächen zu polstern.

Er schlich die Treppe von der Veranda hinunter und zu den Schneemobilen, die Ricky und Gordy im Windschatten des Hauses hatten stehen lassen. Er ließ Rickys Schneemobil anspringen und fuhr es ein Stück weit in den Obstgarten hinein. Die alten Apfelbäume breiteten ihre Äste wie ein tiefes Dach über ihm aus, das den Wind abhielt und ihm durch die gesprenkelte Rinde der Bäume und die Schatten Dekkung gab. Er ließ den Motor noch eine Weile im Leerlauf laufen, würgte ihn ganz langsam ab und versuchte dabei, das verhallende Geräusch eines Motors zu imitieren, mit dem sich ein Fahrzeug entfernte. In dem Dach aus Ästen klaffte ein Spalt, der das einzige Fenster des Schlafzimmers einrahmte. Er glaubte, das schwarze Blitzen einer Mündung erkennen zu können. Er sehnte sich nach der letzten Zigarette, die er noch übrig hatte, und er tastete seinen Ärmel von oben bis unten danach ab, bis er sie fand, und in dem zerknitterten Päckchen wirkte sie wie ein loser Fingerknochen. Aber er wollte sie sich für später aufheben. Er seufzte schwer und stieg ab.

Er krümmte sich gegen den Wind, stieg von dem Motorschlitten ab und machte sich so schnell es ging, ohne dabei Geräusche zu verursachen, wieder auf den Weg zum Haus. Wieder begab er sich zu der Ecke der Veranda, die von dem Fenster her nicht zu sehen war. Diesmal schwang er sich gleich auf das Geländer und griff nach dem Dach. Er umklammerte mit beiden Händen die Dachrinne, zog sich hoch und schwang sich auf das Dach der Veranda. Die dünne Schneeschicht bedeckte das Glatteis auf den alten Schindeln. Er ruderte wie wild mit den Füßen, um Halt zu finden, und gleichzeitig tastete er wie rasend mit den Händen um sich, um sich irgendwo festzuklammern. Jetzt arbeiteten die dicken Handschuhe mit der glatten Oberfläche gegen ihn, schränkten die Bewegungsfreiheit seiner Finger ein und nahmen ihm das Gefühl für die Oberflächenbeschaffenheit. Der Wind peitschte über den Firstbalken und spuckte ihm harte Körner eisigen, gefrorenen Schnees ins Gesicht. Der Wind stürmte und heulte, und urplötzlich gab eine der heimtückischen alten Schindeln nach, und seine Füße verloren den Halt. Er spürte, wie er fiel, wie in einem Traum, das Dach glitt unter ihm weg, und er bemühte sich verzweifelt, die Dachrinne zu fassen zu kriegen.

Er erwischte sie knapp, kugelte sich dabei fast die Schultern aus und hing an der Dachrinne. Als er im Wind baumelte, ächzte die Dachrinne in ihren Verankerungen. Er spürte, daß das Metall sich verbog und unter seinem Gewicht, das daran hing, nachgab. Er bemühte sich, das Schwanken seines Körpers einzudämmen, um die Dachrinne weniger zu belasten. Er biß die Zähne gegen den Schmerz in seinen Händen und Schultern zusammen, schluckte die Flüche runter, die in seinem Kopf dröhnten, und konzentrierte sich ganz darauf, sich so langsam und gleichmäßig und sicher hochzuziehen, wie er es bei einem Klimmzug am Reck getan hätte. Die Dachrinne wackelte und bebte unter seinem Gewicht. Er konnte spüren, wie sie vom Dach abriß, mit sämtlichen Halterungen. Schweiß tropfte von seinen Augenbrauen auf seine Wimpern, und er zwinkerte ihn heftig fort. Als er sich über den Dachfirst zog, griff der Wind ihn wieder an und peitschte ihm Schnee in die Augen. Als er vor Anstrengung eine Grimasse schnitt, spürte er, daß der frierende Schweiß auf seinem Gesicht Sprünge bekam. Die Dachrinne bebte und sank ein paar Zentimeter tiefer, und er sank mit ihr und ließ vor Entsetzen die Luft aus seiner Lunge entweichen. Doch die Dachrinne blieb in ihren verbogenen Halterungen hängen, wenige Zentimeter unter den Traufen. Rand schnappte nach Luft und griff mit beiden Händen nach den Dachtraufen. Die Dachrinne krächzte, als sich sein Gewicht plötzlich von ihr hob. Mit der Sicherheit der hölzernen Dachtraufen in seinem Griff, schwang Rand erst ein Bein und dann das andere über die herunterhängende Dachrinne und über den Dachrand, und wieder scharrte er mit seinen Füßen herum, um Halt zu finden.

Diesmal hielt er den Kopf nach unten, und sein Körper lag parallel zu den Dachtraufen, und somit schützte er sich gegen den Wind. Jetzt war er wesentlich sicherer, aber andererseits war es die falsche Richtung. Er grinste und fing an, sich gegen den Uhrzeigersinn zu bewegen, bis er flach auf dem Bauch lag und sich in erster Linie durch die Kraft seiner weit ausgestreckten Hände festhielt. Er sah aus, als sei er dort gekreuzigt worden, mit dem Gesicht nach unten nach dem Dachfirst ausgerichtet. Er konnte hören, wie die Dachrinne unter ihm bei jedem Windstoß klirrte. Er tastete mit seinen Füßen nach einem Halt, fand ihn und zog sich hoch, bis er dahockte wie eine Spinne mit vier Beinen. Es gelang ihm, sich ein paar Schritte weit nach oben vorzuarbeiten, ehe er ausglitt, wieder Halt fand und wieder ausglitt.

Das Dach der Veranda traf mit einem niedrigen Giebelende auf das Haus. Eine schräggestellte Luke war in den Giebel eingelassen, um unter den Dachtraufen den Dachboden zu lüften. Das Hausdach, das etwas weniger steil als das Dach der Veranda war, lag sechzig Zentimeter höher, und es war ein leichtes für Rand, sich an dieser Stelle hochzuziehen. Der First verlief in einem Winkel von neunzig Grad zum Dach der Veranda. Die schlechtesten Neuigkeiten, die sich ergaben, waren, daß die Schindeln aus Schiefer waren und von altem Schnee verkrustet wurden. Der Neuschnee fror anscheinend nach reinem Zufallsprinzip auf dem Dach, und der Wind blies ihm den Schnee weiterhin in die Augen und Ohren, in den Kragen und in die Ärmel, und auch unter seine Stiefel. Es dauerte lange und kostete ihn viel Schweiß, ehe seine Finger sich auf das geriffelte Kupfer legten, das am unteren Ende des Kamins aufblitzte, denn der Wind hatte den Schnee fortgeweht. Es bot ihm nicht gerade viel Halt, aber die unbehauenen Steine darüber waren trotz der Kruste aus Eis und Schnee noch rauh genug, um den Händen einen nahezu perfekten Halt zu bieten. Er lehnte sich an den Kamin, nutzte den Windschatten und kauerte sich hin, die Wange an den rauhen Stein gepreßt, und in seinen Nasenlöchern prickelte ein erster, leichter Duft nach würzigem Rauch. Instinktiv richtete er seinen Blick nach oben und rechnete damit, Rauch aus dem Schornstein aufsteigen zu sehen, doch über ihm war nichts als weißer Himmel und Schnee, der vom Wind durch die Luft getrieben wurde. Dann gab der Wind wie ein Parfüm seinen eigenen Namen preis. Seine Brust schnürte sich vor Spannung zusammen, und er sah sich nach dem Haus der Russells um. Teuflischer Schnee verschleierte seinen Ausblick, aber es war dennoch möglich, übel gefärbte Rauchschwaden zu erkennen, die der Wind in den Himmel trieb. Er faßte das als gutes Omen auf.

Liv und Travis gaben ihre körpereigene Wärme aneinander ab, während sie eingezwängt und dicht aneinandergeschmiegt zwischen den Mauern des engen Ganges kauerten und warteten. Liv, die müde und zunehmend schwächer uund benebelter wurde, lebte beim Geräusch des Motorschlittens wieder ein wenig auf. Travis ruckelte unruhig neben ihr herum und rutschte ab und zu auf seinem Hintern oder auf seinen Strümpfen ein paar Stufen höher oder tiefer und schien zu hoffen, etwas anderes als das Heulen und das Nachlassen des Windes zu hören.

Und sie hörten auch wirklich Geräusche, ein Tasten und ein Scharren. Jedesmal drückte Liv Travis' Hand und flüsterte: »Zweige auf dem Dach«, und er drückte ihre Hand, um ihr damit zu sagen, daß er mit dieser Erklärung einverstanden war und sich nicht fürchtete.

Walter McKenzie fuhr mit seinem Jeep behutsam und sanft über Seitenstraßen, ließ den Schneepflug herunter, wo es notwendig war, und fuhr mit einer Geschwindigkeit, die darauf berechnet war, daß sich der Wagen auf Stellen weichen Neuschnees weiterbewegte, das Glatteis schaffte und auf der rechten Straßenseite blieb. Das Schneetreiben sorgte dafür, daß die Sicht gefährlich schlecht blieb. Es war ihm ein geradezu ironischer Trost, daß zumindest niemand sonst so dumm zu sein schien, unterwegs zu sein. Er fuhr die Wege, die am nächsten am See entlangführten, und hielt die Augen nach Pat offen, was hieß, nach der vagesten Andeutung einer menschlichen Gestalt, die auf der ungeschützten Eisfläche herumirrte und einsackte. Doch nie sah er eine solche Gestalt. Als er in die Dexter Road einbog, redete Walter sich ernsthaft ein, daß Pat *irgendwo* Unterschlupf gesucht hatte, wie es jeder normale Mensch getan hätte, in irgendeinem Ferienhaus oder in einem Bootsschuppen, *irgendwo,* oder er mußte durch ein Wunder inzwischen Heim und Herd erreicht haben. Walter war so intensiv damit beschäftigt, sich zu versichern, daß Pat *irgendwo* in Sicherheit war, und all seine Aufmerksamkeit, die nicht darauf gerichtet war, auf der Dexter Road voranzukommen, um das Haus der Russells zu erreichen, einer Straße, der ein Mann mit seiner Erfahrung bei diesen Schrullen von Eis und Schnee nicht im entferntesten traute, war auf Pats Verbleib gerichtet, und daher sah er zwar den schneebedeckten Umriß des Pacer an der Abzweigung stehen und war sich sofort darüber im klaren, daß Liv Russell ihn am Vorabend vernünftigerweise dort hatte stehen lassen, aber den Rauch sah er nicht, ehe er sich vorsichtig einen Weg um die Kurve bahnte und den Schnee mit dem Pflug vor sich herschob, als er in die Auffahrt der Russells fuhr und als der Schnee, der gegen seine Windschutzscheibe geweht wurde, plötzlich schmutzig war. Ruß flog wie Schneeflocken auf die Scheibe, seine Scheibenwischer verschmierten ihn in großen Bögen, und er drückte auf den Knopf der Scheibenwaschanlage und sah mühsam durch die Striemen. Sein Herz hämmerte wie rasend. Er kämpfte gegen den instinktiven Drang an, den Jeep augenblicklich anzuhalten; auf diesem Hang und mit heruntergelassenem Schneepflug wäre der Wagen so sicher ins Schleudern geraten, wie Bohnen einen Mann zum Furzen bringen, und er konnte froh sein, wenn er nicht Arsch über Teekessel in eine Schneewehe hineinsauste, ganz so wie der alte Joe Nevers vor einem Jahr vor dem Haus der Witwe Christopher. Er kurbelte mit einer Hand die Scheibe runter und verrenkte sich den Hals, um zu sehen, worauf er sich hier einließ. Schnee und Ruß wurden in den Wagen geweht, und mit ihnen kam das Geräusch eines wildwütigen Feuers. Er konnte das Haus mit dem Höllenschein in den Fenstern deutlich sehen, und er bekam auch eine Nase voll von dem heißen, stinkenden Feuer ab, den verflucht tragischen Geruch nach Holz und Plastik und menschlicher Habe, nach Stoff und Glas, nach Papier und Isoliermaterialien, der Ruin eines Menschenlebens.

Der einzige Geruch, den er kannte und der schlimmer war, war der nach brennendem menschlichem Fleisch, und diesem Geruch war er nicht allzuoft begegnet, aber er hatte sich ihm unauslöschlich eingeprägt. Er hatte nie die Namen der Toten vergessen, die unter seiner Mithilfe aus dem Feuer gezogen wurden, nicht Dana Bartlett, die Anwältin aus Portland, die gestorben war, als das alte Haus der Witwe Christopher vor Jahrzehnten gebrannt hatte; nicht Matthew und Brandy McAvoy, die Enkel des alten Doc, die 1979 in einem brennenden Wohnwagen umgekommen waren; nicht Binny Porter, den Einsiedler vom Pidgeon Hill, der sich versehentlich von innen heraus in Brand gesteckt hatte, als er einen Schluck schlecht destilliertes Frostschutzmittel heruntergekippt und dann in seiner Benommenheit das brennende Ende einer Zigarette in den Mund gesteckt hatte, wann war das noch mal, im Winter vor zwei Jahren? Walters Nasenflügel blähten sich und sogen die verschmutzte Luft in sich ein, suchten zwischen den anderen Gerüchen nach diesem Geruch und fanden ihn nicht.

Er brachte den Jeep auf der ersten ebenen Stelle, die ihm sicher erschien, zum Stehen und sprang heraus.

»Miz Russell!« schrie er, aber das Tosen des Feuers übertönte ihn. Er raste durch den Schnee zur Veranda. Trotz seiner rasenden Eile, mit der er Liv und Travis aus dem Haus holen wollte, falls sie noch drin waren, bemerkte er den Zustand der Hintertür. Die innere Tür war so zersplittert, als hätte jemand sie eingetreten. Er hielt die Sturmtür mit seinen Schultern offen und griff vorsichtig mit seiner behandschuhten Hand nach der Türklinke, um sie sofort wieder wegzuziehen. Er berührte die Türfassung, die ebenfalls heiß war. Er wich zurück und rannte um das Haus herum, sackte in dem hüfthohen Schnee ein und sprang immer wieder hoch, um durch Fensterscheiben zu schauen, die der Rauch und der Ruß geschwärzt hatten oder die durch die Hitze gesprungen waren. Er umrundete das Haus, stieg sogar auf die Veranda, die zum See ging, und hier wütete das Feuer sichtlich hinter den Glastüren, und dann ging er um das Haus herum zu seinem Jeep, an den er sich schnaufend und keuchend anlehnte. Er riß die Tür auf und kletterte hinein, und als er die Hand ausstreckte, um die Tür wieder zu schließen, fiel er fast aus dem Wagen heraus. Mit zitternden Händen schaltete er sein Funkgerät ein und zog das Mikro aus seiner Halterung am Armaturenbrett. In rasender Eile drückte er Tasten, bis er Reuben Styles zu Hause erreichte.

»Was gibt's?« sagte Reuben freundlich.

»F-f-f-feuer«, stammelte Walter, und dann schrie er vor Wut auf sich selbst in das Mikrophon. »Russells, neben der Dexter Road! Es sind Menschen im Haus!«

Reuben, der dann, wenn es nötig war, bemerkenswert schnell sein konnte, reagierte augenblicklich.

»Feuer bei Russells neben der Dexter Road«, wiederholte er. »Bist du das, Walter?«

Walter fluchte atemlos.

»Ich gebe es weiter, Walter«, sagte Reuben, und durch das Mikro war Reubens Stimme zu hören, als er sich abwandte und einen seiner Söhne rief.

Dann war er wieder dran. »Das ist doch die Einunddreißig, oder, Walter?«

»Ja«, sagte Walter.

»Kommen wir mit dem Wagen durch?« fragte Reuben.

»Ich bin doch schließlich hier, oder etwa nicht?« fauchte Walter ihn an. »Ich bin nicht hergeflogen.«

»Du hättest mit Skiern kommen können«, sagte Reuben.

»Meine Ski haben keinen Funk, verdammt noch mal«, schrie Walter.

»Wir sind schon unterwegs«, sagte Reuben, und er war weg.

Walter ließ den Jeep an und räumte einen Kreis in der Auffahrt der Russells, um wenden zu können. Während er die Auffahrt hinauffuhr, rang er immer noch keuchend nach Luft. Seine Lunge brannte, und sein Kopf schmerzte heftig.

»Verdammt und zum Teufel«, flüsterte er heiser, und mit den Knöcheln unter seinen Handschuhen wischte er sich Tränen von den Wangen. Das gestrickte Gewebe verhakte sich ein bißchen in den festen Bartstoppeln auf seinem Kinn. »Verdammt und zum Teufel«, sagte er wütend, und er schlug auf das Steuer. Dann riß er sich zusammen und vergeudete keine weiteren Energien. Er weitete die Zufahrt aus, um sich selbst einen Parkplatz neben dem Pacer freizuräumen, parkte den Jeep und stieg aus, aber die Schlüssel ließ er stecken, weil er es sich zur Regel gemacht hatte, in der Nähe einer Brandstelle immer den Schlüssel in Fahrzeugen steckenzulassen. Er sprang wieder heraus und starrte die Straße an, strengte seine Ohren an, um die Feuerwehr kommen zu hören, und dann sah er wieder das brennende Haus am anderen Ende der Auffahrt an. Schließlich konnte er das Eintreffen der Feuerwehr nicht mehr erwarten, und er eilte zu Fuß wieder die Auffahrt hinunter, rutschte, glitt aus und lief weiter. Mehrfach landete er auf dem Hintern und rappelte sich wieder hoch, um weiterzulaufen, und er war viel zu sehr von dem Feuer abgelenkt, um sich von seinem Hinplumpsen auch nur gedemütigt zu fühlen.

Als er das andere Ende der Auffahrt wieder erreicht hatte, ging er auf und ab und drehte dann noch eine Runde um das Haus. Diesmal schien es leichter zu gehen. Er hatte sich einen Weg gebahnt, als er das erste Mal keuchend und ächzend um das Haus gelaufen war. Erst jetzt fiel ihm auf, daß es einen zweiten Trampelpfad gab. Jemand anderes hatte sich einen Weg um das Haus gebahnt, seit es schneite, und der Schnee hatte die Spuren zwar schon teilweise verwischt, der Wind sie verweht, doch sie waren noch da, ganz dicht am Haus, als hätte derjenige, der diesen Pfad getrampelt hatte, sich an die Hauswand gepreßt. Er folgte dem Pfad, den er nicht gebahnt hatte, zum Ufer, und er sah, daß auch dort Spuren im Schnee zu sehen waren, die Spuren mindestens eines Motorschlittens, und diese Spur war noch ganz frisch. Es stand fest, daß mehr als ein Motorschlitten über einen längeren Zeitraum am Ufer gestanden hatte. Er folgte der fast unverwischten frischen Spur ein paar Meter weit am Ufer entlang nach Norden, und dann wandte er sich um, weil er die Sirenen der Feuerwehr hörte.

Er lief japsend und ächzend vom Ufer zum Haus zurück und erreichte das Ende der Auffahrt in genau dem Augenblick, in dem Reuben Styles aus dem bremsenden Löschfahrzeug sprang.

»Verdammter Mist«, sagte Walter.

Reuben war zu sehr damit beschäftigt, den Freiwilligen Anweisungen zu erteilen, um Walter mit mehr als einem kurzen Nicken zu begrüßen. Sowie er Gelegenheit dazu hatte, nahm er Walter zur Seite und sagte: »Jemand im Haus?«

Walter zuckte die Achseln. »Ich will verdammt sein, wenn ich es weiß.«

Reuben rieb bekümmert seine Hände, die in Handschuhen steckten, aneinander. »Wir können überhaupt nichts machen«, sagte er mit einem Blick auf das brennende Haus.

»Gottverdammter Scheißdreck«, sagte Walter. »Missus Russell und der Junge waren hier. Ich weiß nicht, wo sie stecken.«

Reuben nickte. »Hab' über Funk mit Frankie gesprochen. Er hat gesagt, daß Pats Wagen am anderen See-Ende steht.«

Walter starrte das Haus an. »Er könnte auch drin sein.« Walter sah Reuben an. »Du sollest dir mal was ansehen«, sagte er mit gesenkter Stimme. »Ich kann mir keinen Reim drauf machen.«

Reuben sah Walter an und wandte sich dann an seine Mannschaft, um ihr eine weitere Reihe von Anweisungen zuzurufen. Dann packte er Walter am Ellbogen. »Zeig mal her.«

Walter führte ihn ans Ufer. »Hab' mir die Hintertür angesehen«, sagte er. »Jemand hat versucht, die Hintertür einzutreten.«

Reuben blieb stehen und warf über seine Schulter einen Blick auf das Haus. »Inzwischen waren sie ja mit der Axt dran«, sagte er. »Wir können nichts machen.«

Walter brummte. »Dasselbe mit diesen Spuren. Dauert nicht mehr lange, und sie sind weg. Besorg dir mal lieber einen Zeugen!«

»Stimmt«, sagte Reuben. Er starrte den plattgetretenen Schnee an, die Spuren der Motorschlitten, und kauerte sich hin, um sie sich aus der Nähe anzusehen.

»Russells haben keins von den Dingern«, sagte Walter.

»Glaubst du, Pat hat sich einen ausgeliehen?« fragte Reuben.

Walter zuckte die Achseln. »Die Spuren sind von der letzten Nacht. Die hier, die ist von heute. Das könnte er sein, falls er so ein Ding geliehen hat. Im Jachthafen liegen welche. Ich hab' dort keine Anzeichen für einen Einbruch gesehen, aber allzu genau hab' ich auch nicht geschaut. Könnte es übersehen haben.«

Reuben richtete sich auf und nahm seine Mütze ab. Er kratzte sich hinter dem Ohr, setzte die Mütze wieder auf und seufzte. »Ich hoffe, er hat sich eine Maschine gestohlen und ist hier gewesen, um seine Familie rauszuholen, Walter.«

»Wenn nicht, dann spaziert er jetzt da draußen rum«, sagte Walter, und deutete auf den See. »Dieser gottverdammte Narr.«

»Allerdings«, sagte Reuben. »Vielleicht sieht er das Feuer und läuft in die richtige Richtung. Man sollte es von der Uferstraße aus sehen.«

»Wenn er es nicht war«, sagte Walter, »wer war dann hier? Und hat an die Tür gehämmert.«

Reuben starrte Walter an. »Ich könnte die Namen von ein paar Kerlen nennen, von denen ich bei Gott nur hoffen kann, daß sie nicht hier waren.«

Walter fiel der Kiefer herunter, und Schnee wehte in seinen Mund, kleine kalte Flecken auf seiner Zunge und seinem Zahnfleisch. Er hatte noch nie gehört, daß Reuben Styles den Namen des Herrn in den Mund nahm.

Reuben wandte sich wieder dem Feuer zu.

»Wo sind sie bloß?« fragte Walter ihn.

Reuben trottete zum Haus hinauf. »Wer?«

»Alle miteinander«, schrie Walter wütend. »Missuss Russell. Der Junge. Und wer um Himmels willen auch auf diesen Maschinen gesessen hat.«

Reuben blickte sich zu Walter um. »Was haben diese Leute um diese Jahreszeit hier zu suchen, Walter?« fragte er. »Sie gehören nicht hierher.« Er starrte das brennende Haus an. »Wir können nicht die Bohne für sie tun. Sie sind zu weit von der Straße ab. Bis wir es erfahren, hat das Feuer gesiegt. Ich könnte kotzen, wenn ich das sehe. Was sollen wir denn tun?«

Walter holte ihn ein. »Wir müssen es versuchen«, sagte er beharrlich. »Das ist das mindeste, was wir tun können.«

Die beiden Männer stapften um das Haus herum zur Rückseite. Sie standen da und sahen zu, wie das Dach einstürzte.

Ansel Partridge, ein kleingewachsener, kahlköpfiger Mann, der seit er fünfzehn war wie fünfzig aussah, einen

Universitätsabschluß in Landwirtschaft hatte und den am besten geleiteten Bauernhof der gesamten Gemeinde betrieb, stürzte auf sie zu und schmierte sich Ruß auf die Stirn. »Ein gemein tückisches Feuer«, sagte er. »Wir können nichts anderes mehr tun, als abzuwarten, bis die verdammte Asche abkühlt.«

Reuben nickte.

Ansel zögerte. »Sind die Leute heil rausgekommen?« fragte er dann.

Reuben zuckte die Achseln.

Ansel schnitt eine Grimasse. »Dann hoffen wir es mal.«

Walter wandte sich ab und kämpfte gegen die Tränen an. Er schlurfte zum Wald, weil er allein sein wollte. Dann schloß er die Augen und betete, nicht mit Worten, sondern in Form eines unartikulierten Flehens. Bitte, laß es nicht so schlimm sein, wie es zu sein scheint.

Etwas legte sich um seine Knöchel. Er schlug die Augen auf und sah in die weitaufgerissenen irren Augen der Armen, die sich zwischen seinen Stiefeln rieb. Arthritisch bückte er sich und hob sie hoch.

Plötzlich stand Reuben neben ihm. »Wo ist die Katze hergekommen?« fragte er, während er die Hände nach ihr ausstreckte.

Walter gab sie ihm. »Gerade habe ich die Augen aufgemacht, und dann war sie da.«

Die beiden Männer sahen auf ihre eigenen Füße hinunter und suchten nach den Spuren der Katze.

»Wahrscheinlich war sie die ganze Nacht draußen«, warnte Reuben Walter.

»Kann sein«, sagte Walter. Die Katze interessierte ihn weitaus mehr als Reubens behutsame Warnungen. Sie war aus dem Wald gekommen. Und dort, am Waldrand, hatte sie einen Trampelpfad benutzt, der durch menschliche Füße entstanden war. Wie die anderen Spuren, so war auch diese verwischt und teilweise mit Schnee gefüllt, aber sie war noch da.

»Jemand ist in diesem Wald gewesen«, sagte Walter selig.

Reuben nickte. »Ja, und zwar heute.«

»Ihr Studio liegt da hinten«, sagte Walter, und er wies in die Richtung, in die auch der Pfad führte. »Ich sehe mal nach«, sagte er.

Reuben drückte ihm die Katze in die Hand. »Kommst du allein zurecht?«

»Mir geht's blendend«, sagte er mürrisch.

Reuben grinste. »Okay. Wenn du in einer halben Stunde nicht wieder da bist, sehe ich mal nach dir.«

Walter setzte die Katze auf dem Boden ab und stapfte in den Wald. Die Arme folgte ihm auf den Fersen.

Liv und Travis lauschten den Geräuschen auf dem Dach. »Zweige«, flüsterte Liv Travis wieder zu. Der Wind peitschte Zweige der nächsten Bäume auf das Dach. Doch es waren zu viele Geräusche, und sie hörten abrupt auf. Er ist auf dem Dach, dachte Liv, und sie sagte nichts zu Travis, denn genau in diesem Augenblick umklammerte er fest ihre Hand, und sie wußte, daß er es wußte. Etwas kam raschelnd durch den Schornstein. Travis schnappte nach Luft. Liv schlug ihm die Hand vor den Mund und zischte ihm leise zu. Instinktiv kauerten sie sich enger zusammen. Livs Mund war völlig trocken, und sie schmeckte Blut, Aas, wie damals, nachdem ihr der Zahn gezogen worden war. Sie stieß Travis zur Seite und ließ sich hastig die Treppe hinuntergleiten, zum unteren Ende des Geheimgangs.

Rand hörte die Sirenen, wandte seinen Blick vom Schlund des Kamins ab, in den er gestarrt hatte, und sah auf. Er grinste und wandte sich wieder der Aufgabe zu, sich das Problem zu betrachten, vor dem er im Moment gerade stand. Außer Schwärze war nichts zu sehen. Sie war dort unten, er war sicher. Die Frau mit dem Jungen. Sie versteckten sich dort, stocksteif vor Angst, preßten sich an die rußigen Wände des alten Schornsteins, balancierten auf dem Vorsprung. Er rechnete sich aus, daß es einem Sprung auf dem zweiten Stockwerk gleichkommen mußte – ein Meter zwanzig Schornstein über dem Dach, zwei Meter für den ersten Stock, zwei Meter für den zweiten, weniger als fünf Meter insgesamt. Weniger als das Dreifache seiner Körpergröße. Wenn er sich von oben herunterließ, sparte er sich sechzig Zentimeter durch seine Arme, und das ließ den Sturz näher an das Zweifache seiner Körpergröße kommen. Das konnte er verkraften. Er malte sich aus, wie er von oben auf sie herabgestürzt kam, sie im Fallen packte und sie mit sich auf das Brennholz im Kamin herunterriß. Das Entsetzen würde sie beide lähmen. Er konnte sie sogar anschreien, und der Sprung war nicht so tief, daß das einen Unterschied gemacht hätte, denn ehe sie auch nur dazu kamen, zu reagieren, würde er sich bereits auf sie stürzen. Rand zog sich zur Schornsteinöffnung hinauf und schwang seine Beine über die Mauer. Ein Brösel alten Mörtels fiel rasselnd durch den Schornstein hinunter. Er erstarrte und lauschte gebannt. Er glaubte, ein Luftschnappen gehört zu haben, ein unterdrücktes Psst, während der Mörtel nach unten fiel. Dann hörte er ein Scharren unter sich, ein Ruckeln. Jemand rührte sich. Mist, dachte er. Sie klettern aus dem Kamin. Sie werden sich auf die Kamineinfassung setzen, bis sie glauben, daß es wieder sicher ist. Im Kamin.

Er wartete, starrte den Wald an. Die Sirenen waren verklungen. Der Rauch über den Bäumen war von Funken durchsetzt. Er glaubte nicht, daß sie versuchen würden, noch einmal unter den Drähten durch über den Fußboden zu kriechen. In der Zeit, die sie dazu brauchte, konnte er wie ein Adler auf dem Dach der Veranda sitzen, bereit, sich auf sie zu stürzen, wenn sie die Stufen der Veranda herunterkam. Er würde ihr also Zeit lassen, damit sie sich selbst davon überzeugen konnte, daß es nur der Wind gewesen war, der ein Stückchen Mörtel gelöst hatte, oder die versteckte Eichel eines Eichhörnchens, und daß er fort war, endgültig fort.

Nach einem langen Moment der Stille bewegte er sich wieder, ganz behutsam, und er ließ sich an seinen Armen in den Schornstein hinunter.

Er kam keinen Moment lang auf die Idee, der Schornstein könnte nicht auf seiner gesamten Länge gleich breit sein. Einmal hatte er von unten hinaufgeschaut und Blau gesehen und er hatte die Größe des Fleckens Blau auf die Höhe des Schornsteins zurückgeführt, aber er hatte sich getäuscht.

Rand schrie: »Hier kommt der Nikolaus!« und er ließ los. Es war eine gewaltige Überraschung für ihn, als er knapp zwei Meter tief fiel und sein Sturz dann unterbrochen würde. Es dauerte eine Weile, bis ihm klar wurde, daß er festsaß, an einer Ausbuchtung, die den Schornstein auf der Höhe des ersten Stocks verengte.

Liv wartete an der Tür des Geheimgangs, als sie Rands Schrei und das Geräusch seines kurzen Falls hörte. Als er in der Verengung des Schornsteins steckenblieb, kam ein Hagel von Ruß und trockenem Mörtel in den Kamin herunter, und dann hörte sie ein Poltern, das von seinen Stiefeln kam. Sie öffnete die Tür einen Spalt weit und kroch in den Kamin hinaus.

Von oben kam eine Lawine von Ruß und Mörtel herunter, zudem Flüche und unanständige Drohungen. Sie hielt sich die Hände vor Mund und Nase und zwinkerte, um die kleinen Partikel nicht in ihre Augen kommen zu lassen, und dann schlich sie sich zur Tür zurück und blieb dort hocken, weil sie nicht sicher war, was sie als nächstes tun sollte. Travis lugte durch den Türspalt. Sie brauchte ihm nur ins Gesicht zu sehen, um zu wissen, daß es das gesamte Entsetzen widerspiegelte, das sie empfand. Ein neuerlicher heftiger Schauer von kleinen Bröckchen prasselte in den Kamin. Es war klar, daß Rand sich bald befreien würde, selbst dann, wenn er den alten Kamin mit sich herunterreißen mußte.

Liv zog sich hoch und lehnte sich an die Tür, die unter diesem Druck zuging. Langsam griff sie nach den Streichhölzern in dem Halter aus Messing. Das Geräusch, mit dem sie das Streichholz auf den Steinen des Kamins anriß, kam ihr sehr laut vor, sogar lauter als Rands ununterbrochenes Fluchen. Sie hielt schützend eine Hand vor die Flamme und kauerte sich in den Kamin. Behutsam hielt sie das Streichholz an das Reisig unter den Holzklötzen. Das trockene Holz glimmte in der winzigen Flamme, glühte bläulich und fing dann an zu brennen. Sie hielt das Streichholz an einen anderen kleinen Zweig, der ebenfalls sehr schnell Feuer fing. Die Flamme war bis ans Ende des Streichholzes heruntergebrannt, fast bis zu ihren Fingern, doch sie hielt es noch einmal an ein drittes kleines Holzscheit. Sie spürte die Hitze an ihren Fingerspitzen und ließ los, ließ das Streichholz in die Flammen fallen. Das Reisig loderte begeistert auf. Sie fragte sich, wie lange dieses Feuerholz wohl schon hier aufgeschichtet war und im Kamin trocknete, als die Flammen des Reisigfeuers die Rinde der Holzscheite verkohlten und die Rinde Funken zu sprühen und zu glühen begann. Aus ihrer jahrelangen Arbeit mit Brennöfen wußte sie genau, wie das Feuer brennen würde, das durch den enorm wirksamen Abzug des alten Kamins gewaltig unterstützt würde, durch die Größe des Kamins und durch die papierene Konsistenz der Rinde, die das Holz umschloß.

Über ihr hörten abrupt die Geräusche auf.

Irgendwie fand eine kleine Rauchmenge ihren Weg an ihm vorbei, blieb im Schornstein hängen und prickelte in Rands Nase. Im selben Augenblick glaubte er, Wärme von unten aufsteigen zu spüren. Einen Moment lang war er zu verblüfft, um auch nur irgend etwas zu unternehmen. Er konnte einfach nicht glauben, daß sie unter ihm ein Feuer angezündet hatte.

Der Rauch stieg auf und traf auf das Hindernis, das sich ihm im Schornstein bot, und wand sich wieder nach unten. Er wand sich aus dem Kamin heraus. Eine andere Richtung konnten die Schwaden nicht einschlagen. Liv preßte sich wieder seitlich an der Wand entlang zur Geheimtür und pochte daran. Travis öffnete ihr, und sie glitt durch die Tür und schloß sie hinter sich. Sie drängte ihn die Stufen hinauf und folgte ihm, auf dem Hintern, aber beide bewegten sich in Zeitlupe und hatten Angst, auch nur das kleinste Geräusch zu erzeugen und somit ihren Aufenthaltsort preiszugeben. Travis war stumm und angespannt. Liv fragte sich, ob ihm klar war, was sie getan hatte.

Sie saß in der Dunkelheit und lauschte. Rauchfühler rankten sich durch den Spalt am unteren Ende des Geheimgangs. Sie schmerzten in den Augen, und sie fing an zu weinen.

Die Wärme nahm zu, und Rand fing wieder an zu zappeln, doch diesmal versuchte er, sich nach oben zu ziehen und nicht, sich nach unten durchzukämpfen.

»Du verfluchte Hexe!« schrie er.

Er konnte es sich nicht leisten, mehr Atem an diese Beschimpfung zu vergeuden.

Als er sich von der Stelle bewegte, konnte mehr Rauch aufsteigen, und das, was anfangs nur eine ärgerliche, beißende Spur von Rauch gewesen war, brannte jetzt in seinen Augen und dann in seiner Lunge, denn er mußte es unwillkürlich einatmen. Er schlug nur noch heftiger um sich, und sein Herz hüpfte vor Freude, als er merkte, daß die Mauervorsprünge, zwischen denen er festsaß, abbröselten. Zugleich stieg aber auch eine noch größere Panik in ihm auf, denn jetzt roch er brennendes Gummi und wußte, daß seine Stiefel schwelten. Der Mörtel bröckelte nicht schnell genug ab, und seine Stiefel setzten das synthetische Material seines Schneeanzugs in Brand, die Stiefel glühten, der Anzug schmolz, das Feuer war in seinen lebensnotwendigen Organen, und er schrie, und wenn er gerade nicht schrie, atmete er in vollen Zügen den giftigen, heißen Rauch ein, der in seiner Zunge brannte. Endlich gab der Mörtel nach, und er war frei. Doch so sehr er sich auch bemühte, mit seinen nach oben gestreckten Händen einen Halt an der Wand zu finden, griffen sie in Luft, und wenn er jetzt frei war, dann nur, um zu fallen, ins Feuer zu fallen, und immer noch schrie er. Als lodernd brennende Masse rollte er sich aus dem Kamin heraus und ins Zimmer, und die brennenden Holzscheite rollten mit ihm. Irgendwie brachte er es fertig, auf die Füße zu kommen und durch das Zimmer zu stürzen. Er spürte die Drähte gar nicht, die er zerriß. Das Dröhnen der Schüsse aus Schrotflinten war zu vernehmen, und das Schreien brach ab.

Im Geheimgang klammerten sich Liv und Travis schluchzend aneinander. Sie wiegten einander im Arm. Ein unirdischer Schein kroch durch den Ritz unter der Geheimtür. Die Luft war stickig, und der Rauch erschwerte das Atmen. Es schien so, als säßen sie vor den Pforten der Hölle.

Walter McKenzie hatte die Spuren von Liv und Travis bis zur Grundstücksgrenze verfolgt, als er die Schüsse hörte. Er blieb abrupt stehen.

»Was um alles in der Welt geht hier vor?« fragte er sich, und dann eilte er weiter.

Auch Reuben Styles hörte die Schüsse. Er riß den Kopf hoch und streckte seine Nase in den Wind, wie ein Hund, der versucht, eine Witterung aufzunehmen. Er ließ den Schlauch fallen, den sie gerade mit seiner Hilfe zusammenrollten, und erteilte lautstark neue Anweisungen. Dann sprang er in großen Sätzen zum Wald, in die Richtung, aus der die Schüsse kamen. Die Masse der Freiwilligen lief ihm nach. Fahrer stiegen in ihre Fahrzeuge und wendeten die Feuerwehrautos in der Auffahrt, um Reuben, wie befohlen, zu Miß Aldens Haus zu folgen.

Pat Russell hörte die Schreie und tat sie achtlos ab. Ein Streich, den der Wind ihnen spielte.

Sarah zerrte an seinem Ärmel. »Hast du das gehört?« fragte sie mit zitternder Stimme.

Sie blieben stehen, preßten sich die Hände gegen das Seitenstechen in die Nieren und keuchten heftig und gequält.

Die Katze materialisierte sich aus dem Schneetreiben heraus und strich um Sarahs Knöchel. Sie hob sie auf und grub ihr Gesicht in die Wärme der Armen. Dann gingen die Schrotflinten los. Die Katze sprang mit einem Satz aus Sarahs Händen und sauste wie der Blitz über das Eis.

Jetzt wurde ihnen klar, aus welcher Richtung die Schreie und die Schüsse kamen. Ein Punkt, der näher als ihr Zuhause war.

»Miß Aldens Haus?« fragte Pat ungläubig.

»Ich denke schon«, stimmte Sarah ihm nervös zu.

Nur ein paar Meter, und sie waren um die Biegung gelaufen und sahen es. Rauch quoll aus Miß Aldens Schornstein und von der Veranda hinter dem Haus. Beiden schnürte die Freude für einen Moment die Kehle zu, weil sie glaubten, sie hätten sich getäuscht, das Feuer käme von hier und nicht von Zuhause. Aber als sie in die Richtung ihres Hauses sahen, stieg dort immer noch Rauch auf, wie ein Feuerzeichen, und wieder packte sie das Entsetzen, und sie wurden in neuerliche Verwirrung gestürzt. Dann sah Pat Walter McKenzies gedrungene Gestalt, die mit den schlingernden Schritten eines Seemanns aus dem Wald kam, und im nächsten Moment hatte auch Sarah ihn gesehen.

»Walter!« schrie sie.

Und sie rannten, so schnell sie konnten, auf Miß Aldens Haus zu.

Walters Brust schmerzte, als er schweratmend Miß Aldens Haus erreichte. Seine Augen tränten von dem beißenden Rauch, der aus dem Haus quoll. Aus dem Augenwinkel nahm er Pat Russell wahr, wer hätte es auch sonst sein sollen, der von Miß Aldens Uferzugang auf ihn zuwankte, und zu seinem größeren Erstaunen war ein Mädchen bei ihm, die Kleine der Russells, Sarah. Walter blieb stehen und packte keuchend seine Knie. Als Pat und Sarah ihn erreicht hatten, hatte Walter wieder Luft geholt.

»Walter!« schrie ihm Pat ins Ohr.

Walter richtete sich auf und deutete auf Miß Aldens Haus, dann auf das Haus der Russells hinter sich. »Feuerwehr«, keuchte er.

»Was ist mit meiner Mutter und mit Travis?« schrie Sarah.

Walter schüttelte den Kopf.

Pat legte einen Arm um Sarahs Schultern und zog sie dichter an sich. Tränen stiegen in ihren Augen auf.

Der Wind blies ihnen Rauch in die Augen, und unfreiwillig atmeten sie ihn ein. Alle fingen an zu husten.

Sie bewegten sich von der Stelle, um dem Rauch zu entkommen, suchten ein wenig frische Luft. Gemeinsam stolperten sie über die Schneewehe, die Gordy Teed bedeckte.

»Jesus Christus!« schrie Pat.

»O Gott!« sagte Sarah.

Walter sank wortlos auf seine Knie und schaufelte den Schnee von dem Toten. Er wußte sofort, wer es war, schon ehe er den Schnee von seinem Gesicht entfernt hatte. Ein grauenhaftes Unheil war geschehen.

Pat wich vor Entsetzen ein paar Schritte zurück und blickte wieder zu dem Haus auf, und er erkannte jetzt erst, daß der Haufen vor der Tür eine weitere Leiche war. Feuer war durch die eingetretene Tür zu sehen wie hinter den Glastüren eines Ofens.

»Bleib hier«, sagte er barsch zu Sarah.

Sie zitterte und machte den Eindruck, als könnte sie sich jeden Moment übergeben. Doch sie nickte, um ihm zu sagen, daß sie verstanden hatte. Sie kauerte sich neben Walter und nahm eine seiner Hände zwischen ihre Hände, um ihn zu trösten. Aber sie sah die Leiche, die im Schnee lag, nicht an.

Pat rannte zur Veranda und die Stufen hinauf. Als er auf der obersten Stufe stand, war er sicher, daß es sich bei der Leiche nicht um Liv, sondern um die eines Mannes handelte. Er stieg darüber und warf einen Blick in das Haus. Mitten im Raum brannte ein Feuer. Während er es anstarrte, wurde es zu den schwarzen Überresten eines menschlichen Wesens. Die Flammen strahlten ein Labyrinth aus Drähten und lose Enden von Drähten an, die auf den Boden hingen. Einige der Drähte liefen quer durch den Raum und führten zu den Drückern von Schrotflinten. Andere Waffen standen in den Ecken des Zimmers, lagen auf dem Boden oder baumelten von Gestellen, die an den Wänden angebracht waren. Er wich schockiert zurück. Mit dem Absatz stieß er gegen den Widerstand der Leiche auf der Veranda. Er starrte auf sie hinunter, ohne etwas zu sehen.

Zitternd stieg er über die Leiche und ging wieder zu Walter.

Männer in schwarzen Gummijacken und mit den gelben

Helmen von Feuerwehrmännern kamen aus den Wäldern gerannt und überquerten den freien Platz vor dem Haus. Sie kamen von seinem Haus, dachte er benommen. Er erkannte Gesichter. Männer aus dem Dorf. Ortsansässige. Freiwillige Feuerwehr.

Er beugte sich über Walter. »Wo sind Liv und Travis?« fragte er, und seine Stimme krächzte vor Verzweiflung.

Walter sah zu ihm auf. Das Gesicht des alten Mannes, auf dem Tränen glänzten, war grau. Er sah aus, als sei er hundertachtzig. Er schüttelte den Kopf.

Reuben Styles' große Hand fiel auf Pats Schulter. Pat stand auf und sah ihm ins Gesicht.

»Meine Frau und mein Sohn?« fragte er.

Reuben schüttelte den Kopf. »Ich weiß nicht.« Er warf einen Blick auf Miß Aldens Haus. »Was ist das hier für ein Durcheinander?«

Jetzt war es an Pat, den Kopf zu schütteln.

Walter griff nach dem Bein von Reubens Wollhose. »Reuben«, sagte er heiser. »Gordy ist ermordet worden.«

Reuben starrte ihn an. Die Katze sprang aus dem Nirgendwo auf Gordys Brust und miaute Reuben an.

Plötzlich verband sich alles, was er gesehen hatte, in Pats Kopf zu einem schlüssigen Bild. »Himmel, ja«, sagte er. Und er wirbelte herum und schrie den Männern, die die Verandastufen hinaufstiegen, zu: »Geht um Himmels willen nicht ins Haus!«

Sie blieben stehen und starrten ihn an.

Reuben hob eine Hand, um sie aufzuhalten. »Er hat recht.«

Er wandte sich an Pat. »Und jetzt sagen Sie mir, was hier vorgeht.«

Im Geheimgang zuckten Liv und Travis wie elektrisiert zusammen, als sie Pats Stimme hörten.

»Daddy!« sagte Travis.

Liv setzte sich kerzengerade hin. »Mein Gott, ja, ich glaube es auch.«

Sie glitten eilig auf dem Hintern die Stufen hinunter, und

Liv öffnete die Geheimtür einen Spalt weit, um einen Blick in das Zimmer zu werfen. Eine Rauchschwade quoll über sie hinweg, und beide husteten und würgten. Das Feuer in der Mitte des Raumes brannte leuchtend durch den Rauch hindurch. Es zeigte Liv vieles, was sie nicht sehen wollte. Sie schloß eilig die Tür.

»Kommen wir nicht raus?« fragte Travis.

»Da draußen brennt es«, sagte Liv.

Travis grub seinen Kopf in ihren Arm. »Ich will zu Daddy«, sagte er.

Sie strich über sein Haar. »Wir kommen schon raus«, sagte sie. »Du wirst es ja sehen.«

Sie fing an, sich die Stufen hinaufzuziehen. Es wurde wärmer im Geheimgang. Das Feuer verschlingt den Sauerstoff, dachte sie. Schweißperlen tropften aus ihrem Haaransatz und rannen wie Tränen über ihre Wangen. Ihre Achseln waren triefnaß. Travis kam vor ihr oben an und drückte die Tür auf. Die Luft, die von oben in den Gang kam, war eine Erleichterung, die ihr neue Kraft gab.

Die Feuerwehrwagen folgten dem Mann in Walter McKenzies Jeep mit dem Schneepflug zu Miß Aldens Haus. Sie fanden alle anderen als eine stumme, verwirrte Gruppe von Menschen vor, die vor dem Haus stand. Unter dem Kommando von Reuben, der in einer seines Erachtens sicheren Entfernung dastand, stiegen Freiwillige auf das Dach und hackten dort ein großes Loch, durch das sie die Wasserschläuche auf das Feuer im Haus richteten. Zu ihrem großen Staunen bekamen sie das Feuer schnell unter Kontrolle. Zu ihrer noch größeren Überraschung löste das Gewicht des Wassers, das auf die verbleibenden Drähte hereinbrach, den Rest der Falle aus. Nach anfänglichem Staunen war es ein bißchen so wie am 4. Juli, und sie begrüßten jeden Knall mit einem Freudengeheul.

Reuben unterrichtete per Funk das Büro des Sheriffs und gesellte sich dann zu Pat, der neben Walter und Gordys Leiche kauerte. Er drückte Pat eine Tasse Kaffee aus einer Thermoskanne in die Hand.

Pat wärmte sich die Hände an dem Plastikbecher, ehe er es sich gestattete, einen Schluck zu trinken. Es war ein wunderbares Gefühl. »Ich konnte alle diese Drähte und Schrotflinten sehen«, sagte er, Wort für Wort das, was er inzwischen bereits mehrfach gesagt hatte.

Reuben klopfte Walter auf die Schulter.

»Wer sind diese Menschen?« fragte Pat.

»Walters Enkel«, sagte Reuben kurz angebunden, und er deutete auf Gordy. Dann nickte er zur Veranda hin. »Der auf der Veranda war Ricky Nighswander. Meiner Schätzung nach war der im Haus sein älterer Bruder, Rand. Ich wüßte gern, wie er Feuer gefangen hat.«

»Könnten die Schüsse ausgereicht haben, um seine Kleider in Flammen zu setzen?« fragte Pat.

Reuben schüttelte den Kopf. »Weiß ich nicht. Das muß die Gerichtsmedizin der Staatspolizei erst rausfinden.«

Plötzlich ging noch ein Schuß los, und gleichzeitig hörte man das Zersplittern von Glas. Alle zuckten zusammen und sahen dann wachsam das Haus an. Vielleicht war das das Ende. Dann rief jemand etwas vom Dach herunter, dann jemand anderer, und es wurde offensichtlich, daß sich dort noch etwas anderes abspielte.

»Das kam von der Rückseite des Hauses«, sagte Reuben, der das Haus anstarrte, versonnen. Dann rannte er um das Haus herum und schrie neue und unverständliche Anweisungen heraus, die sich auf den Wagen mit der Leiter bezogen.

»Daddy!« schrie ein Kind.

Pat blickte nach oben. Er setzte sich in Bewegung und trabte hinter Reuben her. Dann fing er an zu rennen.

Zwei Männer, die eine Feuerwehrleiter trugen, die sie von einem der Fahrzeuge abmontiert hatten, überholten ihn.

»Sie hat die Scheibe des Schlafzimmerfensters zerschossen!« schrie Ansel Partridge vom Dach.

Walter McKenzie hob sein Gesicht. Sachte legte er Gordys Kopf in den Schnee und zog sich auf die Füße.

Die durchnäßte Katze schlenderte über die Veranda. Sie

stieg behutsam auf die Leiche, die in der Tür lag. Sie schleckte den blutigen Schnee ab, stieg dann wieder herunter und setzte sich, um ins Haus zu sehen. Das Feuer im Haus brannte nicht mehr. Widerlicher Rauch und Dampf wälzten sich noch in Schwaden durch die Fenster und zur Tür heraus. Doch im Hausinnern prasselte ein kalter Regen aus den Schläuchen durch das Loch im Dach. Das Wasser fror augenblicklich und überzog die Möbel und den Fußboden mit einer dünnen Eisschicht. Eiszapfen hingen wie Bärte an den Köpfen der Trophäen, deren Augen geschwärzt waren. Die Überreste des verbrannten Mannes lagen immer noch wie ein Insekt in einer Insektenfalle auf dem Fußboden. Es würde eine Weile dauern, bis die Leiche so kalt war, daß das Wasser auf ihr frieren würde, aber so würde es kommen.

Vom Dach stieg ein Freudengeheul auf.

Epilog

Miß Alden, die von drei weißgekleideten Männern mittleren Alters abgeführt wurde, machte einen recht verrückten Eindruck. Sie trug ein schlichtes schwarzes Kleid, das vorn geschlossen war und an der Stelle, an der ein Knopf fehlte, über ihrem Busen aufklaffte, dazu ein Paar ausgetretene Tennisschuhe ohne jede Socken. Sie trug keinen Hut und keine sonstige Kopfbedeckung. Ihr Haar war dünn, unsauber gemähtes Stroh in einem gelblichen Weiß. Es wirkte sehr schmutzig. Ihre Lippen waren gesprungen, und sie wirkte benommen.

»Professor Alden«, sagte der Fernsehkommentator, »hat sich der Polizei gestellt, nachdem sie von ihrem Lehrstuhl zurückgetreten ist. Sie wird wegen einer Anklage auf Mord in mehreren Fällen nach Maine ausgeliefert.«

Liv richtete sich in ihrem Krankenhausbett auf, packte die Rosen, die auf ihrem Nachttisch standen, und schleuderte sie gegen den Bildschirm des Fernsehers, der auf einem schwenkbaren Tisch stand.

Ihre Aussage war es, die die Geschworenen dazu bewog, Miß Alden nicht des Mordes für schuldig zu befinden, sondern des Totschlags, und ein mildes Urteil anzuraten. Miß Alden, die wieder gepflegt und furchteinflößend wirkte, nahm ihr Urteil, das auf Bewährung ausgesetzt wurde, aber zur Bedingung stellte, daß sie sich einer psychiatrischen Behandlung unterzog, höflich an und teilte den Fernsehkameras mit, sie habe das Gefühl, hier sei ein übermäßig hartes Urteil gefällt worden, und dann ging sie nach Hause und erschoß sich mit der Dienstpistole ihres Vaters aus dem Ersten Weltkrieg, von der niemand wußte, daß sie sie noch besaß.

Ein völlig neu aufgesetztes Testament sorgte auf Lebzeiten für die Behandlung ihrer langjährigen Gefährtin Elizabeth Royal und hinterließ ihr Anwesen in Nodd's Ridge, bekannt unter dem Namen Dexter-Haus, und ihren Stock Olivia Russell und ihre Armee von Spielzeugsoldaten Travis Russell.

»Genau das, was ich brauche«, sagte Liv, als sie den Stock auspackte.

Travis kicherte.

Ihre Reaktion heiterte Pat fast auf.

Travis brauchte nachts mindestens zwei Stunden, um einzuschlafen. Pat las ihm lange vor, stopfte dann die Decke unter ihn und gab ihm einen Kuß.

»Ich bin gleich wieder da«, versprach er, und dann ging er raus, rauchte eine Zigarette und kam zurück.

Travis erwartete ihn schon, verkrampft und mit weit aufgerissenen Augen.

Dann setzte Pat sich zu ihm, und sie redeten miteinander, oder auch nicht, und manchmal hielt Pat ihn eine Weile im Arm. Und Travis streichelte den Bart, den Pat sich wachsen ließ, um die Narben der Erfrierungen darunter zu verstecken.

Nach einer Weile sagte Pat dann: »Ich bin gleich wieder da«, und dann verließ er das Zimmer und kam nach ein paar Minuten zurück.

So ging es mindestens zwei Stunden lang. Dann schlief Travis ein. Und häufiger als jede zweite Nacht wachte er mitten in der Nacht schreiend auf.

Pat mußte es tun, weil Liv lange Zeit im Krankenhaus lag und man dort versuchte, ihr Knie wieder hinzukriegen. Er hatte das Gefühl, daß es Travis allmählich besser ging.

Sarah durchlebte eine stille Phase höllischer Depressionen und umfassender Schuldgefühle. Sie schied aus der Basketball-Mannschaft aus und stürzte sich wie eine Wilde in die Hausarbeit und das Kochen und versuchte, ihre Mutter zu ersetzen.

Marguerite ertappte sie dabei, wie sie über Bettzeug weinte, das sie versehentlich blau gefärbt hatte, indem sie es gemeinsam mit einer neuen Bluejeans gewaschen hatte, und sie setzte dem ein Ende. Sie brachte Sarah durch Bestechung dazu, sich der Basketball-Mannschaft wieder anzuschließen und den Haushalt Mrs. Fuller zu überlassen. Die Bestechung bestand in dem Versprechen, Sarah private Fahrstunden zu geben, damit sie mit fünfzehn ihren Führerschein machen konnte.

Ohne jemandem ein Wort zu sagen, ging Pat ganz allein in ein Kino und setzte sich in eine der hintersten Reihen, um sich den Film anzusehen.

Gefecht

Denny Corriveaus Gesicht weist Streifen von Blut und Schweiß auf; er ist in einem Sumpf an ein grobschlächtiges Kreuz gebunden.

»Woher wußtest du, daß ich es war?« fragt er Court.

»Rat hat es mir gesagt«, sagt Court.

Denny lacht ungläubig. »Unsinn, Rat ist tot.«

»Und als du ihn umgebracht hast, hast du es zugegeben«, sagt Court.

Denny Corriveau vergeht das Lächeln. »Aber ich habe ihn gar nicht getötet. Es war reiner Selbstschutz.«

»Es waren du und Jackson und Taurus und Rat«, sagt Court. »Aber du warst der, der sie getötet hat.«

»Und was ist mit dir?« schreit Denny, der an den Seilen zieht, die seine Handgelenke an das Kreuz fesseln. »Du hast Jackson umgebracht, und du hättest auch Taurus und Rat umbringen können.«

»Sie alle haben es verdient, für das zu sterben, was ihr May angetan habt«, antwortet Court.

»Und was ist damit, was sie uns angetan hat?« plärrt Denny. »Sie hat uns reingelegt. Sie wußte, wohin wir gehen würden, weil es ihr Dorf war und weil du es ihr gesagt hast, damit sie ihre Familie retten kann.«

»Hat sie nicht«, sagt Court.

»Woher hätten sie dann wissen sollen, daß wir kommen?« fragt Denny erbost.

»Sie wußten es eben«, sagt Court ganz schlicht. »Es war ihr Dorf. Ihr Zuhause.«

»Und wegen dieses Vorfalls töten wir einander immer noch«, sagt Denny.

»Ja«, sagt Court. »Oder wir sterben zumindest noch daran.«

»Dein Problem ist, daß du nicht mehr weißt, wie du leben sollst. Du kennst nichts anderes mehr, als Leute umzulegen«, sagt Denny. Es ist ein riskanter Ansatz, aber es sieht ganz danach aus, als sei sein neuer Trick, der mit Courts Schuldbewußtsein spielt, seine einzige Chance.

Court steht am Fuße des Kreuzes, die Stirn in Falten gelegt, die Augen wie glühende Kohlen, in denen Kummer und Sorge glimmen. Wie viele Menschen sind im Namen der Gerechtigkeit schon für May gestorben? Und wann reicht es, wie viele Menschen sind genug?

Er zieht ein Bowiemesser aus seiner Scheide, die an seinem Gürtel hängt, und zerschneidet die Schnüre, die Denny Corriveaus Knöchel an das Kreuz fesseln. Denny lächelt dankbar.

»Ein guter Mensch«, redet Denny ihm zu. »Ich wußte doch, daß du in deinem Herzen ein guter Mensch bist.«

Court bedenkt Denny mit einem kalten Blick, doch Denny ist vor Erleichterung so außer sich, daß ihm dieser Blick entgeht.

Court hebt das Messer und schneidet die Fessel am linken Handgelenk durch. Sie reißt, und Denny schreit vor Schmerz auf, als er an seinem rechten Handgelenk baumelt.

»Ganz ruhig, Mann«, fleht Denny.

»Ja«, sagt Court, und er hebt das Messer. Er hält es so, als befolge er ein Zeremoniell, an die Schlinge, mit der Dennys rechtes Handgelenkk gefesselt ist, und dann zerschlägt er die Fessel. Denny läßt sich wie eine Katze auf den Boden fallen, fängt sich wieder, steht auf und reibt sich die Handgelenke.

»Danke, Mann«, sagt Denny.

»Bedank dich bei May«, sagt Court.

Denny hält ihm seine Hand hin. Court starrt die ausgestreckte Hand an und wendet sich dann matt ab. Denny sieht ihm nach, während er sich einen Weg durch den Morast bahnt. Denny lächelt, hebt seinen Tornister auf, holt eine Waffe raus und feuert sie auf Courts Rücken ab.

Court dreht sich um, streckt seine Hand aus und fällt mit dem Gesicht nach vorn in den Morast.

Während das Kino sich leerte, blieb Pat im Dunkeln sitzen und weinte.

Als er nach Hause kam, brannte bei Liv noch Licht, und daher ging er zu ihrem Zimmer, um nach ihr zu sehen.

»Wie war es?« fragte sie, obwohl er ihr nicht gesagt hatte, daß er sich den Film ansehen würde.

Er setzte sich auf die Bettkante. »Ich wünschte, ich könnte sagen, er sei großartig. Aber das ist er nicht. Er ist noch nicht mal besonders gut.«

Sie nahm seine Hand. »Das tut mir leid«, sagte sie, und er wußte, daß sie es ernst meinte. Sie kuschelte sich an ihn und küßte ihn. »Der nächste wird bestimmt besser.«

Achtzehn Monate später fuhr Pat Liv und die Kinder nach Nodd's Ridge. Er hatte damit aufgehört, laut zu sagen, daß er nie mehr hinfahren wollte, denn dazu hatte ihm der Familienberater geraten, und fand, daß Liv und Travis diesen Ort wieder aufsuchen mußten, um gewissermaßen Frieden mit ihm zu schließen. Doch auf der langen Fahrt hatte er kein Wort zu sagen, und mehrfach glaubte er, er müsse den Wagen anhalten, um sich zu übergeben. Es hatte auch niemandem sonst etwas zu sagen. Doch im Rückspiegel konnte er sehen, daß Sarah Travis' Hand hielt. Ihr rechter Fuß war eingegipst, weil sie sich beim Basketball-Training den Knöchel verstaucht hatte. Ihren Walkman hatte sie zu Hause gelassen. Sie hatte bereits angekündigt, daß *sie* im Wagen sitzen bleiben würde. Die Arme wand sich unruhig in ihrem Katzenkäfig.

Liv stieg ohne Hilfe aus dem Wagen aus. Sie benutzte Miß Aldens Gehstock, um sich zu stützen, als sie um die Ruinen ihres Ferienhauses herumlief. Die Ärzte schienen einstimmig der Meinung zu sein, daß ihr Knie nie mehr wirklich heilen würde und daß sie eines Tages, früher oder später, ein neues Knie brauchen würde. Auch ihr Mund würde immer schief bleiben, weil irgendwie ein Nerv beschädigt worden war.

Die Katze sprang in die Wälder und kostete die Freiheit aus. Travis ließ seine Beine aus dem Wagen baumeln und beobachtete besorgt seine Mutter.

Liv machte abrupt kehrt und kam zurück. »Fahren wir rüber zu Miß Aldens Haus«, sagte sie.

Pat warf einen Blick auf Travis. Der Familienberater hatte gesagt, man solle ihn nicht drängen.

Travis nickte.

Also fuhr er zu Miß Aldens Haus. Die Katze war vor ihnen da und tastete sich mit größter Behutsamkeit einen Weg durch das Durcheinander. Der größere Teil des Hauses stand noch, aber es sah schlimm aus. Liv humpelte ein bißchen rum und atmete in tiefen Zügen den süßen Geruch der frischen Luft ein, ehe sie wieder in den Wagen stieg. Travis fand einen GI, dem das Wetter eines Jahres zugesetzt hatte, vor dem Haus, und er stieß ein Freudengeheul aus. Pat fing die Arme wieder ein.

Sie hatten die Ortschaft schon erreicht, und immer noch hatte niemand ein Wort gesagt.

»Es wäre ein gutes Baugrundstück«, sagte Liv. »Das Grundstück von Miß Alden. Besser als unseres. Ich weiß ganz genau, was ich gern täte.«

Pat war völlig entgeistert.

Sie lächelte ihn an und streichelte Travis' Hand, die auf der Rückenlehne lag. »Ich möchte einen richtigen dicken Holzofen mit einem Kamin aus Zementblöcken bauen«, sagte sie zu ihm.

»Wir brauchen einen Ort zum Ausspannen«, sagte sie, und sie wandte ihren Blick ab, zum See hin, der am Fuße der Berghänge ganz prächtig unter einem saphirenen Himmel blinkte. Von hier aus konnte man beim besten Willen nicht sagen, wo ihr Haus oder das von Miß Alden gestanden hatte, und man konnte auch nicht sehen, daß sich hier je etwas abgespielt hatte. Es war wie ein ummauerter Garten in der Wildnis; man mußte von seiner Existenz wissen, um hineinzugelangen. Man mußte eine Art Prüfung bestehen.

»Seht ihr es denn nicht?« sagte Liv.

Sie wandte sich wieder an Pat, dessen Hände verkrampft auf dem Steuer lagen.

»Ich habe darum gekämpft. Jetzt ist es sicher. Es gehört mir.«

Sie sah wieder auf den See. »So schön wie zu Hause ist es nirgends«, sagte sie, und sie lächelte ihr schiefes Lächeln.